KB201929

大望

대망 19 무사시 2

요시카와 에이지/박재희 옮김

대망 19 무사시 2
차례

火
(이어서)

겨울 아지랭이

1

고라노다치(子等之館)에 기거하는 묘령의 무녀(巫女)들은, 물론 모두 청순무구한 처녀들이다. 13, 4살 어린 소녀로부터 20살쯤의 처녀도 있다.

흰 비단 저고리에 분홍 바지는 신악(神樂 : 神祭를 지낼 때의 노래와 춤)을 할 때의 정식 차림새이고, 평상시 공부나 청소를 할 때는 통이 넓은 무명 바지와 소매가 짧은 저고리를 입는다. 아침 일과가 끝나면 제각기 한 권씩의 책을 들고 신관인 아라키다(荒木田)님의 학문소(學問所)에 나가 국학(國學)이나 와카(和歌 : 일본의 律詩 형태의 短歌)를 공부하는 것이 그녀들의 일과이다.

"어머, 저게 뭐지?"

지금 막 뒷문에서 학문소로 나가던 무녀들 중의 한 소녀가 그것을 발견하고 소리쳤다.

간밤에 무사시가 그곳 나뭇가지에 매달아 놓은 칼과 괴나리 봇짐이었다.

"누구 걸까?"

"글쎄."

"무사님 거야."

"그건 알고 있지만 어느 무사님의 것일까?"

"아냐, 필경 도둑이 놓고 간 걸 거야."

"얘! 만지지 않는 게 좋다."

그녀들은 눈을 동그랗게 뜨고, 쇠가죽을 뒤집어쓰고 낮잠 자는 도둑이라도 발견한 양 삥 둘러서서 침을 삼킨다.

그 중의 한 소녀가 말했다.

"오쓰우님에게 말하고 올게."

그러고는 뛰어간다.

"선생님, 선생님, 큰일났어요! 어서 와 보세요."

마루 아래에서 부르자 방 안에 있던 오쓰우는 붓을 책상 위에 놓는다.

"왜 그래요?"

창문을 열고 얼굴을 내밀었다. 나이가 어려 보이는 무녀가 손가락으로 가리킨다.

"저기, 도둑이 검과 보따리를 놓고 갔어요."

"아라키다님에게 갖다 드리면 되지 않아요?"

"하지만 모두들 만지기를 무서워하는 걸요."

"굉장한 수선이군요. 그럼, 내가 나중에 가지고 갈 테니 여러분은 그런 곳에서 시간을 보내지 말고 어서 공부나 하러 가요."

잠시 후 오쓰우가 밖에 나와 보니 이미 아무도 없었다.

"할머니, 이거 누구 건지 모르세요?"

오쓰우는 부엌일 하는 노파에게 일단 물어본 다음 그 보따리를 나뭇가지에서 내렸다.

상상 외로 묵직했다. 어째서 남자들은 이렇게 무거운 것을 예사로 허리에 차고 다니는 것인지 의심스러웠다.

"잠깐 아라키다님에게 다녀오겠어요."

그녀는 할머니에게 일러놓고 그 무거운 물건을 안고 나갔다.

오쓰우와 조타로가 이 이세 대신궁의 신관 집에 몸을 의탁한 것은 벌써 두 달 전의 일이다. 이가길(伊賀路), 오미길(近江路), 미노길(美濃路) 등, 각처를 전전하면서 무사시의 행방을 찾아 헤매었지만 모두 허사였다. 그런데다가 겨울이 되니 아무리 그녀일지라도 산길이나 얼어붙은 눈길을 여행할 수가 없어, 도바(鳥羽) 근처에서 예의 피리 교습을 하면서 지내던 중이었다. 그때 신관인 아라키다 가(家)에서 이 소식을 듣고 고라노다치의 무녀들에게 피리를 가르쳐 달라고 부탁해 온 것이다.

그래서 오쓰우는 피리도 가르칠 겸, 그녀 역시 이곳에 전해 오는 고악(古樂)도 배우고 싶었고 또 신사 숲 속에서 성스러운 무녀들과 한동안 지내보고 싶은 생각도 들어 권하는 대로 몸을 의탁한 것이다.

그런데 이런 경우 난처한 것은 동행자인 조타로였다. 아무리 소년일지라도 남자는 남자이다. 이곳 수도하는 무녀들과 한집안에서 기거할 수는 없으므로 부득이 그는 낮에는 신원(神苑)의 청소를 하고 밤에는 아라키다님의 장작 창고에서 자도록 했던 것이다.

2

쐐아, 하고 겨울의 낙엽수 가지를 흔드는 바람 소리까지도 속세의 그것과는 판이하게 신성하다.

한 줄기의 연기가——그 연기까지도 아득한 옛시대의 것과 같이——숲속에서 피어오르고 있다. 그 연기 아래 대나무 비를 들고 있는 조타로의 모습이 곧 연상되었다.

오쓰우는 걸음을 멈추었다.

'저기서 일하고 있겠군.'

생각만 해도 양볼에 미소가 번진다.

저 개구쟁이가.

저 고집쟁이가.

요즈음은 곧잘 순순히 자기 말을 듣고 한참 놀고 싶을 나이인 데도 저렇게 일을 하고 있는 것이 신통하다.

딱, 딱, 나뭇가지 부러지는 소리가 울려온다. 오쓰우는 무거운 보따리를 안은 채 숲 속으로 들어갔다.

"조타로……."

"오오……."

그러자 훨씬 저쪽에서 여전히 기운 찬 조타로의 대답이 들리더니 곧 이쪽으로 뛰어오는 발소리가 난다.

"오쓰우 누나야?"

어느새 눈 앞에 섰다.

"어마……청소를 하는 줄 알았는데 그 모습은 또 뭐야? 흰 옷을 입고 목검(木劍)을 들고……."

"연습을 하고 있는 거야. 나무를 상대로 검술 연습을 말이야."

"검술 공부도 좋지만 이 정원을 어떻게 생각하고 있지? 청정(淸淨)과 평화를 상징하기 위한 우리들 일본 사람들의 마음의 정원이에요. 백성들의 어머니로 받들어 모시는 여신님의 신역(神域)이에요. 저기를 보아요. '신사 뜰의 수목을 꺾지 말 것', '짐승의 살생을 금함'이라는 팻말이 서 있지 않아. 그런데 청소를 맡았다는 사람이 목검으로 나무를 분지르면 어떡하지?"

"나도 다 알아."

이렇게 대답한 조타로는 오쓰우의 이론쯤은 저도 훤하게 알고 있다는 듯한 얼굴이다.

"알고 있으면 왜 그런 일로 나무를 꺾죠? 아라키다님이 아시면 혼나요."

"하지만 죽은 나무를 두들기는 것은 상관없지 않아? 죽은 나무도 안 돼?"

"안 돼."

"왜 안 돼? 그럼, 나도 오쓰우 누나에게 물어볼 게 있어."

"뭐지?"

"그렇게 귀중한 정원이라면 왜 모든 사람들이 소중히 하지 않지?"

"부끄러운 일이지요. 그것은 마치 자기들 마음에 무성한 잡초를 방치해 두는 것과 같으니까."

"잡초 정도라면 또 좋아. 벼락을 맞고 쓰러진 나무는 그대로 썩고 있으며 폭풍우로 뿌리까지 드러난 나무들이 여기저기서 마르고, 사옥(社屋)의 지붕은 언제 수리를 했는지 비가 새고, 처마가 부서진 것이나, 휘어진 등롱이나 어디로 보나 소중한 신역(神域)으로는 보이지 않는걸. 오쓰우 누나, 나는 오히려 반문하고 싶어. 오사카 성은 앞 바다에서 보아도 찬란히 빛나고 있지 않아? 도쿠가와 이에야스는 지금 후시미 성을 위시해서 여러 나라에 10여개나 큰 성을 쌓고 있다지 않아? 교토, 오사카, 어디의 영주나 부호들의 저택들을 봐도 엔슈(遠州)니 하며 티끌 하나라도 모두 다도(茶道)에 맞추어 꾸며 놓고. 그런데 여기는 그렇게 내버려 둬도 되나. 이 넓은 신역에서 비를 들고 있는 사람은 나하고 흰 옷을 입은 귀머거리 할아버지하고 그 외의 몇 사람뿐 아냐?"

3

오쓰우는 킥킥 웃었다.

"조따로야, 지금 네가 하고 있는 말은 언젠가 아라키다님이 강의 시간에 말씀하신 거와 똑같지 않아?"

"아니, 오쓰우 누나도 그때 들었우?"

"듣구말구."

"에이, 그럼 틀렸구나."

"그런 들은 풍월은 통하지 않아요. 그렇지만 아라키다님이 한탄하시는 말씀도 옳아요. 조타로의 앵무새 노릇은 칭찬할 수 없지만."

"정말야. ……아라키다님의 말씀을 들으면 오다 노부나가도 도요토미 히데요시도 도쿠가와 이에야스도 모두 위대하지 않은 것 같아. 훌륭하기는 하지만 말야. 일본 천하를 정복했어도 그 천하에서 자기만이 가장 위대하다는 사고방식이 좋지 않거든."

"하지만 노부나가나 히데요시는 그나마 훌륭한 편이에요. 백성을 아끼는 정치를 베풀려고 애를 썼으니까. 그런데 아시카가 씨가 집권하던 시대에는 더 굉장했대요."

"헤에……어떻게?"

"그 시대에 오닌의 난이란 전쟁이 있었거든. 그것도 백 년 간이나."

"음."

"무로마치 막부(室町幕府)가 무능했기 때문에 내란이 자주 일어났으며 힘을 가진 자들이 자기들의 권력만을 주장하려 했기 때문에 백성들은 하루도 편한 날이 없었을 정도였으니까, 나라 일 따위를 제대로 생각할 사람도 없었지요."

"그게 바로 야마나(山名)와 호소가와(細川)의 싸움이지?"

"그래요, 자기만을 위해서 전쟁을 했지. 걷잡을 수 없는 사투시대(死鬪時代)……그 무렵 아라키다님의 조상님은 아라키다 우지쓰네(荒木田氏經)라는 분인데, 역시 대대로 이 이세 신궁의 신관으로 계셨지만, 그 우지쓰네님은 그런 사투시대에도 당시의 권력과 빈곤과 싸워가며 뭇사람들을 설복해서 전화(戰禍)로 황폐해진 가궁(假宮)을 다시 건조했다는 거예요. 하지만 생각해 보면 우리들도 장성하면 우리 몸 안에 어머니의 젖이 흘러서 빨간 피가 되었다는 것을 잊어버리지 않아요?"

"하하하하, 아이고, 우스워. 하하하, 내가 잠자코 듣고만 있으니까 모르는 줄 알고. 오쓰우 누나도 전부 들은 풍월 아냐?"

"어머, 알고 있었구만. 요 깍쟁이!"

때리는 시늉을 했지만 양손에 안고 있는 보따리가 무거워서 단지 한 걸음 다가서서 쫓는 시늉만 하고 웃으면서 눈을 흘겼다.

"어라?"

조타로가 다가왔다.

"오쓰우 누나, 그 칼은 누구 거지?"

"안 돼요. 손을 내밀어도 이것은 남의 것이니까."

"빼앗지 않을 테니 어디 좀 봐. 무겁겠는데? 큰 칼이군."

"거봐요, 곧 탐이 나는 얼굴을 하면서."

4

찰싹찰싹 잔걸음으로 뛰어오는 짚신 소리가 뒤에서 났다. 아까 고라노다치에서 나간 어린 무녀 중의 한 사람이다.

"선생님, 선생님. 저기서 신관님이 부르고 계세요, 무슨 부탁이 있으시대요."

오쓰우에게 일러놓고 다시 저편으로 뛰어갔다.

조타로는 웬지 흠칫하며 주위의 나무들을 둘러보았다.

겨울의 약한 햇볕이 잔물결처럼 흔들리는 나뭇잎 사이에서 땅 위로 쏟아지고 있다. 조타로는 그 광선의 반점 속에 말뚝처럼 서서 무슨 환상이라도 그리는 듯한 표정이 되었다.

"조타로, 왜 그래? 뭘 생각하고 있지?"

"……아무것도 아냐."

쓸쓸한 듯이 조타로는 손톱을 깨물었다. 그리고 이렇게 말했다.

"지금 왔던 애가 갑자기 선생님이라고 불렀지? 그래서 나는 우리 선생님인 줄 알고 가슴이 철렁했어."

"무사시님?"

"응."

벙어리처럼 조타로가 맥빠진 대답을 하자, 오쓰우는 그렇지 않아도 슬프던 참에 갑자기 설움이 복받쳐서 눈시울인지 콧등인지 자기도 모르게 시큰해지는 것이었다.

　차라리 그런 말은 하지 않는 것이 좋을 텐데, 하고 조타로가 무심히 한 말이 속절없이 원망스러워졌다.

　하루인들 무사시를 잊은 날이 있었을까? 잊을래야 잊을 수 없는 것이 오쓰우에게는 커다란 짐이었다. 왜 이런 짐을 훌렁 벗어 던지지 못하는가? ……그리고 평화스러운 어떤 고장에서 좋은 아내가 되고 좋은 어머니가 되려고 하지 않는가? 그렇게 저 무정한 다쿠안은 말하지만 오쓰우로서는 사랑을 모르는 불도(佛徒)를 가련히 여기는 마음만이 일어났지, 지금 가슴에 간직한 무사시에의 연모를 버린다는 것은 꿈에도 생각할 수가 없었다.

　사랑은 충치처럼 어찌할 수 없는 아픔이 따른다. 바쁘거나 다른 일에 열중하고 있을 때는 몰랐지만 문득 생각이 나면 전국 각지를 무한정 찾아 헤매어서라도 무사시의 가슴에 얼굴을 파묻고 마음껏 울고 싶다.

　"……아아."

　오쓰우는 잠자코 걷기 시작했다. 어디에, 어디에, 어디에 있을까? 무릇 이 세상에 살아 있는 사람의 수많은 고민 중에서도 초조하고 안타깝고 어쩔 수 없는 고민은, 만날 수 없는 사람을 찾으려는 초조함일 것이다.

　눈물을 뚝뚝 흘리면서 오쓰우는 자신의 가슴을 감싸안고 묵묵히 걸음을 옮기고 있었다. 그 손과 그 가슴 사이에는 땀내 짙은 무사시의 보따리와 낡은 천으로 자루를 감은 두 자루의 검이 안겨 있었다.

그러나 오쓰우는 모르고 있었다.

그 시큼한 땀냄새가 바로 자신이 찾고 있는 무사시의 체취라는 것을 어떻게 알 수 있을 것인가? 무겁다는 중량감뿐, 오쓰우는 안고 있는 사실까지도 잊고 있었다. 그녀의 온 마음은 송두리째 무사시에게 빼앗기고 있었다.

"오쓰우 누나."

조타로는 그녀 뒤에서 미안스러운 표정으로 따라왔다. 신관 아라키다님이 거주하는 집 대문으로 그녀의 쓸쓸한 뒷모습이 사라지려고 하자 소매를 붙든다.

"화났어?"

"……아아니, 아무렇지도 않아."

"미안해. 오쓰우 누나, 미안해."

"조타로 탓이 아녜요. 또 나의 울고 싶은 벌레가 발동을 한 거지 뭐. 아라키다님의 용건을 들어보고 올 테니 조타로는 저쪽에 가서 열심히 청소나 해요. 응?"

5

아라키다 우지도미는 자기의 저택을 학사(學舍)라고 이름짓고 학교로 사용하고 있었다. 그곳에 모이는 생도는 이곳의 귀여운 무녀들뿐만 아니라, 신사에 속한 3개 군의 각 계급의 자녀가 4, 50명이나 다니고 있었다.

우지도미는 당시의 사회에서는 그다지 유행되지 않는 학문을 가르치고 있었다. 문화가 발달한 도회지일수록 경시하는 유학(儒學)이었다.

이곳의 자녀들이 유학을 안다는 것은 이 이세의 삼림이 있는 향토로서도 유서가 있고, 또 국가의 총체적 견지로 보아도 무익한 일은 아니라고 그는 믿고 있었다. 오늘날처럼, 무가(巫家)가 번창하는 것만이 국가의 번영인 줄 알고 지방의 쇠퇴는 국가의 성쇠와는 아무런 관련이 없는 양 인식되고 있는 이 시대에 하다못해 이 지방의 백성에게만이라도 유학을 가르쳐 놓으면 언젠가는 이곳 숲처럼 생생하게 정신 문화가 무성할 날이 있겠지……하는 것이 그의 비장한 결심이었다.

어려운 고지키(古事記)나 중국의 경서(經書) 같은 학문도 우지도미는 아이들의 이해 범위 내에서 사랑과 끈기로 매일 가르쳤다.

　우지도미가 이렇게 하여 십 수년 간을 끊임없이 교육한 결과인지, 이 이세 지방에서는 도요토미 히데요시가 천하를 장악하거나, 도쿠가와 이에야스가 대장군이 되어 위세를 떨쳐 보이거나 해도, 사회 일반처럼 일개 영웅을 태양 이라고 잘못 판단하는 착오 따위는 세 살난 동자도 저지르지 않았다.

　지금 우지도미는 그 학사의 넓은 마루에서 약간 땀에 젖은 얼굴로 나왔다.

　공부가 끝난 생도들은 학사를 나와 벌떼처럼 돌아갔다. 그러자 한 무녀가 말한다.

　"신관님, 오쓰우님이 저기서 기다리고 있습니다."

　"아, 그래?"

　우지도미는 그제야 생각난 듯이 말했다.

　"내가 불러놓고 깜빡 잊고 있었군. 어디 있지?"

　오쓰우는 그 보따리를 안은 채 학문소 밖에 서서 아이들을 가르치는 우지 도미의 말을 듣고 있었다.

　"아라키다님, 여깁니다. 오쓰우입니다. 무슨 용무가 계신가요?"

6

　"오쓰우님이오? 기다리게 해서 미안하군. 하여튼 올라오시오."

　우지도미는 자기 거실로 그녀를 안내하고 자리에 앉았다.

　"그건 뭐요?"

그녀가 안고 있는 물건에 시선을 보냈다.

오늘 아침 고라노다치 담 옆의 나뭇가지에 매달린 것을 무녀들이 발견하고 무서워하므로 자기가 직접 가지고 온 사유를 이야기하였다. 우지도미는 하얀 눈썹을 찌푸리며 의아한 듯이 바라보았다.

"호오……"

"참배인 것도 아닌데."

"보통 참배인이 거기까지 올 리가 없어요. 그리고 어젯밤에는 없었는데 오늘 아침에 아이들이 발견한 걸 보면 담 안에 들어온 것은 밤중이나 새벽 같습니다."

"음……"

언짢은 표정이 된 우지도미는 입 속으로 중얼거렸다.

"어쩌면 이 근처 주민들이 나를 깨우치려는 장난인지도 모르지."

"그런 장난을 할 만한 사람이 짐작이라도 가시나요?"

"아무렴! 실은 그대를 부른 것도 그 상의를 하기 위해서요."

"그럼, 저에게 관계가 있는 일입니까."

"불쾌히 여기지 말고 이야기를 들어요. 사실은 그대를 저 고라노다치에 기거시키는 것이 좋지 않다고 하며 나에게 따지는 사람이 있었소. 물론 그

겨울 아지랭이 23

사람은 나를 위하는 나머지 그랬겠지만."

"어머나, 저 때문에?"

"뭐, 그대가 그렇게 미안하게 여길 필요는 없소. 그러나 이 세상이란 의심이 많아서. 즉 그대는 남자를 모르는 처녀가 아니라는 거요. 처녀도 아닌 여자를 고라노다치에 기거시킨다는 것은 신지(神地)를 더럽히는 결과가 된다는 거요."

우지도미는 담담한 어조로 말을 했지만 오쓰우의 눈에는 눈물이 담뿍 고였다. 누구에게도 화를 낼 수 없는 그런 분함이었다. 그러나 또한 객지 생활을 통해 뭇 사람들에게 시달리고 그리고 오랜 세월 사랑을 가슴에 안고 세상을 헤매고 있는 여자를, 세상 사람들이 그렇게 보는 것도 당연할지 모른다고도 생각된다.

그러나 그렇기는 하지만 처녀가 아니라는 오해를 받았다는 것만은 정말 견디기 어려운 치욕이었다.

우지도미는 그것을 그다지 문제삼지는 않는 듯했다. 그리고 사람의 입도 귀찮고 또 봄도 멀지 않았으니 무녀들에게 피리 가르치는 일은 중지했으면 좋겠다고, 즉 고라노다치에서 나가 줄 수 없겠느냐는 의논이었다.

처음부터 오래 묵을 계획은 아니었고, 또 우지도미의 처지도 생각해서 오쓰우는 두 말 없이 승낙하고 또 두 달 남짓 동안의 은혜를 치사하고 오늘이라도 떠나겠다고 말하였다.

"아니, 그렇게 서두르지 않아도 좋소."

우지도미는 딱한 듯이 그녀를 잠시 바라보더니 책상 서랍을 열고 무엇인가를 꺼내어 종이에 쌌다.

오쓰우의 그림자처럼 어느 사이에 뒷 툇마루에 와 있던 조타로는 그때 살며시 고개를 내밀고 소곤거렸다.

"오쓰우 누나, 이세를 떠나는 거지? 나도 같이 가. 이젠 청소는 진절머리가 나던 참이야. 마침 잘 됐어, 잘 됐어, 오쓰우 누나."

7

"얼마 안 되지만……내 성의이니 노자에나 보태 쓰도록."

우지도미는 종이에 싼 돈을 오쓰우 앞에 내밀었다.

오쓰우는 천만에……라고 하는 듯이 손도 대지 않는다. 무녀들에게 피리

를 가르쳤다고는 하지만 자기도 두 달 동안 크게 신세를 졌으므로 사례금을 받는다면 자기도 식대를 내야 한다면서 사양하였다. 우지도미는 말했다.

"아니, 그 대신 그대가 장차 교토에 들렀을 때 부탁하고 싶은 일도 있고 하니 사양 말고 어서 넣으시오."

"부탁이 있으시다면 무엇이나 들어 드리겠습니다만 돈은 성의만 간직하기로 하겠습니다."

그녀가 끝내 거절하자 우지도미는 그녀 뒤에 서 있는 조타로를 발견하고 그에게 말했다.

"옳지, 그럼 이 돈은 네게 줄 터이니 여행 도중에 사고 싶은 거나 사라."

"고맙습니다."

조타로는 서슴치 않고 그 돈을 받아 넣었다.

"오쓰우 누나, 받아도 되지?"

사후 승낙을 요구하므로 오쓰우도 하는 수 없었다.

"미안합니다."

오쓰우는 고개를 숙였다.

우지도미는 만족스러운 듯이 웃는다.

"부탁이란, 그대들이 교토에 가면 이것을 호리가와(堀川)의 가라스마루 미쓰히로(烏丸光廣)라는 분에게 전해 달라는 거요."

우지도미는 벽장 속에서 두 권의 그림책을 꺼냈다.

"재작년 미쓰히로 경의 부탁을 받고 내가 그린 서투른 그림인데, 이 그림에 미쓰히로 경이 시를 써서 천황께 헌납한다고 하시더군. 다른 인편에 전하려니 마음이 놓이지 않아. 비를 맞지 않도록, 더럽히지 않도록 각별히 주의해서 전해 주오."

뜻하지 않은 큰 임무를 맡아 오쓰우는 약간 난처했지만 거절할 수도 없었다. 우지도미는 별도로 만들어 놓은 상자와 유지(油紙)를 가지고 와서 책을 싸기 전에 그림을 자랑삼아 펼쳐놓았다.

아직 설명이 붙은 글이 없어서 무슨 내용을 그린 것인지는 모르겠으나 거기에 묘사한 헤이안초(平安朝)의 풍속과 생활이, 섬세한 필치로 화려한 물감과 금사(金砂)를 써서 황홀하리만큼 아름답게 그려져 있었다.

그림을 모르는 조타로까지도 한마디 했다.

"야아, 이 불은 정말로 타는 것 같은데."

"만지지 말고 봐요."

두 사람이 넋을 잃고 그림을 보고 있을 때 마당으로 들어온 신관집 하인이 무언가 우지도미에게 말을 했다.

우지도미는 하인의 말을 듣고 고개를 끄덕였다.

"응, 그래! 수상한 사람은 아닌 것 같군. 그러나 뒷일을 위해서 무슨 증서라도 한 장 받고 주는 게 좋겠군."

그렇게 일러 놓고 오쓰우가 안고 온 한 자루의 칼과 땀내 나는 보따리를 그 하인에게 들려서 보냈다.

8

피리 선생이 갑자기 떠난다는 소식을 듣고 고라노다치의 무녀들은 한결같이 섭섭한 얼굴을 지었다.

"정말?"

"정말?"

여장을 차린 오쓰우를 둘러쌌다.

"다시는 안 오시나요?"

모두들 이별을 아쉬워했다. 그때 조타로가 뒷담 밖에서 소리쳤다.

"오쓰우 누나, 준비 다 됐어요?"

보니 흰 옷을 벗고 소매가 짧은 옷으로 갈아 입었는데, 허리춤에는 목검을 차고 등에는 아라키다 님에게서 부탁 받은 그림책 보따리를 소중한 듯이 걸머지고 있다.

"정말 빠르군요."

"그야 빠르지. 오쓰우 누나는 아직 멀었어? 여자하고 어딜 가려면 치장하는데 시간이 걸리거든."

이 집엔 남자는 한 발자국도 들어올 수 없기 때문에 조타로는 잠시 동안 양지바른 곳에서 하품을 하며 기다렸다.

잠시 동안이라도 그의 발랄한 신경은 곧 따분함을 느끼는지 가만히 있을 수가 없는 모양이다.

"오쓰우 누나, 아직 멀었어?"

집 안에서 대답한다.

"곧 가요."

오쓰우도 떠날 준비는 벌써 끝냈지만 불과 두 달 동안이라도 다정한 언니처럼 정이 들어서 무녀들은 여간해서 오쓰우를 놓아 주지 않았다.

"또 올게요. 여러분 안녕히 계세요."

과연 또 올 날이 있을는지. 오쓰우는 거짓말을 한 듯한 기분이었다.

무녀들 중에는 훌쩍이며 우는 사람도 있었다. 한 무녀가 이스즈 강 다리까지 전송하겠다고 나서자 모두 그 말에 찬동하여 오쓰우를 둘러싸고 밖으로 나갔다.

"……?"

그렇게 서두르던 조타로가 보이지 않는다. 무녀들은 각기 작은 입술에 손을 대고 불렀다.

"조타로……."

"조타로……."

오쓰우는 그의 천성을 잘 알고 있기 때문에 그리 걱정을 하지 않았다.

"필경 기다리다 못해 다리께로 먼저 갔을 거예요."

"심술궂군요."

그러자 한 무녀가 그녀의 얼굴을 들여다보며 묻는다.

"그 아이, 선생님 아들?"

오쓰우는 어처구니가 없었다. 자기도 모르게 정색을 한다.

"뭐라고? 저 조타로가 내 아들이라고? 나는 새해를 맞으면 스물 하나가 돼요. 그렇게 나이가 들어 보여요?"

"누군가가 그러던데요."

오쓰우는 아까 우지도미가 한 말을 상기하고 다시 불쾌해졌다. 그러나 세상 사람들이야 뭐라고 하든 간에 자기를 믿어 주는 사람은 한 사람으로 족하다. 그 사람만 믿어 준다면 만족인 것이다.

"너무해! 너무해!"

먼저 떠난 줄만 알았던 조타로가 그때 뒤에서 달려온다.

"기다리라더니 잠자코 먼저 떠나는 데가 어딨어! 너무 하잖아."

조타로는 입을 삐죽거렸다.

"난 먼저 간 줄 알았지."

"없으면 찾아볼 만한 친절쯤은 있어야 할 게 아냐. 나는 도바(鳥羽) 가도 쪽으로 스승님 비슷한 사람이 가길래 혹시나 하고 가본 거야."

"뭐라고? 무사시님 비슷한 사람?"

"그런데 딴 사람이었어. 한길까지 나가서 뒷 모습을 보니까 먼 데서도 눈에 띌 정도로 다리를 절던걸. 낙심 천만이야."

9

두 사람이 여행을 하다 보면 조타로가 지금 겪은 것 같은 쓰디쓴 환멸을 매일 겪게 된다. 지나쳐 가는 옷모습을 보고도 뒷모습이 비슷해서 혹시나 하고 앞에까지 뛰어가 돌아보기도 하고, 이층집 창가에 얼씬거린 그림자에도, 떠나간 나룻배 안에서도, 말에 탄 사람, 가마에 실린 사람, 조금이라도 무사시와 비슷한 사람을 보면 가슴이 두근거렸다.

'혹시?'

그리고 그것을 확인하기까지의 덧없는 노력과 그 뒤에의 낙담, 둘이서 쓸쓸한 얼굴을 몇십 번 마주 보았는지 모른다.

그러므로 오쓰우는 지금 조타로가 낙심하고 있는 만큼은 그의 이야기에 집착을 가지지 않았다. 더구나 다리를 절룩거리는 무사였다는 말을 듣고는 웃어 넘겨 버렸다.

"정말 수고했어요. 길을 떠날 때는 처음부터 기분이 나쁘면 끝까지 나쁘다니까……우리 사이좋게 떠나요."

"이 애들은?"

조타로는 그들 뒤로 줄줄 따라오는 무녀들을 돌아보았다.

"왜 줄줄 따라오는 거지?"

"그런 말 하면 못써. 우리와 헤어지기가 섭섭해서 이스즈 다리까지 전송해 준대요."

"정말 수고하는군요."

오쓰우의 흉내를 내서 모두 까르르 웃었다.

일행에 그가 끼이자 지금까지 이별하는 슬픔에 싸여 말수가 적던 무녀들도 갑자기 기운을 되찾는다.

"오쓰우님, 선생님. 그 길로 가시면 길이 틀려요."

"아아뇨."

오쓰우는 알고 있는 듯 다마구시고문(玉串御門) 쪽으로 돌아 멀리 저편 내궁(內宮) 정전(正殿)을 향해 손뼉을 치고 잠시 고개를 숙이고 있었다.

"오라, 신령님께 작별 인사를 하는군."

그것을 본 조타로는 중얼거릴 뿐 그저 보고만 있으므로 무녀들은 그의 등이며 어깨를 손가락으로 찌른다.

"조타로님은 왜 참배를 안 하죠?"

"난 싫어."

"싫다니, 벌 받아요. 그런 말을 하면 입이 비뚤어진대."

"신령님께 참배하는 게 왜 창피하죠? 거리에서 믿는 잡신과는 달라요. 우리들의 어머니라고 생각하면 되잖아요."

"그런 것쯤 나도 알고 있어."

"그럼 참배하고 와요."

"싫대두."

"고집쟁이군요."

"머저리, 밥통 같은 것이! 시끄러워!"

"어머나!"

그의 험구를 듣고 긴 머리 처녀들은 모두 눈이 휘둥그레졌다.

"어머나……."

"어머나……."

"굉장히 무서운 애로군."

오쓰우가 참배를 마치고 돌아와서 묻는다.

"여러분, 왜들 그러죠?"

묻기를 기다렸다는 듯이 대꾸한다.

"조타로님이 우릴 보고 머저리, 밥통이래요. 그리고 신령님께 참배하는 건 싫대요."

"조타로가 잘못했어요."

"뭘."

"언젠가 말하기를 야마토의 반야 고개에서 무사시님이 보장원의 중들과 싸울 때 조타로는 큰소리로 신령님을 부르며 하늘을 향해 합장을 했다면서? 어서 가서 절하고 와요."

"하지만……모두 보고 있는걸."

"그럼, 여러분. 뒤로 돌아서 줘요. 나도 돌아서 있을게."

오쓰우는 말하고 일렬로 서서 조타로 쪽으로 등을 돌렸다.

"이제 됐지? 이렇게 하면."

오쓰우가 말했지만 대답이 없으므로 뒤돌아보니 조타로는 다마구시 문 앞까지 뛰어가 꾸벅 절을 하고 있었다.

바람개비

1

  겨울 바다가 보이는 찻집 의자에 앉아 들메끈을 고치고 있는 것은 무사시였다.

  "나으리, 섬 구경을 가는 배가 곧 떠나는데 안 가시렵니까?"

  뱃사공이 그의 앞에 서서 권하고 있었다.

  조개를 담은 바구니를 든 해녀들이 아까부터 소리쳤다.

  "나으리, 선물로 조개를 사세요."

  "조개를 사세요."

  "……."

  무사시는 피고름으로 더러워진 헝겊을 다리에서 풀고 있었다. 그토록 그를 괴롭히던 상처는 이제 말끔히 염증이 가시고 부기도 빠져 납작해졌다. 하얗게 색이 변한 발등에는 잔주름이 져 있었다.

  "안 사, 안 사."

  손을 저으며 해녀와 뱃사공을 물리친 그는 앓던 발로 모래를 밟고 물가에 가서 첨벙첨벙 바닷물에 발을 담그었다.

그는 오늘 아침부터 발의 고통을 거의 느끼지 않을 뿐 아니라, 몸도 염려할 필요가 없을 만큼 기력이 충만해 있었다. 따라서 안정감이 달라진 것은 물론이지만, 그 자신은 다리의 고통이 나았다는 사실보다도 오늘 아침에 품은 심경(心境)이 어제보다도 분명히 한 걸음 성장했다는 것을 스스로 인정하고, 또한 자신에 대하여 무한한 기쁨으로 여기고 있었다.

찻집 여자아이를 시켜 가죽 버선을 사오게 하고 새 짚신을 신은 그는 두 발로 힘차게 대지를 딛고 섰다. 아직도 절룩거리는 버릇과 약간의 통증이 남아 있었지만 염두에 둘 만한 정도는 아니었다.

"배가 떠난다고 소리치고 있는데, 나으리는 오미나토(大湊)로 가시는 분이 아닙니까?"

소라를 굽고 있던 영감의 주의를 받고 무사시는 정신을 차렸다. 발의 상태를 확인하느라고 잠시 아무 소리도 듣지 못했던 것이다.

"그렇소, 오미나토로 건너가면 그곳에서 쓰(津)로 가는 선편이 있지요?"

"예, 욧카이치(四日市)나, 구와나(桑名)로도 가지요."

"영감, 도대체 오늘은 며칠이오?"

"하하하하, 세월가는 것도 모르시는 걸 보니 팔자가 좋으신 분이군. 오늘은 섣달 스무나흘입죠."

"그 정도밖에 안됐나요?"

"젊은 사람들은 부러운 말을 하거든."

다카시로(高城) 해변의 도선장(渡船場)까지 무사시는 뛰듯이 걸었다. 더 빨리 뛰어 보고 싶은 기분이었다.

강 건너 오미나토까지 가는 배는 곧 만원이 되었다. 바로 그 무렵 무녀들의 전송을 받으며 오쓰우와 조타로는 손과 삿갓을 흔들며 서로의 이별을 아쉬워하면서 이스즈 강의 다리를 건너고 있었을 것이다.

그 이스즈 강을 흐르는 물은 오미나토로 흘러오지만 무사시를 실은 배는 무심히 노젓는 소리를 내며 물결을 헤치고 있었다.

무사시는 오미나토에서 바로 큰 배로 갈아탔다. 오와리(尾張)까지 가는 그 배에는 여객이 대부분이다. 왼편에 후루이치(古市), 야마다(山田), 마쓰사카(松坂) 대로의 가로수를 보면서 큰 돛에 순풍을 안고 잔잔한 해안선을 유유히 나아가고 있었다.

육로로 해서 같은 방향으로 가도를 걸어가는 오쓰우와 조타로의 발걸음은

어느 쪽이 빠르고 어느 쪽이 느린지 분간하기 어려웠다.

2

마쓰사카(松坂)까지 가면 이세(伊勢) 출신자로 요즘 귀재(鬼才)라고 칭송되는 검객, 미코가미 덴젠(神子上典膳)이 있다는 것을 알고 있었지만 무사시는 단념하고 쓰(津)에서 내렸다.

항구에서 내릴 때 바로 앞에 걸어가는 사나이의 허리에 두 자 정도의 막대기가 꽂혀 있는 것이 문득 무사시의 시선을 끌었다.

사슬이 감겨져 있고 사슬 끝에는 쇠덩어리가 달려 있다. 그 외에 그 사나이는 가죽으로 칼집을 감은 야도(野刀)를 차고 있었다. 나이는 마흔두서넛, 살결이 검고 곰보이다. 머리칼은 붉고 곱슬곱슬하다.

"주인 어른, 주인 어른."

뒤에서 그를 이렇게 부르는 사람이 없었더라면 누가 보아도 야무사(野武士)로밖에 볼 수 없었다. 그렇지만 배에서 뒤늦게 쫓아온 자를 보니 16, 7세의 대장간 머슴이었다. 코 양 옆에 검정이 묻고 어깨에는 자루가 긴 쇠망치를 메고 있었다.

"같이 가요, 주인 어른."

"빨리 와."

"배 안에 망치를 놓고 왔거든요."

"장사 밑천을 놓고 오는 녀석이 어딨어!"

"가지고 왔어요."

"당연하지. 만일 잊고 왔으면 네놈 해골을 부숴 버릴 테다."

"주인 어른."

"귀찮은 녀석이군."

"오늘 밤은 쓰에서 자지 않습니까?"

"아직 해가 남았으니 부지런히 걷자."

"여기서 하룻밤 묵어가고 싶은데요. 이렇게 객지까지 와서 일을 할 때는 호강도 좀 해야죠."

"까불지 마."

배에서 거리로 통하는 한길은 여기도 예외 없이 여인숙의 손님을 끄는 하인들과 토산물 장수로 법석을 떨고 있었다.

쇠망치를 어깨에 멘 대장장이 머슴은 이 법석통에 또 다시 주인의 모습을 잃고 두리번거린다. 이윽고 주인은 한 가게에서 장난감 바람개비를 사서 들고 나타났다.

"이와코(岩公)."

그는 머슴을 불렀다.

"예."

"이걸 가지고 가자."

"바람개비로군요."

"손에 들고 다니면 사람과 부딪쳐 부서지기 쉬우니 목덜미 옷깃에 꽂아라."

"선물입니까?"

"응."

어린아이가 있는 모양이다. 며칠 만에 일을 마치고 이제부터 돌아가려는 집에는 방긋거리는 어린아이가 기다리고, 그 얼굴을 보는 것이 그는 무엇보다도 즐거운 모양이었다.

이와코의 목덜미에서 돌고 있는 바람개비가 걱정되는 듯, 주인은 가끔 뒤를 돌아보며 앞서 간다.

우연히 무사시가 가는 같은 방향으로만 길을 걷는 것이었다.

'옳지.'

무사시는 짐작되는 바가 있었다. 이 사나이로구나……하고.

그렇지만 세상에는 대장장이도 많고 사슬낫을 지니고 다니는 사람도 많다. 그래서 그가 앞서거니 뒤서거니 하며 주의해 살펴보니 그들은 쓰의 성안 거리를 가로질러 스즈카(鈴鹿)의 산길로 접어든 데다, 단편적으로 들려오는 두 사람의 대화로도 틀림이 없을 듯 했으므로 무사시는 먼저 말을 건넸다.

"우메바다(梅畑)까지 가십니까?"

상대는 뚝뚝한 말투로 대답한다.

"아아, 그렇소."

"그럼, 혹시 시시도 바이켄(宍戸梅軒)님이 아니십니까?"

"음……잘 알고 있군. 나는 바이켄인데, 임자는?"

3

스즈카 고개를 넘어 미나구치(水口)에서 고슈 구사쓰(江州草津)로——이 길은 교토로 가려면 당연히 거쳐야 하는 길이어서 무사시는 얼마 전에 지나간 일이 있었지만, 늦어도 그믐날까지는 목적지에 도착하여 새해를 그곳에서 맞고 싶은 심정도 있고 해서 곧장 온 것이었다.

며칠 전 찾아갔다가 만나지 못한 시시도 바이켄은 후일에 기회가 있다면 몰라도 구태여 무리를 하면서까지 만날 만큼 집착심은 없었는데, 여기서 뜻하지 않게 만나보니 바이켄의 사슬낫이라는 것을 구경할 깊은 인연이 있다고 생각지 않을 수 없었다.

"선생과는 꽤나 인연이 있는 것 같습니다. 실은 며칠 전 선생이 안 계실 때 우지이 마을의 귀댁을 방문해서 부인만을 뵙고 온 미야모토 무사시라는, 수업중의 사람이올시다."

"아, 그래?"

바이켄은 무슨 영문인지 알겠다는 표정을 지었다.

"야마다의 여인숙에 묵으며 나와 시합을 하고 싶다던 사람인가?"

"들으셨습니까?"

"아라키다님에게 내가 있느냐고 물어 보았다지?"

"그렇습니다."

"나는, 아라키다님의 부탁으로 일하러 간 건 사실이지만 아라키다님 댁에 있었던 것은 아니야. 일은 다른 곳에서 하고 왔어."

"아……어쩐지."

"야마다의 여인숙에 유숙한 무사가 나를 찾더라는 소식은 들었지만 귀찮아서 모른 척했어. 그것이 임자였군."

"그렇습니다. 사슬 낫의 명인(名人)이란 소문을 듣고……."

"하하하, 마누라를 봤나?"

"부인께서 야헤가키류의 자세까지 보여 주십디다."

"그럼 됐잖아? 구태여 내 뒤를 쫓아와서까지 시합을 할 필요는 없겠지. 내가 보여 준대도 마찬가지야. 그 이상의 것을 보여 줘도 좋지만 보는 순간 임자는 저승에 가야 해."

집을 지키던 부인도 보통이 아니었지만 이 남편도 오만과 자신이 이만저만이 아니었다. 오만한 무인들은 어디에 가나 흔히 눈에 뜨인다. 그 정도의 자존심도 없어서는 무사세계에서 살아가기 어렵다는 이유도 있다.

무사시 역시 그러한 바이켄을 마음 한 구석으로는 얕보는 기개가 충분히 있었다. 그러나 분별없이 상대를 얕보지는 않는다. 왜냐하면 인생의 첫 출발

때, 이 세상에는 상수(上手)가 얼마든지 있다는 실례를 뼈저리게 보여 준 다쿠안의 교훈도 있고, 또 보장원과 야규 성을 거쳐서 얻은 경험도 있기 때문이다.

무사시는 기개와 자존심으로써 먼저 상대를 살피기 전에 세심한 눈으로 여러 각도에서 상대의 가치를 저울질해 본다. 때로는 소심할 정도로, 때로는 비굴할 정도로 최하의 자세로 응대하는 태도를 취해 놓는다.

'이 인간은 이 정도……'

그래도 판별이 서지 않으면 비록 상대방의 언동이 불손하더라도 여간해서 자기의 감정을 나타내지 않는다.

"예."

청년답게 겸손한 대답을 한다.

"말씀하신 대로 부인이 보여 주신 자세로 충분한 공부가 되었습니다. 그러나 이왕 여기서 만난 김에 직접 사슬낫에 대한 의견이라도 듣고 갔으면 영광이겠습니다."

"의견이라……그냥 이야기라하면 좋겠지. 오늘밤은 세키(關)의 주막에서 머무르겠는가?"

"그렇게 생각했습니다만, 지장이 없으시다면 귀댁에서 하룻밤만 더 신세를 질 수 없겠습니까?"

"여인숙이 아니니까 이부자리는 없네. 이와코 녀석과 같이 잘 각오라면 그러게나!"

4

그곳에 도착한 때는 저녁 무렵.

붉은 노을이 깔린 이 산촌은 호수처럼 맑고 잔잔하다.

이와코가 먼저 달려가서 알렸기 때문에 대장간 집 앞에는 눈에 익은 그 부인이 아이를 안고 나와 그 선물로 산 바람개비와 함께 아이를 쳐들었다.

"저봐, 아버지가 오시지? 아버지가……."

그렇게 오만하던 시시도 바이켄도 멀리서 아이를 보더니 얼굴 표정을 부드럽게 한다.

"아가야, 이것 봐라."

손을 쳐들어 다섯 손가락으로 놀려 보인다. 나들이에서 돌아왔기 때문에

　그렇기도 하겠지만, 이 부부는 집안에 들어서자 아이를 가운데 놓고 자기들 이야기에만 열중할 뿐 함께 온 무사시 따위는 안중에도 없는 모양이었다.
　저녁 밥상이 들어왔다.
　"아 참, 저 무사에게도 밥을 줘."
　바이켄은 그제야 생각이 난 듯 짚신도 벗지 않은 채 불을 쬐고 있는 무사시를 보며 부인에게 일렀다.
　부인도 역시 퉁명스럽게 말했다.
　"저 분은 요전에도 와서 묵고 갔는데!"
　"이와코와 같이 자게 해."
　"전에도 봉당에서 자리를 깔고 잤으니 오늘밤도 거기서 자겠지요."
　"이봐, 젊은이."
　바이켄은 술잔을 들어 보이며 말한다.
　"술 좋아하나?"
　"싫어하지는 않습니다."
　"한 잔 하지."
　"예."

무사시는 봉당과 방 사이의 문턱에 걸터앉았다.

"그럼 들겠습니다."

잔을 받았다. 시큼한 막걸리였다. 술잔을 다시 바이켄에게 돌렸다.

"주인 어른도 한 잔 하십시오."

"그 잔은 그대로 갖고 있어. 나는 이걸로 마실 테니까. 그런데 젊은이?"

"예."

"몇 살이오? 꽤 젊어 보이는데!"

"스물한 살입니다."

"고향은?"

"미마시카입니다."

그러자 시시도 바이켄의 눈이 갑자기 빛나며 무사시를 자세히 훑어 보았다.

"아까 뭐라고 했지? 이름 말이야, 이름. 임자의 이름?"

"미야모토 무사시."

"무사시? 어떻게 쓰지?"

"다케조(武藏)라고 쓰고 무사시로 부릅니다."

그때 부인이 밥과 국을 가지고 왔다.

"주세요."

음식을 멍석 위에 놓았다.

"그래……."

시시도 바이켄은 잠시 동안 말이 없더니 혼자 고개를 끄덕인다.

"한 잔 더 하게."

무사시의 잔에 술을 따르고 나서 다시 물었다.

"그렇다면 다케조라는 것이 임자의 아명(兒名)인가?"

"그렇습니다."

"17세 때에도 그렇게 불렀나?"

"예!"

"열일곱 살 때 임자는 마타하치라는 사나이하고 세키가하라 싸움에 출전하지 않았나?"

무사시는 약간 놀랐다.

"아니, 어떻게 그걸 아십니까?"

"알고 있지. 나도 세키가하라에서 활동한 사람이야."

그의 말을 듣자 무사시는 반가운 마음이 들었다. 바이켄도 단번에 태도를 고친다.

"어디서 본 것 같다고는 생각했어. 그럼, 전쟁터에서 만난 모양이야!"

그가 말했다.

"그렇다면 주인 어른도 역시 우키다군(浮田軍)의 진중에 계셨습니까?"

"나는 그 당시 고슈 야쓰가와(江州野洲川)에 있었는데 야스가와의 향사들과 한패가 되어 지원 병력으로 선봉에 섰었지."

"그러셨군요. 그럼 만난 적이 있었는지도 모르지요."

"임자와 늘 같이 있던 마타하치는 어떻게 됐지?"

"그 후 만나지 못했습니다."

"그 후라니? 어느 때부터 말인가?"

"전쟁 후, 잠시 동안 이부키의 어떤 집에 숨어서 상처 치료를 하고 있었는데 그 집에서 헤어진 다음부터 말입니다."

"……여보."

그는 아이를 안고 자리에 누운 부인을 보고 말했다.

"술이 없군!"

"이제 그만 마셔요."

"조금만 더 하겠어."

"오늘 저녁은 어쩐 일이유?"

"이야기가 차차 재미있어 가는걸."

"술이 없어요."

"이와코!"

바이켄이 봉당 구석을 향해 소리치자 판자벽 저쪽에서 개가 일어나듯이 짚을 버석거리며 이와코가 기어나왔다.

"부르셨습니까?"

"오노사쿠(斧作) 집에 가서 술 한 되 꾸어 와."

"먼저 들겠습니다."

무사시는 밥그릇을 들고 젓가락을 집었다.

"아, 잠깐!"

바이켄은 얼른 그의 팔목을 잡았다.

"지금 술을 가지러 보냈으니 한 잔만 더……."

"저 때문이라면 제발 그만두십시오. 더는 못합니다."

"괜찮아."

바이켄은 고집을 부렸다.

"아, 그리고 사슬낫 이야기를 듣고 싶다고 그랬지? 내가 아는 것은 전부 이야기해 주지. 그러자면 술을 마셔 가면서 이야기를 해야 신이 나지 않겠나!"

이와코는 곧 돌아왔다.

바이켄은 술병을 불 위에 올려놓고 자기가 고안한 사슬낫이 전투에 얼마나 무섭다는 것을 역설하기 시작했다.

——이 사슬낫으로 적과 싸울 경우 무엇보다도 이로운 점은 칼과 달라서 적에게 방어의 여유를 주지 않는 점이다. 또 직접 적과 싸우기도 전에 적이 가지고 있는 무기를 사슬로 감아서 빼앗는 장점도 있다.

"이렇게 왼 손에 낫을 들고 오른 손에는 철구를 든다고 하자."

바이켄은 앉은 채 자세를 취해 보인다.

"적이 무기로 덤비면 낫으로 막고 그 찰나 적의 면상에 철구를 던진다. 이것이 한 가지 수단이고……."

또 다른 자세를 취해 보이며 설명했다.

"이런 자세를 취할 때 적과 자기와의 간격이 있을 경우 상대의 무기를 빼앗는 것이 이 낫의 목적이지. 칼, 창, 몽둥이, 무엇이든 가능하지."

이런 이야기도 하고 또 쇠덩어리를 던지는 방법도 10여 종이나 있다는 것과, 뱀처럼 자유스러운 선을 그리는 사슬과 낫을 교대로 사용해서 적을 완전히 혼란 속에 빠뜨려 적이 방어에 정신을 잃도록 한 뒤 치명적인 타격을 주는 점이 이 무기의 오묘한 점이라는 말도 했다.

무사시는 열심히 듣고 있었다.

이런 이야기를 들을 때의 그는 전신이 귀가 되고 지식욕의 덩어리가 되어 이야기에 열중하고 도취한다.

사슬과 낫과…….

두 개의 손.

바이켄의 이야기를 들으며 그는 그 나름대로의 생각을 펼치고 있었다.

'인간은 손이 두 개나 있으면서도 칼을 하나만 쓴다.'

마음 속으로 중얼거리고 있었다.

6

두 병째의 술도 어느 틈에 바닥이 났다. 바이켄도 마시기는 했지만 무사시에게 더 많이 권했다. 무사시는 저도 모르게 주량이 넘도록 마시고 전례가 없도록 취했다.

"마누라, 우리들은 안에서 자지. 이 침구를 손님에게 주도록 해."

그의 부인은 항상 여기서 자는 모양으로 바이켄과 무사시가 술을 들고 있는 사이에 손님 앞인 데도 이불을 덮고 누워 있었다.

"손님도 피곤한 모양인데 빨리 자리를 옮겨!"

조금 전부터 무사시를 대하는 바이켄의 태도는 갑자기 친절해졌다. 왜 무사시를 이곳에 자게 하고 자기들은 안에서 자야 하는지, 이해가 가지 않고 불만스럽기라도 한 듯 부인은 퉁명스럽게 물었다.

"손님은 이와코와 같이 봉당에서 자는 게 아니유?"

"이 멍청아!"

그는 부인을 나무란다.

"그건 손님 나름이야. 잠자코 안에다 자리를 깔아."

"……"

부인은 잠옷바람으로 투덜대며 안으로 들어갔다. 바이켄은 잠들어 있는 어린아이를 받아 안았다.

"손님, 누추한 이불이지만 여기는 따뜻하다오. 갈증이 나면 마실 물도 있으니 푹 주무시오."

그리고 나서 주인은 안으로 들어갔다. 잠시 후 부인이 와서 베개를 바꾸어 갔다. 부인은 아까의 태도와는 달리 부드럽게 말했다.

"우리 주인은 많이 취한 데다가 노독이 있어 내일 아침은 늦잠을 잘 것 같으니 손님도 푹 주무시고 아침에는 따뜻한 밥이라도 잡숫고 가시우."

"예, 감사합니다."

무사시는 그렇게 짤막하게만 대답했다. 옷을 벗는 동작까지 귀찮을 정도로 취기가 돈다.

"그럼, 신세를 지겠습니다."

말하기가 바쁘게 이 집 부인이 아기를 끼고 누워 있던 이불 속으로 기어들었다. 이불엔 아직도 모자의 체온이 훈훈히 남아 있었다. 그러나 무사시의 몸은 그것보다도 뜨거웠다.

"그럼, 잘 주무시우."

이 방과 안방의 경계에 서서 무사시의 동태를 지그시 지켜보고 있던 부인은 나직하게 말하고는 등잔불을 훅 불어 껐다.

머리를 조이듯이 취기가 오른다. 관자놀이가 지끈지끈 맥박을 친다.

웬일일까, 오늘 저녁은 왜 이렇게 과음을 했을까? 무사시는 괴로운 나머지 후회마저 했다. 바이켄이 강제로 권했기 때문이라고도 생각했다. 그렇게 오만하고 뚝뚝한 바이켄이 갑자기 술을 더 권해오고 저 퉁명스럽던 부인도 친절해져서 따뜻한 잠자리와 이불을 양보해 주고…… 어째서 그렇게 태도가 급변했을까?

무사시는 문득 수상하게 여겼지만 생각이 정리되기도 전에 졸음이 쏟아졌다. 눈을 감고 이불을 이마까지 끌어올렸다.

아궁이 속의 타다 남은 장작불이 가끔 작은 불길을 일으키며 무사시의 이마에서 명멸했다. 깊은 잠이 든 숨소리가 들려온다.

"……."

하얀 얼굴이 그때까지 두 방 사이의 어둠 속에 서 있었다. 바이켄의 부인이었다. 그녀는 잠시 서 있더니 살금살금 발소리를 죽여가며 남편이 있는 방으로 돌아갔다.

7

무사시는 꿈을 꾸고 있었다. 연결이 안 되는 토막 꿈을 몇 번이나 꾸었다. 꿈이라고 할 수도 없었다. 어릴 때의 기억이 무슨 작용으로 벌레처럼 뇌세포 위를 꿈틀꿈틀 기어다니는 듯한 그런 환각이었다.

하여튼 그는 꿈 속에서 이런 자장가를 듣고 있었다.

자장자장
자는 아이 귀엽지.
안자고 우는 아이
나빠요, 나빠
엄마 울리네.

이 자장가는 며칠 전 그가 이 집에 들렀을 때 이 집 부인이 어린아이를 재우며 부르던 자장가였다. 그 이세 지방 사투리가 섞인 곡조는 미마사카(美作)인 무사시 고향의 자장가와 같다.

그리고 무사시는 젖먹이 아이가 되어 얼굴이 하얀 30세 가량의 여인에게 안겨 있는 것이었다. 그 여인이 자기 어머니라는 것을 젖먹이인 무사시는 알고 있었으며 젖을 빨면서 그 여인의 하얀 얼굴을 쳐다보고 있다.

　나빠요, 나빠
　엄마 울리네.

자기를 흔들면서 어머니는 자장가를 부르고 있는 것이다. 약간 핼쑥하지만 품위가 있는 어머니의 얼굴은 배꽃처럼 하얗다. 긴 축대 위에는 이끼에 꽃이 피었고 토담 위 나뭇가지 언저리는 저물기 시작하여 집안에서 불빛이 새어 나오고 있다.

어머니의 두 눈에서 눈물이 방울져 흘렀다. 젖먹이 무사시는 이상한 듯이 그것을 보고 있는 것이다.

나가!

친정으로 가!

부친인 무니사이(無二齋)의 준엄한 노성이 집안에서 들려오지만 그 모습은 보이지 않는다. 어머니는 어찌 할 바를 몰라서 저택의 긴 돌담을 맴돌고 끝내는 아이다(英田) 강의 물가로 나가 철벅철벅 물 속으로 들어간다.

'위험해요, 위험해'

젖먹이인 무사시가 어머니에게 그 위험을 알리려고 품 안에서 몸부림을 치지만, 어머니는 점점 깊은 물로 들어가며 무사시를 아프도록 껴안고 눈물에 젖은 뺨을 무사시의 얼굴에 비빈다.

'다케조, 다케조, 너는 어머니의 아들이냐, 아버지의 아들이냐?'

그 때 언덕에서 부친의 노성이 들려왔다. 어머니는 그 목소리를 듣고 물 속으로 모습을 감추어 버렸다. 젖먹이 무사시는 자갈이 깔려 있는 물가에 누운 채 큰소리로 울고 있었다.

"……아?"

꿈인 줄 알고 무사시는 잠이 깼으나 다시 스르르 잠이 들자 어머니인지 누구인지 분간 못할 여인이 그의 꿈 속에 나타나 또 그를 깨웠다.

무사시는 자기를 낳은 어머니의 얼굴을 본 적이 없었다. 어머니의 기억은 있어도 그 모습은 기억할 수 없다. 다만 남의 어머니를 보고 자기 어머니도 저런 사람이었으려니 하고 생각할 뿐이었다.

"왜 오늘밤은 이렇게?"

잠도 깨고 술도 깬 무사시는 문득 천정에 눈길을 보냈다. 고드름 같은 그을음이 달린 천정에 붉은 불빛이 명멸하고 있다. 아궁이에서 타다 남은 불빛이 그곳에도 반사되고 있었다.

그의 얼굴 바로 위 천정에 바람개비가 거꾸로 매달려 있었다.

아들에게 주려고 바이켄이 사가지고 온 그 바람개비이다. 그뿐 아니라 무사시가 코 밑까지 덮고 있는 이불 깃에는 달큰한 젖내가 스며 있었다. 무사시는 주위의 이러한 분위기 때문에 어머니 꿈을 꾸었다고 생각했다. 그리고 그리운 듯이 그 바람개비를 올려다보고 있었다.

8

어렴풋이 눈을 뜨고 바람개비를 바라보던 무사시는 갑자기 이상한 기분이

들었다.

"……."

바람개비가 돌기 시작한 것이다.

원래 돌도록 만들어진 바람개비가 도는 것이니만큼 이상할 것도 없으련만 무사시는 흠칫 놀란 듯이 몸을 일으키려다가 다시 귀를 기울인다.

"무얼까?"

어디선가 살며시 문이 열리는 소리가 나더니 다시 닫는 소리가 나자, 돌고 있던 바람개비도 회전을 멈추었다.

이 집의 뒷문을 아까부터 빈번하게 사람들이 출입하고 있었다. 걸음걸이에 조심을 하며 조금도 소리를 내지 않았지만 문을 열고 닫을 때마다 들어오는 바람으로 바람개비가 도는 것이다.

들었던 머리를 다시 베개에 얹고 무사시는 집안의 공기를 자기 몸으로 체득하려고 했다. 한 장의 나뭇잎을 덮어쓰고 천지의 기상(氣象)을 모두 체득하는 곤충같이, 맑고 날카로운 신경이 무사시의 전신을 감싸고 있었다.

무사시는 지금 자기가 어떤 처지에 놓여 있는가를 어느 정도 짐작할 수 있었다.

그러나 알 수 없는 것은 왜 자기의 생명을 다른 사람이, 이 집 주인인 사시도 바이켄이 빼앗으려고 하는가? 그 이유를 알 수가 없었다.

"도둑의 집인가?"

처음에는 그렇게 생각했다.

그러나 도둑이라면 자기의 외모와 소지품의 많고 적고를 보더라도 짐작할 수 있을 것이다. 나를 해쳐서 무슨 소득이 있겠는가?

"원한?"

그것도 아닌 것 같다.

결국 무사시는 아무런 이유도 생각해내지 못했다. 그러나 자기의 생명에 시시각각으로 어떤 위기가 다가오고 있다는 사실만은 피부로 느끼고 있었다. 이대로 기다리는 편이 유리할까? 아니면 선수를 써서 역습을 하는 것이 좋을까? 불가불 양자 택일을 해야 할 만큼 사태는 임박해진 것이다.

무사시는 봉당으로 손을 뻗쳤다. 손 끝으로 짚신을 찾는 것이다. 그 짚신을 찾아 소리없이 이불 속으로 끌어당긴다.

갑자기 바람개비가 세차게 돌기 시작했다. 명멸하는 아궁이의 불빛 속에서 바람개비는 마법(魔法)의 꽃처럼 돌았다.

이번에는 분명히 발소리가 집 밖에서도 집 안에서도 들렸다. 무사시의 잠자리를 중심으로 그것들은 하나의 둘레를 만들고 있는 것이다. 이윽고 소리없이 대나무 발을 들치고 두 개의 눈이 번뜩였다. 무릎을 꿇고 기어오는 사나이는 번뜩이는 칼을 들고, 한 사람은 창을 들고 벽을 끼고 이불 쪽으로 돌았다.

"......"

숨 소리를 들으려는 듯, 두 사나이는 불룩한 이불을 보고 있다. 그러자 또 한 사람이 발 그늘에서 연기처럼 들어와 장승처럼 섰다. 시시도 바이켄이다. 그는 왼손에 낫을 들고 오른손에는 철구를 쥐고 있다.

"......"

"......"

눈과, 눈과, 눈.

세 사람의 호흡이 일치하자, 먼저 머리맡에 있던 자가 발로 베개를 힘껏 찼다. 다리쪽에 있던 사나이는 얼른 창을 겨누었다.

"일어나, 무사시!"

바이켄은 철구를 잡은 손을 뒤로 젖히며 고함을 쳤다.

9

그러나 이불 속에서는 대답이 없었다. 고함을 쳐도, 베개를 차도, 이불은 끝내 반응이 없다. 이 속에 있어야 할 무사시는 이미 어디로 사라지고 없었던 것이다.

창 끝으로 이불을 확 젖힌 사나이가 소리쳤다.

"앗……없다!"

모두들 당황해서 주위를 둘러보았다. 바이켄은 얼굴 앞에서 빙글빙글 돌고 있는 바람개비를 비로소 발견하고 봉당으로 뛰어내렸다.

"문이 열려 있다!"

'앗차!'

한 사나이가 소리쳤다. 봉당에서 뒤꼍으로 통하는 문이 석 자 정도 열려 있는 것이다.

문 밖은 서리가 내려서 하얗게 빛나고 있었다. 이 문에서 들어오는 찬 바람이 바람개비를 돌리고 있는 것이다.

"놈은 이 문으로 나갔어!"

"밖에 있던 녀석들은 무엇을 하고 있었나? 이 멍청이들 같으니!"

바이켄이 허둥거리며 고함을 쳤다.

"아무도 없나?"

그리고 집 밖을 둘러보니까 처마 밑이며 근처의 어둠 속에서 검은 그림자들이 꾸물대며 나왔다.

"……두목, 끝났습니까?"

나직하게 물었다.

"무슨 잠꼬대야. 네놈들은 무엇 때문에 거기 있었던 거야! 놈은 벌써 도망쳤단 말야."

"예? 도망? 어느 틈에……."

"그걸 나한테 물으면 어떡해!"

"이상한데?"

"이 멍청이들아!"

바이켄은 화가 나서 집안으로 들어갔다 나왔다 한다.

"스즈카 고개를 넘었거나 쓰의 큰 길로 갔거나 어차피 길은 둘밖에 없어. 아직 그리 멀리는 못갔을 게다, 찾아 봐!"

"어느 쪽으로 갈까요?"

"나는 고개 쪽으로 가볼 테니 너희들은 큰 길 쪽으로 달려가 봐."

모두 모이니 열 명 정도의 인원이다. 그 중에는 총을 들고 있는 사나이도 있었다.

그들의 모습은 각양각색이었다. 총을 들고 있는 자는 사냥꾼 같았고, 야도 (野刀)를 차고 있는 자는 나무꾼임에 틀림없었다. 그 외의 자들도 대체로 그런 부류들이었으나 모두가 시시도 바이켄의 지휘에 움직이고 있는 점으로 보나 또 그들의 용맹스러운 얼굴로 보나, 아니 누구보다도 바이켄 자신이 보통의 대장장이 같지가 않았다.

"발견하면 총을 쏘아서 신호를 해라."

그들은 두 패로 나뉘어 달려갔다.

그러나 그 빠른 걸음으로 한 시간이나 찾았으나 모두 맥이 빠져 돌아왔다.

"두목, 없습니다."

"제기랄, 분한데!"

저마다 떠들어댔다.

"할 수 없지."

바이켄은 화풀이라도 하는 듯 나뭇가지를 딱딱 꺾어 아궁이에 넣었다.

"마누라, 술 없어? 술이나 줘."

크게 소리쳤다.

10

밤중에 소란을 피워서 젖먹이도 잠이 깨어 울어댔다. 바이켄의 아내가 자리에 누운 채 이제 술은 없다고 대답하자, 한 사나이가 자기 집에서 가져오겠다고 밖으로 나갔다.

모두 이 근처에 살고 있는 모양이었다. 술을 가지러 간 사나이는 곧 돌아왔다. 찬 술을 그대로 마시며 제각기 중얼거린다.

"분통이 터지는데!"

"운이 좋은 녀석이군."

"두목, 고정하십시오. 망을 보던 녀석이 멍청해서 그러니."

바이켄을 위로하며 먼저 재우려고 애를 쓴다.

"나도 잘못했어!"

바이켄은 부하들을 그다지 나무라진 않았다. 그저 씁쓸한 얼굴로 말했다.

"그런 풋내기 놈 하나를 너무 거창하게 다룬 것 같아. 나 혼자서 해치울 걸 그랬어. 하지만 지금부터 4년 전, 그 녀석이 17살 때 우리 형님 쓰지가제 덴마를 죽였을 정도의 상대라고 생각해서 섣불리 다룰 수 없다고 여긴 것이 애당초 잘못이었어."

"그런데 두목, 정말 그 녀석이 4년 전 오코네 쑥집에 숨어 있던 녀석일까요?"

"나도 처음에는 전혀 몰랐어. 그런데 술잔을 나누며 이야기를 하다 보니 세키가하라의 전쟁에 참가했었다는 이야기며, 당시는 다케조라고 했지만 지금은 미야모토 무사시라는 이름이라는 걸 지껄이더군. 놈은 내가 쓰지가제 덴마의 아우인 쓰지가제 고헤이라는 것을 꿈에도 몰랐거든. ……나이를 보나 생김새를 보나 형님을 목검으로 때려 죽인 그 다케조가 분명해."

"그렇다면 정말 분한데!"

"지금은 세상이 조용해져서 비록 형님 덴마가 살아 있더라도 나처럼 대장 장이가 되거나 아니면 산적이 되거나 해야 먹고 살 테지만……. 그렇지만 이름도 없는 어린 녀석에게 형님이 맞아 죽었다는 생각을 할 때마다 울화 가 치밀어서!"

"그때 다케조 녀석 외에 또 하나 젊은 녀석이 있었지요?"

"마타하치야."

"그래그래, 그 마타하치란 녀석은 쑥집 오코와 아케미를 데리고 그날밤 보 따리를 싸가지고 도망을 갔는데 지금쯤 어떻게 됐을까요?"

"형님 덴마는 오코에게 홀딱 반했기 때문에 그런 실수를 한 거야."

"앞으로 너희들도 언제 오코나 다케조를 만날는지 모르니 늘 살펴봐."

"두목, 그만 주무시오."

"우린 가겠어요."

그들은 뿔뿔이 헤어져 갔다. 바이켄은 무사시가 누웠던 이불 속으로 들어 가더니 곧 코를 골며 잠들었다.

11

아무 일도 없었던 듯 이 집 안에도 고요가 찾아들었다. 잠든 숨소리와 쥐가 바스락거리는 소리가 날 뿐이었다. 이따금 선잠이 든 어린아이의 보채는 소리가 나더니 그것도 어느 사이에 조용해졌다.

그때였다.

벽과 아궁이 사이에 놓여 있던 도롱이가 소리도 없이 움직였다.

부엌과 일터의 봉당 사이에 장작이 쌓여 있고 그 옆에 아궁이가 있으며 벽에는 도롱이니 삿갓이 걸려 있었는데…….

도롱이가 저절로 쳐들리듯 전에 걸렸던 못에 걸리더니 그 밑에서 연기처럼 사람의 그림자가 나타났다.

무사시였다.

그는 이 집에서 한 발도 밖으로 나가지 않았던 것이다.

아까 이불 밑에서 기어나오자 그곳의 문을 열어 놓고 나서 도롱이를 쓴 채 장작 사이에 숨어 있었던 것이다.

"……."

그는 봉당으로 살며시 나왔다. 시시도 바이켄은 평화스러운 숨소리를 내고 있었다. 축농증이 있는지 요란한 콧소리를 내며 자고 있었다. 무사시는 조금 우스워진 모양으로 어둠 속에서 쓴웃음을 지었다.

"……."

그럼……하고 무사시는 코를 고는 소리를 들으며 생각해 본다.

시시도 바이켄과의 시합은 내가 이겼다. 완전히 이겼다고 생각했다.

그런데 아까 그들의 이야기를 들어보니 이 시시도 바이켄이란 가명이고 본명은 야스가와의 야무사인 쓰지가제 고헤이라는 것이다. 그리고 왕년에 때려 죽인 쓰지가제 덴마와는 형제가 되며 그 형의 원수를 갚기 위한 것이 오늘밤의 동기였던 모양이다.

살려 둔다면 이 후에도 기회가 있을 적마다 자기의 생명을 노릴 것이다. 일신의 안전을 생각한다면 지금 죽여버리는 것이 상책이긴 하지만 과연 죽일 만한 가치가 있는지?

"……."

그것을 무사시는 생각하고 있었지만 이윽고 무슨 결심을 했는지 그는 바이켄이 자고 있는 발치로 돌아가서 벽에 걸려 있는 사슬낫을 한 자루 벗겨 들었다.

바이켄은 깊은 잠이 든 모양이다. 그의 얼굴을 살피면서 무사시는 손톱을 세워 낫날을 꺼냈다.

무사시는 그 날에다 물에 적신 종이를 감아 바이켄의 목 위에 낫을 살며시 걸쳐 놓았다.

'……됐다!'

천정에 매달린 바람개비도 잠들고 있었다. 만약 낫날에 젖은 종이를 감지 않고 목에 걸쳐 놓는다면 내일 아침 이 집엔 큰 난리가 일어날 것이다.

쓰지가제 덴마를 죽인 데는 그만한 이유가 있었고 전쟁의 북새통의 혈기가 저지른 일이다. 그러나 시시도 바이켄의 생명을 뺏는다는 것은 아무런 의의가 없다. 뿐만 아니라 저 젖먹이가 후일 또 자기를 원수로 취급할 게 아닌가?

웬일인지 오늘 밤 무사시는 죽은 어머니와 아버지 생각이 자꾸 떠올랐다. 이 집안에서 풍기는 달큰한 젖냄새가 어쩐지 향수를 불러일으키는 것이리라.

"폐를 끼쳤소. ……그럼, 안녕히 주무시오."

그렇게 빌면서 소리 없이 덧문을 여닫고 어두운 밤길을 떠났다.

날뛰는 말

1

길을 떠나고 보니 처음 며칠 동안은 기분이 경쾌하기만 했다. 전혀 피곤을 느끼지 않았다.

지난 밤에는 늦게 세키(關)에 도착했다. 오늘 아침은 아직도 안개가 자욱한 새벽에 주막을 나서서 거의 십 리나 걸었을 때에야 그들의 등 뒤로 태양이 솟기 시작했다.

"아이, 아름다워!"

잠시 떠오르는 태양의 장엄한 아름다움에 넋을 잃고 서 있는 오쓰우의 얼굴은 붉게 물들어 신성하리만큼 아름답게 빛났다. 아니, 오쓰우뿐만 아니라 식물도 생물도 모든 것이 자기의 생명에 충실과 긍지를 지니고 지상을 장식하고 있었다.

"아직 아무도 오지 않는군. 오쓰우 누나, 오늘 아침엔 우리가 제일 먼저 이 길을 지나가는 거야."

"별 자랑을 다 하는군. 먼저 가든 뒤에 오든 길은 마찬가지 아냐?"

"다르지."

"그럼 먼저 가면 십리 길이 오리 길로 주나?"

"그런 게 아냐. 같은 길이라도 제일 먼저 가면 기분이 좋잖아. 말 꽁무니나 가마꾼 뒤를 따라가는 것보다는 말이야."

"그건 그렇지만 조타로처럼 으스대고 자랑하는 건 우스워요."

"그래도, 아무도 지나가지 않은 가도를 걸으면 영주가 자기 영토를 밟는 기분이야."

"그래? 그럼 내가 길잡이를 해 줄게."

오쓰우는 길바닥에서 대나무를 주워들고 노래를 부르듯이 큰소리로 외쳤다.

"영주님 행차요오."

문이 닫혀 있는 줄 알았던 찻집 처마 밑에서 누군가 얼굴을 내밀고 오쓰우를 바라본다.

"어머나!"

오쓰우는 얼굴을 붉히고 달아났다.

"오쓰우 누나, 오쓰우 누나!"

조타로도 허둥지둥 쫓아갔다.

"영주님을 팽개치고 도망가면 어떡해? 엄벌에 처해야겠는데."

"이제 장난은 싫어."

"장난은 자기가 먼저 해 놓고……."

"조타로가 그런 말을 하니까 나까지 덩달아 그런 거지 뭐. 어머! 찻집 사람들이 아직까지도 이쪽을 보고 있네. 아마 미친 사람이라고 생각했을는지도 몰라."

"저 집으로 되돌아 가."

"왜?"

"배가 고파!"

"벌써?"

"점심 밥을 반만 먹고 가."

"가만 있어! 아직 20리도 못 왔어요. 조타로는 하루에 다섯 끼나 먹어대니 원!"

"그 대신 나는 오쓰우 누나처럼 삯말을 타거나 가마를 타지 않거든!"

"어제는 세키에서 자려고 무리를 했기 때문이에요. 그런 소리를 한다면 오늘은 안 탈 테야."

"오늘은 내가 탈 차례야."

"애들이 무슨 말이야?"

"말이 타고 싶은걸. 오쓰우 누나, 괜찮지?"

"오늘만이에요."

"아까 저 찻집에 삯말이 있더군. 그것을 빌려와야지!"

"안 돼요. 아직 안 돼."

"그럼, 거짓말이야?"

"아직 20리도 안 와서 말을 타다니 너무 사치스럽잖아."

"그런 식으로 말을 한다면 나는 천 리를 걸어도 피곤하지 않으니까 말 탈 기회는 없어. 사람의 왕래가 심하면 위험하니까 지금 태워줘."

오쓰우가 승낙도 하기 전에 조타로는 지나 온 찻집을 향해 신이 나서 달려갔다.

2

이곳은 시켄차야(四軒茶屋)라고 불린다. 시켄차야란 글자 그대로 네 채의 찻집을 가리키는 이름이다. 그 네 채가 붙어 있는 것은 아니다. 후데스테(筆捨), 구쓰카케(沓掛) 등의 산언덕을 따라 찻집이 네 개나 있어서 그곳을 통틀어 그렇게 부르는 것이다.

"아저씨!"

방금 지나온 찻집 앞에 서서 조타로는 소리를 질렀다.

"말을 꺼내 주세요!"

찻집은 방금 문을 열었다. 찻집 주인은 새벽부터 떠들어대는 아이에게 떨떠름한 표정으로 말했다.

"뭐야, 귀청 떨어지겠네."

"말요, 빨리 말을 꺼내 주세요. 미나구치(水口)까지 얼마예요? 싸다면 구사쓰(草津)까지 타고 갈 수도 있어요."

"너, 뉘 집 아들이냐?"

"사람 아들이죠."

"천둥 아들인줄 알았네."

"천둥은 아저씨가 천둥이죠."

"어른한테 꼬박꼬박 말대꾸할 거야?"

"말이나 꺼내 줘요."

"저 말은 빌려 주는 말이 아니야. 어떻게 돌려줄 거야?"

"어쨌든 돌려주면 될 거 아녜요."

"그래도 이 꼬마가!"

만두를 찌고 있는 부뚜막 밑에서 주인이 불이 붙어 있는 장작을 하나 꺼내 홱 내던졌다. 그것은 조타로에게 맞지 않고 처마 밑에 묶여 있는 늙은 말의 다리에 가서 맞았다.

망아지로 태어나 지금까지 매일 온갖 궂은일을 다 하고, 무거운 짐을 싣고 언덕을 오르내리면서도 불평 한 마디 하지 않은 늙은 말이다. 이제 속눈썹이 하얗게 센 그 늙은 말은 깜짝 놀라 오랜만에 힘차게 울고 등으로 짐을 부딪치며 발버둥쳤다.

"이놈!"

말을 야단치는 것인지, 조타로를 야단치는 것인지, 주인은 뛰어와서 외쳤다.

"워이, 워이!"

고삐를 풀어 집 옆으로 말을 데리고 가려 하자 조타로가 말했다.

"아저씨, 빌려줘요."

"안 된다니까."

"빌려줘요."

"마부가 없어."

그 때 오쓰우도 옆에 와서 마부가 없으면 돈을 선불하겠으며, 말은 미나구치에서 이쪽으로 오는 사람 편에 맡기겠다고 부탁했다. 그러자 주인은 오쓰우의 말은 믿을 수 있었는지, 그렇다면 미나구치까지 아니 구사쓰까지라도 상관없으니 말은 이곳으로 오는 사람 편에 맡겨달라고 하며 고삐를 그녀에게 건네주었다.

조타로는 혀를 차며 말했다.

"바보 같은 게, 오쓰우가 예쁘니까."

"조타로, 할아버지에게 그렇게 나쁜 말을 하면, 이 말이 알아듣고 화가 나서 도중에 등을 흔들어 떨어뜨릴지도 몰라요."

"이런 노망난 말 등에서 떨어질까."

"탈 수 있겠어요?"

"탈 수 있어. ……단지 키가 닿지 않아."

"그렇게 말 엉덩이를 안아도 안 돼요?"

"안아서 태워줘."

"성가신 꼬마."

겨드랑이 밑에 양손을 넣어, 그녀가 말 등에 태워주자 조타로는 갑자기 다시 땅 위를 걸어가고 싶어졌다.

"오쓰우, 가자."

"자세가 위험해요."

"괜찮아."

"자아, 가요."

오쓰우는 고삐를 잡고 등 뒤로 찻집 주인에게 인사를 하고 걷기 시작했다.

"할아버지, 그럼."

그런데 백 걸음도 채 가지 않았을 때, 모습은 보이지 않지만 아침 안개 속에서 '이봐' 하고 부르는 소리가 들렸다.

3

"누구야?"

"우리를 부르는 걸까?"

말을 멈추고 돌아보았다. 연기 같은 하얀 안개 속에서 사람 하나가 점점 그 모습을 드러냈다. 드디어 윤곽이나 옷색깔, 나이까지 알아볼 수 있을 정도로 거리를 좁혀왔다.

밤이었다면 다가오는 사이에 두 사람은 도망쳤을지 모른다. 길고 두툼한 칼을 칼집에 꽂고, 철퇴를 허리에 차고 있는, 눈이 무서운 사내였다.

바람이 불어온 듯이, 그 사내의 몸에서 뜨거운 공기가 움직여 왔다. 사내는 갑자기 오쓰우 옆으로 와서 발을 멈춘 것이다. 그리고 오쓰우가 잡고 있는 고삐를 갑자기 빼앗는다.

"내려!"

얼굴은 조타로를 향한 채 명령을 한다.

늙은 말은 겁을 먹어 킁킁거리며 뒷걸음질을 쳤다. 조타로는 갈기를 붙들고 늘어지면서 소리쳤다.

"뭐, 뭐야! 어림도 없는 소리 하지 마. ……이 말은 우리가 빌린 거야."

"시끄러워!"

철퇴 사내는 들은 체도 않는다.

"여자!"

"예."

"나는 여기서 조금 들어간 곳에 있는 우지인(雲林院) 마을에 사는 시시도 바이켄이라는 사람이다. 사정이 있어서, 이 대로로 오늘 아침 어두울 때 도망간 미야모토 무사시라는 자를 쫓아왔다. 벌써 상대는 미나구치도 지났을 거야. 아무래도 고슈구치(江州口)의 야스강(野洲川) 근처에서 놈을 잡아야 할 것 같다. ……그 말을 내게 양보해라."

헐레벌떡 급히 말했다. 안개가 우듬지에 휘감기어 얼음 꽃이 필 정도로 추운데 바이켄의 목은 파충류의 피부처럼 땀으로 번들거려 두꺼운 혈관이 더욱 부풀어 있다.

꼼짝 않고 우뚝 선 채 몸의 피를 모두 대지에 빨려버린 듯, 오쓰우의 얼굴은 점점 창백해졌다. 다시 한 번 귀를 쫑긋 세우고 듣고 싶은 듯, 보랏빛으로 변해버린 입술을 바르르 떨었지만, 갑자기 아무 말도 할 수 없는 얼굴이었다.

"……무, 무사시라고?"

말 등에서 조타로는 이렇게 말했다. 갈기를 움켜잡은 채 손도 발도 바들바들 떨고 있었다.

마음이 급한 바이켄의 눈에는 심상치 않은 그런 두 사람의 놀라움도 눈에 들어오지 않았다.

"자, 꼬마. 내려, 내리란 말이야. 우물쭈물하고 있으면 끌어내릴 테니까."

고삐 끝을 채찍으로 해서 위협하자 조타로는 세차게 고개를 흔들었다.

"싫어!"

"싫다고?"

"내 말이야. 이 말로 앞서 간 사람을 쫓아가다니, 그렇게는 못해."

"여자와 아이라고 생각해서 일부러 이유까지 설명해 주었더니, 고작 꼬마가 버르장머리 없게."

"그치? 오쓰우."

조타로는 바이켄의 머리 너머로 말했다.

"이 말은 줄 수 없어. 이 말은 주어서는 안 돼."

오쓰우는 조타로의 말을 기특하다고 칭찬해주고 싶었다. 이 말은 물론, 이 사람도 무사시를 쫓아가게 해서는 절대로 안 된다고 생각했다.

"그래요. 당신이 바쁘다는 건 짐작되지만, 우리도 바쁜 몸입니다. 조금 있으면 지나가는 말도 가마도 얼마든지 있을 겁니다. 다른 사람이 타고 있는 걸 빼앗는다는 건, 저 아이 말처럼 부당합니다. 그렇게는 못합니다."

"나도 안 내릴 거야. 죽어도 이 말은 못 줘."

두 사람은 굳게 마음을 모아 바이켄의 요구를 뿌리쳤다.

4

오쓰우와 조타로 두 사람이 마음을 모아 억세게 그런 태도를 보이는 것은, 바이켄에게도 조금 의외였다. 하지만 본디 이 사내의 눈으로 보면 그런 반항은 그저 조금 이상한 정도였다.

"그럼 무슨 일이 있어도 이 말은 양보할 수 없다는 건가?"

"물론!"

조타로의 말투는 마치 어른 같았다.

"이놈!"

바이켄이 어른스럽지 못하게 소리친 것도 무리가 아니었다.

말 등으로 올라가, 갈기를 붙잡고 늘어진 벼룩 같은 조타로를 집어던져 버리려 한 것이다. 조타로는 갑자기 말의 배에 있는 그의 한쪽 발을 뻗었다.

이런 때 빼야 할 허리의 목검을 조타로는 완전히 잊어버리고 있는 것 같았다. 자기보다 강하다는 것을 알고 있는 적에게 발목을 잡혔다는 생각에 그저 흥분해서 소리쳤다.

"아, 이 새끼가!"

바이켄의 얼굴에 몇 번이고 침을 뱉었다.

평생의 큰일은 언제 찾아올지 모른다. 그저 지금, 일출을 맞아 살아 있는 기쁨을 생각한 생명이 새까만 전율에 싸여 있는 것이다. 오쓰우는 이런 때 이런 사내 때문에 상처를 입는 것은 싫었고, 더구나 죽기는 더 싫다고 생각했다. 공포로 입 안이 바싹 말라버렸다.

하지만 사과를 하고 이 사내에게 말을 건네줄 마음은 아무래도 생기지 않았다. 이 흉측한 사내는 이 길을 앞서 지나갔다는 무사시의 뒤를 쫓고 있는 것이다. 무언가 큰 위험이 무사시를 쫓고 있음에 틀림없다. 이 사내를 한시

라도 이곳에 붙잡아두면, 무사시는 조금이라도 위험으로부터 멀어질 수 있다.

아무리 자신과 무사시 사이의 거리를 다시 멀어지게 한다 해도, 이 사내에게 말을 달려 무사시를 쫓게 할 수는 없다고 붉은 입술을 깨물고 생각하는 것이었다.

"뭐하는 거예요!"

자신의 용기와 무모함에 놀라며 오쓰우는 바이켄의 가슴을 세게 쳤다. 얼굴에 침을 맞은 데다, 약하다고 생각하고 있던 여자의 그 손이 힘껏 쳤기 때문에 바이켄도 조금 주춤했다. 뿐만 아니라 여자의 생각이란 언제나 남자의 의표를 찌르는 것이라, 바이켄의 가슴을 친 오쓰우의 손은 바로 다음 순간, 바이켄이 차고 있는 칼의 손잡이를 잡고 있었다.

"이년!"

호통을 치며 바이켄이 오쓰우의 손목을 잡았다. 하지만 그곳은 이미 칼집에서 빠져나오기 시작한 하얀 칼날 부분이었다. 손이 닿는 순간, 바이켄의 오른손 새끼손가락과 약지 두 개가 튕기듯이 베어져 피와 함께 땅 위에 떨어졌다.

"아앗!"

반사적으로 남은 손가락을 누르고 뒤로 물러났기 때문에, 스스로 칼집을 뽑은 꼴이 되어 오쓰우의 손에는 물보다 깨끗한 빛을 머금은 칼날을 세운 칼이 들려지게 되었다.

이 길에서는 이력이 난 시시도 바이켄에게, 이것은 어젯밤의 실수 이상의 실수였다. 처음부터 여자와 어린아이라고 얕잡아본 것이 중대한 원인이었다는 것은 말할 것도 없다.

'아차' 하고 자신의 실수를 후회하며 다시 일어서려는데, 이미 아무것도 무서운 게 없어진 오쓰우의 손에서 칼이 날아온 것이었다. 그것은 3척에 가까운 칼로, 건장한 사내라도 그리 쉽게 다룰 수 있는 것이 아니었다. 바이켄의 몸을 살짝 비껴가자 당연히 오쓰우의 손은 파도를 그렸고, 자기가 휘두른 칼 때문에 몸이 쏠려 휘청거렸다.

그리고 나무를 벤 듯한 느낌을 팔에 느끼자, 검붉은 피가 얼굴로 쏟아졌다. 그녀는 눈앞이 캄캄해지는 것 같았다. 조타로가 매달려 있는 말의 엉덩이에 칼 끝이 들어가 버린 것이다.

5

말에게는 오늘따라 놀랄 일만 생긴다. 칼날은 그리 깊이 들어가지는 않았지만, 말의 울부짖음은 비명에 가까웠다. 엉덩이의 상처에서 피가 쏟아진 것이다.

바이켄은 뭔가 의미를 알 수 없는 큰 소리를 지르더니 오쓰우에게서 자기 칼을 빼앗으려고 그녀의 손목을 잡았다. 그러나 미친듯 말의 뒷발은 그 두 사람을 차고 우뚝 서더니 코를 털고 다시 울부짖은 다음 그대로 바람을 일으키며 똑바로 달려가기 시작했다.

"아, 야, 야아!"

말이 일으키는 모래먼지를 향해 바이켄은 고꾸라졌다. 분노했지만 그 말을 쫓아갈 수는 물론 없었다.

그래서 혈안이 된 무서운 눈을 오쓰우 쪽으로 돌렸지만, 오쓰우의 모습도 갑자기 보이지 않는다.

"어?"

이렇게 되자 드디어 바이켄의 관자놀이에 핏대가 섰다. 살펴보니 자기 칼

은 길가의 적송(赤松) 밑동에 내팽개쳐져 있었다. 달려들듯이 가서 주워들고 그곳 일대를 살펴보니 낮은 벼랑 아래 농가의, 새 이엉으로 이은 지붕이 보인다.

　오쓰우는 말에게 차여 그곳에 굴러떨어진 것 같다. 이미 그 때는 바이켄도 그녀가 무사시와 무슨 관계가 있는 사람임에 틀림없다는 것에 생각이 미치고 있었다. 무사시를 쫓는 것도 급하지만 오쓰우를 놓치는 것도 분하다.

　"어디?"

　바이켄은 신음하며 그곳 농가 근처를 돌아다녔다.

　"어디 숨은 거야?"

　마루 밑을 보기도 하고 헛간 문을 열어보기도 했다. 그의 미친 듯한 모습을 곱사등이 같은 농가 노인이 물레질을 하며 공포에 질린 눈으로 보고 있을 뿐이었다.

　"아! ……저런 곳에."

　깊은 편백나무 계곡에는 아직 눈이 남아 있었다. 그 계곡을 향해 오쓰우는 편백나무 숲의 급한 경사를 꿩처럼 도망쳐 내려가고 있었다.

　"찾았다!"

바이켄은 위에서 이렇게 소리쳤다. 오쓰우는 무심코 뒤를 돌아보았다. 흙이 무너지는 것보다 빨리 바이켄의 모습은 오쓰우의 뒤쪽으로 접근하고 있었다. 그의 오른손에는 주운 칼이 그대로 들려 있었는데, 상대를 그것으로 벨 생각은 없었다. 무사시의 동행이라면 무사시를 잡을 수 있는 기회도 되고, 또 무사시가 간 곳을 알 수 있을 것이라고 생각했을 것이다.

"이년."

왼손을 뻗었다. 그 손은 오쓰우의 검은 머리에 닿았다.

오쓰우는 몸을 움츠려 나무뿌리에 매달렸다. 발을 헛디뎌 미끄러지자 몸은 벼랑으로 늘어져 시계추처럼 심하게 좌우로 흔들렸다. 얼굴 위에, 가슴 속에, 흙이나 돌멩이들이 좌르르 쏟아진다. 바이켄의 커다란 눈과 하얀 칼이 바로 그 위에 있었다.

"바보같이, 도망갈 생각인가? 그 밑은 계곡물이 흐르는 절벽이야."

문득 앞을 보니 몇 길이나 아래에 잔설 사이를 달리고 있는 물이 파랗게 보이는 것이었다. 오쓰우는 그에 안도감은 느낄망정 무섭지는 않았다. 훌쩍 공중에 몸을 맡길 태세를 취하고 있었다.

죽음을 느끼자 죽음의 공포보다 무서운 속도로 그녀는 무사시가 어디에 있는지를 생각했다. 아니, 자기 기억과 상상력이 미치는 한 무사시의 환상이 소름끼친 머릿속에서 폭풍우가 몰아치는 하늘의 달처럼 그려졌다.

"두목님, 두목님."

어디서 부르는지 계곡의 메아리가 그 때 바이켄을 옆으로 돌아보게 했다.

6

벼랑 위에 사람의 얼굴이 보였다. 두세 명의 사내들이다.

"두목님."

그 얼굴들이 저마다 부르는 소리였다.

"뭘 하는 겁니까? 서둘러야 합니다. 지금 시켄차야의 주인에게 물으니 날이 새기 전에 거기서 도시락을 만들어 가지고 고가(甲賀) 계곡 쪽으로 간 사무라이가 있다고 합니다."

"고가 계곡 쪽으로?"

"그렇습니다. 하지만 고가 계곡을 빠져나가든, 스치산(土山)을 넘어 미나구치로 나오든 세키후(石部)의 역참까지 가면 길은 하나가 되기 때문에

빨리 야스가와에서 수배를 해 두면 놈은 반드시 잡을 수 있을 겁니다."

멀리서 그렇게 말하는 목소리를 귓등으로 들으며, 바이켄의 눈은 눈빛으로 묶듯이 자기 앞에 움츠리고 있는 오쓰우를 노려보고 있었다.

"어이, 너희들도 잠깐 내려오라."

"내려오라구요?"

"빨리 와."

"하지만 우물쭈물하는 사이에 무사시 놈이 야스가와를 지나가 버리면."

"괜찮으니까 내려와."

"예."

바이켄과 함께 어젯밤 헛수고를 한 그의 부하들이다. 산길에는 이력이 난 듯 산짐승처럼 똑바로 경사를 내려와서, 그제야 오쓰우의 모습을 처음 본 듯 서로 마주보았다.

바이켄은 재빨리 이유를 설명한 뒤 세 명에게 오쓰우를 맡기고, 뒤에 야스가와로 끌고 오도록 명령했다. 수하들은 합심해서 오쓰우의 몸을 묶으려 했지만 좀 안됐다는 생각도 든 듯, 그녀의 고개 숙인 창백한 옆얼굴을 야비한 눈으로 훔쳐보고 있다.

"알겠지. 너희들도 늦으면 안 돼."

내뱉듯 말하고 바이켄은 원숭이처럼 산을 가로지르더니, 드디어 어디로 내려갔는지, 고가 계곡의 계류로 내려가 멀리서 이쪽 벼랑을 돌아보고 있었다.

그 작은 그림자가 그쪽에서 멈춰서더니, 입에 손을 말아 쥐고 소리쳤다.

"야스가와에서 만나는 거다. 나는 지름길로 갈 테니, 너희들은 대로를 잘 살피며 오너라."

"알겠습니다."

이쪽의 부하들이 메아리를 보내자 바이켄은 눈(雪)이 점점이 보이는 계곡을 뇌조(雷鳥)처럼 풍풍 뛰어 바위들 사이로 멀어져 갔다.

비칠비칠한 늙은 말이라도 미쳐서 날뛰기 시작하면 쉽게 잡을 수 없다.

더구나 타고 있는 것은 조타로.

엉덩이에 불이 붙은 듯 새빨간 상처가 난 그 말은 그로부터 달리기 시작해, 핫뱌쿠야(八白八) 계곡이라는 고개를 눈 깜짝할 사이에 통과해, 가니(蟹) 고개를 돌파하고, 스치산의 휴게소를 지나, 마쓰오(松尾) 마을에서 누노비키(布引) 산기슭을 가로질러, 마치 한 줄기 회오리바람이 통과해 가는 것 같은 기세로 멈출 줄을 몰랐다.

조타로는 다행히 떨어지지 않고 말 등에 달라붙어 있었다.

"위험해, 위험해, 위험해."

주문처럼 소리치며 더 이상 갈기에 매달리지도 못하고, 눈을 감은 채 말의 목을 끌어안고 있었다.

당연히 말의 엉덩이가 솟구칠 때는 그의 엉덩이도 말 등을 벗어나 높이 솟구치기 때문에, 타고 있는 조타로보다 그것을 본 마을이나 휴게소에 있던 사람들의 간담이 훨씬 서늘해졌다.

말을 타는 기술을 모르는 조타로이기 때문에 내리는 기술도 전혀 모르고, 멈춘다는 것은 생각도 못할 일이다.

"위험해, 위험해, 위험해."

평소에 오쓰우를 졸라 말을 한 번 타보고 싶다, 말을 타고 마음껏 달려보고 싶다고 막연히 소원하고 있던 조타로도 오늘은 완전히 기가 질렸을 것이다. 목소리는 점점 반 우는 소리가 되고, 주문도 소용이 없는 것처럼 되고 말았다.

7

이제 대로에는 사람들이 조금씩 지나다니기 시작했다. 누구라도 나서서 이 미쳐 달리는 말을 멈추어 주었으면 좋을 텐데——아무도 자기와 상관없는 일에 나섰다가 다치고 싶지는 않았다.

"뭐야, 저건?"

그냥 바라보거나 길가에 비켜서서 조타로의 등 뒤에다 욕을 퍼붓는 사람들밖에 없었다.

"바보."

눈 깜짝할 사이에 미구모(三雲) 마을, 나쓰미(夏身)의 휴게소.

구름을 탄 손오공이라면 이마에 손을 얹고 그곳에서 볼 수 있는 이가고가(伊賀甲賀)의 봉우리와 계곡의 아침 풍경을 내려다보고, 누노비키산(布引山)이나 요코다강(橫田川)의 절경을 감상하며, 멀리 앞에 보이는 일면의 거울인지 한 뭉치 구름인지 모를 비와호(琵琶湖)를 볼 수 있을 것이다. 그러나, 빠르기는 손오공이 탄 구름에 지지 않아도 조타로에게는 그런 구경 같은 것은 애초에 불가능한 것이었다.

"멈추어줘, 멈추어줘, 멈추어줘."

'위험해 위험해'가 어느새 '멈추어줘'로 바뀌었다. 그 사이 고지(柑子) 고개 급경사 위에 이르자 갑자기 소리쳤다.

"도와줘."

'도와줘'로 다시 바뀌고, 내리막을 달려가는 말 위에서 그의 몸은 공처럼 튀어, 끝내 여기서 땅으로 내동댕이쳐지고 마는가 싶었다.

가파른 고갯길 언덕배기에서, 벼랑 옆에서 나와 있는 무화과나무인지 떡갈나무인지, 어찌됐든 그 나뭇가지가 일부러 길을 방해하듯이 옆으로 나와 있었다. 그 나뭇가지가 얼굴에 스치자, 조타로는 이 나무야말로 자기의 목소리가 하늘에 통해 손을 뻗어준 구원의 신이라고 생각했는지, 갑자기 말 등에서 개구리처럼 뛰어 우듬지에 매달렸다.

말은 몸이 가벼워지자 더욱 기세를 올려 고개 밑으로 뛰어가 버렸다. 조타로는 당연히 우듬지에 양손을 걸치고 공중에 매달려 있을 수밖에 없었다.

공중이라고 해도 땅에서 한 길 정도밖에 되지 않는 공간이었다. 바로 손을

놓아버리면 아무 일 없이 땅으로 돌아올 수 있지만, 거기에 인간이 원숭이가
아니라는 증거가 있었다. 떨어지면 목숨을 잃기라도 할 듯 필사적으로 발을
휘감고, 저린 손을 바꾸고, 몸을 주체하지 못한다.

그러던 중에 '빠직' 하고 나무가 부러지는 소리가 났다. 그는 끝이라고 생
각한 모양이지만, 어려움 없이 어느새 몸은 땅에 안착했다. 조타로는 오히려
멍해져 버렸다.

"후우……."

말은 이제 보이지 않는다. 보여도 두 번 다시 타고 싶지 않다.

조타로는 잠시 동안 그곳에 주저앉아 있다가 갑자기 벌떡 일어섰다.

"오쓰우?"

고개 위를 향해 소리친다.

"오쓰우……."

길을 되돌아 급히 달리기 시작했다. 그는 큰일에 뛰어드는 듯한 얼굴로 이
번에는 목검을 꽉 쥐었다.

"어떻게 됐을까, 오쓰우는? 오쓰우, 오쓰우!"

마침 고지(柑子) 고개 위에서 삿갓을 쓰고 내려오는 사람이 있었다. 오배

자로 물들인 옷을 입고, 겉옷은 걸치지 않았다. 가죽으로 만든 하의에 짚신을 신고, 물론 칼은 칼등을 옆으로 해서 차고 있었다.

8

"얘, 애야."

지나가면서 그 오배자로 물들인 옷을 입은 사내가 몸집이 작은 조타로를 찬찬히 발밑에서부터 위로 훑어보며 물었다.

"무슨 일이지?"

조타로는 되돌아와서 물었다.

"아저씨, 저쪽에서 오는 거죠?"

"그래."

"20살 정도의 예쁜 여자 한 명 보지 못했어요?"

"음, 봤지."

"아, 어디서?"

"요 앞 나쓰미(夏身)쯤에 왔을 때 젊은 여자를 묶어 가지고 걸어가는 야무사가 있었어. 나도 이상하다고 생각했지만, 굳이 확인할 이유도 없어서 그냥 지나쳐 왔는데, 아마 쓰지가제 고헤이(辻風黃平)의 부하들일 거야."

"그, 그거야."

"잠깐."

달려가려는 조타로를 다시 불러 세우고 사내가 물었다.

"그 여자가 네가 찾는 사람인가?"

"오쓰우라는 사람이에요."

"함부로 덤벼들면 네 목숨이 위험해. 그보다, 어차피 그놈들은 여기를 지나갈 테니 내게 사정 얘기를 해보는 게 어떠냐? 좋은 생각이 날지도 모르니."

조타로는 금방 그 사람을 믿었다. 오늘 아침부터 일어난 일을 들려주었다. 오배자로 물들인 옷을 입은 사내는 삿갓 속에서 몇 번이고 고개를 끄덕였다.

"역시, 잘 알았다. 하지만 그 시시도 바이켄이라고 이름을 바꾼 쓰지가제 고헤이의 부하들을 상대로 너희들이 아무리 용을 써봐야 아무 소용이 없다. 좋아, 내가 오쓰우라는 사람을 구해주지."

"정말요?"

"쉽게 될 수는 없을 거야. 그때는 또 생각이 있으니까, 너는 소리를 내지 말고 저쪽 수풀 속에 숨어 있거라."

조타로가 숲속에 숨자 그 사내는 언덕 아래로 성큼성큼 내려가 버렸다. 조타로는 불안해져서 수풀 속에서 고개를 내밀었다.

그때 언덕 위에서 사람들의 목소리가 들려왔기 때문에, 그는 얼른 고개를 숨겼다. 오쓰우의 목소리가 들려온다. 양손을 뒤로 묶인 채, 야무사 세 명에게 둘러싸여 걸어오는 그녀의 모습도 드디어 눈앞에 보이기 시작했다.

"뭘 그렇게 두리번거리고 있는 거야. 빨리 걸어!"

"빨리 안 걸어?"

한 사내가 오쓰우의 어깨를 쿡쿡 찌르며 떠들어댔다. 오쓰우는 비틀비틀 언덕길을 걸으며 말했다.

"제 길동무를 찾고 있어요. 그 애는 어떻게 됐을까. 조타로……."

"시끄러워!"

오쓰우의 하얀 맨발에서 피가 나고 있었다. 조타로는 그것을 보고 하마터면 소리를 지르며 뛰어나갈 뻔했다. 그때, 조금 전의 오배자로 물들인 옷을 입은 사무라이가 이번에는 삿갓을 어딘가에 버리고, 26, 7살 정도로 보이는 구릿빛 얼굴이 새파랗게 질린 채 혼잣말을 하며 언덕 밑에서 올라왔다.

"큰일났다."

그 말을 듣고 세 야무사는 발을 멈추었다. 그리고 미안하다고 하며 스쳐지나가는 오배자로 물들인 옷을 입을 사내를 돌아보고 말했다.

"아, 와타나베(渡邊)의 조카잖아. 뭐가 큰일이라는 거야? 뭐가?"

<h2 style="text-align:center">9</h2>

와타나베의 조카라는 말에서 상상하면, 그 오배자로 물들인 옷을 입은 사내는 이 부근의 이가(伊賀) 계곡이나 고가(甲賀) 마을에서 존경받고 있는, 닌자(忍者)의 명문 와타나베 한조(渡邊半藏)의 조카일 것이다.

"몰라?"

와타나베의 조카가 묻는다.

"아직도 몰라?"

그러더니 세 사내에게 다가온다.

와타나베의 조카는 손가락으로 가리키며 말한다.

"이 고지(柑子) 고개 밑에서 미야모토 무사시라는 사내가 지금 어마어마한 무장을 하고 칼을 휘두르며 오가는 사람들을 하나하나 조사하고 있어."

"뭐, 무사시가?"

"내가 지나가니 내 앞으로 성큼성큼 다가와서 이름을 물어서, 나는 이가의 와타나베 한조의 조카로, 쓰게 산노조(柘植三之丞)라는 사람이라고 대답하니 갑자기 사과하며, 실례했습니다, 쓰지가제 고헤이의 부하가 아니라면 지나가도 좋습니다, 라고 하는 거야."

"음……."

"무슨 일이라도 있느냐고 이번에는 내가 물었지. 그랬더니 야스가와의 야무사로 시시도 바이켄이라고 이름을 바꾼 쓰지가제 고헤이와 그 부하들이 이 길에서 나를 죽이려 한다는 말을 길가는 사람들에게서 듣고, 그렇다면 가만히 앉아서 당하기보다는 이곳에서 마지막까지 싸우다 죽을 각오라고 하는 거야."

"정말인가, 산노조?"

"내가 왜 거짓말을 하겠어. 그렇지 않으면 미야모토 무사시라는 여행자를 내가 어떻게 알겠어?"

분명히 세 명의 얼굴색이 바뀌기 시작했다.

어떻게 하지?

서로 상의하듯이 눈길을 교환한다.

"조심해서 가는 게 좋을 거야."

내뱉듯 말하고 산노조는 가던 길을 가려 했다.

"와타나베의 조카!"

그들은 당황해하며 산노조를 불렀다.

"왜?"

"큰일인걸. 그놈은 아주 센 놈이라고 두목도 그랬는데."

"상당한 실력가인 건 틀림없어. 언덕 아래에서 칼을 뽑아들고 내 앞으로 다가올 때는, 나도 소름이 끼쳤으니까."

"어떻게 하면 좋을까? ……실은 두목의 명령으로 야스가와까지 이 여자를 끌고 가는 길인데."

"내가 알게 뭔가."

"그러지 말고 좀 도와주게."

"싫어. 자네들 일을 도와준 걸 알면 백부님께서 불호령을 내리실 거야. 하지만 지혜만은 빌려줄 수 있을지 모르지만……."

"얘기해 주게, 그것만으로도 고맙지."

"묶어서 끌고 가고 있는 여자를 어딘가 이 근처 숲속에……. 그래, 나무 뿌리에라도 잠시 묶어두고, 몸을 가볍게 하는 것이 최우선일거야."

"음, 그리고?"

"그래도 이 고개는 지나갈 수 없어. 좀 돌게 되지만, 계곡을 건너가서 빨리 야스가와에 이 일을 알리는 거야. 될 수 있는 한 멀찍이 둘러싸서 공격하는 거야."

"그래."

"아주 조심해야 할 거야. 상대는 죽음을 각오하고 있으니까. 자칫 잘못하면 저승길 길동무가 될 테니까. 그렇게 되고 싶지는 않지?"

세 명은 바로 대답했다.

"그래, 그렇게 하자."

그들은 오쓰우를 숲으로 끌고 가서 나무뿌리에 묶은 뒤, 길을 가다가 다시 돌아와서 그녀의 입에 재갈을 물리고 말했다.

"이러면 됐겠지?"

"좋아."

그들은 그대로 길이 없는 계곡 속으로 사라져버렸다.

마른 나뭇가지와 마른 나뭇잎 속에서 가만히 지켜보고 있던 조타로는, 충분히 시간이 지난 후 수풀 속에서 고개를 쏙 내밀어 주위를 둘러보았다.

10

아무도 없다. 오가는 사람도, 와타나베의 조카 산노조도 이제 보이지 않는다.

"오쓰우 누나!"

조타로는 수풀을 헤치고 나왔다. 그녀를 묶은 줄을 풀고, 오쓰우의 손을 잡고 언덕을 내달리기 시작했다.

"빨리 도망가!"

"조타로, 너는 어디 있다가 나왔니?"

"그런건 아무래도 좋지 않아. 저놈들이 오기 전에 빨리 도망가자구."

"아니, 잠깐만 기다려."

오쓰우는 헝클어진 머리며 옷깃이며 허리띠를 고치는 등 옷 맵시를 바로 잡았다. 조타로는 혀를 찼다.

"모양 같은 거 낼 때가 아냐. 모양은 나중에 내요, 나중에."

"그래도 이 언덕 밑에 가면 무사시님이 있다고 지금 그 사람이 말하지 않았어?"

"그래서 맵시를 내는 거야?"

"아니, 아니."

오쓰우는 우스우리만큼 정색하고 변명을 한다.

"무사시님과 만나게 된다면 이제는 무서울 게 없기 때문이에요. 위기는 지나갔다는 안도감 때문이야."

"그 사람이 이 언덕 밑에서 무사시님과 만났다는 것은 정말일까?"

"글쎄, 그런데 그 사람은 어디로 갔지?"

"없는데……."

주위를 돌아 본다.

"이상한 사람인데."

조타로는 중얼거렸다.

어쨌든 두 사람이 범의 아가리에서 벗어난 것은 그 와타나베(渡邊)의 조카라는 쓰게 산노조(柘植三之丞) 덕분임이 분명하다.

그리고 무사시까지 만나게 된다면 어떻게 그 은혜를 갚아야 좋을까? 오쓰우의 마음은 벌써 이런 것까지 생각하고 있었다.

"자, 가요."

"옷맵시 손질은 끝났어?"

"그런 말 하면 못써요, 조타로."

"좋아서 어쩔 줄 모르는 것 같은데."

"자기도 좋으면서……."

"그야 기쁘지. 오쓰우 누나처럼 감추지는 않아. 큰소리로 말할까? 나는 좋아!"

그러면서 깡총깡총 뛴다.

"만일 선생님이 안 계시면 야단인데. 내가 먼저 가 볼게."

조타로는 뛰어가 버렸다.

그 뒤를 오쓰우는 천천히 내려갔다. 마음은 먼저 달려간 조타로 이상으로 뛰고 있었으나 도저히 발이 말을 듣지 않는 것이다.

'이런 꼴로.'

오쓰우는 피가 나는 자기의 발을 보고 또 흙이며 나뭇잎이 묻은 옷을 내려다보았다. 그녀는 소매에 붙은 가랑잎을 떼어 손 끝으로 만지작거리며 걸었다.

"빨리 와, 빨리. 무얼 꾸물대는 거야!"

조타로의 기운찬 음성이 언덕 밑에서 들려왔다. 저렇게 기운찬 음성으로 보아 필경 무사시와 만난 모양이야.

"아아, 기어코……."

오늘까지 견디어 온 자신을 문득 마음 속으로 달래며, 드디어 성취된 일편단심에 대하여 신에게도 그리고 자신에게도 자랑하고 싶었다. 벅차 오는 환희를 어찌할 수 없었다.

하지만 그것은 여자인 자기 혼자만이 좋아하는 환희에 지나지 않다는 것을 오쓰우는 잘 알고 있었다. 가령 만났다고 하자. 무사시가 자기의 마음을 과연 어느 정도로 받아들일 것인가? 그녀는 무사시와 상봉하는 기쁨과 동시에 무사시와의 상봉으로 얻는 슬픔으로도 가슴이 아픈 것이었다.

11

그늘진 산 속은 추웠지만 고지 언덕(柑子坂)을 내려오니 겨울인 데도 파리가 날 정도로 따뜻하다. 양지바른 찻집은 문을 활짝 열어 놓고 짚신이며 과자를 팔고 있다. 조타로는 그 찻집 앞에 서서 오쓰우를 기다리고 있었다.

"무사시님은?"

오쓰우가 물으며 찻집 앞에 모여 있는 사람들을 살폈다.

"없어."

조타로는 맥이 빠진 듯이 대답한다.

"어찌된 영문이야?"

"……?"

오쓰우는 믿을 수 없다는 듯이 되묻는다.

"설마, 정말이야?"

"글쎄, 아무 데도 없지 않아. 찻집 사람들에게 물어봐도 그런 무사는 본 일이 없다는 거야……뭔가 잘못됐는데."

조타로는 그리 낙심한 표정도 아니었다.

지레짐작으로 좋아했기 때문에 누구를 원망할 수도 없는 일이지만, 간단히 단념해 버린 듯한 조타로의 태도가 오쓰우는 얄밉기도 하고 못마땅하기도 했다.

"저, 저쪽으로 가볼까?"

"가봤어."

"저기 성황당 뒤에도?"

"없어."

"찻집 뒤꼍은?"

"없대두!"

조타로가 귀찮다는 듯 퉁명스럽게 대답하자 오쓰우는 갑자기 얼굴을 숙였다.

"오쓰우 누나, 울어?"

"……몰라."

"오쓰우 누나는 알다가도 모르겠군. 현명한 사람인 줄 알았더니 정말 어린애 같은 데가 있어. 처음부터 거짓인지 정말인지 믿을 수 없었지 않아. 그런 것을 이제 와서 무사시님이 안 계시다고 해서 찔끔거린다는 것은 우스운 일 아냐?"

전혀 동정도 갖지 않는다는 듯이 조타로는 도리어 깔깔 웃는 것이었다.

오쓰우는 그 자리에 털썩 주저앉고 싶었다. 갑자기 세상의 모든 것이 광채를 잃고 전과 같은 아니, 지금까지는 없었던 상실감이 마음을 차지했다. 웃고 있는 조타로의 상판이 밉게만 보인다. 화가 난다. 이런 아이를 무엇 때문에 자기가 데리고 다니는지 떼어버릴 수만 있다면 자기 혼자서 울고 다니는 편이 훨씬 좋을 것이라고 생각해 본다.

생각해 보면 무사시라는, 같은 사람을 찾아 다니는 신세이긴 하나 조타로는 단지 스승으로서 사모하고 있지만, 오쓰우가 찾는 대상은 생명으로서 무사시를 찾고 있는 것이다. 그리고 또 이런 경우가 닥쳐도 조타로는 언제나 곧 괴로움을 잊고 쾌활해지지만 오쓰우는 그 반대로 며칠이나 기운을 잃는다. 그 이유는 조타로의 마음 한구석에는 언젠가 어디서 꼭 만날 수 있다는 확신이 뿌리를 박고 있으나, 오쓰우는 그렇게 낙천적으로 결과를 내다볼 수 없기 때문이다.

'한평생 이대로, 그 분과는 만날 수도, 이야기를 나눌 기회도 없는 운명이 아닐까?'

이처럼 불행하게만 여겨지는 것이다.

사랑이란 상대적이기를 요구하면서도 사랑하는 사람은 한편 고독을 즐긴다. 그렇지 않아도 오쓰우에게는 나면서부터 외로움이 있었다. 남을 남이라고 느끼는 데는 아무래도 남보다 민감했다.

오쓰우는 약간 샐쭉해져서 골을 내보이며 잠자코 먼저 걸어간다.

"오쓰우 아가씨."

뒤에서 부르는 사람이 있었다.

조타로가 부른 것이 아니다.

성황당 비석 뒤에서 가랑잎을 밟고 나타난 사람이 있었다.

12

그것은 쓰게 산노조였다.

아까 그길로 언덕 위로 올라간 줄 알았는데 갑자기 엉뚱한 곳에서 나타난 것이다. 오쓰우에게도 조타로에게도 이해하기 어려운 행동이었다.

그리고 다정한 듯이 '오쓰우 아가씨' 하고 부르는 것도 이상하다. 조타로는 곧 달려 들었다.

"아저씨, 거짓말 했지?"

"왜?"

"무사시님이 여기서 칼을 빼들고 기다리고 있다더니 무사시님은 없지 않아요. 거짓말쟁이!"

"이 바보 녀석아!"

산노조는 나무란다.

"그 거짓말 덕택에 네 동행인 오쓰우님이 그놈들에게서 빠져나왔지 않아. 따지기만 하면 어떡해? 나한테 고맙다고 인사라도 한 마디 하는 게 도리가 아냐?"

"그럼, 그건 아저씨가 그놈들을 속이기 위한 수단이었군?"

"아무렴."

"어쩐지……그런 것 같았어."

오쓰우를 돌아다본다.

"역시 엉터리래요."

듣고 보니 조타로에게 화풀이는 할망정 아무런 상관도 없는 사람인 산노조를 원망할 이유는 없었다. 오쓰우는 몇 번이나 허리를 굽혀 구출해 준 호

의에 대해 감사해했다.

산노조는 만족한 듯 말했다.

"야스가와(野洲川)의 야무사들도 요즈음 꽤 얌전해진 셈입니다만 그들이 한 번 노리면 이 산길에서 무사하게 빠져나가기가 어렵지요. 그런데 아까 꼬마에게서 들은 바에 의하면, 당신들이 걱정하고 있는 미야모토 무사시라는 사람은 상당한 실력가인 듯하니 서투른 실수는 않겠지만."

"이 도로 외에 고슈 가도(江州路)로 나가는 길이 몇 개나 있나요?"

"있지요."

산노조는 파란 하늘에 솟아 있는 산봉우리를 쳐다본다.

"이 계곡으로 가면 우에노(上野)에서 오는 길, 또 저 계곡으로 가면 욧카이치에서 오는 길, 산길이나 사잇길은 세 개 정도 있습니다. 내 생각으로는 아마도 그 미야모토 무사시라는 사람은 벌써 다른 길로 빠져나가 위험을 면했을 거요."

"그렇기만 하다면 안심이지만……."

"오히려 위태로운 것은 그대들이오. 애써 구해 주었지만 이 대로를 어정대다가는 싫어도 야스가와에서 잡히고 말 것이오. 길은 약간 험하지만 나를 따라오시오. 아무도 모르는 사잇길을 가리켜 주리다."

산노조는 고가(甲賀) 마을의 윗길을 거쳐 오쓰(大津)의 해협으로 빠지는 마카도(馬門) 고개의 중턱까지 두 사람을 안내하고 앞길을 상세히 설명하고 나서 덧붙여 말했다.

"여기까지 오면 안심이야. 밤에는 일찍 주막집에 들도록 하고 조심들 하시오."

"오쓰우님, 이제 이별이로군."

고맙다는 인사를 정중히 하고 헤어지려고 하자 산노조는 의미심장한 표정으로 오쓰우의 얼굴을 응시했다. 그리고 얼마간 원망조로 중얼거렸다.

"여기까지 오는 도중 이때나저때나 하고 기다렸는데 끝내 묻지 않는군."

"무엇을 말입니까?"

"내 이름 말이오."

"그건 곤지 고개에서 들어 알고 있습니다."

"기억하고 있소?"

"와타나베 한조님의 조카 쓰게 산노조님."

"고맙게도 기억하고 있군. 언제까지라도 기억해 주겠소?"

"네, 은혜는 잊지 않겠습니다."

"아니, 그런게 아니구. 내가 아직 독신이라는 걸 말이오. 아저씨가 잔소리꾼만 아니라면 집으로 안내하고 싶지만……. 주막에 가면 주인이 나와 잘 아는 사이이니 내 이름을 대고 주무시오. 그럼, 안녕히."

13

상대방의 호의는 고맙고 또 친절한 사람이라고는 생각하지만, 그 친절이 조금도 즐겁지 않을뿐더러 친절을 베풀수록 더욱 염증이 나는 사람이 있다.

쓰게 산노조에 대한 오쓰우의 감정도 그런 것이었다.

'속을 알 수 없는 사람.'

첫인상 탓인지 헤어지는 마당에도 늑대와 헤어지는 것처럼 마음이 놓일망정 서운한 마음은 조금도 들지 않았다.

그런 점에 별로 구애되지 않는 조타로까지도 그 산노조와 헤어져서 고개를 넘자 중얼거렸다.

"기분 나쁜 자식이군요."

위험에서 구해 준 은인에게 험구를 하는 것은 옳지 않다는 것을 알면서 오쓰우 역시 무심결에 수긍을 한다.

"정말."

"도대체 무슨 의미이지? 나는 아직 독신이라는 걸 기억하라니……."

"오쓰우 누나를 색시로 삼고 싶다는 뜻일 거야."

"아이, 징그러워!"

그때부터 두 사람의 여행은 지극히 순탄했다. 단지 안타까운 것은 오미(近江)의 호반에 나와도, 세타(瀨田)의 다리를 건너도, 또 관문을 통과할 때도 끝내 무사시의 소식을 알 수 없었다는 사실이다.

이 해가 저물어가는 교토에는 벌써 집집마다 솔문(松門 : 신년을 축하하기 위해 문 앞에 松竹을 세워 장식한다)이 세워져 있었다.

새 봄을 기다리는 거리의 장식을 보고 오쓰우는 먼저 놓친 기회를 슬퍼하기보다는 차라리 다음 기회에다 희망을 걸었다.

고조 다리(五條橋)에서.

1월 1일 아침.

만약 그날 아침에 나가지 못하면 2일——3일——4일, 이렇게 7일까지의 아침마다.

그 사람은 반드시 그곳에 온다는 것이다. 조타로로부터 오쓰우는 그렇게 들은 것이다. 오직 그것은 무사시가 자기와 만나기 위해서가 아닌 점이 섭섭하다면 섭섭하다. 그러나 이유야 어떻든 간에 무사시와 만나게만 된다면 자기의 희망은 거의 달성되는 것이라고 오쓰우는 생각하는 것이었다.

'그러나 만일 그곳에?'

오쓰우는 문득 그 희망을 흐리게 하는 불안을 느낀다. 혼이덴 마타하치의 그림자 때문이다. 무사시가 초하루에서 7일까지 아침마다 그곳에 오겠다는 이유는 마타하치를 만나기 위해서이다.

조타로에 의하면, 그 약속은 아케미라는 여자에게 전하는 말로 부탁했을 뿐 당사자인 마타하치에게 소식이 전해졌는지의 여부는 모른다는 것이다.

'제발 마타하치는 나타나지 않고 무사시님만 오셨으면……'

오쓰우는 기원하지 않을 수 없었다. 그런 생각에 잠기며 복잡한 교토의 거리를 걷느라니 금방 마타하치가 나타날 것만 같았다. 무사시도 걷고 있을 것 같았다. 그녀에게는 누구보다도 무서운 사람인 마타하치의 모친 오스기도 자기 뒤에서 쫓아올 것만 같았다.

아무 근심 걱정이 없는 조타로는 오랜만에 돌아온 도시의 색채와 소음에 마음이 들떴다.

"벌써 자러 가는 거야?"

"아니, 아직……"

"이렇게 밝은데 여인숙에 간다는 것은 싱거우니 더 걸어. 저쪽으로 가면 장이 서 있는 모양인데."

"그보다도 중요한 일이 있지 않니."

"일? 무슨 일?"

"조타로는 이세에서 자기 등에 달고 온 것이 무엇인지 잊었어?"

"아 참, 이거?"

"하여간 가라스마루 미쓰히로(烏丸光廣)님 댁에 가서 아라키다님에게서 부탁받은 그림책을 전해 드리기 전에는 마음을 놓지 못해요."

"그럼 오늘 밤은 그 집에서 자도 좋지?"

"어림 없는 소리!"

오쓰우는 가모 강(加茂川)을 바라보며 생긋 웃었다.

"그 귀한 분 댁에서 이(虱)투성이인 조타로 같은 것을 묵게 해줄 게 뭐야."

겨울 나비

1

맡았던 환자를 병상에서 잃었다면 이것은 책임상 놀랄 만한 사건일 것이다.

그러나 스미요시(住吉)의 선창가 여인숙에서는 환자가 병이 난 원인을 어슴푸레 알고 있었으며, 무단으로 나가버린 환자라지만 두 번씩이나 바다에 뛰어들 염려도 없었으므로, 그저 교토의 요시오카 세이주로(吉岡淸十郞)에게 파발꾼 편에 통보를 해놓은 채 걱정은 하지 않았다.

——한편.

아케미는 새장 속에서 창공으로 날아오른 새처럼 자유를 얻었으나 뭐니뭐니 해도 한 번 바다에서 죽음의 상태가 되었던 몸이다. 그렇게 훨훨 날아서도 갈 수 없고, 특히 그 사나이 때문에 처녀로서는 지울 수 없는 낙인이 찍혀버린 상처……로 인하여 일어나는 여러가지 정신적 또는 생리상의 동요란, 그렇게 3, 4일로 쉽게 가라앉아 주는 것이 아니었다.

"아이 분해……."

아케미는 30섬의 배 안에서도 요도 강(淀江) 물이 모두 자기 눈물이라 해도 모자랄 만큼 마냥 눈물을 흘리며 탄식했다.

이 분함은 그저 단순한 분함이 아니었다. 그 몸 속에 다른 남성을 사랑하고 있기 때문에——그 사람과의 희망을 세이주로의 폭력으로 말미암아 영원히 파괴당했다고 생각하기 때문에——더욱이 복잡했다.

요도의 물 위에는 목재와 초봄의 야채를 실은 배가 분주하게 오가고 있다. 그것을 바라보다가 아케미는 한숨과 더불어 주르르 눈물이 흘러내렸다.

"무사시님은 만난다 해도……."

고조 다리목에 무사시가 와서 마타하치를 기다린다는 설날 아침을 아케미는 얼마나 마음 속으로 기다렸는지 모른다.

——저 사람은 어쩐지 좋아.

이렇게 연모하고 나서부터 아케미는 도시의 어떤 남자들을 보아도 마음이 움직인 일이 없다. 특히 어머니와 희롱을 잘하던 마타하치와 비교하고 있었으니, 사모의 실(絲)에다 비유한다면 사랑은 점점 그것을 가슴 속에서 감아가고 있는 실뭉치 같은 것이다. 몇 년 동안이나 만나지 않고 있어도 절로 사모의 실을 만들어 먼 추억도, 가까운 날의 소식도 모두 실뭉치처럼 크게 되어간다.

아케미도 어제까지는 그러한 처녀다운 정조를 지닌 처녀였다. 이부키 산밑에 있을 때부터 청초한 들백합의 향기를 지니고 있었다.

하지만 이제는 이미 그것도 마음 속에서 산산조각으로 부서져버린 것만 같았다.

아무도 알지 못하는 일인 데도 세상 사람들의, 자기에게 향하는 눈빛이 모두 변한 것만 같아 견딜 수가 없었다.

"저, 아가씨, 아가씨."

누가 부른다. 그제야 비로소 아케미는 황혼에 붉게 물든 고조에 가까운 사원(寺院) 거리를 겨울 나비처럼 쓸쓸히 걷고 있는 자기 그림자와 둘레의 마른 버드나무와 탑을 발견했다.

"허리띠인지 끈인지가 풀어졌군. 그래서야 여자가 어디 되겠소! 매어 드릴까요?"

몹시 천한 말을 썼다. 차림은 허술해도 두 칼을 찬 낭인으로서 아케미는 처음 보는 사나이였다. 시장이나 겨울날의 뒷거리를 하릴없이 잘 돌아다니는 아카가베 야소마(赤壁八十馬)라는 인간이었다.

다 해어진 짚신을 질질 끌면서 아케미 곁으로 다가왔다. 그리고 땅바닥에 끌리고 있는 그녀의 허리띠 자락을 집어든다.

"색시는 설마 노래에 잘 나오는 미친 여자는 아니겠지. ……남들이 웃어요, 웃어……얼굴도 반반하게 생겼는데, 머리 매무새라도 좀 고치고 다니면 어때?"

2

귀찮다고 여겼는지 아케미는 못 들은 척하고 걷는다. 그것을 야소마는 젊은 여자의 수줍음이라고 단순하게 판단한다.

"색시는 이 교토 사람인 것 같은데 집을 뛰쳐 나왔나? 아니면 주인집에서 튀어나왔나?"

"……."

"조심해야 돼. 색시처럼 인물 반반한 사람이 그런 꼴로 멍청하게 돌아다니면 큰일이야. 계집이라면 곧 군침을 흘리며 덤벼드는 야무사, 부랑자, 뚜쟁이들이 많거든……."

"……."

아케미가 아무런 대꾸를 하지 않는 데도 야소마는 혼자 지껄여 대면서 따라붙었다.

"사실이야."

자기 말에 자기가 대답까지 하면서 자꾸 말한다.

"요즘 에도 쪽으로 교토의 여자가 비싼 값에 팔려간다는 거야. 옛날에도 교토 여자가 오슈(奥州) 방면으로 많이 팔려왔다는 말이 있지만 지금은 오슈가 아니라 에도야. 도쿠가와의 2대 장군 히데타다(秀忠)가 에도를 건설하는데 전력을 기울이고 있으니까."

"……."

"색시 정도의 인물이면 곧 남의 눈에 뜨이니까 그런 곳으로 팔려 넘어가지 않도록, 또 야무사들에게 걸리지 않도록 조심하지 않으면 큰 실수를 하지."

"……쳇!"

아케미는 갑자기 개를 쫓듯 소맷자락을 치켜올리며 뒤를 노려보았다.

"저리 가, 저리!"

야소마는 끼들끼들 웃는다.

"어, 어, 이건 정말 미친년이구나."

"시끄러워!"

"그럼, 아니란 말야?"

"이 못된 것!"

"뭐라고?"

"너야말로 미치광이야."

"아하하, 정말 틀림없는 미치광이로구나. 쯧쯧……."

"무슨 상관이야."

샐쭉해진다.

"돌을 던질 테야."

"어허허."

야소마는 그래도 떨어지지 않는다.

"색시, 잠깐."

"몰라! 이 개야!"

실은 아케미는 겁을 먹고 있었다. 그녀는 소리를 지르자마자 녀석의 손을 뿌리치고 곧장 달리기 시작했다. 옛날 대신이었던 고마쓰(小松)님의 저택이 있었던 갈대밭을 헤치고 그녀는 헤엄치듯 도망쳐 갔다.

"이봐, 색시!"

야소마는 사냥개처럼 갈대를 헤치며 뒤쫓는다.

귀녀(鬼女)의 찢어진 입과 같은 초저녁 달이 저쪽 산등성이에 걸려 있다. 마침 해가 넘어간 뒤라 이 근처엔 사람의 모습도 보이지 않는다. 하긴 그곳에서 두 마장쯤 떨어진 저쪽에서 한 무리의 사람들이 산을 내려오고 있긴 했지만, 아케미의 비명을 들었을 텐데도 구원하러 달려와 주지 않았다. 왜냐하면 그들은 방금 장례를 치르고 오는 슬픈 사람들이었던 것이다.

3

등을 확 떠다밀린 것이다. 아케미는 갈대 밭에 푹 엎어졌다.

"아, 미안, 미안!"

싱거운 녀석도 다 있다. 자기가 떠밀어 놓고 야소마는 이렇게 사과하면서 아케미의 몸 위에 덮쳐 들었다.

"아프지?"

아케미를 끌어안았다.

그 털투성이 얼굴을 아케미는 몇 차례나 후려갈겼다. 그러나 야소마는 끄떡도 하지 않는다. 오히려 그것을 즐기는 듯이 싱글싱글 웃는 것이었다.

따라서 그녀를 끌어안은 손을 놓을 리 없다. 집요하게 빰을 비벼댄다. 그것이 무수한 바늘처럼 따가워서 아케미는 얼굴을 찡그렸다.

숨을 쉴 수가 없다.

아케미는 손톱으로 할퀼 뿐이었다.

그 손톱이 갑자기 야소마의 코를 할퀴어댔다. 코는 사자 대가리처럼 피로 붉게 물들었다. 그래도 야소마는 손을 놓지 않는다.

도리베 산(鳥部山)의 불당(佛堂)에서 저녁 종이 제행무상(諸行無常)을 고하고 있다. 그러나 이렇듯 무섭게 살아가고 있는 사람의 귀에는 색즉시공(色卽是空)의 종소리도 쇠귀에 염불격이다. 남녀 두 사람을 파묻고 있는 긴 갈대는 큰 파도가 치는 듯 흔들거리고 있었다.

"조용하라구."

"……"

"겁낼 건 조금도 없어."

"……"

"내 마누라로 만들겠다. ……싫지 않겠지?"

"……죽고 싶어!"

아케미의 소리가 너무나 비통하고 크게 들린다.

"어!"

야소마는 엉겁결에 말했다.

"……왜 이래, 왜 이러는 거야?"

무릎을 틀어안고, 아케미는 몸뚱이를 마치 산다화(山茶花)의 봉오리같이 단단히 도사리고 있었다. 야소마는 어떻게 해서라도 이 근육의 저항을 말로써 풀어 보려고 하는 것이었다. 이 사내는 이러한 경험이 몇 번이나 있는 듯 이런 시간을 즐기고 있는 것 같았다. 처참한 얼굴을 앞에 보면서도 오히려 입맛을 다시며 희롱하는 징그러운 사내였다.

"울 것 없잖아. 울 것 없어."

귀에 입술을 대고 속삭이는가 하면 윽박지르며 달래기도 했다.

"아가씨는 정말 남자를 모르는 거야? 거짓말이겠지. 이미 시집 갈 나이인데……."

아케미는 언젠가의 세이주로를 생각해냈다. 그리고 그때의 고통스러웠던 호흡이 생각나는 것이다. 그렇지만 그때와는 비교가 안 될 만큼 마음 한 구석에 침착한 것이 있었다. 그때의 절박함이란 방 둘레의 장지문살도 보이지 않는 심경이었던 것이다——.

"잠깐 기다려 주어요!"

달팽이처럼 도사린 채 아케미는 말했다. 아무 뜻도 없이 말한 것이다. 병후의 몸이 달아 올랐다. 그만한 열(熱)쯤 야소마는 병으로 인한 열로는 생각지 않았다.

"기다려 달라고? ……좋아, 좋아, 기다려 주지. ……그러나 도망치면 이번엔 그냥두지 않겠어."

아케미는 어깨를 힘 있게 흔들며 야소마의 손을 뿌리쳤다. 겨우 좀 떨어진 그의 얼굴을 흘겨보며 일어난다.

"무엇하려는 거죠?"

"알고 있을 게 아냐."

"여자라고 만만히 보지 말아요 나에게도 기력은 있으니까……."

풀잎에 베인 입술에서 피가 번지고 있었다. 그 입술을 깨무니 주르르 흐르는 눈물이 피와 함께 하얀 턱을 적셨다.

"호오……제법 그럴듯한 말을 하는군. 미치광이는 아닌 것 같은걸."

"물론이지!"

돌연 상대방의 가슴을 떠밀고 아케미는 거기를 뛰어나와 끝없이 저녁달에 흔들리는 풀밭 끝을 향해 달렸다.

"사람 살려, 사람 살려!"

4

그 당시의 정신 상태를 말한다면 아케미보다 야소마 쪽이 일시적이기는 하지만 완전히 미친 사람이었다.

흥분할 대로 흥분한 그는 이젠 기교를 부릴 때가 아니었다. 인간의 껍데기를 벗어던지고 치정의 야수가 되어버린 것이다.

——살려 줘요!

파란 초저녁 달빛 속을 열 칸쯤 달아났으나 아케미는 그 야수에게 다시 붙들리고 말았다.

　흰 종아리를 드러내고 무참히 쓰러진 채 검은 머리를 얼굴에 휘감고 아케미는 볼을 땅에 대고 마구 비벼대는 것이었다.

　봄이 가까웠다고는 해도 아직 산에서 불어오는 바람은 시리고 차가웠다. 비명에 헐떡거리는 흰 가슴, 유방이 노출되자 야소마의 눈은 벌겋게 타오르는 불덩어리가 되고 말았다.

　그런데 그때였다. 그의 귀쌈을 누군가가 돌연 딱딱한 물건으로 호되게 때렸다.

　야소마의 피는 그 때문에 일시 순환을 멈추고 타격을 받은 곳으로 몰려 신경의 불이 그 자리에서 뿜는 듯 크게 부르짖었다.

　"아얏!"

　소리를 지르면서도 다시 뒤를 돌아보았다. 그 뒷통수에 또 '풍' 하고 공기를 울리며 마디가 있는 통소가 머리통을 내리쳤다.

　"이 어리석은 놈!"

　이것은 아프지 않았을 것이다. 아프다고 느낄 겨를이 없었기 때문이다. 야소마는 비실비실거리며 어깨와 눈초리가 밑으로 떨어지더니 장난감 호랑이처럼 목을 좌우로 부르르 떨고는 뒤로 나자빠지고 말았다.

"못된 놈 같으니라구!"

퉁소를 손에 늘어뜨리며 그 사람은 야소마의 얼굴을 들여다보고 있다. 입을 크게 벌리고 기절하고 만 것이었다. 얻어맞은 곳이 두 번 다 뇌였기 때문에 정신이 들어도 이 사내는 멍청이가 되지 않을까 싶었다. 차라리 죽여버린 것보다 더 죄가 되겠구나 생각하며 바라보고 있다.

"……"

아케미는 아케미대로 그 탁발승의 얼굴을 멍하니 바라보고 있었다. 옥수수 수염을 붙인 것같이 코 밑에 엷게 수염이 나 있다. 퉁소를 갖고 큰칼을 찼으므로 걸인인지 무사인지 잘 보지 않으면 분간하기 어려운 50세 가량의 남자였다.

"이제 괜찮아."

아오키 단자에몬(靑木丹左衛門)은 그러면서 큰 앞니를 드러내며 웃는다.

"이젠 안심하여라."

"감사합니다."

아케미는 비로소 흩어진 머리와 옷매무새를 바로잡으며 아직도 겁에 질린 눈으로 사방을 둘러보았다.

"어디지?"

"집 말예요? 집은 저……저……."

아케미는 돌연 울음을 터뜨리며 두 손으로 얼굴을 감싸고 말았다.

이유를 물어도 그녀는 솔직히 대답하지 않았다. 반은 꾸며서 말하고 반은 사실대로 말했다. 그리고 또 우는 것이다.

어머니가 친어머니가 아니라는 것, 그 어머니가 자기의 몸을 팔려고 했었다는 것…… 그래서 스미요시에서 여기까지 도망쳐 오던 도중이라는 것…… 등 그 정도로 밝혔다.

"난 이젠 죽어도 집에는 돌아가지 않을 작정예요. ……굉장한 고생을 참고 견디어 왔어요. 내가 어렸을 때는 전쟁터 시체에서 물건을 빼오는 일까지 시켰어요."

집안의 수치이지만 미운 세이주로보다도 좀 전의 야소마보다도 아케미는 계모인 오코가 더욱 미웠다. 불현듯 그 오코가 미워져서 두 손으로 얼굴을 감싸쥐고 울었다.

번뇌

1

아미타봉 바로 밑 청수사(淸水寺)의 종소리가 가깝게 들려오는 고마쓰(小松) 계곡이었다.

이 조그마한 계곡은 모진 바람이 없어 따뜻하고 조용했다.

"내가 사는 곳이야. 아주 조용하고 좋지."

단자에몬은 데리고 온 아케미를 돌아보며 빙긋이 웃었다.

"여기예요?"

실례인 줄 알면서도 아케미는 자기도 모르게 반문했다.

몹시 황폐한 불당(佛堂)이었다.

"……들어와."

단자에몬은 먼저 마루에 올라가 문을 열고 거기서 아케미를 손짓해 불렀다. 아케미는 그의 호의에 쫓느냐 아니면 다른 곳으로 가 혼자 잘 곳을 찾느냐 하고 망설이는 것같이 보였다.

"이래봬도 이 안은 생각보다 따뜻해. 짚방석이지만 깔개도 있고 말이야……아니, 나를 아까의 그 악한처럼 무서운 인간으로 의심하고 있는 모양이군?"

"……."

아케미는 고개를 저었다.

이 사람은 나쁜 사람이 아닐 것 같다는 생각은 들었다. 더구나 나이 50이 넘은 사람이다. 그러나 그녀가 주저하는 이유는 그 방의 더러움과 그의 의복과 피부의 때에서 풍기는 불결함이었다.

그렇지만 달리 갈 곳이라곤 없다. 야소마에게 들킬 염려도 있을 뿐 아니라 몸에 열이 나서 어서 드러눕고 싶은 마음이 간절했다.

"괜찮겠어요?"

계단에서 올라갔다.

"괜찮고말고, 얼마든지 있어도 좋아. 여기라면 아무도 귀찮게 굴 사람이 오진 않는다."

안은 캄캄하였다. 박쥐라도 날아올 성 싶도록 어두웠다.

"잠깐 기다려."

단자에몬은 부싯돌로 등잔에 불을 붙였다.

냄비, 사기그릇, 목침, 거적 등 모두 주워 모아온 것인 모양이었다. 그는 물을 끓여서 수제비를 해 주겠노라고 하며 풍로에 불을 피우기 시작했다.

'친절한 사람.'

마음이 좀 진정되자 아케미는 불결한 느낌도 가시고 그와 같은 편안한 마음을 가지게 되었다.

"아, 그렇지. 열이 있어 몸이 무겁다고 했지? 아마 감기일 거야. 수제비가 될 동안 거기 누워 있거라."

거적이랑 쌀포대로 구석에 잠자리가 마련되었다. 아케미는 목침에다 종이를 깔고 곧 드러누웠다.

"그럼, 눕겠어요."

"아무 걱정 말고 누워 있어."

"……죄송합니다."

아케미는 머리를 숙였다. 그리고 이불 대신 유지(油紙)를 뒤집어 쓰려는 순간, 그 밑에서 번갯불 같은 눈빛을 가진 한 짐승이 자기 머리를 뛰어넘는 바람에 그녀는 비명을 지르며 엎드렸다.

2

놀란 것은 아케미보다도 오히려 단자에몬 쪽이었다. 냄비에 쏟고 있던 모
밀가루 봉지를 떨어뜨리고 말았다.

"아, 왜 그래!"

쏟아진 모밀가루로 무릎이 하얗게 되어 버렸다.

아케미는 엎드린 채 말했다.

"뭔지——뭔지는 모르겠으나 쥐보다 훨씬 큰 짐승이 저 구석에서 뛰어나
와서……."

이렇게 말하자 아오키는 주위를 둘러본다.

"다람쥐겠지."

"다람쥐란 놈이 용케 먹을 것을 냄새맡고 들어온단 말야. ……하지만 어
디, 아무 데도 없는데?"

아케미는 살짝 얼굴을 들었다.

"저것! 저기에."

"어디?"

허리를 돌려 뒤를 보자 과연 한 마리의 동물이 부처님도 없는 불단 위에

웅크리고 있다가 단자에몬의 눈길이 향하자 '움찔' 하고 궁둥이를 옴츠린다.

다람쥐가 아니라 새끼 원숭이였다.

단자에몬이 노려보자 원숭이는 겁이 났는지 불단 가를 두세 번 왔다갔다 하더니 다시 먼저 자리에 앉아 눈을 깜박거리며 내려다보고 있다.

"이놈, 어디서 들어왔느냐? 아, 밥알이 많이 흩어져 있다고 생각했더니 바로."

말을 알아들은 듯 원숭이는 그가 다가서자 냉큼 도망쳐 불단 뒤로 깡총 숨어버리고 만다.

"……하하하, 재롱둥이로군. 먹을 것을 주면 나쁜 짓은 않겠지. 내버려 두자."

무릎에 묻은 흰 가루를 털고 냄비 옆에 다시 앉는다.

"아케미, 조금도 겁낼 것 없어. 마음 푹 놓고 자거라."

"괜찮을까요?"

"산원숭이가 아니고 어디서 기르는 원숭이가 도망쳐 온 것 같군. 걱정할 것 없어. 이불이 그 꼴이니 춥지나 않을지 모르겠네."

"아뇨."

"자는 게 좋아. 감기는 푹 자고 나면 낫지."

냄비에 밀가루를 넣고는 물을 부어 반죽을 한다.

풍로에서는 숯불이 피어 오르고 있었다. 거기에 냄비를 올려놓고 물이 끓기를 기다리며 단자에몬은 파를 다듬기 시작했다.

땅에 놓였던 낡은 책상 판대기를 도마로 이용하고 있었다. 다듬어진 파를 씻지도 않고 나무 접시에 옮겨 담고 그 뒤는 어지러놓은 채 내버려둔다.

보글보글 냄비의 물끓는 소리가 점점 법당 안을 훈훈하게 했다.

고목 같은 허리를 구부린 단자에몬의 눈은 끓는 물을 들여다보고 있었다. 인생의 낙은 그 냄비 속에서 끓는 것뿐인 듯이 그 끓는 모습이 즐거워 보였다.

여느 밤과 다름없이 청수사의 종소리가 들려왔다. 이미 추위는 지나가고 초봄이 가까워지고 있다.

사람들에게 번민이 많은지 불당 처마에 매달린 방울 소리는 밤새 그치질 않는다.

'……나는 내 자신의 죄과에 따라 그 벌을 받고 있지만 조타로는 어떻게 지내고 있을까? 그 애에겐 아무 죄과도 없으니 어버이의 죄는 어버이에게 벌 주고, 나무아미타불 관세음보살, 조타로에게 자비를 베풀어 주소서.'

밀가루 반죽을 젓가락으로 뜯어 넣으며, 어버이의 약한 마음으로 빌고 있을 때였다.

"싫어요……."

자고 있던 아케미가 돌연 목이라도 졸리는 듯 소리를 지른다.

"개, 개, 개새끼."

잠자리에서 눈을 감은 채 목침에 얼굴을 대고 훌쩍훌쩍 울고 있었다.

3

자기가 내뱉은 헛소리에 놀라 아케미는 눈을 떴다.

"아저씨, 나 지금 잠꼬대 했죠?"

"깜짝 놀랐어."

단자에몬은 베개맡으로 뛰어와서 그녀의 이마를 닦아 준다.

"열이 많은가 보군. 땀이 굉장히 났는데……."

"뭐라고 지껄였어요?"

"여러 가지."

"여러 가지요?"

아케미는 열기 띤 얼굴을 더욱 붉히며 수줍은 듯 유지를 얼굴에 뒤집어 쓴다.

"……아케미, 너는 마음 속으로 저주하는 남자가 있지?"

"그런 말을 지껄였나요?"

"응……어떻게 된 거야. 남자에게서 버림을 당했나?"

"아아뇨."

"알겠다."

단자에몬이 혼자 끄덕이자 아케미는 급히 몸을 일으켰다.

"아저씨, 나, 나는 어떻게 하면 좋아요?"

아무에게도 말하지 않겠다면서 혼자 괴로워하고 있던 스미요시에서의 수치스런 일을, 아케미의 몸 속의 분노와 슬픔은 아무래도 그녀의 입으로 그것을 말하지 않고는 못배기게 만드는 것이었다. 돌연 단자에몬의 무릎 앞에 앉으며 또 잠꼬대를 하듯이 훌쩍훌쩍 울면서 그 뒤의 일을 다 지껄였다.

"……흠……."

　단자에몬은 뜨거운 숨을 몰아 쉬었다.

　오랜만에 여자의 체취라는 것이 그의 코와 눈에 스며들었다. 요즈음은 인간의 고집과 욕망을 모두 버리고 바위나 고목나무와도 같은 육체라고 생각하고 있던 관능에 갑자기 따뜻한 피라도 부어넣은 것처럼 부풀어 옴을 느꼈다. 아직도 자기의 늑골 밑에 폐와 심장이 생동하고 있음을 신기하게 생각하는 것이었다.

　"……흐음, 요시오카 세이주로라는 놈이 그처럼 괘씸한 짓을 하는 놈이었던가?"

　반문하면서 단자에몬은 마음 속으로 세이주로라는 인간이 한 없이 미워졌다. 그러나 단자에몬의 늙은 피를 그토록 흥분시키고 있는 것은 비단 의분만은 아니었다. 야릇한 질투심이 마치 자기 애인이라도 되는 양 그의 어깨를 노하게 하는 것이었다.

　아케미는 그것이 오히려 자상한 사람으로 보여 이 사람이면 모든 것을 말해도 안심이라 생각하였다.

　"아저씨……난 죽고만 싶어요. 정말 죽어버리면 좋겠어요."

　그의 무릎에 얼굴을 파묻고 울자 단자에몬은 야릇한 심경이 되어 난처한 듯이 달랬다.

"울지 마라. 그건 네가 마음 속으로 허락한 것이 아니니까 결코 더럽혀진 게 아냐. 여성의 생명은 육체보다도 마음에 있는 거다. 다시 말해 정조라는 것은 마음을 가리키는 거야. 몸은 주지 않더라도 속으로 다른 남자를 생각한다면 그 순간만이라도 여자의 정조는 더럽혀진 거나 마찬가지가 되는 거란다."

아케미는 그런 관념적인 위로에는 안정이 되지 않는다는 듯 단자에몬의 옷을 적실 정도로 뜨거운 눈물을 흘리면서 다시 말했다.

'죽고만 싶어요.'

똑같은 말을 되풀이한다.

"울지 마, 울지 마라."

단자에몬은 그 등을 어루만지며 달래 주었다. 그러나 흰 목덜미를 들먹이며 우는 모습을 동정만 하고 있을 수는 없었다. 이 향그러운 고운 살결도 이미 다른 남자에게 빼앗긴 것이 아닌가 하는 생각이 문득 드는 것이었다.

아까 놀라게 했던 원숭이가 어느결에 냄비 곁으로 와서 무언가 먹을 것을 물고 달아났다. 그 소리에 단자에몬은 아케미의 얼굴을 무릎에서 떼어 냈다.

"저 놈이!"

단자에몬은 주먹을 불끈 쳐들었다.

단자에몬은 역시 먹을 것이 여자의 눈물보다 더욱 마음이 쏠리는 모양이었다.

4

날이 밝았다. 아침이 되자 단자에몬은 가사를 걸치며 퉁소와 삿갓을 집어 들고 아미타불당을 나섰다.

"거리에 나갔다 올 터이니 여기서 지키고 있거라. 돌아올 때는 약과 따뜻한 음식, 그리고 기름과 쌀도 구해올 테니까."

낡은 짚신을 툭툭 털어 두었다가 비가 오지 않는 날은 이것을 신고 거리로 동냥을 나가는 것이었다. 허수아비가 걸어가는 것같이 코 밑의 수염까지도 볼 품이 없었다.

특히 오늘 아침의 단자에몬은 지쳐 있었다. 간밤에 잠을 푹 자지 못했던 것이다. 그처럼 번민하고 울며 슬퍼하던 아케미는 따뜻한 수제비 국을 마시자

땀을 내며 깊이 잠들었으나 단자에몬은 날이 밝을 때까지 뜬 눈으로 새웠다.

그 잠을 못잔 원인이 오늘 아침 화창하게 갠 햇빛 아래 나와서도 여전히 머리 한구석에 남아, 그것이 마음에 걸린 채 떠나지를 않았다.

'꼭 오쓰우만한 나이 때다…….'

단자에몬은 생각한다.

'오쓰우와는 성격이 좀 다르지만 오쓰우보다 사랑스럽다. 오쓰우에게는 기품이 있으나 차가운 미(美)가 있고, 아케미는 울 때나 웃을 때나 골을 냈을 때에도 모두 매혹적이다…….'

그 매혹이 강력한 광선처럼 단자에몬의 쇠퇴한 세포를 어제밤부터 활발히 젊게 하는 것이었다.

그러나 아무리 그래도 어쩔 수 없는 건 연령이다. 아케미가 잠든 것을 보고 자기 잠자리에 들어가서는 곧 다른 마음이 든다.

'나라는 인간은 도대체 어떻게 된 거냐? 이케다의 역대 신하이면서도 가명(家名)을 욕되게 하고 계집 때문에 이처럼 낙오자가 되어버린 게 아닌가. 오쓰우란 여자에게 지금과 같은 번뇌를 일으킨 것이 원인이 아닌가.'

이렇게 훈계하며 스스로 꾸짖었다.

'아직도 정신을 차리지 못하느냐.'

'아아, 퉁소를 가지고 가사를 걸치고 있으나, 아직도 나는 자기의 죄과를 뉘우치지 못하니 올바른 인간과는 거리가 멀구나.'

또 이런 생각을 되씹으며 자신을 질책하다 보니 아무리 잠을 자려고 해도 잠이 오지 않았다. 그러다가 날이 밝았다. 그 피곤이 아침에서야 그에게 엄습해 온 것이다.

'그런 나쁜 마음은 버리자. 귀여운 처녀이다. 그리고 가엾게도 상처를 안고 있다. 잘 위로해 주자. 세상의 남자들이 그처럼 색정의 화신(化身)이 아니라는 것을 보여 주자. 돌아올 때는 약과 또 무엇을 얻어올까. 오늘 하루의 동냥이 아케미의 기쁨이 된다고 생각하니 보람이 있구나. 그 이상의 욕망은 묶어 버리자.'

가까스로 마음이 안정되어 얼굴빛이 한결 밝아졌을 때였다. 그가 걷고 있던 벼랑 위에서 푸드득, 하고 큰 날개를 치며 한 마리의 매가 햇볕을 스치고 날았다.

"……?"

단자에몬이 얼굴을 쳐드니 잎이 다 떨어진 도토리 나무 위에서 회색의 깃털이 솜처럼 날고 있었다.

매는, 잡은 새를 발톱으로 움켜쥐고 하늘로 치솟아 올라가고 있다.

"아, 한 마리 잡았다!"

어디선가 사람의 소리가 들려왔다. 매는 주인 쪽을 향해 날아갔다.

5

어느 사이 절 뒤쪽에서 이쪽으로 내려오는 사냥꾼 차림의 두 사람이 모습을 나타냈다.

한 사람은 왼 손에 매를 올려놓고 사냥감을 담는 주머니를 칼과 반대쪽에 차고 그 뒤에는 민첩해 보이는 다색 사냥개를 데리고 있었다.

시조 도장의 세이주로였다.

다른 한 명은 세이주로보다 훨씬 젊고 몸집도 건장해 보이는 청년으로 어깨에는 석 자 남짓한 칼을 비스듬히 메고, 머리는 아직 총각머리——이쯤 설명하면 더 말할 것도 없이 사사키 고지로임을 알 수 있다.

"이 근방이었는데."

고지로가 멈춰 서서 그 주위를 둘러보며 말했다.

"어제 저녁 때 원숭이가 그 사냥개와 싸우다가 엉덩이를 물리고는 화가 나서 어디론가 숨어 버려 영영 모습을 감추고 말았으니. ……어디 그쪽 나무 위에라도 있지 않은가요?"

"있을 게 뭐요. 원숭이에게도 발이 있단 말이오?"

세이주로는 흥미 없다는 표정이었다.

"도대체 매를 놓아 사냥하는데 원숭이 같은 걸 끌고 올 게 뭐람."

그는 돌 위에 앉는다.

고지로도 나무 밑에 앉으며 말했다.

"데리고 온 게 아니오. 그 원숭이가 따라오는 걸 어쩝니까? 아무튼 귀여운 놈이었는데…… 곁에 없으면 서운하단 말이오."

"고양이나 강아지 따위를 좋아하는 건 여자나 한가한 사람의 짓이라고 생각했는데, 그대 같은 무사 수행자가 원숭이를 사랑하고 있다니 이상한 일이군."

검에 대해서는 어느 정도 존경심이 일었으나 그 외의 취미라든가 처세에 있어서는 역시 유치한 점이 다분히 보이는 고지로였다. 역시 나이가 젊으니

만큼 나이값밖에 못한다는 점을 3, 4일 동안이나마 한집안에서 지내보니 잘 알 수 있었다.

그러므로 세이주로는 그에 대하여 인간적인 존경은 그다지 가질 수 없었지만, 그 대신 교제를 하는 데는 허물 없는 사람으로 간주하고 요즈음 며칠 동안 굉장히 친절을 베풀어 주고 있었다.

"핫하하하."

고지로는 웃었다.

"그것은 옹졸한 사람들의 유치한 생각입니다."

고지로는 이렇게 말했다.

그리고 고지로가 태평스럽게 잡담을 시작하자 세이주로는 반대로 웬일인지 침착하지 못한 얼굴이 되는 것이었다. 자기의 손에 올려놓은 매의 눈처럼 초조한 빛이 눈에 서려 있었다.

"뭐야, 저 거지 중은? …… 아까부터 우리 쪽을 바라보고 섰으니."

세이주로가 경계하듯 말하자 고지로도 그쪽을 바라보았다. 세이주로가 수상하게 쏘아보고 있는 대상은 그때까지 저쪽에서 멍청하게 서 있던 아오키 단자에몬이었다. 그제야 단자에몬은 터덜터덜 저쪽으로 향하여 걷기 시작했다.

"돌아갑시다. 아무래도 매사냥 같은 것을 하고 있을 때가 아니오. 오늘이 벌써 스무아흐레니 돌아갑시다, 도장으로."

혼잣말처럼 내뱉는 어조에는 여느때의 세이주로답지 않은 열기가 있었다. 고지로가 싫다면 자기 혼자라도 먼저 가겠다는 눈치였다.

6

"가려면 같이 갑시다."

고지로는 함께 걷기 시작했으나 유쾌하지 못한 안색이었다.

"세이주로님, 억지로 권해서 미안하구려."

"무엇을?"

"어제도 오늘도 매사냥을 권하여 당신을 끌고 나온 것은 이 고지로니까."

"아니오, 호의는 잘 알고 있소. 그러나 연말이고 또 일전에 이야기한 미야모토 무사시라는 자와의 중대한 시합을 목전에 두고 있는 실정이니까."

"나도 그 때문에 당신에게 매사냥이라도 해서 여유 있는 마음을 기를 것을 권고한 셈인데, 당신 기질에는 그것이 맞지 않는 모양이오."

"소문을 들으니 무사시라는 자는 함부로 얕볼 수 없는 적인 듯하오."

"그렇다면 더욱 이쪽에서는 서두르지 말고 침착한 마음의 준비가 되어 있어야 하지 않을까요?"

"나도 그렇게 당황해 있는 것은 아니오. 적을 멸시하는 것은 병법에서도 가장 위험하게 여기는 것이오. 시합날까지는 충분히 연마를 해 두어야겠다고 생각하오. 그러고도 만일 패배한다면 그것은 실력의 차이니 어쩔 수 없는 일이지만……."

고지로는 세이주로의 솔직함에는 호감이 갔다. 그러나 소심함이 빤히 들여다보여 이래가지고서는 도저히 요시오카 겐포의 명성과 저 커다란 도장을 오래도록 맡아 갈 그릇이 못된다고 남몰래 가엾게 여기는 것이었다.

'동생 덴시치로 편이 훨씬 선이 굵다.'

이렇게도 생각했다.

그러나 그 동생은 조잡하고 방종하며, 실력은 형 세이주로보다 나을지 모르나 가명(家名)이고 뭐고 생각지 않는 무책임한 아들이었다.

고지로는 그 동생과도 인사를 했지만 성격이 전혀 맞지 않아 오히려 처음부터 서로 반감까지 품게 되었다.

'이 사람은 고지식해. 그러나 소심한 사람이니 도와줘야겠다.'

고지로는 이렇게 생각했기 때문에 일부러 매사냥을 권하여 무사시와의 시합을 머리에서 떠나게 하려 했던 것이다. 그러나 본인인 세이주로는 태연하게 지낼 수 없는 모양이었다.

이제부터 돌아가서 열심히 연마하겠다는 것이다. 그 열성과 성의는 좋지만 무사시와의 시합날은 불과 며칠 남지 않았다. 그 동안에 연마가 되겠느냐고 고지로는 묻고 싶었다.

'그러나 천성이 그러하니……'

그리하여 묵묵히 돌아가려 하자 지금까지 발치에서 따라오고 있던 사냥개가 어느 사이엔가 없어졌다.

──왕 왕 왕.

멀리서 개가 맹렬하게 짖어대는 소리가 들렸다.

"아, 무슨 짐승을 발견한 모양이다!"

고지로는 그렇게 말하며 눈동자를 빛내고 있었으나 세이주로는 별로 대수롭지 않게 생각한다.

"내버려 두고 갑시다. 버리고 가면 뒤에서 쫓아오겠지……."

"그렇지만……."

애석한 듯 고지로가 말했다.

"잠깐 보고 올 터이니 좀 기다려 주시오.

개 짖는 소리가 나는 방향을 향해 고지로는 뛰어갔다. ──보니까 일곱 칸(七間) 사방의 낡은 법당 마루로 사냥개가 뛰어오르고 있었다. 그리고 찢어진 창문을 향해 짖어대며 뛰어올랐다가는 떨어져 뒹굴면서 연신 그 근방의 벽이나 기둥을 발톱으로 긁어대고 있는 것이었다.

7

무슨 냄새를 맡고 이렇게 짖어대는 것일까?

고지로는 사냥개가 뛰어오르려는 창문과는 다른 입구에 섰다.

불당의 격자문에 얼굴을 대고 그는 들여다보았다. 안은 어두워 아무 것도 보이지 않았다. 그의 손이 문을 잡아당기자 '삐걱' 하는 소리가 났다. 그러자 개는 꼬리를 흔들며 고지로의 발 밑으로 달려왔다.

"비켜!"

발길로 챘으나 개는 기세가 등등해 있는 참이라 겁내지 않았다.

그가 불당 안으로 들어가자 어느새 먼저 뛰어들어갔다.

그러자──곧.

고지로의 귀를 놀라게 한 것은 뜻밖에도 여자의 비명 소리였다. 그것도 이만저만 놀란 소리가 아니고, 죽을 힘을 다해 부르짖는 고함 소리가, 달려 드는 개 소리와 뒤섞여 불당의 기둥이 흔들릴 정도였다.

"아!"

고지로는 뛰어갔다. 그 순간 개가 맹렬히 쫓고 있던 목표가 무엇인지도 알았고, 또 필사적으로 비명을 지르고 있는 여자의 모습도 눈에 띄었다.

유지를 뒤집어 쓴 채 아케미는 지금까지 자고 있었다. 거기에 사냥개의 눈에 발견된 원숭이가 창문으로 뛰어들어와 그녀의 뒤로 숨어버린 것이다.

개는 원숭이를 쫓아 아케미에게 달려 들었다.

"아야!"

아케미가 벌렁 나가 떨어진 것은 개가 고지로의 발 밑에서 튀어나간 것과 거의 동시의 일이었다.

순간적인 일이다.

"아야!"

아케미는 신음소리를 냈다. 개가 큰 입을 벌리고 그녀의 팔을 문 것이다.

"아, 저놈이!"

고지로가 두 번째로 개의 배때기를 걷어찼다. 그래도 아케미의 팔을 물고 있는 큰 입은 떨어지지 않았다. 첫 번째 발길에 차였을 때 이미 개는 죽었던 것이다.

"놔라, 놔!"

몸부림 치고 있는 그녀의 몸 밑에서 원숭이가 깡총 뛰어나왔다. 고지로는 개의 윗턱과 아래턱을 양 손으로 움켜잡았다.

"이놈!"

'덜거덕' 하고 아래턱이 떨어지는 소리가 들렸다. 개는 아래턱이 떨어진 채 나둥그라졌다. 그것을 문 밖으로 내던졌다.

"이제 괜찮습니다."

아케미의 곁에 앉았으나 그녀의 두 팔은 결코 '이제 괜찮습니다'라고 할 정도가 아니었다.

새하얀 팔뚝에서 모란빛 같은 피가 쏟아지고 있다. 그 흰 살결과 붉은 빛깔이 고지로로 하여금 통증과 전율을 느끼게 할 정도였다.

"술이 없습니까? 상처를 씻을 술이. ……있을 리가 없지. 이런 곳에 있을 리가 없다."

아케미의 팔을 붙들고 있자니 따뜻한 액체가 자기의 손목에도 줄줄 흘러 묻어나는 것이었다.

"만일 개의 이빨에서 독이라도 들어갔다면 미치고 말 텐데……그렇잖아도 미치려는 개였는데."

어쩔 줄을 몰라 고지로가 이렇게 떠들어대자, 아케미는 고통스런 표정을 지으며 흰 목덜미를 저쪽으로 돌렸다.

"네, 미쳐요? …… 미치고 싶어요. 미치게 내버려 둬요."

"바보 같은 소리!"

고지로는 주저할 사이도 없이 서슴지 않고 그녀의 두 팔의 피를 입으로 빨아들였다. 입 안에 피가 가득차면 내뱉고 하면서 상처에서 독을 빨아내고 있었다.

저녁 때가 되자 단자에몬은 하루의 구걸 행각을 마치고 어슬렁어슬렁 돌아왔다.

이미 어둠이 깃들기 시작한 법당의 문을 열었다.

"아케미, 쓸쓸했지? 지금 돌아왔어."

도중에서 구한 아케미의 약과 먹을 것, 그리고 기름병 등을 구석에 내려놓았다.

"기다려, 이제 불을 켜 줄 테니까."

그러나 불을 켜고 단자에몬은 실망했다.

"아니? ……어딜 갔을까? 아케미, 아케미."

그녀의 모습은 보이지 않았다.

세상이 온통 어두워지는 것만 같았다. 그처럼 염려해 주었는데, 하는 생각이 들자 괘씸해졌다. 그러나 곧 그 괘씸한 마음은 말할 수 없는 쓸쓸함으로 변했다. 그는 울상이 되었다.

"위험에서 구해 주고, 뿐만 아니라 그처럼 친절히 돌봐 주었는데도 아무 말 없이 나간다는 것은…… 아아, 이것이 세상사일까? 지금의 젊은 여자는 그렇단 말인가. ……아니면, 나를 아직 의심하고 있는 것일까?"

단자에몬은 한탄스럽게 중얼거리며 그녀가 누워 있던 자리를 시기하는 눈길로 돌아다보았다. 거기에는 허리띠의 끝을 찢은 헝겊이 버려져 있었다. 그 헝겊에는 약간의 피가 묻어 있었다. 단자에몬은 더욱 의아심이 들었다. 그리고 야릇한 질투심에 사로잡혔다.

화가 치민 그는 잠자리를 발길로 걷어찼다. 그리고 구해온 약도 밖으로 내동댕이쳐 버렸다. 하루 종일 동냥을 하러 돌아다니느라고 배가 고팠으나 저녁 밥을 지어 먹을 기력도 잃은 듯 퉁소를 들고 탄식하며 법당의 마루로 나갔다.

"아! 아!"

그리고 약 한 시간 동안 밑도 끝도 없이 부는 그의 퉁소는 그의 번뇌를 허공으로 이끌고 가는 것이었다. 인간의 정욕은 묘지에 들어갈 때까지는 그 형체를 바꾸어 인체의 어느 한구석엔가 인(燐)같이 원소적인 잠재를 하고 있다는 것을 단자에몬이 부는 퉁소는 허공에 자백하고 있었다.

'어차피 다른 남성에게 희롱당할 그런 여자의 숙명이라면 무엇 때문에 자

기는 고식적인 도덕에 얽매여 한잠도 자지 못하고 몸부림을 쳤던가? 그럴 필요가 없었는데…….'

후회 비슷한 복잡한 감정이 서로 엇갈린 채 혈관 속에서 지금까지의 온갖 번뇌가 어지럽게 되살아나는 것이었다.

"무엇이 그렇게 즐거워서 오늘밤은 혼자서 통소를 불고 있는 거요? 거리에서 벌이가 좋아 술이라도 사 왔으면 나에게도 좀 주구려."

불당의 마루 밑에서 목을 내밀고 이렇게 말한 거지가 있다. 그 앉은뱅이 거지는 언제나 마루 밑에서 살고 있으며 자기 위에서 지내고 있는 단자에몬의 생활을 왕후처럼 올려다보며 부러워하는 사람이었다.

"아……자네는 알고 있겠군. 내가 어제 저녁 여기에 데리고 온 여자가 어디로 가던가?"

"그런 구슬을 도망치게 할 게 뭐람. 오늘 아침 임자가 나가자 큰 칼을 등에 멘 동자머리 젊은이가 원숭이와 함께 여자까지 등에 업고 가더군."

"아, 그 동자머리가?"

"멀끔하게 생겼던데. ……자네나 나보다는."

마루 밑의 앉은뱅이는 무엇이 우스운지 혼자 웃고 있었다.

공개장

1

시조 도장에 돌아가자 곧 문하생의 손에 매의 횃대를 옮겨 주며 세이주로 는 신을 벗는다.

"야, 이것을 매장에 갖다 놓고 오너라."

분명히 불쾌한 표정이었다. 몸에 면도칼처럼 날이 서 있는 것 같았다.

문하생들은 삿갓을——발 씻는 물을——하고 신경을 쓰면서 물었다.

"함께 가셨던 고지로님은요?"

"뒤에 돌아오겠지!"

"사냥을 하시다가 엇갈려 버렸나요?"

"아무리 기다려도 돌아오지 않기에 나 혼자 먼저 온 거다."

세이주로는 옷을 갈아입고 자리에 앉았다.

그 방 앞 안뜰 건너편에 큰 도장이 있었다. 섣달 스무닷새 날에 연습을 끝 내고 거기는 봄까지 문을 닫아 둔다.

1천 명 가까운 문하생이 일년내내 출입하고 있는 도장이므로 거기에서 목 검 소리가 들리지 않자 갑자기 빈 집이 된 것 같은 느낌이 들었다.

"아직 돌아오지 않았느냐?"

세이주로는 몇 번이나 방에서 물었다.

"아직 돌아오시지 않았습니다."

고지로가 돌아오면 오늘은 그를 연습 상대로 삼아, 얼마 후 시합을 하게 되는 무사시로 생각하고 열심히 단련하자――이렇게 생각하며 기다리고 있었으나 저녁 때가 되어도, 밤이 되어도 고지로는 나타나지 않았다.

그 다음날도 고지로는 돌아오지 않았다.

세모는 다가왔다. 금년도 오늘 하루 뿐인 그믐날 낮.

"어떻게 하시겠소!"

요시오카 도장의 문간방에서는 외상값을 받으러 온 사람들이 떠들어대고 있었다.

"주인을 만나러 왔소. 주인 좀 만나게 해 주시오."

"몇십 번이나 헛걸음을 시킬 작정이오?"

"올봄의 계산뿐이라면 말도 않겠소. 금년도 외상값과 작년도 외상값을 합치면 모두 얼마인지 아시오?"

장부를 두드리며 떠들어대는 사나이도 있었다.

출입하던 목공, 쌀가게 주인, 술집, 옷감집 그리고 이곳저곳에서 세이주로가 흥청거리며 마신 유흥비와 외상값 독촉이다.

그것은 그래도 작은 액수였다. 동생인 덴시치로가 형에게 알리지도 않고 임의로 빌려 쓴 엄청난 이잣돈도 있었다.

"세이주로님을 만나게 해 주시오. 문하생들과는 해결이 안 되니까."

둘러앉아서 움직이지 않는 사람도 4, 5명이나 되었다.

평상시 도장의 회계나 집안 살림은 기온 도지가 맡아서 해왔었는데, 며칠 전 여행길에서 모은 돈을 가지고 그는 쑥집 오코와 도망쳐 버렸다.

입장이 난처해진 문하생들은 어쩔 줄 모르고 망설이고 있었다. 세이주로는 그저 한 마디를 내뱉을 뿐이었다.

"없다고 그래."

동생인 덴시치로도 물론 그믐날이란 색다른 날에 집에 붙어 있을 리가 없다. 이때 웅성거리며, 어깨를 버티고 들어오는 6, 7명의 한 패거리가 있었다. 요시오카의 십검(十劍)이라고 자칭하는 료헤이와 그 문하생들이었다.

외상값을 받으러 온 사람들을 노려본다.

"뭐야?"

료헤이가 거기에 버티고 서서 하는 말이다.

그들이 간단히 설명했다.

"뭐야, 빚쟁이야? 돈을 꾸어 왔으면 갖다 주면 되지 않나. 그러니 이 집의 형편이 좀 좋아질 때까지 기다려. 기다리지 못하겠다는 놈은 내가 별도로 이야기할 게 있으니 도장 쪽으로 와."

2

료헤이의 난폭한 말에 빚쟁이들도 불끈 화를 냈다.

이 집의 형편이 풀릴 때까지 기다리라니 무슨 소리인가. 게다가 기다릴 수 없는 자는 별도로 처리해 줄 테니 도장으로 오라는 건 또 무슨 소리인가. 적어도 장군가의 병법소 사범이라는 선대의 신용이 있기 때문에 머리를 숙이고 비위를 맞춰가며 물건을 주고, 내일 오라고 하면 예, 모래 오라고 해도 예예, 하며 더받들어 주었다. 기어오르는 데도 분수가 있지 그런 언사에 겁을 집어 먹고 외상값 받으러 온 자들이 물러 가다가는 상인들은 살아갈 수가 없다. 상인들이 없이 무사들끼리만 살아갈 수 있다면 살아봐라, 하는 반감이 당연히 이들 상인의 머리에 불을 질렀다.

료헤이는 웅성거리며 머리를 모으고 있는 상인들을 인형 바라다보듯 하면서 말했다.

"자, 돌아가, 돌아가. 언제까지 있어도 소용 없으니까……."

상인들은 아무 말 않고 있었으며 움직이려 들지도 않았다.

"야! 이들을 쫓아내라!"

그러자 료헤이가 문하생의 한 사람에게 명령하는 바람에 꾹 참고 있던 빚쟁이들도 더 견딜 수 없다는 듯 따지듯이 말했다.

"여보시오, 이건 너무 하지 않습니까?"

"뭐가 너무 해!"

"아무려면 그런 말이 어디 있습니까?"

"누가 뭐라고 했다는 거야?"

"쫓아내라는 말이 어디 있습니까?"

"그럼 왜 돌아가지 않는 거야? 오늘은 그믐날이야."

"그래서 우리는 해를 넘기지 않으려고 이렇게 빚을 갚아 주길 기다리고 있

는 게 아닙니까?”

“이 댁은 바쁘단 말야.”

“그런 법이 어디 있습니까?”

“너희들 정말 불복(不服)하겠는가!”

“청산만 해주면 아무 말도 않겠습니다.”

“이리 좀 나와.”

“어, 어딜?”

“괘씸한……..”

“그, 그런 억지 말이 어딨소?”

“뭐? 억지라고……..”

“댁을 보고 한 말이 아닙니다. 너무하다는 말입니다.”

“닥쳐!”

멱살을 잡은 료헤이는 그 사나이를 현관 밖으로 내던졌다. 그러자 나머지 빚쟁이들은 허둥지둥 도망치고 말았다.

“누구냐? 다시 더 아가리를 놀리고 싶은 놈은. 사소한 돈을 가지고 요시오카의 문 앞에 앉아 추태를 보이는 놈이 다시 있으면 용서치 않겠다. 만약 선생님께서 돈을 지불하신 대도 내가 못하게 말릴 테다. 이의가 있거든 한 놈 한 놈 대가리를 내밀어라!"

빚쟁이들은 그의 주먹을 보고 문 밖으로 뛰쳐나가면서 입을 모아 지껄여 댔다.

"이제 이 문짝에 매가(賣家)란 글씨가 붙여지면 손뼉을 치며 기뻐할 테다."

"머지않아 그렇게 될 터이니 두고 보아라!"

"그렇구말구."

이런 욕설을 들으면서 료헤이는 배를 움켜쥐고 웃어댔다. 그리고 다른 한 패와 같이 안채에 있는 세이주로의 방으로 들어갔다.

세이주로는 침통한 표정으로 혼자 화로를 끼고 앉아 있었다.

"선생님, 몹시 우울하시군요. 어디 편찮으신데라도……."

료헤이가 물었다.

"아니, 아무렇지도 않아!"

가장 신뢰하는 문하생 6, 7명이 몰려왔으므로 세이주로도 다소 얼굴 표정을 펴며 말했다.

"드디어 그 날이 박두했다!"

"다가왔습니다. 그 때문에 모두가 뵈러 왔습니다. 무사시에게 알려 줄 시합 장소와 일시는 어떻게 하기로 정하셨습니까?"

"글쎄다."

세이주로는 생각에 잠겼다.

3

먼저 무사시로부터 와 있는 편지에는 시합 장소와 날짜 등 일체를 그쪽에 일임하는 바이니 그 취지를 정초까지 고조 다리 곁에 방(榜)을 써서 높이 붙여 주면 좋겠다고 씌어 있었다.

"우선 장소 문제인데……."

세이주로는 중얼거리듯 말했다.

"연대사(蓮臺寺) 들판이면 어떨까?"

모두에게 의견을 물었다.

"좋겠습니다. 그런데 날짜와 시각은?"

"보름 명절 안으로 할까, 아니면 넘겨서 정할까······하고 있는데."

"빠른 쪽이 좋을 듯합니다. 무사시가 혹시 비겁한 계책이라도 꾸미기 전에 말입니다."

"그럼, 8일은?"

"8일, 좋을 듯합니다. 그 날은 큰 스승님(先師)의 기일이기도 하니까요."

"아, 아버지의 기일이 되는구나. 그럼, 안 된다. 9일 아침 묘시(卯時), 그렇게 정하자."

"그럼, 그대로 방을 써서 그믐날 밤중에라도 고조 다리 옆에 세울까요?"

"으음······."

"각오는 단단히 되어 있겠지요?"

"물론이지."

그렇게 말하지 않을 수 없는 세이주로의 입장이었다.

하지만 무사시에게 지리라고는 꿈에도 생각지 않는다. 아버지 겐포에게서 배운 어렸을 때부터의 기량은 여기 있는 수제자 중 누구하고 언제 시합을 해도 져 본 예가 없다. 하물며 아직 이름도 없는 시골 병법자인 무사시쯤이야, 하고 그는 자부하고 있는 것이었다.

그러나 어쩐지 얼마 전부터 문득 겁을 느끼게 되고 마음이 정돈되지 않는 것은 자기가 연마를 게을리한 탓이 아니라, 다만 신변의 복잡한 번민 때문이라고 스스로 해석하고 있었다.

아케미의 일이, 그 하나의 원인이라기보다도 그 뒤 가장 크게 그의 마음을 불쾌하게 만들었으며, 무사시의 도전장을 받고 당황하여 교토로 돌아와 보았으나 집안은 엉망이 되어 빚은 날이 갈수록 쌓여 오늘과 같은 그믐날에 빚쟁이들이 모여들게 되었으니 세이주로의 마음은 편안할 여가가 없었다.

게다가 믿고 있던 고지로도 이곳에 얼굴을 내밀지 않는다. 동생인 덴시치로도 볼 수가 없다. 그는 원래부터 무사시와의 시합에 자기 이외의 협조자를 필요로 할 만큼 적을 크게 보고 있지는 않았으나, 그런데도 웬지 금년의 연말은 쓸쓸한 생각이 들어 견딜 수가 없었다.

"한 번 봐주십시오. 이만하면 되리라 보는데."

료헤이들이 별실에서 새로 깎은 백목판(白木板)에 방문을 써 와서 그의 앞에 내놓았다.

아직 먹물도 채 마르지 않았다. 거기에는──

답시(答示)

원에 의해 시합을 결정한다.

장소 : 연대사(蓮臺寺) 들판

일시 : 정월 9일 묘시(卯時)

우신문(右神文)에 걸고 서약할 것.

만일 상대방에서 어기는 바가 있을 시는 웃음거리가 될 것이고, 이쪽에서 어기는 바가 있을 시는 신벌(神罰)을 받을 것이다.

　　게이초 9년 섣달 그믐

헤이안 요시오카 겐포 2대 세이주로

　　사쿠슈(作州) 낭인 미야모토 무사시 님에게

"음, 됐다."

비로소 모든 결정은 끝났다.

그 팻말을 갖고 료헤이는 두세 명의 문하생을 데리고 고조 다리를 향해 걸어갔다.

고행팔한(孤行八寒)

1

　요시다산(吉田山) 아래였다. 이 근처에는 많지 않은 녹봉으로 평생을 평범하게 지내고 있는 공경(公卿) 무사들의 주택이 많았다.

　자그마한 집 구조와 소박한 대문이 밖에서 보아도 곧 알아볼 정도로 극히 보수적인 계급색(階級色)을 띠고 있었다.

　'이 집도 아닌데, 여기도…….'

　무사시는 차례차례 문패를 들여다보고 지나다가 혼잣말로 중얼거렸다.

　'이젠 여기 안 사는지도 모르지!'

　더 찾아볼 힘을 잃은 듯이 멈춰 서고 말았다.

　부친 무니사이의 장례식 때 한 번 만났을 뿐인 이모에 대한 그의 기억은 소년 시절의 희미한 기억에 지나지 않는다. 그러나 누이 오긴 외에 혈연이라곤 이모뿐인지라 어제 이 교토에 발을 들여놓자마자 문득 생각이 나서 찾아온 것이었다.

　이모부는 고노에 가문(近衞家門)에 종사하는 녹이 적은 무사였다고 기억한다. 요시다산 밑에만 오면 곧 알 수 있으리라고 생각했는데 막상 찾아와 보니 똑같이 지어진 집들이 많을 뿐 아니라, 집이 작은 데 비해 모두 숲 속 깊숙이 달팽이처럼 문을 닫아걸고 문패가 있는 집도 있고 없는 집도 있어서 찾기가 어려울뿐더러 묻기도 쉽지 않았다.

'아마 이사를 갔는지도 모르지. 그만두자.'

무사시는 단념하고 번화가 쪽으로 발을 돌렸다. 저녁 안개가 휘황한 불빛에 불그스름하게 보였다.

섣달 그믐날 저녁이라 그런지, 어쩐지 어수선하게 느껴지는 교토의 거리를 왕래하는 많은 사람들의 눈도 발걸음도 모두 달라 보였다.

"아……?"

무사시는 스쳐 지나치는 부인 한 사람을 돌아다보았다. 7, 8년 동안 보지 못한 이모, 분명히 어머니 친정인 반슈(播州) 사요(佐用) 고을에서 교토로 시집 갔다는 그 이모임에 틀림없었다.

"틀림 없이 그분 같다."

그래도 혹시나 해서 뒤를 따르면서 주의해 보니 40에 가까운 그 부인은 시장 바구니를 가슴에 안고 아까 무사시가 찾아다니던 쓸쓸한 옆 골목으로 돌아갔다.

"이모님!"

무사시가 부르자 그 부인은 의아스러운 얼굴 표정으로 한동안 그의 얼굴과 몸차림을 훑어보더니 깜짝 놀란다.

"아, 너는 무니사이님의 아들 무사시가 아니냐?"

어릴 때 보고 처음 만나는 이모에게서 다케조라고 불리지 않고 무사시라고 불린 것은 뜻밖이었으나 그것보다는 어쩐지 쓸쓸한 마음이 든다.

"예, 신멘 가문의 다케조입니다."

무사시의 말에 이모는 그의 모습을 훑어보고는 쌀쌀하게 말한다.

"그런데 여긴 뭣하러 왔니?"

힐난하듯이 물었다. 무사시에겐 일찍 이별한 어머니에 대한 아무런 기억이 없었다. 다만 이모와 이렇게 얘기하는 동안 자기 어머니도 살아 있을 무렵에는 오만한 키에 이런 음성의 사람이었겠지, 하며 눈매와 머리끝까지 죽은 어머니의 모습을 마음 속에 그려 보고 있었다.

"별로, 무슨 볼일이 있어 온 것이 아니라 교토에 나온 김에 문득 뵙고 싶어 찾아왔습니다."

"우리 집을 찾아왔단 말이지? 그만두어라. 여기서 만났으니 이것으로 됐다. 어서 돌아가거라."

손을 내젓는 것이었다.

2

이것이 몇 년 만에 만난 이모가 핏줄에 대해 하는 인삿말일까?

무사시는 남 이상의 쌀쌀함을 느꼈다. 죽은 어머니 다음으로 의지해 왔던 철부지 같은 자신이 후회스러워 저도 모르게 말했다.

"이모님, 그건 또 무슨 말씀입니까? 돌아가라면 가겠습니다만, 길에서 만나자마자 돌아가라니 어쩐 일이십니까? 제게 꾸중할 말씀이 있으시면 터놓고 말씀해 주십시오."

이렇게 따지고 드는 말에 이모는 난처한 듯이 말했다.

"그럼, 잠깐 들어가서 이모부나 만나 보고 가거라. 그러나……너의 이모부는 괴팍한 사람이라 오랫만에 온 너에게 혹시 섭섭한 말이라도 할까 싶어 그랬다. 나쁘게 생각 마라."

그 말을 듣자 무사시는 얼마만큼 위안이 되어 이모를 따라 집으로 들어갔다. 장지문 너머로 이모부인 마쓰오 가나메(松尾要人)의 음성이 들린다. 천식으로 앓아 누운 그의 감정 없는 중얼거림에 무사시는 이 가정이 지닌 차가운 장벽을 느끼며 옆방에서 망설이고 서 있었다.

"뭐? 무니사이의 아들 무사시가 왔다고? ……결국 찾아 왔군. ……그런데 왜 나에게 말도 없이 들어놨느냐?"

무사시는 더 참을 수 없어 이모를 불러 곧장 하직을 하려 했다. 그러나 그 때——

"거기 있느냐?"

가나메가 문을 열고 문지방 너머로 눈살을 모았다. 방 안에 송아지라도 끌고 들어온 듯 더러운 시골 놈, 하는 듯이 바라보는 눈이었다.

"너 왜 왔느냐?"

"교토에 온 김에 문안드리러 찾아 뵈었습니다."

"거짓말 마라."

"예?"

"거짓말을 해도 나는 다 알고 있다. 너는 고향을 소란하게 만들어 많은 사

람들에게 원한을 사고 가문에도 똥칠을 하고 도망친 놈이지?"

"……."

"무슨 면목으로 친척집을 찾아다니느냐?"

"죄송합니다. 어느 때고 조상님에게나 고향 사람들에게도 사과할 작정으로 있습니다."

"무슨 체면으로 고향에 돌아간단 말이냐? 그것이 악인악과(惡因惡果)라는 것이다. 무니사이님도 지하에서 울고 계실 거다."

"……이모님, 그만 가 보겠습니다."

"잠깐 기다려!"

가나메는 꾸짖었다.

"내 말을 더 들어. 이 근처에서 어물거리다간 큰 봉변을 당할 게야. 저 혼이덴의 노파 오스기라는 고집불통 늙은이가 반 년 전부터 종종 찾아와서 너의 거처를 가르쳐 달라느니, 네가 찾아왔을 것이라느니 하고 생떼를 쓰며 야단이니 말이다."

"아니, 그 노파가 여기까지 왔습니까?"

"그 노파한테서 모든 걸 다 들었다. 조금 쉬었다가 우리들한테까지 폐가 되지 않도록 오늘밤 안으로 떠나거라."

뜻밖이었다. 이모부와 이모는 오스기 노파의 말을 그대로 믿고서 자기를 꺼리고 있는 것이다. 무사시는 말할 수 없는 고독감에 마음이 어두워져 다만 고개를 숙이고 있을 뿐이었다.

이모는 가엾은 생각이 들었는지 따뜻한 말씨로 위로하며 옆방으로 가서 쉬게 했다. 무사시는 말 없이 그 방으로 들어갔다. 며칠 동안의 피로가 겹쳐 왔지만, 내일 설날 아침에는 약속이 있는 것이다. 그는 칼을 안고 잠시 드러누웠다. 그것은 이 세상에는 오직 자기 몸 하나뿐이라는 고독을 안고 있는 모습이었다.

3

한때는 울컥 울화가 치밀어 침이라도 뱉고 떠나고 싶었다. 그러나 한편으론 친척이니까 그런 뼈아픈 말까지도 할 수 있는 것이리라 생각하고 드러누워 있었다. 몇 사람 안 되는 친척이었다. 그 사람들을 극력 선의로 해석하여 남보다는 짙은 핏줄로 이어진 친척으로서 평생 서로 돕고 도움을 받아가며 살아가고 싶다고 그는 생각하였다.

그러나 무사시의 그러한 사고방식은 세상을 모르는 젊은이의 공상에 지나지 않았다. 젊다기보다도 유치할 정도로 그는 아직 사람들이나 세상을 볼 줄 모르는 청년이었다.

그가 하는 사고방식은 그가 크게 이름을 날리든가 부자가 된 뒤에 생각한다면 온당하지만, 이 추운날 때묻은 홑옷 바람으로 더구나 섣달 그믐날 찾아온 친척집에서 생각할 것은 못되었다. 그 그릇된 사고방식의 반증이 곧 나타났다.

'잠깐 쉬었다 가거라.'

이모의 말에 그는 주린 배를 안고 기다리고 있었다. 하지만 초저녁부터 부엌에서는 맛좋은 음식 냄새와 그릇 소리가 들렸는 데도 그의 방에는 아무런 소식이 없었다.

화로는 있으나마나였다. 반딧불 정도의 불기밖에 없었다. 그러나 피로 때문에 굶주림도 추위도 잊고 그는 팔베개를 한 채 두 시간 남짓 깊은 잠에 빠졌다.

"……아, 제야의 종소리다!"

무의식적으로 벌떡 일어났을 때, 그의 머리는 며칠 동안 쌓였던 피로가 깨끗이 씻겨 내려가 맑을 대로 맑아 있었다.

교토 안팎에 있는 사원의 종소리가 은은하게 여명의 갈림길에서 울리고 있었다.

온갖 번뇌를 뜻하는 백여덟 번의 종소리는 사람으로 하여금 지나간 일 년의 모든 행동에 반성을 불러일으켜 주는 것이었다.

——나는 정당했다.

——나는 해야 할 일을 했을 뿐이다.

——나는 후회하지 않는다.

이렇게 생각하는 인간이 몇 명이나 될까 하고 무사시는 생각했다.

종이 울릴 때마다 무사시는 후회되는 추억 속으로만 빠져들어갔다. 한 해인들 부끄럽지 않은 세월을 보낸 적이 있었을까? 후회 없는 하루가 있었을까?

아직 아내는 없지만 무사시에게도 대다수의 남성들이 느끼는 공통적인 후회와 번뇌가 있다. 그는 이미 이 집을 찾아 온 것을 후회했다.

'나는 아직도 친척에게 의지하고 싶은 마음이 있구나. 내 힘으로 살겠다고

항상 다짐하면서도 이렇게 남을 의지하려 들다니……바보다, 비겁하다. 나는 아직 돼먹지 않았다!'

참회하는 자신의 모습까지 추하게 느껴졌다.

"그렇다! 적어 두자!"

무엇을 생각했는지 그는 항상 지니고 다니던 보따리를 풀기 시작했다.

──그때 문 밖에서 문을 두드리는 나그네 차림의 노파가 있었다.

4

반지(半紙)를 넷으로 접어 만든 비망록을 꺼내고 벼루 상자를 열었다.

거기에는 그가 지내오는 동안 느낀 감상이나 선어(禪語), 지명, 자신에 대한 훈계, 그리고 드문드문 유치한 사생화(寫生畵)도 그려져 있었다.

"……."

백여덟 번의 종소리가 멀게 가깝게 들리는 속에서 그는 붓을 들고 여백을 내려다보고 있었다.

'나는 어떤 일에도 후회 않으리라.'

무사시는 이렇게 썼다.

자신의 약점을 발견할 때마다 그는 자신을 훈계하는 말을 하나씩 적어 넣었다.

"됐어."

무사시는 만족했다. 그리고 마음 속으로 맹세했다. 무슨 일이고 자기가 한 일에 후회하지 않을 수 있는 높은 경지에 도달하려면 아직 몸과 마음을 부단히 단련하지 않으면 안 된다는 생각이었다.

'어떻게 해서든지 그 경지에 도달해 보겠다.'

그는 굳게 다짐하는 것이었다.

──그때 장지문이 열리며 추워 보이는 이모의 얼굴이 나타났다.

"무사시……."

떨리는 음성으로 중얼거리듯이 말했다.

"너를 재우기가 어쩐지 꺼림칙하더니 결국 오스기 노파가 오고 말았구나. 현관에 벗어놓은 너의 짚신을 보고 너를 내놓으라고 야단이다. 여기까지 들리지 않니? 무사시, 어떻게 하면 좋을까."

"예? 오스기 할멈이?"

　과연 여느 때와 다름없는 고집불통의 목쉰 소리가 찬바람처럼 울려 오고 있었다.

　이모는 정월 초하룻날 꼭두새벽부터 불길하게 피라도 보게 되면 어쩌나 하고 언짢은 표정을 노골적으로 드러내 보였다.

　"도망 가거라, 무사시. 도망치는 것이 상책이다. 이모부가 응대하고 있을 동안 뒷문으로 빠져 나가거라."

　그의 짐과 삿갓과 이모부의 가죽버선과 한 켤레의 짚신을 뒷문에 놓아 주었다. 무사시는 독촉하는 대로 그것을 신었으나 말하기 거북한 듯이 망설이다가 입을 열었다.

　"이모님, 배가 고픈데 밥이라도 한 그릇 줄 수 없겠습니까?"

　"무슨 소리냐? 지금 그러고 있을 새가 어디 있니? 자, 이거라도 가지고 빨리 가거라."

　백지에 싼 것은 너덧 개의 찰떡이었다. 무사시는 그것을 받아들었다.

　"안녕히 계십시오."

　무사시는 얼어붙은 길을 밟으며 아직도 캄캄한 속을 마치 털뜯긴 새처럼 힘없이 걸어나갔다.

5

  머리털이며 손톱이며 할 것 없이 모두 얼어버릴 것만 같았다. 그가 토하는
숨결이 하얀 서리가 되어 입 언저리 솜털 위에 맺혀버릴 듯이 쌀쌀했다.
  "어, 춥다!"
  그는 무의식중에 중얼거렸다. 팔한(八寒) 지옥이라도 이처럼 춥지는 않을
것이다. 헌데 오늘 아침엔 왜 이렇게 유달리 추위가 느껴질까?
  '몸보다도 마음이 추운 탓이겠지.'
  무사시는 자문자답하고 있었다.
  '애당초 나는 미련이 많은 놈이다. 걸핏하면 사람 살갗이나 그리워하는 젖
비린내 나는 어린애같이 감상에 마음이 흔들려 버린다. 고독을 쓸쓸해하고
따사로운 가정의 불빛이 그리워진다. 이 고독과 유랑 생활에 감사를 느끼고
이상과 자랑을 갖지 못하는가.'
  저릴 정도로 얼어붙은 발이 차츰 뜨거워져 가고 있었다. 어둠 속에 토하는
숨결도 끓는 물의 수증기처럼 뜨거웠다.
  '이상이 없는 유랑자, 감사를 모르는 고독 그것은 거지의 생애다. 도사(道
士)와 거지의 차이는 마음의 차이인 것이다.'

'우직' 하고 얼음 깨지는 소리가 발 밑에서 들렸다.

어느 사이엔가 그는 가모강 동쪽 기슭을 걷고 있었다.

물도 하늘도 어둠에 싸여 날이 새려면 아직 시간이 걸릴 것 같았다.

"그렇다, 불이라도 피우자."

무사시는 둑 아래로 내려가 마른 나무 조각을 모아 불을 피웠다.

품 속에 넣어 두었던 떡을 꺼내어 모닥불에 구웠다. 둥그렇게 부풀어 오르는 찰떡을 보고 있으니 소년 시절의 설날이 되살아났다. 다시 집 없는 사람의 감상이 거품처럼 마음 속에서 명멸했다.

"……"

단맛도 짠맛도 없는 그저 밍밍한 떡맛뿐이었다. 그러나 그 떡 속에서 그는 세상의 맛을 씹고 있는 것이었다.

"……이것이 나의 설이다."

모닥불을 쬐면서 떡을 먹던 그는 갑자기 무슨 우스운 생각이라도 떠올랐던지 얼굴에 볼우물이 두 개가 팼다.

"좋은 설이다. 나 같은 놈에게도 다섯 조각의 떡을 베푸는 것을 보면 하늘도 설만큼은 누구에게나 무심하지 않은 모양이구나. 어디 몸을 씻고 설날 아침을 기다려 볼까?"

흐르는 물 가에 옷을 벗어놓고 풍덩 물 속에 몸을 담그었다. 피부를 썩썩 문지르고 있는 그의 등에 구름 사이로 새벽빛이 희미하게 비쳐왔다.

——그때 강가에 타고 있는 모닥불 빛을 둑 위에서 바라보는 사람이 있었다. 그것은 혼이덴의 오스기 노파였다.

바늘

1

"있구나, 저놈이."

오스기 노파는 마음 속으로 부르짖었다. 기쁨과 분한 감정이 한데 뒤엉켜
──

"저놈을……."

오스기 노파는 초조해지는 마음과 부들부들 떨리는 몸을 가누지 못하여
제방의 소나무 그늘에 털썩 주저앉고 말았다.

"됐다. 겨우 여기서 만나게 되다니! 아마도 이것은 스미요시(住吉)의 포
구에서 불의의 죽음을 당한 곤 숙부(權叔父)의 영혼이 인도한 것일 거야."

노파는 그 곤 숙부의 뼈 한 조각과 머리카락을 아직도 허리에 찬 여장 속
에 넣어 가지고 다닌다.

'곤 숙부여, 나는 혼자라고 생각하지 않네. 어쨌든 무사시와 오쓰우를 처
벌하기 전에는 고향 땅을 밟지 않기로 맹세하고 길을 떠난 우리가 아닌가.
그런데 그만 임자는 죽었지만 임자의 영혼만은 이 노파에게서 떠나지 않겠
지. 노파도 언제나 임자와 함께 걷고 있는 것으로 생각하고 반드시 무사시를

쳐 눕힐 테니 보고만 있게. 지하에서라도——'

노파는 아침 저녁으로 이 말을 경문 외우듯이 하며 지내오고 있다. 지내왔다고는 하지만 곤 숙부가 죽은 지는 불과 7일밖에 되지 않았다. 그러나 그 일념은 자신이 때가 될 때까지는 잊을 수 없다고 몸에 지니고, 마치 귀자모신(鬼子母神) 같은 형상이 되어 무사시의 모습을 찾아다니고 있는 것이다.

——그러던 터에 요시오카 세이주로와 무사시와의 시합이 가까운 시기에 있을 것이라는 항간의 소문을 들었다.

그리고 어제 저녁에는 고조 다리에서 그 요시오카의 문하생 3, 4명이 써 붙이고 간 방문을 보았던 것이다.

그 방문을 오스기 노파는 흥분된 눈으로 몇 번이나 읽었는지 모른다.

'무사시가? 흥……멋도 모르고 여기까지 오는구나. 요시오카에게 질 것은 알고 있지만 그것으로 고향에서 큰소리를 치고 떠난 노파의 면목이 설 수는 없잖은가. 어찌되었든 요시오카에게 쓰러지기 전에 노파가 손을 써서 무사시의 목을 베어 고향 사람들에게 보여 주어야 한다.'

노파는 흥분했다.

마음 속으로는 조상과 신불(神佛)의 가호를 빌며 몸에는 곤 숙부의 해골을 지니고 있다.

'내가 풀 속을 헤치고서라도 찾아내고야 말지 그냥 둘 줄 아는가?'

또 마쓰오 가나메의 집 문을 두들기고 거기서 찾아내라고 악을 썼지만 도리어 실망만 얻고 어슬렁어슬렁 걸어서 지금 시조의 강둑까지 오는 길이었다.

둑 밑이 밝았다. 혹시 거지가 불이라도 피우고 있는 것이 아닐까 생각하며 무심코 서서 바라보았다. 그런데 타고 남은 불덩이에서 열 칸쯤 떨어진 물에 발가벗은 남자가 추위도 잊은 듯 목욕을 마치고 올라와 물기를 닦고 있는 것이었다.

'무사시다!'

노파는 치가 떨려 그대로 서 있을 수가 없었다. 상대는 지금 발가숭이다. 뛰어가서 베기에는 다시 없는 좋은 기회이다. 그러나 이 노파의 위축된 심장은 그러지 못하고 나이와 더불어 복잡해져 있는 감정의 흥분이 앞서, 벌써 무사시의 목을 베기나 한 것처럼 중얼거렸다.

"아! 기쁘다. 신의 가호인가? 아니면, 부처님의 영특한 이끄심인가. 여기 서 무사시를 만나다니 이건 예삿일이 아니다. 내 신심이 통달하여 이제 이 노파의 손으로 원수를 갚게 되는구나!"

손을 모아 몇 번이고 하늘을 향해 합장하는, 자못 유유한 데가 있는 노파
이기도 했다.

2

냇가의 돌 하나하나가 보일 만큼 날이 밝기 시작한다.

목욕을 한 몸에 옷을 걸치고 졸라맨 허리띠에 큰 칼 작은 칼을 찬 무사시
는 동녘 하늘을 향해 무릎을 꿇고 묵연히 머리를 숙였다.

"지금이다!"

오스기 노파는 마음이 조급해졌으나 무사시는 이미 개천의 물을 뛰어넘어
급히 저쪽으로 걷기 시작하고 있었다. 그렇다고 먼 곳에서 소리를 질렀다가
는 도망칠 우려가 있다고 당황한 노파는 같은 방향을 향해 둑 위를 걷기 시
작했다.

뿌옇게 새해 초하루의 거리가 밝아왔다. 그러나 아직 하늘에는 별이 또렷
이 보였으며 동산 일대의 숲은 먹물처럼 시커먼 새벽 어둠이었다.

산죠오 다리 밑을 굽어보니 무사시는 개천에서 둑 위로 올라와 크게 발걸
음을 옮겨 딛고 있는 참이었다.

'무사시, 기다려라!'

노파는 몇 번이나 부르려 하다가는 상대와의 거리가 너무 떨어져 있으므
로 달리다시피 하여 간격을 좁히고 있었다.

무사시는 알고 있었다.

아까부터 노파임을 짐작하고 있었기 때문에 일부러 그는 뒤돌아보지 않았
던 것이다. 뒤돌아보다가 눈과 눈이 마주치면 그때는 오스기 노파가 어떻게
할지 그 행동을 알고 있기 때문이다. 노파라고는 하지만 칼을 들고 미친 듯
이 날뛸 것이 분명하므로, 이쪽이 아직 눈치를 채지 못한 것처럼 시침을 떼
지 않으면 안 된다.

'무서운 상대다.'

무사시는 마음 속으로 생각했다.

고향에 있을 때의 다케조라면 곧 달려가 때려눕히고 그 독한 혓바닥을 잡
아 빼버릴 것이지만……지금의 무사시에게는 그럴 마음은 없다.

원한은 오히려 이쪽에 있다. 노파가 자기를 철천지 원수로 쫓고 있는 것은

감정과 오해가 그 원인이니 그 오해만 풀면 되는 것이다. 그러나 자기 입으로는 아무리 설복을 해 봤자 '그래! 과연 그랬었구나' 하고 그 노파는 혹처럼 갖고 있는 원한을 순순히 풀고 물에 흘려 보낼 위인이 아니었다.

하지만 그러한 오스기 노파라 할지라도 아들인 마타하치 자신의 입으로, 세키가하라로 출발하던 전후의 두 사람의 사정과 모든 경위를 자세히 설명한다면 그래도 자기를 혼이덴 집안의 원수라고는 하지 못할 것이며, 또한 자기 며느리감을 가로채어 달아난 놈이라고도 원망하지 않을 것이다.

'좋은 방법이 있다. 그 마타하치와 만나게 해 주자. 고조까지 가면 오늘 아침은 그가 먼저 나와서 기다리고 있을지도 모른다.'

무사시는 자기의 전언(傳言)이 그에게 전해진 것으로 믿고 있었다. 따라서 고조 다리까지 가서 이 노파와 그 자식을 만나게 해 주면 그동안 오해 받고 있던 자기의 입장도 순순히 풀리게 되겠지, 하고 생각하고 있었다.

그 고조 다리에 거의 다가가고 있었다. 고마쓰(小松)님의 장미원이며, 다이라 시게모리(平重盛)의 저택 지붕이 가지런히 줄지어 있던 다이라 가문의 전성기 무렵부터 이 근방은 민가의 중심지여서 전국 난세 이후에도 그 옛모습을 남기고 있으나 아직 어느 집의 문도 열려 있지는 않았다.

무사시의 큰 발자국을 오스기 노파는 뒤에서 보았다.

그 발자국마저 미웠다.

이제 다리까지는 1마장이나 반 마장밖에 남지 않았다.

"무사시!"

오스기 노파는 소리쳤다. 목청이 찢어질 것 같은 소리였다. 두 주먹을 불끈 쥐고 머리를 앞으로 내밀고서 뛰어오고 있었다.

3

"거기 가는 놈은 귀도 없느냐……?"

무사시에게 그 말이 안 들릴 리가 없다.

아무리 늙었다고는 하나 죽음을 각오한 발자국 소리는 무서웠다.

무사시는 등을 뒤로 보이는 채 걷고 있었다.

'이 일을 어떻게 할까?'

갑자기 방법이 떠오르지 않았다.

"이놈, 게 있거라."

그 사이에 노파는 어느새 무사시의 앞으로 돌아섰다. 그러고는 헐떡거리는 가슴을 진정시키느라고 가쁜 숨을 몰아쉬면서 잠시 동안 입에 침을 바르며 마주보고 서 있었다.

어쩔 수 없게 되자 무사시도 드디어 말을 걸었다.

"오오, 혼이덴의 할머니군요. 이런 곳에서……."

"뻔뻔스럽다. 이런 곳에서 만날 줄은 꿈에도 몰랐을 테지. 오늘은 너의 그 목을 기어이 내가 자르고야 말 테다."

닭 모가지처럼 가는 목을 키가 큰 무사시를 향해 빼올리고 소리쳤다. 검을 든 호걸이 분노하는 것보다도 이 노파가 뿌리 빠진 앞니를 드러내고 떠들어대는 것이 무사시로서는 더 겁이 났다.

그 두려운 마음 속에는 소년 시절의 선입감이 다분히 있었다. 무사시가 7~8살 때이다. 마타하치와 한창 장난이 심할 때 마을의 뽕나무 밭이나 혼이덴 집의 부엌에서 이 노파에게 욕을 먹고 꽁무니가 빠지게 도망치던 기억이 났다.

그 벼락치던 음성이 아직도 무사시의 머리 한구석 속에 남아 있었던 모양이다. 그러나 세월과 더불어 노파에 대한 악감정은 사라져 버렸다.

한편 오스기는 소년 시절부터 보아 온 개구쟁이 다케조가 아무래도 머리

에서 떠나지 않는다. 머리에는 부스럼이 나 있었고 기형아처럼 손발이 남달리 길었던 간난아이 때부터 알고 있는 무사시였다. 자기가 늙고 무사시가 성장한 사실은 인정하나 옛날부터 아귀처럼 여겨오던 선입관은 추호도 버릴 수 없었다.

그 아귀로 인해 이렇게 된 것을 생각하면 오스기 노파는 고향 사람에 대한 대의명분뿐만 아니라 감정상으로도 이대로 눈을 감을 수는 없었다. 무사시를 무덤 안으로 끌고 가야겠다는 일념은 살아 있는 지금 최대의 목적이 되어 있었다.

"이제 새삼스럽게 말할 것도 없다. 순순히 네가 목을 내놓든가, 아니면 내 칼을 받든가, 그것뿐이다. 무사시, 칼을 받아라!"

노파는 이렇게 내뱉고는 손에 침을 바르더니 짧은 칼자루에 손을 댄다.

4

당랑거철(螳螂拒轍)이라는 옛말이 있다. 즉 사마귀가 자기 힘으로는 도저히 당해낼 수 없는 수레바퀴를 막으려는 것을 두고 비웃는 말이다.

오스기 노파의 눈초리는 마치 사마귀의 그것과 흡사했다. 아니, 살빛이나 모습까지가 꼭 닮았다.

　우뚝서서 어린아이처럼 대드는 오스기 노파를 내려다보는 무사시의 어깨와 가슴은 마치 그것을 조소하고 있는 무쇠 수레바퀴 같았지만, 그러나 무사시는 웃지 않았다.

　문득 측은하게 여겨지는 것이다. 오히려 이 적에게 위안을 주고 싶은 동정심이 앞섰다.

　"할머니, 할머니, 그만 참으시오."

　가볍게 노파의 팔꿈치를 잡았다.

　"뭐! 뭐라구?"

　오스기는 쥐고 있는 칼자루를 바들바들 떤다.

　"이 비겁한 놈, 이 오스기는 네놈보다 40이나 더 먹었다. 그런데 그 유치한 네놈의 말 따위로 날 설득시키려 들어. 이놈, 아무 말도 듣기 싫다!"

　이미 노파는 필사의 경지에까지 이른 것이었다. 무사시는 고개를 끄덕이며 말했다.

　"알고 있습니다. 할머니의 마음은 잘 알고 있어요."

　"닥쳐! 손자 뻘인 너 같은 놈이 추켜세운다고 기뻐할 내가 아니다."

　"그렇게 고집만 세우지 마시고 이 무사시의 말도 좀 들어 주십시오."

"유언이냐?"

"아니오, 설명입니다."

"미련스럽긴, 이 미련한 놈아!"

울화가 치민 오스기 노파는 악을 썼다.

"안들어, 안들어. 지금 내가 변명 따위를 듣게 됐느냐."

"그럼 잠시 동안만 그 칼을 무사시에게 맡겨 두십시오. 곧 고조 다리로 마타하치가 올 터이니, 그러면 저절로 모든 것을 알게 될 겁니다."

"뭐, 마타하치가?"

"작년 봄부터 마타하치와 만나기로 연락을 해 두었습니다."

"무어라고?"

"오늘 아침 여기서 만나자고."

"거짓말 마라!"

오스기는 일갈하고 고개를 젓는다. 마타하치가 그런 약속을 하였다면 당연히 그 전에 오사카에서 만났을 때 자기에게 얘기해 주었을 것이다. 마타하치는 무사시의 연락을 받지 못한 것이다. 오스기는 그 한 마디로 무사시의 말이 모두 거짓말이라고 단정해 버렸다.

"듣기 싫다, 무시시. 너도 뼈 있는 집의 자손이니 죽을 때는 깨끗하게 죽어야 한다고 너의 아버지는 아들에게 가르쳐 주지 않았더냐? 노파의 일념, 신불의 가호를 받는 칼을 빼들었다. 자, 받아라!"

팔꿈을 툭 쳐서 무사시의 손에서 벗어나자 오스기 노파는 칼을 양 손에 쥐고 무사시의 가슴팍을 향해 돌진해 들어갔다.

"나무아미……."

무사시는 슬쩍 비켜선다.

"할머니, 흥분하지 마십시오."

그러면서 가볍게 등을 두들겼다.

"제발, 제발."

그러자 오스기는 극도로 흥분하였다.

"나무아미타불 관세음보살, 나무 관세음보살."

악착같이 칼을 휘두르며 대들었다.

그 손목을 붙잡은 무사시는 타일렀다.

"할머니, 나중에 후회할 거요. …… 그러지 말고 고조 다리까지 어쨌든 저를 따라 갑시다. 바로 저기까지만……"

붙들린 자기의 어깨 너머로 오스기는 흰 눈을 무사시에게 향했다. 그리고 침이라도 뱉으려는 듯 입을 오므린다.

"혹!"

입 안에 모았던 숨을 내뱉었다.

"아……."

무사시는 노파의 손목을 놓고 한 손으로 왼쪽 눈을 가리며 뒤로 물러섰다.

5

눈알이 불로 지지는 것처럼 뜨거웠다. 불똥이라도 들어간 것처럼 아팠다.

무사시는 눈등을 누르고 있던 손을 떼어 보았으나 피는 나오지 않았다. 그러나 왼쪽 눈은 뜰 수가 없었다.

상대의 흐트러진 자세에 우쭐해진 노파는 재빨리 두 번 세 번 쳐들어갔다.

"나무 관세음보살."

약간 당황한 무사시가 몸을 피하려고 물러서는 순간, 오스기의 칼이 팔꿈치 언저리를 살짝 스쳤다. 찢어진 소맷자락에 피가 빨갛게 묻어났다.

"쳤다……."

미친 듯이 기뻐 날뛰며 노파는 칼을 마구 휘둘러댄다.

무사시는 다만 몸을 비키고 있을 뿐이었다. 한쪽 눈은 뜰 수가 없을 정도로 아팠고 살짝 베인 칼끝이었으나 흐르는 피에 소매가 빨갛게 물들었다.

이처럼 그가 선수를 받고 부상을 입은 예는 여지껏 없었던 일이다. 그러나 이것은 승부가 아니다. 왜냐하면 무사시는 이 노파와 싸우려 들지 않았기 때문이다.

그러나 이것도 역시 패배의 하나가 아닐까. 병법의 대국적인 견지에서 볼 때 이것은 분명히 무사시의 패배이며 무사시의 미숙함을 오스기 노파의 신앙심과 칼끝이 훌륭하게 폭로시킨 것이라고 해도 과언이 아닐 것이다. 무사시는 깨달았다.

'실수했군!'

다음 순간 그는 힘을 다하여 덤벼드는 오스기 노파의 어깨를 탁 쳤다.

"아!"

엎어지는 바람에 오스기 노파의 손을 떠난 칼은 멀리 날아가 떨어졌다.

무사시는 칼을 왼손으로 주위 들고 바른손으로는 일어나려는 노파의 몸을 옆으로 안아 일으켰다.

"분하다!"

오스기 노파는 거북처럼 무사시의 옆구리 옆에서 꿈틀거리며 외쳤다.

"신령님 부처님도 야속하셔라. 눈 앞에 적을 두고 한 칼로 벨 수 있었는데 ……. 너 이놈, 무사시! 나를 망신시키지 말고 목을 베어라. 자, 이 목을 베어라."

무사시는 입을 다문 채 묵묵히 걷기 시작했다.

짜내는 듯한 목쉰 소리로 오스기는 연신 지껄이고 있었다.

"이렇게 된 것도 무운(武運)이다. 천명(天命)이다. 신령의 뜻을 생각하면 무슨 미련이 있겠나. 곧 숙부는 도중에서 죽고 나도 이놈에게 베어졌다고 들으면 마타하치도 분기해서 틀림없이 원수를 갚아 주겠지. 나의 죽음은 결코 헛되지 않을 게다. 오히려 그 애를 위해서는 좋은 약이다. 네 이놈, 무사시! 빨리 이 목을 베어라……. 어디로 가는 거냐? …… 내게 망신을 줄 작정이냐? 빨리 목을 베어라!"

6

무사시는 들은 척도 하지 않았다.

노파의 몸을 옆으로 안고 고조 다리까지 와서 어디다 내려놓을까 하고 주위를 둘러보았다.

"그렇지……."

무사시는 강 가로 내려가서 다리 가에 매어 놓은 배 안에다 오스기 노파를 살짝 내려놓았다.

"할머니, 여기서 잠깐 기다리세요. 마타하치가 곧 올 테니까요."

"이게 무슨 짓이야? 마타하치가 여기 올 리가 없다. 나를 사람들에게 망신시킨 다음, 죽일 작정이냐?"

"글쎄, 어떻게 생각하셔도 좋습니다. 차차 알 때가 오겠지요."

"나를 베어라."

"하하하……."

"무엇이 우스우냐? 이 늙은이의 가는 목 하나 베지 못하는 놈이?"

"할 수 없습니다."

"무엇이라고?"

노파는 무사시의 손등을 물었다. 하는 수 없이 무사시가 노파의 몸을 배에다 묶으려는 순간 노파는 무사시의 손을 또 물었다. 무사시는 발악하는 오스기 노파에게 몇 장이나 거적을 덮어 씌웠다.

그때 마침 동산 위에 커다란 태양이 떠올랐다. 새해 첫날의 태양이었다.

"······."

고조 다리 앞에 선 채 무사시는 떠오르는 태양을 황홀하게 바라보고 있었다. 빨간 햇빛이 뱃속까지 비쳐드는 것만 같았다.

스스로의 좁은 생각 속에서 일어나는 고민거리도 이 웅대한 광채 앞에서는 그림자를 감추고, 다만 청명하고 살아 있다는 기쁨만이 무사시의 가슴을 꽉 채우고 있었다.

"더구나 나는 젊다!"

다섯 조각의 떡의 힘은 발 끝까지 넘치고 있다. 그는 몸을 돌렸다.

"마타하치는 아직 안 온 모양이군."

다리 위를 둘러 보던 무사시는 중얼거렸다.

"아?"

거기, 자기보다 먼저 와서 기다리고 있는 것은 료헤이가 세워 두고 간 팻말이었다.

──장소는 연대사 벌판

──날짜는 9일 묘시

"······."

무사시는 생생한 그 먹글씨를 응시했다. 글을 읽고 있는 것만으로도 그의 몸은 투지와 피가 고슴도치처럼 부풀어 올랐다.

"아야! 아······."

무사시는 다시 왼쪽 눈의 심한 아픔에 무의식적으로 눈까풀에 손을 댔다. 문득 내려다본 턱 밑에 바늘 하나가 꽂혀 있다. 깜짝 놀랐다. 자세히 보니 너덧 개의 바늘이 옷깃과 소매에 서릿발처럼 꽂혀 반짝반짝 빛나고 있는 것이었다.

7

"아······이것이었군."

무사시는 그 바늘을 뽑아 자세히 조사해 보았다. 바늘의 길이와 굵기는 보

통 바느질 바늘과 다름이 없었으나 바늘 귀가 없었다. 그리고 바늘 몸뚱이는
둥글지 않고 세모로 되어 있었다.

"이놈의 늙은이가!"

무사시는 강가를 바라보며 몸을 떨었다.

"이것은 얘기로 들은 적은 있지만 저 늙은이가 이런 짓을 할 줄은 꿈에도
몰랐구나……아! 큰일날 뻔했다."

그는 호기심과 강한 지식욕으로 그 바늘 하나하나를 다시 자기 옷깃 속에
빠지지 않도록 꽂았다.

훗날 연구해 볼 생각이었던 것이다. 그의 아직 좁은 체험의 범위에서 들은
바에 의하면 일반 병법자 사이에서도 취침(吹針)이란 기술이 있다는 설과
없다고 주장하는 설로 나누어져 있었다.

있다는 설에 의하면 그것은 굉장히 오랜 전통을 갖고 있는 일종의 호신술
로서 한(漢)나라에서 귀화한 베 짜는 여자나 바느질하는 여인들이 장난 삼
아 놀던 기법이 발전하여 무술에까지 이용되기에 이르렀다. 독립된 무기라
고는 할 수 없으나 공격 전의 기수(奇手)로서 바늘을 불어내는 기술은 아시
카가 시대까지도 분명히 있었다는 것이다.

없다고 주장하는 자는

'무슨 소리를 하는 거야. 무예자가 그런 어린애 장난감 같은 것을 놓고 있느니 없느니 떠드는 것 자체가 부끄러운 일이야.'

병법의 정도론에 근거를 둔다.

'한나라에서 온 베 짜는 여자와 바느질하는 여인들이 그런 장난을 했는지 어쨌는지 모르겠으나 장난은 어디까지나 장난이지 무술은 아니다. 첫째 사람의 입 속에는 침이 있어서 뜨겁고 차고 달고 쓴——이러한 자극은 잘 받아들이지만 바늘 끝을 아프지 않도록 입 안에 물고 있을 순 없단 말야.'

그러자 한 쪽에서는 이렇게 주장한다.

'그런데 그것이 된단 말야. 물론 수련의 공이 필요하지만 몇 개라도 침을 묻혀 입 안에 물고 있다가 그것을 미묘한 숨과 혀 끝으로 적의 눈동자로 불어댈 수가 있다.'

거기에 대하여 반대론자는

설사 그것을 할 수 있다 치더라도 고작 바늘의 힘이니 눈만이 공격의 초점이 아닌가. 그 눈에 바늘을 불어봤자 흰자에 맞으면 아무 효과도 없다. 동자를 찌르면 비로소 적을 장님으로 만들 수 있겠지만 그것이 반드시 치명적일 수는 없다. 그따위 부녀자들의 잔재주가 어떻게 발달할 까닭이 있느냐고 반박한다.

이에 답하여 또 한 쪽은 이렇게 설명한다.

'그래서 일반의 무예처럼 발달하고 있다고는 말할 수 없다. 그러나 그런 비기(秘技)가 지금도 남아 있는 것은 사실이다.'

무사시는 언젠가 그런 논의를 하고 있는 것을 얼핏 들은 적이 있었다. 물론 그도 그런 잔재주를 무술이라고 인정치 않는 측의 한 사람이었고 실제로 그런 짓을 하는 사람이 있을성 싶지도 않았던 것이다.

세상의 하잘 것 없는 어떠한 장담도 듣는 사람의 듣는 방법에 따라서 언젠가는 반드시 필요할 때가 있다는 것을 무사시는 절감했다.

눈은 여전히 아프지만 다행히도 눈동자에 찔린 것은 아닌 성 싶었다. 눈의 흰자위가 시큼시큼하며 눈물이 흐를 뿐이었다.

무사시는 자기 몸을 훑어본다.

눈물을 닦을 헝겊을 찢어내려고 했으나 허리띠를 찢을 수도 없고 그렇다고 옷소매도 찢을 수도 없어 궁리하고 있는데, 뒤에서 누가 '찍' 하고 비단

을 찢는 소리를 내는 사람이 있었다. 돌아보니 한 여자가 그의 모습을 지켜
보고 있었는지 자기의 치맛자락을 한 자쯤 이빨로 물어찢어 그것을 가지고
그의 곁으로 뛰어오고 있었다.

미소

1

아케미였다.

그녀는 설날 화장도 않고 옷도 제대로 여미지 않은 데다 맨발이었다.

"……앗?"

눈을 크게 뜨고 무사시는 뜻도 없이 그렇게 외쳤으나 그것이 누구인지 안면은 있으나 갑자기 생각이 나지 않았다.

아케미는 그렇지 않았다. 자기만큼은 아니더라도 그 몇 분의 1 정도는 무사시도 자기를 생각해 주리라 믿고 있었던 것이다.

"저예요……다케조님……아니, 무사시님."

그녀는 치맛자락에서 찢은 헝겊을 손에 들고 겁먹은 눈으로 다가왔다.

"눈이 어떻게 됐어요? 손으로 문지르면 더욱 나쁠 테니 이걸로 닦으세요."

무사시는 말없이 빨간 천을 받아 한 쪽 눈을 가리고는 다시 아케미의 얼굴을 물끄러미 바라보았다.

"잊어 버리셨어요?"

"……."

"저예요."

"……."

"저를 잊으셨어요?"

반응이 없는 상대의 무표정한 얼굴에 그녀가 지니고 온 절실한 마음은 갑자기 비틀거리기 시작했다. 상처투성이의 영혼 속에서도 이것만은 단단히 잡고 온 셈이었는데, 그것이 자기만의 환상이었음을 알게 되자 별안간 핏덩어리 같은 것이 가슴에 왈칵 치밀어오른다.

"흑……."

입과 코에서 튀어나오는 오열을 두 손으로 누르며 어깨를 들먹였다.

"오……."

그녀의 이 순간적인 몸짓이 무사시의 기억을 불러일으킨 것이다. 그 모습에는 이부키 산기슭에서 소맷자락에 달린 방울을 울리던 무렵의, 상처를 받지 않은 처녀다움이 남아 있었기 때문이었다.

갑자기 늠름한 두 팔이 여윈 그녀의 어깨를 감싸안았다.

"아케미가 아닌가? ──그렇지, 아케미지. 어떻게 이런 곳에 왔지? 어째서 이런 꼴로? 대체 어떻게 된 거야?"

거듭거듭 말하는 무사시의 물음은 더욱 그녀의 슬픔을 불러일으켰다.

"이젠 이부키 집에 있지 않나? 어머니는 어떻게 지내고 있지?"

오꼬의 일을 묻자 무사시는 당연히 오꼬와 마타하치의 관계에 생각이 미친다.

"지금도 마타하치와 같이 살고 있나? 실은 오늘 아침에 여기로 마타하치가 오게 되어 있는데 아케미가 대신 온 것은 아니겠지?"

모두가 아케미의 마음과는 거리가 먼 얘기뿐이었다.

무사시의 팔 안에서 아케미는 그저 얼굴을 옆으로 흔들며 울고 있었다.

"마타하치는 오지 않는 거야? 도대체 어찌된 일이야? 그 이유를 말해 봐. 그저 울고만 있으면 알 수가 있나."

"……안 와요. 마타하치님은 그 전언을 듣지 못했으니까 안 와요."

겨우 그 말만 하고 아케미는 눈물에 젖은 얼굴을 무사시의 가슴에 기댄 채 경련을 일으키고 있었다.

무사시를 만나면 이런 얘기 저런 얘기를 모두 해야겠다고 생각했던 일이 모두 물거품처럼 뜨거운 피 속에서 명멸하고 있을 뿐이었다. 양어머니에 의해 쓰라린 운명의 길로 내닫게 된 저 스미요시(住吉)의 포구에서부터 오늘에 이르기까지의 내력이 좀처럼 입에서 나와 주지 않았다.

벌써 다리 위에는 화창한 새해 초하루의 햇볕을 받으며 참배 가는 여자들과 세배를 다니는 사람들이 드문드문 보이기 시작했다.

그 속에서 설도 아무것도 없는 더벅머리 조타로가 모습을 나타냈다. 다리의 중턱까지 오다가 무사시와 아케미의 모습을 발견한 그는 괴상스런 남녀의 행위라도 발견한 듯 조타로는 이상한 얼굴을 하고 걸음을 멈췄다.

"저런? 오쓰우 누나로 생각했더니 아닌 모양인데."

2

마침 아무도 보고 있는 사람이 없어서 다행이지만 길가에서 가슴을 맞대고 끌어안고 있다니——어른들이——남녀가——하고 조타로는 속으로 놀라지 않을 수 없었다.

더구나 존경하고 있는 스승님이.

여자도 어지간하다고 생각했다.

그의 동심은 까닭 없이 마음이 두근거리고 시샘도 났으며, 또 슬퍼지기도 하는 것이었다. 웬일인지 그는 초조한 마음이 생겨 돌이라도 주워 내던질까도 생각했다.

"뭐야, 저건 언젠가 마타하치란 사람에게 스승의 전언을 부탁한 아케미가 아닌가. 술집 색시이니까 역시 그렇구나. 어느새 스승님과 저렇게 친해졌을까? 스승님도 스승님이지……오쓰우 누나에게 일러 줘야겠다."

그 자리에서 오가는 사람들을 둘러보고 섰다. 난간에서 다리 밑도 내려다보았다. 그러나 오쓰우의 모습은 보이지 않았다.

"어떻게 되었을까?"

묵고 있던 가라스마루의 저택에서 자기보다 먼저 나왔던 것이다.

오쓰우는 오늘 아침 여기서 무사시와 만난다는 것을 확신하고 있으므로 어젯밤부터 머리를 감아 빗고 세모에 가라스마루 댁 부인이 주었다는 옷을 입어보는 등 오늘 아침을 기대하여 잠도 제대로 자지 않았던 것 같다.

그리고 날이 채 밝기도 전에 일어나 어서 밝기를 기다리고 있다가 중얼거렸다.

"이러고 기다리는 동안 신사나 참배하고 그리고 고조의 다리로 가야겠다."

그러고 밖으로 나서자 조타로가 따라 나선다.

"그럼, 나도."

'아니야. 그만둬. 나는 무사시님과 둘이서 얘기할 일이 있으니 조타로는 날이 밝거든 될 수 있는 대로 천천히 고조 다리 뒤로 와. 괜찮지? 조타로가 올 때까지 꼭 무사시님과 기다리고 있을게.'

그러고는 혼자 먼저 나갔던 것이다.

별로 싫은 기색이나 화를 내지는 않았지만 조타로는 결코 좋은 기분은 아니었다. 그러나 밤낮을 같이 지내는 오쓰우의 마음을 이해 못할 나이는 아니었다. 남자와 여자가 오랜만에 만난다는 감동이 어떤 것이라는 것쯤은 그 자신도 고차(小茶)와의 경험을 통해 잘 알 수 있었다.

그의 경험을 통해서 생각할 때는 어른인 오쓰우가 울기도 하고 우울해하는 모습이 그로서는 그저 우습고 야릇해서 이해도 동정도 가지 않았으나, 지금 무사시의 가슴에 매달려 울고 있는 사람이 그 오쓰우가 아니고 아케미라는 뜻밖의 여자인 것을 보자 조타로는 별안간 분노 같은 것을 느꼈다.

'뭐야, 저런 여자가.'

오쓰우 편을 들게 된다.

'스승님도 스승님이지……'

자기 일처럼 울화가 치밀었다.

'오쓰우 누나는 도대체 무엇을 하고 있는 거야, 일러 줘야겠는데.'

초조한 생각이 들어 갑자기 다리 위 아래를 기웃거리기 시작했다.

그러나 그 오쓰우가 보이지 않으므로 조타로는 혼자 어찌할 바를 몰랐다. 그들 남녀는 사람들의 눈을 피하듯이 다리 밑의 난간으로 가더니 무사시와 아케미는 난간에 기대어 나란히 다리 밑을 굽어보고 있다.

그 반대편 난간으로 바짝 붙어 조타로가 지나친 것도 그들은 보지 못하고 있었다.

"어리석게도 언제까지 신사 참배를 하고 있담."

조타로는 중얼거리며 고조의 언덕 쪽을 바라보며 초조하게 기다리고 있었다.

그들이 멈춰 서 있는 곳에서 열 걸음쯤 떨어진 곳에 굵은 버드나무가 다섯 그루 서 있었다. 이 버드나무에는 물고기를 잡아 먹으러 오는 백로의 무리가 늘 앉았었는데, 오늘은 한 마리의 백로도 보이지 않고 그 대신 동자 머리를 한 사람이 버드나무 밑에 바짝 붙어 무엇인가를 바라보고 있었다.

3

아케미와 나란히 다리 난간에 팔굽을 얹고 있는 무사시는 아케미가 열심히 말하는 이야기에 일일이 끄덕이고는 있지만, 그녀가 여자의 체면도 버리고 진실한 두 사람이 되어 보려고 온몸으로 갈망하고 있는 만큼, 그 강하고 나직한 음성이 무사시의 귀에 들어갔는지 어떤지는 알 수가 없었다.

왜냐하면 연신 끄덕이고는 있으면서도 그의 눈동자는 엉뚱한 곳으로 가 있기 때문이다. 한 마디로 말해서 지금 그의 눈동자는 색깔도 열도 없는 불과 같은 것이었다. 거기에서 한 모퉁이의 초점을 향해 주시한 채 깜짝도 않고 있다.

아케미는 지금 그러한 상대의 시선을 깨닫지 못하고 있었다. 자기만의 감정 속에서 혼자 묻고 대답하면서 흐느끼고 있는 것이다.

"아아……나는 이제 당신에게 할 말을 모두 했어요. 숨기고 있는 것은 아무것도 없어요."

난간 위에 얹고 있던 가슴을 조금씩 조금씩 다가붙인다.

"세키가하라의 싸움이 있은 지 벌써 5년이 되었죠. 그 5년 동안 나라는 사람은 지금 모두 말씀드린 것처럼 환경도 몸도 변하고 말았어요."

……훌쩍훌쩍 울던 그녀는 계속 말을 잇는다.

"그렇지만……아니, 나는 조금도 변하지 않았어요. 당신을 생각하고 있는 이 마음은 티끌만치도 변하지 않았단 말예요. 알아 주시겠어요. 무사시님, 이 마음을……무사시님."

"음……."

"알아 주시겠지요. ……부끄러움을 무릅쓰고 말한 거예요. 아케미는 당신과 처음 이부키 산에서 만났을 때처럼 티없이 깨끗한 들꽃은 아니에요. 남자에게 침범된 평범한 여자가 되고만, 보잘 것 없는 여자예요. ……그러나 정조란 정신적인 것일까요, 육체적인 것일까요? 육체만은 청결한 여자라 해도 마음이 흐려진 여자라면 그것은 이미 깨끗한 여자라 할 수 없지 않아요. ……나는 나는 이미……이름은 말할 수 없지만 어느 놈 때문에 처녀성을 잃고 말았어요. 하지만 마음만은 흐려 있지 않아요. 조금도 더럽혀지지 않은 마음을 지금도 갖고 있는 거예요."

"응 응."

"가엾다고 생각해 주시겠어요? ······진실을 바치고 있는 사람에게 뭔가를 숨기고 있다는 건 괴로운 일이에요. ······당신을 만나면 어떻게 할까! 말을 할까 말까 며칠을 두고 생각했는지 몰라요. 거기서 제가 결심한 것은 역시 당신에게만은 비밀을 지니지 않겠다는 것이었어요. ······아시겠어요? 당연하다고 생각하세요, 아니면 어리석다고 생각하세요?"

"음, 그래."

"네? 어느 쪽이에요? 생각하면 괴로워요."

난간 위로 얼굴을 숙인다.

"그러나 이미 나는 당신을 향해 사랑해 달라고 할 수 있을 만큼 낯가죽이 두텁진 못해요. 하지만 무사시님, 지금 말한 것 같은 마음! 처녀의 마음! 진주 같은 첫사랑의 마음! 그것만은 영원히 버릴 수가 없어요. 이 뒤에 어떤 생활을 하더라도 어떠한 사내들 속을 걷더라도 말예요."

머리털 한가닥 한가닥이 모두 흐느끼는 것 같았다. 눈물이 적시고 있는 난간 아래에는 초하루의 태양이 비치어, 무한한 희망에 반짝이며 물이 흐르고 있었다.

"음······."

마음에 스며드는 자연의 정취는 연신 무사시를 끄덕이게 했다. 그러나 여전히 야릇한 빛을 띤 그의 눈동자는 엉뚱한 곳으로 쏠리고 있는 것이다.

그래서 그 시선 끝을 따라가 보니 과연 거기에는 무사시의 시선을 끌만한 물체가 있었다.

아까부터 굵은 버드나무 밑에 바싹 붙어서서 이쪽을 응시하고 있는 사사키 고지로의 모습을 볼 수 있었다.

4

무사시는 어렸을 때 아버지로부터 이런 말을 가끔 들은 적이 있다.

'너는 나를 닮지 않았구나! 내 눈동자는 글자 그대로 새까만데 너의 눈동자는 갈색기가 많단 말이야. 증조부님 히라다 쇼겐(平田將監)의 눈이 더 진한 갈색이어서 매서웠다고 전해지고 있는데 아무래도 그 증조부님을 닮은 모양이다!'

아침의 태양 빛을 비스듬히 받고 있기 때문에 더욱 눈빛이 갈색을 띠고 있

는지도 모른다. 어쨌든 무사시의 눈동자는 균열이 없는 호박빛으로 맑고 날카로웠다.

'아하, 저 사나이로구나.'

가끔 듣고 있던 미야모토 무사시란 사람을 사사키 고지로는 지금 지켜보고 있다.

무사시 또한 주의를 게을리하지 않는다.

'도대체 저 사나이는?'

저쪽에서 쏘아오는 것과 이쪽에서 육박해 들어가는 것이 다리 난간과 강둑의 버드나무를 사이에 두고 아까부터 말없이 피차의 깊이를 측량하고 있는 것이었다.

병법인 경우로 말하자면──상대의 기량을 검과 검의 끝으로 노리면서 재듯──숨을 죽이고 있을 때와 흡사하다.

더욱이 무사시 편에서도 고지로 편에서도 저마다 다른 의혹이 있었던 것이다.

고지로의 경우로 보면

'고마쓰의 아미타불당에서 데리고 와서 지금껏 자기가 돌봐주고 있는 아케

미와 저 무사시는 무슨 관계가 있길래 저처럼 다정하게 이야기를 나누고 있을까?'

이렇게 생각하게 되자 그 생각은 당연히 불쾌한 마음이 무럭무럭 끓어오르는 것이었다.

'보기 싫은 놈이다. 바람둥인지도 모른다. 아케미도 그렇지. 자기에게 아무 말도 없이 나가기에 어디로 가는 것인가 하고 의아해서 뒤를 미행해 보니……저런 사내에게 매달려 울고 있다니…….'

그 눈에 역력히 나타난 반감과 무사 수업자끼리 갖는 자부심과 자부심이 반발하는 야릇한 적개심 같은 것, 이런 것이 무사시에게 느껴지므로 무사시도 자연히 그의 존재를 의심한다.

'어떤 놈일까?'

'상당한 놈 같은데……. 그런데 저 눈에 떠 있는 적대심은?'

경계를 한다.

'얕볼 수 없는 놈이구나.'

이렇게 생각하는 것이었다.

그들은 눈으로 보는 것이 아니고 마음으로 말하고 있으므로 두 사람의 눈동자에선 지금 불꽃이 튀고 있다고 해도 과언이 아니다.

나이는 무사시가 한두 살 아래일지 고지로가 아래일지…… 별로 큰 차이가 없어 보인다. 서로가 원기왕성한 때여서 병법에서나 사회의 일에서나 정치에서나 자부심이 만만찮은 청년들인 것이다.

맹수가 맹수를 보면 울부짖듯이 고지로도 무사시도 까닭 없이 머리 끝이 오싹하는 것 같은 인상을 이 첫대면에서 느끼는 것이다.

──그러는 동안에 고지로가 먼저 눈동자를 옆으로 비꼈다.

'흥…….'

무사시는 그의 옆 얼굴을 보자 마음 속으로 자기의 눈, 자기의 의지가 그를 드디어 압도했다고 생각하며 약간 기분이 좋았다.

"……아케미."

난간에 얼굴을 대고 울고 있는 그녀의 등에 무사시는 손을 올려놓으며 물었다.

"누구야!, 잘 아는 사람이지? 저기 서 있는 젊은 무사 말야. ……누구야? 도대체…….."

"……."

그제야 비로소 고지로의 모습을 발견한 아케미는 울던 얼굴에 당황하는 빛을 드러낸다.

"아니, 저이가……."

"저게 누구야?"

"저……저……."

아케미는 말을 더듬었다.

5

"큰 칼을 등에 메고 이쪽을 바라보는 멋진 차림의 저 사내, 제법 병법깨나 안다고 자만하는 사람 같은데……도대체 아케미와 저 사내와는 어떤 사이 인가?"

"별로 잘 아는 사이는 아니지만."

"알고 있긴 하군?"

"네."

무사시의 오해를 받을까 두려워 아케미는 확실히 설명하지 않을 수 없었다.

"언젠가 고마쓰 아미타불당에서 사냥개에게 팔을 물렸을 때 너무 피가 흘러 멈추질 않아서 저 사람이 자기가 묵고 있는 숙소로 데리고 가 의사를 불러 주었는데, 그날부터 3, 4일 동안 신세를 지고 있는 것 뿐이에요."

"그럼 한집에서 살고 있는 사람이란 말이군."

"같이 살고 있다고는 해도……아무런 관계도 없는 사람이에요."

아케미는 말에 강조를 한다.

무사시는 별로 무슨 관계가 있어 보인다는 뜻으로 물은 것은 아니다. 그것을 아케미는 자기 혼자 이상한 뜻으로 잘못 해석하고 있는 것이었다.

"딴은, 그럼 자세한 것은 모르겠지만 저 사람의 이름쯤은 들었겠지?"

"네, 간류(岸柳)라고도 부르고 본명은 사사키 고지로(佐佐木小次郎)라고 하더군요."

"간류?"

이것은 처음 듣는 게 아니다. 유명하다고는 할 수 없어도 여러 나라의 병법자 사이에서는 제법 알려진 이름인 것이다. 물론 실제 인물을 보는 것은 오늘이 처음이지만 아직까지 무사시가 듣고 상상하던 사사키 고지로는 좀더

나이가 많은 줄 알았었는데 뜻밖에도 저처럼 젊은 사람이라는 것은 전혀 상상 밖이었다.

'……저 치가 바로…….'

다시 그 고지로 쪽으로 무사시가 시선을 향했을 때이다. 아케미와 무사시가 말을 하다가 멈추고 있는 모습을 흘겨보는 순간 고지로의 볼에 히죽 웃음이 떠오른다.

무사시도 미소를 보냈다.

그러나 그 무언의 미소 속에는 평화로운 빛이 아닌 수수께끼가 깃들어 있었다.

고지로의 미소에는 복잡한 빈정거림과 도전적인 야유의 빛이 있었다.

무사시의 미소에도 그것을 느끼고 되보내는 다부진 전의(戰意)가 있었다.

이러한 남성과 남성 사이에 낀 아케미는 더욱 자기만의 마음을 호소하려고 하고 있는데 그보다 먼저 무사시가 말을 끄집어냈다.

"그럼 아케미, 그대는 저 사람과 한 걸음 먼저 숙소로 돌아가는 게 좋겠어. 그 집에서 만나기로 하고, ……집으로 갈 터이니까."

"꼭 오시겠어요?"

"가구말구."

"숙소를 외어 두세요. 로쿠조(六條) 둑 앞의 즈즈야(數珠屋) 여인숙이에요."

"음, 알았어."

단순히 이렇게 대답하는 것이 어쩐지 서운하게 느껴지는 아케미였다. 그녀는 난간 위에 올려놓고 있는 무사시의 손을 잡아 자기 소매 속으로 끌어당겨 꼭 쥐었다. 눈에는 정열이 불타고 있었다.

"……꼭요, 네? 꼭 오셔야 해요!"

돌연 저쪽에서 배를 움켜쥐고 웃는 자가 있었다. 이쪽으로 등을 보이고 돌아가는 사사키 고지로였다.

"하하하하하, 와하하하하, 하하하하."

엄청나게 큰 소리로 웃고 가는 사람이 있으므로, 조타로는 화난 표정으로 다리를 지나는 고지로를 노려보고 있었다.

——어쨌든 그는 스승인 무사시가 미웠다. 그리고 언제까지 기다려도 오지 않는 오쓰우가 미웠다.

"어떻게 되었을까?"

어슬렁어슬렁 거리 쪽으로 걸어가려니 바로 거기 갈림길에 세워진 달구지 바퀴 사이에서 오쓰우의 흰 얼굴이 빠끔히 보이는 게 아닌가.

어문(魚紋)

1

"앗! 저기 있었구나."

조타로는 도깨비라도 발견한 듯이 외치며 달려갔다.

우차 그늘에 오쓰우가 쪼그리고 앉아 있었다.

오늘 아침 그녀는 서투르나마 곱게 화장을 하고 가라스마루(烏丸) 댁에서 선물로 받은 새옷을 입고 있었다. 그 흰 것과 진분홍빛 홍매화 무늬로 수놓은 비단 옷이 우차 바퀴 사이로 보이자 조타로는 소 앞을 지나 그 옆으로 뛰어갔다.

"무어야, 이런 데서 무엇하는 거야, 오쓰우 누나?"

조타로는 가슴을 끌어안고 쪼그리고 앉아 있는 그녀의 뒤로 돌아가 머리가 흩어지고 화장이 못쓰게 되는 것도 아랑곳 없이 목덜미를 껴안았다.

"뭘 하고 있어? 난 얼마나 기다렸는지 몰라. 빨리가, 오쓰우 누나."

"……."

"빨리, 오쓰우 누나!"

그녀의 어깨를 흔들었다.

"스승님도 저기서 기다리고 있잖아. 저봐, 저기서 기다리고 있지? 빨리 가요, 오쓰우 누나."

이번에는 그녀의 손목을 잡아당겼다. 문득 그녀의 손목이 젖어 있는 것과 오쓰우가 얼굴을 들지 않는 이유를 알아차렸다.

"아, 오쓰우 누나. 뭘 하는가 했더니 울고 있었군."

"조타로."

"왜?"

"무사시님 쪽에서 보이지 않게 너도 거기 숨어 줘, 응?"

"왜 그래?"

"그저……."

"이러니까 여자란 할 수 없다는 거야. 그렇게 무사시님을 만나고 싶다고 울며불며 찾아다니더니, 이젠 이런 데 숨어서 나까지 숨으라니……쳇, 기가 막혀서 웃음도 나오지 않네."

"잠자코 여기 쪼그리고 있어 줘."

"싫어, 쇠똥이 있잖아. 정초부터 울고 있으면 까마귀도 웃을 거야……. 아, 알았다, 오쓰우 누나는 저기 무사시님이 딴 여자와 얘기하는 것을 질투하고 있는 거지?"

"그런 게 아니야, 그런 건 아니지만."

"그래 틀림없어. 그럴 거야……그래서 아까 화가 났었어. 그러니까 오쓰우 누나는 더욱 나가 봐야 되지 않아."

2

오쓰우가 아무리 끌려나가지 않으려고 발버둥쳐도 조타로가 힘을 다해 잡아끄는 데는 당할 수가 없었다.

"아야……조타로, 제발 부탁이야. 너무 이러지 말아. 내 심정을 모르면 차라리 놔두란 말야. 조타로는 지금 내 마음을 모른단 말야."

"알고 있어요. 질투를 하고 있는 거지 뭐야."

"그런……그런 것만이 아니란 말야. 내 지금의 마음은……."

"어쨌든 좋으니까 나가서 따져."

달구지 밑으로부터 오쓰우의 몸뚱이가 질질 끌려나왔다. 줄다리기라도 하는 양 조타로는 있는 힘을 다해 끌어내는 것이다.

"아, 벌써 없어졌어! 아케미가 이미 사라졌단 말이야."

"아케미…… 아케미라니, 누구야?"

"지금 저기서 스승님과 같이 있던 여자야……. 아, 스승님도 걷기 시작했어. 빨리 가지 않으면 어디로 가고 말 거야."

여자가 어디로 간 것을 알자 조타로는 거침없이 달려나간다.

"기다려, 조타로."

오쓰우도 스스로 일어섰다.

거기서 그녀는 다시 한 번 고조 다리 옆을 바라보았다. 아케미가 아직 그 근처에 있는지 없는지를 확인하기 위해 소심한 눈초리로 둘러보는 것이었다.

무서운 적이 사라진 듯 오쓰우는 찌푸렸던 양미간을 예쁘게 폈다. 그리고 다음 순간 그녀는 당황한 모습으로 다시 달구지 뒤로 돌아가 우느라고 부어오른 눈을 옷소매로 깨끗이 닦고 또 머리를 다듬는 둥 맵시를 고치고 있었다.

조타로는 조급하게 말했다.

"빨리 해요, 오쓰우 누나. 스승님은 개울 바닥으로 내려간 모양이야. 치장

같은 건 안 해도 되지 않아."

"다리 밑으로 내려갔어?"

"응, 냇가로 내려갔어. 무엇하러 내려갔을까?"

둘이는 나란히 다리를 향해 달려갔다.

요시오카 쪽에서 세워놓은 그 팻말 앞에는 이미 많은 사람들이 몰려 있었다. 소리를 내어 읽는 사람도 있다. 아직 이름을 들어 보지 못한 미야모토 무사시란 사람이 어떤 사람이냐고 자기네들끼리 물으며 중얼거린다.

"아, 저기 좀 봐!"

조타로는 그 사람들의 틈을 헤치고 다리 난간에서 밑을 내려다보았다.

오쓰우도 무사시의 모습을 곧 그 밑에서 볼 수 있을 것이라고 생각했다. 실로 잠깐 사이였는데 무사시는 벌써 그 근방에 있지 않았다.

그럼, 어디로 갔을까?

무사시는 방금 아케미의 손을 뿌리치고 억지로 그녀를 돌려보내자, 혼이 덴 마타하치를 다리 위에서 기다려 봤자 올 리도 없고——요시오카 측에서 게시한 방문도 읽었고——그 밖에 별로 기다릴 용무도 없으므로 빠르게 둑을 내려가 다리 밑의 배 있는 곳으로 달려간 것이다.

거적 밑에서는 오스기 노파가 몸이 묶인 채 아까부터 몸부림치고 있었다.

"할머니, 유감이지만 마타하치는 오지 않는군요. 나도 어떻게 해서든지 그동안에 만나서 그 마음 약한 마타하치를 격려할 작정이니, 할머니도 찾아내어 아들과 함께 지내십시오. 그것이 이 무사시의 목을 자르는 것보다 조상들에게도 효도가 될 테니까요."

무사시는 작은 칼로 노파가 묶여 있는 포승줄을 끊어 버렸다.

"듣기 싫다. 닳고 닳은 입으로 실없는 얘기를 하기보다는 이 노파를 자르느냐 잘리느냐다. 무사시, 빨리 결정을 지어라."

온 얼굴에 시퍼런 핏대를 세우고 오스기 노파가 대어들었으나 무사시는 냇물을 뛰어 건너 저쪽 둑으로 올라가고 말았다.

3

오쓰우는 보지 못했지만 잠깐 동안에 냇물 저쪽으로 사라져 가는 무사시의 뒷모습을 조타로는 보았던 것이다.

"앗, 저기 선생님이……."

그쪽을 향해 둑을 뛰어내려갔다.

물론 오쓰우도.

왜 이때 조금 돌아가는 길이긴 하더라도 다리 위로 뛰어가지 않았을까. 오쓰우는 조타로의 뒤를 엉겁결에 따라갔으나 별수없게 되었다. 조타로가 한 걸음 늦었던 탓으로 결국 무사시는 만날 수 없게 된 것이다.

조타로의 날쌘 발길에는 물 따위가 문제되지 않았으나, 옷차림을 곱게 단장한 오쓰우에게는 눈 앞에 나타난 몇 자 넓이의 냇물에 발을 멈출 수밖에 없었다.

이미 무사시의 모습은 어디에도 보이지 않았다. 오쓰우는 건너뛸 수 없는 물을 보자 목청껏 그 이름을 불렀다.

"무사시님!"

그러자 이쪽을 향해 대답하는 사람이 있었다.

"오!"

강변에 매어놓은 배에서 내려와 우뚝 서 있는 오스기 노파였다.

오쓰우는 아무 생각 없이 그쪽을 돌아보았다.

"아!"

얼굴을 가리고 오쓰우는 도망치기 시작했다.

노파의 백발이 바람에 흩어져 곤두서 있었다.

"오쓰우!"

다음 말은 노파가 극도로 흥분되어 있기 때문에 소리가 제대로 나지 않았다.

"할 말이 있다. 잠깐 기다려!"

이 소리가 울림처럼 물 위로 퍼졌다.

오스기 노파 입장에서 판단해 볼 때 다음과 같은 추리가 나오는 것이었다.

'무사시가 자기에게 거적대기를 뒤집어 씌운 것은 오쓰우와 여기서 만날 약속이 있었기 때문이었다. 그리고 정담을 나누던 중 무엇이 비위에 거슬려서인지 무사시가 여자를 뿌리치고 달아났으므로 오쓰우가 울면서 사내를 부르던 참이었을 게다."

'그렇다.'

그녀는 자기의 추리를 곧 사실로서 인정하는 것이었다.

'고약한 년!'

무사시 이상으로 노파는 오쓰우가 미워지는 것이었다.

아직 약속(약혼)만 했을 뿐 시집도 오지 않은 처녀를 마치 며느리나 된 것처럼 생각하며, 자식이 미움 받은 것을 자기가 미움 받은 것처럼 여기고 원망하며 분해하는 노파였다.

"서지 못할까!"

두 번째 소리를 질렀을 때는, 노파가 찢어지도록 입을 벌린 모양으로 뒤쫓고 있을 때였다.

"뭐야, 이 할머닌?"

놀란 조타로가 노파를 붙들었다.

"비켜!"

노파는 탄력은 없으나 엄청나게 강한 힘으로 뿌리친다.

도대체 이 노파는 어떤 사람이길래 또 무엇 때문에 오쓰우 누나가 저처럼 놀라 도망가는 것일까.

조타로는 도무지 알 수가 없었다.

이유는 알 수 없으나 사태가 범상치 않다는 것은 느낄 수 있었다.

더구나 미야모토 무사시의 첫째 제자 아오키 조타로쯤 되는 자가 늙은 할멈의 앙상하게 마른 팔뚝에 튕겨진 채 물러갈소냐.

"할멈, 다 했어?"

벌써 두세 칸이나 앞을 달려가는 오스기 노파의 등에 갑자기 달라붙었다. 그러자 노파는 손자의 목덜미를 부여잡고 볼기라도 때리는 듯이 왼손으로 조타로의 목을 껴안고 서너 번 찰싹찰싹 때렸다.

"어린 녀석이 방해를 하면, 알지, 알지……."

"칵칵칵……."

모가지를 길게 늘어뜨린 채 조타로는 그래도 목검 자루만은 잡고 있었다.

4

슬프든 괴롭든, 사람들은 어떻게 보는지 모르나 지금의 오쓰우로서는 그 심정이라든가 생활이 결코 불행한 것은 아니었다.

희망도 있고 그날 그날의 즐거움도 있고 또한 젊은 날의 화원(花園)도 있었다. 물론 고달프고 괴롭고 슬픈 날이 많긴 하지만, 오쓰우는 고달픔과 슬픔을 떠난 즐거움이 있다고는 믿지 않았다.

하지만 오늘만은 그녀가 이렇게 지탱해온 마음이 허물어진 것만 같았다. 지금까지의 한결같던 마음이 두 쪽으로 금이 간 것만 같이 그녀는 서러웠다.

아케미와 무사시.

그 두 사람이 고조 다리의 난간에서 남의 눈도 아랑곳없이 나란히 서 있는 것을 멀리서 본 찰나, 그녀는 딛고 서 있는 땅이 흔들리는 것만 같았다. 현기증이 나서 하마터면 쓰러질 것만 같아 달구지 그늘에 도사리고 앉아 버린 것이었다.

무엇하러 오늘 아침에 이곳에 왔을까?

후회를 해도, 울어봐도 돌이킬 수 없을 것 같았다. 그 짧은 시간에 죽음도 생각해 보고, 남성이 거짓말 덩어리인 것처럼 여겨지고, 미움과 사랑과 노여움과 슬픔과, 그리고 자기 자신에게까지 혐오감이 솟아나서 울음만으로는 마음의 통곡이 가라앉지 않았다.

그러나 무사시 곁에 아케미의 모습이 있는 동안은 자기를 주장할 수 없는 오쓰우였다. 미칠 정도로 온몸의 피가 질투의 불길로 변하면서도 한편 이성(理性)의 어느 구석에서는 '경박하다'고 필사적으로 자기를 달랬다.

'냉정하게, 냉정하게.'

그리고 자기가 행위하려는 의사를 모두 평상시의 여성의 수양이라는 것 아래에 꾹 눌러 버리는 것이었다.

그러나 아케미가 사라지자 그녀는 그러한 감정을 더 이상 누르고 지탱할
수가 없었다. 무슨 말을 하겠다고 생각할 겨를도 없었지만, 무사시에게 향해
가슴 속의 모든 것을 말해 버릴 작정이었다.

인생의 길이란 언제나 한 발자국의 차이로 한 계기가 된다. 어떤 경우에
자칫 잘못하면 그 한 발걸음이 십 년의 실수를 일으키는 것이다.

무사시의 모습을 잃어 버렸기 때문에 오쓰우는 오스기 노파를 만나고 말
았다. 정월 초하루라는데 오늘은 왜 이다지도 흉일일까. 그녀의 화원에는 뱀
만 나온다.

——그녀는 정신없이 3, 4마장 달려갔다. 평소에도 무서운 꿈을 꿀 때마
다 그 꿈 속에는 반드시 오스기 노파의 얼굴이 있었다. 그 얼굴이 꿈에서가
아니라 실지로 지금 쫓아오는 것이다.

오쓰우는 숨을 헐떡이며 돌아다보았다.

오스기 노파는 반 마장쯤 뒤에서 조타로의 목을 조르고 서 있다. 조타로
역시 맞아도, 쥐어 박혀도 달라붙은 채 놓지 않았다.

조타로는 곧 허리의 목검을 뽑을지도 모른다. 그렇게 되면 노파도 칼을 뽑
아 들고 응수하겠지.

오쓰우는 그 노파의 거침없는 기질을 알고 있기 때문에 조타로가 걱정스
러웠다.

"아, 어떻게 하면 좋을까."

둑 위를 올려다봐도 사람은 보이지 않았다.

조타로는 구해야겠고, 오스기 노파에게 다가가는 것은 무섭고, 오쓰우는 부들부들 떨고 있는 수밖에 없었다.

5

"이 미친 할멈아!"

조타로는 목검을 빼들었다.

목검을 빼들긴 했으나 그의 머리는 노파의 겨드랑 밑으로 처박힌 채 아무리 몸부림쳐도 빠져 나갈 수가 없었다. 그는 땅을 걷어차기도 하고 공간을 목검으로 휘저으며 발악하기도 했으나 그것은 노파를 더욱 악랄하게 분발시키는 데 지나지 않았다.

"이놈이 무슨 짓이야? 개구리 흉낸가……."

노파는 보기 흉하게 큰 앞니로 입술을 문 채 더욱 조타로의 목을 죄며 냇가로 질질 끌고 간다.

'이럴 때가 아니다.'

저쪽에 서 있는 오쓰우의 모습을 보자 노파는 불현듯 교활한 꾀를 생각해 내고 마음 속으로 이렇게 중얼거렸다.

노파는, 지금 자기가 완력으로 싸운다든가 또는 늙은 몸으로 젊은이에게 달려가 붙들려는 수단이 어리석다고 깨달은 것이다. 무사시 같은 상대라면 속임수가 통하지 않겠지만 이런 상대는 달콤한 말로 구슬러 놓고 나중에 요리하면 될 수 있다고 생각했다.

그래서 노파는 갑자기 부드러운 목소리로 부르며 번쩍 손을 들어 다정스럽게 손짓을 하는 것이었다.

"오쓰우야, 오쓰우야."

"오쓰우는 어째서 이 늙은이를 보기만 하면 도망치는 거냐. 그전에도 그랬지만 지금도 나를 보면 귀신처럼 무서운 거야? 잘못된 마음을 풀어 보자꾸나. 내 심정을 잘 모르고 있을 거야. 그것은 오쓰우의 오해란다. 이 노파는, 오쓰우가 의심하는 것처럼 그렇게 오쓰우한테 피해를 입힐 생각은 없단 말야."

이런 말을 듣고서도 저쪽에 서 있는 오쓰우는 아직 의심스런 표정을 풀지

않았다. 노파의 겨드랑이 밑에 끼어 있는 조타로가 말했다.

"정말예요, 할머니?"

"암, 저 아가씨는 이 노파의 마음을 오해하고 있는 거야……. 그저 나를 무서운 사람으로만 여기고 있는 것 같아."

"그럼, 내가 오쓰우 누나를 불러올 테니 이 손을 놔 주세요."

"너 그러다가 손을 놔 주면 이 노파를 목검으로 치고 도망갈 작정이지?"

"그런 비겁한 짓은 안 해요. 서로가 오해하고 있기 때문에 싸움하는 것이라면 이런 싸움이 한심해서 그래요."

"그럼 오쓰우한테 이렇게 말해 줘. 혼이덴의 노파는 여행 도중 곤 숙부와 사별하여 그 유골을 짊어지고 늙은 몸으로 이렇게 돌아다니고 있는데, 지금은 옛날과 달리 성질도 많이 누그러졌다고. 한때는 오쓰우를 원망도 해보았지만 이제 그런 마음은 모두 사라졌다고. 그리고 오쓰우를 지금도 며느리처럼 생각하고 있으며, 원래의 인연으로 되돌아오라고는 할 수 없지만 이 노파가 그 동안 지내온 일과 또 너무 심하게 했던 일들을 차근차근 말하고 싶어한다고……. 그리고 이 늙은이를 가엾게 생각해 달라고……."

"할멈, 그렇게 사연이 길면 외울 수가 없어요."

"그것만 말하면 돼."

"그럼 손을 놔 줘요."

"잘 말해야 돼."

"알았어요."

조타로는 오쓰우 곁으로 뛰어갔다. 그리고 노파의 말을 그대로 모두 오쓰우에게 전달하는 모양이었다.

"……."

오스기 노파는 일부러 안 보는 척하고 큰 돌 위에 앉았다. 개울물 얕은 곳에서는 작은 고기떼들이 한가로이 어문(魚紋)을 그리고 있었다.

"올까, 오지 않을까?"

노파는 그 물고기의 속도보다도 빠른 곁눈질로 오쓰우를 살피고 있었다.

6

오쓰우는 의아해하며 쉽사리 움직이려 하지 않았다. 그러나 조타로가 너무도 간곡히 조르는 바람에 겁은 나지만 할 수 없이 오스기 노파를 향해 걷기 시작했다.

오스기 노파는 마음 속으로 생각했다.

'이미 독 안에 든 쥐.'

큰 앞니를 입술 사이로 내보이며 싱긋 웃었다.

"오쓰우."

"……할머니!"

오쓰우는 갯바닥에 살며시 앉으며 노파의 발치에 손을 짚었다.

"용서해 주세요. ……이제 와서 뭐라고 변명을 드릴 여지가 없어요."

"무슨 소리를……."

오스기 노파의 말은 옛날처럼 부드럽게 들렸다.

"뭐니뭐니 해도 마타하치 놈이 나빴어. 언제까지나 내가 너의 변심을 원망만 하고 있겠느냐. 이 노파가 한동안은 미운 며느리라고 생각했었지만 이미 마음 속으로는 잊어 버린 지 오래다."

"그럼 용서해 주시는 거예요? 저의 잘못을."

"……그렇다만……."

오스기 노파는 말끝을 흐리며 오쓰우처럼 모래 바닥에 주저앉았다. 오쓰

우는 손가락으로 모래를 파고 있었다. 싸늘한 모래를 파헤치니 그 구멍에서 봄날이면 느껴지는 미지근한 물이 솟아나왔다.

"그 문제에 대해서는 어미인 내가 대답을 해도 상관 없겠지만, 어쨌든 마타하치와 일단 결혼을 약속했던 너이니 한 번 그 애와 만나는 게 좋을 것 같다. 본래부터 그 애는 너를 좋아한 나머지 다른 여자는 아예 생각도 않고 있었어. 그렇다고 이제 와서 새삼스레 마음을 돌려 달라고는 못할 것이고, 또 그런다 하더라도 이 노파가 그건 절대 승낙을 않을 테니."

"......."

"어때? 오쓰우, 만나 주겠느냐? 너와 마타하치를 나란히 앉혀 놓고 이 노파가 분명히 딱 잘라서 말을 해야겠다. 그렇게 되면, 이 노파는 어미로서의 임무가 끝나는 거야. 입장도 서게 되고."

"네......."

깨끗한 모래 속에서 새끼 게가 기어 나와 돌 밑으로 숨어 버린다.

조타로는 게를 잡아 가지고 오스기 뒤로 돌아서다가 그만 그녀의 틀어올린 머리 위로 떨어뜨렸다.

"하지만...... 할머니, 이제 와서 새삼스럽게 만나는 것보다는 만나지 않는 편이......."

"나와 함께 만나는 거야. 만나서 확실히 해두는 게 너의 장래를 위해서도 좋을 것 같다."

"……그렇지만!"

"그렇게 해라. 나는 너의 장래를 위해 권하는 것이니까."

"그러나, 만나려 한다 해도 지금 마타하치님이 어디 있는지 모르지 않습니까? 할머니는 거처를 알고 계시나요?"

"곧 알 수 있지. 알 수 있구말구. 얼마 전에 오사카에서 만났었거든. 성미가 고약해서 나를 내버려 두고 스미요시에서 떠나 버렸지만 그 애도 나중에 후회를 하고 반드시 이 교토로 나를 찾아올 것이야."

오쓰우는 이 말을 듣자 갑자기 두려운 생각에 사로잡혔다. 오스기 노파가 권하는 말이 도리에 맞는 것처럼 생각되었고, 또 갑자기 그 자식복 없는 노파가 가엾다는 생각마저 들었다.

"할머니, 저도 함께 마타하치님을 찾아 드리겠어요."

오스기 노파는 모래알을 만지고 있는 그녀의 손을 덥석 잡았다.

"정말이냐?"

"네, 네."

"그럼, 내가 묵고 있는 데로 가자."

오스기 노파는 그러면서 그 자리에서 일어서자 목덜미로 손을 올려 게를 붙잡는다.

7

"이런! 이게 뭐야!"

노파가 손가락에 잡힌 새끼 게를 내던지는 모양이 우스워 조타로는 오쓰우의 뒤에서 낄낄거리며 웃었다.

눈치 빠른 노파는 조타로의 장난으로 알고 조타로를 눈으로 흘긴다.

"네 장난이구나!"

"내가 그런 것이 아니에요."

조타로는 둑 위로 도망쳤다.

그리고 둑 위에서 부른다.

"오쓰우 누나!"

"왜?"

"할머니 집에 같이 갈 거야?"

오쓰우가 대답하기 전에 오스기 노파가 먼저 말한다.

"그래, 내가 있는 곳은 바로 이 삼년 고개 아래야. 언제나 교토에 오면 거기서 묵지. 너는 볼일이 없으니 가고 싶거든 돌아가거라."

"그럼, 나는 가라스마루(烏丸)님의 댁으로 먼저 돌아가요. 오쓰우 누나, 용무를 마치거든 곧 돌아와."

조타로가 먼저 달려가므로 오쓰우는 갑자기 불안해졌다.

"잠깐, 조타로!"

오쓰우가 냇가에서 조타로의 뒤를 쫓아 둑 위로 오르자, 오스기 노파는 오쓰우가 도망치려는 게 아닌가 싶어 당황한 표정으로 곧 뒤쫓아왔다.

그 사이 오쓰우와 조타로는 마주섰다.

"조타로, 이왕에 이렇게 되었으니 나는 할머니와 같이 숙소로 가지만, 틈을 보아 살짝 빠져나와 가라스마루님 댁으로 돌아갈게. 그댁 분들에게 그렇게 말하고 너는 당분간 만약을 위해 내 볼일이 끝날 때까지 기다려 줘."

"그래, 언제까지라도 기다릴게."

"그리고⋯⋯나도 알아 보겠지만 무사시님이 계신 곳을 찾아봐야 해. 부탁이야."

"싫어. 찾아내면 또 달구지 밑으로 숨어버리고 나오지 않으려고. ……그러기에 아까 내가 뭐라고 했어?"

"난 정말 바보야."

오스기 노파가 뒤따라와서 곧 둘이 말하는 사이로 다가왔다. 노파가 무사시의 말을 들으면 노파 쪽에서 싫어할 것을 아는 오쓰우였으므로 더 말하지 않고 입을 다물어 버렸다.

아무렇지도 않은 듯이 어깨를 나란히 하고 걸어도, 오스기 노파의 바늘 같이 가는 눈은 오쓰우 쪽으로 매섭게 빛을 발하고 있었다.

지금에 와서는 시어머니라 부를 사람이 아니라 하더라도 오쓰우는 거북스런 생각에 몸이 오므라드는 것만 같았다. 그러나 그 이상으로, 교묘한 노파의 꾀와 자기 앞에 다가오고 있는 위험한 운명을 내다보지는 못하였다.

고조 다리에는 어느새 많은 사람들이 오가고 있었으며 해는 머리 위로 솟아올랐다.

"무사시라니, 누구야?"

"무사시란 병법자도 있었던가?"

"들어 본 적도 없는 이름이야."

"하지만 요시오카를 상대로 시합을 할 정도이니 상당한 병법자임에 틀림없을 거야."

팻말 앞에는 숱한 인파가 모여서 자기네들끼리 수군거리고 있었다.

오쓰우는 걸음을 멈추었다.

오스기 노파도 조타로도 그것을 바라보고 있었다. 그 많은 군중들은 '무사시, 무사시' 하는 혼잣말을 남기며 가고 혹은 오면서 흘러가는 것이었다.

風

연대사(蓮臺寺) 벌판

1

단바(丹波) 가도로 들어서는 나가사카(長坂) 길목이 손가락으로 가리킬 정도로 가까이 바라보였다. 가로수 너머로 번개의 하얀 전광(電光)처럼 눈을 쏘는 것은 교토의 서북 교외를 둘러싼 산과 산들의 능선에서 반짝이고 있는 잔설(殘雪)이었다.

"불을 피워라."

누군가가 말했다.

이른 봄이라고는 하나 정월 초아흐렛날의 휘몰아치는 산바람이 어린 새들에게는 너무도 추운 날씨였다. 쨱쨱쨱 들판에서 지저귀는 새들의 울음 소리가 몹시도 차갑게 들려온다. 사람들은 칼집 속의 칼에서 전해 오는 차가운 기운에 허리가 시려오는 듯한 기분을 느낀다.

"잘 타는군."

"불똥이 마구 튀는걸. 조심하지 않으면 들불이 될 거야."

"걱정 마시오. 아무리 탄들 교토 시내까지는 번지지 않겠지."

바싹 마른 들판 한 구석에 피워 놓은 불은 소리를 내며 타올라 40명 이상이나 되는 사람들의 얼굴을 뜨겁게 달구었다. 불길은 아침 태양을 향해 훨훨 타올랐다.

"아, 뜨듯하다!"

"이젠 그만둬."

불에 마른 풀을 연신 던져 넣는 사람을 향해 말했다.

"8시. 벌써 시간이 다 되었는데."

"어떻게 된 거야, 선생님은?"

"곧 오시겠지."

"그래, 오실 때가 되었어."

긴박한 느낌을 그들 각자의 얼굴에서 엿볼 수가 있었다. 그들은 긴박감에 억눌려 자연히 말이 없어졌다. 모두의 눈은 하나같이 이곳으로 들어오는 가도를 바라보며 누군가를 기다리고 있다.

"어떻게 된 일일까?"

'엄매에!' 하고 어디선가 황소 우는 소리가 들렸다. 이곳은 원래 소를 놓아 먹이던 목장이었다. 지금도 방목하는 소가 있는지 마른 풀 위로 쇠똥이 드문드문 있는 게 눈에 띄었다.

"이미 무사시가 연대사 들판에 와 있는 게 아닌지 모르겠군."

"와 있는지도 모르지."

"누가 살펴보고 오게나. 연대사와 여기는 5마장밖에 안 될껄."

"무사시의 동태를 말야?"

"그래."

"……."

선뜻 가겠다고 나서는 사람이 없었다. 연기 아래서 모두 매운 얼굴을 하고 아무 말이 없었다.

"그래도 선생님은 연대사 들판으로 나가기 전에 이곳에 들러 준비를 하고 가신다고 하셨으니 좀더 기다려 보자."

"그래, 틀림없이 그랬어……."

"료헤이님이 어제 저녁 선생님한테서 확실히 그렇게 전갈을 받았단 말이야. 틀림없어."

료헤이는 그렇게 말하는 동문(同門)의 말을 시인하였다.

"그래, 맞아. 무사시는 벌써 약속한 장소에 와 있는지도 몰라. 아마도 상대를 초조하게 만들려고 세이주로 선생은 일부러 지체하시는지도 모르지. 문하생들이 섣불리 행동하여 거들었다는 소문이라도 나면 요시오카 가문의 명예가 더럽혀지네. 상대는 고작해야 무사시 혼자, 조용히 기다리자. 선생님의 모습이 보일 때까지 우리는 조용히 지켜보는 거야."

2

그날 아침.

원래 목장이었던 유우원(乳牛院) 들에 모여 지껄이고 있는 이 무리들은 말할 것도 없이 요시오카 문하의 일부에 불과했지만, 그 가운데는 예의 료헤이를 비롯하여 자칭 교토류(京都流)의 10검이라고 칭하는 제자들의 얼굴도 보였으니, 시조 도장의 중견들은 거의 모두 나와 있다고 해도 과언이 아니었다.

스승인 세이주로는 어제 저녁 누구에게나 한결같이 말해 두었다.

'후원은 절대로 안 된다.'

또한 문하의 모든 사람들도 오늘 스승과 상대하는 무사시(武藏)란 사람을 결코 '보잘 것 없는 상대'라고 경시하진 않았으나 그렇다고 해서 스승인 세이주로가 그에게 지리라고는 생각할 수도 없는 일이었다.

'승리야 뻔한 것이지.'

모두들 자부심으로 자신을 갖고 있었다. 게다가 또한 고조 다리에 방을 높직이 세운 것도 오늘의 시합을 공개하여 요시오카 가문의 위용을 뽐내고, 세이주로의 이름을 이 기회에 더욱 크게 떨쳐 보이자는 문하생들의 당연한 심정에서였던 것이다. 그래서 시합장소인 연대사 들판에서 그리 멀지 않은 이곳에 모여 앉아서 나타날 세이주로를 기다리고 있는 것이었다.

그런데——

그 세이주로는 도대체 어떻게 된 셈인지 도무지 나타나지를 않았다.

8시가 지나도 나타나지 않는다.

"이상한데?"

여기 모인 40여 명의 동문은 저마다 중얼거린다. 료헤이가 말했듯 조용히 지켜보자는 태도는 조금씩 흔들리기 시작했다.

이 유우원에 모여 있는 무리들을 보고 오늘의 시합 장소를 여기로 착각한 군중들은 제각기 한마디씩 했다.

"어떻게 된 거야, 시합은?"

"세이주로님은 어디 와 계시오?"

"아직 보이지 않는데."

"무사시란 사람은?"

"그도 아직 오지 않은 모양이군."

"저기 모여 있는 무사들은 뭐야?"

"저것은 어느 쪽의 후원자들이겠지."

"무슨 짓이야. 후원자만 와 있고 장본인인 무사시나 세이주로는 보이지도 않으니."

사람이 있는 곳에는 반드시 사람들이 모여들기 마련이다.

연달아 구경꾼들은 줄을 잇듯 모여든다.

"아직도 시작하지 않았나?"

"아직 멀었어?"

"어느 쪽이 무사시야?"

"어느 쪽이 세이주로야?"

사람들은 웅성거리기 시작했다.

요시오카 도장의 문하생들이 모여 있는 근처에는 다가오지 않았으나 유우원의 여기저기에는 억새풀 사이뿐만 아니라 나무 위에까지 사람들의 머리가 수없이 보였다.

그 사이를 조타로는 걷고 있었다. 키보다 큰 목검을 차고 발보다 큰 짚신을 질질 끌면서 메마른 땅을 먼지를 일으키고 걸었다.

"없는데, 없는데……."

조타로는 사람들의 얼굴을 하나하나 훑어보며 이 넓은 들을 돌아다니고 있다. 누군가를 찾고 있음이 분명했다.

"어떻게 된 일일까? 오늘 시합이 있는 걸 모를 리가 없을 텐데. 오스기 노파를 쫓아간 후로 가라스마루님의 집에도 오지 않고……."

그가 찾고 있는 사람은 무사시보다도 먼저 그 승패가 염려스러워 오늘 여기에 꼭 와 있을 오쓰우의 모습이었다.

3

손가락만 다쳐도 파랗게 질리는 주제에, 여자란 의외에도 잔인한 것과 피를 보는 것에 남자와는 색다른 흥미를 갖는 모양이다.

오늘 시합은 아무튼 교토 사람들의 이목을 끌었다. 구경 나온 사람들 중에는 여자들도 제법 많이 끼어 있었다. 여럿이 손을 잡고 나온 여자들도 있었다.

그러나 그 여자들 중에 오쓰우의 모습은 아무리 찾아도 보이지 않았다.

"이상한데?"

조타로는 지치도록 들판을 헤매었다.

"혹시 그 날——고조 다리에서 헤어진 초하룻날부터——병이라도 나서 앓고 있는 것이 아닐까?"

그러한 억측을 해 보기도 하고, 한 걸음 더 나아가 의심을 해 보기도 한다.

"오스기 노파가 오쓰우 누나를 속여서 어떻게 해 버렸는지도 ……."

그렇게 생각하자 그는 불안해서 견딜 수가 없었다.

그 염려는 오늘 시합의 결과가 어떻게 될까 하는 것과는 비교도 되지 않았다. 조타로는 오늘의 승부를 조금도 의심하지 않았다.

들판을 둘러싸고 시합을 기다리고 있는 수천 명의 구경꾼들이 모두 요시오카 세이주로의 승리를 믿고 있어도, 조타로는 조금도 믿어 의심치 않았다.

'스승님이 이긴다!'

야마토의 반야 고개에서 창을 든 보장원의 많은 무리를 상대로 싸울 때의 눈부신 모습을 그는 머리에 되새겼다.

'질 게 뭐야. 모두 덤벼들어도 문제 없다!'

유우원 들판에 모여 있는 요시오카의 문하생들까지 달려든다 해도 무사시가 이길 것이라는 확신을 갖고 있었다.

그러므로 그 문제에 대해서는 조금도 개의치 않았으나 오쓰우가 오지 않는 일은, 그를 낙심시키는 정도가 아니라 무언가 오쓰우의 신변에 흉사(凶事)가 일어난 것 같은 불길한 생각이 들어 견딜 수가 없었다.

그녀가 고조 다리에서 오스기 노파를 쫓아가며 헤어질 때

'틈을 봐서 나도 가라스마루님 댁으로 갈 테니 조타로는 당분간 그 댁에 사정 이야기를 하고 기다려 줘요.'

오쓰우가 한 말이 떠올랐다.

분명히 그렇게 말했던 것이다.

그런데 그날부터 오늘까지 아흐레, 그동안 오쓰우는 한 번도 찾아오지 않았다.

'어떻게 된 일일까?'

조타로는 2, 3일 전부터 부쩍 불안해지기 시작했으나 그래도 오늘 아침 여기에는 오겠지 하는 한 가닥 희망을 걸고 있었던 것이다.

"······."

조타로는 오도카니 들 복판을 바라보고 있었다. 연기 속에 싸여 있는 세이주로의 문하생들은 멀리서 몇 천 명의 눈에 둘러싸인 채 모여 있었으나 아직 세이주로는 나타나지 않은 모양이다. 그래서인지 그들의 기세는 아직 오르지 않고 있다.

"이상하다. 방에는 분명 연대사 들판이라고 되어 있었는데 시합 장소는 여기인가?"

아무도 이상하게 생각하지 않고 있는 점을 조타로는 문득 생각해냈다. 그때 그의 좌우를 오가는 인파 속에서 갑자기 누군가가 부른다.

"애, 애,. 꼬마야!"

고개를 돌려보니 그것은 조타로의 기억에 있는 얼굴이었다. 9일 전인 초하룻날 아침, 고조 다리 곁에서 아케미와 이야기하고 있던 무사시를 향해 어처구니 없이 큰소리로 웃어대던 사사키 고지로였다.

4

"왜 그래요, 아저씨?"

한 번밖에 본 적이 없는 사람이지만 조타로는 친한 사람을 대하듯 대답했다. 고지로는 그의 곁으로 다가왔다. 무언가 말을 하기 전에 발 끝에서부터 머리 끝까지 한 번 훑어보는 것이 고지로의 버릇이었다.

"언젠가 고조 다리에서 만난 적이 있지?"

"아저씨도 기억하고 있었군요."

"넌 어떤 여자와 같이 있었던 것 같은데."

"아아, 오쓰우 누나."

"오쓰우라고 하는 여자야? 그런데 무사시와 무슨 연고가 있는 여자이냐?"

"그럼요, 있구말구요."

"사촌이냐?"

"아뇨."

"동생이냐?"

"아뇨."

"그럼 뭐야?"

"좋아하는 사람이지요."

"누가 누구를?"

"오쓰우 누나가 우리 선생님을."

"연인이구나?"

"……그럴 거예요."

"그리고 무사시는 너의 선생님이란 말이냐?"

"예."

조타로는 자랑스러운 듯 선뜻 대답했다.

"오오라, 그래서 오늘 여기에 온 것이로구나. 그런데, 무사시도 세이주로
도 아직 그 모습을 나타내지 않아 구경꾼들이 모두 궁금해하고 있는데 너
는 알고 있겠구나? 무사시는 숙소에서 출발했겠지?"

"몰라요. 나도 지금 찾고 있는 중이에요."

그때 뒤에서 두세 명 달려오는 발소리가 들렸다. 사사키 고지로의 날카로
운 눈이 문득 그쪽을 돌아본다.

"야아, 사사키님 아닙니까?"

"오오, 료헤이."

"어쩐 일이십니까?"

료헤이는 끌어안을 듯 다가와서 사사키 고지로의 손을 잡는다.

"세밑부터 도장에 돌아오시지 않는다고 선생님께서 어떻게 된 일인지 모르겠다며 늘 궁금해하셨습니다."

"다른 날은 돌아오지 않더라도 오늘 여기에는 나와야 되겠지."

"어쨌든 저쪽으로 갑시다."

료헤이와 다른 몇 명의 문하생들은 거들먹거리며 그를 둘러싸고 자기 패거리들이 모여 있는 곳으로 데리고 갔다.

큰 칼을 등에 둘러멘 사사키 고지로의 화려한 몸차림을 먼 데서 보고 있던 구경꾼들은 말했다.

"무사시다, 무사시."

"무사시가 드디어 나타났다."

제각기 소곤대기 시작했다.

"호오, 저 사람인가?"

"저 사람이 미야모토 무사시다."

"야아, 굉장한 멋쟁인걸. 만만찮겠는데……."

자기 주위에서 이같이 떠들어대자 조타로는 그들에게 일일이 말해주었다.

"아니에요, 아니에요. 무사시님이 저런 사람인 줄 아세요? 저렇게 광대 같은 사람이 아니란 말예요."

조타로는 열심히 사람들에게 해명을 하고 있었다.

그의 해명을 듣지 못한 사람들도 그의 모습을 한참 동안 바라보고 있는 사이 그가 무사시가 아님을 눈치채고 고개를 저었다.

"아니구나, 아냐."

들 한복판으로 같이 간 고지로는 거기에 서서 요시오카 문하생 약 40명을 교만한 태도로 바라보며 무언가 연설을 하고 있는 것 같았다.

"……."

우에다 료헤이 이하 미이케 주로자에몬(御池十郎左衞門), 오타구로 효스케(太田黑兵助), 난보 요이치베(南保餘一兵衞), 고바시 구란도(小橋藏人) 등 10검이라 일컬어지는 자들은 그 연설이 못마땅한 모양으로 불만스런 표정을 짓고 입을 꾹 다문 채 고지로의 나불거리는 입술을 무서운 눈초리로 쏘아보고 있었다.

5

고지로는 그들을 향해 연설하는 가운데 이렇게 말했다.

"아직 여기에 무사시나 세이주로님이 오지 않았다는 것은 요시오카 문중을 하늘이 도와준 거요. 그대들은 어떻게든지 세이주로님이 여기에 도착하기 전에 빨리 도중에서 도장으로 모시고 돌아가도록 하오."

이것만으로도 요시오카 문하생들을 격앙시키기에 충분했다. 게다가 또 고지로는 다음과 같이 말을 잇는다.

"나의 이 말은 세이주로님에게는 다시 없는 조언이 될 것이오. 이 말 이상의 도움이 또 어디 있겠소. 나는 요시오카 가문에게는 하늘을 대신한 예언자요. 분명히 예언해 두겠소. ──시합을 하면, 안됐지만 세이주로님이 틀림없이 질 거요. 무사시란 자에게 반드시 목숨을 빼앗기게 될 거란 말이오."

아무리 말이 헛나왔다 할지라도 요시오카 도장의 문하생들로서는 이 말을 기분 좋게 듣고 있을 수가 없었다. 료헤이는 얼굴이 흙빛이 되어 고지로를 쏘아보고 있었다.

십검(十劍) 중 미이케 주로자에몬은 더이상 참을 수가 없었던지 고지로가 무언가 다시 지껄이려 하자 그의 가슴팍에 자기 가슴을 확 밀어댔다.

"무슨 소리를 하는 거요, 당신은?"

곧 칼을 뽑아 달려들 기세였다.

고지로는 빙긋이 볼우물을 지으며 그 모양을 바라보았다. 키가 훨씬 크기 때문인지 볼우물까지도 사람을 멸시하는 듯이 보였다.

"기분이 나쁜가?"

"물론이오."

"그것 참, 실례했군."

가볍게 응대한다.

"그렇다면, 응원은 그만두기로 하지요. 마음대로 하도록 내버려두는 수밖에 없지."

"누가 당신 같은 자에게 응원을 부탁한 줄 아시오?"

"그렇지는 않을걸. 개마 제방(毛馬堤)에서 나를 도장까지 안내하여 그토

록 환대한 건 당신네들과 세이주로님이 아니오?"

"그것은 다만 손님으로서 대접한 것일 뿐……. 형편 없이 우쭐대는 놈이로군!"

"하하하하! 그만두지. 여기서 또 당신들과 시합의 실마리를 만들어 본댔자 소용 없는 일이니! 그러나 뒷날 눈물로 후회의 씨를 만들지나 말게. 내가 본 바에 의하면 세이주로님에겐 십중팔구 승산이 없어. 초하룻날 아침 고조 다리 난간에서 무사시라는 사나이를 보았는데 그 순간 이건 안 되겠다고 생각했지……. 그 다리에 가져다 세운 시합의 팻말은 요시오카 문파의 패망을 스스로 공표하는 부고장이라는 뜻으로밖에는 보이지 않았어. 그러나 인간이 망할 징조를 본인은 모르는 것이 세상사이니까."

"잔소리 마라! 너는 오늘 시합을 놓고 요시오카 가문을 빈정대러 왔구나?"

"남의 호의조차 순순히 받아들이지 못하는 그 옹졸함이 애당초 망할 인간의 근성이지. 아무렇게나 생각하라."

"뭐라고?"

험악하기 짝이 없는 말이 침을 튀기며 고지로에게 퍼부어졌다. 살기등등

한 40여 명이 한 걸음씩만 움직여도 그 살기는 온통 들판을 가득 채우고도 남는다.

고지로는 각오가 되어 있는 듯 재빨리 물러섰다. 걸어오는 싸움이라면 받아 주마 하는 듯 혈기를 감추지는 않았다. 모처럼 그가 설명하고 있는 호의라는 것도 이렇게 되고 보니 의심스러울 뿐이다. 더 나쁘게 생각한다면 여기 모인 군중 심리를 이용하여 무사시와 세이주로의 인기를 자기 편으로 끌어들이려는 수작이라고도 할 수 있을 것이다. 하지만 그렇게 인정받더라도 하는 수 없을 정도로 고지로의 눈은 그 순간, 호전적이었다.

6

군중들이 멀리서 그 광경을 바라보고 떠들기 시작할 때였다.

사람들 틈을 빠져나온 한 마리의 원숭이가 벌판을 향해 마치 공이 굴러가 듯 달려갔다. 그리고 원숭이 앞에는 젊은 여자 하나가 역시 굴러가듯 빠른 속도로 정신 없이 달려가는 것이 보였다.

아케미였다.

요시오카 도장의 문하생들과 고지로와의 사이에 하마터면 피비린내 나는 싸움이 벌어질 뻔했던 흉악한 공기는 별안간 뒤에서 외친 아케미의 목소리에 와해되고 말았다.

"고지로님, 고지로님……어디예요? 무사시님이 있는 곳은……무사시님은 어딨어요?"

"……아?"

고지로가 돌아다보았다.

료헤이를 비롯한 요시오카의 문하생들도 반겼다.

"여, 아케미! 아케미가 아니오?"

순간적이었으나 군중의 눈길은 의아해하면서도 아케미와 원숭이의 모습 쪽으로 쏠리고 말았다.

고지로는 꾸짖듯이 말했다.

"아케미, 무엇 때문에 왔어? 오면 안 된다고 하지 않았나."

"내 몸을 내 마음대로 할 수도 없나요?"

"안 돼!"

고지로는 아케미의 어깨를 가볍게 밀었다.

"돌아가."

고지로의 말에 아케미는 얼굴을 세차게 가로저었다.

"싫어요. 난 당신한테 신세는 졌지만 당신 사람은 아니잖아요?……그런데 왜?"

갑자기 아케미는 목이 메어 흐느끼기 시작했다. 처량한 흐느낌은 사나이들의 거칠어진 감정에 물을 끼얹는 듯했다. 그리고 아케미의 다음 말은 남성들의 어떤 경우의 억센 말보다도 훨씬 강한 느낌을 주었다.

"나를 즈즈야(數珠屋)의 이층에다 묶어 놓고……내가 무사시님 걱정이라도 하면 당신은 나를 밉다고 학대했지요? 그리고 오늘 시합에는 반드시 무사시님이 질 거라고요. 세이주로에게는 의리가 있으니까 세이주로가 당해내지 못하더라도 그를 도와서 무사시를 쳐야 한다고 했지요? 당신은 어젯밤부터 울면서 밤을 새운 나를 묶어 놓고 그대로 나갔지 않아요?"

"……미쳤나? 아케미, 여러 사람 앞에서 무슨 소리야!"

"얼마든지 말하겠어요. 내 마음은 미칠 것만 같아요. 무사시님은 내 마음 속에 있는 사람이에요……. 그 사람이 찔려 죽는 것을 가만히 보고만 있을 수는 없어요. 즈즈야 이층에서 큰 소리로 동네 사람들에게 포박을 풀어달래서 달려온 거예요. 나는 무사시님을 만나야 해요……. 무사시님을 내놓으세요. 무사시님은 어디 있어요?"

"……."

고지로는 혀를 찰 뿐 마구 지껄여대는 아케미 앞에서 말이 없었다.

흥분해 있는 것은 분명하나 아케미의 말에 거짓은 없는 것 같았다. 그것이 사실이라면 고지로란 사나이는 이 여인에게 따뜻한 온정을 베푸는 한편, 여인의 몸과 마음을 극단적으로 학대함으로써 어떠한 쾌감을 느끼고 있는 것이 아닐까 하는 의심도 들게 되는 것이다.

그것이, 많은 사람 앞에서——더욱이 이러한 장소에서——기탄 없이 여자 입으로부터 폭로되자 고지로는 멋쩍게 되고 한편 화가 치밀어 여자의 얼굴을 지그시 쏘아보고 있었다.

——그때.

언제나 세이주로 곁에 따라다니는 하인 다미하치(民八)란 젊은 사나이가 길거리 쪽에서 사슴처럼 달려왔다.

그는 손을 쳐들며 소리쳤다.

"크, 큰일났습니다! 여러분! 빨리 와 주세요. 선생님이 무사시에게 당했습니다. 당했어요!"

7

다미하치의 한 마디 절규는 모두들의 얼굴에서 핏기를 앗아가 버렸다. 발밑의 땅이 별안간 푹 꺼지기라도 한 듯이 모두 놀란 것이다.

"뭐, 뭐라고?"

이구동성으로 부르짖으며 물었다.

"선생님이? 무사시에게?"

"어, 어디서?"

"어느 사이에?"

"정말이냐? 다미하치."

얼빠진 말들이 오고갔다. 여기서 준비하고 가겠다던 세이주로가 여기엔 나타나지도 않고 벌써 무사시와 승패를 결정하고 말았다는 다마하찌의 보고는 어쩐지 믿어지지가 않았다.

하인 다미하치는 서둘러댔다.

"빨리! 빨리!"

혀가 잘 돌아가지 않는 소리로 계속 소리쳤다. 그러고는 숨도 돌릴 사이 없이 오던 길을 다시 엎어질 듯이 달려갔다.

반신반의했으나 거짓말이라고는 생각할 수 없었다. 료헤이와 미이케 등 40여 명도 다미하치의 뒤를 따라 들불을 뛰어넘는 짐승같이 풀 먼지를 일으키며 길가의 나무 쪽으로 달려갔다.

그 단바 가도(丹波街道)를 북쪽으로 5마장이나 달려가자 가로수 오른쪽으로 망망하고 조용한 들판이 이른 봄의 햇볕 아래 펼쳐졌다.

콩새와 때까치가 평화롭게 울고 있다가 푸드득 날았다. 다미하치는 미친 듯이 그 들판을 달려갔다. 이윽고 오래된 무덤인 듯 조금 불룩한 곳으로 가서 다시 한 번 있는 힘을 다하여 울부짖고는 엎어지듯 무릎을 꿇었다.

"선생님, 선생님!"

"······앗?"

"오, 오!"

"선생님이다!"

눈 앞의 광경에, 위에서 달려오던 발들이 모두 못박히듯 그 자리에 서 버렸다. 가죽 멜빵을 두르고 하얀 천을 이마에 질끈 동인 무사가 풀 속에 얼굴을 파묻고 엎드려 있는 것이었다.

"선생님!"

"세이주로님!"

"정신차리십시오. 저희들입니다."

"문하생이 왔습니다."

부축해 일으키니 목덜미 뼈가 부러졌는지 '덜렁' 하고 머리가 무겁게 기울어져 버린다.

그러나 하얀 머리띠에는 한 방울의 피도 묻지 않았다. 소맷자락에도 윗옷에도, 근처의 풀밭에도 피의 흔적은 보이지 않았다. 그러나 괴로운 듯이 눈을 감고 있는 세이주로의 입술은 포도알처럼 파리했다.

"……숨은, 숨은 있느냐?"

"예, 약간!"

"이봐, 아무나 빨리 선생님을 업어라!"

그 가운데 한 사람이 등을 돌려 세이주로의 팔을 어깨에 걸고 일어서려 하였을 때였다.

"아야!"

세이주로는 몹시 괴로운 듯이 소리를 질렀다.

"문짝을 가져와, 문짝을."

3, 4명이 달려가서 부근 민가의 덧문을 하나 빌려왔다.

세이주로의 몸은 문짝 위에 뉘어졌다. 숨을 들이켜고부터는 고통을 참지 못해 난폭하게 버둥거렸기 때문에 문하생들은 허리띠를 풀어 그의 몸을 문짝에다 비끌어 매고는 네 귀퉁이를 들고 장례 행렬처럼 침울하게 걷기 시작했다.

세이주로는 문짝이 쪼개질 정도로 버둥거렸다.

"무사시는……무사시는 벌써 가버렸느냐? ……으음, 아프다! 오른편 어깨에서 겨드랑 쪽으로 뼈가 부서진 모양이다. 아아, 죽겠다! 오른 팔을 베어 줘——잘라라! 누구든지 내 팔을 잘라라!"

허공을 쏘아보며 세이주로는 계속 소리를 질러댔다.

8

부상자가 너무나 아파하는 통에 문짝을 들고 걸어가던 문하생들은, 더욱

이 그것이 스승이니만큼 모른 체할 수가 없었다.

"미이케님, 우에다님!"

걸음을 멈춘 그들은 뒤를 돌아다보았다.

"저토록 괴로워하며 팔을 자르라고 하시니 차라리 잘라 드리는 편이 낫지 않을까요?"

"무슨 소리야!"

료헤이도 미이케도 한 마디로 꾸짖었다.

"아무리 아파도 아픈 것뿐이라면 생명엔 지장이 없지만 팔을 잘라서 출혈이 심하면 그것으로 마지막이야. 어쨌든 빨리 도장으로 가서 무사시의 목검이 어느 정도로 때려 놓았는지 어깨뼈를 조사해 보자. 팔을 자르려면 지혈과 치료 준비를 해놓고 베지 않으면 안 된다. 그러니까 아무나 빨리 가서 도장에 의사를 불러다 놓아."

두세 명이 준비를 위해 앞서 달려갔다.

대로 쪽에는 유우원 벌판 쪽에서 몰려온 군중이 모기떼처럼 늘어서서 이쪽을 바라보고 있었다.

그것이 더욱 분노를 불러일으켰다. 료헤이는 침울한 얼굴로 묵묵히 문짝 뒤를 따라가는 사람들에게 말했다.

"너희들은 먼저 가서 저것들을 쫓아버려. 선생님의 이름을 저놈들에게 입놀림거리로 만들고 걸을 수야 있느냐?"

"알았습니다."

울분을 터뜨릴 곳을 발견한 듯이 문하생들은 무서운 기세로 달려갔다. 민감한 군중은 메뚜기처럼 먼지를 일으키며 흩어져 버렸다.

"다미하치!"

그때 료헤이는 주인 곁을 울면서 걸어가는 다미하치를 붙잡는다.

"잠깐 이리 와 봐."

그러더니 그에게 울분을 털어놓으려는 듯 힐문했다.

"왜, 왜 그러십니까?"

다미하치는 료헤이의 무서운 눈을 보자 떨리는 소리로 말했다.

"너는 도장에서 나올 때부터 선생님과 함께 있었느냐?"

"예, 그, 그렇습니다."

"선생님은 어디서 준비를 하셨느냐?"

"이 연대사 들판에 와서 하셨습니다."

"우리가 유우원 벌판에서 기다리고 있는 것을 아실 텐데 왜 별안간 이리로 곧장 오셨는가?"

"저도 어찌된 영문인지 통 모르겠습니다."

"무사시는……먼저 와 있던가? 나중에 왔는가?"

"먼저 와서 저 무덤 위에 서 있었습니다."

"혼자 왔군, 그 쪽도."

"예, 혼자였습니다."

"어떻게 시합을 했느냐? 너는 보고만 있었느냐?"

"선생님은, 만일 무사시에게 지면 내 뼈는 네가 주워 가거라, 유우원 벌판에는 새벽부터 문하생들이 나와서 기다리고 있겠지만 무사시와의 시합이 결판날 때까지는 그자들에게 절대로 알려서는 안 된다……. 병법자가 패한다는 것은 때에 따라서 어쩔 수 없는 일이니, 비겁한 행동으로 이기는 불명예스런 인간은 되고 싶지 않다……. 단연코 옆에서 거들어서는 안 된다고 말씀하시며 무사시 앞으로 나아가셨습니다."

"흐음, 그리고?"

"무사시의 희미하게 웃는 얼굴이 선생님 어깨 너머로 보였습니다. 무언가 조용하게 두 사람은 인사를 교환하고 있구나 하는 순간 날카로운 소리가 들판에 울려퍼지기에 깜짝 놀라서 바라보니 선생님의 목검이 공중으로 튀어올랐으며, 그 순간 이 넓은 들판에 버티고 서 있는 것은 감색 머리띠에 머리털을 곤두세우고 있는 무사시의 모습뿐이었습니다."

9

폭풍이 지나간 것처럼 가로수 길에는 어느새 구경꾼은 그림자도 보이지 않았다.

신음하는 세이주로를 태운 문짝은, 전쟁에 패해 깃대를 말아 들고 고향으로 돌아가는 병마처럼 터벅터벅 걸어갔다.

"……어?"

문짝을 들고 앞장선 자가 발을 멈추며 목덜미로 손을 가져갔다. 뒤에 선 자가 하늘을 올려다보았다.

문짝 위에도 우수수 마른 소나무 잎이 떨어졌다. 길 가 나무 위에서 원숭이 한 마리가 눈알을 굴리고 내려다보며 짓궂은 표정을 짓고 있었다.

"아야!"

올려다보는 얼굴로 솔방울이 날아왔다. 얼굴로 손이 간 그 사나이는 단도를 던졌다. 단도는 새파란 잎 사이를 번쩍이며 지나갔다.

휘파람 소리가 어디선가 들려왔다.

원숭이는 공중에서 한 바퀴 재주를 넘더니 나무 밑으로 뛰어내렸다. 그리고 거기 서 있는 사사키 고지로의 어깨에 훌쩍 올라 탔다.

"……오!"

문짝을 둘러싸고 있던 요시오카 도장의 문하생들은 비로소 고지로와 아케미의 모습을 발견하고는 뜨끔해서 쳐다보았다.

"……."

문짝 위에 뉘어 있는 부상자를 조용히 들여다보는 고지로에게서 결코 비웃음 같은 것은 찾아볼 수 없었다. 오히려 경건한 태도로 패자의 처참한 신음 소리를 듣고 있다. 그러나 요시오카의 문하생들은 그가 한 말을 생각했다.

"비웃으러 왔구나."

이렇게 느낀 모양이었다.

료헤이인지 누군가가 말했다.

"인간이 아니고 원숭이가 한 짓이니 상대할 것 없어. 빨리 가자."

그러면서 걷기를 재촉했다.

"잠깐!"

고지로는 갑자기 문짝 위의 세이주로에게 말을 걸었다.

"어찌된 일이오? 세이주로님——무사시 놈한테 당했군요——어디를 맞았소? 뭐, 오른편 어깨라구? ……아, 안 되겠는데, 누운 채 흔들려 가면 좋지 않아. 몸 속에 넘쳐 있는 피가 머리 위로 올라가 버릴지도 모르니까."

주위의 사람들을 향해 그는 언제나처럼 오만스런 태도로 명령했다.

"문짝을 내리시오. 무엇을 주저하는 거요. 내려! 괜찮으니까 내리시오."

그러고는 빈사 상태에 있는 세이주로에게 말했다.

"세이주로님, 일어서시오. 못 일어설 게 뭐 있소. 고작해야 오른팔 한쪽뿐인 가벼운 상처가 아니오? 왼팔을 흔들고 걸으면 못 걸을 게 뭐 있소? 겐포 선생의 아들이란 자가 교토의 큰 길을 문짝에 얹혀 왔다고 하면 당신은 어떻든 간에 돌아가신 선생님의 명예를 땅에 떨어뜨리는 거요. 그 이상의 불효가 어디 있겠소?"

이렇게 말하는 고지로의 얼굴을 세이주로는 지그시 쳐다보고 있었다. 허연 눈길을 깜박이지도 않는다.

갑자기 세이주로는 벌떡 일어섰다. 왼팔에 비해 오른팔은 한 자나 더 늘어난 것처럼 어깨에서 축 처져 있었다.

"미이케! 미이케!"

"예……."

"잘라라."

"무, 무엇을 말입니까?"

"아까부터 말했지 않나? 내 오른팔을 말이다."

"……하지만"

"에이……료헤이, 네가 해라! 빨리!"

"예……예."

그때 고지로가 나섰다.

"내가 해도 좋다면."

"오, 부탁하오!"

고지로는 곁으로 다가갔다. 세이주로의 덜렁덜렁하는 팔을 번쩍 들자 동시에 단도를 뽑아 들었다. 무언가 이상스러운 소리가 나고 병마개를 뽑아 버린 것처럼 뿜어대는 피와 함께 팔뚝은 어깻죽지로부터 떨어져 있었다.

10

몸의 중심을 잃은 탓인지 세이주로는 비틀거렸다. 제자들은 그를 부축하며 서로 상처를 눌렀다.

"걷겠다! 나는 걸어서 돌아갈 테다!"

이렇게 말하는 세이주로의 얼굴은 죽은 사람 같았다.

제자들에 둘러싸인 채 그는 열 걸음쯤 걸었다. 걸을 때마다 검붉은 피가 계속 솟아났다.

"……선생님."

문하생들은 세이주로를 둘러싸고 걱정스러운 듯이 발을 멈추었다.

"문짝으로 가는 편이 그래도 편하실 텐데. 고지로 녀석이 나서서 쓸데없이……."

고지로의 무책임한 행동에 모두 노하고 있었다.

"걸어가겠다!"

한숨을 돌리자 세이주로는 또 스무 걸음쯤 걸었다. 발이 걷는 것이 아니라 고집으로 걸어가고 있는 것이었다.

그러나 그 의지력은 길지 못했다. 반 마장쯤 가다가 문하생들의 팔에 픽 쓰러지고 만 것이다. 당황한 사람들은 이젠 거절할 힘도 없는 세이주로를 마치 시체를 다루듯 둘러메고 마구 달려갔다.

그들이 멀리 사라지자 고지로는 가로수 밑에 서 있는 아케미에게로 돌아왔다.

"보고 있었어, 아케미? 아케미는 무척 속이 후련했겠지?"

고지로가 말했다.

아케미는 창백한 얼굴로 태연스럽게 웃고 있는 고지로의 얼굴을 증오하듯 흘겨보았다.

"아케미가 입버릇처럼 자나깨나 저주하고 있던 세이주로다. 필경 가슴이 후련해졌겠지? ……그렇지? 아케미의 빼앗긴 처녀성은 그걸로 충분히 보복된 셈이 아닌가?"

“…….”

순간 아케미는 고지로라는 인간이 세이주로 이상으로 저주스럽고 흉칙하게 여겨졌다.

세이주로는 자기를 망치기는 했으나 악인이라고 할 정도로 뱃속이 검은 사람은 아니었다.

거기에다 비하면 고지로는 세상에서 말하는 그런 악인형은 아니나 남의 행복을 질투하고 남의 재난이나 고통을 방관하며 스스로의 쾌락만을 추구하는 변태적인 인간이었다. 그러한 인간이 실은 도둑질이나 횡령을 하는 악인보다 훨씬 질이 나쁜 악인이 아닐까?

“돌아가자!”

원숭이를 어깨에 얹고 고지로가 말했다. 아케미는 이 사나이의 곁에서 달아나고 싶었다. 그러나 이상하게도 달아날 용기가 나지 않는다.

“……무사시를 찾아 본댔자 이미 헛일이야. 언제까지나 이 근처에서 어물거릴 리가 없어.”

고지로는 혼잣말처럼 중얼거리면서 앞서 걷기 시작했다.

‘어째서 이 악당 곁을 못 떠나는 것일까? 왜 이 틈에 도망치지 못하는 것일까?’

아케미는 스스로의 어리석음을 노여워하면서도 역시 그 뒤를 따라가지 않을 수 없었다.

고지로의 어깨에 앉아 있는 원숭이가 뒤를 돌아보며 ‘킥 킥’ 하고 허연 이빨을 드러내면서 그녀에게 웃음을 던졌다.

“…….”

아케미는 자기도 원숭이와 같은 운명이라고 생각했다.

그리고 문득 그렇게 무참한 모습으로 변해 버린 세이주로가 가엾어졌다. 무사시라는 사람은 별도로 치고라도 요즈음 그녀는 세이주로에게도 고지로에게도 각각 다른 애증(愛憎)으로써 남성이라는 것을 복잡하게 생각하기 시작하였다.

11

──이겼다!

무사시는 마음 속으로 스스로에게 개가를 올려 보았다.

"요시오카 세이주로에게 나는 이겼다. 아시까가 이래, 교토류의 종가. 그 명문의 아들을 나는 거꾸러뜨렸다."

그러나 그의 마음은 조금도 기쁘지 않았다. 그는 고개를 숙인 채 들을 걷고 있었다.

나지막하게 스쳐가는 참새 떼가 물고기처럼 하얀 배를 보이며 날아갔다. 마른 풀과 마른 나뭇잎 속을 한 걸음 한 걸음 조용히 걸어가고 있었다.

이긴 뒤의 쓸쓸함이라는 것은 슬기로운 사람들의 세속적인 감상이다. 수행중의 병법자에게는 있을 수 없는 일이다. 그러나 무사시는 참을 수 없는 쓸쓸함을 느끼며 끝없는 들판을 혼자 걷고 있다.

'……?'

문득 그는 뒤를 돌아다 보았다.

세이주로와 만난 연대사 들판 언덕의 소나무 한 그루가 멀리 바라보였다.

"한 번밖에 치지 않았다. 생명에는 관계 없을 것 같지만."

그는 그곳에 남기고 온 적의 용태(容態)가 걱정되었다. 손에 들고 있는 목검의 날을 조사해 보았으나 목검에는 피가 묻어 있지 않았다.

오늘 아침──이 목검을 차고 결투 장소로 갈 때까지는, 필경 세이주로는 많은 원조자도 있을 테고 어쩌면 비겁한 술책을 꾀할지도 모른다 싶어 죽을 각오는 물론, 죽은 뒤에 얼굴이 흉하지 않도록 이빨도 소금으로 깨끗이 닦고 머리까지 감고 온 것이었다.

그곳에서 세이주로를 만난 순간 무사시는 자기가 상상하고 있던 인물과는 너무나도 판이했다.

'이것이 겐포의 아들인가?'

의심할 정도였다.

무사시의 눈에 비친 세이주로는 아무래도 교류(京流) 첫째 가는 병법자라고는 볼 수 없었다. 이를테면 도시적인 선이 가느다란 귀공자였다.

하인 한 사람을 데리고 있을 뿐 입회인도 옆에서 도울 사람도 없는 것 같았다. 서로 통성명을 하고 맞서는 순간 무사시는 이렇게 마음 속으로 후회했다.

'해서는 안 될 시합.'

무사시가 원하고 있는 것은 항상 자기 이상의 상대였다. 그렇기 때문에 이번 상대는 일 년이나 더 수련을 쌓고서 맞설 상대가 아니라는 것을 한눈으로 판단할 수 있었다.

게다가 세이주로의 눈에는 전혀 자신이 없어 보였다. 아무리 미숙한 상대라도 싸우려고 들면 맹렬한 투지가 치솟는 법인데, 세이주로에게는 눈빛뿐만이 아니라 전신에 생기가 없었다.

'이토록 자신 없는 태도로 무엇 때문에 여기까지 왔을까? 차라리 약속을 깨는 것이 좋았을 것을.'

그런 생각을 하고 보니 무사시는 세이주로가 가엾어졌다. 세이주로는 명문의 자식일 뿐이다. 부친으로부터 이어받은 1천 명 이상의 문하생들에게 스승으로 존경받고 있긴 하나 그것은 선대의 유산이지 그의 실력은 아니었다.

어떻게든 구실을 만들어 목검을 거두는 것이 상호간을 위하는 일이라고 무사시는 생각했다. 그러나 그럴 기회가 없었다.

"……안됐어."

무사시는 또 한 번 소나무가 서 있는 무덤을 돌아보며 자기가 준 목검의 상처가 빨리 낫기를 마음 속으로 빌었다.

12

어쨌든 간에 오늘 일은 끝난 것이다. 이겼건 졌건 결판이 난 지금, 그것에 구애된다는 것은 병법자답지 않은 미련이다.

이렇게 생각하며 무사시가 발걸음을 재촉할 때였다.

이 메마른 들판에서 무엇을 찾고 있는지 풀밭 속에 쭈그리고 앉아 흙을 파헤치고 있던 노파가 그의 발소리를 듣고 얼굴을 들었다.

"오?"

노파는 놀란 듯이 눈을 크게 떴다.

마른 풀 같은 누런 색깔의 옷을 걸치고 있었다. 옷은 평범한 것을 입고 있었지만 머리에는 두건을 쓰고, 나이는 일흔쯤 되어 보이는, 어딘지 기품이 있어 보이는 자그마한 여승이었다.

"……?"

무사시도 놀란 모양이었다. 길도 없는 들판에 풀잎과 분간도 할 수 없을 만큼 똑같은 색깔의 옷을 걸친 이 늙은 여승을 하마터면 밟았을지도 몰랐기 때문이다.

"할머니, 무엇을 캐고 계십니까?"

사람이 그리웠던 무사시는 이렇게 상냥스럽게 물었다.

"……"

늙은 여승은 무사시의 얼굴을 보자 벌벌 떨며 쭈그리고 앉아 있었다. 빨간 열매를 엮어 놓은 듯한, 산호로 만든 염주가 소매 끝으로 살짝 엿보였다. 그리고 그 옆에는 손으로 풀 덤불을 헤쳐가며 뜯은, 아직 어린 나물들이 작은 바구니에 가득 담겨져 있었다.

그 손가락도, 빨간 염주도 잔잔하게 떨고 있었다. 무사시는 이 여승이 무엇을 이렇게 두려워하고 있는지 의심스러웠다. 그는 여승이 혹시 자기를 들판에 숨어 있는 강도라고 오해하고 있지나 않나 싶었다.

"아, 벌써 그렇게 파란 나물이 있습니까? 역시 봄이군요. 산미나리도 냉이도 있네요. 나물을 캐고 계시는군요, 할머니는."

한층 더 친밀감을 보이며 가까이 다가가서 바구니의 나물을 들여다보자, 늙은 여승은 깜짝 놀라서 바구니를 내던진다.

"고에쓰야."

누군가를 부르면서 저편으로 달려가 버렸다.

"……"

무사시는 멍청히 서서 늙은 여승을 바라보고 있었다.

사람 이름을 부르는 것을 보면 거기 누군가 동행이 있음에 틀림없었다. 그러고 보니 희미한 연기가 그 근처에서 솟아오르고 있었다.

"모처럼 그 여승이 정성들여 캔 것을……"

무사시는 그 근처에 쏟아져 있는 파란 나물들을 바구니에 주워 담았다. 그러고는 어디까지나 상냥스러운 마음을 표시할 작정으로 바구니를 들고 늙은 여승의 뒤를 따라 걸어갔다.

과연 늙은 여승은 혼자가 아니었다. 그밖에 두 사람의 동행자가 있었다.

가족인 듯한 세 사람은 북풍을 피해 경사진 언덕 밑 양지쪽에 모전(毛氈 : 짐승 털로 짠 두툼한 담요)을 깔고 앉아 있었다. 그들은 다도에 필요한 도구들을 늘어놓고 솥을 걸어 푸른 하늘과 대지를 다실(茶室) 삼아, 자연을 뜰처럼 바라보며 풍류를 즐기는 것이었다.

살아가는 달인(達人)

1

세 사람 중 한 사람은 심부름하는 하인 같았고, 또 한 사람은 그 여승 차림인 노파의 아들인 것 같았다.

아들이라고는 하나 벌써 47, 8세나 되어 보이는 인물로 교토의 귀인인형을 그대로 크게 만들어 놓은 듯한, 희고 윤기 있는 피부와 풍만한 육체를 지닌 사나이였다.

아까 이 노모가 '고에쓰야!'라고 부른 것을 보니, 이 사람의 이름이 고에쓰(光悅)인 모양이다.

고에쓰라면 지금 교토의 혼아미(本阿彌) 네거리에 그와 똑같은 이름으로 천하에 널리 알려진 사람이 살고 있다.

가가(加賀)의 대영주인 마에다 도시이에(前田利家)로부터 해마다 200섬 상당의 생활비 보조를 받고 있다고 사람들은 그를 부러워하고 있었다. 서민 생활을 하면서 200섬이나 받는다면 그것만으로도 호화로운 생활을 할 수 있는데, 더욱이 도쿠가와 이에야스로부터 특별한 원조를 받고 공경당상(公卿堂上)들과도 교제를 하고 있으므로 천하의 제후 영주들도, 이 하찮은 서민 집안을 지나갈 때는 말을 타고 가기를 거북스러워할 정도라는 것이었다.

혼아미 네거리에 살고 있는 탓으로 사람들은 모두 혼아미 고에쓰라고 부르지만 본명은 지로사부로(次郎三郎)이고, 본업은 검(劍)의 감정과 칼갈이, 칼닦이——이 세 가지 기술로 아시카가(足利)의 초대 무렵부터 번영하여 그 후 이마가와(今川) 씨, 오다(織田) 씨, 도요토미(豊臣) 씨 등 당시의 집권자로부터 대대로 총애를 받아 오늘날까지 면면히 이어져 오는 오래된 가문이었다.

게다가 고에쓰는 그림도 잘 그렸고, 도기의 제조, 금박 등에도 능했다. 특히 서도(書道)에 있어서는 그 스스로 가장 자신 있게 여기는 바였다.

당대의 명필을 꼽아 본다면 남산(男山)에 살고 있는 송화당(松化堂) 쇼조(昭乘), 공경대신(公卿大臣)인 가라스마루 미쓰히로(烏丸光廣) 경과 역시 귀족인 고노에 노부다다(近衛信尹) 공——이렇게 세 사람이지만, 현재 산먀쿠인 후(三藐院風) 서체의 창시자는 이 고에쓰라고 일컬어지는 정도였다.

그러나 고에쓰 자신은 그러한 평가조차 자기의 전부를 평한 것이 못된다고 자부하고 있었다.

항간에는 이런 이야기도 나돌고 있었다.

어느 날, 고에쓰가 평소 친하게 사귀던 고노에 공의 저택을 방문했다. 고노에 공은 대대로 내려오는 귀족 집안 출신이고 현재에도 좌대신(左大臣)이라는 높은 지위에 있는 사람이지만, 성격만은 귀인답지 않은 소탈한 데가 있었던 모양이다.

언젠가 도요토미 히데요시의 대륙출병(大陸出兵)이 있었을 때——

"이건 히데요시 한 개인의 임무가 아니다. 국가의 흥망에 관계되는 일인만큼 나는 일본을 이대로 보고만 있을 수 없다."

이렇게 말하면서 천황에게 상주하여 자기도 바다를 건너가고 싶다고 간청해 마지않았다는 것이다.

히데요시가 그 말을 듣고——

'그게 사실이라면 이보다 더한 무익(無益)한 일도 없을 것이다.'

이렇게 갈파했다고 하는데, 그렇게 비웃은 히데요시의 대륙출병 그 자체가 뒷날에 가서 비길 데 없이 무익한 노릇이었다고 세상 사람들로부터 비평받았다는 것은 우스운 일이 아닐 수 없다.

하여튼, 그 고노에 공을 고에쓰가 방문했을 때, 여느 때처럼 서도(書道)

이야기로 꽃을 피웠다.

고노에 공이 물었다.

"고에쓰, 너는 지금 천하에서 명필 세 사람을 고른다면 누구를 꼽겠느냐?"

고에쓰는 기다리기라도 했다는 듯이 그 즉석에서 대답했다.

"……다음은 당신이고 그 다음은 저 쇼조님일 것입니다."

고노에 공은 약간 납득이 안 가는 표정으로 다시 물었다.

"다음은……하고 말했는데 그 최초의 사람은 누구란 말인가?"

그러자 고에쓰는 아주 진지한 얼굴로 상대를 지켜보며 말했다.

"바로 저올시다."

──이런 고에쓰였다.

그러나 지금 무사시 앞에 있는, 하인을 거느린 모자(母子)가 그 고에쓰인지 어떤지는 의심스러웠다. 의복이나 차도구(茶道具)도 간소하기만 하고, 시중드는 사람도 하인 한 사람뿐이니 말이다.

2

고에쓰는 손에 화필(畵筆)을 들고 있었다. 무릎 위에는 한 권의 화지(畵紙)가 놓여져 있고, 그 화지에는 그가 아까부터 열심히 사생(寫生)하고 있던 들의 풍경이 가득 담겨 있었다. 곁에 흩어져 있는 종이에도 비슷한 그림이 그려져 있었다.

'왜 그러십니까?'

문득 고개를 들어 묻는 듯, 고에쓰는 겁에 질려 하인 뒤에 서 있는 어머니와 거기에 서 있는 무사시의 모습을 조용히 번갈아 보고 있었다.

그 유순한 눈동자를 보자 무사시는 스스로의 마음도 평화로워지는 것 같았다. 그러나 친절하다고 하기에는 너무나 거리가 멀었다. 자기들 곁에는 감히 서지도 못할 사람이라는 듯이 보는 것 같았다. 그러면서도 굉장히 친밀감을 주는 눈초리였다. ……그 눈은 어느새 무사시에 대하여 구면이기나 한 듯이 웃음을 띠기 시작했다.

"실례입니다만……혹 저의 어머니께서 잘못이라도 저질렀습니까? 제 나이 벌써 마흔 여덟이 되니 이 어머니의 연세를 생각해 주십시오. 몸은 건강하지만 요즈음은 눈이 잘 보이지 않는다고 하십니다. 그러니 저의 어머

니께 잘못이 있다면 그 몇 배로, 제가 사과를 드리겠습니다."

무릎 위의 화지와 손에 들었던 화필을 모전 위에다 내려놓고 공손히 두 손을 짚으려고 하므로 무사시의 입장은 난처하기만 했다. 자기는 그런 이유로 늙은 어머니를 쫓아온 것이 아님을 분명히 말하지 않으면 안 되었다.

"아니, 천만에요."

무사시도 무릎을 땅에 대고 당황스럽게 고에쓰의 예의에 답했다.

"자제분이시군요?"

"예, 그렇습니다."

"사과는 제가 해야겠습니다. 무엇 때문에 어머님께서 놀라셨는지 알 수 없군요. 제 모습을 보시자 노모께서는 이 바구니를 버리고 그냥 도망가셨습니다. 그곳을 보니 나이 많으신 분이 애써 뜯은 산나물들이 바구니에서 쏟아졌더군요. 여기서 이만큼의 나물을 뜯느라고 노모께서 수고하셨을 것을 생각하니 제가 노모를 놀라게 한 이유는 모르지만 미안한 생각이 들었습니다. ……그래서 바구니에 나물을 다시 주워 담아 가지고 여기까지 온 것입니다. 받아 주십시오."

"아아, 그러십니까?"

고에쓰는 사정을 확실히 알았다는 듯 싱글싱글 웃으며 어머니 쪽을 향해 말한다.

"들으셨지요? 어머니께서 어쩌다 잘못 생각하신 모양이군요."

그러자 그의 모친은 약간 마음이 놓인 듯 숨어 있던 하인의 등 뒤에서 조금 앞으로 나온다.

"고에쓰야, 그럼 저분은 우리들을 해치려는 사람이 아니냐?"

"해치다니요. 어머니가 바구니의 나물을 버리고 오시자 늙은 할머니가 애써 뜯은 나물이 아깝다면서 일부러 여기까지 가지고 올 만큼, 젊은 무사 치고는 보기 드물게 마음이 착하신 분인데."

"그럼, 정말 미안하게 됐구려."

노파는 무사시가 죄송해하는 앞에서 손목의 염주에 얼굴이 닿을 만큼 허리를 굽히고 사과를 하는 것이었다.

그러고 나서 겨우 마음이 놓이는 모양이다. 노파는 소탈하게 웃음을 띠며 아들인 고에쓰에게 이렇게 말하는 것이었다.

"지금 생각하면 정말 죄송스럽지만 이분을 처음 보았을 때 무언가 피비린 내 나는 사람이 눈 앞에 온 것만 같아서 그만 온몸이 오싹 겁에 질렸던 거야. 지금 이렇게 보니 아무렇지도 않은 분인데……."

이 말을 듣고 무사시는 이 노모의 거침 없는 말에 가슴이 뜨끔했다.

자신이 볼 수 없는 자기 모습을 다른 사람이 발견했을 때의 인상을 듣고서 정말 놀라지 않을 수 없었다.

3

──피비린내 나는 사람.

고에쓰의 노모는 그의 첫 인상을 가리켜 그렇게 말했다.

자기의 몸에 스며 있는 체취를 누구나 자기 스스로는 모르고 있는 것이다. 무사시는 그 말을 듣고 돌연 자기 몸에 달라붙어 있는 요기(妖氣)와 피비린 내를 깨달았다. 그리고 이 노파의 예민한 감각에 말할 수 없는 수치심이 들었다.

"무사님."

고에쓰는 그것을 놓치지 않았다. 무사시의 번뜩이는 눈빛이라든가 기름기 없는 메마른 머리칼 등……몸 전체가 칼날 같은 모습을 한 이 청년에게 그

는 무슨 까닭인지 사랑스런 마음이 드는 모양이었다.

"바쁘지 않으면 좀 쉬었다 가시지요. 굉장히 조용한 곳입니다. 그저 앉아만 있어도 마음이 밝아지고 저 푸른 하늘을 보면 더욱 상쾌해지는 것 같지요."

노파도 역시 쉬어가기를 권했다.

"나물을 조금만 더 뜯으면 끓여먹을 수 있겠는데……. 바쁜 길이 아니면 앉아서 차라도 한 잔 마시도록 해요."

이 모자 사이에 있느라니 무사시는 자기 몸에 배어 있는 살기의 독이 제거되는 것처럼 마음이 부드러워진다. 초면이라고 생각할 수 없을 만큼 따뜻한 정감이 흘렀다. 그래서 자신도 모르는 사이 그는 짚신을 벗고 모전 위에 앉았다.

이야기를 주고 받는 동안, 이 노모는 묘수(妙秀)라는 사람으로 교토에서는 이름난 현부인(賢夫人)이며, 아들인 고에쓰도 혼아미 네거리에 사는 유명한 예림(藝林)의 명사에 틀림없는, 저 혼아미 고에쓰(本阿彌光悅)라는 것을 알 수 있었다.

웬만한 검객으로서 혼아미 가문을 모르는 사람은 없다. 그러나 무사시는 그 고에쓰란 사람이나 고에쓰의 어머니인 묘수란 사람을 아까 설명한 바 있는 그 유명한 사람으로서의 선입감을 가지고 대하고 싶지는 않았다.

이 모자가 그러한 유서 깊은 가문의 사람들이라고 듣고서도 역시 이 넓은 들에서 우연히 만난 사람으로밖에 생각하지 않았으며, 또 그러면서도 그들의 친절함과 따뜻한 인정도 함부로 저버릴 수 없게 되었다.

묘수는 솥에서 끓인 차를 떠내면서 아들에게 묻는다.

"저 사람은 몇 살이나 되었을까?"

"글쎄올시다, 스물대여섯쯤 되겠지요?"

고에쓰는 무사시를 보며 답했다.

무사시는 머리를 저었다.

"아니오, 스물두 살입니다."

그러자 묘수는 놀란 듯이 말했다.

"아직 그렇게 젊어? 스물둘이라면 내 손자라 해도 좋겠구먼."

그리고 또 고향은 어디냐, 양친은 살아 계시느냐, 검법은 누구에게서 배웠느냐는 등 묘수는 온갖 것을 물어대는 것이었다.

부드럽고 인자한 노모로부터 손자 취급을 받자 무사시는 동심으로 되돌아가 말씨까지 자연히 아이처럼 되어 갔다.

항상 엄한 단련의 길에서 살아왔고 자신을 강철처럼 굳게 길러오는 것 이외에는 모르던 무사시였다. 지금 묘수와 이렇게 얘기하고 있느라니 그냥 그곳에 뒹굴며 오랫동안 풍상(風霜)에 시달린 몸을 푹 쉬고 싶은 생각이 드는 것이었다.

그러나 무사시는 그럴 처지가 못되었다.

묘수와 고에쓰는 물론, 이 한 장의 모전 위에 놓여 있는 찻잔 하나까지가 모두 푸른 하늘에 잠긴 채 자연과 하나로 어울려 있었다. 들을 나는 새들조차 조화를 이루어 조용히 자연을 즐기고 있는 듯이 보였으나……우두커니 앉아 있는 무사시의 모습만은 아무리 보아도 자연과는 별개의 존재로밖에 생각되지 않았다.

4

무슨 이야기든 나누고 있을 동안에는 그래도 즐거웠다. 그 동안은 무사시도 이 모전 위의 사람들과 같이 어울려서 자신도 얼마간의 위안을 얻었던 것

이다. 그러나 묘수가 솥을 향하여 침묵하고 고에쓰도 화필을 들고 등을 돌려 버리고 나니, 무사시는 누구와 이야기를 할 수도 없고 또 무엇을 즐겨야 할지도 몰랐으며, 느껴지는 것은 그저 따분함과 고독의 쓸쓸함뿐이었다.

'무엇이 재미가 있어 이 모자는 이토록 이른 봄에 이런 들로 나와서 떨고 있는 것일까?'

무사시는 이 모자의 생활이 이상스럽게만 여겨졌다.

나물 캐는 것이 목적이라면 좀더 따뜻해져서 사람들이 많이 나다닐 때쯤 되어야 나물도 더 많을 것이고 꽃도 필 것이 아닌가. 또 차를 끓여 마시는 것을 즐기기 위한 것이라면 일부러 솥과 찻잔을 가지고 나와서까지 부자유스러움을 겪지 않더라도 혼아미라는 전통이 있는 집이니 다실이 갖추어져 있을 것이 아닌가.

'그림을 그리기 위해서일까?'

무사시는 또 생각해 보며 고에쓰의 넓은 등을 바라보았다.

약간 몸을 비스듬히 기울이고 그 고에쓰의 붓 끝을 바라보느라니 아까와 마찬가지로 지금도 화지 위에 그리고 있는 것은 물이 흐르는 계곡뿐이었다.

여기에서 조금 떨어져 있는 들 가운데에 좁은 냇물이 흐르고 있었다. 고에쓰는 그 물의 흐름을 선(線)으로 나타내려고 열심이었다. 좀처럼 생각한 대로 그려지지 않는지 같은 선을 몇 번이고 종이에 되풀이하여 그리고 있는 것 같았다.

'……하아! 그림도 좀처럼 쉬운 것이 아니구나.'

무사시는 문득 그것과 자기의 검술을 비교하여 생각해 본다.

'적의 모습을 검 끝에 두고 자기가 무아지경이 되었을 때——자기와 천지가 하나의 것으로 통일된 것 같은 기분——아니, 기분이니 하는 것마저 없어졌을 때, 검은 그 적을 베는 것이다. ……고에쓰는 아직 저 물을 적으로 보기 때문에 그리지 못하는 것이리라. 자기가 저 물이 되면 되는 것이다.'

무엇을 보더라도 무사시는 검을 떠나서는 생각할 수가 없었다.

검을 두고 그림을 생각해 보더라도 어렴풋이 그 정도는 이해할 수가 있다. 그래도 알 수 없는 일은 묘수와 고에쓰가 굉장히 즐거워하는 것이었다. 모자가 서로 말없이 등을 맞대고 있으나 그 모습이 어디를 보나 오늘 하루를 무척 즐거워하고 있는 것만은 이해할 수가 없었다.

'한가한 사람들이니 그렇겠지.'

그는 단순히 그렇게 생각하였다.

'이 험한 정세 속에서 들에 나와 그림이나 그리고 차나 끓여 마시는 이런 사람도 다 있구나. 나와는 인연이 없는 세상 사람이다. 선대의 재산을 물려받아 세상 물결 밖에서 놀고 있는 상층의 안일한 백성이구나.'

그는 드디어 혐오감 비슷한 것을 느꼈다. 게으름은 금물이라고 경계하고 있는 무사시에게 이런 마음이 들자 잠시라도 이런 곳에 있을 수 없다는 생각이 들었다.

"폐가 많았습니다."

무사시는 벗어 놓았던 짚신을 신었다. 뜻밖의 시간 낭비라도 한 것처럼 그 태도가 갑자기 어색해졌다.

"……왜 일어서시오?"

묘수는 의외라는 듯 말한다. 고에쓰도 조용히 돌아보며 말했다.

"모처럼 어머니가 차를 드리려고 지금 정성껏 물을 끓이고 있으니 조금만 더 기다려 주십시오. 아까 어머니와 이야기하는 것을 듣자니 댁에선 오늘 아침 연대사에서 요시오카의 아들 세이주로와 시합을 하신 모양인데 싸움 뒤에는 한 모금 차를 마시는 것처럼 좋은 게 없다고들 하더군요. 이것은 가가의 영주님과 이에야스 공이 가끔 이야기하던 말입니다. 차는 마음을 길러주는 것, 차만큼 마음을 길러주는 건 없습니다. 동(動)은 정(靜)에서 생기는 것이라고 나는 생각하는데……. 자아, 앉으시오. 얘기나 더 합시다."

5

거리는 상당히 떨어져 있으나 역시 이 들과 이어져 있는 연대사 들판에서 오늘 아침 자기와 요시오카 세이주로와의 시합이 있었던 것을 이 고에쓰는 알고 있었구나.

그것을 알고 있으면서도 그런 것은 전혀 다른 세계의 일로 여기고 이렇게 조용히 지내고 있었던 것인가.

무사시는 다시 한 번 고에쓰 모자의 모습을 바라보았다. 그리고 도로 앉았다.

"그럼, 모처럼 베풀어 주시는 성의이니 들고 가겠습니다."

고에쓰는 기뻐하였다.

"차는 별로 좋은 것이 못됩니다만."

벼루상자의 뚜껑을 덮어 그것으로 종이가 바람에 날리지 않도록 눌러 놓았다.

고에쓰의 손에 들려서 그것이 움직였을 때, 두툼한 황금과 백금 그리고 자개로 장식되어 있는 벼루상자 표면이 비단벌레의 몸뚱이처럼 찬란하게 반짝거려 눈을 쏘았으므로 무사시는 자기도 모르게 몸을 내밀고 들여다보았다.

밑에 놓여 있는 벼루상자를 보니 그 자개 그림은 결코 눈을 쏠 만큼 그렇게 찬란하지는 않다. 차라리 모모야마성(桃山城)의 호화로움을 축소시킨 것 같이 우아하고 게다가 천 년이나 묵은 것 같은 그윽한 향기가 깃들어 있었다.

"……."

진귀한 듯이 무사시는 들여다보고 있었다.

사방으로 펼쳐진 들이나 냇물 같은 자연보다도 지금의 무사시에게는 이 조그만 공예품이 더욱 아름답게 보였다. 보고 있는 동안만이라도 위안이 되었다.

"이건 내 솜씨지요. 마음에 드십니까?"

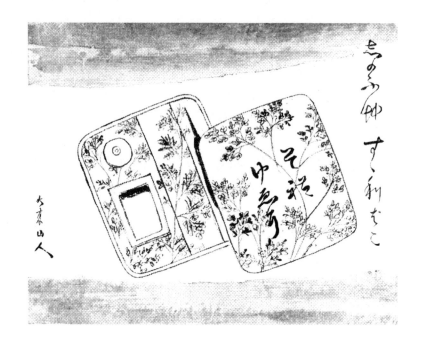

고에쓰의 이 말에 무사시는 대꾸했다.

"그럼, 금박 그림도 그리시는군요."

고에쓰는 말 없이 미소를 짓고 있다. 수예(手藝)의 미(美)를 자연의 미보다 더 아름답게 들여다보는 무사시를 바라보며 고에쓰는 마음 속으로 조금 비웃는 것 같았다.

'이 청년은 시골뜨기구나.'

이렇게 비웃음을 당하고 있는 것도 모르는 무사시는 여전히 눈을 벼룻돌에서 떼지 않았다.

"참 훌륭하군요."

그러자 고에쓰는 또 말했다.

"방금 내 솜씨라고 했지만, 이 구도(構圖)에 곁들인 시는 고노에 공이 지은 것으로 이를테면 저것은 두 사람의 합작이라 해야 옳겠죠."

"고노에 공이라면 좌대신……."

"그렇죠, 노부다다(信尹) 공 말입니다."

"제 이모부님이 고노에 가문에 오랫동안 종사하고 있는데요."

"이름이?"

"마쓰오 가나메(松尾要人)라고 합니다."

"호오, 가나메님이라면 잘 알고 있습니다. 자주 고노에 댁에 가므로 신세도 많이 지고 또 가나메님도 종종 우리 집을 방문해 주시지요."

"아, 그렇습니까?"

"어머니."

고에쓰는 또 노모에게로 화제를 돌린다.

"인연이란 정말 묘하군요."

고에쓰가 어머니에게 말했다.

"오오, 그래? 그럼, 이 청년이 가나메님의 이질인가?"

묘수는 그렇게 말하면서 풍로 앞에서 무사시와 아들 앞으로 다가앉으며 우아하게 다도(茶道)의 예의를 갖춘다.

벌써 칠십 가까운 노모였으나 다도의 예법이 몸에 배어 자연스런 몸가짐이나 조용히 움직이는 손가락이 무두 율동하듯 우아하고 아름다웠다.

야인인 무사시는 고에쓰를 본받아 단정히 앉아 있었다. 그의 무릎 앞에는 과자가 담긴 나무접시가 놓여졌다. 과자는 하찮은 만두였으나 이 들에서는 볼 수 없는 푸른 나뭇잎이 깔려 있었다.

6

검에 형식이 있고 예법 같은 게 있는 것처럼 차에도 격식이 있다고 들은 일이 있다.

'훌륭하구나.'

지금도 묘수의 동작을 무사시는 물끄러미 보고 있다가 이렇게 생각했다.

'헛점이 없구나.'

그의 해석은 역시 검법에 근거를 둔다.

무인들이 검을 빼들고 섰는 모습이란 마치 이 사람과도 같은 것이라고 생각했다. 그 장엄한 모습을 지금 차를 끓이고 있는 칠십 노모의 모습에서 그는 보았다.

'도……기술의 정수——무슨 일이나 통달을 하면 같은 것이로구나.'

그는 넋을 잃고 생각하고 있었다.

그러다가 문득 제 정신으로 돌아오고 보니 비단 헝겊을 받쳐 무릎 앞에 놓여진 찻잔을 무사시는 어떻게 들고 어떻게 마셔야 좋을지 몰라 주저했다. 다

살아가는 달인 213

도의 좌석에 참석해 본 경험이 없었기 때문이다.

아이들이 진흙을 빚어 놓은 것 같은 찻잔이었다. 그러나 그 찻잔 속에 담겨진 짙은 녹색 물거품은 하늘보다도 고요하게 짙은 빛깔로 가라앉아 있었다.

"……."

고에쓰를 보니 벌써 과자를 먹고 있다. 추운날 밤에 따뜻한 것이라도 안듯이 두 손으로 찻잔을 들고, 그것을 두 모금인가 세 모금 마셨다.

"고에쓰님."

무사시가 입을 열었다.

"저는 뚝뚝한 무인입니다. 실은 차 같은 걸 마신 적이 없으므로 마시는 법도 형식도 모릅니다만."

"아무려면 어때……."

묘수가 손자라도 타이르듯 부드럽게 바라본다.

"다도에는 아느니 모르느니 하며 아는 체하는 법이 없단 말야. 무사면 무사답게 마시면 되는 거야."

"그렇습니까?"

"다도는 형식적인 것이 아니야. 예절이란 마음가짐이야. ……그대가 단련하는 검도 그렇지 않을까?"

"그렇습니다."

"그런 것을 몸을 굳히고 있으면 모처럼의 맛이 떨어진다는 거야. 검이라면, 점점 더 몸만 굳어져서 마음과 칼의 통일이라는 것을 잃게 되겠지?"

"안 되지요."

무사시가 머리를 숙이고 다음 말에 귀를 기울이고 있으려니까 호호호호 하고 묘수는 그 뒷말을 얼버무린다.

"내가 검에 관한 일을 어떻게 안다구……."

"먹겠습니다."

무사시는 무릎이 저려와서 꿇었던 무릎을 세우며 고쳐 앉았다. 그러고는 찻잔의 뜨거운 차를 꿀꺽 들이마셨다.

'소구나!'

무사시는 생각했다.

이것을 맛있다고 마시는 사람들이 이상하게 생각되었다.

"한 잔 더 드시지요?"

"많이 마셨습니다."

무엇이 맛있다고 이런 것을 정성스럽게 앉아서 예절을 차리며 마셔야 하는가.

무사시로서는 알 수 없는 일이었다. 그러나 그는 아까부터 이 모자에게 가졌던 의문들과 함께 무턱대고 경멸할 생각도 나지 않는다. 다도가 자기가 생각한 것처럼 형식적인 것이라면, 히가시야마 시대(東山時代)의 오랜 문화를 통하여 저처럼 발달해 올 리가 없다. 또 히데요시나 이에야스 같은 인물이 그 도(道)의 융성을 지지할 리도 없었다고 생각했다.

무사시는 이런 생각을 하면서 비단 헝겊 위에 놓인 찻잔을 다시 한 번 바라보았다.

7

세끼슈우사이를 생각하면서 그 찻잔을 앞에 놓고 들여다보고 있으려니까 그때 문득 세끼슈우사이로부터 보내온 작약 가지가 생각났다.

──백작약의 꽃이 아니라 그 가지를 자른 칼자국이, 그때 받은 강한 전율이.

　'아니!'

　이런 소리가 입에서 튀어나왔나 싶을 만큼, 무사시는 그 찻잔에서 마음에
울려오는 그 무엇인가에 세차게 감동되어 있었다.

　손을 내밀어 끌어안 듯이 찻잔을 무릎 위에 얹어 본다.

　'……?'

　무사시는 지금까지의 그와는 아주 달라진 열띤 눈으로 찻잔 바닥이며 찻
잔을 다듬은 솜씨를 들여다본다.

　'……세끼슈우사이가 잘라낸 작약 가지와 이 찻잔의 흙을 베어낸 칼날의
날카로움과……음, 어느 쪽이 더 우수하다고 말할 수 없을 만큼 비범한 예
술적인 솜씨가 보이는구나.'

　가슴이 부풀어오를 만큼 숨이 벅차왔다. 그로서는 이렇다 하고 설명을 할
수가 없었다. 뛰어난 솜씨를 가진 명장의 역량이 그 속에 숨어 있다고밖에
말할 도리가 없다. 육성으로는 표현할 수 없는 무언의 말이 촉촉히 마음 속
으로 스며들어오는 것이었다. 그것을 받아들이는 감수성을 무사시는 남보다
배나 지니고 있는 것도 사실이다.

　'누구일까? 이것을 만든 사람은?'

손에 들어 보니 놓기 아쉬운 촉감을 주었다.

무사시는 묻지 않을 수 없었다.

"고에쓰님, 저는 도자기에 대해서는 전혀 문외한이지만 이 찻잔은 대단한 명공이 만든 것이겠지요?"

"어째서?"

고에쓰의 음성은 그 얼굴처럼 부드럽다. 두툼한 입술이긴 하지만 여자처럼 애교스러울 때가 있다. 눈꼬리는 약간 처졌으나, 위풍이 있고 가끔 장난기 어린 표정도 짓는다.

"어째서냐고 물으시면 답하기 곤란하지만 문득 그런 생각이 들었습니다."

"어느 점에서 무언가를 느꼈겠지요. 그것을 말해 보시오."

고에쓰는 짓궂게 물었다.

"글쎄……."

무사시는 생각하였다.

"그럼 말씀드리겠습니다만 이 대나무 칼로 싹 잘라 놓은 자국 말인데요……."

"흠!"

고에쓰는 예술가의 천성을 지니고 있었다. 상대의 예술에 대한 이해 정도를, 낮은 것이라 단정하고 무사시를 얕보고 있었던 것이다. 그러나 뜻밖에 함부로 들어넘길 수 없는 말을 꺼낼 것 같으므로 갑자기 여자처럼 상냥했던 입이 무뚝뚝하게 꽉 다물어졌다.

"대나무칼 자국을 무사시님은 어떻게 생각하시오?"

"날카롭습니다."

"그뿐인가요?"

"아니, 훨씬 더 복잡합니다. 선이 굵군요, 이 작자는."

"그리고?"

"칼로 말하자면 베면 어디까지나 잘 드는 칼, 그러나 우아한 향기로 감싸두는 것을 잊지 않는 것. 또 이 찻잔의 전체적인 모습을 말하자면 아주 소박하게 보이나 기품이라 할까, 어딘지 왕후처럼 존귀한 품격이 있고 사람을 사람답게 생각지 않는 거만한 점도 있습니다."

"흐음……과연."

"그러니까 이것을 빚어낸 자는 인간으로서도 그 밑바닥을 측량키 어려운 인물이라고 나는 생각합니다. 그러나 유명한 명장임에는 틀림없겠지요…
…. 실례지만 이 찻잔을 구운 사람은 대체 누구입니까?"

고에쓰는 두툼한 입술에 웃음을 띤다.

"납니다……. 하하하하! 내가 심심파적으로 구운 그릇이오."

8

고에쓰도 꽤나 짓궂다.

무사시에게 실컷 비평을 시켜 놓곤, 그 찻잔을 만든 사람이 바로 나입니
다, 라고 말한 것이다. 48세의 고에쓰와 22세의 무사시에게 있어서 나이의
차이라는 것은 역시 어쩔 수가 없었다. 무사시는 자기가 시험당하고 있다는
것을 조금도 모르는 것이다. 그저 정직하게 감탄할 뿐이다.

'이 사람은 이런 도자기까지 자기 손으로 굽는가? …… 이 찻잔의 작자가
이 사람일 줄은 꿈에도 몰랐는데.'

고에쓰의 다예다능(多藝多能)한 재주에, 아니 그 재주보다도 소박한 찻잔
같은 모습이지만 사실은 그 안에 숨어 있는 인간적인 깊이를, 무사시는 두려
워질 정도로 절감한 것이다.

무사시가 자부하고 있는 검의 위치에서 이 인물의 깊이를 가늠해 보려 해
도 도저히 자기 재능으로서는 젤 수가 없었다.

무사시는 이런 경우에 그 인간에 대해 머리를 숙이지 않을 수 없는 성품이
었다. 그는 자기의 미숙함을 여기서도 발견하고 어른 앞에 수줍어서 움츠러
드는 한낱 미성년자에 지나지 않았다.

"무사시님도 도자기를 좋아하는 모양이군요. 꽤 잘 보셨소."

고에쓰가 이렇게 말한다.

"아니, 나는 그 방면에 대해선 전혀 모릅니다. 덮어놓고 짐작으로 하는 말
이지요. 실례되는 말을 한 걸 용서하십시오."

"그건 그렇겠지요. 좋은 찻잔 하나 굽는 데도 평생이 걸리니까. 그러나 당
신은 예술을 이해하는 감수성이 있소. 굉장히 날카로운 감수성이 말이오.
역시 검을 사용하기 때문에 자연히 길러진 안목이겠지요."

고에쓰도 다분히 무사시의 사람됨을 마음 속으로 인정하고 있었다.

마침내 무사시는 시간이 흐르는 것조차 잊고 있었다. 그러는 동안에 묘수
는 죽을 끓여 작은 그릇에 담아 주며 먹기를 권했다.

　그 음식도 무사시에게는 맛있다고 생각되지 않았다. 그는 기름기 있는 고기가 먹고 싶었던 것이다.

　그러나 그는 순순히 그 담담한 나물죽을 음미하려고 했다. 고에쓰에게서도 묘수에게서도 배워 두어야 할 좋은 점이 많다는 것을 알고 있었기 때문이다.

　그러나 언제 요시오카 편에서 스승의 보복을 꾀하러 이리로 쫓아올는지 모른다. 무사시는 착잡한 심경에 들떠 들판을 여기저기 둘러보았다.

　"잘 먹었습니다. 바쁘지는 않습니다만 시합을 한 상대방의 문하생들이 오면 폐가 될지도 모릅니다. 아무 때고 인연이 있으면 다시 뵙기로 하고……."

　묘수는 떠나가는 무사시를 전송하였다.

　"혼아미 네거리를 지나는 길이 있으면 꼭 들러 주구려."

　고에쓰도 뒤에서 말했다.

　"무사시님, 다음에 다시 집으로 놀러 오시오. 그때 만나서 천천히 또 이야기나 합시다."

　"가겠습니다."

'올까? 올까?' 하고 생각하고 있던 요시오카 패들의 그림자는 아무 데도 보이지 않았다. 무사시는 다시 한 번 고에쓰 모자가 앉아 있는 모전의 세계를 바라보았다.

자기가 걷고 있는 길은 단 한 줄기의 좁고 험한 길이라고 생각했다. 고에쓰가 즐기고 있는 밝고 넓은 천지에는 도저히 따라갈 수가 없다.

"……."

무사시는 먼저처럼 고개를 숙이고 묵묵히 들판을 걷고 있었다.

밤길

1

"요시오카 이대(二代)의 꼴 좀 보라지. 고소한 생각이 들어 나는 한 잔 마시고 있는 걸세. 이제야 속이 후련하네."

선술집이었다. 방안은 연기와 안주 냄새로 꽉 찬 데다가 벌써 어두워져 있었지만 밖은 저녁노을이 불난 자리처럼 길바닥까지 빨갛게 비치고 있어 문에 매달린 발이 들추어질 때마다 동사(東寺)의 탑에 모여든 저녁 까마귀 떼가 마치 거무스름한 불똥처럼 멀리 보였다.

"자, 마시세."

널판지를 사이에 두고 걸터앉아 있는 것은 서너 사람의 행상인이었고, 또 아무 말 없이 홀로 밥을 먹고 있는 것은 행각승 차림의 나그네요, 엽전치기로 술내기를 하는 것은 노동자들이었다. 술청은 사람들로 가득차 있었다.

"어둡군. 주인장, 술이 코로 들어가도 모를 지경인데."

누군가가 말했다.

"예예, 지금 곧 불을……."

한 귀퉁이에서 모닥불이 크게 일어났다. 밖이 어두워짐에 따라 안은 더욱 밝아졌다.

"생각만 해도 분통이 터질 일이야. 재작년부터 밀려온 술값과 고기값 말일세. 그 큰 도장에서 쓴 물건이니 양이나 적은가. 섣달 그믐날이 되어 좀 받을까 해서 가봤더니 문하생 녀석들이 막 쫓아내는 거야."

"그렇게 화만 내지 말게나. 이제는 고소하게 생각할 때가 아닌가베."

"그러니까, 아직도 화를 내고 있는 건 아닐세. 고소해서 죽을 지경이지."

"그런데 세이주로도 소문에 듣자니 어처구니 없이 약했던 모양이지?"

"세이주로가 약했던 게 아니라네. 무사시라는 사람이 너무나 세어서 그랬다네."

"아무튼 단 한 번에 세이주로의 왼손인가 바른손인가가 몽땅 잘려 없어졌다니까. 그것도 목검으로 그 지경이 되었다니 놀랄 수밖에."

"임자도 가 보았소?"

"난 못봤지만 본 사람이 그러는데 그렇더라는 거야. 세이주로는 문짝에 실려 돌아와서 목숨만은 건졌지만, 평생을 병신으로 지내야 된다는군."

"이젠 어떻게 될까?"

"제자들은, 어떻게 해서든지 무사시를 때려 죽이지 않고서는 도장에 요시오카류라는 이름을 내걸 수 없다고 격분하고 있다지만, 세이주로조차 당할 수 없는 무사시를 당해낼 장사가 어디 있겠나. 그래서 무사시를 상대할 사람은 단 하나, 동생인 덴시찌로뿐이라고 하며 지금 그 덴시찌로를 찾고 있는 중이라네."

"덴시찌로는 세이주로의 동생인가?"

"그렇다네. 그 사람은 형보다 솜씨는 훨씬 좋지만, 어쩔 수 없는 개난봉꾼이라네. 돈푼이나 있을 때는 집에 얼씬도 않는다지. 아버지 겐포의 명예와 이름을 팔며 방방곡곡으로 놀러 다닌다는 걸세."

"형이나 동생이나 똑같군. 저 겐포 선생 같은 위대한 분의 혈통을 이어받았는데도 어찌 그따위 자식들만 생겼을까?"

"그러니까 혈통만으로는 사람이 될 수 없다는 것일세."

모닥불이 또 사그라졌다. 그 옆에 주저앉아 아까부터 졸고 있는 사나이가 있다. 술이 꽤 취한 것 같아서 술집 주인도 내버려 두었으나 모닥불을 지필 때마다 불꽃이 머리와 무릎을 스쳤다.

"손님, 옷 태웁니다. 조금만 뒤로 물러앉아 주십시오."

그러자 사나이는 술과 불로 인하여 충혈된 눈을 들고 말한다.

"음음, 알고 있어. 알고 있단 말이야. 그냥 내버려 둬."

낀 팔짱도 풀지 않고 일어나지도 않는 것이다. 몹시 취해서 골치라도 아픈지 아주 우울한 얼굴이다.

그 술버릇이 나빠 보이는 얼굴을 들여다보니 그는 바로 혼이덴 마타하치였다.

2

연대사(蓮臺寺) 들판에서의 그 일은 이곳뿐만 아니라 가는 곳마다 화제의 꽃을 피우고 있었다.

무사시의 이름이 유명해질수록 마타하치는 자기 자신이 더욱 비참하게 느껴지는 것이다. 자기도 어떻게해서든지 한 사람의 인간이 될 때까지는 무사시의 이름을 듣고 싶지 않았지만, 아무리 귀를 막아도 이처럼 사람이 모이기만 하면 나오는 것은 그에 대한 화제인지라 그의 우울증은 술을 아무리 마셔도 가셔지지 않았다.

"영감, 한 잔 더 주소. 데우지 않아도 좋으니 그 큰 잔으로 하나만."

"손님, 괜찮겠습니까? 안색이 좋지 않은데."

"무슨 소리야, 나는 술을 마실수록 얼굴이 희어지는 체질이야."

벌써 큰 잔으로 얼마를 마셨는지 알 수 없었다. 마신 사람보다도 술집 영감조차 모를 지경이었다. 술은 언제나 단숨에 넘어갔다.

마시고 나면 또 묵묵히 벽에 기대어 팔장을 끼고 있는 것이다. 그만큼 마셨고 또 앞에 불이 있는 데도 아직 얼굴에는 술이 오르지 않았다.

'뭘, 나도 이젠 해 보일 테다. 사람이 성공하는 길이 칼뿐인 줄 아나. 부자가 되든 무사가 되든지간에 초장부터 세상에 이름을 떨친 놈 치고 크게 성공하는 놈 못 봤단 말이야! 나도 무사시도 이제 겨우 스물 두 살이 아닌가.'

듣고 싶지 않다고 생각하면서도 속으로는 그런 반감을 되풀이하고 있었다. 이번 소문을 오사카 밖에서 듣자마자 교토를 향해 길을 떠났지만, 그렇다고 해서 뚜렷한 목적이 있었던 것도 아니었다. 다만 무사시가 마음에 걸려 견딜 수 없었기 때문에 그 뒤로도 계속 무사시의 동정을 살피는 것에 불과했다.

'하지만, 그놈도 으시대다가 오래지 않아 혼이 날 때가 있을 거야. 요시오카에도 사람은 있거든. 십검도 있고 동생도 있다.'

무사시의 명성이 땅에 떨어질 날을 그는 줄곧 마음 속으로 빌었다. 그리고 자기에게는 요행이 있기를 바랐다.

"아아, 목이 마르다."

문득 불 옆에서 벽에 기댄 채 일어났다. 다른 손님들은 모두 그를 돌아보았다. 마타하치는 귀퉁이에 있는 커다란 물항아리에 머리를 처박듯이 하여 바가지로 물을 떠 마시고 나서는 바가지를 내던졌다. 그리고 그대로 발을 헤치고 밖으로 나가 버렸다.

어쩔 줄 모르고 서 있던 술집 영감은 마타하치가 밖으로 사라지자 그제야 정신이 든 듯이 부른다.

"여보슈, 손님."

그는 따라 나갔다.

"계산을 잊으셨습니다."

다른 손님들도 발 틈으로 목을 내밀었다. 마타하치는 휘청거리고 있었다.

"……?"

"손님, 아마 잊으신 것이겠죠."

"잊은 것은 아무 것도 없는데……."

"저어……술을 잡숫고……술값을 아직 받지 않았습니다."

"술값 말인가?"

"예."

"돈이 없는데."

"예?"

"……곤란한데. 아까까지는 나도 돈이 있었지만 지금은 없어."

"아아니, 그럼 손님은 처음부터 외상으로 마셨단 말이오?"

"……다, 닥쳐……."

마타하치는 허리춤을 뒤지더니, 약상자를 움켜쥐자 그것을 술집 영감의 얼굴에 내던졌다.

"나도 칼을 찬 무사야. 아직은 술 먹고 도망칠 정도로 타락하지는 않았다. 술값으로는 좀 지나친 물건이지만 받아라, 거스름은 필요없다."

3

던진 것이 약상자로는 보이지 않았던 것이다. 그것이 얼굴을 때리자 술집 영감은 아우성을 쳤다. 술집 안에 있던 많은 손님들도 한마디씩 했다.

"고약한 놈……."

모두들 마타하치를 욕하게 되었다.

"술 먹고 도망가는 놈."

마구 욕설을 퍼붓는다.

"때려 주자."

모두 밖으로 쏟아져 나왔다.

모두가 조금씩은 술을 마신 사람들이다. 술을 마시는 사람만큼 또한 술먹은 무뢰한을 미워하는 사람도 없다.

"버릇을 고쳐 줘야지. 이놈, 돈을 내고 가라!"

앞 뒤에 둘러서서 외쳐댔다.

"너 같은 놈은 아마도 일 년 내내 그 수작으로 술을 마실 게다. 돈이 없으면 우리가 그대신 한 대씩 때려 주마."

이렇게 모두들 때려 줄 것을 선언하자 마타하치는 칼자루를 잡는다.

"뭐라구, 나를 때려? 그것 참, 재미있는데. 때려 보라지. 이놈들, 내가 누군 줄이나 알고 하는 수작들이냐!"

"거지보다도 못하고 도둑놈보다도 나쁜 놈이지 누군 누구야!"

"말 다했겠다."

눈썹을 곤두세우고 주위를 노려보던 마타하치는 말했다.

"내 이름을 듣고 놀라지 마라."

"놀랄 게 뭐야."

"사사키 고지로란 바로 나다. 이토 잇토사이의 수제자, 가네마키류(鐘卷流)의 명인 고지로를 모르나?"

"웃기는군. 들은 풍월은 그래도 있구나. 돈을 내 놔라, 마신 술값을."

"약상자로 모자란다면 이것도 주마."

한 사람이 손을 내밀고 다가가자 마타하치는 그에 대답하는 대신 칼을 뽑아 그 사람의 손목을 잘라 버렸다.

'으악!' 하고 큰소리로 비명을 질렀기 때문에, 설마하고 숫자만 믿고 떠들던 술꾼들은 마치 자기의 팔목이 달아나기라도 한 듯이 얼굴과 궁둥이를 서로 부딪치면서 서둘렀다.

"뽑았다……."

앞을 다투어 뿔뿔이 도망쳤다.

마타하치는 흰 칼날을 번뜩이면서 큰 소리로 말했다.

"지금 뭐라고 했나. 돌아오너라. 버러지 새끼들아. 사사키 고지로의 솜씨를 보여 주마. 게 섰거라. 그 목을 날려 버리겠다……."

초저녁 어둠 속에서 마타하치는 혼자 칼을 휘두르고 있었다. 나는 사사키 고지로라고. 고래고래 소리치고 있었지만 아무도 상대해 주는 사람은 없었다. 어두운 밤하늘에는 까마귀 한 마리도 울지 않았다.

"……."

누가 간지르기라도 한 듯이 마타하치는 하늘을 향해 이빨을 드러내고 웃었다. 하지만 금새 울음이 터져나올 것 같은 슬픔이 얼굴에 가득해진다. 힘 없이 칼을 칼집에 꽂자 휘청휘청 걷기 시작했다.

술집 영감의 얼굴을 갈긴 약통은 길바닥에 나뒹군 채 별빛에 빛나고 있었다.

흑단나무에 자개를 박았을 뿐 그다지 값진 것으로는 보이지 않았으나 밤길에 버려지고 보니 그 자개 무늬의 빛깔이 반딧불처럼 몹시 요사스럽게 반짝어 보였다.

"……이상하다?"

뒤에서 술집을 나온 행각승 차림의 사나이가 그것을 주웠다. 그는 어디로 가는지 밤길을 재촉하는 자였는데, 다시 처마 밑으로 돌아가서 새어 나오는 불빛에 자세히 약통을 들여다보기 시작했다.

"앗! 이것은 도련님의 약통이다. 후시미 성(伏見城)의 공사장에서 무참히 죽임을 당하신 구사나기 덴키(草薙天鬼)님이 갖고 계시던 것. 이것 봐라, 여기 '덴키'라고 약통 아래에 조그맣게 새겨져 있지 않은가."

놓쳐서는 안 된다는 듯이 행각승은 곧 마타하치의 그림자를 쫓았다.

4

"사사키님, 사사키님……."

뒤에서 누군가가 부른다고는 생각하고 있었지만, 그게 사실은 자기 이름이 아니라는 증거도 되듯 술에 취한 마타하치의 귀에는 그것이 통하지 않았다.

마타하치는 구조(九條)에서 호리가와(堀川) 쪽으로 걸어가고 있었다. 마치 자기의 몸 하나도 가누지 못하는 듯한 걸음걸이였다.

행각승은 걸음을 빨리 했다. 뒤에서 마타하치의 칼자루를 움켜잡는다.

"고지로님, 잠깐 기다리십시오."

"예?"

마타하치는 딸꾹질을 하고 돌아보았다.

"나 말인가?"

마타하치가 물었다.

"당신은 사사키 고지로님이 아니었던가요?"

행각승의 눈에는 험악한 빛이 깃들어 있었다. 마타하치는 취기가 싹 가시는 듯한 얼굴이 되었다.

"내가 고지로인데 그래 어쨌단 말이냐?"

"묻고 싶은 말이 있습니다."

"무엇을 묻고 싶단 말이냐?"

"이 약통은 어디서 났소?"

"약통?"

마타하치는 차츰 술이 깨어왔다. 후시미성의 공사장에서 몰매를 맞고 죽은 무예 수업자의 얼굴이 문득 떠올랐다.

"어디서 입수하였는지 자, 그것만 듣고 싶소. 고지로님, 어째서 이것이 당신의 것이 되었는가 말이오?"

숨 쉴 사이도 없이 다그치는 것이었다. 나이는 스물 예닐곱. 나이로 봐서도 그저 절나들이나 하는 행각승 같지가 않았다.

"⋯⋯누구냐, 너는 대체?"

드디어 정색한 얼굴이 되며 마타하치가 물었다.

"내가 누구든 상관 없지 않나. 약통의 출처만 밝히면 되지."

"처음부터 그것은 내것이었다."

"거짓말 마라!"

갑자기 행각승의 말투가 변했다.

"사실을 말해라. 경우에 따라서는 어떤 일을 당하게 될지 모르니까."

"이 이상 더 사실은 없다."

"그럼, 아무래도 실토는 않겠다는 말이로군."

"실토라니 무슨 수작이냐?"

"이 가짜 고지로야⋯⋯."

마타하치가 허세를 보이자 행각승이 들고 있던 넉 자 두 치의 박달나무 몽둥이가 말보다 빨리 바람 소리를 내며 날아왔다.

마타하치는 엉덩이를 뒤로 물리는 본능은 작동했으나 몸 그 자체에 아직 술기 때문에 마비상태가 남아 있었다.

"앗!"

얻어맞고 저만큼 가서 나자빠졌다.

곧 일어나자마자 바람처럼 도망치기 시작했다.

어찌나 빠른지 행각승 차림의 사나이는 어쩔 줄을 몰랐다.

취한 상대이기 때문에 맥을 못추리라고 얕본 것이 잘못이었다. 그는 당황하여 소리쳤다.

"이놈, 게 섰거라!"

쫓아가면서 박달나무 몽둥이를 또 마타하치에게 던졌다.

마타하치는 머리를 숙였다. 몽둥이는 바람소리를 내면서 귓가를 스치고 지나갔다. 이거 야단났구나 하고 생각했던지 마타하치는 더 속력을 내어 도망을 쳤다.

헛나간 몽둥이를 주워 들자 행각승도 하늘을 나는 듯이 달렸다.

그리고 겨냥을 하여 다시 한 번 몽둥이를 던졌다.

그러나 마타하치는 다시 그 몽둥이를 간신히 벗어났다. 온몸의 땀구멍에서 술이 일시에 빠져나가는 것만 같았다.

5

타는 듯이 목이 말랐다.

어디까지 달아나도 그 놈의 발소리가 뒤에서 따르는 것만 같았다. 마타하치는 가슴을 치면서 중얼거렸다.

"아아, 혼났다. 이젠 모를 테지."

거기서 옆길로 난 좁은 골목을 기웃거린 것은 도망갈 길을 찾기 위해서가 아니라 우물을 찾고 있었던 것이다.

찾던 우물이 발견되었는지 마타하치는 뒷골목 깊숙이 들어갔다. 빈민굴의 한가운데에 있는 공동 우물이었다.

두레박을 끌어올려 마타하치는 거기에 얼굴을 틀어박고 물을 마셨다. 그리고 두레박을 내려놓고 내친 김에 세수까지 했다.

"……아까 그놈은 어떤 놈일까?"

술이 깨니 더욱 더 불안해졌다.

돈이 들어 있는 자색의 가죽자루와 주조류의 목록과 그리고 아까의 그 약상자——이 세 가지 물건은 지난 해 여름, 후시미성의 공사장에서 숱한 사람들에게 몰매를 맞아 죽은 턱이 없는 무예 수업자의 주머니에서 훔쳐낸 것이었다. 그동안 돈을 다 써버렸으므로 그때 남은 것은 목록과 약통뿐이었다.

"아까 그놈은, 그 약통이 자기 주인 것이라고 했겠다. 그러면 그놈은 죽은 무예 수업자의 부하인 모양이지."

세상이 너무 좁아 마타하치는 줄곧 쫓기고 있는 듯한 심정이었다. 어깨를 움츠리고 숨어 다닐수록 갖가지 난데 없는 일들이 귀신처럼 따라다닌다.

"막대기인지 몽둥이인지, 그놈은 무서운 솜씨였어. 그 몽둥이로 이 대가리를 얻어맞아 보라지. 어휴, 안심할 수 없는 세상이야!"

죽은 사람의 돈을 훔쳐 써버렸다는 사실이 끊임없이 마타하치의 마음을 괴롭혔다. 나쁜 짓을 했다고 생각할수록 저 염천의 공사장에서 학살당한 턱 없는 무예 수업자의 죽은 얼굴이 눈 앞에 자꾸만 어른거렸다.

일하여 벌면 우선 갚아 주마, 출세하면 비석이라도 세워 줄 테다, 하면서

그는 마음 속으로 끊임없이 용서를 빌었다.

"그렇다, 이런 것을 가지고 있으면 또 무슨 의심을 받게 될지 모른다. 내 버릴까."

주조류의 인가 목록을 옷 위로 만지면서 생각했다. 언제나 허리춤 속에서 삐죽이 내보이는 것이 그것이었다. 지니고 다니기에도 귀찮은 물건이었다.

하지만 마타하치는 다시 애석한 생각이 든다. 이미 돈은 한푼 없이 다 써 버렸다. 가지고 있는 물건이란 이것 하나뿐이다. 이것을 미끼로 하여 출세까지는 몰라도 밥벌이라도 할 길이 열릴지 모른다는 요행심을 버릴 수 없었던 것이다.

이 인가목록에 씌어 있는 사사키 고지로의 이름을 슬쩍 빌려 쓰고 보니 꽤 도움이 되는 때가 있었다. 이름 없는 조그만 도장이든가, 검술을 즐기는 상인들에게 보이면 굉장한 존경을 받게 되고 하룻밤을 편히 쉴 수 있는 것은 물론이었다. 지난 정월의 보름 동안은 그 덕택으로 살았다.

"뭐, 버릴 것까지야 없지. 나는 마음이 자꾸 약해지는 것만 같다. 이 마음 약한 것이 출세할 수 없는 이유인지도 모르겠다. 무사시처럼 듬직해지자. 천하를 잡은 놈들을 봐라."

그렇게 배짱을 정했지만, 당장 오늘밤을 어디서 새워야 할지 막연할 뿐이었다. 진흙과 풀로 엮은 그 근처의 빈민가에서 따뜻한 불빛이 새어나오는 것을 보니 마타하치는 부러워 죽을 지경이었다.

동명이인

1

외로운 그의 눈은 근처의 집들을 들여다보았다. 어느 집이나 대개 가난하게 보였다.

하지만 그곳에는 한 솥 앞에 마주앉은 부부가 있었다. 늙은 어머니를 둘러싸고 밤일을 하는 오누이도 있었다. 물질적으로는 몹시 풍부하지 못한 대신 히데요시나 이에야스의 가정에서는 볼 수 없는 것을 지니고 있는 것 같았다. 가난할수록 육친에 대한 사랑은 짙은 법이었다.

"나에게도 늙은 어머니가 계시다. 어머니는 지금쯤 어떻게 되셨을까."

갑자기 마타하치는 생각했다.

지난 해 겨울 우연히 만나 이레쯤 같이 지내다가 사소한 일 때문에 다투고 헤어진 이후 어머니의 소식을 알 수 없었다.

"내가 나빴지. 불쌍한 어머니였는데. 아무리 좋은 여자가 생겼어도 어머니처럼 마음 속 깊이 나를 사랑해 주는 여인은 없었다."

여기서 멀지도 않다. 마타하치는 청수사의 관음당에 가 보려고 했다. 그곳 마루 밑이라면 하룻밤 잠을 잘 수는 있을 것이다. 또 혹시 어머니를 만날 수 있을는지도 모른다.

노모 오스기는 신심이 두터운 사람이었다. 신불(神佛)을 가리지 않고 그 힘을 절대적으로 믿는 사람이다. 아니, 믿는다기보다는 의지하고 있다는 것이 옳았다. 언젠가 오사카에서 이레 이상이나 마타하치와 같이 걷고 있는 사이에 그것 때문에 모자간에 불화가 생겼다. 어머니가 신사나 불당만 찾아다니는 것이 못마땅했던 마타하치는 어머니를 떠나 버렸던 것이다.

그 무렵 마타하치에게 어머니는 곧잘 이런 말을 했다.

"뭐니 뭐니 해도 청수사의 관세음보살만큼 영험이 있는 부처님도 없어. 거기다 치성을 드렸더니 스무하룻날 만에 무사시 녀석을 만나게 해 주셨겠지. 더구나 바로 그 불당 앞에서 말이다. 그러니 너도 청수사의 관세음보살님만은 믿어야 해."

──그리고 또한 봄철만 아니었다면 순례는 계속되었을 것이다.

그러니까 혹시 어머니는 다시 그곳에 와 있을지도 모른다.

그곳으로 가는 길에는 밤이 되면 들개가 굉장히 많았다.

그는 아까부터 그 들개들의 소리에 둘러싸여 있었다. 돌을 던지는 것쯤으로 도망갈 들개들이 아니었다.

그러나 그도 이제 짖는 소리에는 익숙해졌기 때문에 아무리 개가 이빨을 드러내고 짖어대도 아무렇지 않았다.

그런데 솔밭 근처에까지 오자 들개들은 갑자기 방향을 바꾸어 한 소나무 아래로 몰려갔다. 나무 위를 올려다 보며 짖어댄다.

어둠 속에 날뛰는 개는 개라기보다 승냥이에 가까웠다. 그 중에는 발톱을 세우고 나무 위를 향해 높이 뛰는 놈까지 있었다.

"이상하다?"

마타하치는 나무 위를 쳐다보았다. 그 위에 사람의 그림자가 보였다. 별빛에 자세히 보니까 여자인 것 같다. 고운 옷소매와 흰 얼굴이 바늘 같은 솔잎 속에서 떨고 있었다.

2

개에 쫓겨 나무 위로 올라간 것인지, 그렇지 않으면 나무 위에 숨었기 때문에 들개들의 의심을 사게 된 것인지 그것은 확실치 않았다. 어느 쪽이건 간에 나무 위에 있는 여자는 젊은 여자였다.

"저게! 쉿! 쉬!"

마타하치는 개 무리를 보고 주먹을 휘둘러댔다.

"이놈들아!"

돌맹이도 두세 개 던져 보았다.

네 발로 기는 흉내를 내면 어떤 개는 도망을 친다는 말을 어디선가 들은 기억이 있어서 마타하치는 짐승처럼 네 발 걸음으로 기어 보았다.

"으르릉!"

소리도 내보았지만 이 들개들은 꼼짝을 않는다.

더구나 상대는 한두 마리가 아니었다. 마치 깊은 물 속에 있는 고기떼처럼 무수한 그림자가 꼬리를 치면서 이빨을 드러내고 짖어댔다.

"이놈들이!"

마타하치는 분연히 일어났다.

그렇지 않아도 칼을 찬 청년이 네 발로 기는 꼴을 나무 위에서 젊은 여자가 보았다면 창피한 노릇이다. 마타하치는 문득 그 생각을 했던 것이다.

"캥!"

한 마리의 개가 심상치 않게 짖어대자 다른 개들도 모두 마타하치 쪽으로 시선을 돌렸다. 그리고 그의 손에 잡힌 칼과 그 아래에 무참히 쓰러진 동료의 시체를 보자 개들은 한 군데로 몰려가서 전투 태세를 취했다.

"이래두야!"

칼을 휘두르며 개들 무리 속으로 뛰어드니까 개들은 꼬리를 움츠리고 모두 도망쳐 버렸다.

"여보세요, 내려오시오. 내려와요."

위를 보고 소리치니까 소나무 가지 사이에서 짤랑짤랑 아름다운 방울 소리가 들려왔다.

"어? 아케미 아닌가. 여봐!"

소매 끝의 방울 소리가 귀에 익었다. 방울을 소매나 허리띠에 다는 여자가 비단 아케미만은 아니련만 흰 얼굴도 어딘지 윤곽이 비슷했다.

역시 아케미의 목소리였다. 몹시 놀란 듯하다.

"……누구? ……누구죠?"

"마타하치야. 모르겠어?"

"네, 마타하치님요?"

"뭘하고 있는 거야? 이런 곳에서. 개 같은 것을 겁낼 성미가 아니면서."

"개가 무서워 숨은 건 아니에요."

"내려와, 어떻든."

"그래도……."

아케미는 나무 위에서 조용히 사방을 둘러보았다.

"마타하치님, 어서 피해 줘요. 그 사람이 찾으러 온 모양이에요."

"그 사람이라니? 그게 누구냐?"

"그런 걸 설명할 사이가 없어요. 무서운 사람이에요. 저는 작년 말부터 그 사람을 처음에는 친절한 사람으로 알았는데 점점 무서운 짓을 해요. 그래서 오늘밤은 기회를 보아 술집에서 도망을 친 거예요. 그랬더니 지금 뒤쫓아오고 있어요."

"엄마 얘기가 아닌 모양이군."

"아니에요."

"그럼, 누구 얘기야?"

"앗, 왔어요! 마타하치님, 거기 계시면 나도 들키고 당신도 혼나요. 어서 숨으세요."

"뭐, 그놈이 왔다구?"

마타하치는 우물쭈물 어찌할 바를 몰랐다.

3

여자의 눈은 남자를 움직인다. 여자의 시선을 의식하게 되면 남자는 없는 돈도 공연히 뿌려 보고 영웅인 체도 하고 싶어한다. 아까 아무도 없는 줄 알고 네 발로 기는 흉내까지 낸 수치심의 심리적 연장이 아직도 마타하치의 마음을 차지하고 있었다.

그러기에 아케미가 나무 위에서 그를 보고 아무리

"들키면 안 된다."

가르쳐 주어도

"빨리 숨으세요!"

그러면 그럴수록 그는 자기가 남자임을 스스로 느끼는 것이었다.

"정말 큰일났구나."

꽁무니를 빼는 추태는 여자가 비록 자기 애인이 아니라 할지라도 보일 수는 없었다.

"앗, 누구냐?"

이렇게 소리친 것은, 벌써 그곳까지 달려온 사나이와, 그것을 보고 깜짝 놀라 뒤로 물러선 마타하치가 동시에 지른 이구동성의 고함 소리였다.

아케미가 걱정하던 무서운 사내가 드디어 나타난 것이다. 마타하치가 늘 어뜨리고 있는 칼에는 개의 피가 묻어 있었다. 그것을 본 사나이는 마타하치 앞에 선 순간부터 마타하치를 보통 사람이 아니라 보았다.

"누구냐, 너는?"

한 번 더 외쳤다.

"……."

아케미가 너무나 무서워했기 때문에 마타하치도 우선 움찔했지만, 상대를 자세히 살펴보니 체격은 훌륭했으나 나이는 자기와 비슷해 보였다. 머리를 앞으로 묶은 화려한 차림의 젊은이였다.

'뭐야, 애숭이 아닌가.'

마타하치는 첫눈에 얕잡아보았다. 마타하치는 코방귀를 뀌며 마음을 놓았다. 그런 상대라면 상대해 줘도 괜찮다. 아까 만난 행각승 같은 인물이라면

곤란하지만 이런 자라면 얼마든지 상대할 수 있을 것 같았다.

'이놈이 아케미를 괴롭히는구나. 건방진 애숭이 같으니. 연유는 듣지 못했지만 어떻든 아케미를 못살게 구는 것엔 틀림없다. 좋다, 혼내 줘야지.'

이렇듯 마타하치가 마음 속으로부터 여유 있는 태도를 보이자, 동자 머리의 젊은 무사는 다시 입을 열었다.

"무엇이냐, 너는?"

다그쳐 묻는다.

보기와는 달리 사나운 목소리였다. 세 번째의 그 목소리는 주위의 어둠을 갈랐다.

"나 말인가, 나는 사람이지."

그러나 마타하치는 농담 반으로, 웃을 필요가 없는 데도 억지로 히죽 웃기까지 했다.

그러자 젊은이는 발끈했다.

"이름도 없나? 이름도 없는 시시한 인간인가?"

"너 같은 어떤 말뼉다귀인지도 모르는 애숭이에게 가르쳐 줄 이름은 없어."

"닥쳐라……."

젊은이의 등에는 칼집 속의 칼만 하더라도 석 자나 될 것 같은 큰 칼이 메여져 있었다.

어깨 너머로 보이는 칼의 손잡이와 함께 그의 몸은 앞으로 구부러졌다.

"임자와의 싸움은 뒤에 하기로 하자. 나는 지금 이 나무 위에 있는 계집을 즈즈야 여인숙까지 데려가야 하니, 나중에 결판내기로 하자."

"개수작 마라. 그럴 수는 없어."

"뭐라구?"

"이 처녀는 내가 전에 아내로 삼고 있던 여자의 딸이야. 지금은 헤어졌지만 그렇다고 해서 이 난처한 모양을 그냥 보고 지나칠 수는 없어. 내가 있는 이상 이 처녀에게 손가락 하나 대지 못할 것이니 그리 알아라."

4

아까 부닥쳤던 그 개들과는 다르지만 위협하면 꽁무니를 빼리라고 생각했는데 뜻밖에도 달랐다.

"그것 참, 재미있는데."

그 상대는 마타하치의 예상과는 달리 매우 호전적인 태도가 되었다.

"보아하니 너도 무사의 찌꺼기쯤은 되는 사람이로구나. 오래동안 그런 사람을 만나지 못하여 등의 칼이 울고 있던 참이다. 이 대대로 물려 내려오는 보도가 녹이 슬 지경이니 오늘 밤은 네 피로써 닦아 볼까. 절대로 달아나진 말아라."

달아나려고 해도 달아날 수 없게 상대는 말로써 미리 묶어놓는 것이었다. 그러나 마타하치도 지지 않았다.

"큰소리치지 마. 생각을 돌릴 수 있는 기회는 지금뿐이야. 가겠다면 지금 꺼져. 그러면 목숨만은 살려 주지."

"그 말은 바로 내가 너에게 들려 줄 말이다. 그런데 사람님, 아까 나에게 말할 이름은 없다고 했는데, 그 이름을 이젠 어디 좀 들어 볼까? 그것이 승부의 예의라는 거니까."

"들려 줘도 좋지만 듣고 놀라지 마라."

"놀라지 않도록 배에 힘을 주고 있지. 우선 검법의 유파는?"

"주조류(中條流)의 인가를 받았다."

"뭐, 주조류?"

고지로는 조금씩 놀라기 시작했다. 여기서 압도적으로 나가지 않으면 거짓임이 탄로날지도 모른다고 생각한 마타하치였다.

"그러면 이번엔 너의 유파를 들어 볼까. 그것이 승부의 예의라는 거다."

마타하치가 흉내를 내었다. 그러나 고지로가 말했다.

"아닐세. 나의 유파는 뒤에 듣기로 하고 자네의 주조류는 도대체 어느 누구를 스승으로 배운 것인가?"

묻는 것이 바보라는 듯이 마타하치는 일언지하에 말했다.

"가네마치 선생님."

"호오?"

더더욱 놀라는 고지로였다.

"그럼 이토 잇토사이를 아는가?"

"알고말고."

마타하치는 신이 났다. 이건 벌써 효력이 나타난 증거였다. 칼 싸움까지 가지 않고 아마도 이놈은 타협의 기회를 찾을 것이 틀림없다고 생각했다.

그래서 마타하치는 한 마디 더 보탰다.

"그 이토 잇토사이라면 이제 와서 무엇을 감출소냐. 나는 그의 동생이며, 형님 제자에 해당한다. 그게 어쨌다는 말이냐?"

"그렇다면 한 가지 더 묻겠는데, 그러한 네 이름은 무엇이라 하느냐?"

"사사키 고지로."

"뭐?"

"사사키 고지로라고 했다."

친절하게도 두 번이나 말했던 것이다.

이쯤 되니 고지로는 놀라움을 지나쳐 입을 벌리고 있는 수밖에 없었다.

5

"흐음!"

이윽고 고지로는 싱긋 웃었다.

마타하치는 자기를 쳐다보는 고지로의 눈을 노려본다.

"왜 나를 그렇게 보는 거냐? 내 이름을 듣고 놀랐지?"

"정말 놀랐다."

"돌아가라!"

턱을 쳐들면서 마타하치는 소리쳤다.

"핫하하하……."

고지로는 배를 잡고 웃기 시작했다.

"세상을 두루 걷자면 별별 사람을 다 만나게 되지만, 아직 이렇게 놀라 본 일은 없다. 그런데 사사키 고지로님, 한 가지 묻겠는데 그러면 나는 누구요?"

"뭣이?"

"나는 누구냐고 네게 묻고 있는 거야!"

"내가 알 게 뭐냐?"

"아니, 그렇지 않지. 잘 아는 이름일 텐데. 짓궂은 것 같지만 한 번 더 듣고 싶은데 당신의 성함이 무엇이라고 했던가요?"

"그래도 모르나? 사사키 고지로라고 했다."

"그러면 나는?"

"사람이겠지."

"과연 사람에는 틀림 없다. 그러나 나라는 사람의 이름은?"

"이놈이 나를 놀릴 셈인가?"

"천만에 고지로 선생, 나는 누구요?"

"시끄럽다. 자기 자신이 알 게 아닌가."

"그렇다면 나도 이름을 밝히겠다."

"말해 봐."

"하지만 놀라지 마라."

"병신 같은 소리!"

"나는 사사키 고지로다."

"뭐야?"

"선조 이래 이와쿠니에 살았고, 성은 사사키라고 했으며, 이름은 고지로라고 부모가 지어주었지. 그런데 어느 사이 그 사사키 고지로가 이 세상에 둘 씩이나 생겼을까?"

"……아……그러면……?"

"세상을 두루 돌아다니노라면 갖가지 종류의 사람을 만나게 되지만 그러나 사사키 고지로라는 사람을 이 사사키 고지로가 만나기는 이것이 처음일세."

"……."

"정말 이상한 인연으로 처음 만났는데 자네가 사사키 고지로님이던가?"

"……."

"어떻게 된 건가. 갑자기 떨고 있지 않은가!"

"……."

"서로 친해 보세."

고지로는 가까이 왔다. 그리고 그 자리에 선 채 새파랗게 질려 있는 마타하치의 어깨를 툭 치자 마타하치는 몸을 와들와들 떨었다.

"아!"

마타하치가 큰소리로 놀랐다. 그러나 그 다음에 난 소리는 고지로의 입에서 나온 소리로서, 마치 던져진 창처럼 마타하치를 찔렀다.

"달아나면 벨 테다!"

한 달음에 두 간쯤 사이가 벌어졌다고 생각되었지만, 그 마타하치의 달아나는 그림자를 향해 고지로의 긴 칼이 어깨 너머로 번쩍이며 하얗게 빛났다. 그러나 고지로는 더이상 칼을 쓰지 않았다.

바람에 날린 낙엽처럼 땅 위를 두세 번 뒹굴다가 쓰러진 것은 마타하치였다.

6

등의 석 자나 되는 칼집 속으로 하얀 칼날이 빨려드는 듯 스르르 들어갔다.

"아케미!"

고지로는 기절해 버린 마타하치는 돌아보지도 않고 나무 아래로 가서 위를 향해 소리쳤다.

"아케미, 내려와. 이제 그런 짓을 하지 않을 테니까 내려와요. 너의 양모의 남편이었다는 사내를 끝내 베어 버렸다. 내려와서 간호해 줘라."

나무 위에서는 언제까지나 아무 소리도 들리지 않았다. 울창한 나무 밑은 컴컴했다. 고지로는 이윽고 나무 위에 올라가 보았다.

"……?"

아케미는 없었다. 어느 틈에 기회를 보아 도망친 것이 틀림없었다.

"……."

　나뭇가지에 걸터앉은 고지로는 한동안 가만히 있었다. 산들바람 속에 몸을 맡기고 달아난 새의 방향을 점 치는 모양이었다.

　'어째서 그 계집은 나를 그렇게도 무서워하는 것일까.'

　고지로는 도무지 알 수가 없었다. 자신이 할 수 있는 사랑은 그 여자에게 다 쏟은 셈이었다. 사랑하는 방법이 좀 지나쳤다는 것은 자기도 알고 있었다. 그러나 그 방법이 다른 사람과는 다르다는 것을 그는 모르는 것이다.

　고지로가 여자를 사랑하는 방법이 어떻게 다른가를 알려면, 그의 칼에 나타나는 성격을 눈여겨보면 알 수 있었다.

　원래 이 고지로라는 인물은 가네마키의 수하에서 어릴 때부터 수업을 해왔는데, 그때 벌써 귀재(鬼才)라느니 기린아(麒麟兒)라느니 평판이 자자할 정도로 칼 쓰는 성격이 남달랐다.

　그것을 한 마디로 표현한다면 끈기라고도 할 수 있다. 그의 솜씨는 끈기로서 선천적인 소질이었다. 자기보다 높은 실력을 가진 자를 대할수록 그 끈기는 더욱 잘 나타나는 것이었다.

　물론 이 시대의 검술은 병법으로서 수단을 가리지 않기 때문에, 어떤 식으로 끈기를 나타내더라도 그것을 치사하다고는 아무도 말하지 않았다.

'저 놈을 당할 수 없다.'

무서워하는 사람은 있어도 고지로를 비겁하다고 하는 자는 없었다.

예를 들면, 그는 소년 시절에 언젠가 평소에 미워하던 나이 많은 수제자로부터 목검으로 세차게 얻어 맞고 기절한 일이 있었다. 좀 지나쳤다고 생각한 수제자는 물을 뿜어가며 그를 간호했는데, 정신을 차린 고지로는 돌연 일어나더니 그 나이 많은 제자를 목검으로 때려 죽였다는 얘기가 있다.

또한 싸워서 지게 되면 그 적을 그는 결코 잊지 않았다. 어두운 밤이건 겨울이건 여름이건 때를 가리지 않고 반드시 복수를 했다. 그것도 그 무렵의 병법으로서는——

'바보! 시합은 시합 때만 해라!'

이런 것도 아니었기 때문에, 고지로를 한 번 치면 평생 원수로 지내야 하므로 그런 그의 집요성을 동문들은 꺼려 했다.

'나는 천재다.'

그는 늘 스스로를 이렇게 자부했다.

그러나 그것은 그의 교만한 생각만은 아니었다.

'저놈은 천재다.'

스승인 가네마키 지사이 역시 이렇게 용납했던 것도 사실이기 때문이다.

고향 이와쿠니에 돌아가 긴다이 다리 근처에서 날마다 제비를 베는 단련을 거듭하면서 독자적 칼쓰기를 공부할 무렵부터——

'이와쿠니의 기린아.'

사람들은 이렇게 불렀고 그도 자부하고 있었다.

그러나 그 끈기 있는 검술의 집요성이, 여자를 사랑하는 경우 어떤 형태로 나타나는가에 대해서는 아무도 알 수 없었고, 고지로 자신은 그것과 이것은 별개의 것이라고 생각했기 때문에, 아케미가 자기를 싫어하여 도망친 것이 이상해서 견딜 수가 없었던 것이다.

7

마타하치가 문득 정신을 차려 보니 그때 나무 아래에 누군가 와 있었다.

그 사람은 고지로가 나무 위에 있는 줄을 모르는 모양이었다.

"……누가 쓰러졌구나."

그 사람은 마타하치한테 가서 꾸부리고 들여다보았다.

"아, 이놈이다!"

나무 위까지 들릴 만큼 큰소리를 치며 놀라는 것이었다. 그것은 손에 박달나무 막대기를 들고 있는 아까의 그 행각승이었다. 그는 무엇을 생각했는지 등에 멘 괴나리 봇짐을 풀어 내린다.

"이상하다. 칼로 베인 것도 아니고 몸도 따뜻한데 어째서 이놈이 이런 곳에 쓰러져 있는 것일까."

중얼거리면서 마타하치의 몸을 굴려보더니 그는 허리에 차고 있던 노끈을 풀어 마타하치의 손을 뒤로 묶어 버렸다.

기절하고 있는 마타하치가 저항을 할 턱이 없다. 행각승은 그렇게 묶고 나더니 마타하치의 등을 무릎으로 힘껏 찼다.

으응, 하고 마타하치가 신음하자 행각승은 그를 끌고 나무 아래로 갔다.

"일어나라! 일어나는 거야!"

이렇게 소리지르면서 발로 마구 찼다.

저승길을 한창 가고 있는 듯 마타하치는 아직 정신이 덜 든 모양이다. 반쯤 꿈 속인 듯 정신 없이 몸을 벌떡 일으켰다.

"됐어! 그렇게 가만히 있어."

행각승은 그의 몸뚱이를 그대로 나무에 묶어 버렸다.

"……아!"

마타하치는 비로소 놀랐다. 고지로가 아니라 아까의 그 놈일 줄은 꿈 속에서도 몰랐다.

"이놈, 가짜 고지로 놈아! 빨리도 도망치더구나. 하지만 이젠 안 돼!"

행각승은 그러면서 마타하치를 마구 족치기 시작했다.

우선 최초의 매질로서 뺨을 철썩 때렸다. 그 손으로 다시 이마를 확 밀었기 때문에 마타하치의 뒤통수가 나무등걸에 부딪쳐 둔한 소리를 냈다.

"그 약통은 어디서 났어? 그것을 말해라. 이놈아, 말 안할 테냐?"

"……."

"말 안할 작정이냐?"

이번에는 마타하치의 코를 쥐었다.

쥔 코를 양쪽으로 흔들어대니 마타하치는 묘하게 비명을 지른다.

"……히이! 히이!"

말하겠다는 뜻인 것 같아 코를 놓았다.

"말하겠느냐?"

이번에는 명백하게 말한다.

"말을 하마."

마타하치는 눈물을 흘리면서 말했다.

이런 고문을 당하지 않더라도 마타하치는 이젠 그 일을 감출 용기조차도 없었던 것이다.

"사실은 지난 해 여름에……."

후시미 성의 공사장에서 자기가 돌을 나르는 일을 하는 도중에 만나게 된 턱 없는 무예 수업자의 죽음을 말했다.

"……문득 욕심이 나서 그 시체에서 돈지갑과 인가 목록과 그리고 아까의 그 약통을 가지고 도망친 것입니다. 돈은 다 써버렸으나 인가 목록은 아직도 가지고 있습니다. 목숨만 살려 주신다면 지금은 어쩔 수가 없지마는 돈도 나중에 벌어서 꼭 갚겠습니다. ……네 차용증을 써도 좋습니다."

이처럼 숨김 없이 말하자 마타하치는 작년부터 줄곧 가슴 속에 고여 있던 고름을 짜낸 듯 가슴이 후련해졌다.

8

다 듣고 나자 행각승은 물었다.

"그것이 정말이냐?"

마타하치는 순순히 머리를 숙였다.

"틀림없습니다."

한동안 그대로 있는가 싶자 행각승은 허리에 찬 작은 칼을 빼어 그의 얼굴 앞에 쑥 내 밀었다. 마타하치는 깜짝 놀라 얼굴을 옆으로 돌리면서 소리쳤다.

"나, 나를 죽일 참인가?"

"그렇다, 너를 죽이겠다."

"나는 숨김없이 다 털어놓았어. 약통은 이미 돌려 주었고 인가 목록도 돌려 주겠다. 그리고 돈은 지금은 어쩔 수 없지만 뒷날 꼭 갚겠다는데 나를 이렇게 죽이기까지 할 이유가 없지 않은가."

"네가 정직한 것은 알고 있다. 하지만 사실을 말하자면 나는 조슈(上州)의 시모니타(下仁田)에서 온 사람으로 후시미성에서 몰매를 맞아 죽은 구사나기 덴키님의 종복이다. 즉 그 무예 수업을 나선 구사나기(草薙) 가문

의 젊은이로서 내 이름은 이치노미야 겐바치(一ノ宮源八)라 한다."

그런 말이 마타하치의 귀에 들릴 리 없다. 그는 지금 죽음에 직면해 있는 것이다. 몸부림을 치면서 자기의 포승에서 어떻게 해서든지 빠져 나가려고 할 뿐이다.

"잘못했어. 사과한다. 나는 나쁜 마음으로 물건을 훔친 것은 아니었어. 죽은 사람이 죽기 전에 부탁한다면서 그것을 내놓았기 때문에, 처음에는 유언대로 그것을 전해 줄 작정이었지만 돈이 떨어져 쓰다 보니 다 써 버린 게 나빴어. 얼마든지 빌겠어. 어떤 식으로라도 사과하마."

"아니야. 사과하면 오히려 곤란해."

겐바치는 억지로 자기의 감정을 누루듯 고개를 저었다.

"그대의 자세한 사정은 후시미에서 이미 조사해 보았으므로 그대가 한 말이 거짓이 아니라는 것은 잘 알아. ……하지만 나의 고향에 계신 덴키님의 유족에게 무슨 증거품이든지 가지고 가지 않으면 나는 돌아갈 수 없는 사정이 있어. 그것에는 여러 가지 이유가 있지만 주된 이유는 덴키님을 죽인 하수인을 찾아낼 수가 없다는 것이지. 나도 난처해 죽겠다."

"내가 죽인 게 아니지 않나. 착각을 하면 곤란해."

"알고 있어. 알고 있어. 그건 잘 알고 있다. 그러나 먼 고향에 있는 구사나기의 유족들은 덴키님이 후시미성의 공사장에서 토공(土工)과 석공(石工)들의 몰매를 맞아 죽은 줄은 모를 테고, 또 안다 해도 차마 세상에 그렇게 얘기할 수도 없는 일이지. 그래서, 너에게는 안됐지만 부탁을 하니 네가 죽어 주어야겠다."

그야말로 어려운 부탁이었으므로 마타하치는 이 말을 듣자 더욱 떨었다.

"그런 말 마라. 싫다, 싫어! 나는 죽고 싶지 않아!"

"당연한 말이다. 그러나 아까 술집에서 술값도 치르지 못한 것으로 보면 자기 몸도 감당 못하는 형편이 아닌가. 굶주리며 이 세상을 살아가기보다는 차라리 깨끗이 없어져 버리는 것이 편할 거야. 돈이 없다면, 내가 얼마간 갖고 있으니 이것을 부조로 줄 것이고 전해 달라는 곳이 있으면 꼭 전해 주마."

"무슨 말이야. 난 비석 같은 것은 필요 없어. 살고 싶어. 목숨이 아까워. 싫어! 제발 살려줘!"

"안 돼. 비밀 사정을 내게 털어놓은 이상, 너는 내 주인의 원수가 되어 죽어 줄 수밖에 없다. 나는 너의 목을 가지고 고향에 돌아가 덴키님의 유족과 세상에 알려서 설명할 참이다. 마타하치님, 이것도 전생의 연분이라 생각하고 단념해 주오……."

겐바치는 칼을 고쳐 잡았다.

9

"잠깐, 참아라! 겐바치!"

누군가가 그때 소리쳤다.

그것이 마타하치의 입에서 나온 소리였다면 자기의 억지를 잘 알고 있는 겐바치이므로 눈을 꾹 감고 이렇게 말할 참이었다.

"무슨 소리냐!"

그러나 그렇지가 않았다.

"어?"

시선을 어두운 허공으로 보내며 소리가 난 방향을 쳐다보았다.

그러자 하늘에서 두 번째 소리가 들려왔다.

"쓸데없는 살생을 하지 말아라, 겐바치!"

"아, 누구냐?"

"고지로다."

"뭐라고?"

또 새로이 고지로라는 인간이 하늘에서 내려올 것만 같다. 도깨비 목소리치고는 듣던 목소리 같았다. 도대체 가짜 고지로가 몇이란 말인가?

'이젠 그 수단엔 속지 않는다.'

겐바치는 나무 아래에서 뛰어 물러나자 칼 끝을 하늘에다 올려댔다.

"그저 고지로라고 해서는 알 수 없다. 어느 곳의 무슨 고지로냐?"

"이와쿠니의 사사키 고지로다!"

"거짓말!"

겐바치는 웃어넘겼다.

"그 가짜도 이제는 통하지 않는다. 지금 여기 한 사람의 가짜가 욕을 보는 것이 보이느냐. 하아, 이제 알았다. 너도 여기 있는 마타하치와 한패냐?"

"나는 진짜다, 겐바치. 나는 그곳에 뛰어내리려고 하는데 너는 내가 내려가면 두 쪽을 낼 것 같구나."

"음, 고지로의 가짜는 몇 쪽이라도. 내려 오너라. 다 없애 주마."

"쪼개지면 가짜겠지. 하지만 진짜는 쪼개질 턱이 없지. 내려간다, 겐바치."

"……."

"괜찮겠느냐. 너의 머리 위에 내려가겠다. 멋지게 쪼개 보아라. 하지만 나를 쪼개지 못하는 날에는 알겠지? 나의 등 뒤에 있는 바지랑대가 너의 몸뚱이를 대나무 쪼개듯 두 조각을 낼 테니까."

"아, 잠깐. 그 목소리가 기억이 납니다. 고지로님, 그 등에 진 칼을 갖고 계시다면 사사키 고지로님임에 틀림이 없습니다."

"믿겠나?"

"한데……어찌 이런 곳에 계십니까?"

"차차 얘기하지."

문득 목을 움츠린 겐바치였다. 그의 머리 위로 고지로의 옷바람이 스치는가 했더니 그는 벌써 등 뒤에 내려서 있었다.

진짜 고지로의 모습을 바로 눈 앞에 보자 겐바치는 또다시 의심이 부쩍 났다. 이 사람과 자기의 주인 구사나기 덴키님과는 동문이었다. 따라서 고지로가 아직 조슈의 가네마키 선생에게 있을 때는 몇 번이나 만난 일이 있었다.

그런데 그 무렵의 고지로는 이렇게 아름다운 젊은이가 아니었다. 눈과 코만은 어릴 때부터 딱딱한 성격을 보인 그대로 오똑했지만, 스승 가네마키가 화려한 것을 싫어하는 성품이었기 때문에, 그곳에서 물을 푸고 있던 고지로는 한낱 새까만 시골 소년에 불과했다.

'몰라 보게 되었구나.'

겐바치는 넋을 잃고 바라보았다.

고지로는 나무 뿌리에 걸터앉으면서 말했다.

"거기에 앉아."

그로부터 두 사람 사이에 교환된 말로 미루어 보아, 스승의 조카였으며 또 동문이었던 구사나기 덴키가 자기에게 전할 주조류의 인가 목록 두루마리를 가지고 돌아다니는 사이에, 후시미의 공사장에서 오사카 측의 간첩으로 오인되어 참사한 사건을 잘 알게 되었다.

또 그 사건으로 인하여 세상에 사사키 고지로가 두 사람 있게 되었다는 사정을 알게 되자 진짜 고지로는 손뼉을 치면서 재미있어했다.

10

거기서 다시 고지로가 말하기를, 남의 이름을 팔아먹는 이따위 생활력이 약한 자는 죽여 보았자 별재미가 없다.

응징을 하려면 좀 더 다른 방법을 택해야 한다. 또 구사나기 문중의 유족이나 세상에 대한 체면 문제라면, 억지로 원수를 만들어 사정을 꾸미지 않더라도, 그동안 내가 조슈 방면으로 내려가게 될 때 충분히 죽은 자의 면목이 서게끔 변명하여 공양을 하도록 할 테니 자기에게 맡겨 두는 것이 좋지 않은가?

"어때, 겐바치?"

고지로의 말에 겐바치는 고개를 끄덕였다.

"그렇게 말씀해 주시니 저에게도 이의는 없습니다."

"그럼, 나와 헤어지자. 넌 고향으로 돌아가라."

"예, 이대로 말입니까?"

"그래, 가라. 그리고 사실 나는 이제부터 아케미라는 계집이 어디로 갔는지 찾아야 한다. 좀 급하게 되었다."

"아, 잠깐. 중요한 것을 잊었습니다."

"무엇인데?"

"스승 가네마키님은 조카인 덴키님에게, 고지로님께 전하라고 주조류의 인가 목록을 맡기셨는데."

"음, 그것 말인가?"

"죽은 덴키님의 품 속에서 이 가짜 고지로가 훔쳐 가졌습니다. 지금도 가지고 있다고 합니다. 그것은 스승이 당신께 내리신 물건. 생각하면 이렇게 만난 것도 스승님의 영혼이 시킨 일만 같습니다. 제발 그것을 이 자리에서 받아 주십시오."

겐바치는 그렇게 말하더니 마타하치의 허리춤에 손을 넣었다.

어쩐지 목숨만은 살아난 것 같아서 마타하치는 조금도 아깝지 않았다. 오히려 후련한 느낌이었다.

"이것입니다."

겐바치가 두루마리를 죽은 사람 대신 고지로에게 건넸다. 고지로는 이것을 받고 감격하여 울 줄 알았는데 뜻밖에도

"필요 없다."

손도 내밀지 않는다.

겐바치는 말했다.

"예? ……왜요?"

"필요 없어."

"왜요?"

"왜고 뭐고 나는 그런 것이 필요 없다고 생각하기 때문일세."

"도대체 무슨 말씀을 하시는 겁니까. 스승은 많은 제자들 중에서 뒤를 이을 사람은 당신이 아니면 이토 잇토사이님이라고 생각하고 계셨습니다. 돌아가실 무렵에 인가장을 당신께 맡기라고 하신 것은 잇토사이님께서는 이미 한 유파를 만들어 독립했기 때문입니다. 스승의 고마움을 모르십니까?"

"스승의 은혜는 스승의 은혜이고, 나에게는 나 대로의 포부가 있다."

"무엇이라구요?"

"오해하지 마라, 겐바치."

"너무나 스승님께 무례한 말씀입니다."

"그럴 리가 없어. 터놓고 말하지만 나는 스승보다 훨씬 우수한 천부의 소질을 가졌다고 생각하고 있어. 그러니까 스승보다 더 위대해지려고 하는 거야. 그런 촌구석에 묻혀서 여생을 사는 검사(劍士)로 끝나고 싶진 않다."

"진심으로 말씀하시는 것인가요?"

"물론!"

자기의 포부를 말하는 데 무슨 거리낌이 있으랴 싶은 고지로였다.

"모처럼 나에게 인가 목록을 주신 것이지만, 오늘날에 이르러서는 이미 이 고지로의 솜씨는 선생님을 능가하고 있다고 자부하는 바다. 그리고 주조류라는 이름도 어딘지 촌티가 난다. 형이 잇토류(一刀流)를 세우셨으니 나도 한 유파를 세워 볼 참이다. 겐바치, 그것이 나의 포부이니 그것은 필요 없어. 가지고 가서 절간의 다른 유물과 함께 거두어 두어라."

11

겸손 따위는 털끝만큼도 없는 말투였다. 어디까지나 거만한 태도였다.

겐바치는 증오의 눈초리로 고지로의 얄팍한 입술을 바라보고 있다.

"하지만, 구사나기의 유족들에게는 잘 애기해 줘. 고향에 내려가면 한 번 찾아뵌다구."

이렇게 말하고 나서 고지로는 싱긋 웃었다.

오만한 자가 의식적으로 하는 경어만큼 기분 나쁜 것은 없다. 겐바치는 죽은 스승에 대한 그 말투를 힐책할까 했으나 '미쳤구나!'라고 혼자 자조하며 두말 없이 봇짐 속에 두루마리를 집어넣었다.

"안녕히!"

한 마디를 남기고 겐바치는 그 자리를 떠났다.

그 뒷모습을 바라보면서 고지로가 말했다.

"하하하, 화가 났구나, 촌놈이."

그리고 이번에는 나무 밑에 초연히 앉아 있는 마타하치에게 말한다.

"가짜야!"

"……."

"이놈, 가짜야. 왜 대답이 없어?"

"예."

"네 이름이 뭐냐?"

"혼이덴 마타하치."

"낭인이냐?"

"예."

"형편 없는 놈이로구나. 스승이 준 인가 목록까지 되돌린 나를 본받아라. 그만한 기개가 없고서는 일류 일파를 만들어 낼 수 없는 법이다. 그런데 너는 남의 이름을 훔쳐 쓰고 세상을 살아 가다니 정말 한심한 놈이야. 호랑이 가죽을 뒤집어쓴다 해도 고양이는 어디까지나 고양이일 수밖에 없어!"

"앞으로는 주의하겠습니다."

"목숨만은 살려 주겠다. 그러나 훗날을 위해서 밧줄은 그냥 묶어 둔다."

그리고 고지로는 무슨 생각을 했는지 작은 칼로 그 나무 껍질을 벗기기 시작했다. 마타하치의 머리에 나무 껍질이 떨어져 옷 속까지 들어왔다.

"야, 붓통이 없잖아."

고지로가 중얼거렸다.

"붓통이라면 제 허리춤에 넣어둔 것 같습니다만,"

마타하치가 아첨하듯 말했다.

"그래? 마침 가지고 있었군. 그럼 좀 빌려줘."

붓을 던지고 고지로는 몇 번이고 다시 읽었다.

안류(嚴流)——이것은 지금 문득 생각난 글자이다. 원래는 간류(岸柳), 이와쿠니(岩國)의 긴타이교(錦帶橋)에서 제비베기 수련을 한 기억을 검호(劍號)로 했는데 거기에는——안류——이 말이 너무나도 잘 어울린다.

"그래? 앞으로 유파 이름을 안류라고 하자. 잇토사이의 잇토류보다 훨씬 좋다."

종이 한 장 정도의 크기로 벗겨낸 나무의 하얀 속살에 고지로는 붓통의 붓을 들어 이렇게 썼다

"이 자는 본인의 이름을 사칭하고 검명(劍名)을 빌려 각지를 횡행하면서 불미한 행동을 하였기 때문에 여기 포박하여 만천하 사람들 앞에 추악한 꼴을 공시함. 나의 성명과 나의 검류는 천하에 하나뿐임. 간류 사사키 고지로."

간류란 그가 세울 한 유파의 이름인 것이다.

"됐다!"

사사키 고지로는 혼잣말로 중얼거렸다.

밤도 새어갈 무렵이었다.

"야!"

아케미의 모습이라도 발견했는지 돌연 고지로는 달려갔다.

둘째 아들

1

교자니 수레니 하는 탈 것은 일부 계급에서는 벌써 전부터 사용되어 왔으나 이것이 서민의 교통 수단으로 실용화되어 거리나 큰길에 자주 나타나면서 가마라고 불리기 시작한 것은 얼마 되지 않는다.

대나무로 두 개의 고리를 만들어 단 큰 광주리 안에 사람이 타고 앞 뒤에서 이것을 멘 사람이 마치 짐을 나르듯 메고 가는 것이었다.

"영차!"

"영차!"

메고 가는 사람이 흔들면서 뛰면 타고 있는 사람은 굴러 떨어지지 않도록 앞 뒤의 손잡이를 꼭 잡고 메고 가는 사람들과 호흡을 같이 하며 몸을 흔들어야 하는 것이었다.

"영차, 영차!"

지금 이 솔밭 속의 길을 그 가마 한 채가 등불을 든 서너 사람과 7, 8명이 한덩어리가 되어 동사(東寺) 쪽에서 바람처럼 달려오는 것이 보였다.

날만 새면 이 길에는 곧잘 그런 가마가 날마다 지나간다. 교토, 오사카의

동맥을 이루고 있는 요도강이 막혀 길이 급하게 되면 육로로 밤을 도와 달려
오기 때문이리라.

"영차!"

"영차!"

"아아! 후유!"

"좀더."

"거의 왔다."

이 한패도 20리나 40리 밖에서 오는 것 같지는 않았다. 가마를 멘 사람
도, 옆에서 따라가는 사람도 솜처럼 피로해 보였고 입에서 심장을 뱉아 낼
것만 같이 헐떡였다. 더 먼 곳에서 달려오는 것이었다.

"여기가 어딘가?"

"로쿠조의 솔밭."

"조금만 더 가면 된다!"

가마에는 미어져 나올 것만 같은 몸집 큰 사내가 타고 있고, 그를 따라가
는 자들도 모두 건강한 젊은이들이었다.

"도련님, 이제 거의 다 왔습니다. 조금만 참아 주십시오."

한 사람이 가마를 향해 말했지만 가마에 타고 있는 거한은 기분 좋게 잠들
어 있었다.

"앗, 떨어진다!"

뒤따라가던 자가 얼른 받쳐 주자 거한은 눈을 뜨고 말한다.

"아아, 목이 마르다. 술을 다오. 대통〔竹筒〕 속의 술을 줘!"

모두들 조금만 틈이 있으면 모두 쉬고 싶어 하던 참이었다.

"내려라, 잠깐."

"우우우."

말이 떨어지자마자 내던지듯 가마를 내려놓고 일제히 수건을 꺼내어 생선
비늘처럼 번들거리는 가슴팍을 닦았다.

"덴시치로님, 이젠 술이 조금밖에 없는데요."

가마 쪽을 향해 대통의 술을 건네니까 그것을 받아 단숨에 다 마셔 버린
다.

"아아, 시원하다!"

덴시치로라는 사나이는 이제 막 잠에서 깬 듯 크게 중얼거렸다.

그러고는 목을 밖으로 내밀고 하늘의 별을 바라본다.

"아직 밤이 새지 않았나? 굉장히 빨리 왔군그래."

"형님께서 이제나저제나 하고 기다리시고 계시지요."

"내가 돌아갈 때까지 형의 목숨이 붙어 있었으면 좋으련만……."

"의사는 견디실 거라고 하십디다만 너무 흥분해 계시기 때문에 때때로 상처에서 출혈하는 것이 좋지 않답니다."

"음……분할 거야!"

입을 벌리고 대통을 거꾸로 들었으나 술은 없었다.

"무사시 놈!"

그 대통을 땅에 팽개친 덴시치로는 거칠게 내뱉았다.

"빨리 가자!"

2

술도 세지만 신경질도 센 것 같았다. 더 센 것은 이 사나이의 실력이었다. 요시오카 문중의 둘째 아들이라면 세상이 인정해 주었다. 형과는 극단적으로 성격이 달랐다. 아버지 겐포가 살아 있을 무렵부터 아버지 이상의 역량이 있었던 것은 지금의 문하생들이 다 인정하는 사실이었다.

'형은 틀렸어. 형은 아버지 뒤를 잇지 말고 얌전히 어디 가서 녹이나 받을 생각을 하면 좋을 것을.'

이것은 덴시치로가 형에게 직접 대놓고 하는 말이기도 했다. 따라서 형제의 의는 몹시 좋지 않았다. 그래도 아버지 생전에는 형제가 도장을 지켜왔지만 아버지의 죽음을 계기로 덴시치로는 형의 도장에서 칼을 잡은 일이 없었다. 지난 해 세 명의 친구들과 놀러 갔다가 돌아오는 길에 야규 세끼슈우사이를 찾아 보겠다고 처졌었는데 그 뒤로 아무런 소식도 없이 교토로 돌아오지 않았던 것이다. 일 년이나 돌아오지 않아도 이 사람이 굶주릴 거라고 걱정하는 사람은 아무도 없었다.

그런데 이번에 세이주로와 무사시의 연대사 들판에서의 사건이 일어났다.

'동생을 만나고 싶다.'

빈사 상태에 있는 세이주로가 이렇게 말한 것도 제자들의 가슴을 아프게 했다.

'이 패배를 설욕하려면 동생이 와야 한다.'

선후책을 강구하고 있던 참이라 그의 이름은 누구의 머리에도 떠올라 있었던 것이다.

덴시치로가 미카게 근처에 있다는 것밖에는 알 수 없었지만 즉시 문하생 5, 6명이 찾으러 떠났다. 이윽고 그를 찾아서 급히 가마에 태워 오는 것이었다.

평소에 사이가 나쁜 형제였지만, 요시오카의 명예를 건 시합에 형이 져서 패배의 오명을 쓰고 지금 빈사 상태에서 '동생을 불러 오라!'했다는 말을 들었다.

'좋다, 가 보자.'

덴시치로는 두 말 없이 가마를 탔다.

'빨리, 빨리!'

재촉에 못이겨 가마꾼들은 어깨의 살이 벗겨질 듯이 되어 지금 여기까지 온 것이다. 그렇게 재촉하면서도 덴시치로는 주막을 지날 때마다 대통에 술을 사오게 했다. 몹시 감정이 흥분되어 있기 때문에 그것을 가라앉히려는 것인지는 몰라도 그는 무척 술을 좋아했다.

그 술이 떨어지자 덴시치로는 또 초조한 모양이다. 빨리 가자고 대통을 내던졌지만 그때 사람들은 무슨 소리를 들었는지 모두 솔밭 속을 바라보았다.

"무엇일까?"

"보통 개들이 짖는 소리가 아닌데?"

눈과 귀가 그곳으로 쏠렸기 때문에 덴시치로가 그만 가자고 재촉해도 가마꾼들은 곧 행동으로 옮기지 못했다.

덴시치로가 두 번 세 번 소리쳤을 때에야 겨우 알아듣고 묻는다.

"덴시치로님, 저게 무슨 소리일까요?"

3

그렇게 신경을 쓸 일이 아니다. 그것은 몇 십 마리 혹은 몇 백 마리 개들이 짖어대는 소리였다.

아무리 많아도 개 소리는 개 소리이다. 요즈음은 들개의 천지가 되어 있었다.

"가 봐!"

덴시치로가 말했다. 그리고 자기도 그곳으로 발길을 옮겼다. 그가 가마에서 일어날 정도였으니 개 짖는 소리도 보통 소리가 아니었다. 무슨 연유가 있음에 틀림없었다.

뒤따르는 문하생들도 황급히 따라나섰다.

"아?"

"이상하다!"

"괴상한 놈이로구나!"

과연 상상 이상의 광경이었다.

나무에 비끌어 매어진 마타하치와 그 마타하치를 이중 삼중으로 둘러싸고 그의 살점이라도 떼어 내려는 듯 노리고 있는 개들의 아우성치는 모습이었다.

개에게 말을 시킨다면, 아까 죽은 동료에 대한 복수라고 할는지도 모른다. 마타하치의 칼은 아까 개의 피를 그곳에 뿌렸다. 그의 몸에는 개의 피냄새가 배어 있다.

그렇지 않고, 개의 지능을 인간의 극히 낮은 정도로써 비쳐 본다면 이놈은 형편 없는 놈이니 좀 놀려 주자, 하고 재미있어하는 것인지도 모른다.

손발을 쓸 수 없기 때문에 마타하치의 전투는 얼굴 표정과 말로 하는 수밖에 없었다.

그러나 표정은 무기가 될 수 없고, 또 개에게는 말이 통하지 않았다.

그래서 개에게 통하는 말과 개에게 받아들여지는 표정을 짓자니 아까부터 악전고투하며 자기 방어에 죽을 지경이었다.

"우우우! 와악, 쉿, 캑!"

맹수가 짖는 소리도 갖가지였다.

개는 조금 뒤로 물러났으나, 마타하치가 너무너무 짖다가 침을 흘렸기 때문에 만만스럽게 보았는지 그것도 효과가 없어져 버렸다.

소리가 무기로서 효력이 떨어지게 되자 이번에는 표정으로 개를 쫓으려고 했다.

'악' 하고 입을 크게 벌려 보이자 이제는 개들도 놀란 모양이다. 눈을 부릅뜨고 노려보았다. 눈과 코와 입으로 온갖 조화를 부렸다. 혀를 코 끝까지 길게 빼 보였다.

그러는 사이, 그 백면상(百面相)에 그 자신도 지쳐 버리고 개들도 시들해 졌다. 그러나 다시 개들이 달려들려고 했기 때문에 이번에는 일생 일대의 지혜를 쥐어 짜내어 나도 너희들의 동료이니 친해 보자는 듯이 개 짖는 소리를 냈다.

"멍! 멍! 캥! 캥!"

그런데 그것이 도리어 개들의 경멸과 반감을 산 모양이다. 갑자기 설쳐대며 얼굴 가까이까지 와서 짖어댔다. 앞발로 할퀼 형세가 되었으므로 이래서는 안 되겠다고 생각했던지 마타하치는 있는 소리를 다해서 천자문을 외우는 것이었다.

하늘 천!

따 지!

검을 현!

누를 황!

……

4

다행히 그때 그곳에 덴시치로들이 달려왔다. 들개들이 떼를 지어서 사방으로 도망쳐 버리자 마타하치는 창피고 체면이고 생각할 겨를이 없었다.

"살려 주시오. 밧줄을 좀 풀어 주시오!"

처량하게 외쳤다.

요시오카의 문하생들 중에는 그의 얼굴을 알고 있는 자가 두셋 있었다.

"어, 이 사람은 쑥집에서 본 적이 있어."

"오코 남편 아냐?"

"남편? 남편은 아닐 거야."

"기온 도지 앞에서만 그랬지. 사실은 이 사내가 오코의 기둥 서방이었다네."

그러면서 떠들어댔다. 그러나 불쌍하니 풀어 주라는 덴시치로의 말에 결박을 풀고 까닭을 물었다. 그렇지만 마타하치는 너무나 부끄러워 사실대로 말하진 않았다.

이 사람들이 요시오카의 문하생들이라고 짐작한 그는 그들과 무사시와의 관계가 자기의 그것과도 비슷하므로 무사시의 이름을 들먹였다. 즉 자기와 무사시는 고향이 같다. 그런데 무사시 놈은 자기의 약혼자를 빼돌려 함께 도망을 쳤으니, 고향 사람들을 대할 면목도 없고 가명(家名)에도 커다란 오점이 찍혀 버렸다.

어머니 오스기는 그 때문에 늙은 몸인데도 불구하고 무사시와 그 부정한

약혼녀를 처벌하지 않고서는 고향으로 돌아가지 않겠다고 자기와 함께 집을 나섰다.

아까 어떤 분인지는 모르나 오코의 남편이란 말을 하셨는데 터무니없는 오해이다. 하숙집 오코에게 신세를 지고는 있었으나 오코와는 아무런 관계도 없다. 그 증거로 도지와 오코가 손을 맞잡고 타국으로 도망친 사실이 증명하지 않는가──

그러니까 나로서는 그러한 일은 아무래도 좋다. 가장 걱정되는 것은 모친 오스기와 원수 무사시의 소식뿐이다. 이번에 요시오카님은 그와 시합하여 실수를 했다 한다. 그 말을 듣자 참을 길 없어 여기까지 왔으나 수십 명의 부랑 무사에게 둘러싸여 지니고 있던 금품을 빼앗겼다. 노모가 계신 데다 원수를 쳐야 할 소중한 몸이어서 놈들이 하는 대로 내맡기고 체념하고 있던 중이라고 지껄였다.

"고맙습니다. 요시오카 문중이나 나나 무사시는 다 같은 원수. 이렇게 요시오카 일문의 여러분들이 포박을 풀어 준 것도 무슨 인연일는지 모르겠습니다. 나도 무사시를 원수로 삼고 있으니 아무 때고 목적을 이룬 다음에 다시 찾아 뵙기로 하겠습니다."

거짓말이라는 것은 순수한 거짓말만으로는 성립되지 않는 모양이다. 마타하치의 말에는 다소의 사실도 섞여 있었다.

그래도 그러한 자신이 부끄러웠는지 말을 덧붙였다.

"모친이 청수사에 참배하여 대망을 기원하고 계시기 때문에 지금 모친을 찾아 뵈어야 하겠습니다. 인사는 훗날 다시 시조 도장으로 찾아가서 하겠습니다. 바쁘신데 걸음을 멈추게 해서 대단히 죄송합니다."

거짓이 탄로나기 전에 마타하치는 재빠르게 가 버렸다.

그의 이야기가 거짓말인지 정말인지 생각해 볼 겨를도 없이 가버린 것이다. 문하생들은 어이없는 얼굴이고, 덴시치로는 쓴웃음을 지었다.

"뭐냐, 저 놈은 대체?"

쓸데없이 시간을 낭비했다고 혀를 차고 있었다.

5

이 며칠간이 위험한 고비라고 의사가 말한 지 나흘이 지나갔다. 그 무렵이 최악의 고비였다. 그러나 어제부터 기분이 좀 나아진 듯했다.

세이주로는 멍하니 눈을 떴다.

'아침일까? 밤일까?'

가만히 생각해 보았다.

머리맡의 등잔불이 꺼질듯 말듯 했고 사람은 아무도 없었다.

'닭이 울고 있구나.'

아직도 이 세상에 살아 있는가 하고 다시 생각해 본다.

'이런 망신이 어디 있는가?'

세이주로는 이불로 얼굴을 덮었다.

울고 있는 모양인지 손가락 끝이 경련을 일으킨다.

'앞으로 무슨 면목으로.'

흐느끼는 소리가 들린다.

부친 겐포의 이름은 세상에 너무나 널리 알려져 있었다. 불초한 자식은 부친의 명성과 유산을 짊어지고 살아가는 것만도 과중했을 뿐 아니라 결국은 그 무게를 못이기고 몸도 가문도 망치고 말았다.

'이젠 요시오카 가문도 끝장이다.'

머리맡에 있던 등불이 저절로 꺼져 버렸다. 방 안으로 새벽빛이 희미하게 비

처 들었다. 서리가 하얀 연대사 들에 섰을 때가 또 떠오른다.

그 때 본 무사시의 눈길!

지금 생각해 보아도 소름이 끼친다. 결국 처음부터 그의 적수는 아니었던 것이다. 왜 그의 앞에 목검을 던져 버리고 이 가명(家名)이나마 이어 나갈 생각을 못했던가.

'너무 자만했던 것이다. 아버지의 명성이 그대로 나의 명성인 듯이. 생각해 보면 나는 요시오카 겐포의 아들로 태어났을 뿐이지 수업다운 수업을 한 적이 있었던가. 나는 무사시에게 패배하기 전에 한 문중의 주인으로서, 인간으로서 이미 패배의 징조를 지니고 있었다. 무사시와의 시합은 그 파멸을 향해 최후의 박차를 가했음에 불과하다. ──이 요시오카 도장만이 이대로 사회의 세찬 흐름 속에서 번영이 계속될 리가 없다.'

감겨진 속눈썹 위로 눈물이 하얗게 고인다. 그것이 주르르 흘러 뺨을 타고 내린다.

'나는 왜 연대사 들판에서 죽지 않았던가. 살아 있어도 죽은 거나 다름없는 이 몸.'

오른팔이 없어진 허전한 어깨의 아픔에 눈썹을 찡그렸다. 날이 밝는 것이 두렵게 여겨졌다.

"쾅, 쾅, 쾅."

그때 문을 두드리는 소리가 멀리서 들려왔다. 누군지 떠드는 소리도 들린다.

"뭐, 덴시치로님이?"

"지금 도착하셨구나."

마중 나가는 요란스러운 발소리가 들리더니 이내 세이주로의 베갯맡으로 달려온 자가 말한다.

"선생님, 선생님. 지금 덴시치로님이 도착하셨답니다. 곧 이리로 오실 겁니다."

덧문을 열고, 화로에 불을 담고, 방석도 내놓기 전에 덴시치로의 목소리가 장지문 밖에서 들렸다.

"여기냐? 형님 방은."

'오래간만이구나!'

생각하면서도 세이주로는 동생을 대하는 것조차 괴롭게 여겨졌다.

"형님!"

들어온 동생을 향해 세이주로는 눈을 들어 웃으려 했으나 웃어지지가 않았다.

동생의 몸에선 확 술냄새가 풍겼다.

6

"어찌 된 일입니까, 형님?"

너무나도 기운찬 덴시치로의 모습이 병자의 나약해진 신경에 중압감을 준 모양이다.

"……."

세이주로는 눈을 감은 채 한동안 아무 말도 하지 않았다.

"형님, 이런 때는 역시 어리석은 동생이라도 의지가 되지요? 안심하십시오. 덴시치로가 온 이상 이젠 누가 와도 문제 없습니다."

그리고 차소반을 들고온 문하생을 향해 말했다.

"이봐, 차는 그만두고 술을 가져오라."

"예."

"야, 이리 와서 이 문은 닫아라. 환자가 춥지 않나!"

　덴시치로는 책상다리를 하고 화로를 껴안으며 말없이 형의 얼굴을 들여다
보았다.

　"대체 승부는 어떤 방법으로 했습니까? 미야모토 무사시란 자는 요즘에
와서 조금 이름이 난 사나이가 아닙니까? 형님도 참, 그따위 애숭이한테
실수를 하다니……."

　문하생이 장지문 밖에서 말했다.

　"덴시치로님, 술 준비가 되었습니다."

　"가져와."

　"저쪽에다 준비해 두었으니 목욕이라도 하신 다음에."

　"목욕 같은 건 하고 싶지 않다. 술은 여기서 마실 테니 이리로 가져와."

　"예? 여기서요?"

　"괜찮아. 형님과는 오랜만이다. 오랫동안 사이가 나빴지만 이럴 때는 역시
형제간밖에 없어. 여기서 먹겠다."

　"아, 술맛 좋다!"

　덴시치로는 자작으로 연거푸 두세 잔을 들이킨다.

　"형님이 건강하시다면 오랜만에 한 잔 드릴 텐데."

덴시치로는 혼잣말을 한다.

세이주로는 눈을 치뜨며 외쳤다.

"덴시치로!"

"예?"

"베개맡의 술을 치워!"

"왜, 왜요?"

"여러 가지 기분 나쁜 일이 생각나서 불쾌하다."

"기분 나쁜 일이라니요?"

"돌아가신 아버님은 필경 우리 형제의 술버릇 때문에 상을 찡그리실 게다. 너나 나나 술만 마시고 좋은 일은 한 가지도 하지 않았어."

"그럼, 나쁜 일만 했다는 겁니까?"

"……너는 아직 모르겠지만 나는 지금 뼈에 사무치도록 반평생의 고배를 맛보고 있다……이 병상에서."

"하하하하! 쓸데없는 말씀을 하시는군요. 원래부터 형님은 선이 가늘고 신경질이라 검인(劍人)다운 굵은 선이 없었어요. 솔직히 말해서 무사시란 자와 시합한 그 자체부터가 틀렸어요. 상대가 어떻든 간에 그런 일은 형님에게 어울리질 않아요. 이젠 형님도 칼을 들지 않는 것이 좋을 겁니다. 그저 요시오카의 대를 이어받고 조용히 계십시오. 아무래도 도전하는 자에게는 내가 맞서야지요. 도장도 앞으로는 내게 맡기시오. 반드시 아버지 시대보다 몇 배나 번창시켜 보이겠습니다. 형님이 도장을 빼앗을 야심이라고 저를 의심하지만 않는다면 틀림없이 해보이겠는데."

"……덴시치로!"

세이주로는 갑자기 몸을 일으키려 했으나 한 팔이 없기 때문에 이불도 자유스럽게 떨칠 수가 없었다.

7

"덴시치로!"

이불 속에서 뻗은 한 팔이 동생의 팔목을 억세게 잡았다. 환자의 힘인데도 제법 아플 지경이었다.

"아……형님, 술이 쏟아져요."

쥐어진 손목의 술잔을 덴시치로는 황급히 바꿔 쥔다.

"무슨 일입니까? 새삼스럽게."

"네 희망대로 이 도장을 양도하마. 그러나 도장을 이어받는 것은 동시에 가명(家名)을 이어받는 것이다."

"좋습니다, 맡지요."

"그렇게 쉽게 말하지 마라. 내가 걸은 길을 다시 밟고 또 다시 아버님의 이름을 더럽힌다면 차라리 지금부터 그만두는 게……."

"그런 말씀 마시오. 덴시치로는 형님과는 다르오."

"마음을 고쳐먹고 해 주겠는가?"

"잠깐, 그러나 술은 못 끊습니다. 술만큼은."

"좋아, 술 정도는. ……내가 실수한 것은 술 탓이 아니다."

"여자겠지요. 여자를 좋아하는 게 형님의 나쁜 버릇입니다. 이번에 몸이 낫거든 정식으로 부인을 맞이하십시오."

"이 기회에 나는 완전히 검을 버리겠다. 아내는 가질 생각도 없다. 다만 한 사람 구해 주지 않으면 안될 사람이 있다. 그 사람이 행복하게만 되면 그 이상 바랄 것이 없어. 들판에 초가집이나 짓고 거기서 평생을 보낼 테다."

"구해야 한다는 사람이란 누굽니까?"

"하여튼 좋아. 너에게 뒷일을 부탁한다. 이런 폐인이 된 형의 가슴에도 아직 얼마간의 자존심과 체면이라는 것은 있다. ……그러나 그것을 내던지고 너에게 이렇게 손을 잡고 말한다. 알겠나? 내가 밟아온 길을 다시는 밟지 마라."

"좋습니다. ……반드시 형님의 오명을 설욕해 드리겠습니다. 그러나 상대인 무사시가 지금 어디 있는지 그 거처는 아십니까?"

"……무사시?"

세이주로는 눈을 크게 뜨며 뜻밖의 말이라는 듯이 동생의 얼굴을 쳐다 보았다.

"덴시치로, 너는 내가 그렇게 충고했는 데도 무사시와 맞설 작정이냐?"

"무슨 말씀이오? 이제 와서 말할 것도 없지 않습니까? 이 덴시치로를 불러오신 것도 그 때문이 아닙니까? 또 나와 문하생들이 무사시가 타국으로 빠져나가기 전에 만사를 젖혀놓고 이렇게 달려오지 않았습니까?"

"……."

세이주로는 고개를 저었다. 앞날을 알고 있는 듯한 눈길이었다.

"그만두어라."

동생에게 하는 형의 명령이었다.

그것이 마음에 들지 않는 덴시치로였다.

"왜요?"

동생이 대든다.

환자의 얼굴은 동생의 어조에 흥분되어 불그스레 상기되었다.

"이길 수 없기 때문이다!"

이렇게 격렬하게 토해 버렸다.

"누구에게?"

덴시치로도 파랗게 질려서 되물었다.

"무사시에게 말이다!"

"누가 말입니까?"

"뻔한 일이 아니냐? 네가 말이다, 네 솜씨로는 말이다."

"무, 무슨 말씀을?"

일부러 그러는 듯 덴시치로는 어깨를 흔들어가며 웃었다. 그러고는 형의 손을 뿌리치고 술잔에 술을 따랐다.

"이봐! 술이 없다. 술을 가져와."

8

제자 한 사람이 부엌에서 술을 가지고 왔을 때 이미 덴시치로는 그 병실에
없었다.

"…… ?"

놀란 그 문하생은 소반을 방바닥에 놓고 물었다.

"웬일이십니까, 선생님?"

이불 속에 엎디어 있는 세이주로의 베개맡으로 다가앉았다.

"불러, 불러와! 덴시치로에게 한 마디 더 할말이 있다. 덴시치로를 데리
고 오너라."

"예, 예."

제자는 세이주로의 어조가 또렷한 것을 듣고 그제야 좀 안심이 되는 모양
이었다.

"예, 지금 곧 가겠습니다."

문하생은 황급히 덴시치로를 찾으러 나갔다.

덴시치로는 오랫동안 나타나지 않았던 도장 마루에 나가 앉아 있었다.

주위에는 오랜만에 만난 우에다 료헤이(植田良平), 난보 요이치베(南保餘
一兵衞), 미이케(御池), 오타구로(太田黑) 등의 고참 문하생이 그를 둘러싸
고 있었다.

"형님은 만나셨소?"

"음, 지금 만나고 왔어."

"기뻐하시지요?"

"그다지 기뻐하는 눈치도 아니야. 방에 들어가기 전까지는 나도 가슴이 꽉
메어 있었지만 형님은 말이 없었고, 나도 하고 싶은 말만 하다 보니 또 말
다툼이 되어 버렸지."

"예? 말다툼을……그건 아우님이 잘못하셨소. 형님은 이제 겨우 건강을
회복하신 참인데 그런 병자를 상대로."

"그렇지만 말이야."

덴시치로와 고참 문하생과는 마치 친구 사이 같았다.

　자기를 충고한 료헤이의 어깨를 잡고 농담 중에도, 자기 완력을 표시하려
는 듯이 흔들며 이렇게 말했다.
　"형님은 내게 이렇게 말했어. 너는 나의 패배를 설욕하기 위해 무사시와
맞설 작정이지만 필경 너는 무사시에게 진다. 네가 쓰러지면 이 도장까지
망한다. 가명도 끊어진다. 치욕은 내 한몸으로 그치기로 하고 나는 이번
일을 계기로 평생 검을 들지 않겠다. 그러니 너는 이 도장을 지켜 나가며
일시의 오명을 장래의 정진으로 회복시켜 달라……고 이렇게 말하는 거
야."
　"과연."
　"무엇이 과연이냐?"
　"……."
　찾으러 온 문하생이 그 이야기 틈을 타서 끼어들었다.
　"덴시치로님, 형님께서 한 번만 더 오시라고 합니다."
　뒷짐을 진 덴시치로는 흘끔 그 문하생의 얼굴을 돌아다보았다.
　"술은 어쨌느냐?"
　"거기 갖다 놓았습니다."

"이리 가져와. 모두들 마시면서 이야기나 하자."

"선생님께서……."

"귀찮다. ……형님은 약간 공포증에 걸려 있는 모양이야. 이리로 술을 가져와."

료헤이, 미이케, 그밖의 사람들도 입을 모아 충고한다.

"아니, 술을 마실 때가 아닙니다. 우리들은 상관 없으니 가 보십시오."

그러자 덴시치로는 언짢은 듯이 말했다.

"뭐야? 자네들은……자네들까지도 무사시 한 놈을 겁내고 있는 거냐?"

9

요시오카라는 존재가 컸던 만큼 받은 타격 또한 컸다.

무사시가 준 목검의 일격은 주인 세이주로의 육체를 그렇게 만들었을 뿐만 아니라 요시오카 일문이라는 기성 세력을 뿌리째 불구로 만들어 버린 것이었다.

'설마!'

자존심으로만 차 있던 한 가문의 마음은 모두 허물어져서 그 뒷처리를 보더라도 이전과 같은 단결심을 잃고 있었다.

한 번 받은 상처의 심각한 쓴맛은 날이 갈수록 착잡해져서 모든 사람의 얼굴을 어둡게 만들었다. 무슨 의논을 해도 소극적이거나 또는 극단적으로 흘러가는 바람에 도무지 뭉쳐지지가 않았다.

덴시치로를 맞아 들이기 전부터——

'무사시에게 다시 시합을 청하여 설욕을 꾀하는가.'

'그렇지 않으면 이대로 자중책을 취하는가.'

이 두 가지 의견이 고참 문하생들 가운데 대립되어 있어, 지금도 덴시치로의 의사에 동의를 표하는 자와 은근히 세이주로의 생각에 공명하고 있는 자로 갈리어 있었다.

그러나——

'치욕은 일시적인 것, 만일 이 이상 거듭 실수를 한다면.'

이같은 은인주의(隱忍主義)는, 세이주로이기 때문에 할 수 있는 말이지 고참 문하생들은 마음 속으로나 생각할 뿐 입 밖으로는 낼 수 없었다.

더욱이 패기만만한 덴시치로 앞에서는 더욱 그러했다.

"그런 비겁하고 약한 형님의 말씀을 아무리 병중이라고는 하나 순순히 듣고 있을 수만은 없지 않은가……."

날라온 술상 앞에서 각자에게 술을 따르게 하며, 덴시치로는 오늘부터 형 대신 자기가 경영하게 된 이 도장에 우선 자기 식의 분위기를 만들어 내려는 듯한 기상을 보였다.

"나는 무사시를 치겠다고 단언한다. 형님이 뭐라고 하건 나는 할 테다. 무사시를 버려둔 채 도장을 유지해 나가라는 형님의 말씀이 대체 무사가 할 말인가? 그런 생각이기 때문에 무사시에게 진 거야. 자네들은 그 형님과 나를 같은 눈으로 보지 말게."

"그거야 벌써……."

뒷말을 흐린 다음에 요이치베라는 고참 문하생이 말했다.

"덴시치로님의 실력은 우리들도 알고 있지만……그러나……."

"그러나……뭐냐?"

"형님 생각으로는 상대인 무사시는 일개의 무사 수행자, 이쪽은 무로마치 이래의 이름난 가문. 저울질을 해 보더라도 그것은 이익 없는 시합으로서 이기건 지건 쓸데없는 도박이라고 현명하게 깨달으신 게 아닐까요?"

"도박이라고?"

덴시치로의 눈이 번쩍하며 무섭게 빛났다. 요이치베는 당황하여 말했다.

"아, 실언이었소. 그 말은 취소합니다."

그러나 끝까지 듣지도 않고 소리친다.

"이봐!"

덴시치로는 그의 멱살을 잡고 버티어섰다.

"……나가! 이 겁쟁이!"

"실언이었소, 덴시치로님……."

"시끄럽다! 너 같은 비열한 자는 나와 동석할 자격이 없어. 나가!"

확 떠밀어 버렸다.

요이치베는 도장의 판자벽에 등을 부딪친 채 새파랗게 질렸으나 곧 진정하고 조용히 앉아 말했다.

"여러분! 오랫동안 신세 많이 졌습니다."

그리고 정면의 신단에 절을 하고 벌떡 일어나 저택 바깥으로 뒤도 돌아보지 않고 나가 버렸다.

"자, 들어!"

덴시치로는 모두들에게 술을 권하며 말했다.

"술을 마신 뒤 오늘부터라도 무사시의 숙소를 찾도록 하게. 아직 타국으로 나가지는 않았겠지? 우쭐대고 이 근처를 돌아다닐지도 몰라. 알겠나? 그리고 다음 문제는 이 도장일세. 이렇게 버려 두어서는 안 돼. 평소와 같이 연습을 하는 거야. ……나도 한잠 자고 도장으로 나오겠네. 형님과 달리 난 좀 거친 편이니 그런 줄 알고 앞으로는 열심히 하게."

10

그러고 나서 7일 후의 일이었다.

"알아냈다!"

소리치면서 요시오카 도장으로 돌아온 한 사람의 문하생이 있었다.

도장에서는 덴시치로가 직접 자신이 예고한 대로 몹시 거친 연습을 시키고 있었다.

피로를 모르는 그의 정력에 짓눌린 여러 문하생들은 지명받을 것을 두려워하는지 모두들 구석으로 모여 고참인 오타구로가 마치 어린아이처럼 다루어지고 있는 것을 구경하고 있는 참이었다.

"잠깐 기다려, 오타구로."

덴시치로는 목검을 거두고 지금 도장에 나타난 사나이 쪽으로 눈길을 돌렸다.

"알아냈나?"

"알았습니다."

"어디 있던가, 무사시는?"

"혼아미 고에쓰의 집에 무사시가 묵고 있는 게 분명합니다."

"혼아미의 집에? ──이상한데, 무사시 같은 시골뜨기 무사가 고에쓰를 어떻게 알았을까?"

"관계는 잘 모르지만 좌우간 묵고 있는 것만은 틀림없습니다."

"좋아, 곧 가보자."

준비할 양으로 안으로 들어가는 것을 오타구로와 료헤이 등 고참들이 말렸다.

"갑자기 가서 친다는 것은 막싸움 같아서 이기더라도 소문이 좋지 않을 것입니다. ,"

"연습에는 예의범절이 있겠지만 실제의 시합엔 예의 같은 것은 없어. 이기는 편이 승리하는 것이다."

"그러나 형님 경우도 그렇지 않았으니, 역시 사전에 통지를 해서 장소와 일시를 약속해 둔 다음 당당하게 시합하는 편이 훌륭하다고 생각되는데요."

"그렇지? 그렇게 하자. 너희들 말대로 하겠는데 설마 그동안에 또 형님 말씀을 듣고 문하생들까지 말리지는 않겠지?"

"이의를 품은 자나, 요시오카 도장을 단념한 배은망덕한 인간들은 이 열흘 동안에 이미 모두 이 대문 안에서 나갔습니다."

"잘 됐다, 그런 조치가 차라리 이 도장을 튼튼하게 하는 거야. 기온 도지 같은 괘씸한 놈, 난보 요이치베 같은 겁쟁이. 모든 비겁자들은 스스로 물러가는 것이 좋다!"

"무사시에게 서면을 보내기 전에 일단 형님에게라도?"

"그 일 같으면 너희들로는 안 돼. 내가 직접 가서 이야기를 하지."

형제 사이의 이 문제는 아직 열흘 전 그대로였다. 그 일에 대해 어느 쪽도 자기 의견을 굽히지 않는 것이었다. 고참자들은 또 싸움이 되지나 않았으면 하고 걱정하고 있었으나 큰 소리가 들리지 않자, 곧 무사시에게 전할 장소와 일자를 의논하고 있었다.

그때 세이주로의 거실에서 외치는 소리가 들려왔다.

"이봐, 우에다, 미이케, 오타구로, 그밖의 사람들도 이리 잠깐 와!"

세이주로의 음성이 아니었다.

모두들 가보니 덴시치로 혼자 멍하니 서 있지 않는가! 그의 이런 얼굴 표정은 고참 문하생들도 처음 보는 것이었다. 덴시치로의 눈은 곧 울음이라도 터질 듯 물들어 있었다.

"이것 좀 보게……."

손에 펼쳐 들고 있던 형의 편지를 그들에게 보이면서 억지로 노한 듯한 음성으로 말했다.

"형님은 내게 이런 길다란 충고 편지를 써놓고 집을 나가 버렸어. 행선지도 씌어 있지 않아, 행선지도……."

막다른 골목

1

'……누굴까?'

문득 바느질하던 손을 멈추고 오쓰우는 불러 본다.

"누구세요?"

장지문을 열어 보아도 아무도 없다. 마음 탓이라고 생각하니 외로움에 사로잡혀 깃과 소매만 달면 다 되는 바느질인 데도 일손이 잡히질 않는다.

'조타로인 줄 알았는데?'

마음 속으로 중얼거리기나 하듯 그는 아직 아무도 없는 한낮의 외로움 속에서 누군가의 기척만 있으면 조타로가 찾아온 것이나 아닐까 하고 귀를 기울이는 것이다.

여기는 삼년 고개 밑.

복잡한 도시 한복판이긴 하지만 행길 뒤편에 숲이랑 밭이 질펀하게 펼쳐져 있어, 동백꽃이 피고 매화도 봉오리를 맺었다.

이 외딴집도 역시 뒤편은 숲과 맞닿아 있었다. 앞으로는 백 평 가량의 채소밭이 있고 밭 저편으로는 아침부터 밤까지 분주하고 시끄러운 여관집 부억이 있다. 이 외딴집도 그 여관에 딸린 집으로 조석 식사도 그 부엌에서 날라오고 있었다.

오스기 노파는 어디로 갔는지 보이지 않는다. 이곳은 교토에 들를 때면 으레 찾아오는 노파의 단골 여관이었다.

"오쓰우님, 밥상을 가져올까요?"

밭 저편 부엌에서 일하는 여자가 이쪽을 향해 소리쳤다.

오쓰우는 그제야 깊은 생각에서 깨어났다.

"아, 밥 같으면 할머니가 돌아온 다음 함께 먹을 테니까 나중에 가져와요."

"할머니는 늦게 돌아오겠다고 하셨는데요."

"그럼, 나도 그만두겠어요. 별로 배가 고프지 않으니."

"아무 것도 안 잡수시고 어쩌려고요?"

어디선지 장작을 때는 짙은 연기가 흘러와 매화나무도 건너편 안채도 숨겨버리고 말았다.

부근에는 도자기 만드는 가마가 군데군데 있었다. 거기서 불을 때는 날이면 연기가 안개처럼 근처를 그을리고 있는 것이다. 그러나 연기가 지나간 다음의 이른봄 하늘은 한층 더 아름답게 보였다.

말 우는 소리랑 청수사로 가는 참배자들의 발소리가 한길 쪽에서 부산하게 들려온다. 그러한 소음 속에서 무사시가 요시오카 세이주로를 쳤다는 소문도 들려왔다.

오쓰우는 춤이라도 출 듯이 기뻐하며 무사시의 모습을 그리고 있었다.

'조타로는 연대사 들판에 가 보았겠지. 조타로가 오면 자세한 것을 알 수 있을 텐데…….'

조타로가 찾아오기를 애타게 기다리고 있었다.

그러나 그 조타로는 도무지 찾아오지 않는 것이었다. 고조 다리에서 헤어진 후 벌써 스무 날이 넘는다.

'이 집을 못 찾는 것일까? ……아니, 그럴 리가 없다. 삼년 고개 밑이라고 가르쳐 주었으니 한 집 한 집 찾더라도…….'

이렇게 생각해 보다가 걱정도 해 본다.

'혹시 감기라도 들어 누워 있는 게 아닐까?'

그러나 그 조타로가 병이 났으리라고는 생각되지 않는다. 틀림없이 태평스럽게 연이라도 띄며 놀고 있을 것이다.

오쓰우는 슬그머니 화가 났다.

2

그러나 한편으로 생각하면 조타로 쪽에서도 이런 식으로 생각하고 있는지도 모를 일이다.

'먼 곳도 아닌데 오쓰우 누나는 한 번쯤 와 보면 어때? 가라스마루님 댁에 인사도 하지 않고……'

그것을 짐작 못하는 오쓰우는 아니었지만 오쓰우가 어디로든 나가려면 오스기 노파의 허락을 받지 않으면 안 된다.

오늘처럼 노파가 없는 기회에 나가 버리면 되지 않나 사정을 모르는 사람은 이렇게 생각할지 모른다. 그러나 빈틈 없는 노파는 여관집 사람들에게 부탁을 해 두었기 때문에 오쓰우에게는 언제나 누군가의 눈초리가 번뜩이고 있었다. 잠깐 한길까지만 나가도 곧 누군가가 소리치는 것이었다.

'오쓰우님, 어딜?'

아무튼 오스기 노파는 이곳의 오랜 단골이라 이 삼년 고개에서 청수사 근처까지 대부분 사람들과 안면이 있었다.

'그 할머니는 의지가 꿋꿋해.'

'훌륭한 할머니야.'

'원수를 찾으러 나섰대.'

이러한 소문이 어느틈엔가 퍼져 노파의 인기를 끌게 했고 일종의 존경으로까지 번져가고 있었다.

더욱이 여관집 사람들이니 오스기의 입에서 한 마디 부탁을 받는다면 그것을 지키는 데 충실할 것은 당연했다.

어떻든 오쓰우는 무단으로 나갈 수가 없었다. 편지를 내고 싶어도 여관집 사람들의 손을 거치지 않고는 전할 재주가 없다.

결국 조타로의 방문을 기다리는 수밖에 별도리가 없었다.

"……"

장지문 그늘에 앉아 오쓰우는 또 바느질을 하기 시작했다.

그때 또 누군가가 바깥에서 어른거리는 기척이 들렸다.

"어머나! 잘못 봤나?"

들어 보지 못한 여자의 음성이었다.

한길에서 이 막다른 골목에 다다르자 외딴집에 낯이 선지 이렇게 중얼거리고 있었다.

오쓰우는 무심코 얼굴을 내밀었다. 파밭 사이의 매화나무 밑에 서 있던 여인이 오쓰우를 보더니 멋쩍은 듯이 머리를 숙였다.

"……저어, 여기는 여관이 아닌가요? 골목 입구에 여관이라고 씌어 있기에 들어왔는데."

여인이 주저주저 말했다.

오쓰우는 대답하는 것조차 잊은 듯 그 여자의 얼굴부터 발끝까지를 훑어보고 있다. 여인은 점점 더 멋쩍은 듯이 중얼거린다.

"어느 집일까?"

주위의 지붕을 둘러보다가 문득 매화 나뭇가지를 본다.

"어머나! 참 곱게 피었네."

열없는 얼굴을 들고 황홀한 듯한 표정을 지어 보이기도 한다.

'그렇다, 고조 다리에서!'

오쓰우는 곧 기억해냈으나 혹시 틀리지나 않았을까, 하고 기억을 더듬어 보고 있었다. 초하룻날 아침이었다. 그 다리 난간에서 무사시의 가슴에 얼굴을 묻고 울고 있던 예쁜 여자——상대방은 몰랐겠지만 오쓰우에게는 잊을 수 없는——무언가 적으로만 여겨져 줄곧 마음에 걸려 있던 그 여자가 아닌가.

3

부엌일 하는 여자가 전했는지 골목을 돌아온 여관집 하인이 묻는다.

"여관에 드실려구요?"

아케미는 침착하지 못한 눈으로 대답한다.

"네, 어디로 가지요 ?"

"바로 요 앞입니다. 골목 오른편 모퉁이인데요."

"그럼 한길을 향하고 있군요?"

"한길이라도 조용합니다."

"출입하기에 눈에 뜨이지 않는 집을 찾았는데……."

오쓰우가 있는 외딴집을 쳐다본다.

"저기는 이 댁의 사랑채가 아닌가요?"

"예, 그렇습니다만."

"저기 같으면 좋겠어요. ……조용할 것 같고 아무 데서도 보이지 않으니."

"저 쪽 안채에도 좋은 방이 있습니다."

"마침 거기 계신 분도 여자분 같으니……나도 함께 묵게 해 줄 수 없겠어요?"

"그러나 또 한 분, 좀 까다로운 노인이 계시는데요……."

"괜찮아요……. 나는 상관 없어요."

"나중에……오시면 합숙을 승낙해 주실는지 여쭈어 보겠습니다."

"그럼, 그 동안 저쪽 방에서 쉬고 있을까요?"

"예……저쪽 방도 틀림없이 마음에 드실 겁니다."

아케미는 하인을 따라 여관집 앞 쪽으로 돌아갔다.

오쓰우는 결국 아무 말도 하지 못하고 말았다. 왜 한 마디라도 물어 보지 못했던가? 지난 다음에야 항상 후회하는 것이 좋지 못한 자기의 성격인 모양이다, 하고 혼자 생각에 잠겨 버렸다.

지금 그 여자와 무사시는 대체 어떤 사이인 것일까?

그것만이라도 알고 싶다.

고조 다리에서는 꽤 오랫동안 두 사람이 이야기하고 있었다. 그것도 보통 사이가 아닌 것 같았다. 마지막엔 흐느끼는 그녀의 어깨를 무사시가 안고 있지 않았던가.

'설마 무사시님이 그럴 리야…….'

오쓰우는 자기 질투일 뿐이려니 하고 억측을 떨쳐 버리려 했다. 그러나 역시 그날부터 자칫하면 지금까지 잊고 있던 복잡한 상처가 마음 속에 되살아나곤 하는 것이었다.

——자기보다 아름다운 여자.

——자기보다 무사시에게 접근할 기회가 많은 여자.

——자기보다 재치가 있고 남성의 마음을 교묘하게 사로잡는 여자.

지금까지는 무사시와 자기만의 세계였지만 오쓰우는 갑자기 같은 여성의 세계를 바라보게 되자 자기의 무력함이 슬퍼졌다.

——아름답지도 않고

——재치도 없는 데다 기회도 없으니…….

이러한 자신을 넓은 세상의 수많은 여성들과 비교해 보니 자기의 희망이 너무나 과분하고 무언가 허황한 꿈처럼 여겨지는 것이었다. 훨씬 옛날, 칠보사의 천년 묵은 삼나무에 기어오르던 무렵의 그 폭풍우 같던 용기는 어디로 갔을까? 다만 고조 다리의 우차 그늘에 쪼그리고 앉아버린 그 나약한 성품만이 이상하게도 마음 속에 자리잡고 있는 것이었다.

'조타로의 도움이 아쉽구나!'

이런 생각이 오쓰우에겐 통절하게 느껴진다.

'폭풍우 속에서 그 삼나무 위로 기어올라갔던 무렵엔 아직 조타로 같은 천진난만성이 있었는데.'

이런 생각에 잠겨 요즈음처럼 혼자 고민하고 있는 복잡한 심정은, 그러한 처녀의 마음에서 어느덧 떨어진 증거가 아닐까 하는 생각이 든다. 바느질하던 일감 위에 자기도 모르게 눈물이 떨어졌다.

"있는 거냐, 없는 거냐. 오쓰우, 왜 아직 불도 켜지 않았느냐?"

어느 사이에 어두워졌는지 밖에서 돌아온 오스기 노파의 목소리가 들렸다.

4

"이제 오세요? 곧 불을 켜겠어요."

뒷방으로 가는 오쓰우의 등으로 싸늘한 눈길을 보내며 노파는 컴컴한 다다미 방에 앉았다.

등잔불을 놓고 오쓰우가 노파의 손을 잡는다.

"할머니, 고단하시지요? 오늘은 또 어디로……."

"물을 것도 없지 않아?"

오스기 노파는 일부러 그러는 듯이 엄격한 태도를 보인다.

"마타하치를 찾고, 무사시 있는 곳을 수소문하고 다니는 거야."

"다리를 좀 주물러 드릴까요?"

"다리는 괜찮은데 어깨가 아프다. 주물러 주겠으면 어깨를 주물러 다오."

무슨 일이건 이런 투다. 그러나 그것도 마타하치를 찾아 과거를 깨끗이 청산해 버릴 때까지 조금만 참으면 된다고 생각하는 오쓰우는 살그머니 노파의 등 뒤로 다가갔다.

"정말 어깨가 굳어 있군요. 이래 가지고는 호흡이 곤란하시겠어요."

"걸어다니다가도 갑자기 가슴이 답답할 때가 있어. 역시 나이 탓이겠지.

언제 어느 때 졸도할는지 모를 일이야."

"아직은 젊은이도 못따라갈 만큼 기운이 좋으신데요. 그럴 리가 있겠어요?"

"그렇지만 말야, 그 건강하던 곤로쿠조차 꿈결같이 죽어 버렸는걸. 사람의 일이란 알 수 없는 거야. ……다만 내가 기운이 날 때는 괘씸한 무사시 놈을 생각할 때뿐이야."

"할머니……무사시님은 결코 그런 나쁜 사람이 아녜요……할머니가 오해하고 계세요."

"……흐……흐."

오스기 노파는 나직하게 웃는다.

"그렇겠지. 마타하치를 버리고 반해 버린 남자니까. 거슬리는 말을 해서 미안하다."

"어머! ……그런 뜻이 아녜요."

"아니란 말이냐? 마타하치보다는 무사시가 미치도록 좋을 텐데……차라리 정직하게 말하는 편이 좋지 않느냐?"

"……."

"곧 마타하치를 만나면 너의 희망대로 깨끗이 이야기를 해 주겠다만…….
그렇게 되면 너와 나와는 생판 남이야. 너는 무사시 곁으로 달려가서 우리
모자를 욕할 것이 뻔하구."

"어떻게 그런 말씀을……할머니, 저는 그런 여자가 아니에요. 은혜는 은
혜로서 언제까지나 잊지 않겠어요."

"요즘 젊은 여자들, 말은 잘 하더라. 어쩜 그렇게 상냥하게 잘도 꾸며대는
지 나는 정직하기 때문에 그런 말주변은 없어. 네가 무사시의 여편네가 되
면 너도 나의 원수가 된다……흐흐흐흐, 원수의 어깨를 주무르는 것도 꽤
나 괴로울 거야."

"……."

"그것도 무사시의 여편네가 되기 위해서 하는 고생이니까 그렇게 생각하
면 못 참을 것도 없겠지."

"……."

"울기는 왜 울어?"

"우는 게 아니에요."

"그럼, 내 목덜미에 떨어진 것은 뭐냐?"

"……죄송합니다, 그만."

"벌레가 기어가는 것 같아서 섬찟하구나. 주물러 주려거든 좀 더 힘을 주
어서 주물러라. 찔끔거리며 무사시 생각만 하지 말고."

채소밭에 등불이 보였다. 언제나처럼 저녁 식사를 가지고 오는 줄 알았더
니 그게 아니었다.

"실례합니다. 혼이덴의 노모님 방은 이쪽입니까?"

중 차림의 사내가 마루 끝에 나타났다.

들고 있는 등에는 청수사라고 씌어 있었다.

5

"저는 자안당(子安堂)에 있는 사람인데."

등불을 마루에 놓고 심부름 온 중은 품 속에서 편지를 꺼냈다.

"무슨 일인지는 모르지만 저녁 때 젊은 낭인이 와서 요즘은 사쿠슈(作州)
의 할머니가 참배하러 안 오시느냐고 묻길래 종종 오신다고 했더니 이것
을 전해 달라면서 편지를 주고 갔습니다."

"아이구, 정말 수고가 많았소."

노파는 방석을 권했으나 중은 곧 돌아가 버렸다.

"……누구일까?"

노파는 등불 밑에서 편지를 폈다. 얼굴빛이 변하는 것을 보니 무언가 그 내용이 노파의 가슴을 세차게 흔들어 준 모양이었다.

"오쓰우!"

"네."

"이제 차는 필요 없어. 자안당 사람은 돌아갔으니."

"벌써 가셨군요. 그럼, 할머니라도 한 잔."

"남한테 주려던 차를 나한테 주려는 거냐? 내 배는 차나 걸르라는 배가 아니야. 그런 차는 마시고 싶지도 않다. 그보다는 빨리 채비나 해라."

"……예, 어디로 가시려는 겁니까?"

"네가 기다리고 있던 이야기를 오늘밤에 결정지어 주지."

"아……그럼, 이제 그 편지는 마타하치님한테서 온 것인가요?"

"아무래도 좋아. 넌 아무 소리 말고 따라오기만 하면 되는 거야."

"그럼 저녁상을 가지고 오라고 말하고 오겠어요."

"아직 안 먹었느냐?"

"할머니 오실 때까지 기다리고 있었어요."

"쓸데없는 걱정만 하고 있군. 난 벌써 점심 겸 해서 먹고 왔다. 안 먹었거든 빨리 먹어라."

"네."

"밤이라 산바람이 무척 차가울 텐데, 속옷은 꿰매 놓았느냐? 그리고 버선도 빨아 놓았는지. 여관집 사람에게서 짚신도 새것으로 한 켤레 얻어와."

대답을 할 사이도 없이 노파는 연거푸 오쓰우에게 지시한다.

이렇게 되면 웬일인지 오쓰우는 그 말에 한마디도 반항할 수가 없었다. 가만히 있기만 해도 마음이 움츠러드는 것이었다.

오쓰우는 짚신을 나란히 놓았다.

"할머니, 나오세요. 제가 모시겠습니다."

오쓰우는 먼저 나와서 말했다.

"등불은 가졌느냐?"

"아니오……."

"정신 없는 계집이로군. 오토와산(音羽山)까지 가는데 이 늙은이를 등불도 없이 걷게 할 작정이냐? 속히 여관집 등을 빌려 와."

"미처 몰랐어요. 지금 곧 빌려 오겠어요."

오쓰우는 자신의 채비는 아무 것도 차릴 사이가 없었다.

대체 어디로 가는 것일까?

그렇게 생각했지만 물어 보면 야단맞을 것 같아 오쓰우는 말없이 등불을 들고 삼년 고개를 앞장서서 걸어갔다.

그러나 오쓰우의 마음은 어쩐지 들떠 있었다. 편지는 마타하치에게서 온 것임에 틀림없다. 그렇다면 노파가 굳게 약속하고 있는 문제의 해결을 오늘 밤에야말로 보게 되는 것이다. 아무리 괴롭고 고생스럽더라도 조금만 더 참으면 된다.

'이야기가 끝나면 오늘 밤으로라도 가라스마루님 댁으로 가서 조타로를 만나야지.'

삼년 고개는 참는 고개였다. 돌이 많고 울퉁불퉁한 고갯길을 오쓰우는 땅만 내려다보며 걸었다.

비모비심(悲母悲心)

1

폭포수 소리가 들린다. 물이 붇는 것도 아닐 텐데 밤이면 유난히 크게 들린다.

"지슈신사(地主神社)란 틀림없이 여기일 거야⋯⋯. '지슈 벚나무'라고 이 나무의 팻말에도 씌어 있으니."

청수사 옆의 산길을 꽤 오랫동안 올라왔던 것이다. 그러나 노파는 숨이 차다고도 하지 않는다.

"애야, 애야."

그 사당 앞에 서자 곧 어둠을 향해 이렇게 부른다.

얼굴 표정도 목소리도 절절한 애정으로 떨리고 있었다. 뒤에 서 있는 오쓰우에게는 마치 다른 사람처럼 생각되었다.

"오쓰우, 불을 꺼트리지 말아라."

"네⋯⋯."

"없구나, 없어."

노파는 입 속으로 중얼대며 그 근처를 둘러본다.

"편지에 지슈신사까지 와 달라고 했었는데."

"오늘 밤이라고 써 있었나요?"

"오늘이니 내일이니 하지도 않았어. 몇 살이 되어도 그 애는 어린애니까 말이야. ……그것보다 제가 주막으로 오면 될 텐데……. 스미요시(住吉)의 일도 있으니까 겸연쩍은 거야."

오쓰우는 노파의 소매를 당기며 말한다.

"할머니, 마타하치님이 아닐까요? 누군가 밑에서 올라오고 있어요."

"응, 왔나 보다."

비탈길을 살펴본다.

"애야!"

이윽고 올라온 자는 그렇게 불러 보는 오스기 노파는 거들떠보지도 않고 지슈신사의 뒤를 돌아갔다가 다시 그곳으로 돌아오더니, 걸음을 멈추고 등불에 떠오른 오쓰우의 새하얀 얼굴만 염치 없는 눈으로 말끄러미 들여다본다.

오쓰우는 섬칫했지만, 상대편은 아무것도 느끼지 않는 표정이었다. 이해 정월에 고조 큰 다리 모퉁이에서 서로 마주쳤었는데도, 사사키 고지로 쪽에선 아무런 기억이 없는 모양이다.

"아낙네, 그리고 할멈, 너희들은 지금 이곳에 올라왔나?"

"……."

질문이 너무나 당돌했기 때문에 오쓰우와 오스기 노파는 다만 고지로의 화사한 모습에 눈만 크게 뜨고 있었다.

그러자 고지로는 느닷없이 오쓰우의 얼굴을 손가락질하며 말했다.

"꼭 이만한 나이 또래의 여자야. 이름은 아케미라고 하는데, 좀 더 둥근 얼굴에 몸집은 이 여자보다 작지만 찻집 출신의 도회지 처녀라 어딘가 좀 세련되어 보이는데, 혹시 보지 못했나? ……이 근처에서."

"……."

잠자코 두 사람은 고개를 저었다.

"이상한걸? 삼년 고개 근방에서 본 사람이 있다고 들었는데, 그렇다면 이 근처 사당에서 밤을 샐 것이 틀림없는데……."

처음에는 상대를 보고 한 말이었으나, 도중에서부터는 혼잣말처럼 되더니 그 이상은 물을 것이 없는지 무언가 한두 마디 중얼거리며 고지로는 어디론가 가 버리고 말았다.

노파는 혀를 차며 말했다.

"뭐야, 저 젊은이는? 칼을 짊어지고 있는 꼴을 보니 그래도 무사인 모양인데 여봐란 듯이 차려 입고 밤중까지 계집의 꽁무니만 쫓고 있다니…….
에이, 우리는 그런 게 문제가 아니야!"

오쓰우는 또 오쓰우대로 생각했다.

'그렇다, 아까 여관을 찾아온 그 여자. 그 여자에 틀림없어.'

무사시와——아케미와——고지로와——이렇게 세 사람의 관계를 아무리 생각해 봐도 납득할 수 없는 상상 속에 휘몰리기만 하여 오쓰우는 멍청하게 서 있었다.

"……돌아가자꾸나."

노파는 낙담한 것처럼 체념의 말을 던지고 걷기 시작했다. 틀림없이 지슈신사 씌어 있었는데, 마타하치는 오지를 않고 폭포수 소리만이 오싹하게 솜털을 곤두서게 한다.

2

조금 길을 내려가다가 혼간당(本願堂) 앞에서 두 사람은 또 잠시 전의 고지로와 마주쳤다.

"……."

얼굴을 마주쳤을 뿐 어느 쪽이나 묵묵히 지나갔다. 오스기가 되돌아보고 있으려니까, 고지로의 그림자는 자안당(子安堂)에서 삼년 고개 쪽으로 곧장 내려가는 눈치——

"험한 눈초리를 가졌어. ……무사시 같아."

중얼거리다가 노파의 시선이 무엇을 보았는지 꿈틀 하고 꾸부정한 허리에 충동을 보인다.

"……앗!"

오스기 노파는 놀란 소리를 질렀다.

커다란 삼나무 줄기 그늘이었다. 누군가가 그 그늘에 서서 손짓해 부르고 있다.

노파의 눈으로도 어둠 속에서 알 수 있는 사람의 그림자였다. 마타하치임에 틀림없다.

‘와요, 이쪽으로.’

손짓은 그런 뜻인 모양이다. 무언가 꺼리는 일이 있는가 보다. 오오, 귀여운 녀석, 하고 노파의 눈은 즉시 아들의 마음을 읽었다.

“오쓰우.”

뒤를 돌아보니 오쓰우는 열 칸쯤 앞서서 노파를 기다리고 있었다.

“너는 한 발 앞서 가거라. 그러나 너무 멀리 가면 안 돼. 저 탑 옆에 서 있거라, 곧 따라갈 테니.”

오쓰우가 순순히 끄덕이고 먼저 가려고 하였다.

“애, 딴데로 가거나 그대로 어디론가 달아나려고 해도 할멈의 눈이 보고 있다는 것을 명심해야만 해. 알았어?”

그리고 즉시 노파의 몸은 삼나무 그늘로 뛰어가고 있었다.

“마타하치냐?”

“어머니!”

기다리고 있었던 듯 어둠 속에서 뛰쳐나와 노파의 손을 꼭 움켜잡았다.

“어쩐 일이냐. 그런 곳에 숨어 있으니…… 아니, 이 애가 얼음처럼 손이 차갑구나!”

벌써 그런 자상한 걱정으로 노파의 눈은 맥없이 글썽거린다.

그런 말을 들어도 마타하치는 오직 겁먹은 눈일 뿐이었다.

"그렇지만 어머니, 바로 금방 이곳을 지나간 사람이 있지 않아요?"

"누구 말이냐?"

"칼을 등에 짊어진 눈초리가 날카로운 젊은이 말이에요."

"알고 있느냐?"

"그럼, 알고 있지. 그놈은 사사키 고지로라고 하는 놈인데, 요 얼마 전에 로쿠조의 솔밭에서 혼이 났어."

"뭐라구, 사사키 고지로? …… 그럼, 사사키 고지로란 네가 아니란 말이냐."

"예? 내가 어째서."

"언젠가 오사카에서 네가 나에게 보여준 주조류의 인가목록 두루마리에 그렇게 씌어 있지 않았니? 그때 사사키 고지로란 너의 바꾼 이름이라고 했지 않아?"

"거짓말이야. 그것은 거짓말이었어요. 그 장난이 탄로 나서 진짜인 사사키 고지로 놈에게 큰 코를 다치고 말았다니까. 사실은 말이야, 어머니한테 편지를 보내고서 약속 장소로 가려고 했더니, 여기서 또 그놈의 모습이 보이길래 눈에 띄면 큰 일이라 싶어 여기저기 숨어다니며 기회를 보고 있었던 거예요. 이젠 괜찮을까, 또 나타나면 어쩌지?"

"……."

기가 막혀서 말도 할 수 없는지 오스기는 입을 다물고 말았다. 전보다 더 여위고 솔직하게 자기의 무력함과 옹졸함을 얼굴에 나타내고 있는 아들의 거동을 보자, 노파는 이 자식이 더욱 사랑스러워 어쩔 줄을 모르는 것 같았다.

3

"그런 일은 아무래도 좋아."

노파는 더 이상 자기 자식의 우는 소리를 듣고 싶지 않다는 듯이 고개를 저었다.

"그것보다도 마타하치, 너는 곧 숙부가 죽은 것을 알고 있느냐?"

"예? 숙부가? …… 정말이에요?"

"누가 그따위 거짓말을 하겠니! 스미요시의 바닷가에서 너와 헤어지고 나서 곧 돌아가셨단다."

"몰랐어요……."

"숙부님의 덧없는 죽음도, 이 어미가 이 나이에 이렇게 객지로 떠돌아다니는 것도 대체 누구 때문인지 너는 알고 있을 테지?"

"언젠가 오사카에서 만났을 때, 꽁꽁 언 땅 위에 꿇어앉아서 어머니에게 꾸중받은 일은 잊지 않았어요."

"그러냐……그 말을 잊지 않았느냐? 그럼, 네게 기쁜 소식이 있단다."

"뭐예요, 어머니?"

"오쓰우이지."

"……아, 그럼 어머니와 함께 지금 저쪽으로 간 여자가!"

"얘야!"

꾸짖듯이 마타하치 앞을 가로막는다.

"너는 어디로 갈 셈이냐?"

"오쓰우라면……어머니……만나게 해 줘요, 만나게 해 줘요!"

노파는 끄덕이면서 말했다.

"만나게 해 주려고 마음먹었기에 데리고 온 거야. 그런데 말이다 마타하치야, 너는 오쓰우를 만나서 뭐라고 말할 셈이냐?"

"잘못했소——미안했소——용서해 주오, 하고 나는 빌겠어요."

"……그리고?"

"……그리고 말이야, 어머니……어머니도 나의 일시적 잘못이라고 달래 주세요."

"……그리고?"

"전과 같은 사이가 되어 오쓰우와 부부가 되고 싶어. 어머니, 오쓰우는 지금도 나를 생각해 주고 있을까?"

오스기는 끝까지 듣지도 않고서 말한다.

"바보, 바보 같으니."

그러면서 마타하치의 뺨을 찰싹 때렸다.

"앗……왜 그래요, 어머니?"

마타하치는 비틀거리면서 얼굴을 감쌌다. 그리고 젖 떨어지고 나서부터 오늘처럼 화를 낸 적이 없는 어머니의 얼굴을 그는 바라보았다.

"지금 너는 뭐라고 말했지? 내가 언젠가 들려준 말을 명심하고 있다고 했지?"

"……"

"언제 이 어미가 오쓰우와 같은 괘씸한 여자에게 너더러 손을 짚고 빌라고 가르쳤느냐? 혼이덴 가문의 이름에 흠칠을 했을 뿐만 아니라, 불구대천의 원수라고 생각하는 무사시와 함께 달아난 여자란 말이다."

"……"

"약혼자인 너를 버리고 너와는 가문의 원수인 무사시한테 몸과 마음을 주고 있는 개짐승 같은 그 오쓰우 년에게, 너는 두 손을 짚고 빌 작정이라고?……빌 작정이냔 말이다! 이 못난 자식 같으니!"

노파는 두 손으로 마타하치의 멱살을 움켜잡고 흔들어대는 것이었다.

마타하치는 고개를 빼려고 버둥거리면서 눈을 감고 어머니의 꾸지람을 달게 받고 있었다. 참고 있는 눈에서 눈물이 줄지어 흘러내렸다.

노파는 더욱 더 안타깝다는 듯이 소리쳤다.

"왜 우는 거냐? 울 만큼 개짐승에게 미련이 있단 말이냐. ……에잇, 이제 너 같은 놈은 자식도 아니다!"

힘껏 아들을 땅바닥에 떠박질렀다. 그리고 자기 자신도 덩달아 주저앉으
며 엉엉 울기 시작했다.

4

"애야."

엄격한 어머니로 되돌아가 오스기는 땅바닥에서 고쳐 앉았다.

"지금이 너로서는 마음을 바로잡을 때. 이 어미가 앞으로 10년을 살겠니,
20년을 살겠니? 이러한 잔소리도 내가 죽고난 다음에는 아무리 듣고 싶어
도 두 번 다시 들을 수 없는 거야."

뻔한 소리라는 듯이 마타하치는 외면한 채 대답이 없다.

오스기는 내 자식의 비위를 상하게 하면 안 된다 싶어 마음 속으로는 다시
눈치를 보듯이 말했다.

"애야, 내 말 좀 들어라. 오쓰우만이 여자는 아니니 그런 사람에게 미련을
두지 마라. 만일 앞으로 너의 마음에 드는 여자가 있다면, 이 어미가 백
일 기도를 드리듯이 그 여자의 집에 가서 애원을 하더라도──아냐, 내
목숨을 바치는 한이 있더라도 꼭 얻어 주겠다."

"……"

"그렇지만 오쓰우만은 절대로 혼이덴 가문의 명예를 걸고서라도 안 되지.
네가 뭐라고 하든 안 돼."

"……"

"만일 네가 기어코 오쓰우와 살 생각이라면 이 어미의 목을 베고서, 그런
다음 어떻게든지 마음대로 해라. 내가 살아 있는 동안은……."

"어머니!"

달려드는 아들의 서슬에 오스기는 다시 한 무릎을 일으켜 세우고 말했다.

"뭐냐, 그 말버릇이?"

"그럼, 묻겠는데……대관절 아내로 얻을 여자는 어머니가 얻는 거요, 내
가 얻는 거요?"

"별소릴 다 듣겠구나. 그야 네 아내로 얻는 것이지, 누가 얻는단 말이냐?"

"……그, 그렇다면 내, 내가 고르는 것이 당연하잖아요?"

"또 그따위 철 없는 소리만……너는 지금 대체 몇 살이 되었느냐?"

"하지만……아, 아무리 부모라도 그건 너무해. 남의 속도 모르고."

이 아들과 어머니는 어느 쪽이나 너무 간격이 없기 때문에 자칫 감정과 감정만 앞서서, 감정을 폭발시킨 뒤에야 말이 나오는 형편이었다. 그 때문에 오히려 서로가 이해를 못하고, 곧 충돌하게 되는 것이었다. 이따금의 경우뿐만 아니라 집에 있던 옛날부터 그랬지만 이제는 아예 습성이 되어 버린 모양이었다.

"남의 속도 모른다는 건 또 뭐냐? 대체 넌 누구 자식이냐, 누구 배에서 태어났느냐 말이다."

"그런 말을 하는 건 억지야. 어머니는……난 어떤 일이 있어도 오쓰우와 살고 싶어. 오쓰우가 좋은 걸 어떡해."

차마 새파랗게 질려 있는 어머니 얼굴을 바라보고선 말할 수 없었는지 마타하치는 하늘을 쳐다보며 중얼거렸다.

오스기의 앙상한 어깨뼈가 맞부딪치는 것처럼 떨리기 시작했다고 생각될 때 별안간 어머니는 느닷없이 단검을 뽑아 자기의 목에 갖다 댔다.

"마타하치, 정말이냐?"

"아, 어머니, 무슨 짓이예요……?"

"에잇, 이젠 말리지도 마라. 그것보다 어째서 목을 쳐 주겠다고는 말하지 않느냐?"

"바, 바보 같은 말씀. ……어머니가 죽는 것을 내가……자식인 내가 보고만 있을 수 있어요?"

"그럼 오쓰우를 단념하고 그 소갈머리를 고치겠느냐?"

"그럼 어머니는 무엇 때문에 오쓰우를 이런 곳에 데리고 왔지요? 나에게 오쓰우의 모습을 보이려는 게 아니라면. 나로서는 어머니의 그 속셈을 모르겠어요."

"내 손으로 죽이는 것도 쉬운 일이지만 원래가 너를 배신한 부정한 계집, 네 손으로 죽이게 하고 싶은 것이 이 어미의 뜻, 넌 어째서 이 어미가 고맙다고 생각지 않느냐?"

5

"그럼, 어머니는 내 손으로 오쓰우를 죽이라는 말씀이에요?"

"……싫으냐?"

악귀 같은 무자비한 말이다. 마타하치는 어머니의 마음 어디에 이런 소리를 할 수 있는 구석이 있었는가 하고 생각했다.

"싫다면 싫다고 해라. 지체할 수 없는 일이다!"

"하……하지만 어머니."

"그래도 미련이 있느냐? 에잇, 이젠 너 같은 놈은 자식이 아니다. 나도 네 어미가 아니야! ……계집의 목은 베지 못하겠지만 어미의 목은 벨 수 있을 거야. 가이샤꾸(介錯 : 죽을 때 목을 쳐서 고통을 덜어 주는 것)나 해라."

물론 협박이긴 하지만 단검을 고쳐 쥐고 노파는 자결 흉내를 내보였다.

자식의 말썽도 물론 부모 속을 태우는 것이지만 부모의 억지도 자식들을 매우 난처하게 만드는 경우가 있다.

오스기도 그 한 예에 지나지 않지만, 이 늙은이는 자칫하면 정말 일을 저지를 것 같은 결의인 것이다. 아들의 눈에도 예사 흥분으로는 보이지 않는다.

마타하치는 질려 버렸다.

"어머니! ……그, 그러한 성급한 짓을 않더라도……알았어요, 알았다니까요, 난 단념하겠어요."

"그 말뿐이냐?"

"죽여 버리겠어요. 내 손으로…… 내 손으로 오쓰우를."

"죽이겠느냐?"

"네, 죽여 보이겠다니까."

노파는 기쁨의 눈물을 흘리며 단검을 내던진 손으로 아들의 손을 공손히 떠받들었다.

"잘 말했다. 그래야만 혼이덴 가문의 아들, 훌륭한 아들이라고 조상님들도 칭찬할 것이다."

"……그럴까?"

"죽이고 오너라. 오쓰우는 바로 요 밑의 탑 앞에서 기다리게 했으니까."

"응……이제 가겠어."

"오쓰우의 목을 베어 쪽지를 붙여서 먼저 칠보사로 보내 주자꾸나. 마을 사람들의 소문만으로도 우리들의 체면이 반쯤은 설 테니까. 그런데 문제는 무사시 놈인데, 이것도 오쓰우가 베어졌다고 들으면 고집을 위해서라도 우리들 모자 앞에 나타날 거야. ……마타하치, 빨리 갔다오너라."

"어머니는 여기서 기다리고 있을 테요?"

"아냐, 나도 따라는 가겠지만 내가 모습을 보이면, 이야기가 틀리지 않느냐고 오쓰우란 년이 울부짖게 되어 시끄러울 거야. 나는 조금 떨어진 어두운 그늘에서 보고 있을게."

"계집 하나쯤이야!"

마타하치는 비틀거리며 일어나서 말했다.

"어머니, 틀림없이 오쓰우의 목을 잘라올 테니 여기서 기다리세요. ……
계집 하나야 뭐, 염려 말아요. 놓치진 않을 테니까."

"하지만 조심해라. 그것도 칼을 보면 꽤 반항할 거야."

"염려 마……뭐, 그까짓."

자기 자신을 이렇게 질타하면서 마타하치는 걷기 시작했다. 불안스럽다는
듯이 오스기 노파는 그 뒤를 따른다.

"알겠지? 조심해야 한다."

"뭐야, 쫓아오는 거야? 기다리고 있으라니까."

"괜찮다. 아직도 저 아래 탑 앞에……."

"괜찮다니까!"

마타하치는 불끈 성미를 냈다.

"두 사람이 가겠다면 어머니 혼자 갔다와요. 난 여기서 기다리고 있겠어
요."

"왜 짜증을 내니? 너는 아직도 진심으로 오쓰우를 베겠다는 결심이 되어
있지를 않아요?"

"……오쓰우는 사람이야. 고양이 새끼 하나 죽이는 것처럼 쉽지는 않잖아
요."

"무리도 아니겠지……설사 아무리 부정한 계집이라도 원래는 네 약혼자였
으니까……좋아, 어미는 여기 있으마. 너 혼자 가서 멋지게 목을 베어 오
너라."

마타하치는 대답을 않고서 팔짱을 긴 채 완만한 언덕길을 내려갔다.

6

잠시 전부터 오쓰우는 탑 앞을 서성거리며 오스기 노파가 오기를 기다리
고 있었다.

'차라리 이런 때.'

달아날 것을 생각지 않은 것도 아니었으나, 그렇다면 스무 날 가까이 참아
온 고생이 아무런 보람도 없어지게 된다.

"조금만 더 참아서."

오쓰우는 무사시를 생각하고 조타로의 일을 생각하고, 그리고 멍청하게 별을 쳐다보고 있었다.

무사시를 가슴 속에 그리고 있느라면 그녀의 가슴에는 숱한 별들이 반짝거렸다.

'머지않아, 머지않아서……'

꿈꾸듯이 장래의 희망을 손꼽아 본다. 또 국경의 산에서 하던 그의 말을, 하나다 다리의 난간에서 들은 그의 맹세를 마음 속으로 되풀이해 보는 것이었다.

설사 아무리 세월이 흘러가더라도 그것을 배반할 무사시가 아니라는 것을 오쓰우는 굳게 믿고 있었다.

다만 아케미라는 여성을 생각하면 문득 역겨운 심정이 들어 희망에 어두운 그늘이 비치지만, 그것 역시 무사시에 대한 확고한 신뢰에 비긴다면 아무것도 아니다. 불안이라고 할 만한 수심도 못된다.

'하나다 다리에서 헤어진 후로 만나지 못했다. 이야기도 못했다. ……그런데도 나는 왜 그런지 즐겁다. 다쿠안님은 나를 불쌍하다고 하시지만, 이렇게

행복한 내가 어째서 다쿠안님의 눈에는 불쌍하게 보이는 것일까…….'

바늘 방석에 앉아 바느질을 하고 있을 때라도——기다리고 싶지 않은 사람을 기다리며 어둡고 쓸쓸한 속에서 서성거리고 있을 동안이라도——그녀는 혼자서 앞으로의 희망에 즐거워하고 있는 것이었다. 그리고 남에게는 공허하게 보이는 순간이 그녀에게는 생명이 가장 약동하는 때였다.

"……오쓰우."

할멈의 목소리가 아니다. 누군가 어둠 속에서 부르는 자가 있었다. 오쓰우는 그제야 제정신이 난 것처럼 대답했다.

"……네, 누구시죠?"

"나야."

"나라니요."

"혼이덴 마타하치야."

"예?"

움찔 뒤로 물러난다.

"마타하치님이라니요?"

"벌써 목소리까지 잊었나?"

"정말……정말, 마타하치님의 목소리이네요. 할머니는 만나셨어요?"

"어머니는 저쪽에서 기다리게 했어. ……오쓰우, 너는 변함이 없구나. 칠보사에 있을 때와 조금도 다름이 없어."

"마타하치님, 당신은 지금 어디 있어요? 어두워서 당신의 모습을 볼 수가 없어요."

"네 옆으로 가도 괜찮아? ……나는 아까부터 이곳에 와 있었지만, 면목이 없어서 어둠에 몸을 숨기고 네 모습을 보고 있었지. ……너는 지금 거기서 무엇을 생각하고 있었나."

"별로……아무것도."

"혹시 내 생각을 하고 있지 않았나? 나는 하루도 너를 잊어버린 날이 없었어."

차츰 다가오는 마타하치의 모습이 오쓰우의 눈에 어렸다. 오쓰우는 노파가 없기 때문에 불안해졌다.

"마타하치님, 할머니에게서 무슨 말씀을 들으셨지요?"

"응, 방금 이 위에서."

"그럼, 나에 대해서도?"

"응."

오쓰우는 한시름 놓았다.

전부터 노파가 약속해 주었듯이, 자기의 의사가 노파의 입을 통해 마타하치에게 전해진 줄로만 생각했다. 그리고 마타하치는 그 승낙을 해 주기 위해서 이곳에 혼자 왔으리라고 해석하고 있었다.

"할머니에게 들으셨다면 저의 마음은 이미 알아 주셨으리라고 믿지만, 저도 부탁드리겠어요. 마타하치님, 아무쪼록 옛날의 일은 인연이 없었던 것으로 돌리고 오늘밤부터 깨끗이 잊어 주세요, 네."

7

늙은 어머니와 오쓰우 사이에 어떤 약속이 나누어졌을까. 물론 어머니는 아무렇게나 지껄였을 것이다. 그렇게 생각되었으므로 마타하치는 오쓰우가 지금 한 말에도——

"아냐, 좀 기다려."

고개부터 먼저 젓고 그 말 속에 깃든 그녀의 참뜻을 물으려 하지 않았다.

"옛날 이야기를 하게 되면 내가 오히려 괴로워. 정말 내가 나빴어. 이제 새삼 너를 볼 면목도 없어. 네 말대로 이것이 잊을 수만 있는 것이라면 잊고 싶다고 늘 생각했지. 그런데 생각만 했을 뿐, 무슨 인연인지 나는 너를 잊을 수가 없었어."

오쓰우는 당황하여 말한다.

"마타하치님, 우리들 두 사람의 마음에는 이제 다시는 건널 수 없는 깊은 골짜기가 생겼지요."

"그 골짜기로 5년의 세월이 흘러갔던 거야."

"그렇지요. 세월이 돌아오지 않는 것처럼 우리들의 옛날 마음도 이제는 결코 돌이킬 수가 없어요."

"없, 없는 게 아니야! 오쓰우, 오쓰우!"

"아닙니다. 할 수 없어요."

그러한 오쓰우의 단호한 말투와 얼굴빛에 놀라며 새삼스럽게 그 얼굴에 시선을 못박는 마타하치였다.

정열이 표면에 나타날 때면 진홍색 꽃과, 태양이 광란하는 여름날을 연상

케 하는 오쓰우의 성격 일면에 이렇도록 냉랭한——마치 흰 곱돌을 쓰다듬는 듯한 느낌이 드는——그리고 손가락이 닿으면 베일 것 같은 매서운 성격이 어디에 숨어 있었던 것일까.

이러한 냉랭한 표정의 그녀를 보고 있느라니 마타하치의 머리 속에는 문득 칠보사의 툇마루가 떠올랐다.

그 절간의 툇마루에서 무언가 깊은 생각에 잠겨, 물기를 머금은 눈초리로 반나절이건 하루 진종일이건 하늘을 향하고 있던 고아의 모습을. 어머니도 구름——아버지도 구름——형제자매도 벗들도 구름밖에 없다고 생각하고 있는 것 같은, 고아의 생활 속에 어느 틈엔가 싹터 있었던 그 쌀쌀함에 틀림없다고 마타하치는 생각했다.

그렇게 생각했으므로 그는 그녀 옆으로 살며시 다가가서, 가시가 있는 백장미를 어루만지듯이 말했다.

"다시 시작하면 돼."

볼 가까이에서 속삭인다.

"……그렇지, 오쓰우? 돌아오지 않는 세월을 불러 본댔자 소용이 없지 않아? 이제부터 두 사람이 다시 출발하면 돼."

"마타하치님, 당신은 제 말을 잘못 생각하시는군요. 제가 말하고 있는 것은 세월이 아니에요. 마음이지요."

"그러니까 그 마음을, 나는 이제부터 고치겠어. 내 입으로 말하는 것은 뭣하지만, 내가 저지른 잘못쯤은 젊었을 때는 누구든지 범하기 쉬운 실수가 아니겠어?"

"뭐라고 말씀하셔도 제 마음은 벌써 당신의 말을 받아들일 수 없어요."

"……잘못했어! 이렇게 대장부가 빌고 있지 않나? ……그렇지, 오쓰우?"

"그만두세요, 마타하치님. 당신도 이제부터 남자들 세계에서 살아나갈 분이 아니에요? 이런 일에……."

"하지만 나로선 평생의 큰일이거든. 땅바닥에 손을 짚으라면 손을 짚겠어. 네가 맹세를 하라면 어떠한 맹세라도 꼭 지킬 테야."

"몰라요!"

"그렇게……화내지 말고서 말이야……오쓰우, 여기서는 오손도손 이야기할 수 없으니 어딘가 다른 데로 가자."

"싫어요."

"어머니가 오면 시끄러워져……빨리 가자. 나로선 도저히 너를 죽일 수 없어. 어떻게 너를 죽일 수 있단 말이냐."

손을 잡자 오쓰우의 손은 마타하치의 손가락을 매정하게 뿌리친다.

"싫어요! 죽더라도 당신과 함께 살지는 않겠어요."

8

"싫다고?"

"네."

"무슨 일이 있어도?"

"네."

"오쓰우, 그렇다면 너는 지금까지 무사시를 생각하고 있었구나?"

"사모하고 있지요. 평생을 의지할 사람은 그밖에 없다고 마음에 정하고서."

"으음."

마타하치는 부르르 떨었다.

"말 다했나, 오쓰우?"

"그것은 할머니에게도 말했어요. 그리고 할머니께서 당신에게 알리고 이
기회에 확실히 매듭을 짓는 게 좋겠다고 하셨기 때문에, 오늘날까지 이러
한 기회를 기다리고 있었던 거예요."

"알았어. ……나를 만나서 그렇게 말하라고……그것도 무사시가 시킨 것
일 테지. 그렇지? 그게 틀림 없어."

"아녜요, 아녜요. 내 마음을 정하는 데 무사시님의 명령은 받지 않아요."

"나도 고집이 있어. 오쓰우, 남자에겐 고집이 있는 거야. 네가 그따위 생
각이라면……."

"뭐라고 하시는 거예요?"

"나도 남자야. 내 목숨을 거는 한이 있더라도 무사시와 살게 내버려 둘 줄
아느냐──용서 않겠어! 누가 용서할 줄 알고!"

"용서하느니 안 하느니 하는 건 누구에게 하시는 말씀인가요?"

"너에게야! 또 무사시에게도! 오쓰우, 네년은 무사시와 약혼한 사이는
아니었잖나!"

"그래요. ……하지만 당신이 그렇게 말씀하실 수는 없잖아요?"

"아냐, 할 수 있어! 오쓰우는 원래가 혼이덴 마타하치의 약혼자야. 마타

하치가 승낙하지 않으면 누구의 아내도 될 수가 없어. 하물며……무……무사시 따위에게!"

"비겁해요, 어리석어요. 이제 와서 뻔뻔스럽게 그런 말을 할 수 있어요? 나는 당신과 오코라는 두 사람의 이름으로 훨씬 이전에 파혼장(破婚狀)을 받았어요."

"모른다, 그런 것을 보낸 일은 몰라! 오코가 멋대로 보냈겠지."

"아아뇨, 그 파혼장에는 당신이 직접 없었던 인연이라면서 단념하고서 다른 집으로 출가해 달라고 뚜렷하게 써 있었어요."

"보, 보여 다오, 그것을."

"다쿠안님이 보시고 웃으면서 코를 풀어 버리셨지요."

"증거가 없는 말은 아무리 떠들어대도 세상에서 믿어 주지 않아. 나와 오쓰우가 약혼한 사이라는 것은 고향에 돌아가면 모르는 사람이 없어. 이쪽에선 몇 사람이고 증인을 세울 수 있지만 그쪽에는 증거가 없는 이야기야. ……그렇지 않나, 오쓰우? 세상의 눈치를 보면서까지 무사시와 살아 보았자 행복해질 턱이 없지 않나? 너는 오코와의 일을 아직도 의심하고 있는지 모르지만, 그런 여자하고는 벌써 깨끗이 손을 끊고 있단 말이야."

"무슨 말씀을 해도 소용 없는 일, 그런 이야기를 오쓰우는 들을 필요가 없어요."

"……그렇다면, 내가 이렇게까지 머리를 숙이더라도?"

"마타하치님, 당신은 지금 나도 사나이라고 말씀하시지 않았어요? 수치를 모르는 남자한테 어찌 여자의 마음이 끌리겠어요. 여자가 찾고 있는 사나이는 결단성 있는 사나이죠."

"뭐라구?"

"놓으세요, 소매가 뜯어져요."

"이 쌍년이!"

"왜 그러시죠. 왜 그러세요?"

"이제……이렇게까지 말했는 데도 모른다면……자포자기다!"

"예?"

"목숨이 아깝다고 생각한다면 무사시 따위는 잊겠어요 하고 여기서 맹세해라. 자아, 맹세해!"

소매를 놓아 준 것은 칼을 뽑기 위해서였다. 칼을 뽑아 들자, 칼이 인간을 잡고 있는 것처럼 마타하치의 인상은 전연 딴판이 되었다.

9

칼을 가진 인간은 그리 무서운 것이 아니지만, 그러나 칼날을 뽑아든 인간은 무섭다.

오쓰우가 순간 사람 살려요, 하고 비명을 올린 것도 칼날보다도 마타하치의 얼굴에 나타난 그 무서움에 질려서였다.

"건방지게도, 이놈의 계집년이!"

마타하치의 칼날은 오쓰우의 허리띠 매듭을 스치고 있었다.

'놓쳐서는……'

초조해하면서 마타하치는 오쓰우를 쫓아가며 불러댄다.

"어머니, 어머니!"

소리가 들렸던 모양이다, 오스기 노파가 저쪽에서 대답했다.

"왜?"

발소리를 겨냥하여 뛰어오면서 노파는 자기도 단검을 뽑아들고 허둥지둥 당황한다.

"빗나갔느냐?"

마타하치가 저쪽에서

"그쪽이야. 어머니, 붙잡아요!"

고함 치며 달려오는 것을 보고 노파는 눈을 화등잔처럼 크게 뜨고서 길을 막고 있었다.

"어, 어디로 갔나?"

그러나 오쓰우는 그림자도 보이지 않으므로 마타하치의 몸이 부딪치듯이 눈 앞에 닥쳤다.

"죽였느냐?"

"놓쳤어."

"바보!"

"저 아래 있다. 저거야."

벼랑으로 뛰어내리던 오쓰우는 벼랑 아래 나뭇가지에 소맷자락이 걸려 버둥거리고 있었다.

폭포수가 가까운 곳에 있는 듯 물소리가 어둠을 찢어 놓는다. 발 밑 같은

것은 돌아볼 겨를도 없다. 오쓰우는 찢어진 소맷자락을 잡고 다시 구르다시
피 달아나기 시작했다.

모자의 발소리가 바짝 뒤따라왔다.

"옳거니."

오스기 노파의 목소리가 바로 등 뒤에서 들린다. 오쓰우는 순간 맥이 확
풀리고 말았다. 게다가 앞도 옆도 벽으로 둘러싸인 것처럼 어두운 밑바닥은
벼랑이다.

"마타하치, 빨리 베어 버려라. 저봐, 오쓰우란 년이 넘어졌어."

노파에게 채찍질당하여 이제는 완전히 칼에 의해 춤추고 있는 인간이 된
마타하치는 표범처럼 앞으로 달려들었다.

"쌍!"

갈대의 삭은 이삭과 떨기나무 사이로 나뒹군 오쓰우를 향해서 칼을 내리
쳤다.

나뭇가지가 꺾이는 소리가 났나 싶자 그 밑에서 '으악' 하고 생명의 단말
마의 비명과 핏줄기가 뿜어 올랐다.

"이년, 이년!"

세 차례, 네 차례, 마치 피에 굶주린 것처럼 눈을 까뒤집은 마타하치는 나뭇가지와 갈대 이삭과 더불어, 칼이 부러져라 하고 몇 번이고 그곳을 후려쳤다.

"……."

후려치다가 지치자 마타하치는 피 묻은 칼을 늘어뜨린 채 멍청하게 피의 취기 속에서 깨어나기 시작했다.

손바닥을 보니 손바닥에도 피, 얼굴을 만져보니 얼굴에도 피. 미지근하게 끈적이는 액체가 고기 비늘처럼 온몸에 튀어 있는 것이었다.

그 한 방울 한 방울이 오쓰우의 목숨이 분해된 것이라고 생각하자, 그는 비틀비틀 현기증을 느끼고 금새 얼굴이 창백해져 왔다.

"헤헤헤, 애야, 마침내 해치웠구나."

오스기 노파는 멍청해 있는 아들 뒤에서 살며시 얼굴을 내밀고 처참하게 난도질이 되어 있는 떨기나무와 풀숲을 지그시 살폈다.

"꼴 좋다! ……벌써 꿈틀거리지도 않는구나. 애썼다. 이것으로 가슴의 체증이 반쯤은 쑥 내려갔는 걸. 그리고 고향의 사람들에게도 얼마쯤은 체면이 서겠구나. ……마타하치, 아니 왜 그러고 있느냐. 빨리 목을 잘라라. 오쓰우의 목을 잘라내란 말이다."

10

"호호호."

노파는 아들의 소심함을 비웃는다.

"못난 자식, 사람 하나 죽인 것을 가지고 숨을 그렇게 헐떡이면 어떻게 하느냐. 네가 목을 자르지 못한다면 내가 목을 자를 테다. 자, 좀 비켜라."

앞으로 나가려 하자 넋을 잃은 듯이 우뚝 서 있던 마타하치는 움켜잡고 있던 칼의 손잡이로 돌연 늙은 어머니의 어깨를 마구 떠밀었다.

"아이구, 무, 무슨 짓이냐?"

노파는 하마터면 깊이도 알 수 없는 벼랑으로 미끄러질 뻔했다. 노파는 가까스로 발을 고쳐 디디고 소리쳤다.

"마타하치, 너 돌았느냐. 어미에게 이게 무슨 짓이냐?"

"어머니!"

"뭐냐?"

“…….”

이상하게 목멘 소리를 콧구멍과 목구멍 속으로 삼키면서 마타하치는 피 묻은 손등으로 눈을 비볐다.

“……난……난 말야……오쓰우를 죽였어! 오쓰우를 베었단 말이야.”

“칭찬해 주지 않았느냐. 그런데 어째서 너는 우는 거냐?”

“울지 않을 수 있어요? ……바보, 바보! 이 바보 늙은이야!”

“슬프냐?”

“그럼 안 슬퍼! 어머니 같은 반 송장이 살아 있지 않았다면, 나는 어떤 짓을 해서라도 다시 한 번 오쓰우의 마음을 돌렸을 거야. 제기랄, 가문이 다 뭐야? 고향 놈들에 대한 체면이 다 뭐야? ……하지만 이젠 글렀어.”

“참, 기가 막혀서. 그처럼 미련이 있었다면 어째서 어미의 목을 베고 오쓰 우를 살려 주지 않았니?”

“그것을 할 수 있을 정도라면 울거나 넋두리를 늘어놓지도 않아. 세상에 옹고집인 늙은이를 어머니로 갖고 있는 것처럼 불행한 일은 없을 거야.”

“그만 해 둬. 무슨 꼴이냐……모처럼 잘했다고 칭찬해 주었더니.”

“멋대로 해요. ……나도 한평생 내멋대로 하면서 살아갈 작정이니.”

"그것이 너의 나쁜 성미야. 실컷 어리광을 부려서 이 늙은 어미 속이나 썩혀 다오."

"암, 썩히고 말고. 이 인정사정 없는 귀신 할망구야!"

"오, 맘대로 무슨 말이든지 지껄여라. 자아, 어서 비켜. 이제 오쓰우의 모가지를 잘라낸 다음 귀에 못이 박이도록 말해 줄 테니."

"누, 누가 인정머리 없는 늙은이의 잔소리를 듣는다고 했어?"

"그렇지가 않단다. 몸뚱어리와 떨어진 오쓰우의 목을 보면서 곰곰히 생각해 봐라. 얼굴 예쁜 것이 다 뭐냐? ……아름다운 여자도 죽으면 백골…… 색즉시공(色卽是空)이라는 것을 너에게 보여 주마."

"시끄러워, 시끄럽다니까!"

마타하치는 귀찮다는 듯이 세차게 고개를 내저었다.

"……아, 생각해 보니 내 소망은 역시 오쓰우였어. 이따금 이래선 안 되겠다고 생각하고 무언가 출세길을 찾자, 무언가 한가지 일해보자고 진지한 결심이 생기는 것도 따지고 보면 오쓰우와 함께 살고 싶어서였어. 가문을 위해서도 아니었고 이따위 할망구를 위해서도 아니야. 오쓰우가 소원이었기 때문에."

"시시한 일로 언제까지 울고 찌고 할 작정이냐? 그 아가리로 염불이라도 해 주는 것이 차라리 좋을 텐데……나무아미타불."

어느 틈엔가 노파는 마타하치 앞으로 나가서 피를 뿌려놓은 듯한 떨기나무와 마른 풀을 헤치고 있었다. ……그 속에 검은 물체가 엎어져 있었다.

노파는 풀과 나뭇가지를 꺾어서 깔고 조용히 그 앞에 앉았다.

"……오쓰우, 나를 원망 마라. 저승에 간 너에겐 이제 원한이 없다. 모든 것이 전생의 약속이다. 나무아미타불."

손을 더듬거리면서 찾아낸 검은 머리인 듯 싶은 것을 꽉 움켜 잡았다.

"오쓰우!"

그때 오도와(音羽)의 폭포수 언저리에서 이렇게 누군가가 외친 목소리가 나무와 별들의 외침인양 어두운 바람 속을 굽이굽이 돌아 이 움푹 패인 곳에까지 들려왔다.

괭이

1

어떻게 돌고 돌아 이런 곳에, 이런 시각에 다쿠안이 나타난 것일까.

물론 우연일 리는 없지만, 자못 당돌하게 보이면서도 언제나 태평스럽기만 한 그의 모습이 오늘 밤만은 태평스럽게 보이지 않는다. 우선 그 사정부터 먼저 밝혀보고 싶지만, 지금은 그러한 연유를 그에게 물어볼 겨를도 없었다.

어쨌든 언제나 태평스런 다쿠안 스님으로서는 신기하다고 여겨지리만큼 허둥댔다.

"여보, 어떻게 되었소. 찾아냈소?"

다쿠안 스님과는 다른 방향을 찾아보고 온 주막집의 젊은이가 그한테로 뛰어왔다.

"안 보여요, 아무 데도……."

그는 지쳤다는 듯이 말하며 이마의 땀을 닦는다.

"이상한걸."

"정말 이상스럽군요."

"네가 잘못 들은 게 아닐까?"

"아닙니다. 틀림없이 저녁 때 청수사의 심부름꾼이 다녀가고 나서 별안간 지슈신사까지 갔다 오시겠다고 하며 저희들 집의 등불을 빌려 가지고 가셨으니까요."

"그 지슈신사라는 말이 이상스럽지 않은가. 이 밤중에 뭣하러 그곳엘 갔을까."

"누군가 그곳에서 기다리고 계시는 분이 있었나 봅니다."

"그렇다면 아직도 그곳에 있을 텐데……."

"아무도 없었어요."

"이상한데?"

주막집 젊은이는 머리를 갸웃거리며 혼잣말처럼 중얼거렸다.

"자안당 옆의 등지기에게 물으니 그 할머니와 젊은 아가씨가 등불을 가지고 올라가는 모습은 보았답니다. ……그러고 나서 삼년 고개 쪽으로 내려가는 걸 본 사람은 아무도 없으니."

"그러니까 걱정이 된다는 거야. 어쩌면 더 깊은 산 속이나 길이 없는 장소인지도 모르지."

"어째서입니까?"

"아무래도 오쓰우는 할멈의 달콤한 말에 넘어가 드디어 저 세상의 문턱까지 채여 갔는지도 모르거든. ……아, 잠시도 이러고 있을 때가 아닌데."

"그 할머니가 그렇게 무서운 분인가요?"

"아냐, 좋은 사람이야."

"그런데 스님의 말씀을 들어 보니……짐작되는 것이 있군요."

"어떤 일인데?"

"오늘도 오쓰우님이라는 아가씨께선 울고 있었지요."

"그 처녀는 말이야, 울보야. 울보 오쓰우라고 할 정도이지. ……그런데 금년 정월 초하루부터 붙잡혀 있었다면, 어지간히 윽박지르며 구박했겠구나, 가엾게도."

"우리 며느리야, 며느리야, 하고 계셨으므로 시어머니라면 할 수 없는 일이라고 생각했는데……그럼, 무언가 원한이 있어서 달달 들볶고 있었던 거로군요."

"아마도 할멈은 속이 후련했겠지만, 밤중에 산 속으로 끌고 간 것을 보니 마지막 소원을 풀 작정이었나봐. 여자란 무서운 거야."

"그 할머니는 여자 축에 들어가지도 않아요. 다른 여자들에게 폐나 되지요."

"그렇지도 않을걸. 어떠한 여자라도 조금씩은 그런 데가 있게 마련이야. 할멈이 남보다 조금 극성스럽긴 하지만."

"역시 스님이시라 여자는 좋아하시지 않나 보군요. 그러면서도 아까는 그 할머니를 좋은 사람이라고 하셨잖아요."

"좋은 사람인 것만은 틀림없지. 그 할멈도 청수사에 참배를 한다지 않나. 관음보살님에게 염불을 드리고 있는 때만은 보살에 가까운 할머니가 되어 있을 테니까 말야."

"염불이야 곧잘 외우고 있습지요."

"그럴 테지. 그런 신앙가란 세상에 흔히 있는 법이야. 밖에선 나쁜 짓을 하고 있으면서도 집에 들어오면 염불. 눈으로는 악마가 할 짓을 찾으면서도 절에 오면 염불. 사람을 죽이더라도 나중에 염불만 하면 죄가 없어지고 극락왕생이 틀림없을 것이라고 믿고 있는 신앙가이지. 그런 것은 안 돼."

다쿠안은 또 다시 근처의 어둠 속을 두리번거리다가 폭포수가 내리는 골짜기 쪽을 향해 소리쳤다.

"오쓰우!"

2

마타하치는 움찔했다.

"아니? 어머니!"

주의를 주었다. 오스기도 깨닫고 있었다. 화등잔 같은 눈을 허공으로 보낸다.

"누굴까, 저 목소리는?"

중얼거렸다.

그러나 움켜잡고 있는 시체의 검은 머리와 그 시체에서 목을 잘라 내려고 갖고 있는 단검에서는 조금도 힘을 늦추지 않았다.

"오쓰우를 부른 것 같아. 아니, 또 부르고 있어."

"이상한 일인데. 이곳으로 오쓰우를 찾으러 오는 자가 있다면, 조타로 녀석밖에 없을 텐데."

"어른 목소리야······."

"어디서 듣던 목소리 같은데."

"아, 안 되겠어! ······어머니, 목을 자르는 것은 그만둬요. 등불을 갖고 누군가 이리로 내려와요."

"뭐, 내려온다고?"

"두 사람이야, 들키면 안 돼. 어머니, 어머니!"

위급함을 느끼자 으르렁대던 이 모자는 금새 한뜻이 되었다. 마타하치는 조바심을 내며 너무나도 태연스러운 늙은 어머니를 독촉했다.

"글쎄, 기다려라!"

아직도 노파는 시체의 매력에 이끌려 있었다.

"여기까지 와서 목도 잘라가지 않다니 될 말이냐. 고향 사람들에게, 오쓰우를 죽였다고 무엇을 증거로 보일 수 있겠니······기다려, 이제 내가······."

"아······."

마타하치는 눈을 가렸다.

오스기가 작은 나뭇가지를 무릎으로 밟아 깔고 시체의 목에 칼날을 대려고 하는 것이었다. 마타하치로서는 차마 볼 수가 없었다.

그때 돌연 노파의 입에서 의미를 알 수 없는 말이 튀어나왔다. 어지간히 놀란 것 같았다. 추켜들고 있던 시체의 목을 떨어뜨리며 뒤로 비틀거리더니 동시에 털썩 주저앉는다.

"아니야! 틀렸어, 이건!"

손을 내저으며 일어나려 하나 일어날 수가 없는 모양이었다.

마타하치도 얼굴을 가까이 가져온다.

"무엇이? 무엇이?"

마타하치는 떠듬거렸다.

"이것 좀 봐라!"

"예?"

"오쓰우가 아니야! 이 시체는 걸인인지 행려병자인지 모르지만 사내가 아니냐?"

"아, 낭인이야!"

지그시 시체의 옆얼굴과 모습을 살피던 마타하치는 더욱 더 놀라고 말았다.

"이상한데? 이 사람은 나도 알고 있는 사람……."

"뭐, 아는 사람이라고?"

"아카가베 야소마(赤壁八十馬)라고, 나는 이놈에게 속아서 갖고 있던 돈을 몽땅 뺏긴 일이 있어. 눈을 감으면 코라도 베어 갈 만한 그 야소마가 어째서 이런 곳에 죽어 있을까?"

이것은 아무리 생각해도 마타하치로서는 모를 일이었다. 그곳에서 멀지 않은 고마쓰(小松) 골짜기의 아미타불당에 살고 있는 아오키 단자에몬(靑木丹左衞門)이나, 아니면 야소마(八十馬)의 독수(毒手)에 걸릴 뻔했다가 구원을 받은 일이 있는 아케미(朱實)라도 있다면 또 모르지만, 달리 그 설명을할 만한 자로서는 하늘이 있을 뿐이지만, 이러한 말로(末路)를 당하게 된벌레나 다름 없는 인간 하나의 생명을 구하기에는 우주는 너무나 크고 또한너무나 삼엄한 것이다.

"누구냐? 오쓰우가 아닌가, 거기에 있는 사람은?"

난데없이 두 사람의 등 뒤에서 다쿠안 스님의 목소리가 들리면서 등불 불빛이 드리워졌다.

"악!"

달아나는 데는 마타하치의 젊은 발걸음이 당연히 오스기가 일어나서 뛰는 것보다 빨랐다.

다쿠안은 뛰어오자마자 대뜸 뒷덜미를 움켜잡았다.

"할멈이로군!"

3

"거기 도망가는 것은 마타하치가 아니냐? 이봐, 늙은 어머니를 놔두고 어디로 가느냐. 비겁한 놈, 불효한 놈, 서지 못하겠느냐!"

오스기의 뒷덜미를 잡아 비틀어 누르면서 다쿠안은 어둠을 향해 이렇게 외쳤다.

노파는 다쿠안의 무릎 밑에서 괴로운 듯이 버둥거렸다.

"누구냐, 어떤 놈이냐?"

아직도 허세를 버리지 않는다.

마타하치가 돌아올 기척이 없으므로 다쿠안은 손을 늦추고 말했다.

"몰라 보겠나, 할멈? 역시 임자도 이젠 망령이 든 모양이군."

"아니, 다쿠안 중이 아닌가?"

"놀랐나?"

"흥!"

노파는 백발이 반짝이는 고개를 옆으로 저으며 사납게 외쳤다.

"음흉하게 세상을 떠돌아다니는 거지중이 무슨 바람이 불어 교토엘 다 나타났나?"

"그래 그래."

다쿠안은 싱긋이 웃었다.

"할멈 말대로 얼마 전까지는 야규 골짜기며 센슈(泉州) 근처를 떠돌아 다녔지만, 바로 어제 저녁 우연히 교토에 와서 말이야, 어떤 분의 저택에서 문득 이해할 수 없는 말을 듣고 이건 안 되겠다. 그냥 내버려둘 수 없는 큰 일이라 생각하고 저녁 때부터 임자들을 찾아다니고 있는 거야."

"무슨 볼일로?"

"오쓰우를 만날까 해서."

"흥."

"할멈."

"뭐요?"

"오쓰우는 어디 있지?"

"몰라."

"모를 리 없을 텐데."

"이 늙은이는 오쓰우를 달고 다니지는 않으니까."

등불을 들고 뒤에 서 있던 주막집 젊은이가 말했다.

"……아니, 스님. 피가 흐르고 있습니다. 새빨간 피가."

불빛에 드러난 다쿠안의 얼굴이 이때만은 어지간히 심각해졌다.

틈을 엿보던 오스기 노파는 갑자기 일어나 달아나기 시작했다.

다쿠안은 그 자리에서 돌아보고 외쳤다.

"기다려요, 할멈! 임자는 가문의 수치를 씻겠다고 고향을 나와서는 가문의 명예에 흙칠을 하고 돌아갈 셈이오? 자식이 귀엽다고 하며 집을 나왔으면서도 그 자식을 불행케 해놓고 돌아가려는 거냔 말이오?"

무시무시하게 큰 목소리였다.

사람의 입에서 나온 소리같지가 않았다. 우주가 고함을 친 것처럼 그것은 노파의 온몸을 휘감았다.

움찔하고 노파는 발을 멈추었다. 얼굴의 주름살에는 결코 지지 않겠다는 적의를 가득히 담고 있었다.

"뭐라고? 내가 가문에 흙칠을 하고 마타하치를 더욱 불행하게 만들었다고?"

"그렇지."

"흥, 바보 같은 소리!"

코웃음을 치고서, 그러나 무슨 말을 들었을 때보다도 진지한 얼굴이 되었다.

"동냥밥이나 얻어먹고 남의 절에서 잠자며 들판에 똥이나 싸고 다니는 주제에 가문이라든가 자식의 사랑이라든가 하는 세상의 참된 괴로움을 알게 뭐야? 남들처럼 입을 놀리려거든, 남들처럼 일해서 먹는 밥이나 잡숫고 떠드시구려!"

"아픈 데를 찌르는군. 그렇게 말해 주고 싶은 중놈들도 세상에는 많이 있으니까. 나도 좀 속이 뜨끔한걸. 칠보사에 있던 무렵부터 입으로는 할멈을 당할 수 없다고 짐작했는데, 역시 여전히 그 입은 매끄러운걸!"

"흥, 아직도 이 할멈에게는 이 세상에 대망(大望)이 있단 말요. 뛰어난 것이 입뿐인 줄 아나."

"그건 그렇다 하고, 또 지난 일은 할 수 없다고 치고 얘기나 좀 합시다."

"뭣을?"

"할멈, 임자는 여기서 마타하치를 시켜 오쓰우를 베게 했지 않은가. 모자가 공모해서 오쓰우를 죽였지 않느냐 말이오?"

그렇게 말하기를 기다리고나 있었던 것처럼 할멈은 순간 목을 길게 빼고 웃었다.

"다쿠안 스님, 등불을 갖고 다니면서도 눈을 가지고 다니지 않으면 세상은 캄캄절벽이라오. 당신의 눈은 장식물인가, 아니면 바람구멍인가?"

4

노파에게 조롱을 받게 되면 다쿠안도 별도리가 없는 모양이다.

무지(無知)는 언제나 유식보다 우월하다. 상대편의 지식을 아예 무시해 버릴 경우엔 무지가 절대적으로 강하다. 섣부른 유식은 기고만장한 무식에 대하여 속수무책이 되고 만다.

바람구멍이냐, 장식물이냐, 하고 노파에게 욕을 얻어먹은 눈으로 다쿠안이 그 근처를 살펴보니 과연 시체는 오쓰우가 아니었다.

그래서 한시름 놓는 얼굴이 되었다.

"다쿠안 스님, 마음이 놓이셨겠지. 당신은 애당초에 무사시와 오쓰우를 붙여 준 악질 중매장이이니까 말야."

노파는 다분히 원한을 품은 말투로 말한다.

다쿠안은 반박도 하지 않는다.

"그렇게 생각하고 있다면 그렇게 알아두는 것도 좋겠지. 그런데 할멈, 임자의 신앙이 깊다는 것을 나도 알고는 있지만 이 시체를 버리고 가는 것은 너무하지 않나."

"다 죽어가고 있던 병자, 벤 것이 마타하치이긴 하지만 마타하치랄 것도 없지. 버려두더라도 죽을 인간이었으니까."

그러자 주막의 젊은이가 말했다.

"그러고 보니 이 낭인은 좀 머리가 돈 것 같았어요. 벌써 전부터 침을 흘리며 거리를 비틀거리고 다녔으니까요. 그리고 무엇으로 몹시 얻어맞은 듯한 커다란 상처가 머리에 있었지요."

그런 것은 아무래도 좋다는 듯이 노파는 앞서 걸으며 길을 찾고 있었다. 다쿠안은 시체 처리를 주막 젊은이에게 부탁하고 노파의 뒤를 따라간다.

마음에 걸리는 게 있는지 노파는 뒤돌아보며 또 독설이라도 터뜨릴 듯한 얼굴이 되었다. 그때——

"어머니, 어머니."

나무 그늘에서 작은 소리로 부르는 자의 그림자를 보고서 오스기는 기쁜 듯이 그곳으로 뛰어갔다.

마타하치였다.

과연 자식이다, 달아났다 싶었더니 역시 늙은 어머니의 몸을 염려하여 엿보고 있었구나. 이렇게 생각하자 노파는 참을 수 없을 만큼 내 자식의 마음이 고맙게 여겨졌다.

다쿠안의 모습을 돌아보고 모자는 무언가 쑤군대더니, 역시 다쿠안의 어딘가를 두려워 하는 듯 두 사람은 걸음을 잽싸게 놀려 산 밑으로 내려갔다.

"글렀어. ……꼴을 보니 아직 무슨 말을 하더라도 들어 주지 않을 거야.

세상에서 오해라는 것만 없앤다면 많은 인간들의 수고가 덜어질 텐데."

모자의 그림자를 전송하면서 다쿠안은 중얼거리고 있었다. 그의 발걸음은 서두르려고도 하지 않는 것이다. 오쓰우를 찾는 것을 급한 용무로 삼고 있기 때문이었다.

그런데 도대체 오쓰우는 어떻게 된 것일까.

그 모자의 칼날에서 어떤 기회를 탔는지 용케도 달아난 것만은 확실하다. 다쿠안은 아까부터 큰 기쁨을 가슴 속에 담고 있었다.

그렇지만 피를 본 탓인지 오쓰우의 살아 있는, 무사한 얼굴을 보기 전에는 왜 그런지 마음이 진정될 것 같지 않았다. 날이 밝을 때까지 다시 한 번 찾아 보리라고 생각했다.

그렇게 결심하고 있으려니까 앞서 언덕을 올라간 주막의 등불이 그 근처의 사당지기들이라도 불러 모았는지, 일여덟 개의 불빛으로 늘어서 다시 언덕을 내려왔다.

행려병자인 낭인 무사 아카가베 야소마의 시체를 그대로 언덕 밑에 매장할 작정인 듯, 메고 온 괭이나 곡괭이로 즉시 쿵쿵 하며 어둠 속에 기분 나쁜 진동을 퍼뜨린다.

그 구덩이가 대충 파졌다고 생각될 무렵이었다.

"야, 여기도 한 사람 죽어 있어. 이쪽 것은 예쁜 여자인걸."

누군가가 고함쳤다.

구덩이를 파고 있는 장소에서 불과 다섯 칸도 떨어지지 않은 곳인 것이다. 폭포수의 흐름이 갈라져 조그만 높이의 나무들과 풀로 덮여져 있는 수렁이었다.

"죽지는 않았는데."

"죽을 리가 있겠나?"

"정신을 잃고 있을 뿐이야."

모여든 등불이 왁자지껄 떠들고 있는 것을 보고서 다쿠안이 달려오는 것과 동시에 주막의 젊은이가 큰소리로 다쿠안을 불러대는 것이었다.

평민

1

이 집처럼 물의 성능을 교묘하게 일상생활에 활용시켜 쓰고 있는 집도 적으리라.

집을 굽이도는 그 물소리의 상쾌한 소리를 문득 귀에 담으면서 무사시는 그렇게 생각했다.

혼아미 고에쓰의 집이다.

이곳은 무사시로서도 기억에 새로운 연대사(蓮臺寺)에서 그리 멀지 않은, 윗교토의 실상원(實相院) 터 동남편에 있는 네거리 모퉁이.

그 네거리를 혼아미 네거리라고 시민들이 부르는 까닭은 고에쓰의 집이 있을 뿐만 아니라, 그가 살고 있는 조촐한 일자집에 이웃하여 그의 조카라든가 동업의 장인들이라든가 일족들이 모두 이 네거리의 길가에 의좋게, 그 옛날 토호 시대의 대가족 제도처럼 추녀를 잇대고 평화롭게 살고 있기 때문이었다.

'과연, 이런 것이로구나.'

무사시로선 신기하게만 느껴지는 세상인 것이다. 밑바닥 계급의 서민들

생활은 자기도 겪어봐서 아는 처지였지만, 이 교토에서도 아무개라면 다들 알 만큼 이름 있는 평민과는 전연 인연이 없었던 그였다.

혼아미 가문은 전통 있는 아시카가(足利) 가문 가신의 후예였으며 현재도 마에다 다이나곤(前田大納言) 가문에서 녹봉 200섬을 받는 처지였다. 공경(公卿)들과도 안면이 있을 뿐만 아니라 후시미(伏見)의 도쿠가와 이에야스도 손을 뻗쳐 오고 있다고 할 정도여서, 직업은 비록 도검의 연마(研磨)나 하는 순수한 장인임에 틀림없지만 그 고에쓰는, 무사냐 평민이냐 하면 쉽사리 어느 쪽이라 단정하기 어려운 집안인 것이다. 그러나 장인이니 역시 평민일 것이다. 대체로 '장인'이란 명칭이 요즈음 와서 매우 값이 떨어지긴 했으나, 그것은 장인 스스로가 품위를 떨어뜨렸기 때문이다. 옛날에는 농사꾼이 천황의 보물이라고까지 일컬어졌다. 그런데 세월이 흐름에 따라 "이 농사꾼 놈아"라고 불릴 만큼 모멸의 대명사가 될 만큼 바뀌어져 버린 것과 마찬가지로, 장인이란 명칭도 원래는 결코 천한 직업의 호칭이 아니었던 것이다.

또한 대상인(大商人)의 내력을 캐 보면 스미노쿠라 소안(角倉素庵)이나 차야 시로지로(茶屋四郎次郎), 하이야 쇼유(灰屋紹由) 등이 모두 무사 출신인 것도 일치되어 있다. 즉 아시카가 막부의 신하가 처음에는 상업 방면의 일개 관청으로서 관장하고 있던 실무가, 어느 틈엔가 막부의 손을 벗어나고 막부에서 녹을 받을 필요도 없게 되어 개인의 경영이 되었다. 경영의 재간이나 사교의 필요가 무사라는 특권도 필요 없게 만들어서, 부모에서 자식으로 손자로 내려오는 사이 어느덧 평민이 되고 만 것이 지금의 교토 대상인이며 또한 재력의 소유자인 것이다.

그러므로 무사 가문 사이에 권력 쟁탈전이 일어나더라도 그러한 대상인의 가문은 양쪽에서 보호를 받고 가문의 계승도 대대로 오래 이어져 오고 있는 것이다. 또한 막부의 명령을 받는 일도 병화(兵火)에 불타지 않는 세금처럼 되어 있는 모양이다.

실상원 옛터 한 구역은 수락사(水落寺)의 옆이며 아리스강(有栖江)과 가미코강(上小川)의 두 강줄기 사이에 끼어 있고 오닌(應仁)의 난 때는 그 일대가 잿더미로 변하였으므로 지금도 정원수 같은 것을 심을 때면 녹슨 칼 토막이며 투구 조각이 나온다고들 한다. 그러나 혼아미 가문이 이곳에 생긴 것은 물론 오닌의 난 이후이나 그 후에 생긴 집으로서는 오래된 편이었다.

수락사의 절 안을 지나 가미코강에 합류하는 아리스강의 맑은 물은 중간에서 고에쓰의 저택 안을 유유히 지나간다. 그 물은 우선 300평 가량의 채소밭 사이를 지나 한 무더기의 숲 사이로 모습을 감추었다가 일부는 현관의 분수대로 마치 천 길 땅 속에서 솟아난 듯한 모습으로 나타나고, 일부는 부엌으로 가서 취사를 돕고, 일부는 목욕탕으로 가서 때를 씻어 준다. 또한 한적한 다실(茶室)의 어딘가에서 옹달샘처럼 물방울 소리를 내는가 싶으면, 이 집 가족이 모두 '성스러운 일터'라고 존중하여 항상 문에다 새끼줄을 쳐놓아 부정을 가리는 일터로 흘러들어가——그곳에서 장인들의 손에 의해 영주들로부터 맡은 마사무네(正宗)니, 무라마사(村正)니, 오사후네(長船) 같은——세상에 이름난 명검을 비롯한 온갖 칼들이 연마되고 있다.

무사시는 이 집에 와서 여장을 푼 지가 오늘로 꼭 나흘째인가 닷새째가 된다.

2

이집 주인인 고에쓰(光悅)와 묘슈(妙秀) 모자를 언젠가 들에서 베풀어졌던 다회(茶會)에서 만나 본 후, 무사시는 기회가 있으면 다시 한 번 만나봤으면 하고 마음 속으로 생각하고 있었다.

그런데 인연이 있었다고나 할까, 재회의 기회가 그로부터 며칠 되기 전에 또 있었다.

——그것은, 이 가미코강에서 내려온 시모코강(下小江) 동쪽에 나한사(羅漢寺)라는 절이 있다. 그 이웃은 옛날 아카마쓰씨(赤松氏)의 일족이 있었던 저택의 옛터이므로, 아시카가 장군 가문의 몰락과 더불어 그러한 옛 영주의 저택 터도 지금은 흔적도 없이 변해져 있긴 하지만, 어쨌든 한 번 그곳을 찾아보고 싶은 생각이 들어 무사시는 어느날 그 근처를 걸어 보았던 것이다.

무사시는 어렸을 때 곧잘 아버지로부터——

'나는 지금 이러한 산골 향사(鄕士)로 썩고 있지만 조상인 히라다 쇼겐(平田將監)은 반슈(播州)의 호족 아카마쓰의 집안으로서, 네 핏속에는 정녕 뛰어난 영웅호걸의 피가 흐르고 있다. 그것을 자각하고 좀 더 자신을 소중히 해야만 한다.'

이런 말을 항상 듣고 있었다. 시모코강의 나한사는 그 아카마쓰 씨의 저택 터와 이웃하고 있었던 시주 절이었으니, 그곳을 방문해 보면 선조인 히라다 씨의 명부대장(名簿臺帳)이 있을지도 모른다. 아버지인 무니사이도 교토에

들렀을 때 한 번 찾아가 선조에게 공양을 드린 적이 있다고 들은 일이 있었고, 또한 아득한 옛날 일은 모르더라도 그러한 인연 있는 곳에 찾아가 때로는 자기 핏줄에 연결된 먼 과거의 사람들을 추억해 보는 것도 무의미한 일은 아니리라는 생각이 들어 무사시는 그날 열심히 그 나한사를 찾고 있었던 것이다.

시모코강의 강물에 '나한 다리'라는 것이 걸려 있었다. 그러나 나한사는 물어 봐도 아는 사람이 없었다.

"이 근처도 변한 모양이로군."

무사시는 나한 다리의 난간에 기대서면서 아버지와 자기의, 불과 얼마 안 되는 한 세대 동안에도 엄청나게 변해가고 있는 도시의 모습이라는 것을 생각하고 있었다.

나한 다리의 밑을 흘러가는 얕고 깨끗한 물이 이따금 진흙이라도 푼 것처럼 흐려지더니 이윽고 또 그것이 맑게 가라앉아 보였다.

문득 보니 그 다리에서 보이는 왼쪽 기슭의 풀숲에서 흐려진 물이 졸졸 흘러나와, 그것이 강물에 섞일 때마다 뿌연 물이 퍼져 가는 것이었다.

'허허, 칼을 갈고 있는 집이 있구나.'

무사시는 그렇게 생각했지만, 그 집의 손님이 되어 그로부터 4, 5일이나 신세를 끼치게 될 줄은 꿈에도 생각지 못했다.

"무사시님이 아니세요?"

어딘가 나들이를 갔다오는 모양인 묘슈 노파에게서 인사를 받고서야 그곳이 혼아미 네거리 근처라는 것을 비로소 알았을 정도였다.

"잘 찾아와 주셨어요. 고에쓰도 오늘은 집에 있지요. 사양 말고 어서……."

묘슈는 그를 길가에서 만난 우연을 기뻐하며 무사시가 일부러 자기 집을 찾아와 준 것인 줄만 알고서, 일자집 문 안으로 데리고 들어가더니 곧 하인을 시켜 고에쓰를 불러오게 한다.

고에쓰와 묘슈는 언젠가 밖에서 만났을 때나 집에서 이렇게 만났을 때나 조금도 변함이 없는 좋은 사람들이었다.

"저는 지금 급한 일거리를 맡고 있으니 잠시 어머니와 이야기하고 계십시오. 일만 끝내 놓으면 얼마든지 천천히 이야기를 할 수 있으니까요."

고에쓰가 이렇게 말했으므로 무사시는 묘슈를 상대로 시간을 보내게 되었다. 그 밤이 어느새 깊어지자 '오늘밤은 주무시고 가시지요' 하게 되었고, 이튿날이 되어서는 무사시 쪽에서 고에쓰에게 칼을 가는 법이며 취급법에 대하여 가르침을 청했다. 고에쓰가 자기의 '일터'로 그를 안내하여 실제적인 예를 들어 가며 여러가지로 설명을 해 주는 등 시간이 지나게 되어, 어느덧 사흘, 나흘, 이 집의 이부자리에 무사시는 신세를 지게 되었던 것이다.

3

그러나 남의 호의를 마냥 받아들이는 것도 정도가 있다. 무사시는 오늘 아침에는 이만 작별을 고해야겠다고 생각하고 있었으나, 그것을 말하기도 전에 또 고에쓰 쪽에서 말한다.

"별로 대접도 못해 드리면서 붙잡는 것은 뭣합니다만, 괜찮으시다면 며칠이라도 묵어 가십시오. 내 서재에 변변치는 못하나마 고서(古書)와 애완품도 있으니 뭐든지 보셔도 좋습니다. 그리고 틈을 봐서 뜰 한귀퉁이에 있는 옹기 가마에서 찻잔이나 접시 굽는 것도 보여 드리지요. 도검도 도검입니다만 도자기도 매우 흥미가 있는 것이니 직접 흙을 빚어서 한번 시험해 보십시오."

　이런 말을 듣고 무사시 또한 마침내 그의 한적한 생활 속에 자기의 마음을 붙이게 되고 말았다.

　"싫증이 나시든가 별안간 볼일이 생기셨을 때는 보다시피 사람이 없는 집, 인사 같은 것은 필요 없으니 언제든지 마음 내키시는 대로 떠나시면 되지 않습니까."

　고에쓰는 이렇게 말해 주는 것이었다.

　무사시는 싫증이 나기는커녕 그의 서재만 보더라도 거기에는 당나라 서책은 물론 가마쿠라(鎌倉) 시대의 그림이나 외국에서 들여온 고법첩(古法帖) 등이 많아, 그 중의 하나만 펼쳐보더라도 그만 하루가 저물고 마는 것이었다.

　그 중에서도 무사시가 가장 마음이 끌린 것은 송(宋)나라 양해(梁楷)가 그렸다는 〈밤(栗) 그림〉이었다.

　세로 두 자, 가로 두 자 너덧 치 가량의 횡폭(橫幅)으로서 종이결도 알 수 없을 만큼 낡은 액자였으나 그것을 보고 있으니 무사시는 이상하게도 반나절이라도 싫증이 나지 않았다.

　"주인께서 그리시는 그림은 도저히 예사 솜씨로는 미칠 수 없을 것 같습니다만, 이것을 보고 있느라니 이 정도라면 서투른 저로서도 그릴 수 있을 것같은 생각이 드는군요."

무사시가 어느 때 이렇게 말했다.

"그건 반대이겠지요."

고에쓰는 대답하며 이렇게 말했다.

"내 그림만한 정도라면 누구든지 도달할 수 있는 경지라고 할 수 있습니다만, 이쯤되면 길이 험하고 산이 높아 너무나 비범하기 때문에 단순히 배운다고 될 수 있는 경지가 아니지요."

"허허, 그럴까요?"

──그런 것일까 하고 무사시는 그때부터 기회가 있을 때마다 그 그림을 바라보고 있었던 것인데, 고에쓰의 말을 듣고 나서부터 과연 그것은 얼핏 보기엔 단순한 먹빛 한 가지 색깔의 거친 그림에 지나지 않지만, 그 속에 깃들어 있는 '단순한 복잡성'에 그도 차츰 조금씩 눈을 떠 갔다.

두 개의 밤송이를 아무렇게나 그려 놓았는데, 하나는 밤송이가 벌어져 있고 하나는 아직도 밤송이가 벌어지지 않고 있다.

거기에 다람쥐가 덤벼들고 있을 뿐인 단순한 구도였다.

다람쥐의 생태는 자못 자유성이 풍부하여 인간의 젊음과, 젊음이 갖는 욕망을 그대로 이 조그만 동물의 자태에다 나타내고 있다. 그러나 다람쥐의 의욕대로 그 밤을 먹으려고 하면 가시에 코가 찔리고 가시를 겁내면 밤송이 속의 열매를 먹을 수가 없다.

작자는 그런 의도가 없이 그렸는지도 모르지만, 무사시는 그러한 의미로서도 이것을 바라보는 것이었다. 그림을 보는데 그림 이외의 비유라든가 암시라든가 그러한 생각을 해서 번거롭게 하는 것도 쓸데없는 짓인지는 모르지만 하고 생각하면서도, 그 그림은 '단순한 복잡' 속에 먹의 미(美)나 화면의 조화 말고도 사람으로 하여금 저도 모르게 명상에 잠기게 하는 무기적(無機的)인 작용을 여러가지로 갖추고 있으니만큼 하는 수 없다.

"무사시님, 또 양해(梁楷)와 눈싸움을 하고 계십니까. 마음에 썩 드시는가 보군요. 뭣하시다면 떠나실 때 가지고 가십시오. 드리겠습니다."

태연한 듯이 그의 모습을 보고 말하며 고에쓰는 무언가 볼일이 있다는 듯 그의 옆에 앉았다.

4

무사시는 뜻밖이란 듯

"예, 저에게 이 양해의 그림을 주신다고 하셨습니까. 안됩니다, 며칠이나 신세까지 졌는데 이러한 가보를 받다니요."

그는 굳이 사양했다.

"하지만 마음에 드셨나 본데요……."

고에쓰는 고지식하게 사양하는 그의 모습을 보고 웃으면서 말한다.

"상관 없습니다. 마음에 드셨으면 가져가십시오. 모름지기 그림이라는 것은 참으로 그 작품을 사랑하고 작품의 참뜻을 알아 주는 사람의 손에 들어간다면, 그 그림은 행복한 것이며 지하의 작자도 만족하리라고 생각합니다. 그러니 부디!"

"그렇게 듣고 보니 더욱 더 저로선 이 그림을 가질 자격이 없습니다. 이렇게 보고 있으면 역시 소유욕 같은 것이 솟아나서, 나도 이러한 명화(名畵)를 하나 가지고 싶다는 생각이 듭니다만, 가져본들 집도 없고 일정한 거처도 없는 떠돌이 무예 수업자이니."

"하긴 여행만 하고 있는 몸이시라면 오히려 방해가 되겠군요. 젊었으니까 아직 그러한 마음은 갖지 않겠지만, 사람이란 아무리 작더라도 자기 집이라는 것을 가지지 않는다면 얼마나 쓸쓸할까 하고 나는 가끔 생각한답니다. 어떻습니까, 한 번 이 교토 근처에 조촐한 통나무 집이라도 지으시는 것이."

"아직 집이 갖고 싶다고 생각한 적은 없습니다. 그것보다도 규슈(九州)의 끝, 나가사키(長崎)의 문명, 또 새로운 도읍이라는 에도(江戶), 오우(奧羽) 지방의 큰 산이나 큰 강 같은 먼 곳으로만 뜬 마음이 쏠리는군요. 저에겐 태어나면서부터 방랑벽이 있는지도 모르겠습니다."

"아니, 당신뿐만 아니라 누구나 마찬가지겠지요. 4조 반의 다실보다도 푸른 하늘을 동경하는 것이 젊은이의 마음이지요. 동시에 자기의 소망 달성의 길이 가까이에는 없다고 생각하고 항상 먼 데만 길이 있다고 믿어 버리는 폐단이 있지요. 소중한 젊은 날의 낭비는 대개 그 먼 곳의 동경으로 만족을 모르는, 즉 환경에 대한 불만으로 보내는 것이 아닐까요."

그러더니 문득 묻는다.

"하하하, 나같이 한가한 사람이 젊은 분에게 교훈 비슷한 말을 하다니 우습군요. ……참, 그렇지. 내가 온 것은 이런 애기를 하려는 게 아니라 당신을 오늘밤에 모시고 나갈까 해서 왔습니다만 어떻습니까, 무사시님? 당

신은 유곽(遊廓)을 구경한 일이 있습니까?"

"유곽이라면…… 유녀(遊女)들이 있는 거리를 말합니까?"

"그렇지요, 내 친구에 하이야 쇼유(灰屋紹由)라는 막역한 사람이 있죠. 그 쇼유에게서 지금 연락이 왔는데…… 로쿠조의 유곽 거리를 함께 구경하러 가시지 않겠습니까."

무사시는 그의 말이 끝나자마자 대답했다.

"그만두겠습니다."

고에쓰는 억지로 권하지는 않는다.

"그렇습니까? 마음이 내키지 않으신다면 권한들 소용이 없지만, 때로는 그러한 세계에 잠겨 보는 것도 재미가 있지요."

그러자 소리도 없이 어느 틈엔가 그곳에 와서 두 사람의 이야기를 흥미 깊게 듣고 있던 어머니인 묘슈가 말한다.

"무사시님, 좋은 기회이니 함께 가시는 게 어떻겠어요. 하이야의 주인 역시 무관한 분이니, 아들도 모처럼 함께 가고 싶은 모양이지요. 자, 갔다오세요."

고에쓰의 방임(放任)과는 달리 수선스럽게 옷장에서 새옷을 꺼내면서 무사시에게 동행을 권하고 아들에게도 준비를 재촉한다.

5

모름지기 부모라고 이름이 붙은 자라면 내 자식이 유곽에 간다고 들으면, 그것이 설사 손님 앞이든 친구 앞이든 상을 찌푸리고

'또 오입이냐.'

핀잔을 주거나 좀 더 시끄러운 부모일 경우에는

'당치도 않은 소리!'

부모 자식 사이에 한바탕 말썽이 이는 것이 세상의 상식인데 이 모자는 그렇지가 않았다.

묘슈는 옷장 앞으로 가서 유곽에 놀러가는 아들의 몸치장에 마치 자기가 들놀이라도 가는 것처럼 이것저것 신경을 쓴다.

"띠는 이것이 좋을까, 옷은 어느 게 좋을까."

의복뿐만 아니라 지갑, 도장주머니, 칼 같은 것도 사치스런 것을 골라서 준비해 주고, 특히 지갑 속에는 남자들 사이에 어울려도 부끄러운 느낌을 갖지 않도록 여자 세계에 들어가도 쩨쩨한 인상을 받지 않도록 살며시 다른 돈궤에서 돈소리가 나지 않도록 용돈을 묵직하게 넣어 준다.

"자아, 초저녁이 좋고, 가장 좋은 시간은 황혼녘이라고 하더군요. 그러지 마시고 무사시님도 갔다오세요."

그리고 어느 틈엔가 무사시 앞에도 무명옷이 긴, 하지만 속옷에서 저고리까지 깨끗한 것으로 한 벌 내놓았다.

처음에는 납득이 가지 않아 수상쩍게 여겼지만, 이 어머니가 이처럼 권하는 곳이라면 세상에서 말하는 것처럼 그렇게 나쁜 곳은 아닌 듯이 여겨졌다.

무사시는 생각을 고치고 말했다.

"그럼, 말씀대로 고에쓰님을 따라가겠습니다."

"예, 그러세요. 자아, 옷을 갈아 입으시고."

"아닙니다. 저에겐 오히려 좋은 옷이 어울리지 않습니다. 들에 엎드리거나 어디를 가거나 이 옷 한 벌이 역시 나답고 편하니까요."

"그건 안 돼요."

묘슈는 이상하게도 엄격해지며 무사시를 이렇게 나무랐다.

"당신은 그것으로 좋겠지만, 추한 옷차림을 하고 가면 화려한 유곽 방에

걸레가 놓여 있는 것처럼 보이지 않을까요? 세상의 수심과 걱정을 모두 잊어버리고 한 시각이나 몇 시각쯤 아름다운 여자들에게 둘러싸여 깨끗이 시름을 씻어버리자는 곳이 그 유곽이니까요. 그렇게 생각한다면 내 몸의 화장이나 사치도 멋의 하나, 나혼자만의 멋이라고 생각하면 잘못이에요. ……호호호, 그렇다고 해서 나고야산자(名古屋山三)나 마사무네(政宗) 같은 화려한 옷도 아닌데요, 뭘. 다만 때가 묻지 않았다는 것뿐이니 어서 사양말고 입어요."

"예……그렇다면."

무사시가 순순히 끄덕이고 옷을 갈아입었다.

"잘 어울리네요."

묘슈는 두 사람의 깨끗한 옷차림을 바라보고 마냥 기뻐한다.

고에쓰는 잠시 불당에 들어가 그곳에 조그마한 저녁 촛불을 바치고 있었다. 이 모자는 전부터 열렬한 니치렌종(一蓮宗) 신자였다.

"자아, 갑시다."

거기에 나와 기다리고 있는 무사시를 보고 나란히 현관까지 걸어나오자 어머니인 묘슈는 벌써 앞질러 나와 두 사람이 신을 새 짚신을 댓돌 위에 놓아 주었다. 그런 후 일자집 덧문을 닫고 있는 하인과 문그늘에서 무언가 작은 소리로 소곤대고 있었다.

"죄송합니다."

고에쓰는 짚신을 향해 절을 하고 발을 내렸다.

"그럼 어머님, 다녀오겠습니다."

그러자 묘슈는 돌아보며 말한다.

"고에쓰, 잠깐 기다려."

당황하며 손을 저어 두 사람의 발걸음을 멈추게 하고는, 샛문 밖으로 고개를 내밀어 무슨 일인지 한길을 둘러본다.

6

"왜 그러십니까?"

고에쓰가 이상하게 여기자 묘슈는 샛문을 살며시 닫고 돌아왔다.

"고에쓰, 지금 말이지, 험상궂게 생긴 무사가 세 사람 이 문 앞에 와서 점잖지 못한 말을 하고 갔다는구나. ……무슨 일이 없겠니?"

아직 하늘은 밝지만 황혼 무렵에 나들이 하는 아들과 손님이 염려되는지 묘슈는 미간을 모으며 이렇게 말했다.

"…… ?"

고에쓰는 무사시의 얼굴을 바라보았다.

무사시는 무사들이 어떠한 자들인지 곧 짐작되었던 모양이다.

"염려 마십시오. 저에게 해를 끼치려 할지는 몰라도 고에쓰님에게 원한이 있는 자는 아닐 것입니다."

"어제도 그런 일이 있었다고 누군가 말하더구나. 어제 왔던 무사는 혼자였던 모양인데, 날카로운 눈초리로 문 안까지 허락도 없이 들어와서는 다실 언저리를 돌며 무사시님이 있는 안채를 기웃거리고 갔대요."

"요시오카 도장 패들이겠지요."

무사시가 말했다.

"저도 그렇게 생각합니다."

고에쓰도 끄덕였다. 그리고 하인에게 묻는다.

"오늘의 세 사람은 뭐라고 하더냐?"

그 말에 와들와들 떨면서 하인이 말한다.

"예……조금 전에 일하는 분들이 모두 돌아갔기에 이곳의 문을 닫으려고

는데, 어디 있었는지 세 사람의 무사가 별안간 저를 둘러싸고 그 중의 한 사람이 품 안에서 편지 같은 것을 꺼내어 무서운 얼굴로 '이것을 이 집 손님에게 전해라' 하고 말했습니다."

"으음……손님이라고 하면서 무사시님이라곤 하지 않더냐?"

"아닙니다, 나중에 말했지요. 미야모토 무사시라는 자가 며칠 전부터 묵고 있을 거라고."

"그래서 너는 뭐라고 말했나?"

"전부터 나으리님께서 함부로 입을 놀려선 안 된다고 하셨으므로 저는 어디까지나 그런 손님은 안 계시다고 고개를 저었더니, 그 중 한 분이 성을 내며 거짓말 마라 하고 큰소리를 치려 했습니다. 그러자 조금 나이 먹은 무사가 그 사람을 달래고는 비웃는 듯한 웃음을 보이면서, 그렇다면 좋아, 딴 방법으로 본인을 만나 건네 줄 테니까 하고 말하고 저쪽 네거리로 가 버렸어요."

무사시는 옆에서 듣고 있다가 말했다.

"고에쓰님, 그렇다면 이렇게 해 주십시오. 만일의 일이 있어서 당신께 상처를 입히거나 누를 끼치게 된다면 면목이 없으니까 한 걸음 먼저 가십시오."

"아니, 뭐."

고에쓰는 일소에 붙였다.

"그런 걱정은 필요 없습니다. 요시오카 도장의 무사인 줄 안 이상, 더구나 내가 겁낼 필요는 조금도 없지요……자아, 가십시다."

무사시를 재촉하여 문 밖으로 나갔다. 고에쓰는 다시 문득 샛문 안으로 고개를 디밀며 불렀다.

"어머니, 어머니."

"뭘 잊었느냐?"

"아뇨, 지금 그 일 말입니다만, 만일 어머니께서 염려스러우시다면 하이야에 사람을 보내어 오늘밤 초대를 거절하겠어요……."

"무슨 말이냐? 내가 염려하는 것은 너보다도 무사시님에게 만일의 일이 있으면 하고 걱정한 거야. ……그 무사시님이 벌써 앞서 나가 기다리고 있으니 말린댔자 소용도 없을 것이고 모처럼 하이야님이 초대하시는 것이니, 기분 좋게 놀다오렴."

고에쓰는 어머니가 닫은 사잇문에 이제 아무런 거리낌도 없었다. 기다리고 있던 무사시와 어깨를 나란히 하여 강가의 길을 걸었다.

"하이야님의 집은 바로 요 근처인 이치조 호리카와(一條堀河)이지요. 준비를 하고 기다린다고 했으니 도중에 잠깐 들러서 갑시다."

7

아직도 저녁 하늘은 밝았다. 강가를 따라 걸어간다는 것은 무언지 모르게 마음이 상쾌해지는 법이다. 사람들이 부지런히 다니는 저녁 한때를 한가롭게 거니는 것은 더욱 좋다.

"하이야 쇼유님. 이름을 많이 들은 것 같군요."

무사시가 말했다.

천천히 발걸음을 맞추면서 그 말에 고에쓰가 대답한다.

"듣고 계시겠지요, 쇼하(紹巴)의 제자로서 노래로 이미 대성한 사람이니까요."

"허어, 노래 스승입니까?"

"아니, 쇼하나 데이도쿠(貞德)처럼 노래로 생활을 하는 사람은 아니오.

나와 똑같은 출신으로 이 교토의 오랜 장사꾼입니다."

"하이야(灰屋)라는 성은?"

"가게 이름이지요."

"무엇을 파는 가게입니까."

"재를 팔지요."

"재를? 무슨 재를 말입니까."

"물감집에서 물을 들일 때 쓰는 재여서 물감재라고 합니다. 여러 나라의 물감 도매상에게 거래를 하므로 규모가 꽤 크지요."

"아, 저 양잿물을 만드는 원료로군요."

"그것은 막대한 금액이 되는 거래이므로 아시카가 막부 초창기에는 막부의 직할이었습니다만, 중간에 민영화되어 이 교토에서 세 집이 도매상으로 인가를 받았다고 합니다. 그 한 집이 하이야 쇼유의 조상이었지요. 하지만 지금의 쇼유님 대에 와서는 이미 그 직업도 그만두고 이 호리카와에서 여생을 유유히 보내고 있지요."

고에쓰는 거기서 건너편 쪽을 가리키며 말을 잇는다.

"이곳에서 보이지요? 저기 보이는 우아한 문이 있는 저 저택이 바로 하이야님의 집입니다."

"……."

무사시는 끄덕이면서 문득 왼편 소매끝을 거머쥐고 있었다.

'……이상한걸?'

고에쓰의 이야기를 들으면서 생각하고 있었다.

무엇이 들어 있는 것일까, 오른편 소매는 저녁 바람에도 가볍게 움직이지만 왼편 소매는 조금 묵직하다.

휴지는 품 안에 있다. 담배 쌈지는 가지고 있지 않다. 그밖에는 달리 아무것도 넣어 둔 기억이 없는데, 하고 살며시 손을 미끄러뜨리며 소매 밖으로 꺼내 보았더니, 잘 다듬은 창포 빛깔의 가죽끈이 언제라도 풀 수 있도록 잘 뭉쳐져 들어 있었던 것이다.

'……이런.'

고에쓰의 어머니 묘슈가 넣어 준 것이 틀림없다. 이것을 가죽 멜빵으로 쓰라고.

"……."

소매 속의 가죽끈을 쥐면서 무사시는 뒤돌아보고 자기도 모르게 떠오르는 미소를 뒤따르는 자에게 보였다.

——벌써부터 깨닫고 있었지만, 혼아미 네거리를 나서자 곧 자기 뒤에 일정한 거리를 두고 어슬렁어슬렁 미행해 오는 세 사람의 무사가 있었던 것이다.

그들은 무사시의 미소를 보자 섬칫 모두 발걸음을 멈추고 무엇인지 얼굴과 얼굴을 맞대고 속삭이더니, 이윽고 먼 데서부터 잔뜩 긴장을 한 얼굴로 성큼성큼 발걸음을 떼어놓으며 이쪽으로 다가올 것 같은 눈치——

고에쓰는 그때 하이야의 문 앞에 서서 초인종을 울려 내방을 알리고 빗자루를 든 채 나온 하인에게 안내되어 뜰로 들어가고 있었다.

문득 뒤따르지 않는 무사시를 깨닫자 고에쓰는 다시 되돌아와서 말한다.

"무사시님, 어서 들어오십시오. 사양할 필요는 없는 집이니까요."

아무 일도 없는 것처럼 문 밖으로 나왔다.

8

어마어마하게 큰 칼 손잡이를 뻗치듯이 내밀고 어깨를 으쓱대는 세 사람의 무사가 한 사람인 무사시를 둘러싸듯이 밀어대면서 거만하게 무언가 말하고 있는 광경을 고에쓰는 문 밖에서 보았다.

'잠시 전의 그 녀석들이로군.'

고에쓰는 곧 알아차렸다.

상대편 세 사람에게 무언가 조용히 대답하고 나서, 무사시는 고에쓰 쪽을 돌아보며 말했다.

"곧 뒤따라가겠으니——부디 먼저."

고에쓰는 맑은 눈동자로 그의 눈빛을 읽으려는 듯 턱을 앞으로 당긴다.

"그럼, 안에서 기다리고 있겠으니 볼일이 끝나시면."

고에쓰가 문 안으로 사라지자 기다리고 있었던 것처럼 세 사람 중의 하나가 입을 열었다.

"달아나 숨었느니, 달아나 숨지 않았느니 이 자리에서의 논쟁은 그만두자. 그런 볼일로 온 것이 아니니까. 나는 지금도 말했지만 요시오카 도장의 제자로서 십검(十劍)의 한 사람, 오타구로 효스케(太田黑兵助)라는 사람인데."

소맷자락을 펄럭이며 품 안에 두 손을 집어넣어 한 통의 편지를 꺼내더니 그것을 무사시의 눈 앞에 들이댔다.

"계씨(季氏)가 되시는 덴시치로님께서 그대에게 보내는 편지를 틀림없이 전했소. 여기서 읽고 곧 회답을 들려 주기 바라오."

"그런가요……."

태연히 무사시는 펼쳐서 읽어 보더니 한 마디로 대답했다.

"알았소."

하지만 아직도 오타구로는 의심스런 눈빛을 지우지 않는다.

"틀림없이?"

다짐을 주며 무사시의 얼굴을 노려보자 무사시는 거듭 끄덕여 보인다.

"틀림없이 승낙했소."

그제야 세 사람은 알았다는 듯이 말한다.

"만일 어기는 일이 있으면 천하의 웃음거리가 될 줄 아시오."

"……."

무사시는 잠자코 세 사람의 굳어진 몸짓에 눈초리를 던지고 있었다. 대답 대신 웃음으로 그들을 대하고 있는 것이었다.

그 태도가 또 오타구로에게 의심을 주었던지

"틀림 없지, 무사시?"

끈질기게 다짐한다.

"시각도 얼마 남지 않았소. 장소를 알겠소? 준비는 되어 있소?"

귀찮다는 표정은 짓지 않았으나 무사시의 말은 매우 짤막하다.

"좋소."

불쑥 한 마디한다.

"그럼, 나중에."

하이야의 문 안으로 들어가려 하자 오타구로는 또 덮어씌우듯 말했다.

"무사시, 그때까지는 이 하이야에 있는 것이지?"

"아니, 저녁에는 로쿠조의 유곽을 구경시켜 준다고 했으니 그 어느 곳엔가 있을 거요."

"로쿠조? 좋아. 로쿠조나 이 집에 있겠다는 말인가? 약속 시간이 늦으면 사람을 보낼 테다. 설마하니 비겁한 짓은 않겠지만."

그 말을 등으로 들으면서 무사시는 하이야의 뜰안으로 들어가 곧 문을 닫았다. 한 걸음 그곳으로 들여놓자 소란스러운 세상과는 백 리나 동떨어진 듯

사뭇 조용한 생활의 천지를 이 집의 보이지 않는 담이 둘러싸고 있었다.

키가 작은 대나무와 붓통 굵기의 대나무가, 자연스런 사잇길처럼 배치되어 있는 징검돌과 징검돌로 이어진 통로를 알맞게 지켜 주고 있다. 걸음을 옮김에 따라 보이는 안채, 정자, 모든 것이 오래된 가문의 멋과 아늑한 풍치가 있었다. 그 위에 드리워진 소나무는 모두 하늘 높이 솟아서 이 집의 부귀를 말해 주고 있었지만, 그 밑을 찾아드는 손님에게는 결코 거만한 빛으로 보이지는 않는다.

9

어딘가에서 공을 차는 소리가 들렸다. 공경(公卿)의 저택이라면 담 너머로 흔히 그런 소리가 들리겠지만 평민 집으로선 드문 일이라고 무사시는 생각했다.

"곧 준비하시고 나오신답니다. 잠시 여기서 기다리세요."

차며 과자를 날라오며 뜰에 면한 객실로 안내하는 두 사람의 여자 하인의 거동에서도 이 집의 가풍이 엿보인다.

"그늘진 탓인지 으스스 추워지는군요."

고에쓰는 중얼거리며 열려 있는 장지문을 닫도록 하녀에게 시키려고 하다가, 무사시가 공 차는 소리에 귀를 기울이면서 뜨락 저편 한층 낮은 곳에 서 있는 매화나무 꽃을 보고 있는 눈치라 자기도 밖으로 눈길을 던지며 말했다.

"히에이산(比叡山)이 구름에 덮여 있군요. 저 산에 걸리는 구름은 북쪽 나라에서 온 구름이지요. 춥지 않으십니까?"

"아아뇨, 별로."

무사시는 정직하게 그렇게 대답했을 뿐 조금도 고에쓰가 문을 닫고 싶어 한다는 것을 생각지 못했다.

무사시의 피부는 기후에 대해서 가죽처럼 강인했다. 고에쓰의 예민한 피부와는 그만큼 감도가 달랐다. 아니, 기후에 대해서뿐만 아니라 모든 감촉에도 감상에도 그러한 차이가 두 사람에겐 있었다. 한 마디로 말한다면 야인(野人)과 도시인의 차이였다.

하녀가 촛대를 가져온 것을 기회로——바깥도 급속히 어두워져 왔으므로——고에쓰가 장지문을 닫으려 하였다.

"아저씨, 오셨어요?"

공을 차고 있던 아이들이리라. 열너덧 살난 소년 두세 명이 툇마루 밖에서 기웃거리며 공을 그곳에 던졌으나, 무사시의 모습을 보더니 별안간 얌전해진다.

"할아버지를 불러다 드릴까요?"

고에쓰가 괜찮다고 해도 듣지를 않고 앞을 다투며 안으로 뛰어갔다.

장지문을 닫고 불이 켜지자 이 집이 갖는 화기애애한 분위기가 처음으로 찾아온 그 나그네에게 더욱 절감된다. 가족들의 웃음 소리가 희미하게 들려오는 것도 기분이 좋다.

그보다도 무사시가 손님으로서 기분 좋게 느껴진 것은 어디를 바라보나 조금도 부자 티가 나지 않는 점이었다. 오히려 지나치리만큼 소박했으며 일부러 돈이 있다는 냄새를 없애려는 것 같다고도 느껴졌다. 어딘가 큰 시골집 객실에 있는 기분이었다.

"이것 참, 오래 기다리게 해서 죄송합니다."

그곳에 돌연 텁텁한 목소리가 나며 주인인 하이야 쇼유가 모습을 나타냈다.

고에쓰와는 정반대로 이 사람은 학처럼 빼빼 마른 몸집이었으나 목소리는 저음인 고에쓰보다 훨씬 젊고 크게 울린다. 어쨌든 대범한 성격인 듯 고에쓰가 무사시를 소개하였다.

"아, 그래요, 그렇습니까? 고노에(近衞) 가문의 집사 마쓰오님의 생질이 되십니까? 마쓰오님은 저도 잘 알고 있지요."

여기서도 이모부의 이름이 나왔으므로 무사시는 이와같은 큰상인들과 대궐과 가까운 고노에 가문의 관계를 어렴풋하나마 눈치챌 수가 있었다.

"곧 가봅시다그려. 밝을 때 출발해서 슬슬 걸어갈까 생각했으나 벌써 어두워졌으니 가마꾼을 부릅시다. ……무사시님도 물론 함께 가 주실 테죠."

나이에 비해 성급한 쇼유와 점잔을 빼며 유곽에 가는 것도 잊어버리는 고에쓰는 무척 색다른 대조였다.

그 두 사람을 태우고 가는 거리의 가마꾼 뒤를 무사시도 난생 처음 가마라는 것을 타고서 호리강(堀川)의 기슭을 흔들리며 갔다.

봄눈

1

"어이구 추워."

"바람이 쎈데."

"코가 떨어져 나가는 것 같다."

"눈이 내릴 것 같군, 오늘 밤은!"

"봄이 다 됐는데."

가마를 메고 가는 무리들의 대화였다. 하얗게 입김을 내뿜으며 야나기 말터로 향하고 있었다.

세 개의 초롱이 몹시 흔들리며 연신 명멸한다. 저녁 무렵 히에이산에 걸렸던 구름이 벌써 장안 하늘을 검게 덮어 야밤에는 어떻게 변할지 모르는 밤하늘이었다.

그러나 그 대신 이 넓은 말터 저편에 보이는 한 떼의 등불은 더없이 아름다웠다. 하늘에 별 하나 없는 밤이어서 지상의 등불이 더욱 반짝여 보이는 것이었다. 마치 반딧불을 뭉쳐 바람에 날리는 것 같았다.

"무사시님."

가운데 가마에서 뒤돌아보며 고에쓰가 말한다.

"저기요, 저게 로쿠조의 야나기 거리입니다. 요즘 집들이 늘면서부터 미스지 거리(三筋町)라고도 부릅니다만……."

"아, 저것입니까?"

"시가를 떠나서 다시 이렇게 넓은 말터라든가 빈터를 지나 저편에 홀연히 저런 등불의 마을이 있다는 것도 재미있지요?"

"뜻밖이군요."

"유곽도 이전에는 니조(二條)에 있었는데 대궐에 너무 가까워서 야밤중에 민요나 가락을 부르면 어전에 들리신다고 해서 쇼시다이(所司代)인 이타쿠라 가쓰시게(板倉勝重)가 급작스레 이리로 옮겨다 놓았지요. 그로부터 겨우 3년도 되지 않았는데 어떻습니까. 벌써 저런 거리가 되고 더욱 번창해만 가고 있으니."

"그럼, 3년 전 여기는?"

"예, 밤중에는 어디를 봐도 사방이 캄캄해서 연이은 전국(戰國) 때의 전화(戰禍)를 통탄했을 정도였지요. 그러나 지금은 새로운 유행은 모두 저 등불 아래서 나오고, 더 거창하게 말씀드리면 하나의 문화마저 탄생시키는 곳이 되어 버렸지요……."

잠시 귀를 기울이고는 다시 말을 잇는다.

"어렴풋이 들려오지 않습니까. ……유곽의 노랫소리가?"

"과연 들리는군요."

"저 가락만 하더라도, 새로 류큐(琉球) 땅에서 건너온 샤미센(三味線)을 연구하든가 또는 그 샤미센을 기초로 하여 요즈음의 노래가 새로 만들어져 나오기도 하고 그 파생으로 가락이나 창(唱)이 만들어지는 것이지요. 그런 건 모두 저곳이 모체라고 해도 과언이 아닙니다."

가마가 그때 급히 길을 돌았기 때문에 무사시와 고에쓰의 대화도 그대로 끊어져 버렸다.

니조의 유곽도 야나기 거리(柳町)라고 부르고 로쿠조의 유곽도 야나기 거리라고 부른다. 버들과 유곽은 언제부터 그렇게 따라다니는 것인지 그 버드나무 가로수에 매달아 놓은 무수한 등불이 차츰차츰 가까이 무사시의 눈에 비쳐 들어왔다.

2

고에쓰도 하이야 쇼유도 이곳 청루(靑樓) 문전에서 가마를 내렸다.

고에쓰나 하이야 쇼유는 이곳 청루의 단골인 모양으로 버드나무 앞에 가마가 멈추자

"후나바시님이야."

"미즈오치님도."

하야시야 요지베에(林屋與次兵衞) 집에서는 법석을 떨었다.

후나바시님이란 호리카와 후나바시(船橋)에 집이 있다고 해서 붙은 쇼유의 출신 지명. 또한 미즈오치님이라는 것 역시, 이곳에서만 알려진 고에쓰의 이름이었다.

무사시만이 일정한 주소가 없으니 따라서 별명도 없다.

이름에 대한 언급만 하는 것 같지만 이 하야시야 요지베에라는 이름도 청루 주인의 겉이름일 뿐 기생집으로서의 가게 이름은 오기야(扇屋)라고 했다.

오기야라고 하면 지금 이 로쿠조 야나기 거리에 아름답기로 유명한 기녀인 초대 요시노(吉野)의 이름을 바로 연상할 수 있으며, 기코야(桔梗屋)라

고 하면 무로기미(室君)라는 기녀의 이름으로 유명했다.

일류로 치는 청루는 그 두 집뿐이었다. 고에쓰, 쇼유, 무사시의 세 사람이 손님으로 찾은 곳은 오기야였다.

'이건 마치 화려한 성곽 같구나.'

무사시는 될 수 있는 대로 두리번거리지 않으려고 했지만, 결국 천정이며 가교(架橋)의 난간, 정원의 여러 조각물 등을 지날 때마다 눈이 휘둥그레졌다.

"아니, 어디로 가 버렸나?"

삼목나무 문의 그림에 홀려 있는 동안, 고에쓰와 쇼유를 잃어버리고 무사시가 복도에서 헤매고 있자 고에쓰가 손짓을 했다.

"여기요."

엔슈풍(遠州風)의 석조(石組)에다 흰모래를 깔아 적벽(赤壁)의 풍경을 본뜬 정원사(庭園師)의 뜻일까, 북원(北苑)의 그림에서나 볼 수 있을 것 같은 뜰을 앞에 두고 두 칸의 은빛 장지문이 촛불에 휘황하였다.

"추워지는데."

쇼유는 움츠리며 벌써 그 넓은 방 한 구석의 방석에 앉았다.

고에쓰도 따라 앉으며 한가운데 놓인 방석을 권하는 것이었다.

"자아, 무사시님."

"아니, 그건……."

무사시는 삼가며 아랫자리에 앉은 채 굳어져 있었다. 두 사람이 권하는 방석은 도코노마(床間)의 정면에 있는 것이다. 이 으리으리한 건물과 마주 쳐다보는 윗자리에 대감처럼 앉는다는 것은 무사시로서는 사양하는 것보다 아무래도 언짢았다. 그러나 상대는 사양하는 것으로 안다.

"그래도 오늘밤은 당신이 손님이오."

쇼유는 권하면서 말했다.

"나하고 고에쓰님은 언제나 이렇게 싫증도 내지 않고 놀고 지내는 옛 친구이지요. 그러나 당신은 초대면……어서, 어서."

그는 막무가내였다.

무사시는 사양하며 말했다.

"아니, 그러면 더 황송해서…… 저같이 젊은 놈이."

"유곽에서 나이가 문제되나?"

쇼유는 대뜸 겉치레 같은 건 내버린 듯한 말투로 말하면서 '아하하하' 하고 움츠린 어깨를 들먹이며 웃어제꼈다.

벌써 차와 과자를 든 여자들이 뒤에 와 있었다. 좌정하는 것을 기다리고 있었던 것이다. 고에쓰는 무사시의 기분을 돋구려고 상좌에 앉는다.

"그럼, 내가."

무사시는 고에쓰가 일어난 자리에 앉자 다소 홀가분한 기분이 되었지만 어쩐지 귀중한 시간을 실없이 낭비하는 것 같은 생각이 들었다.

3

다음 방 구석에는 두 소녀가 사이좋게 화롯가에 앉아 있었다.

"이게 뭐지?"

"새."

"그럼, 이것은?"

"토끼."

"이건?"

"……갓 쓴 사람."

두 손으로 병풍에 그림자를 비치며 뒤돌아앉아 놀고 있었다.

화로는 물론 다식(茶式)의 것, 솥에서 오르는 김으로 방안을 따뜻하게 하기에 알맞았다. 어느새 옆방에는 사람들이 늘어서 술냄새, 사람의 체취로 바깥 추위를 잊게 하고 있었다.

아니, 그것보다도 그곳에 있는 사람들의 혈관에 알맞게 술이 돈 사실이 방을 따뜻하게 느낄 수 있는 큰 원인이었으리라.

"난 말이야, 이런 말을 하면 자식놈한테 버릇도 못가르치겠지만, 세상에서 술처럼 좋은 게 없는 것 같아. 술은 좋지 않은 것이라고 독약처럼 말하는 건 그건 술 탓이 아닐 거야. 술은 좋은데 마시는 사람이 나쁘단 말이야. 뭐든 남의 탓으로 돌리는 게 사람들의 버릇이거든. 미친 놈의 물이라는 말을 듣는다면 술이 얼마나 난처하겠나."

그 중에서 누구보다도 목청이 큰 사람은 그 방에서 가장 깡마른 하이야 쇼유였다.

무사시가 한두 잔 마시고서 사양하고 있을 무렵부터 쇼유 노인의――이건 종종 발표하는 주장인 듯한 주담을 늘어놓는 것이었다.

　언제 들어도 그것은 반드시 '새 것' 아닌 되풀이하는 말이었다. 그 증거로 자리에 앉아 있던 가라코토(唐琴)나 스미기쿠(墨菊)나 고보사쓰(小菩薩)도, 다른 술을 치는 사람이나 물건을 나르는 여자들까지도 심드렁한 낯색이 되었다.

　'후나바시님이 또 시작했군.'

　그리고 이렇게 말하는 듯 한결같은 표정으로 입술을 삐죽거렸고 간지러운 듯이 듣고 있는 것을 느낄 수 있었다.

　하지만 쇼유는 그런 일 따위에 전혀 아랑곳없다는 듯 계속 말을 이었다.

　"술이 나쁜 것이라면 하느님이 싫어하실 텐데 귀신보다도 하느님이 더 좋아하셨어. 그러니 술처럼 깨끗한 건 없단 말이야. 이 세상에서 처음으로 술을 빚을 때엔 순박한 숫처녀의 백옥같이 흰 이빨로 쌀을 씹어 술을 만들었다는 거야. 그만큼 깨끗했단 말이야."

　"호호호……아이, 더러워."

　누군가가 웃었다.

　"무엇이 더러운가?"

　"쌀을 이빨로 씹어 가지고 술을 만들어서야 무엇이 깨끗해요?"

"바보 같은 소리. 너희들 같은 처녀가 씹으면 그것은 더러울 정도가 아냐. 아무도 마시지 않겠지만 그러나 봄의 새싹처럼 맑고 깨끗한 처녀들이 씹는 거야. 꽃이 꿀을 토하듯 단지에 담근 술.……아아, 나는 그런 술에 취하고 싶다."

벌써 취해 있는 쇼유는 옆에 있던 열서너 살 되는 소녀의 목을 성큼 끌어안고 그의 입술에 깡마른 볼을 비벼댄다.

"아, 싫어!"

소녀는 비명을 지르며 일어섰다.

그러자 쇼유는 히죽히죽 눈길을 오른편으로 옮겨 스미기쿠의 손을 잡아 자기 무릎 위에 포개 놓는다.

"하하하……화내지 마, 우리 마누라!"

그 정도라면 또 좋겠는데 얼굴을 맞대고 한 잔의 술을 나누어 마시거나 주책 없이 기대거나 하며 마치 옆에 아무도 없는 것 같은 추태를 부리는 것이었다.

고에쓰는 때때로 술잔을 든 채 미소를 머금고 여자들이나 쇼유와 함께 조용히 장난을 치거나 말을 나누며 함께 어울리는데, 유독 무사시는 호젓이 이 분위기에서 동떨어져 있었다. 자기로서는 별로 엄숙한 태도를 짓지 않았지만 그래도 무서운지 우선 여자들이 그의 곁에는 오려고도 않았다.

4

고에쓰는 권하지 않았으나 쇼유는 생각난 듯이 때때로 권했다.

"무사시님, 드시오."

또 잠시 있다가 무사시 앞의 술잔이 식는 것이 답답한 듯 자꾸 권한다.

"어떻소, 무사시님. 그걸 비우고 따끈한 것으로 한 잔 더 비우십시다."

그것이 횟수를 거듭함에 따라 차츰 말씨도 거칠어졌다.

"고보사쓰, 그 자식에게 한 잔 먹여 줘라. 이봐, 마셔봐, 이 자식."

"들고 있습니다."

무사시는 그럴 때 대답하지 않으면 말할 짬도 없었다.

"조금도 잔이 비지 않는군. 참 용기도 없군그래."

"약해서 그렇습니다."

"약한 건 검술 쪽이지."

심하게 비꼰다.

무사시는 웃으며 말했다.

"그럴는지도 모르지요."

"술을 마시면 단련에 지장이 있다, 술을 마시면 평소의 수양이 허물어진다, 술을 마시면 의지가 약해진다, 술을 마시면 출세를 못하는지도 모른다, 이런 따위로 생각한다면 당신은 큰놈이 되기는 틀렸어."

"그런 걸 생각하고 있진 않습니다만 단 한 가지 곤란한 게 있습니다."

"뭔가, 그건?"

"졸음이 오는 것입니다."

"졸음이 오면 어디서든지 자면 되지 않나. 그런 체면은 추호도 생각할 필요가 없어."

이렇게 말하고 나서 기녀를 부른다.

"스미기쿠."

그러더니 스미기쿠에게 말을 계속한다.

"이 자식, 술 마시면 잠이 와서 무섭단다. 이제부터 내가 술을 먹일 테니 자거든 재워줘."

"네."

기녀들은 모두 대잎처럼 반짝이는 입을 손으로 가리며 웃었다.

"재워 주겠나?"

"네."

"그러면 상대역이 될 사람은 이 가운데서 누구지? ……고에쓰님, 누가 좋을까? 무사시님 마음에 들 만한 사람은?"

"글쎄?"

"스미기쿠는 내 마누라——고보사쓰는 고에쓰가 싫어할 것이고——가라고도는……안 돼, 붙임성이 없어."

"후나바시님, 지금 곧 요시노가 올 텐데요."

"그렇군."

몹시 흥겨워진 쇼유는 무릎을 탁 치고 말했다.

"요시노, 그 자 같으면 손님에게도 부족이 없겠다. ……하지만 그 요시노가 아직 안 보이지 않나. 빨리 이 자식에게 보여 주었으면 좋겠군."

그러자 스미기쿠가 다시 말했다.

"저희들과는 달라서 요시노님은 그야말로 사방에서 끄는 손길이 많아, '빨리'라고 하신대도 그렇게는 안 될 거예요."

"아니야, 아니야. 내가 와 있다고 하면 어떤 손님이라도 차버리고 오게 되어 있어. 누가 심부름을……빨리."

쇼유는 목을 길게 뽑으며 옆방 화롯가에서 놀고 있는 소녀들을 보고 불렀다.

"린야가 있군."

"네."

"린야, 이리 좀 오너라. 너는 요시노의 아이지? 왜 그 요시노를 안 데려오는 거야. 후나바시님이 기다리신다고. 속히 요시노를 데리고 오란 말이야. ……데려오면 상금을 줄 테니."

5

그 린야라는 소녀는 아직 열 살 아니면 열한 살 정도였지만 워낙 영리하고 예뻐서 모두들 이세(二世) 요시노(吉野)라고 했다.

"알았나?"

"네."

쇼유가 하는 말을 알아들은 듯 못 들은 듯한 표정으로 있다가 순순히 동그란 눈을 깜박이며 끄덕이고서 복도로 나갔다.

등 뒤로 장지문을 닫고서 복도에 서자 리야는 곧 커다랗게 손뼉을 쳤다.

"우네메(采女)님, 다마미즈(珠水)님, 이도노스께(絲之助)님! 나 좀 봐요!"

방 안에 있던 소녀들이 모두 소리치며 문쪽으로 향했다.

"뭐야?"

밝은 등불을 등진 채 그곳에 나란히 얼굴을 내밀자 소녀들은 린야와 함께 손뼉을 치며 좋아했다.

"저런, 저런."

"저런!"

"저런!"

방 밖에서 너무나도 떠들썩하게 환호성 소리가 났으므로 방 안에서 술을 마시고 있던 어른들은 뭔가 부러운 기분이 되었다.

"뭘 그렇게 야단이지? 열어 보라구."

"열까요?"

쇼유의 말에 여자들은 그 앞 미닫이를 좌우로 넓게 열어젖혔다.

"아, 눈!"

모두 몰랐던 듯이 놀란 얼굴로 중얼거렸다.

"추울 수밖에……."

고에쓰는 벌써 하얗게 서리는 자기 입김에 술잔을 대고 무사시도 밖으로 눈길을 보냈다.

"오오."

차양 밖의 짙은 어둠 속에 봄날로서는 보기 드문 함박눈이 펑펑 소리도 없이 내리고 있다. 그 흑단자와도 같은 어둠 속에서 빛나는 눈 속에 소녀들의 모습 넷이 띠를 뒤로 보이며 나란히 서 있었다.

"좀 비켜요."

"아이, 좋아라."

기녀가 꾸짖어도 소녀들은 손님마저도 잊어버리고 뜻밖에 찾아든 연인을 맞듯이 정신 없이 눈을 바라보고 있었다.

"쌓일까!"

"쌓이겠지."

"내일 아침쯤 되면 어떨까?"

"동쪽 산은 하얗게 될 거고——"

"동사(東寺)는?"

"동사 탑까지도."

"금각사(金閣寺)는?"

"금각사도."

"까마귀는?"

"까마귀도."

"거짓말!"

소맷자락으로 때리는 시늉을 하자 한 소녀가 복도에서 뜨락으로 굴러떨어졌다.

여느때 같으면 '왁' 하고 울음을 터뜨릴 만한 소녀들끼리의 패싸움이 벌어졌을 터인데도 뜻밖에 쏟아져내리는 눈을 뒤집어 쓰자, 굴러떨어진 소녀는 우연히 기쁜 일이라도 얻은 듯 일어나서 눈이 더 많이 내리는 처마 밖으로 나갔다.

큰 눈, 작은 눈
스님이 안 보이네
무얼 하고 있을까
염불 하고 있었네
눈을 먹고 있었네

　갑자기 큰 소리로 노래를 부르며 눈을 받아먹는 듯 몸을 젖히며 두 팔을 벌려 춤을 춘다.
　린야였다.
　다치지나 않았을까 하고 깜짝 놀라 일어난 방 안 사람들은 그 천진난만한 춤을 보고 웃으면서 위로의 말을 던졌다.
　"이제 됐어, 됐어."
　"올라와, 올라와."
　그러나 린야는 벌써 쇼유가 말한 요시노를 데리러 가야 하는 볼일을 잊어버리고 있었다. 발에 흙이 묻었기 때문에 어린애처럼 하녀에게 안겨 어디론가 사라져 버렸다.

6

　믿었던 심부름꾼이 그 꼴이 돼버렸으니 후나바시님의 기분을 상했다간 안 되겠다 싶어 누군가가 요시노의 형편을 알아 보고 온 것 같았다.
　"답을 받아왔습니다."
　그 여자가 쇼유에게 속삭였다.
　쇼유는 벌써 잊고 있었던 듯 되묻는다.
　"답이라니?"
　"네, 요시노님의."
　"아, 그래 온다던가?"
　"오신다고는 했습니다만……."
　"……했습니다만……이란 또 뭐야."
　"아무래도 곧 오신다는 건, 지금 모신 손님이 승낙하시지 않으니까."
　"고약한 말이군."

쇼유는 언짢은 듯 말했다.

"다른 기녀 같으면 그런대로 말이 되지만 오기야의 요시노 정도의 미인이 손님들의 기분에 붙들려 뿌리치고 오지 못한다는 건 어떻게 된 거야. 요시노도 드디어 돈에 팔리게 되었는가?"

"아니, 그렇진 않습니다만 오늘밤 손님은 각별히 고집스러워서 요시노님이 가신다고 하면 더욱 놓아 주시지 않는답니다."

"손님의 심리는 다 그런 것이지만, 대체 그 심술궂은 손님이란 누군가."

"간간(寒嚴)님입니다."

"간간님?"

쓴웃음을 지으며 고에쓰가 쇼유 쪽을 보자 쇼유도 쓴웃음을 짓는다.

"간간님 혼자냐?"

"아니, 저어."

"늘 같이 다니는?"

"네."

쇼유는 무릎을 친다.

"아니, 재미있게 됐는걸. 눈도 좋고 술도 좋고 여기에 요시노만 있으면 더 없는 일인데. 고에쓰님, 심부름을 보내. 이봐, 이봐. 거기 그 벼루."

그는 고에쓰 앞으로 종이와 벼루를 내밀었다.

"무얼 씁니까?"

"노래도 좋고……글도 좋지만……노래가 더 좋겠군. 저편은 당대의 이름난 가인(歌人)이 아닌가."

"곤란한데요. ……결국 요시노를 이리로 오라는 명시라야 할 것이 아니오?"

"그야, 그렇구말구."

"명시가 아니고서야 그의 뜻을 움직일 수 없을 터인데, 명시라는 것이 그렇게 쉽게 즉석에서 나오는 것이 아닙니다. 그래, 쇼유님이 한 번 읊어 주신다면 제가 적지요."

"회피하는군, 좋아. 귀찮으나 이렇게 쓰자."

쇼유는 붓을 들고 쓰기 시작했다.

　우리 방으로
　옮겨라, 요시노의
　꽃 한 그루를.

그것을 본 고에쓰는 흥미가 있다는 듯이 대꾸했다.

"그럼, 내가 아래 구절을 채워서 쓰지요."

　꽃은 높은 산의
　구름 추운 곳.

쇼유는 들여다보고 몹시 기뻐하며 말했다.

"좋아 좋아. 꽃은 높은 산의 구름 추운 곳……구름 위에서 살면 사람도볼 수 없을 거야."

간간님이란 전 다이나곤(大納言)의 아들 가라스마루(烏丸) 참의(參議) 미쓰히로(光廣)의 가명. 늘 같이 다니는 친구란 아마도 도쿠다이지 사네히사(德大寺實久), 가잔인 다다나가(花山院忠長), 오이미카도 요리구니(大炊御門賴國), 아스카이 마사카타(飛鳥井雅賢) 들일 것이다.

7

스미기쿠는 얼마 후 돌아와서 다시 쇼유와 고에쓰의 앞에 공손히 문갑을 갖다 바쳤다.

"간간님의 답장."

이편에서는 가벼운 기분으로 장난 편지를 보냈는데 격식을 갖춘 문갑이 돌아왔으므로 쇼유가 먼저 씁쓸히 웃었다.

"이거 새삼스러운 짓이군."

그리고 고에쓰와 얼굴을 마주보고 말했다.

"설마 오늘 저녁에 우리들이 와 있을 줄은 짐작도 못했을 테니 놈들도 분명 놀랐을 거야."

그러나 장난삼아 혼내 주었구나 하는 기분으로 문갑 뚜껑을 열어 답을 펼쳐 보니 그것은 아무 것도 적혀 있지 않은 백지가 아닌가.

"……아니?"

쇼유는 따로 무슨 종이가 없나 하고 자기 무릎을 살피며 확인을 하느라고 문갑 속을 한 번 더 들여다보았으나 역시 백지 한 장뿐이었다.

"스미기쿠."

"네."

"이건 뭐야?"

"뭔지 저도 모르겠어요. 다만 답이니까 가져가라고 하시면서 간간님이 주시기에 가져왔을 뿐이에요."

"사람을 놀리는군. ……그렇지 않으면 이 쪽 노래에 선뜻 붓을 들 만한 노래가 떠오르지 않으니까, 잘못했다고 비는 항복 문서인가."

무엇이든지 자기 좋을 대로만 해석하여 무턱대고 좋아하는 것이 쇼유의 습성인 모양이다. 하지만 그런 독단은 자신이 있어서 하는 것이 아니었으므로 곧 옆자리의 고에쓰에게 그것을 보이며 물었다.

"대체 이 답은 무슨 생각으로 한 것일까?"

"역시 뭔가 읽어내라는 뜻이겠지요."

"아무것도 씌어 있지 않은 백지를 무슨 수로 읽지."

"아니, 읽으려면 읽을 수 없지도 않지요."

"그럼, 고에쓰님은 이걸 어떻게 읽겠소?"

"눈. ……온 누리에 가득한 흰 눈이라고 읽을 수 있을까?"

"흐음, 눈이라. 과연!"

"요시노의 꽃을 이곳으로 옮겨 달라는 편지의 답이니까 그야 바라보고 술을 마실 정도라면 꽃이 아니더라도——이런 뜻이겠지요. 결국 때마침 오늘 밤은 눈경치가 좋으니 그런 욕심을 내지 말고 장지문이나 열어젖히고 눈만으로 마시는 게 좋지 않겠나——하는 답인가 싶습니다."

"야, 얄미운 노릇이로군."

쇼유는 쾌씸해하면서 다시 말했다.

"그렇게 추운 술이야 마실 수 있나. 그쪽에서 그렇게 나온다면 이쪽에서도 가만히 있을 순 없지. 어떻게 해서든지 요시노는 이 방에다 옮겨 심어야 돼."

쇼유 노인은 흥분하여 마른 입술에 침을 발랐다. 고에쓰보다는 훨씬 나이가 든 처지이면서도 이러하니 젊었을 적에는 굉장한 난봉꾼으로 사람깨나 울렸을 것으로 짐작된다.

고에쓰가 뭐 곧 오겠지 하고 달래기 시작하자 쇼유는 무슨 일이 있더라도 요시노를 여기로 데려와야 된다고 떼를 쓴다. 그것이 또한 요시노보다도 주흥을 돋구는 일이 되었으므로 소녀들도 배를 안고 웃어대어 유흥장의 흥취는 바야흐로 쏟아지는 눈과 함께 무르익는 경지를 이루는 것이었다.

무사시는 살며시 자리에서 일어났다.

기회가 알맞았기 때문에 아무도 그의 자리가 비어 있는 줄 눈치채지 못하였다.

눈오는 밤의 결투

1

무슨 생각을 하고 남몰래 술자리를 빠져나왔는지, 무사시는 복도로 나오긴 했으나 오기야의 안채가 워낙 넓어 집안 구조를 몰라서 혼자 서성대고 있었다.

밝은 현관 쪽 방에서는 유흥객들의 노랫가락이 떠들썩하게 울려퍼지고 있었다. 그곳을 피해 나가자 컴컴한 이부자리 광이니 도구 방들이 눈에 띄었다. 부엌이 가까운 모양인지 부엌에서 풍기는 특유한 냄새가 어두운 벽에서나 기둥에서 물씬거린다.

"어머, 손님. 이런 덴 오시면 안됩니다!"

그 근처 어두운 방에서 불쑥 튀어나와 팔을 벌리고 막아서는 소녀가 있었다.

술자리의 불빛 아래에서 보던 때의 순진성과 귀염성은 싹 없어지고 자기들 권리라도 몹시 침범당한 것처럼 눈살을 모았다.

"아이 싫어. 이런 곳엔 손님이 오시는 게 아니에요. 빨리 저쪽으로 가 주세요!"

꾸짖듯이 몰아댄다.

아름답게 꾸미고 있는 자기들의 어두운 생활의 이면을 조금이라도 남에게 엿보이게 된 것이 이 소녀로서는 노여웠던 것이리라. 동시에 예의를 모르는 손님이라고 무사시를 경멸하여 그렇게 말한 것이리라.

"아……이쪽으로 와서는 안 되는 모양이로군."

무사시가 말하였다.

"안 돼요, 안 돼."

소녀는 무사시의 허리께를 떠밀며 자기도 따라 걷는다.

무사시는 그 소녀를 보고 말했다.

"오, 너는 아까 마루 끝에서 눈 속으로 굴러떨어진 린야라는 아이로구나."

"네, 그래요. 손님은 측간으로 가시려다가 길을 잘못 드셨군요. 제가 모셔 다 드리지요."

린야는 그의 손을 잡아당겼다.

"아니 아니, 난 술이 취하지 않았어. 미안하지만 어디 빈 방이라도 있으면 거기서 밥이나 한 그릇 말아 먹었으면 싶은데."

"밥을요?"

눈이 휘둥그레진다.

"밥 같으면 술좌석으로 갖다 드릴 텐데."

"그래도 모처럼 모두들 저렇게 유쾌하게 술을 마시고 있으니 말이야."

무사시의 말을 듣자 린야도 갸우뚱한다.

"그것도 그렇군요. 그럼, 이리로 가져오지요. 식사는 뭘 드릴까요?"

"아무것도 필요 없어. 다만 주먹밥 두어 개 만……."

"주먹밥이라도 좋아요?"

린야는 안으로 달려갔다. 무사시가 청한 것은 곧 나왔다. 불도 없는 캄캄 한 방에서 무사시는 그것을 다 먹고나서 물었다.

"그 뒤뜰로 해서 밖으로 나갈 수 있겠지?"

그러고서 바로 무사시가 일어나 마루 끝에서 내려서려 하자 린야는 놀란 듯이 말한다.

"손님, 어딜 가시는 거죠?"

"곧 돌아온다."

"곧 돌아온다고는 하셔도 그런 곳으로 어떻게……."

"정문으로 들어오는 것도 귀찮고. 거기다 고에쓰님이나 쇼유님이 아신다면 또 뭔가 그분들의 흥을 깰까 싶어, 귀찮아서 말이야."

"그럼 저쪽 사립문을 열어 드릴 테니 곧 돌아오세요. 만약 돌아오지 않으시면 제가 꾸중을 들을지도 모르니까요."

"그래, 알았다. 곧 돌아올게. ……만일 고에쓰님이 물으시거든 연화왕원(蓮華王院) 근처에서 아는 사람을 만나기 위해 도중에서 자리를 떴으나 곧 돌아올 셈으로 갔다고 전해 다오."

"올 셈이라고 하셔선 안됩니다. 꼭 돌아와 주세요. 손님 상대가 될 분은 제가 모시고 있는 요시노님이니까 말이에요."

눈 덮인 사립문을 열고 소녀 린야는 그를 밖으로 내보냈다.

2

유곽 대문 바로 앞에는 아미가사(編笠)라는 찻집이 있었다. 무사시는 그 집을 들여다보고 짚신을 찾았으나 유곽에 드나드는 바람둥이들이 얼굴을 가리기 위한 삿갓만 파는 가게에 짚신이 있을 리 없다.

"미안하지만 어디서든지 구해 주지 않겠나?"

그 집 소녀에게 부탁을 하고서 그 동안 무사시는 걸상 한 모퉁이에 앉아 허리띠를 졸라매고 있었다.

겉옷을 벗어 얌전하게 접고 나서 붓과 종이를 빌려 무언가를 적어 그걸 접어 소매 안에 넣으며 안방 화롯가에 움츠리고 있는 노인에게 그것을 부탁하였다.

"주인장."

"미안하지만 이 겉옷을 맡아 주지 않겠나? 만일 내가 11시까지 이곳에 돌아오지 않거든 이 겉옷과 편지를 오기야에 계시는 고에쓰님에게 전해 줬으면 좋겠는데."

"예예, 그렇게 하시지요. 틀림없이 맡아 두겠습니다."

"그런데 지금 시간이 7시나 8시쯤 됐을까?"

"아직 그렇겐 안됐을걸요. 오늘은 눈이 내려서 날이 빨리 어두워진 것 같으니까요."

"방금 오기야를 나오기 전에 그 집 시계가 울리던데."

"그렇다면 지금 7시가 조금 지났겠지요."

"아직 그 정도인가?"

"지금 막 해가 졌으니까요. 길을 오가는 손님을 보아도 알 수 있지요."

그러자 소녀가 짚신을 사가지고 왔다. 무사시는 자세히 짚신끈을 살피고서 가죽 버선 위에 신었다.

그의 처지로서는 과분한 찻값을 치르고서 삿갓을 하나 얻었다. 그러나 그것을 쓰지 않고 머리 위로 쳐들어 흩어지는 꽃잎보다도 부드러운 눈을 털면서 눈 쌓인 길을 어디론가 사라져 갔다.

시조 강변 부근에는 민가에서 새어나오는 불빛이 띄엄띄엄 보였으나 기온(祇園) 숲으로 한 걸음 들어서니 거기에는 눈도 많이 내리지를 않아 발 밑이 컴컴했다.

저만치 보이는 희미한 불은 기온 숲에 둘러싸인 장명등이나 신전의 불이었다. 신전과 사택 건물 안은 사람이 없는 듯 고요했으며, 다만 눈내리는 소리만이 때때로 나뭇가지 끝에 울릴 뿐 그 뒤는 더욱 고요해졌다.

"자아, 가볼까."

기온 신사 앞에서 머리를 숙이고 뭔가를 빌고 있던 한패의 그림자들이 웅성거리며 신전 앞에서 일어섰다.

그때 가초산(花頂山) 절에서 정각 8시를 알리는 종이 울려퍼졌다. 눈내리는 탓인지 오늘 밤 종소리는 유달리 창자 속까지 스며들 만큼 밝게 들리는 것이었다.

"아우님, 짚신끈은 튼튼하오? 이처럼 춥고 얼어붙는 밤에는 단단한 끈도 뚝뚝 잘 끊어지는 법이오."

"염려 마라."

요시오카 덴시치로(吉岡傳七郎)였다.

친척들과 제자들 중 주요한 자들 17, 8명이 그를 둘러싸고 날이 추운 탓도 있겠지만 모두가 소름끼친 얼굴들을 하고 있었다. 그를 둘러싼 채로 연화왕원 쪽으로 걸어가는 것이다.

지금 기온 신사 신전 앞에서 일어선 덴시치로는 벌써 온몸에 한 치의 빈틈도 없는 결투 준비를 끝내고 있다. 머리띠 가죽끈도 말할 것 없었다.

"짚신? ……짚신은 이런 땐 헝겊으로 매는 게 제일이야. 너희들도 기억해 둬라."

덴시치로는 눈을 밟으며 하얀 입김을 크게 내뿜으면서 그들 한복판에서 걷고 있었다.

3

해가 지기 전에 오타구로 효스케 등 세 사람의 제자들이 무사시의 손에 분명 건네 주고 승낙을 얻어온 결투장에 이렇게 기록해 두었던 것이다.

　　장소 연화왕원 뒤터
　　시간 9시

내일까지 기다리지 않고 오늘 밤 아홉 시로 갑작스럽게 지정한 것은, 덴시치로도 그것이 좋다고 생각했고 친척들이나 문하생들도 같은 생각이었다.

'여유를 주어 만일 피해 버리기라도 한다면 다시는 교토에서 그를 붙들지 못하는지 모르니까.'

그것은 이런 추측에서 일치한 작전이었다. 그 심부름으로 갔던 오타구로 효스케가 이 무리 속에서 보이지 않는 것을 보니 그만이 계속 호리카와 후

나바시의 하이야 쇼유 집 부근을 서성대며 그 후의 무사시를 은밀히 미행하고 있는지도 모른다.

"……누구야? 누군가 먼저 와 있는 모양이로군."

덴시치로는 그렇게 말하면서 연화왕원 뒤터 차양 아래의 눈 속에서 뻘겋게 화톳불을 피우고 있는 자를 먼 발치로 바라보았다.

"미이케 주로자에몬(御池十郎左衛門)과 우에다 료헤이(植田良平)겠지요."

"뭐, 미이케와 우에다까지 와 있단 말인가?"

덴시치로는 오히려 귀찮다는 듯한 얼굴이었다.

"무사시 한 놈을 치우는 데 너무 수가 많다. 설사 죽여도 여럿이 달려들어 죽였다고 한대서야 내 체면이 서지 않는단 말이야."

"아니, 시간이 되면 저희들은 물러갈 테니까요."

연화왕원의 길다란 가람 복도는 흔히 서른세칸당(三十三間堂)이라고도 불리는 곳이다. 긴 복도는 화살을 쏘기에 적당한 거리이며 과녁을 두기에도 알맞아 활쏘기에는 안성맞춤인 장소라고 해서 어느 때부터인지 모르나 활 도구를 들고 와서 저마다 기술을 연마하는 자들이 차츰 늘어나고 있다.

그런 점으로 미루어 문득 이 장소가 생각나서 오늘 밤의 시합 장소로 무사시에게 일렀던 것인데 와서 보니 활쏘는 장소보다도 시합장으로 더욱 알맞는 곳이다.

몇 천 평인가 되는 뒤터에는 잡초며 대덤불할 것 없이 평평하게 눈이 쌓여 있다. 소나무가 있었지만 그것도 빽빽한 숲이 아니고 아주 드문드문 서 있어서 이 사원의 풍치를 더하고 있을 정도이다.

"야아!"

먼저 와서 불을 피우고 있던 문하생들은 덴시치로를 맞이하자 곧 불 옆에서 일어났다.

"추우셨지요? 아직 시간은 꽤 있습니다. 충분히 몸을 녹이고서 준비를 하셔도 늦지 않겠습니다."

미이케 주로자에몬과 우에다 료헤이 두 사람이었다.

덴시치로는 료헤이가 앉아 있던 자리에 가만히 앉았다. 준비는 벌써 기온 신사 앞에서 끝내고 왔다. 덴시치로는 모닥불에 손을 쬐면서 두 손의 손가락 마디 하나하나를 딱딱 소리내어 꺾으면서 비빈다.

"……좀 일렀나?"

연기에 얼굴을 피하면서 벌써 살기가 어린 표정을 찌푸리며 묻는다.

"지금 오는 길 도중에 쉴 만한 가게가 있었지?"

"눈 때문인지 벌써 문을 닫았던 데요."

"두들겨 깨우면 일어날 테지. 누구라도 거기 가서 술을 좀 받아오너라."

"예, 술 말씀입니까?"

"그렇지, 술이 없어서야……굉장히 춥다."

덴시치로는 그렇게 말하고서 불을 껴안을 듯이 다가앉는다.

밤이나 낮이나 도장에 나가 있을 때에도 덴시치로의 몸에서 술냄새가 가신 적이 없다는 사실은 알고 있지만, 오늘 밤 같은 경우에——머지않아 일족 일 가문의 생사를 걸고 싸우려는 적을 기다리는 이 짧은 동안에 마시는 그 술이, 덴시치로의 전투력에 이로울 것인지 불리할 것인지 제자들은 여느 때의 술과는 달리 깊이 생각하지 않을 수가 없었다.

4

이 눈 속에서 얼어붙은 손발로 칼을 휘두르는 것보다는 약간의 술이라면 마시는 것이 오히려 좋으리라고 생각하는 축이 많았다.

"거기다 아우님이 그렇게 말씀하시니 그 기분을 상하게 하면 오히려 좋지 않아."

이렇게 그럴듯한 의견도 있었으므로 제자 중에서 두어 사람이 달려가서 금세 술을 사왔다.

"어, 왔구나. 어떤 동료보다도 친한 내 편은 이거야."

모닥불 재에 데운 술을 덴시치로는 찻잔에 따라 기분 좋게 마시고서 살기가 넘치는 숨을 내쉬었다.

여느 때처럼 분량을 많이 하면 어쩌나 하고 옆에서 안절부절 못하는 자도 있었으나, 그렇게 염려할 것까지는 없이 덴시치로 자신 여느 때보다도 적게 들었다. 자기 생명에 관한 대사를 눈 앞에 두고 허풍을 떨고 있긴 하지만, 여기 있는 누구보다도 마음 속으로 가장 긴장하고 있는 것은 역시 그 자신이었다.

"야, 무사시?"

무심코 누군가가 이렇게 한 마디 소리를 지른다.

"왔는가?"

모닥불을 둘러싸고 있던 사람들이 허리를 채인 듯이 일제히 일어나는 바람에 소맷자락과 옷자락에서 바람이 일어 눈오는 하늘에 불티가 빨갛게 흩어졌다.

서른세 칸의 긴 건물 모퉁이에 나타난 검은 그림자는 멀리서 손을 든다.

"나야, 나야."

말을 건네며 가까이 다가왔다.

아래옷을 짧게 걷어붙이고 대단한 준비를 하고 있는, 등이 활처럼 굽은 늙은 무사였다. 제자들은 그를 보자 '겐자에몬(源左衛門)이야, 미부(壬生)의 노인이다' 하고는 금방 조용해졌다.

미부의 겐자에몬이라는 노무사(老武士)는 선대(先代) 요시오카 겐포(吉岡拳法)의 아우가 되는 자로서 이를테면 겐포의 아들인 세이주로와 덴시치로의 숙부가 되는 사람이었다.

"아니 이건 미부의 숙부, 어쩐 일로 여기에?"

덴시치로도 숙부가 오늘 밤 이곳에 오리라고는 생각지도 않았던 모양이다. 의외의 태도로 그를 맞이하자, 겐자에몬은 불 옆으로 다가왔다.

"덴시치로, 정말 하는군그래. ……아니, 네 그 모습을 보고 마음 놓았다."

"숙부님께도 일단 의논을 드린다는 것이 그만……."

"의논? 무슨 의논이 필요 있나? 요시오카의 이름에 똥칠을 당하고 형이 병신이 되고서도 가만히 있다면 내가 너를 꾸짖으러 나갈 참이었어."

"안심하십시오. 연약한 형님과는 절대로 다르니까요."

"그건 나도 믿고 있어. 네가 지리라고는 생각지 않으나 한 마디 격려하고 싶어서 미부에서 달려왔지. 하지만 덴시치로, 너무 적을 얕보고 덤벼들지 마라. 무사시라는 놈은 소문으로 들으니 대단한 사나이인 모양이더라."

"알고 있습니다."

"이기기만 하려고 초조해할 건 없다. 천명에 맡겨. 만일의 일이 있다면 뼈는 숙부인 이 겐자에몬이 수습해 주마."

"하하하……."

덴시치로는 크게 웃으며 말한다.

"숙부님, 추우신데 한 잔 드시지요."

술잔을 내밀었다.

겐자에몬은 가만히 한 잔을 들고서는 제자들을 둘러본다.

"여러분들은 뭣하러 와 있나? 설마 원조하러 온 건 아니겠지. 원조가 아니라면 이젠 여기서 물러나는 게 좋을 거야. 이렇게 모여 있으면 일대일의 싸움에 뭔가 이편에 약점이 있는 것 같아 안 돼. 이겼다 하더라도 나중에 말썽이 나면 귀찮아. ……자아, 슬슬 시간도 가까와졌을 테니 나하고 함께 어딘가 멀리 물러나 있기로 하자."

5

바로 귓전에 큰 종소리가 울린 것이 벌써 꽤 오래 된 것 같다.

그건 분명히 8시를 알리는 것이었다. 그렇다면 약속된 9시는 이제 눈 앞에 닥쳤다고 여겨진다.

'늦는군, 무사시는.'

덴시치로는 하얀 밤을 휘둘러보며 혼자서 타다 남은 모닥불을 쬐고 있었다.

미부의 겐자에몬 숙부의 주의로 제자들은 모두 떠나 버렸다. 발자국만이 눈 위에 선명히 찍혀 있었다.

'덜썩' 하고 때때로 무서운 소리가 났다. 서른세 칸 가람의 처마에서 고드름이 부러져 떨어지는 것이었다. 아니면 어디선가에서 눈 무게로 나뭇가지가 부러지는 소리이리라. 그때마다 덴시치로의 눈은 매의 그것처럼 움직였다.

그때, 매의 그림자와 닮은 사나이가 하나 눈을 차 던지며 저편 나무 그늘에서 날쌔게 덴시치로 곁으로 달려왔다.

무사시의 행동을 감시하면서 초저녁부터 이곳으로 연락을 취하고 있던 몇 명 가운데 마지막 하나인 오타구로 효스케였다.

오늘밤의 대사(大事)가 이제 바야흐로 눈 앞에 박두했다는 사실은 그 효스케의 얼굴 표정만 보아도 금방 알 수 있었다.

발이 미처 땅에 닿기도 전에 숨을 몰아쉬며 말했다.

"왔습니다!"

덴시치로는 그 말을 듣기도 전에 벌써 짐작하고 불 앞에서 일어나 있었다. 그리고 그 말을 듣자마자——

"왔는가?"

되물으며 그 발은 자기도 모르게 타다 남은 모닥불을 밟고 있었다.

"로쿠조 버드나무 거리의 아미가사 찻집에서 눈이 오는 데도 무사시 놈은

소처럼 천천히 걷고 있더니 금방 기온 신사의 돌계단을 올라와 경내로 들어왔습니다. 저는 서둘러서 이리로 왔습니다만 그 느림보도 이젠 모습을 나타낼 때가 됐습니다, 준비를!"

"알았다. ……효스케."

"예."

"저쪽으로 가 있어."

"모두 어디로?"

"몰라, 그 근처에 있다간 눈에 걸린다. 저리로 꺼져라."

"예!"

대답은 했지만 그곳을 떠날 생각은 없었다. 덴시치로의 발이 눈 속에서 불을 완전히 끄고 나서 부르르 떨면서 처마 밑에서 나가는 것을 본 다음, 그는 가람 마루 밑으로 들어가 어둠 속에 도사리고 앉았다.

마루 밑으로 들어가니 밖에서는 느끼지 못했던 싸늘한 바람이 몸을 휩쌌다. 오타구로 효스케는 자기 무릎을 안은 채 뼈까지 몸이 얼어 드는 것 꾹 참고 있었다. 딱딱 부딪는 어금니 소리를 어쩔 수가 없었다. 추운 탓이라고 생각을 가다듬으면서도 허리 밑에서부터 머리끝까지 떨려오는 것을 어쩔 수 없었다.

'……웬일일까?'

밖은 낮보다도 더 환히 보였다. 덴시치로의 그림자는 서른세 칸 가람 아래에서부터 백 보쯤 떨어진, 커다란 한 그루의 소나무 뿌리 언저리에 우뚝 선채로 무사시의 모습이 나타나기를 초조하게 기다리고 있다.

그런데 오타구로 효스케가 짐작하고 있던 시간이 벌써 지났는 데도 무사시는 나타나지 않았다. 초저녁 같지는 않았지만 아직도 눈이 펄펄 내리고 있다. 추위는 살을 에는 것 같았으며 불기나 술기운도 사라져 초조해하는 덴시치로의 모습은 멀리서도 역력하게 느낄 수 있었다.

'쐐아' 하고 갑자기 덴시치로의 신경을 놀라게 한 것이 있다. 그것은 나뭇가지에서 폭포처럼 쏟아져 내리는 바람 소리였다.

6

이러한 경우의 순간이란 것은 기다리는 쪽으로서는 참을 수 없이 초조해지는 법이다.

덴시치로의 심정도 오타구로의 심정도 예외가 아니었다. 특히 오타구로는 자기가 한 보고에 책임감을 느끼는 데다 추위는 몸을 꽁꽁 얼게 만들고, '조금만, 조금만' 하고 그 초조감을 누르고 있었지만 여전히 무사시의 모습은 보이지 않으니 참다 못해서 오타구로는 입을 열었다.

"어떻게 된 일일까?"

마루 밑에서 나와 저만치에 서 있는 덴시치로에게 무언가 말을 걸었다.

"오타구로, 아직도 있었느냐?"

덴시치로도 같은 심정으로 이렇게 대꾸했다. 어느 쪽이나 저도 모르게 서로 접근하고 있었다. 그리고 새하얀 눈에 덮인 밤을 둘러보고 중얼거린다.

"……나타나지 않는다."

신음 비슷한 의심을 되풀이하고 있었다.

"놈이 아무래도 달아났나봐."

덴시치로가 중얼거렸다.

"아니, 그럴 리가……."

오타구로는 대뜸 부정했다. 그리고 자기가 살피고 온 것을 자기 자신이 보증하려는 것처럼 지껄였다.

"아니?"

듣고 있던 텐시치로의 눈이 별안간 옆으로 번뜩였다.

연화왕원의 본당 쪽에서 불빛이 하나 깜박거리고 있다. 스님 하나가 불을 들고 이쪽으로 오는데 뒤에서 누군가 따라오는 사람도 보인다.

두 사람의 그림자와 조그마한 붉빛 하나는 이윽고 불당의 문을 열더니, 서른세칸당(三十三間堂)의 긴 마루 끝에 발을 멈추고는 낮은 목소리로 이야기를 하고 있었다.

"밤중엔 어디고 모두 닫아 놓기 때문에 잘 알 수가 없습니다만, 초저녁부터 이 근처에서 화톳불을 피고 있던 무사님이 계셨는데, 아마 그분이 당신이 찾고 있는 분들인지도 모르지요. 지금은 아무도 없는 것 같군요."

그것은 스님의 말이었다.

그에 대하여 정중하게 무언가 인사를 하고 있는 것은 안내를 받고 온 쪽이었다.

"아니, 주무시는데 방해를 하여 정말 죄송합니다. ……저기 나무 아래 두 사람쯤 서성거리고 있는데, 저 사람들이 혹시 연화왕원에서 기다린다고 기별해 보낸 사람들이 아닐까요?"

"그럼 물어 보십시오."

"안내는 여기까지면 됐습니다. 부디 가서 쉬도록 하십시오."

"무슨 눈구경이라도 하시는 모임인가요?"

"글쎄. 그런 것이라고도 할 수 있겠지요."

안내 받은 쪽에서 가볍게 웃는다.

스님은 촛불을 껐다.

"부질 없는 염려인지 모릅니다만, 만일 이 추녀 근처에서 아까처럼 불이라도 피우실 경우 아무쪼록 불단속을 잘 해 주시기 바랍니다."

"알겠습니다."

"그럼, 실례하겠습니다."

스님은 그곳 문을 닫고 본당 쪽으로 가버린다.

남은 사람은 지그시 덴시치로 쪽을 보면서 잠시 우두커니 서 있었다. 그곳은 추녀 밑이라 눈(雪)에서 반사되는 빛이 강하기 때문에, 그곳이 더욱 어둡게 느껴지는 것이었다.

"누구냐, 오타구로?"

"본당 쪽에서 나온 모양인데요."

"절 사람은 아닌 것 같다."

"이상하군요."

저도 모르게 두 사람은 서른세칸당의 마루 쪽으로 20보 가량 접근해 갔다.

그러자 불당 끝 쪽에 보이던 검은 그림자도 위치를 옮겨 긴 마루의 중간쯤 오더니 걸음을 딱 멈추었다. 그리고 가죽 멜빵 끝을 왼쪽소매께에 단단히 죄어매고 있는 것 같았다. 그 모습이 보이는 거리까지는 무심코 걸어간 두 사람이었는데, 홈칠하고 발이 먼저 눈 속에서 빠지지 않게 되고 말았다.

그리고 얼마쯤 사이를 두고 나서 덴시치로가 외쳤다.

"앗, 무사시!"

7

서로 마주 쏘아본다.

무사시!

덴시치로가 최초의 목소리를 발했을 순간부터, 이 두 사람의 입장은 이미 무사시 쪽이 절대로 유리한 잇점을 갖고 있다는 것을 이 경우 인정하지 않을 수 없다.

　왜냐 하고 설명할 필요까지도 없겠지만 일단 두 사람이 대립하고 있는 위치로 볼 때 무사시는 자기의 몸을 적보다 몇 자 높은 마루 위에 두고 있는 것이다. 반대로 덴시치로는 적에게서 눈 아래 내려다보이는 땅 위에 있다.

　그뿐이 아니라 무사시는 또한 절대적으로 배후가 안전했다. 서른세칸당의 긴 벽을 등에 지고 있으므로, 설사 좌우의 옆으로부터 협격하려는 자가 있더라도 마루의 높이가 자연적으로 한 면의 방비를 해 주기 때문에, 뒤의 염려 없이 한 쪽으로 적에게 마음과 힘을 기울일 수가 있다.

　반면 덴시치로의 배후는 무한한 공지(空地)와 설풍(雪風)이었다. 설사 상대편인 무사시에게 원조자가 와 있지 않다고 확신하더라도 그 넓은 등어리의 공간을 결코 무관심하게만 보고 있을 수는 없었다.

　하지만 다행히도 덴시치로의 옆에는 오타구로가 있었다.

　"비켜! 저만큼 비켜! 오타구로."

　덴시치로가 이렇게 소리친 것은 오히려 오타구로가 섣불리 도와 주는 것보다는 멀리 떨어져서 한 사람과 한 사람의 절대적인 대결을 지켜봐 주는 것이 더 힘이 될 것으로 여겨졌기 때문이리라.

　"되었느냐?"

　이것은 무사시의 말이었다.

온 몸에 찬물을 뒤집어 씌우는 듯, 오싹 소름이 끼치게 하는 한 마디였다.

덴시치로는 첫눈에 무사시의 얼굴에서부터 그 발끝에까지 맹렬한 증오가 솟구쳐 올랐다.

'이놈이로구나!'

육친이 당한 원한도 있다. 항간의 소문으로 비교되고 있는 분한 마음도 있다. 게다가 이따위 시골뜨기 애숭이 검객이, 하는 멸시감도 머리 속에 들어 있다.

"닥쳐라!"

튕기듯이 폭발시킨 고함은 덴시치로로서는 당연한 것이었다.

"준비가 되었느냐라니 무슨 수작이냐, 무사시! 저녁 9시는 벌써 지나고 있단 말이다."

"9시 종소리에 꼭 맞추어서 온다고 약속한 일은 없어!"

"변명하지 마라! 이쪽은 벌써부터 와서 여태껏 기다리고 있었다. 자아, 내려와!"

불리한 입장인 채로 함부로 나아갈 만큼 덴시치로가 상대편을 얕보고 있지도 않다. 당연히 이렇게 말하여 적을 유인할 수밖에 없다.

"곧——"

가볍게 대답하고서 무사시는 기회를 엿보고 있는 듯한 눈치였다.

기회를 엿본다는 점에서 말한다면, 덴시치로는 무사시의 모습을 눈 앞에 두고부터 온몸의 근육이 팽팽히 긴장을 하고 있었으나, 무사시 쪽에서는 그의 육안(肉眼)에 자기를 나타내기 전부터 이미 싸움은 개시되었다고 다짐하고 싸움의 핵심만을 지니고 임해 왔다.

증거를 들어 무사시의 그러한 마음가짐을 설명한다면, 무사시는 우선 일부러 길이 아닌 사원 안을 통과하였다. 잠들어 있는 스님의 수고까지 빌리며 넓은 경내를 걷지 않고 건물을 통과해서 이 불당 마루로 불쑥 나타난 것만 봐도 알 수가 있다.

기온(祇園)의 돌계단을 올라올 때 무사시는 벌써 숱한 인간의 발자국을 눈 속에서 보았을 게 틀림없다. 온갖 지혜는 그곳에서 싹텄다. 자기를 미행하고 있던 자의 그림자가 연화왕원의 뒷터로 사라지자, 무사시는 일부러 그곳의 정문으로 들어왔던 것이다.

스님에게서 초저녁부터 그 부근에 대한 예비 지식을 충분히 얻고, 그러고서 차도 마시고 몸도 녹인 다음 좀 시간이 늦었다는 것을 알고 있으면서도 느닷 없이 적과 맞닥뜨리는 작전을 썼던 것이다.

첫번째 기회를 무사시는 이렇게 얻었다. 둘째 기회는 지금 덴시치로 쪽에서 연신 유인하는 것이었다. 그 유인에 끌려 나가는 것도 또한 전술이었고 무시하고 자기 자신이 기회를 만드는 것도 또한 전술이다. 승패의 갈림길이란 마치 물에 어려 있는 달그림자와 비슷하다. 지혜나 힘을 지나치게 믿고 물속의 달을 포착하려 하다가는 오히려 물에 빠져 생명을 잃게 될 것이다.

8

"시각을 어기고도 아직 준비가 되지 않았느냐? 여기는 장소가 나쁘다."

이처럼 조바심을 내는 덴시치로에게 무사시는 어디까지나 침착하게 말했다.

"지금, 간다."

노하면 패하는 원인이 된다는 것을 덴시치로도 모르는 바는 아니다. 그런데 마치 고의적인 것 같은 무사시의 태도를 보고 있으니, 그러한 평소의 수련과 감정이 산만해지지 않을 수 없는 것이다.

"오라! 좀 더 넓은 장소로! 서로 이름만은 깨끗이 남겨 두고 싶다. 한때의 미봉이나 비겁한 결투, 그러한 것엔 침을 뱉아 오며 살아온 요시오카 덴시치로다! 무사시, 결투도 하기 전에 겁을 집어먹는다면 덴시치로 앞에 설 자격이 없는 거야, 내려오너라, 그곳에서!"

덴시치로가 마구 고함을 지르자 무사시는 히죽 이빨을 조금 보였다.

"흥, 요시오카 덴시치로 따윈 이미 작년 봄에 내가 두 토막을 내버렸지! 내가 다시 벤다면 그대를 베는 것은 이걸로 두 번째다!"

"뭐라구! 언제, 어디서?"

"야마토 야규의 마을에서."

"야마토의?"

"와다야(綿屋)라는 주막집 목욕탕에서 말이다."

"그러면 그때?"

"어느 쪽이나 몸에 바늘 하나 갖지 않은 목욕탕 안이었지만 눈으로 이 사나이를 벨 수 있을까 어떨까 하고 마음 속으로 나는 계산해 봤다. 그리고 는 눈으로 베었어, 멋지게 베었다고 생각했다. 그러나 그때 몸에 아무런 흔적도 나타나지 않았으므로 깨닫지를 못했겠지만, 그대가 검으로 출세할 자라고 큰소리친다는 것은 딴 사람 앞이면 또 모르되 이 무사시 앞에서는 가소롭단 말이야!"

"무슨 소리를 하는가 싶더니 천치 바보의 넋두리 같은 수작! 조금은 재미가 있구나. 그 교만한 버르장머리를 고쳐 주마. 오너라! 저기서 대결하자."

"그런데 덴시치로, 그대의 무기는 목검이냐, 진검(眞劍)이냐."

"목검도 안 가지고 와서 무슨 소리냐. 진검을 각오하고서 온 것이 아니냐."

"상대가 목검을 소원한다면 상대의 목검을 뺏어 싸운다."

"흰소리 마라!"

"그럼."

"오!"

덴시치로의 발뒤꿈치는 눈 위에 검은 사선(斜線)을 한 칸 반이나 그리며 무사시가 지나갈 공간을 주었다. 그러나 무사시는 마루 위를 옆으로 두세 칸 걸어나가 눈 위에 성큼 내려섰다.

두 사람은 불당 마루에서 몇 십 칸이나 멀리까지 걸어가지는 않았다. 거기까지 갈 동안을 덴시치로는 이미 기다릴 수 없게 되어 있었다. 느닷없이 상대편을 압박하려는 듯 일갈을 퍼붓더니, 그의 체격에 알맞게 균형 잡혀 있는 장검이 자못 가벼운 것처럼 쌩하는 소리를 내며 무사시가 서 있던 위치를 정확하게 후려치고 있었다.

그러나 힘을 주는 위치의 정확함이 반드시 적을 두 토막 내는 정확함이라고 말할 수는 없다. 상대방의 움직임이 칼의 속도보다 더 재빨랐다. 아니, 그 이상으로 신속했던 것은 상대의 갈비뼈 밑에서 솟아나온 시퍼런 칼날이었다.

9

두 가닥의 칼날이 허공에 번뜩이는 것을 보고난 뒤, 눈이 쌓여 있는 땅으로 떨어져 내리는 광경은 아주 느릿하게 보였다.

하지만 그 속도에도 악기의 음정처럼 서(徐), 파(破), 급(急)이 있었다. 바람이 가해지면 급이 되고, 땅 위의 눈을 말아올려 돌개바람을 일으키면 파가 된다. 그리고 다시 백로의 깃털이 춤추듯이 조용한 설경으로 되돌아가 내렸다.

“…….”

“…….”

무사시와 덴시치로 두 사람의 칼도 서로의 칼집을 벗어났다고 보이는 순간, 벌써 어느 쪽인가의 몸뚱이는 도저히 무사할 수 없다고 생각되는 곳까지 육박해 있었다. 동시에 두 개의 칼이 공중에서 그리는 움직임에도 상당히 복잡한 번뜩임이 있었던 것 같으나 그것도 두 사람의 발뒤꿈치가 눈을 박차고 뒤로 떨어지고 보니, 두 사람 모두 무사했으며 백설이 덮인 대지에 피 한 방울 떨어지지 않았다는 사실이 무언가 있을 수 없는 기적처럼 생각되었다.

“…….”

“…….”

그뿐, 두 자루의 칼은 잠시 전부터 칼끝과 칼끝 사이에 약 아홉 자의 거리를 둔 채 공간에 얼어붙어 있는 것이다.

덴시치로의 눈썹에 눈이 내려앉아 있었다. 그 눈이 녹자 이슬이 되어 눈썹에서 속눈썹으로 흘러드는 듯했다. 그 때문에 이따금 얼굴을 찡그리니 그 안면 근육은 숱한 혹처럼 꿈틀거렸다. 얼굴을 찡그린 뒤에는 커다란 눈을 다시

확 부릅뜨곤 하였다. 눈알이 곧 튀어나올 것만 같은 눈구멍은 마치 쇠를 녹이고 있는 용광로와 같았다. 그것과 더불어 입술은 아랫배로 쉬고 있는 숨을 지극히 고르게 토해내는 것처럼 보이고는 있으나 실은 풀무처럼 뜨거운 기운을 갖고 있었다.

'아뿔사!'

덴시치로는 적과 이러한 대치 상태가 지속되자 곧 가슴 속에서 그렇게 뉘우치고 있었다.

'무엇 때문에 오늘 따라 청안(靑眼 : 칼끝을 상대의 눈 높이로 겨누 는 것. 중단(中段)이라고도 함.)으로 겨누었던 것일까. 왜 여느 때처럼 머리 높이로 쳐들고 있지를 못했을까.'

쉴 사이 없이 그런 뉘우침이 머리 속을 오락가락한다. 그렇다고 해서 인간의 평소 생각처럼 뇌만으로 사물을 한가롭게 판단하고 있을 상태도 못된다. 온몸의 혈관 속을 소리내며 달리고 있는 피가 모두 사고력을 갖고 그렇게 느끼는 것이었다. 머리카락도 눈썹도, 온몸의 털은 말할 것도 없이, 발톱까지 생리적으로 동원되어, 적을 향해서 오싹하리만큼 곤두선 전투 태세를 보여주고 있는 것이었다.

이렇게 칼을 겨누는 것은──청안의 태세로 싸우는 것은──자기한테 불리하다는 것을 덴시치로는 알고 있었다. 그러므로 팔꿈치를 올려 상단으로 고쳐잡으려고 잠시 전부터 몇 번이나 칼끝을 움직이려고 했으나, 도저히 올릴 수가 없었다. 무사시의 눈이 그 기회를 기다리고 있기 때문이다.

그 무사시 또한 청안의 태세로 칼을 들고 약간 팔꿈치를 누그러뜨린 채 겨누고 있었다. 덴시치로의 팔꿈치에는 '으드득' 소리라도 날 것 같은 힘이 보이지만, 무사시의 팔꿈치에는 손으로 밀면 아래이건 옆이건 움직일 것 같은 부드러움이 보인다. 그리고 또한 앞서 말한 것처럼 덴시치로의 칼이 이따금 위치를 바꾸려고 움직였다가는 중지되고 움직였다가는 또 멈칫하고 있는 것과는 반대로, 무사시의 손에 있는 칼은 꿈쩍도 하지 않는다. 그 얇은 칼등에서 손잡이에 걸쳐 사뿐히 눈이 쌓일 만큼 움직이지 않고 있었다.

10

그의 파탄을 빈다, 그의 헛점을 찾는다, 그의 호흡을 잰다, 그에게 이기려고 한다, 어디까지나 이기려고 한다. 단연코 지금이야말로 생사의 갈림길이라고 생각한다.

그러한 의식이 머리 속에 알찐거리고 있을 동안, 상대편인 덴시치로가 마치 커다란 바위처럼 보인다.

'이것은……'

무사시도 그 늠름하고 우람한 존재에게서 받는 일종의 압박감을 처음에는 어찌할 도리가 없었다.

'적은 나보다도 상수(上手)로 보인다.'

무사시는 정직하게 그렇게 생각했던 것이다.

이러한 두려움은 야규성 안에서 야규의 네 고제(高弟)에게 포위되었을 때도 받았었다. 무사시의 그런 두려움 비슷한 자각은, 야규류든가 요시오카류든가 하는 정통적인 검을 대하고 보면 자기의 검이 얼마나 아무렇게나 배운, 형(型)도 이치도 없는 자기류의 것이라는 것을 잘 알 수 있었다.

지금 덴시치로가 칼을 겨누고 있는 모습만 보더라도, 과연 요시오카 겐포라는 뛰어난 선배 검객이 일생을 두고 연구해낸 것이니만큼, 단순하면서도 복잡하게, 기개가 있으면서도 치밀하게 하나의 갖추어진 검의 모습을 이루고 있다. 따라서 단순히 힘이라든가 정신이라든가 하는 것만으로 밀고 나가더라도 결코 깨뜨릴 수 없는 것이 있었다.

　그것을 알고 있으니만큼 무사시로서는 섣불리 경솔하게 움직일 수 없는 심정이 되고 마는 것이었다.

　그러므로 당연히 무사시는 무모해질 수가 없었다.

　무사시가 은근히 자부하고 있는 자기류 검법도, 선머슴 같은 행동도 발휘할 수 없었다. 이럴 리가 없을 텐데 하고 생각할 만큼 오늘밤에는 팔꿈치가 자유롭게 움직여 주질 않는다. 꼼짝 않고 그대로 겨누고 있는 것만이 한껏이었다.

　그 결과, 마음으로는 털어내고 또 털어내도

　'헛점을'

　눈이 충혈되어 왔고

　'단연코!'

　승리를 빌고

　'이겨야만 한다.'

　초조하게 조바심이 끓어올라 마음은 더욱 더 부산하다.

　대개의 경우, 많은 사람들이 여기서 소용돌이에 휩쓸려 들어가는 것처럼 당황하고 마는 것이었다. 그러나 무사시는 아무런 심기(心機)도 파악하지 못한 채 그 위태로운 자기 어지러움 속에서 문득 솟아올라오고 있었다. 그것은 무사시가 여러 차례 생사의 갈림길을 헤쳐온 체험의 덕분이라 할 수 있으리라. 섬뜩 눈을 씻고난 것처럼 정신이 깨어나 있었던 것이다.

"……."

"……."

여전히 청안과 청안의 대치 그대로였다.

눈은 무사시의 머리 위에도 쌓이고 덴시치로의 어깨에도 쌓였다.

"……."

"……."

바위덩이와도 같던 적은 어느새 눈 앞에 없었다. 동시에 무사시라는 자기도 없어졌다. 그렇게 되기 전에 필연적으로 이기려고 하는 심정조차 어디론가 사라져 없어지고 마는 무사시였다.

덴시치로와 자기 사이의 아홉 자 가량의 거리를 둔 공간, 그 공간을 너울너울 조용하게 내리고 있는 새하얀 눈송이. 그 눈의 마음이 자기의 마음인 것처럼 가뿐하고, 그 공간이 자기의 몸인 것처럼 넓었으며, 그리고 천지가 자기인지, 자기가 천지인지 무사시의 존재는 있었지만 무사시의 몸은 없었다.

그러자 어느 틈엔가 그 눈이 날리는 공간을 줄이며 덴시치로의 발이 앞으로 나오고 있었다. 그리고 칼 끝에서 그의 의사가 꿈틀 움직이기 시작했다.

'으악!'

무사시의 칼은 뒤를 후려치고 있었던 것이다. 그 칼날은 그의 등 뒤로 다가온 오타구로의 머리를 옆으로 후리고 동시에 팥자루를 베는 것 같은 소리를 냈다.

커다란 꽈리 같은 머리가 무사시의 옆구리 곁을 세차게 비틀거리며 덴시치로 쪽으로 헤엄쳐 갔다. 그 걸어가는 시체를 뒤따르며 무사시의 몸은 순간, 적의 가슴에 발이 걸린 것처럼 훌쩍 뛰어넘고 있었다.

11

주위의 정적을 가른다.

"으, 으악!"

찢어지는 듯한 목소리였다. 덴시치로의 입에서 나온 소리였다. 온 몸에서 터져나온 기합이 도중에서 뚝 꺾인 것처럼, 허공에 그 외마디가 스친 듯싶

더니 그의 육중한 몸뚱이가 뒤로 비틀거리며 털썩 하고 새하얀 눈 속에 쓰러진다.

"기, 기다려라!"

대지에 뻗은 몸, 그 몸을 바짝 구부린 채 눈 속에 얼굴을 파묻으면서 덴시치로가 이렇게 신음하듯 말했을 때, 이미 무사시의 그림자는 그곳에 없었다.

그 소리에 문득 대답한 것은, 아득한 저쪽에서——

"오!"

"덴시치로님 쪽이다!"

"크, 큰일났다!"

"모두들 오너라!"

조수가 밀려오듯 눈을 차고 검은 그림자들이 우르르 모여든다.

말할 것도 없이 멀리 떨어져서 매우 낙관적으로 승부가 결판나기를 기다리고 있던 친척인 미부(壬生)의 숙부 겐자에몬과 요시오카 도장의 문하생들이었다.

"아니, 오타구로마저!"

"선생님!"

"덴시치로님!"

불러 봐도 치료를 해도 이미 때가 늦다는 것을 금세 알았다.

오타구로는 오른편 귀로부터 옆으로 후려쳐진 칼에 입 안까지 베어져 있었고, 덴시치로는 머리 정수리에서 약간 비스듬히 콧날을 아슬아슬하게 비켜 눈 밑 광대뼈까지 베어져 있었다.

모두 단칼에 베어진 것이었다.

"······그, 그러니까 내가 말하지 않았나. 적을 깔보았기 때문에 이런 꼴이 된 거야······덴, 덴시치로! 이봐, 이봐, 덴시치로······."

미부의 겐자에몬 숙부는 조카의 몸을 부여안고 넋두리인 줄 알면서도 울부짖었다.

어느덧 그 사람들이 짓밟고 있는 눈은 모두 복숭아 꽃빛으로 바뀌고 있었다. 자기 자신도 죽은 사람에게만 정신을 빼앗기고 있었으면서도 미부의 겐자에몬 노인은, 그저 허둥대며 넋을 잃고 있는 다른 사람들에게 노여움을 느꼈다.

"상대편은 어떻게 되었나?"

크게 소리를 질렀다.

상대편의 존재를 다른 자들도 염두에 두지 않았던 것은 아니었으나, 아무리 두리번거려도 무사시의 그림자는 이미 자기들의 시야에서 찾아낼 수 없었다.

"없다."

"없습니다."

천치 같은 대답으로 들렸다.

"없을 턱이 없잖아!"

겐자에몬은 이를 갈았다.

"우리들이 달려올 때까지도 틀림없이 여기에 그림자 하나가 우뚝 서 있었어. 설마 날개가 달린 것은 아니겠지. 단 한 차례라도, 무사시에게 칼 맛을 보여 주지 않으면 요시오카의 일족으로서 내, 내 체면이 서지 않는다."

그때 그곳에 몰려 있던 많은 사람들 중에서 한 사람이 갑자기 '앗' 하고 소리치며 손가락질을 했다.

자기들 패거리가 지른 소리이건만 그 충격에 모두들 깜짝 놀라 우르르 한 발자국씩 뒤로 물러났다. 그러고는 그 손 끝으로 시선을 집중시켰다.

"무사시!"

"오, 저놈이로구나."

"으음······."

순간 무어라 표현할 길 없는 적막한 공기가 넘실거렸다. 사람이 없는 천지의 고요함보다도, 사람들이 많이 있는 가운데 문득 찾아오는 적막이 오히려 더 기분 나쁜 영혼을 깃들이고 있다. 고막도, 머리 속도, 진공 상태가 되어 사물을 보는 눈만이 사물을 비추고 있을 뿐, 생각한다는 것조차 잊어버린 것처럼 된다.

무사시는 그때 덴시치로가 쓰러진 장소에서 가장 가까운 건물의 추녀 밑에 서 있었던 것이다.

──그리고 나서.

상대편의 동태를 살피면서 등에 벽을 진 채로 서서히 옆걸음으로 움직여 서른세칸당의 서쪽 마루 끝으로 올라간다. 그러고는 유유히 얼마 전에 서 있었던 마루의 중간쯤까지 걸음을 옮기고 있다.

'덤벼 올 것인가?'

그런 다음 일단 몸의 정면을 저쪽에 무리져 있는 일당들에게로 돌렸다.

그럴 기색이 전혀 없다고 본 것이리라, 다시 걸음을 옮겨 마루의 북쪽 모퉁이까지 갔다가 홀연히 연화왕원의 옆으로 모습을 감추고 말았다.

술 싸움

1

"우리가 보낸 편지의 회답으로 백지를 보내 오다니 얼마나 얄미운 패들인
가. 이대로 잠자코 물러나 버리면 더욱 더 저들 젊은이들을 으스대게 내버
려 두는 것. 이렇게 된 바에는 내가 가서 직접 담판하여 고집으로라도 요
시노(吉野)를 이리로 데려 와야만 한다."

외도에는 나이가 없다고들 하지만, 술이 취하면 흥이 겨운 대로 끝장을 모
르는 하이야 쇼유(灰屋紹由)였다. 이런 말을 하기 시작하면 어떤 일이 있어
도 자기의 생각대로 되지 않는 동안은 그 외고집인 성미가 가라앉지 않는 것
이었다.

"안내해라."

스미기쿠(墨菊)의 어깨를 붙잡고 일어났으므로, 옆에서 고에쓰(光悅)가
만류를 했다.

"글쎄, 그만해 두십시오."

"아니야, 내가 가서 요시노를 데리고 와야지. 장수들의 자리로 나를 안내
해 다오. 대장님의 출전이시다, 내로라 하는 자들은 따르라, 따르라."

발걸음이 위태로워서 조마조마하게 보이지만 그대로 내버려 두어도 결코 넘어지지 않는 것이 주정꾼이다. 그러나 그것을 위태롭지 않다고 해서 그대로 보고 있는 세상이라면 그건 너무 재미가 없다. 역시 조마조마해하든가 위태롭게 보이도록 하든가 하는 것이 세상의 묘미이기도 하며, 유흥 세계의 재미이기도 하다.

그 중에서도 특히 쇼유 노인처럼 쓴맛 단맛 다 보고 유곽의 이면도 표면도 다 터득하고 있는 손님일 때는 같은 주정꾼이라도 취급하기에 따라선 매우 다루기 어렵다. 노는 마음과 놀게 하는 쪽의 마음이 비틀비틀 걷고 있는 동안에도 붙지도 떨어지지도 않는, 그것이 상호간의 호흡이라는 것이다.

"후나바시님, 위험해요."

기녀들이 부축하면 오히려 트집을 잡는다.

"뭐야, 얕보지 마라. 취하면 발이 휘청거리긴 하지만 마음은 휘청거리지 않아."

"그럼, 혼자서 걸어 보세요."

놓아 주면 복도에 털썩 주저앉으며 말하는 것이었다.

"좀 고달프구나. 나를 업어 다오."

아무리 넓다고는 하나 한 집안에서 다른 방으로 가는데, 마루에서 이처럼 애를 먹이며 꾸물대고 있는 것도 쇼유에게 말하게 한다면 이것도 유흥의 하나라고 할 것이 틀림없다.

아무 것도 모르는 척하면서도 무엇이든지 알고 있는 이 취객님은 도중에서 우무처럼 되어버려 여자들을 쩔쩔 매게 하고 있었다. 그러나 그 깡마른 늙은 몸 속에는 좀처럼 꺾이지 않는 괄괄한 성미가 숨겨져 있는 모양이다. 조금 전 백지 회답을 보내고 별실에서 요시노를 독점하여 자랑스럽게 놀고 있는 가라스마루 미쓰히로(烏丸光廣) 등의 일행에 대해서 '대가리에 피도 안 마른 애숭이들이 건방지게도……,' 하고 평소의 강직한 성격이 술힘을 빌려 가슴에서 부글부글 끓게 되는 것도 사실이었다.

공경(公卿)이라면 무사도 꺼려 하는 귀찮은 존재였으나, 지금의 교토 대상인들은 그러한 자를 조금도 귀찮게는 여기지 않는다. 솔직히 말해서 사람이 좋은, 어떻게든지 휘어잡을 수 있는, 다만 언제나 신분만 높았지 돈은 없는 계급이라는 것뿐이다. 따라서 돈으로 적당히 만족을 주고 풍류로써 고상하게 교제하며 신분을 받들어 주고 자존심만 채워 준다면, 그들은 자기들의 손가락에 놀아난다는 것을 이 후나바시님은 충분히 알고 있다.

"어디냐, 애숭이들이 놀고 있는 객실은……여기냐?"

깊숙한 외딴 방, 화려한 불빛이 어리어 있는 장지문의 고리를 잡고 쇼유가 그것을 열려고 하자, 마주치다시피 이러한 장소에 어울리지 않는 스님 다쿠안이 안에서 문을 열고 얼굴을 내밀었다.

"아니, 누군가 했더니."

2

"아, 허허……."

눈을 휘둥그레 뜨고 또한 뜻하지 않은 상봉을 서로 기뻐하며, 쇼유 쪽에서 다쿠안의 목덜미를 얼싸안았다.

"중놈, 너도 있었나?"

"영감, 임자도 와 있었나?"

다쿠안도 흉내를 내며 쇼유의 목을 오히려 힘껏 껴안으며, 만나자마자 주정꾼끼리 연인들처럼 더러운 뺨과 뺨을 비벼댄다.

"별일 없었나?"

"별일 없었어."

"보고 싶었다."

"이놈의 중놈 같으니."

나중에는 찰싹찰싹 머리를 때리는가 하면 한 쪽이 또 한 쪽의 콧잔등을 핥기도 하며, 무슨 짓을 하고 있는지 술 먹는 사람의 기분이란 알 수가 없었다.

방금 그곳에 있던 다쿠안이 옆 방으로 나가자마자 복도 근처에서 연신 장지문이 덜거덕거리며 암내 낸 고양이들이 어울리고 있는 듯한 콧소리가 들렸다. 가라스마루 미쓰히로는 마주 앉은 고노에 노부다다(近衛信尹)와 얼굴을 서로 쳐다보며

"허허, 아니나다를까, 말썽꾸러기가 온 모양이로군."

슬며시 쓴웃음을 지었다.

미쓰히로는 아직 젊은, 보아하니 30 남짓한 귀공자였다. 옷을 벗어도 귀족다운 미끈한 미남이니, 실제 나이는 좀 더 위인지도 모른다. 눈썹은 짙고 입술은 붉었으며 재기발랄한 데가 눈동자에 나타나 있다.

　'무사만이 사람처럼 여겨지는 세상에 어찌 나를 공경으로 태어나게 했을까.'

　이것이 미쓰히로의 입버릇이었으며 부드러운 용모 속에 격렬한 기질을 감추고 무가 정치의 시대에 우울한 불만을 품고 있는 것 같았다.

　'머리가 좋은 젊은 공경으로서 지금 세태에 고민을 갖지 않은 놈이란 바보이다.'

　이 역시 미쓰히로가 굽히지 않는 주장이다. 그것을 바꾸어 말한다면 이런 의미이다.

　'무사란 세습적인 것이니, 그들이 창검과 정치적인 권력을 함께 거머쥔다면 문무의 융화나 균형이 없어질 게 아닌가. 공경은 한낱 장식품, 꼭두각시로서도 처리될 만한 일만 맡겨지고 허울 좋은 관만 머리에 쓰고 있는 것이다. 그러한 곳에 나 같은 인간을 태어나게 한 것은 신의 잘못이라 할 수 있는 것. 내가 인간다워지려 한다면, 지금 세상에서는 고민을 하든가 마시든가의 두 가지 길밖에 없다. 아니, 미인의 무릎을 베개삼아 달을 보고 꽃을 보며 마시다 죽어 버릴까.'

　구로우도노가미(藏人頭 : 창고지기 우두머리)에서 우다이벤(右大辨 : 문서 행정관)으로 승진하고 지금도 참의(參議)라는 현직에 있는 조신(朝臣)이지만, 그러니만큼 더욱 이 귀공자는 뻔질나게 로쿠조 야나기 거리(六條柳町)에 출입한다. 이러한 세계에 있을 때만은 울화가 치미는 것을 잊을 수 있다는 것이었다.

그 젊고 고민하는 동료 중에는 아스카이 마사다카(飛鳥井雅賢)니 도쿠다이지 사네히사(德大寺實久)니 가잔인 다다나가(花山院忠長)니 하는 좀더 활발한 자들도 있어서, 무사 가문과는 달리 모두들 가난하면서도 저마다 어떻게 돈을 마련해 오는 것인지 언제나 오기야에 찾아와서는 이렇게 말하면서 떠드는 것을 일삼고 있었다.

"여기 오면 인간다운 마음이 든단 말이야."

그 단골 얼굴들과는 좀 달리 오늘 밤의 그의 동반자는 참으로 온순하고 점잖은 인품의 사람이었다.

그 동반자인 고노에 노부다다(近衛信尹)는 미쓰히로보다 나이가 열 살쯤 손위인 모양으로 어딘가 묵직한 인상에 인물도 뛰어난 편이지만, 약간 검은 빛이 도는 그 풍만한 두 볼이 살짝곰보인 것이 말하자면 흠이다.

하지만 그 살짝곰보라면 가마쿠라 시대의 최고 미남 미나모토노 사네토모(源實朝)도 그랬었다고 하니만큼 이 사람만의 흠은 아니다. 특히 이 사람이 전 간파쿠(關白:문관의 최고 위)라는 어마어마한 신분을 조금도 나타내 보이지 않고, 다만 여기(餘技)인 서도(書道)에 있어서 유명한 고노에 산먀쿠인(近衛三藐院)으로서 요시노 옆에 앉아 싱글벙글하고 있는 광경이란 오히려 더 고상함을 느끼게 하는 살짝곰보였다.

3

온 얼굴로 웃음을 짓고 고노에 노부다다(近衛信尹)는 그 살짝곰보 얼굴을 요시노(吉野) 쪽으로 돌리고서 말했다.

"저 목소리는 쇼유로군."

요시노의 홍매(紅梅)보다도 더 짙은 입술이 웃음을 참으면서 말한다.

"어머, 이곳까지 오시면 나는 어떻게 해요?"

그녀는 난처한 듯한 눈매를 짓는다.

미쓰히로는 요시노에게 말했다.

"앉아 있어."

그는 요시노의 옷자락을 잡고 말한 다음 한 칸 너머 마루에 들리도록 일부

러 소리친다.

"다쿠안 스님, 다쿠안 스님은 도대체 뭘하고 계시오. 추워 죽겠소, 나가려면 나가고 들어오려면 들어오시고 어서 문을 닫아 주시오."

"글쎄, 들어오라니까."

그러자 그 다쿠안이 장지문 밖에서 쇼유 노인을 끌어들여 미쓰히로와 노부다다 앞에 털썩 주저앉았다.

"허어, 이것은 뜻하지 않은 동행이로군. 좋아, 좋아. 재미있는걸."

쇼유는 이렇게 말하더니, 과연 그답게 아무리 취해도 조금도 허물어지지 않는 무릎으로 그대로 성큼 다가앉으며 노부다다 앞에 손을 내민다.

"한 잔 내리십시오."

쇼유 노인은 절을 했다.

노부다다는 싱글벙글하며 말했다.

"후나바시의 영감은 언제나 건강해서 좋군."

"미쓰히로님의 동행이 대감님인 줄은 꿈에도 몰랐지요……."

잔을 돌려주며 벌써 이 늙은 구렁이는 일부러 취한 척, 술 먹여 놓은 천치처럼 가느다란 주름투성이 목을 건들거렸다.

"……용, 용서해 주십시오, 대감님. 오랫동안 찾아 뵙지 못한 것은 찾아뵙지 못한 일, 만났을 때는 또 만났을 때의 일……간파쿠(關白)님이든 참의(參議)님이든……하하하, 그렇지 않은가, 다쿠안?"

또 옆의 중대가리를 옆구리에 껴안으며 노부다다와 미쓰히로의 얼굴을 손가락질했다.

"세상에 딱한 것이 이, 이 공경이라는 사람들이야. 간파쿠니 좌대신(左大臣)이니 하고 이름만은 거창하지만 실속이 있어야지. 차라리 상놈인 편이 훨씬 낫거든……그렇지, 다쿠안. 그렇게 생각되지 않나?"

다쿠안도 이 취한 노인에겐 좀 기가 질렸던 모양이다.

"옳아, 옳아."

그의 팔 안에서 간신히 목을 뺐었다.

쇼유는 술잔을 조른다.

"이봐, 나는 아직도 다쿠안에게선 술잔을 받지 못했어."

그리고 그 술잔을 받아 얼굴에 들어 붓듯이 들이키고 나서 또 말했다.

"그렇지 다쿠안, 임자는 교활한 놈이란 말이야. 지금 세상에서 가장 약삭빠른 인간은 중놈이오. 약은 자는 중놈, 꾀보는 장사꾼, 그리고 센 자는 무사, 어리석은 자는 공경. ……아하하하, 그렇지 않소?"

"그래 그래."

"하고 싶은 일도 마음대로 못하고, 그런 데다 정치에는 근처에도 못 가니, 기껏해야 시조나 읊든가 글씨나 쓰든가, 그것 말고는 힘을 기울일 데가 없으니……아하하하, 그렇지 않나, 다쿠안?"

마시고 떠드는 일이라면 미쓰히로도 지지 않을 것이고 풍류담이나 주량으로는 노부다다도 뒤지지 않건만, 이렇게 느닷없이 퍼부어대는 통에 기가 막혔는지 어지간한 두 사람도 이 말라깽이 침입자 때문에 흥이 모두 깨어진 것처럼 잠자코 있었다.

그러자 더욱 의기양양해진 쇼유는 거침없이 계속 말을 이었다.

"요시노……임자는 어떻게 생각하나? 이를테면 공경에게 반하겠나, 아니면 장사꾼에게 반하겠나."

"호호호, 후나바시님은 또……."

"웃을 일이 아니지. 진지하게 여자의 가슴을 두드려 보는 거야. 으흠, 그렇구나. 아냐, 알았다. 역시 요시노는 장사꾼이 좋단 말이지. 그렇다면 내 방으로 오너라. 여러분, 요시노는 쇼유가 데려가겠습니다."

요시노의 손을 꽉 잡은 이 늙은 능구렁이는 시치미를 뚝 떼고 일어나려 했다.

4

미쓰히로는 깜짝 놀라 들고 있던 술을 엎지르듯이 잔을 내려놓았다.

"장난도 정도가 있지!"

쇼유의 손을 비틀어 뿌리치고 요시노를 자기 옆으로 끌어당겼다.

"왜 그러시오, 왜 그러시오."

쇼유는 억지를 썼다.

"억지로 대려가는 것이 아니라 요시노가 오고 싶어하기 때문에 데리고 가는 것인데. 그렇지, 요시노?"

중간에 낀 요시노는 다만 웃고 있는 수밖에 없었다. 요시노는 미쓰히로와 쇼유 두 사람에게 좌우의 손을 잡힌 채 난처한 표정을 짓고 있었다.

"어머, 어떻게 하면 좋아요."

진심에서 우러나오는 고집이나 시비는 아니었지만, 진심인 것처럼 떠들어 상대방을 난처하게 만드는 것이 장난인 것이다. 미쓰히로도 좀처럼 굽히지 않았고 쇼유도 결코 물러나려 하지 않는다. 그리하여 요시노를 양쪽의 의리 사이에 몰아넣고 말했다.

"자아, 요시노. 어느 쪽 손님을 따를 것인가? 이 줄다리기의 승부는 요시노의 마음에 달렸어. 요시노가 원하는 쪽으로 가면 돼."

더욱 더 그녀를 난처한 입장으로 몰아넣는다.

"이것 참, 재미있는데!"

다쿠안은 구경을 하고 있었다. 아니, 구경하고 있을 뿐만 아니라 그마저 옆에서 부채질을 하며, 이 시비를 안주 삼아 술을 마시고 있었다.

"요시노, 어느 쪽으로 가겠는가, 빨리 정해라."

다만 온후한 노부다다만이 과연 그 인품을 드러내보인다.

"거참, 짓궂은 손님들이로군. 그렇게 되면 요시노도 어느 쪽이라고 말할 수 없을 테니, 억지를 쓰지 말고 차라리 의좋게 합석하는 것이 어떤가?"

이렇게 말한 다음 다른 여자들에게 이렇게 말하며 이 자리를 수습하려고 했다.

"그러고 보니 저쪽 방에는 고에쓰님이 남아 있다지 않소. 누가 가서 고에쓰님을 이리로 불러오너라."

쇼유는 요시노 옆에 도사리고 앉은 채 손을 내젓는다.

"아냐, 부르러 갈 것 없어. 내가 지금 요시노를 데리고 갈 테니."

"무슨 소리."

미쓰히로 역시 요시노를 부둥켜안고 놓으려 하지 않는다.

"건방진 공경들 같으니."

쇼유는 고쳐 앉으며 말하고, 술이 취해서 이글거리는 눈과 술잔을 들이대며 미쓰히로에게 이어 말했다.

"그럼, 어느 쪽이 요시노를 차지할 것인지, 요시노가 보는 앞에서 술싸움을 합시다."

"술싸움이라고, 가소롭군."

미쓰히로는 그러면서 다른 큰 잔을 술상 위의 두 사람 사이에 놓는다.

"영감, 백발이나 염색하고 오시지."

"뭐요, 공경 따위를 상대하는데. 자아, 승부를 냅시다."

"어떻게 하겠나? 그저 번갈아 마시기만 해선 재미가 없소."

"눈싸움."

"시시해."

"그럼, 조가비 맞추기."

"그건 지저분한 영감을 상대로 할 장난이 아니야."

"얄미운 소리로군. 그렇다면 가위 바위 보!"

"좋다, 그럼."

"다쿠안, 임자는 심판관이야."

"알았소."

두 사람은 진지하게 가위 바위 보를 했다. 일승 일패, 어느 쪽이고 질 적마다 잔을 비우고 그 분해하는 꼴을 보며 모두들 웃는 것이었다.

요시노는 그 사이 소리도 없이 자리에서 일어나 긴 옷자락을 얌전히 끌며 눈 내리는 복도 깊숙이 모습을 감추고 말았다.

5

이것은 무승부가 될 수밖에 없을 것 같다. 어느 쪽이나 술에 있어선 남에게 지지 않는 강호, 술싸움의 승부는 언제 끝날지 모를 정도였다.

"나도……."

요시노가 사라지자 곧이어 별안간 생각난 듯이 고노에 노부다다도 저택으로 돌아갔고, 심판인 다쿠안도 졸음이 오는 모양인지 아무렇게 하품을 터뜨리고만 있다.

그래도 아직 두 사람은 술싸움을 그치지 않는다. '멋대로 내버려 두자' 하고 다쿠안은 번듯이 드러누웠다. 그리고 가까이에 앉아 있는 스미기쿠(墨菊)의 무릎을 발견하고 거기에 양해도 없이 머리를 베고 말았다.

그대로 솔솔 얕은 잠이 드는 것은 기분이 좋았으나, 다쿠안은 문득 조타로와 오쓰우를 생각하고 있었다.

'쓸쓸해하고들 있겠지, 빨리 돌아가야 하겠는데.'

그 두 사람은 지금 가라스마루 미쓰히로의 저택에서 신세를 지고 있다. 이세(伊勢)의 아라키다(荒木田) 신관(神官)에게서 그림책을 전해 달라는 부탁을 받고 조타로는 섣달 그믐부터——오쓰우는 바로 얼마 전부터.

그 얼마 전이란.

언젠가 청수사의 오도와 골짜기에서 오스기 노파에게 쫓기던 날 밤, 다쿠안이 별안간 그곳으로 오쓰우를 찾으러 간 것도, 전부터 그러한 불안을 예감하고 있었기 때문에 그로 하여금 그곳으로 가게 했던 것이다.

다쿠안과 미쓰히로는 벌써 오랜 지기였다. 시조, 선(禪), 술, 그리고 번민을 함께 나눈 소위 도우(道友)였다.

얼마 전 미쓰히로가 다쿠안에게 편지를 했던 것이다.

"어떤가. 정월이 아닌가. 무엇이 좋길래 시골 절 같은 곳에 처박혀 있는가. 나다(灘)의 정종, 교토의 여인, 가모강(加茂川)의 오리, 교토가 그립지 않은가. 졸리면 시골에서 선을 하시고, 살아 있는 선을 하고 싶다면 도시에 나와 하시오. 그 도성이 그립게 여겨진다면 한 번 상경하시는 게 어떻소."

이런 편지를 받고 다쿠안은 이른 봄에 상경해 왔던 것이다.

우연히 그는 거기서 조타로 소년을 만났다. 저택 안에서 매일 지겹지도 않은지 잘도 놀고 있다. 미쓰히로에게 물어 보았더니 이러저러하다는 것이었다. 그래서 조타로를 불러 자세히 물어 본 결과, 오쓰우가 정월 초하루에 오스기 노파를 따라간 후로 소식도 없고 돌아오지도 않는다는 사정을 알았다.

"그것 참, 큰일이로구나."

다쿠안은 깜짝 놀라 바로 그 길로 오스기 노파의 숙소를 찾으러 나섰다. 그러나 삼년 고개의 주막을 가까스로 알아낸 때는 벌써 밤. 그래서 더욱 더 불안스러워져 주막집 젊은이에게 등불을 들려 청수사 경내로 찾아나섰던 것이다.

그날밤 오쓰우를 무사히 데리고 미쓰히로의 저택으로 돌아왔다. 그러나,

오스기 노파로 말미암아 극도의 공포를 느낀 오쓰우는 이튿날부터 병석에 눕게 되었는데, 그녀는 여지껏 누워 있다. 조타로는 베개맡에 붙어앉아서 오쓰우의 이마를 물수건으로 식혀 주기도 하고 약을 달이기도 하면서 애처로울 만큼 병간호에 정성을 쏟고 있다.

"두 사람이 기다리고 있을 거야."

다쿠안은 될 수 있는 대로 빨리 돌아가야겠다고 생각하였다. 그런데 일행인 미쓰히로는 돌아가기는커녕 놀이는 이제부터라는 듯이 열을 올리고 있지 않은가.

그러나 어지간한 미쓰히로도 가위바위보나 술싸움엔 싫증이 났는지 승부 없이 술을 마시기 시작하더니 곧 무릎을 맞대고 무언가 시국담을 주고받기 시작했다.

무사 정치가 어떠니, 공경의 존재 가치가 어떠니, 상인과 해외 발전 문제 등등 이야기가 점점 거창해져 갔다.

여자의 무릎에서 상이 놓여 있는 쪽으로 옮겨가 다쿠안은 눈을 감은 채 듣고 있다. 잠자코 있는가 싶어 보면 이따금 두 사람의 이야기를 귓결에 듣고 히죽이 웃는다.

"아니, 고노에님이 어느 틈에 가버렸나."

미쓰히로가 불평을 털어 놓자 쇼유 또한 흥이 깨진 것처럼 얼굴빛을 바꾸며 말한다.

"그것보다도 요시노가 없는데."

"괘씸하군."

미쓰히로는 구석 쪽에서 졸고 있는 아기 기녀인 린야에게 시킨다.

"요시노를 불러와."

린야는 졸음이 오는 눈을 동그랗게 뜨고 복도로 나갔다. 그리고 조금 전고에쓰와 쇼유가 있던 객실로 가서 무심코 들여다보니, 그곳에는 언제 돌아왔는지 무사시가 혼자서 등잔불 곁에 우두커니 앉아 있었다.

6

"어머나, 어느 틈에. ……조금도 몰랐어요, 잘 다녀오셨어요?"

린야의 목소리에 무사시가 대답한다.

"지금 돌아왔소."

"아까의 뒷문으로?"

"음."

"어디 갔다 오셨나요?"

"잠깐 밖에."

"좋은 사람과 약속이 있었지요? 요시노님한테 일러 줘야지."

깜찍스런 말에 무사시는 그만 웃는다.

"다른 분들은 어떻게 됐지요?"

"저쪽에서 여러분들이 한데 어울려서 놀고 계십니다."

"고에쓰님은?"

"몰라요."

"돌아가셨나? 고에쓰님이 돌아가셨으면 나도 가야 할 텐데."

"안 돼요. 여기에 오시면 요시노님의 허가 없인 못 돌아가요. 말없이 돌아가면 당신도 놀림받지만 저도 야단맞아요."

아기 기녀의 농담조차 무사시는 진지하게 듣고 있었다. 그런 것인 줄로만 믿고 있는 것이다.

"그러니까 잠자코 돌아가시면 안 돼요. 제가 돌아올 때까지 여기서 기다리고 계세요."

린야가 나가 버리자 얼마 후 그 린야에게서 들었으리라, 다쿠안이 들어오더니 어깨를 툭 쳤다.

"무사시, 웬일이냐?"

"아!"

이것은 놀랄 만한 일임에 틀림없다. 아까 린야에게서 스님도 와 계시다고 들었지만, 그게 다쿠안일 줄은 전혀 짐작도 못했다.

"오래간만입니다."

방석에서 내려앉으며 무사시가 두 손을 짚자, 다쿠안도 그 손을 잡고 말한다.

"여기는 유곽 거리야. 인사를 차릴 필요는 없네. ……고에쓰님도 함께 왔다더니 보이지 않는군."

"어디로 가셨는지……."

"찾아서 함께 술을 들세. 임자에겐 여러 가지로 하고 싶은 말이 있지만 나중에 하기로 하고."

이렇게 말하면서 문득 다쿠안이 옆방의 장지문을 열었다. 거기 화로 곁에 병풍을 둘러치고 눈내리는 밤을 푸근하게 자고 있는 사람이 있다. 바로 고에쓰였다.

너무나 기분 좋게 자고 있으므로 흔들어 깨우기가 주저되었다. 살며시 얼굴을 들여다보고 있는 사이, 고에쓰가 스르르 잠을 깨어 다쿠안과 무사시의 얼굴을 번갈아 쳐다본다.

"아니?"

고에쓰는 의아스런 표정을 지었다.

까닭을 듣더니 고에쓰가 말한다.

"당신들과 미쓰히로님만의 자리라면 합석해도 좋습니다."

함께 미쓰히로의 좌석으로 돌아갔다.

그러나 이미 미쓰히로와 쇼유는 흥이 시들어진 모양으로 차츰 환락 뒤의 허전한 분위기가 방안에 감돌고 있었다.

이렇게 되면 술맛도 씁쓰름해지고 입술만 계속 타서 물을 마시면 집 생각이 나게 된다. 게다가 그 뒤로 요시노가 모습을 나타내지 않으니 도무지 흥이 나지 않는다.

"돌아갈까?"

"돌아갑시다."

한 사람이 말을 꺼냈을 때는 모두의 심정이 일치되어 있었다. 아무런 미련이 없다기보다는 모처럼 흥겨웠던 좋은 기분을 더 이상 깨는 것이 두려운 듯이 모두 선뜻 일어났다.

그러자, 아기 기녀인 린야를 앞세우고 뒤따라 요시노에게 딸린 두 하녀가 종종걸음으로 달려와서 손을 짚고 말한다.

"기다리게 했습니다. 이제야 겨우 준비가 되었으니, 손님들을 모시고 오라는 요시노님의 말씀이셨습니다. 돌아가시는 것도 물론 좋으시겠지만, 눈 오는 밤은 밤이 깊어갈수록 더욱 밝은 법이니 가마를 타고 가시는 동안이라도 따뜻하게 돌아가시게끔 잠시 동안만 지체해 주십시오."

뜻하지 않은 초대였다.

"이상한걸?"

기다리게 했다니 무슨 일일까? 미쓰히로도 쇼유도 도무지 알 수 없다는 듯이 마주 보았다.

7

한 번 깨진 흥은 어지간해서는 돌이켜지지 않는다. 유흥의 세계에서는 더더구나 기분 전환이 되지 않는 것이다.

'어떻게 할까?'

요시노의 말을 전하러 온 두 하녀는 모두들 망설이고 있는 얼굴빛을 보더니 입을 모아 말했다.

"요시노님께서는 아까부터 자리를 비웠으니 아마도 모두들 쌀쌀맞은 여자라고 생각하실 거라고 하셨어요. 그런데 그처럼 난처해진 적은 처음이시래요. 가라스마루님의 분부를 좇으면 후나바시님의 뜻을 어기게 되고, 후나바시님의 분부를 따르면 가라스마루님에게 미안하게 되고……그래서 할 수 없이 아무 말 않고 자리를 빠져 나왔지만, 실은 두 분께서 다 체면이 서시도록 오늘 밤은 새삼 요시노님이 여러분을 손님으로서 초대하여 당신의 방으로 모시겠다는 것이지요. ……부디, 그 점을 살피시고 잠시 지체해 주시기 바랍니다."

이 말을 듣고 보니 까닭 없이 거절하고 돌아가는 것도 어쩐지 좁은 소견으

로 여겨질 것 같고, 요시노가 주인이 되어서 자기들을 초대하겠다는 것에도
전연 흥미가 가지 않는 것도 아니었다.

"그럼 가 볼까."

"모처럼 요시노가 그렇게 말했는데."

그리하여 아기 기녀와 하녀에게 안내되어 따라 가보니 뜨락에 시골티가
물씬 나는 짚신이 다섯 켤레 가지런히 놓여진다. 사뿐히 내린 봄 눈은 그 사
람들의 짚신에 자취도 없이 밟혀간다.

'오라, 차를 대접하기 위한 초대로구나.'

무사시를 제외한 사람들은 모두 자기들을 부르는 뜻을 이렇게 상상하고
있었다.

요시노가 다도에 소양이 깊은 것은 새삼 말할 필요도 없다. 그리하여 초대
받아 가서 마시는 한 잔의 차도 나쁘진 않겠군 하고 생각하면서 따라갔다.
이윽고 다실 옆을 그냥 지나쳐서 뒤뜰의 훨씬 안쪽, 아무래도 아무런 풍취도
없는 밭까지 이르렀다.

약간 불안해졌다.

"이봐, 도대체 우리를 어디로 데려가는 거야? 여기는 뽕나무 밭 아닌가."

고에쓰가 말했다.

그러자 하녀가 대답한다.

"호호호, 뽕나무 밭이 아닙니다. 늦은 봄이면 매년 여기에 의자를 내놓고 여러분이 노는 모란꽃 밭이지요."

그러나 고에쓰의 시무룩해진 얼굴은 추위와 더불어 더욱 쓸쓸해졌다.

"뽕나무 밭이든 모란꽃 밭이든 이렇게 눈이 내려 쌓이니 쓸쓸하기는 마찬가지 아닌가. 요시노는 우리를 감기 들게 할 셈인가."

"죄송합니다. 그 요시노님은 아까부터 저기서 기다리고 계십니다. 부디 저곳까지."

밭 한 귀퉁이에 갈대로 지붕을 이은 한 채의 집이 보인다. 이 로쿠조의 유곽 거리가 생기기 전부터 있었던 듯 싶은 옛 농가였다. 물론 뒤는 숲으로 둘러싸여 있어 오기야의 인공적인 정원과는 격리되어 있지만, 오기야의 테두리 안인 것만은 틀림없다.

"자아, 이쪽으로."

하녀는 그을음으로 시꺼멓게 더럽혀진 그 집 부엌으로 모두를 불러들였다.

"오셨습니다."

하녀는 안에다 알렸다.

"어서 오세요. 이리로 드시지요."

요시노의 목소리가 장지문 안에서 들렸다. 그 장지문에는 화로의 불빛이 붉게 어려 있었다.

"마치 먼 시골에 온 것 같은데……."

사람들은 부엌 벽에 걸려 있는 도롱이 따위를 둘러보면서, 도대체 요시노가 어떠한 솜씨로 대접하는 것일까 하며 방 안으로 들어갔다.

피 묻은 소매

1

요시노는 무늬 없는 연노랑 옷에 검은 띠를 매고 머리도 상냥한 주부형으로 다시 고쳐맨 데다가 화장을 엷게 고치고 있었다.

"아, 이건."

"아니, 정말 예쁜데!"

모두들 요시노의 모습을 보고 감탄했다.

금병풍과 은촛대 앞에서 모모야마(桃山)의 자수가 놓여진 홑옷을 입고 연분홍 입술을 요염하게 과시하던 때의 요시노보다도, 이 그을린 농사꾼 집의 벽과 화로 옆에서 연노랑 무명옷을 걸치고 있는 그녀가 백 배나 더 아름답게 보였다.

"음, 이건 또 완전히 분위기가 달라져서 좋군그래."

무엇에 대해서든 별로 칭찬하지 않는 쇼유도 잠깐 독설을 봉쇄당한 꼴이 되었다. 방석도 짐짓 내놓지 않고 요시노는 그저 시골 화로 옆으로 그들을 청해들인다.

"보시다시피 산집이기 때문에 아무런 준비도 없습니다만 눈 내리는 밤의 대접으로는 천한 초부로부터 부자나 귀한 양반에 이르기까지 불보다 더 좋은 대접은 없는 걸로 알고 이처럼 땔감 준비를 많이 했지요. 밤새 이야기를 하셔도 땔감은 모자라지 않을 겁니다. 마음 편히 불 쬐시도록."

요시노가 말했다.

과연——

추운 곳을 걷게 해 놓고 여기서 불을 쬐게 한다. 대접이란 이것이었던가 하고 고에쓰는 끄덕였고, 쇼유도, 미쓰히로도, 다쿠안도 무릎을 맞대고 저마다 화로 불로 손을 가져갔다.

"자아, 그쪽에 계신 분도."

요시노는 자리를 조금 비워 주며 뒤에 있는 무사시를 눈짓으로 청했다.

네모난 화로를 여섯 사람이 둘러앉았으니 자연히 자리가 편하진 않았다.

무사시는 아까부터 몹시도 굳은 자세로 어려워하고 있었다. 전국 백성들 가운데에서는 다이코 히데요시(大閤秀吉)나 오고쇼(大御所) 이름 다음으로 초대 요시노(初代吉野)의 아름다운 이름이 널리 알려져 있다. 이즈모의 오쿠니(阿國)보다도 훨씬 훌륭한 여자라고 경애를 받고, 오사카의 요도기미(淀君)보다도 재색을 겸비했으며 친근감이 있다고 해서 훨씬 더 유명했다.

따라서 그녀에게 접하는 사람들 사이에서도 기녀를 사는 손님 편이 '사는 패'라 불리고 재색을 파는 그녀 쪽은 '요시노님'이라고 존칭으로 불리고 있다. 목욕을 할 때는 일곱 시녀에게 시중을 들게 하고 손톱을 깎는 데도 두 사람의 하녀가 시중을 든다는 것도 거듭거듭 듣고 있는 터였다. 그러나 그렇게 유명한 여성을 상대로 놀고 있는 패들은 도대체 무엇이 재미있다는 것일까? 무사시로서는 아무리 생각해 보아도 알 수 없는 일이었다.

그러나 그 재미있을 것 같지 않은 놀이 가운데도 손님의 예법이라든가, 여성의 예의라든가 쌍방의 기분이란 것이 엄연히 있는 모양이다. 그래서 전혀 경험 없는 무사시로서는 뻣뻣하게 굳어 있을 수밖에 없었고, 더군다나 분냄새 나는 세계에는 처음으로 발을 들여놓았기 때문에 요시노의 맑은 눈길에 질린 채 얼굴이 상기되고 가슴의 고동도 야릇하게 높아지는 것이었다.

"어째서 손님은 그렇게 사양만 하시나요? 이리로 오세요."

요시노가 몇 차례나 권했다.

"예……그럼."

무사시는 두려운 듯 그녀 곁에 자리를 잡고 모두 하는 대로 어색하게 불가로 손을 가져갔다.

무사시가 자기 곁에 앉을 때 요시노는 그의 소매 끝을 힐끗 보았다. 그러더니 사람들의 대화가 흥겨워갈 무렵, 살며시 휴지를 꺼내어 무사시의 소매 끝을 짜내듯 닦고 있었다.

"아, 죄송합니다."

무사시가 시치미를 떼고 있었다면 아무도 몰랐을 것이다. 그런데 그가 자기 옷소매를 들여다보면서 이런 인사를 했으므로 모든 시선이 문득 요시노의 손으로 옮겨갔다.

미쓰히로는 놀란 눈으로 입을 열었다.

"어, 피가 아닌가!"

요시노는 미소를 머금으며 태연하게 대답했다.

"아뇨, 붉은 모란꽃 잎일 거예요."

2

모두들 하나씩 잔을 들고 기분껏 즐기고 있었다. 화톳불을 둘러싸고 앉아 있는 여섯 사람의 얼굴에 불길이 부드러운 명멸의 그림자를 그리면서 흔들렸다. 그 불길을 바라보며 모두 말없이 생각에 잠기는 것이었다.

"……."

불길이 사그라지자 요시노는 자기 곁의 숯광주리 속에서 한 자 길이로 자른 그리 굵지 않은 나무 도막을 집어서 넣었다.

문득 불을 쬐고 있던 사람들은 그녀가 지피고 있는 마른 나무 도막이 보통 소나무나 잡목이 아니고 아주 잘 타는 나무인 것을 눈치챘다. 아니, 잘 탈 뿐만 아니라 그 불꽃 빛깔이 실로 아름다운 데 황홀해졌다.

'아니, 이 나무는.'

이처럼 일부러 주의하여 보는 사람도 있었다. 그러나 아무도 말이 없었던 것은 그 불길의 아름다움에 황홀해져서 마음을 빼앗겨 버린 탓이리라.

그 나무에서 이는 불꽃은 마치 흰 모란이 바람에 하늘거리는 것처럼 때때로 보라빛 도는 금빛과 붉은 불길이 뒤섞이어 일렁거리며 타오르는 것이었다.

"요시노."

미쓰히로가 마침내 입을 열었다.

"임자가 지피고 있는 그 장작 말이야, 그게 대체 무슨 나무인가? 예사 장
작은 아닌 것 같은데?"

미쓰히로가 이렇게 물었을 무렵, 본인인 미쓰히로도 다른 사람들도 무언
가 향기로운 것이 방안에 가득해지는 것을 느꼈다. 그건 분명히 이 나무가
타는 냄새였다.

"모란나무입니다."

요시노가 말했다.

"뭐, 모란?"

모두들 뜻밖인 모양이었다. 모란이라고 하면 화초로만 생각하고 있었기
때문이다. 이렇게 장작이 될 만한 모란나무가 있을까 하고 의아해하는 것이
었다. 요시노는 넣으려던 나무 도막 하나를 미쓰히로의 손에 건네 주면서 말
한다.

"보세요."

미쓰히로는 그걸 쇼유와 고에쓰에게도 보여주고 탄성을 발했다.

"정말 이건 모란 가지로군……그러니!"

그러고 나서 요시노가 설명하기를, 이 오기야 울 안에 있는 모란밭은 오기
야가 생기기 훨씬 전부터 있던 것으로 백 년 이상 된 모란나무 그루가 많다

고 했다. 그 고목에 새 꽃을 피우기 위해서 매년 겨울철로 접어들 무렵이면 벌레 먹은 가지를 치고 새싹이 돋아나도록 손질을 한다. 장작은 그때 생기는 것으로 그렇다고 잡목처럼 많이 나지는 않는다.

이것을 짧게 잘라 화로에 피우면 불길이 부드러워 보기에도 아름답고 또한 눈이 아플 정도의 연기도 나지 않으며 훈훈한 향기마저 이는 것이었다.

과연 꽃 중의 왕이니만큼 마른 나무가 되어 땔감이 되어도 여느 잡목과는 이렇게 다르다. 이것을 보니 역시 본바탕의 진가라는 것은, 식물이나 사람이나 속일 수 없는 것이라 살아 있는 동안에는 꽃을 피우지만, 죽은 뒤까지 이모란 장작처럼 진가를 가진 사람이 얼마나 있을까 하고 요시노는 말을 그쳤다가 다시 이었다.

"이렇게 말하는 저도 살아 있는 동안은커녕 겨우 젊었을 동안만 노리개 거리가 되고 곧 시들어서 뒤에는 향기조차 없는 백골이 될 꽃이지만……."

요시노는 쓸쓸한 듯 미소를 짓는다.

3

모란 불꽃은 훨훨 타오르고 화롯가의 사람들은 지새는 밤마저 잊고 있었다.

"안주는 없지만 여기 이 고장의 명주(銘酒)와 모란 장작만은 밤을 밝힐 만큼 있으니까요."

요시노의 푸짐한 접대에 사람들은 지극히 만족해하며 말한다.

"없다니, 이거야말로 왕자의 사치보다 더 훌륭하다."

어떤 일에도 부러워하지 않는 하이야 쇼유마저 끝내 감탄을 금치 못했다.

"그 대신 뭔가 뒷날 추억이 되도록 여기다 일필씩 남겨 주십시오."

요시노가 벼루를 가져와 먹을 갈고 있는 동안 린야는 옆 방에다 담요를 깔고 그 위에다 화선지를 펼쳤다.

"다쿠안 스님, 요시노가 모처럼 청하는 것이니 뭔가 써 드리시오."

미쓰히로가 요시노 대신 재촉을 하자 다쿠안은 끄덕이면서 말했다.

"우선 고에쓰님부터."

고에쓰는 가만히 종이 앞으로 무릎을 옮겨 가더니 모란꽃을 한 송이 그렸다. 다쿠안은 그 위에다 썼다.

색향(色香) 없는 이 몸을
어찌 새삼 아끼랴.
아쉬워하는 꽃마저
시들어 가는 이 세상에.

다쿠안이 노래를 적어 넣었기 때문에 미쓰히로는 일부러 시를 한 수 썼다.

바쁠 때는 산이 나를 보고
한가할 때는 내가 산을 본다.
마주 보건만 서로 닮은 것이 아니로다
바쁨은 한가함을 따르지 못하도다.

대문공(戴文公)의 시였다.
요시노에게도 권하니 다쿠안의 노래 아래에다 쓴다.

피어나면서도

어쩐지 꽃이 외로워함은
지고 말 뒷날을
서러워하는 마음일까.

솔직한 심정을 토로하고 붓을 놓았다.

쇼유와 무사시는 가만히 보고만 있을 뿐이었다. 심술궂게 권하며 붓을 들게 하는 사람이 없는 것이 무사시로서는 다행이었다.

쇼유는 옆 방 도코노마 곁에 비파가 걸려 있는 것을 보고 요시노에게 한 곡 청했다. 그녀가 타는 한 곡을 듣고 그것을 기회로 오늘밤은 헤어지자고 제의한다.

"거참 원하던 바다. 한 곡 꼭."

모두들 청하자 요시노는 순순히 비파를 들었다. 그 모습은 재주를 자랑하는 것도 아니요, 또한 재주가 있으면서도 공연히 얌전을 빼는 태도도 아닌 실로 소박한 것이었다.

요시노는 비파를 가지고 화롯가를 떠나 다음 칸의 어둠침침한 다다미 한가운데에 앉았다. 화롯불 가의 사람들은 마음을 가다듬고 그녀가 튕기는 헤이케(平家)의 한 구절에 침묵을 지켰다.

화롯불이 사그라져도 화로에 나무를 더 지필 생각도 하지 않고 모두들 듣는 데만 정신이 팔려 있었다. 넉 줄의 가느다란 음계가 높이 올라갔다가 끊어졌다 싶자 꺼져가던 화로의 불도 활짝 타올라 사람들의 마음을 멀리서 가까이로 불러들이는 것이었다.

"서투른 솜씨를."

곡을 끝내고 요시노는 미소를 지으며 비파를 놓고 자리로 돌아왔다.

그 기회를 틈타 모두들 화롯가에서 일어났다. 무사시는 마치 구제라도 받은 듯이 안심하는 얼굴로 누구보다도 먼저 봉당으로 내려섰다.

요시노는 무사시를 제외한 다른 손님들에게는 모두 일일이 작별 인사를 나누었다. 무사시에게만은 아무 말도 하지 않았다.

다른 사람을 뒤따라 무사시도 함께 나가려고 하자, 요시노는 그의 옷소매를 살며시 잡는다.

"무사시님, 당신은 여기서 주무세요. 아무튼 오늘 밤은 돌려보내 드리지 못하겠습니다."

4

무사시는 처녀처럼 얼굴을 붉혔다. 못들은 척하려 해도 가슴이 두근두근하여 대답에 궁한 모습이 옆 사람의 눈에도 띄었다.

"……네, 괜찮으시지요? 이 분을 주무시게 해도."

요시노는 쇼유를 향하여 물었다. 쇼유는 대답했다.

"좋구말구, 실컷 사랑해 줘. 우리들이 억지로 데리고 갈 이유는 없어. 그렇지 않나, 고에쓰님?"

무사시는 황급히 요시노의 손을 뿌리친다.

"아니, 저도 돌아가겠습니다. 고에쓰님과 함께."

억지로 문 밖으로 나가려 하자 무슨 생각에서인지 고에쓰마저도 무사시 혼자만 이곳에다 남겨 두려고 하는 것이었다.

"무사시님, 뭘 그렇게까지 할 것 없소. 오늘은 여기서 주무시고 내일 적당한 시간에 오시면 어떻소. 요시노도 모처럼 저렇게 걱정을 하고 있으니."

활량들의 세계에도 여성이라는 것에도 전혀 초심자인 미경험자를 홀로 남겨 놓고 뒷날 웃음거리로 삼겠다는 이 어른들의 계획적인 악취미가 아닐까 하고 무사시는 미루어 생각해 보았으나, 요시노나 고에쓰의 정색한 얼굴을 보니 결코 그런 장난이 아닌 것 같았다.

더군다나 요시노와 고에쓰 이외의 다른 사람들은 무사시가 난처해하는 것을 보고서 재미있어한다.

"일본 제일 가는 행운아요."

"내가 대신 했으면 좋겠지만……."

이런 야유를 던지기도 했으나 곧 이들의 농담도 뒷문 사이로 뛰어든 한 사람의 말에 막혀 버렸다.

'그렇구나.'

새삼 눈치들을 채었다.

그 자리에 달려온 사나이는 요시노의 분부로 유곽 밖으로 형편을 살피러 갔던 오기야의 하인이었다. 어느새 요시노가 그렇게 알뜰한 주의를 기울였는가 하고 사람들은 놀랐지만, 고에쓰만은 대낮부터 무사시와 행동을 함께 해 왔으므로 아까 요시노가 화롯가에서 무사시의 옷소매에 묻어 있는 피를 닦아 주고 있을 때에 모든 것을 짐작하고 있었던 모양이다.

"다른 분은 몰라도 무사시님만은 함부로 유곽 밖으로 나가시지 못합니다."

살피고 온 그 사나이는 숨을 헐떡이며 요시노와 거기 있는 사람들에게 목격한 사실을 다소 과장되지 않았나 싶으리만큼 격렬한 말투로 알려 주는 것이었다.

"이제 이 유곽의 문은 한쪽 문밖에 열려 있지 않습니다. 그 대문을 둘러싸고 아미가사 찻집 주변으로부터 버드나무 가로수 그늘에 무시무시한 차림새의 무사들이 눈을 번뜩이며 여기저기 다섯 명, 열 명씩 시꺼멓게 몰려 서 있습니다. ……그것이 모두 시조의 요시오카 도장 문하생들이라면서 이 근처의 술집과 상점들은 모두 문을 닫아걸고 무언가 일어날 거라고 벌벌 떨고들 있습니다. ……아니, 정말 큰일났습니다. 소문을 들으니 유곽에서 말터 쪽으로도 백 명 가량이나 와 있다고들 하는데."

그런 보고를 하는 사나이가 어금니를 갈면서 떨고 있으니 그 말의 절반만 믿는다고 해도 사태가 예사롭지 않은 것만은 사실이었다.

"수고했어요. 이제 됐으니 쉬어요."

그 사나이를 물리치자 요시노는 또 다시 무사시에게 말했다.

"지금 같은 말을 들으시면 당신은 더욱 더 비겁한 자라는 소리를 들으시기 싫어서 죽어도 돌아가신다고 하겠지만 그렇게 성급한 생각일랑 하지 마세요. 오늘밤 비겁하단 말을 들어도 내일 비겁하지 않으시면 되지 않아요? 더군다나 오늘 밤은 놀러 오신 것이니까요. 놀 때에는 노는 것이 오히려 사나이의 여유라고 할 수 있지 않겠어요. 상대방은 당신께서 돌아가는 것을 기다려 암살하려고 벼르고 있으니 그걸 피하셨다고 해서 결코 수치가 되진 않습니다. 그런 곳으로 나가셔서 부딪친다는 것은 되레 생각이 모자라는 사람이란 소리를 들을 뿐 아니라 이 유곽도 난처하게 될 것이고, 함께 나가신다면 동행하신 분들까지도 함께 무슨 변을 당하게 되실지도 모릅니다. 그걸 생각 하셔서 오늘밤은 이 요시노에게 당신 몸을 맡겨 주세요. ……요시노가 분명히 맡았으니 여러분께서는 도중에 길조심하시면서 돌아가 주시기를."

단현(斷絃)

1

이제는 문을 열어놓고 있는 청루(靑樓)는 없는 모양이다. 노랫소리도 완전히 멎었다. 첫새벽 한 시를 알리는 딱따기 소리도 지나간 듯했다. 모두가 떠난지도 두어 시간이나 지났는데…….

그대로 밤을 지새우려는지 무사시는 토방 문턱 앞에 앉아 있었다.

무엇엔가 사로잡힌 사람 같기도 했다.

요시노는 손님들이 모두 있을 때와 마찬가지로 지금도 똑같이 그 위치에 앉아 화로에 모란 나무를 지피고 있었다.

"거긴 추우실 텐데 화롯가로 가까이 오세요."

이 말이 그녀 입에서 여러 차례 되풀이되었다.

"걱정 마시고 어서 주무시지요. 날이 새면 저는 자유로이 돌아갈 테니."

무사시는 그때마다 이렇게 사양할 뿐 요시노의 얼굴조차 잘 쳐다보려 하지 않는 것이었다.

단둘이 되자 요시노도 어쩐지 수줍어서 입이 무거워졌다. 남성을 남성으로만 느낀대서야 기녀 구실을 못하리라는 생각은 값싼 기녀들의 세계만을 알고 절개 굳은 기녀의 교양이나 몸가짐을 모르는 저속한 손님들의 상식이다.

그러나 조석으로 이성을 보아온 요시노는 무사시와는 비교도 안 될 만큼의 차이가 있다. 실제 나이로 보아도 요시노가 무사시보다 한두 살 위일는지 모르나, 남녀 정사의 견문이나 그것을 느끼거나 분별함에 있어서는 당연히 그녀가 월등한 연상의 누님뻘이라고 할 수 있다. 그러나 그러한 그녀로서도 단 두 사람만의 한밤중의 상대, 그야말로 자기 얼굴을 보는 데만도 눈부신 듯이 가슴의 고동을 억누르고 조용히 긴장해 있다. 요시노 자신도 처녀적 마음으로 돌아가 상대편과 같은 순진한 흥분을 느끼는 것이었다.

사정을 모르는 하녀와 아기 기녀는 조금 전 이곳을 떠나면서 다음 칸에다 영주님댁 공주라도 재울 것 같은 호화스런 침구를 펴놓고 갔다. 수놓은 베개에 달려 있는 금방울이 어두컴컴한 침실에 반짝이고 있었다. 그것도 역시 두 사람의 마음을 여는 데는 방해가 되고 있었다.

때때로 지붕의 눈덩어리와 나뭇가지의 눈이 후두둑 떨어져 깜짝깜짝 놀라게 했다. 담장 위에서 사람이라도 뛰어내리는 것같이 그 소리는 크게 들리는 것이었다.

"...... ?"

요시노는 살며시 무사시를 훔쳐봤다. 무사시의 그림자는 그때마다 고슴도치처럼 몸을 긴장시키는 듯이 보였다. 눈동자는 매의 그것처럼 맑디맑았다. 신경은 머리털 끝까지 뻗쳐 있었다. 무엇이든지 그의 몸에 닿기만 하면 그대로 베어질 것만 같이 여겨졌다.

"......"

"......"

요시노는 웬일인지 소름이 끼쳤다. 새벽녘의 추위는 뼛속까지 스며들었다. 그러나 전혀 다른 전율이었다.

그러한 전율과 이성(異性)을 향한 가슴의 고동과, 이 두 가지의 혈관에서 나는 소리가 침묵의 밑바닥을 번갈아 달리고 있었다. 그 두 사람 사이에서 모닥불은 여전히 훨훨 타오르고 있었다. 그리고 불 위에 걸린 솥에서 김이 뿜어나오자 요시노의 마음은 여느 때와 같은 침착성을 되찾았다. 그녀는 조용히 차준비를 시작했다.

"곧 밤이 새겠지요. ......무사시님, 한 모금 드시고 이쪽에서 불이라도 쬐시지요."

2

"고맙소."

대답하며 머리를 끄덕일 뿐 무사시는 여전히 등을 돌리고 있었다.

"……어서요."

권하는 편인 요시노도 이 이상은 지나친 것 같아서 입을 다물 수밖에 없었다.

모처럼 정성들여 끓인 차도 화롯가에서 식어 버렸다. 요시노는 문득 화가 났는지, 아니면 멋 없는 촌놈에겐 실 없는 일이라 싶었는지 찻잔을 잡아당겨 찻물을 옆의 물통에다 쏟아 버렸다.

그리고서 지그시 동정 어린 눈매를 무사시에게 보냈다. 여전히 무사시의 모습은 등 뒤에서 보아도 온몸을 철갑으로 싼 듯이 한 치의 틈도 없었다.

"여보세요, 무사시님!"

"왜 그러십니까?"

"당신은 누구를 향해 그렇게 대비하고 계시는 건가요?"

"누구에게가 아니라, 자신의 방심을 경계하고 있는 것이지요."

"적에게는?"

"그야 물론."

"그렇다면 만일 이리로 요시오카님의 문하생들이 수없이 한꺼번에 달려 들어온다면 당신은 그 자리에서 칼을 맞아 죽을 겁니다. 제게는 그렇게만 생각이 돼요. 참 가련한 분이에요."

"…… ?"

"무사시님, 여자인 저는 병법 같은 것은 알지 못하지만 초저녁부터 당신의 동작이나 눈길을 살펴보니 당장이라도 베어 죽을 것 같은 사람으로 보였어요. 말하자면 당신의 얼굴에는 죽을 상이 가득했다고나 할까요. 대체 무사 수양이라느니 병법자니 하며 세상을 살아나가는 분이 수많은 칼날들을 앞에 두고 그래도 괜찮을까요? 그리고서도 많은 사람들을 이길 수 있는 것일까요?"

힐난하듯이 요시노가 이렇게 따져들며 그를 말로써 짓눌렀을 뿐만 아니라 그 소심함을 비웃듯이 미소를 지었다.

"뭐라고?"

무사시는 토방에서 다리를 올려 그녀가 앉아 있는 화로 앞으로 다가와서 고쳐 앉았다.

"요시노님, 이 무사시를 미숙한 놈이라고 비웃었지요?"

"화가 나셨나요?"

"말한 이가 여자이니만큼 화를 낼 것까진 없으나 내 행동이 금시라도 베일 것 같은 사람으로 보여 답답하다는 건 무슨 이유요?"

화내지 않는다고 하면서도 무사시의 눈은 결코 부드러운 빛이 아니었다. 이렇게 날이 새기를 기다리고 있을망정 자기를 에워싼 요시오카 문중의 저주나 술책이나, 칼을 갈고 있는 기색은 온 몸으로 느끼고 있는 무사시였다. 그것을 굳이 요시노가 살펴 주지 않더라도 이미 그 자신 각오를 하고 있는 일이었던 것이다.

연화왕원 경내에서 그대로 다른 곳으로 자취를 감추어 버릴까 생각하지 않았던 것도 아니었으나 그렇게 되면 동행인 고에쓰에게 실례가 되고 또한 아기 기녀인 린야에게도 돌아오겠다고 약속한 말이 거짓이 된다. 동시에 요시오카 쪽의 복수가 두려워 자취를 감추었다는 소문이라도 난다면 곤란한 일이라고 생각되었으므로, 다시 오기야로 돌아와 아무 일도 없었던 것처럼 그들과 동석하고 있었던 것이다. 그것은 무사시로서는 꽤나 고통스러운 인내였으며 자기의 여유를 보이려 한 것이기도 했다. 그런데 요시노는 그동안의 자기 거동을 보고서 어째서 미숙하다고 비웃으며 죽을 상이 보인다느니 하며 조롱하는 것일까.

기녀의 농담이라면야 나무랄 것까지도 없다. 그러나 뭔가 생각이 있어서 하는 말이라면 그냥 들어 넘길 수 없는 일이라고 생각했다. 설사 지금 이 집을 에워싼 칼날의 숲 가운데 있더라도 정신을 가다듬어 그 이유를 따져 두어야겠다고 자신도 모르게 진지한 눈을 반짝이며 무사시는 따져 묻는 것이었다.

3

예사 눈빛이 아니다. 그대로 칼끝을 들이댈 것 같은 눈이 지그시 요시노의 하얀 얼굴을 쏘아보며 그녀의 답을 기다리고 있는 것이다.

"농담이오?"

좀처럼 입을 열지 않는 요시노를 향해 무사시가 이렇게 격한 태도로 말하자 요시노는 지웠던 미소를 다시 볼우물에 떠올린다.

"천만에요."

사랑스럽게 고개를 젓는다.

"아무리 그렇기로서니 병법가인 무사시님에게 지금과 같은 그런 말씀을 어찌 농담으로 하겠어요."

"그럼, 들려 주오. 어째서 내가 임자의 눈에 금시 적에게 베어질 것같이 그렇게 미숙한 몸으로 보이는가, 그 이유를."

"그렇게까지 물으신다면 말씀드리겠어요. 무사시님, 당신은 아까 요시노가 여러분에게 흥겨워하시라고 튕겨 드린 비파 소리를 들으셨나요?"

"비파를, 그것과 내가 무슨 상관이 있나?"

"잘못 들으신 것 같군요. 시종 무언가에 대해 팽팽히 긴장해 있는 당신 귓가에 그 한 곡이 지니고 있는 여러 가지 복잡한 소리는 아마도 잘 들리지 않았을는지도 모르겠군요."

"아니, 듣고 있었소. 그 정도로 정신을 잃고 있진 않았으니까."

"그럼, 저어 대현, 중현, 청현(淸絃), 유현(遊絃)의 불과 넉 줄밖에 되지

않는 줄에서 어떻게 그런 강한 소리나 부드러운 소리가 자유자재로 울려
나오는 것일까요. 그런 것까지 생각해 보셨어요?"
"필요 없는 일이오. 나는 다만 임자가 부르는 평곡과 유야(熊野)를 듣고
있었을 뿐, 그 이상 무엇을 더 들어야 한단 말이오."
"그렇습니다. 그것으로 족하시겠지만 저는 지금 이 자리에서 비파를 한 인
간으로서 비유해 보고 싶은 거지요. 그러니 대충 생각해 보시더라도 불과
네 가닥의 줄과 나무로 된 몸뚱이에서 그렇게도 수많은 소리가 울려나온
다는 것은 불가사의한 일이 아니겠어요. 그 천변만화의 음계를 악보 이름
으로 말씀드리기보다도 당신도 아시겠지만 백낙천(白樂天)의 비파행(琵琶
行)이라는 시 가운데 비파의 음색이 잘 표현되어 있습니다. 그것은……."
요시노는 가냘픈 눈썹을 잠시 찌푸리면서 노래를 부르는 것도 아니고 그
렇다고 해서 단순한 말도 아닌 낮은 소리로 읊조렸다.

　낮은 음은 쏟아지는 소나기와 같고
　높은 음은 절절한 속삭임 같도다.
　그 두 가지 음을 뒤섞어 뜯노라면

큰 구슬 작은 구슬 옥소반에 떨어지는 듯하다.
간간히 꾀꼬리 소리 꽃잎 아래 부드럽고
개울물은 흐느끼듯 바다로 흘러든다.
샘물 차디찬 샘물로 하여 비파 소리 끊어지니
잠시 노래 소리 멎도다.
따로이 수심과 어두운 한이 생겨서
이때 소리 없음은 있음보다 나으니
은드레박 순식간에 깨어져 물은 쏟아지고
용감한 기병 달려나와 칼과 창 울부짖는다.
곡이 끝나 가슴에 손을 대고 생각하니
넉 줄이 한소리가 되어 울려오도다.

"이처럼 하나의 비파는 여러 가지 소리를 만들어냅니다. 저는 아기 기녀 때부터 비파의 몸통이 너무나 이상해서 못견뎠어요. 그리하여 드디어는 제 손으로 비파를 부숴 보고 또 직접 비파를 맞추어 보고 하는 동안에 어리석은 저도 마침내 비파의 몸통 안에 깃든 비파의 뜻을 발견하게 되었지요."

거기서 말을 멈추자 요시노는 살며시 일어나 바로 조금 전에 켰던 비파를 가져와서 다시 그 자리에 앉았다. 끝을 가볍게 들어 무사시와 자기 사이에 그것을 세우고 쳐다본다.

"교묘한 음색도 이 판자로 만들어진 몸통을 깨고 비파의 마음을 들여다 보면 아무것도 이상한 것이 없다는 걸 알 수 있어요. 그걸 당신께 보여 드리지요."

긴 칼이 부러진 것 같은 조그만 작도가 그녀의 가냘픈 손에 들려졌다. '아' 하고 무사시가 숨을 죽인 순간 그 작도는 비파를 찍었다. 끝에서 몸통까지 연거푸 서너 번 피가 솟아나는 것 같은 칼소리였다. 무사시는 자기 뼛속으로 작도를 내려치는 것 같은 아픔을 느꼈다.

4

"보세요."
요시노는 작도를 뒤로 감추며 태연스레 미소를 머금고 무사시에게 말했다.

　생나무를 벗겨낸 듯이 찢어진 비파의 몸통과 그 내부를 밝은 등불 아래 드
러내 보였다.

“……?”

　무사시는 그것과 요시노의 얼굴을 번갈아보면서 이 여성의 어느 구석에
지금과 같은 매서운 기질이 있었는가 하고 놀랐다. 무사시의 뇌리에서는 아
직도 금시 울린 칼소리가 사라지지 않고 어딘가가 아픈 것처럼 아직도 욱신
욱신 쑤시고 있는데도 요시노의 얼굴은 붉지도 않았다.

　“이처럼 비파 속은 비어 있습니다. 그렇다면 그 갖가지 소리의 변화는 어
디서 생겨나는가 하면 이 몸통 안에 가로 질러져 있는 횡목(橫木) 하나에
서 나오는 것입니다. 이 횡목이야말로 비파의 음들을 지탱하고 있는 뼈이
며 심장이며 마음이기도 하지요. 그렇지만 이 횡목 역시 단지 튼튼하게 바
로 몸통을 받치고 있을 뿐으로 별다른 재간이 있는 것은 아닙니다. 그 변
화를 낳기 위해서 횡목에 이처럼 일부러 억양 있는 굴곡을 파 놓았을 뿐이
지요. 그런데 그것만으로서는 참음색이란 것이 나오지 않습니다. 참음색
은 어디서 나오는가 하면――이 횡목의 양쪽 끝의 힘을 알맞게 도려낸 틈
에서 생겨나는 것이지요. 제가 서투르긴 하지만 하나의 비파를 깨뜨리면

서까지 당신께서 이해해 주시기를 바라는 것은, 말하자면 우리 인간들의 살아가는 마음가짐도 비파와 닮은 데가 있지 않은가 해서이지요."

"……."

무사시의 시선은 비파의 몸통에 못박혀 있다.

"그 정도의 것은 누구나 아는 것 같지만 실은 비파의 횡목만큼도 뱃심이 서 있지 않는 것이 사람이 아닐까요. 네 가닥 줄을 골무로 한 번 긁어대면 칼과 창도 되고 구름도 찢어낼 것 같은 무서운 소리를 내는 몸통 안에는 이러한 횡목의 여유와 긴장이 알맞게 갖추어져 있는 것을 보고, 전 언젠가 이것을 사람의 생활로 보고 거듭거듭 생각한 적이 있었어요. ……그것을 문득 오늘 밤의 당신 신상에 빗대어 생각해 보니……아아 정말 위태로운 분, 긴장만 하고 여유라고는 추호도 없다. ……만일 이러한 비파가 있었다고 치고서 거기다 골무를 댄다면 소리의 자유스러운 변화는커녕 무리하게 켠다면 대뜸 줄이 끊어지고 몸통은 깨어져 버릴 거야……실례지만 저는 당신의 그런 모습을 보고 이렇게 남몰래 걱정을 하고 있었어요. 절대로 나쁜 뜻으로 말씀드리거나 농담으로 조롱하는 것은 아닙니다. 아무쪼록 건방진 여인의 지나친 염려라고 들어 넘겨 주세요."

닭 우는 소리가 멀리서 들려왔다.

눈 때문에 강하게 반사되는 아침 햇살이 문 틈으로 깃들었다.

하얀 재와 끊어진 넉 줄의 잔해를 바라보며 무사시는 닭울음 소리도 귀에 들어오지 않았다. 문 틈으로 햇살이 비쳐드는 것도 몰랐다.

"……어머나, 어느새."

요시노는 날이 샌 것이 아쉬운 듯이 화롯불에 땔나무를 더 지피려 했으나 모란 나무는 이제 없었다.

문을 여닫는 소음과 새들의 지저귐 등 아침의 기척들이 먼 세상 소리처럼 들렸다.

그렇지만 요시노는 언제까지나 덧문을 열려고 하지 않았다. 모란 나무는 떨어졌으나 그녀의 피는 아직 따뜻했다.

아기 기녀와 하인도 그녀가 부르지 않는 한은 이 문을 마음대로 열고 들어올 리가 없었다.

봄을 앓는 사람

1

성급히도 녹아버린 봄 눈이었다. 엊그저께 내린 눈은 흔적도 없다. 갑자기 강하게 느껴지는 햇빛으로 오늘은 솜옷 같은 건 벗어 버렸으면 싶어졌다. 훈훈한 바람을 타고 봄이 줄달음쳐 온 것처럼 모든 식물의 싹을 선명하게 부풀게 하고 있었다.

"실례합니다. 드릴 말씀이 있소."

등까지 흙탕물이 튄 젊은 나그네 승려였다.

가라스마루(烏丸) 가문 현관 앞에 선 채 아까부터 큰소리로 불러도 나오는 자가 없으므로 곡간방 밖을 돌아 그곳 창문 사이로 목을 뽑고 들여다보았다.

"뭐요, 스님?"

뒤에서 부르는 소년이 있었다.

승려는 뒤돌아보았다.

'너야말로 누구냐?'

되묻고 싶은 눈초리로 그 기묘한 차림의 아이를 지켜보았다.

미쓰히로(光廣) 경의 저택 안에 어떻게 되어 이런 아이가 있는지 어울리지 않는 사실에 눈이 휘둥그레진 모양이다. 중은 이상한 얼굴을 한 채 흘끔 흘끔 조타로의 모습만을 훑어보며 말을 하지 않는 것이다.

여전히 긴 목검을 허리에 차고 무엇을 넣었는지 불룩하게 부풀은 가슴 위를 조타로는 손으로 누르며 말했다.

"스님, 시주쌀 얻으려면 부엌으로 돌아가야 해요. 뒷문을 몰라요?"

"시주쌀? 그런 걸 얻으러 온 게 아냐."

젊은 승려는 자기 가슴께에 걸치고 있는 문갑을 눈짓해 보인다.

"난 말이야, 센슈의 남종사(南宗寺) 중인데 이 저택에 와 계시는 다쿠안님에게 급한 서신을 전하기 위해 온 거야. 너는 부엌 출입하는 아이냐?"

"나말이야, 난 이 집에 묵고 있는 사람이야. 다쿠안님과 같은 손님이야."

"허, 그래? 그렇다면 다쿠안님에게 전해 주지 않겠느냐. 고향 다지마에서 우리 절로 뭔가 급한 편지가 와서 남종사 사람이 그걸 가져왔다고 말이야."

"그럼, 기다려 줘요. 곧 다쿠안님을 불러 줄 테니."

조타로는 현관 마루로 뛰어 올라갔다. 더러운 발자국이 마룻바닥에 너저분하게 남는다. 거기 있는 칸막이에 다리가 걸리는 바람에 그가 손으로 누르고 있던 품 안에서 작은 밀감이 몇 개나 굴러 떨어졌다. 황급히 밀감을 주워 모아 가지고 조타로는 날아가듯이 안으로 달려 들어갔다. 얼마 후 그는 다시 되돌아왔다.

"없는데."

기다리고 있는 남종사 승려에게 말했다.

"있는 줄 알았는데 오늘은 아침 일찍 대덕사(大德寺)로 갔대요."

"언제 돌아오신대?"

"곧 돌아오겠지요."

"그럼, 기다리지. 어디 방해가 되지 않는 방은 없나?"

"있어."

조타로는 밖으로 나갔다. 이 집 일이라면 무엇이나 훤하다는 듯이 앞서 가더니

"스님, 이 안에서 기다리는 게 좋을 거야. 이 안이라면 방해가 안 되니까."

소 외양간으로 안내했다.

짚이니 수레바퀴니 쇠똥 따위가 여기저기에 흩어져 있다. 남종사 중은 놀란 얼굴이었으나 조타로는 벌써 손님을 버려둔 채 멀리 달려나가고 있었다.

넓은 저택 안으로 뜰을 따라 달려나가 서쪽 채의 해가 잘 비치는 한 칸 들여다 보고 외쳤다.

"오쓰우 누나, 밀감 사 왔어요."

2

약도 쓰고 있고 치료도 충분할 터인데 어찌된 영문인지 이번 열은 좀체 내리질 않는다.

따라서 식욕이 있을 리 없다.

자기 얼굴에 손이 갈 때마다 오쓰우는 문득 놀란다.

'아아, 이렇게 말라서.'

병이라고 할 만한 증세는 없다고 자기로서도 믿고 있었고 치료를 위해 와주었던 가라스마루 가문의 의사도 염려 없다고 보증을 하고 있었는데 어째서 이렇게 말라 버리는지…… 그러고 있자니 그만 신경질적인 고민과 열이 덮친다. 연신 입술이 타기 때문에

"밀감이 먹고 싶어."

자기도 모르게 중얼대자 요 며칠 동안 아무것도 먹지 않고 있는 그녀를 몹시 염려하고 있던 조타로는

"밀감?"

되묻고는 곧장 그것을 구하러 조금 전에 여기를 나갔던 것이다.

부엌 사람에게 물었더니 밀감 같은 건 저택에 없다고 했다. 그래서 밖으로 나가 청과집이나 야채 가게를 훑고 다녔지만 어디에도 밀감은 없었다.

교고쿠(京極) 들판에 장이 서고 있었다. 그는 거기로 가서

"밀감은 없나요, 밀감 없어요?"

줄기차게 찾아다녔으나 명주실이니, 무명이니, 기름이니, 모피 따위 가게만 서 있을 뿐 밀감은 그 어디에서도 구경할 수가 없었다.

조타로는 어떻게든지 오쓰우가 먹고 싶어하는 밀감을 손에 넣으려고 궁리를 거듭했다. 어쩌다 보니 남의 집 담장 위에 그 밀감이 있어 훔쳐서라도 가져 가야겠다고 가까이 가서 보면 그것은 광귤이거나 모과였다.

교토 거리를 절반은 찾아 헤맸다. 그러자 어떤 신사 신전에 그 밀감이 있

었다. 고구마니 홍당무니 하는 것들과 함께 쟁반에 담겨 신전에 바쳐져 있는
것이었다. 조타로는 밀감만을 품에 쑤셔 넣고서 도망온 것이었다. 뒤에서 신
전을 돌보는 사람이 "도둑이야, 도둑!" 하고 뒤쫓아올 것 같은 느낌이 들었
다.

'제가 먹을 게 아니니 벌을 주지 마세요.'

조타로는 그게 무서워져서 가라스마루 저택 문 안으로 뛰어들 때까지 마
음 속으로 연신 빌고 있었다.

그렇지만 오쓰우에게는 그런 말을 할 수가 없다. 베개맡에 앉아 품 속의
밀감을 꺼내서 하나하나 나란히 늘어놓고서 그 중의 하나를 집어들고 말했
다.

"오쓰우 누나, 맛 있겠지? 먹어 봐요."

껍질을 벗겨 그녀의 손 안에 넣어 주자 오쓰우는 무언가 강한 감정의 충격
을 받았던지 얼굴을 옆으로 돌린 채 먹으려 하지 않았다.

"어떻게 된 거야?"

조타로는 그녀의 얼굴을 들여다보았다.

싫다는 듯 오쓰우는 더더욱 베개에다 얼굴을 파묻는다.

"……아무렇지도 않아, 아무렇지도 않다니까."

그래도 조타로는 혀를 차면서 말한다.

"또 울음보가 터지네. 좋아할 줄 알고 사왔는데 울기만 하면 어떻게 해? 에이, 화나."

"미안해, 조타로."

"안 먹어?"

"음……나중에."

"벗긴 것만이라도 먹어 봐. 저……먹어 보면 틀림없이 맛있을 거야."

"맛이야 있겠지, 조타로의 마음씨만 해도. 그렇지만 먹을 걸 보기만 하면 먹고 싶은 생각이 없어진단 말이야. ……아까운 것이지만."

"우니까 그렇지. 뭣이 그렇게 슬퍼?"

"조타로가 너무 친절히 해 주니까 기뻐서."

"울면 싫어. 나도 울고 싶어지는걸……."

"이젠 안 울게……안 울게……용서해 줘요."

"그럼, 그걸 먹어. 뭐든 먹지 않으면 죽는단 말이야."

"나중에 먹을게. 조타로 먼저 먹어요."

"난 안 먹을 테야."

신(神)의 눈이 무서워 조타로는 그렇게 말을 하면서도 침을 꿀꺽 삼켰다.

3

"조타로는 밀감을 좋아하면서 그래?"

"좋아하긴 하지만."

"어째서 오늘은 안 먹지?"

"어쨌든."

"내가 먹지 않아서?"

"그래……그래요."

"그럼 나도 먹을게. 조타로도 먹어요."

오쓰우는 다시 반듯이 누워 여윈 손으로 밀감 껍질을 깨끗이 벗겨냈다. 조타로는 난처해진 얼굴로 말한다.

"실은 오쓰우 누나, 난 말이야, 도중에서 많이 먹었거든."

메마른 입 속에 밀감 한 쪽을 넣으면서 오쓰우는 꿈꾸는 듯한 기분으로 말했다. "……그래?"

"다쿠안님은?"

"오늘은 대덕사에 가셨대."

"그저께 다쿠안님은 어떤 집에서 무사시님을 만나셨다지?"

"아아, 들었군?"

"그럼……그때 다쿠안님은 내가 여기 있다는 걸 말해 줬을까?"

"말했겠지, 틀림없이."

"그동안 무사시님을 이리로 불러오시겠다고 내게는 말씀하셨지만 조타로에게는 아무 말씀도 없었어?"

"내겐 아무 말씀 안 하시던데."

"……잊고 계실까?"

"돌아오시면 여쭈어 볼까."

"응."

그녀는 비로소 생긋이 베개 위에서 웃는다.

"……그렇지만 여쭙더라도 내가 없는 데서 여쭈어줘."

"오쓰우 누나가 들어선 안 되나?"

"부끄러우니까."

"괜찮아."

"하지만 다쿠안님은 내 병을 상사병이라고 하시니까."

"저런, 어느 새 다 먹었군."

"정말."

"하나 더 안 먹어요?"

"이젠 됐어. 참 맛이 좋다."

"틀림없이 지금부터는 뭐든지 먹을 수 있을 거야. 이런 때에 무사시님이 오신다면 분명히 일어날 수 있을 텐데."

"조타로까지 저런 소릴 하네."

조타로와 이런 말을 주고받는 동안에는 열이나 몸의 고통마저도 잊어버리는 그녀였다.

거기에 가라스마루 댁의 심부름꾼이 와서 마루 밖에서 부른다.

"조타로님 계시오?"

"예, 있습니다."

대답을 했다.

"다쿠안님이 저기서 부르십니다. 빨리 오십시오."

이렇게 이르고 가 버렸다.

"저런, 다쿠안님이 돌아오셨나?"

"가 봐요."

"오쓰우 누나, 쓸쓸하지 않아?"

"아니."

베개맡에서 일어서려고 하였다.

"조타로……그거 잊지 말고 물어봐 줘요."

"그거라니?"

"벌써 잊었어?"

"아아, 무사시님이 언제 이리 오시는가고, 그걸 독촉하는 거지."

오쓰우의 메마른 볼에 붉은 피가 어렴풋이 감돌았다.

그 얼굴을 이불자락으로 반쯤 숨기며 말한다.

"알았지? 잊어선 안 돼요. 꼭요, 꼭 물어봐 줘요."

다짐을 주었다.

다쿠안은 미쓰히로의 거실에서 미쓰히로와 무언가 얘기를 나누고 있는 중이었다.

"다쿠안님, 무슨 일인가요?"

그 장지문을 열고 조타로가 뒤에서 물었다.

"우선 앉아라."

다쿠안이 말을 던지자 미쓰히로는 조타로의 버릇 없는 행실을 너그럽게 봐 주는 눈치로 빙그레 웃으며 바라보고 있었다.

곁에 앉자마자 조타로는 다쿠안을 향해 말했다.

"저 말예요, 다쿠안님께 센슈의 남종사에서 다쿠안님 같은 중이 급한 볼일로 심부름 와 있어요. 불러다 드릴까요?"

"아니, 그 일 같으면 지금 들었다."

"벌써 만났나요?"

"못된 아이놈이라고 투덜투덜 하던데."

"왜요?"

"멀리서 온 사람을 외양간에다 들여놓고 거기서 기다리라고 했다면서."

"그것은, 그분 자신이 어디 방해가 안 될 곳에다 데려다 달라고 부탁했기 때문이었어요."

미쓰히로는 무릎을 흔들며 웃었다.

"하하하……그래서 외양간으로 안내했단 말이냐. 정말 지독하군."

그러나 곧 진지한 얼굴로 되돌아간다.

"그럼, 스님께서는 센슈(泉州)로 돌아가시지 않고 여기서 바로 다지마(但馬)로 떠나시려오?"

다쿠안을 향해 묻는다.

다쿠안은 고개를 끄덕이며 아무튼 마음에 걸리는 서면 내용이라 그렇게 하고 싶다고 대답하고, 별로 준비할 것도 없는 몸이니 내일까지 갈 것 없이 지금 당장 떠나겠다고 했다.

두 사람의 이야기에 조타로는 의아한 듯이 말한다.

"다쿠안님, 나들이 떠나시는가요?"

"갑자기 고향으로 갈 일이 생겨서 말야."

"무슨 볼일인데요?"

"고향에 계신 노모께서 병환이 나시어 누워 계시다고. 이번에는 매우 중태이시라는 소식이야."

"다쿠안님에게도 엄마가 있었나요?"

"나라고 해서 나뭇가지에서 떨어진 자식은 아니니까."

"그러면 언제 돌아오세요?"

"어머니 병환을 보아서."

"그럼……곤란한데……다쿠안님이 안 계시게 되면."

조타로는 그 자리에서 오쓰우의 심정을 동정하기도 하고 또 그녀와 자기의 앞날을 생각해 보니 얼마간 불안했다.

"그럼, 이제는 다쿠안님과 못 만나게 되는 거 아니야?"

"그런 일은 없어. 다시 꼭 만날 수 있어. 너희들 두 사람 일은 대감님에게도 잘 부탁했으니까. 오쓰우님이 애태우지 않고 빨리 몸을 회복시킬 수 있도록 너도 용기를 줘라. 그 병자는 약보다도 마음의 힘이 아쉬운 거야."

"그게 제 힘으로는 안 된단 말이에요. 무사시님이 오시지 않으면 낫지 않아요."

"참 어려운 환자로군. 너도 어처구니 없는 사람과 이 세상 길동무가 됐구나 그래."

"그저께 밤, 다쿠안님은 어디선가 무사시님을 만났지요?"

"음……"

미쓰히로와 얼굴을 마주보며 다쿠안은 쓴웃음을 지었다. 어디서였느냐고 따져 들며 장소를 물을까 싶어 난처해하는 얼굴이었으나 조타로의 질문은 그러한 일에 대해서는 아랑곳없었다.

"무사시님은 언제 이리로 오나요. 다쿠안님이 무사시님을 여기로 불러 준다고 해서 오쓰우 누나는 매일 그것만 기다리고 있는데요. 예, 다쿠안님? 우리 스승님은 대체 지금 어디 있나요?"

그 거처만 안다면 지금 당장에라도 자기가 달려갈 것 같은 조타로의 질문이었다.

"음……무사시 말이지?"

모호하게 그렇게 말은 했으나 다쿠안도 그 무사시와 오쓰우를 만나게 해주려는 따뜻한 마음을 결코 잊고 있진 않았다. 오늘도 그것을 염두에 두고서 대덕사에서 돌아오는 길에 고에쓰의 집에 들러 무사시가 있나 없나를 물어보았다. 그때 고에쓰가 난처한 표정으로 말하기를, 어찌된 영문인지 그저께 밤 이래로 무사시는 여지껏 오기야에서 돌아오지 않았다. 어머니인 묘슈도 몹시 걱정을 하시기 때문에 빨리 돌려보내 달라고 지금 요시노에게 편지를 보내 부탁을 할 참이었다는 것이었다.

5

"허……그럼 무사시인가 하는 그날 밤의 사나이는 그때부터 요시노한테서 돌아오지 않았단 말인가?"

미쓰히로는 그 말을 듣고서 눈이 휘둥그레졌다. 반은 뜻밖의 일로서 또 반은 가벼운 질투도 느껴져서 그렇게 과장되게 말했던 것이다. 다쿠안은 조타로가 앞에 있으므로 많은 말을 하지는 않았으나 다만——

"그도 역시 평범하고 시원치 않은 사람인 것 같소. 아무튼 젊었을 때 천재처럼 보이는 자일수록 장래를 믿을 수 없단 말이야."

"그렇기로서니 요시노도 괴짜인데…… 무엇이 좋아서 그렇게 더럽고 무뚝뚝한 사내에게."

"요시노건 오쓰우건 간에 여자들의 속셈만은 다쿠안도 모르겠소? 내가 볼

　때는 모두 똑같이 병자라고밖에 생각되지 않는데, 무사시에게도 슬슬 인
생의 봄이 찾아온 모양이지요. ……지금부터가 참 수련, 위태로운 것은
칼보다도 여자의 손길인데 남의 힘으로야 어쩔 수 없는 것, 내버려 둘 수
밖에 없겠지요."
　혼잣말처럼 중얼거리고서 다쿠안은 문득 나들이 떠날 생각을 하고 미쓰히
로를 향해 작별 인사를 한 다음 당분간이기는 하나 병중에 있는 오쓰우와 조
타로의 신변을 신신당부하고서 곧 가라스마루 저택 문을 표연히 나섰다. 여
행이란 아침에 떠나는 것이라고 정해 놓고 있는 것은 보통 여행자의 경우이
고, 다쿠안은 아침에 출발하든 저녁에 출발하든 별문제가 아닌 모양이다. 지
금 벌써 해는 서산에 기울고 오가는 사람의 그림자에나 우마차에는 무지개
빛 노을이 비치고 있었다.
　"다쿠안님, 다쿠안님."
　부지런히 부르며 뛰어서 쫓아오는 자가 있다. 조타로구나 하고 다쿠안은
난처한 얼굴로 뒤돌아본다. 조타로는 숨을 헐떡이며 그의 옷소매를 잡고 간
절히 하소연을 한다.
　"제발 부탁이니 다쿠안님, 한 번 더 되돌아가 오쓰우 누나에게 한 마디만

해 줘요. 오쓰우님이 또 울기나 하면 나는 어떻게 해야 좋을는지 모른단 말예요."

"너 말했니? 무사시 일을."

"그래도 묻는데 어떻게 해요."

"그랬더니 오쓰우님이 울기 시작했단 말이지?"

"어쩌면 오쓰우님은 죽어 버릴지도 몰라요."

"어째서?"

"죽을 것 같은 얼굴을 하고 있거든요. 이런 말을 하지 않아요? 꼭 한 번 만나 보고 죽고 싶다. 한 번만 만나보고 죽고 싶다고 말이야."

"그렇다면 죽을 염려는 없어. 내버려 둬, 내버려 둬."

"다쿠안님, 요시노라고 하는 분은 어디 사는 사람이에요?"

"그런 건 물어 뭘 할 셈이냐?"

"스승님은 거기 있다면서요? 아까 대감님과 다쿠안님이 이야기하고 있었지."

"넌 그런 일까지 오쓰우님께 지껄여댔구나."

"그럼."

"그러니 그 울보가 죽고 싶다는 소리를 할 수밖에. 내가 되돌아간들 갑자기 오쓰우의 병을 고쳐 줄 재간도 없으니 내가 이런 말을 하더라고 전해라."

"무슨 말인데요?"

"밥을 먹으라고."

"뭐야, 그런 말이라면 내가 하루에 백 번도 더 하고 있어요."

"그래? 네 말 그대로 오쓰우님에게는 다시 없는 명언인데도 그것마저 귀에 들어가지 않는 병자라면 할 수 없지. 모든 것을 바른 대로 말해 줘라."

"어떻게요?"

"무사시는 요시노라는 기녀에게 홀딱 반해서 오늘까지 사흘째나 오기야에서 돌아오지 않는단다. 그걸 봐도 무사시가 오쓰우님을 조금도 생각하지 않는다는 걸 알 수 있지. 그런 남자를 사랑해서 어쩔 셈인가 하고 울보인 바보에게 잘 타일러 주는 게 좋을 거야."

듣자마자 몹시 불쾌한 듯이 조타로는 고개를 마구 저었다.

"그럴 리가 없어. 그런 말을 한다면 오쓰우님은 정말로 자살해 버릴 거야.

뭐야, 다쿠안 중놈, 너야말로 바보야, 큰 바보야!"

6

"꾸중을 하는군. 하하……화났나, 조타로?"

"우리 스승님 욕을 하니까 그렇지. 오쓰우님을 바보라고 하니까 그렇지 뭐."

"너 참 귀여운 놈이구나."

머리를 쓰다듬어 주자 조타로는 그 머리를 홱 비키며 다쿠안의 손을 뿌리 친다.

"이젠 좋아. 다쿠안 중놈 따위에겐 아무것도 부탁 안 할 테니까. 나 혼자 서 스승님을 찾아다 오쓰우님과 만나게 해 줄 테니 그만둬요."

"알고 있나?"

"뭘?"

"무사시가 있는 곳을."

"몰라, 찾아 보면 알 수 있겠지. 쓸데없는 걱정 마."

"건방진 소리를 해도, 네가 요시노의 집을 알기는 힘들걸. 가르쳐 줄까?"

"부탁 안 해. 부탁 안 해!"

"그러지 마, 조타로. 내가 오쓰우님의 원수도 아닐 테고, 무사시를 미워할 이유도 없지. 그뿐 아니라 어떻게든지 그 두 사람이 함께 행복하게 살아 주었으면 하고 남몰래 빌고 있는 사람이야."

"그럼 어째서 심술을 부리는 거예요?"

"너는 그게 심술처럼 보이니? 그럴는지도 모르지. 하지만 무사시나 오쓰 우도 지금 같아서는 둘 모두 우선 병자나 같은 거야. 몸의 병을 고치는 것 은 의사요, 마음의 병을 고치는 것은 중이라고 하지만, 그 마음의 병 중에 서도 오쓰우님의 병은 중태란 말이다. 무사시는 내버려 두더라도 어떻게 되겠지만 오쓰우님은 나로서도 지금은 어쩔 수가 없어. 그래서 하는 수 없 어 말하는 거야. 무사시 같은 사람을 짝사랑해서 어떻게 하겠나. 깨끗이 단념하고 밥이나 많이 먹으라고 말이야. 그럴 수밖에 도리가 없지 않느냐 말이다."

"그러니까 좋단 말이야. 당신 같은 땡땡이 중한테는 아무것도 부탁 안 한 단 말이야."

“내 말이 거짓말 같거든 로쿠조 야나기 거리의 오기야에 가서 거기서 무사 시가 뭘하고 있는지 네가 확인하고 오너라. 그리고 본 대로 오쓰우에게 일러 줘. 한 번은 몹시 슬퍼하겠지만 그걸로써 정신을 차린다면 되는 거야.”

조타로는 귀에다 손가락을 틀어 막고서 말한다.

“듣기 싫어, 듣기 싫어. 멍텅구리 중 같으니라고.”

“뭐야, 내 뒤를 따라왔으면서.”

“중놈, 중놈, 돈 한 푼 없다. 시주가 소원이면 노래나 불러라.”

다쿠안의 뒷모습을 향해 이렇게 노래조로 욕을 퍼부으며 멀어져 가는 그의 모습을 조타로는 귀를 막은 채 바라보고 있다.

그러나 다쿠안의 그림자가 저만치 모퉁이를 꺾어 사라지자, 조타로는 눈에서는 눈물이 솟아나 그것이 줄줄 흐를 때까지 멍청하게 서 있기만 했다.

황급히 손등으로 눈물진 얼굴을 옆으로 훔치고는 길 잃은 강아지가 갑자기 무슨 생각이 난 것처럼 거리를 휘둘러본다.

“아주머니!”

쓰개치마를 쓰고 지나가는 여염집 부인 차림의 여인에게 가까이 다가갔다.

"로쿠조 야나기 거리가 어디인가요?"

길을 물었다.

여인은 깜짝 놀라 대답한다.

"유곽 말이지?"

"유곽이 뭐예요?"

"어머나!"

"무얼 하는 덴가요?"

"못된 아이로군."

노려보고서 여인은 그대로 지나쳐 버렸다.

무엇 때문에 그런 말을 들어야 하는지 조타로는 의아심조차 갖지 않았다.

그는 끈덕지게 차례차례 로쿠조 야나기 거리로 가는 길과 그곳에 있는 오기야라는 집을 물으면서 걸어갔다.

가라(伽羅)의 님

1

휘황하게 누각의 불은 켜졌으나 아직 세 갈래 길의 야나기 거리에는 손님들의 그림자가 눈에 띄지 않는 초저녁이었다.

오기야의 젊은이는 무심결에 입구 쪽의 사람 그림자를 보고 자지러질 듯 놀랐다. 드리워진 큰 발 사이로 목을 들이밀고 집 안을 두리번거리고 있는 두 개의 눈동자에 놀란 것이다. 발자락 밑으로 더러워진 짚신과 목검 끝이 보였으므로, 그는 뭔가 그 순간 착각을 했던지 황급히 다른 사내들을 부르려고 한다.

"아저씨!"

조타로가 어느새 들어와 갑자기 이렇게 부른다.

"이 집에 미야모토 무사시님이 와 있지요? 무사시님은 저의 스승이니까 조타로가 왔다고 하면 알 텐데 연락해 주지 않겠어요? 그렇지 않으면 이리로 불러 주든지."

오기야의 젊은이는 그가 아이인 줄 알자 그제야 마음을 놓는 얼굴이 되었다. 그러나 앞서 깜짝 놀란 반동으로 대뜸 얼굴에 핏대를 세운다.

"뭐야, 네놈은? 거지냐, 뜨네기냐? 무사시님이라니, 그런 자는 없어, 없어! 초저녁부터 남의 가게에 그런 몰골로 들어오다니, 자아, 나가라, 빨리 꺼져!"

목덜미를 거머잡고 밖으로 끌어내리려고 하자 조타로는 발끈해진다.

"왜 이래, 난 스승님을 만나러 온 거야."

"바보 놈의 새끼. 네놈의 스승인지 뭔지 모르지만 그 무사시란 인간 때문에 그저께부터 큰 낭패를 겪고 있는 판이야! 오늘 아침에도, 지금 방금도 요시오카 도장의 심부름꾼이 왔다 갔어. 그들에게도 말해 주었지만 무사시는 이미 없어졌단 말이야."

"없으면 어른답게 없다고 하면 되지 않아. 무엇 때문에 내 목덜미를 잡는 거야."

"발 사이로 목을 내밀고 기분나쁜 눈초리로 안을 두리번거리니까 난 또 요시오카 도장의 첩자가 왔나 해서 놀랐잖아! 싸가지 없는 새끼 같으니."

"놀란 건 당신 사정이지. 무사시님이 언제쯤 그리고 어디로 갔는지 그것이나 가르쳐 줘요."

"이녀석, 실컷 어른에게 못되게 굴어 놓고 이번엔 가르쳐 달라니 뻔뻔스런 소릴 하는군. 내가 지키고 있는 줄 아니?"

"모른다면 됐으니까 목덜미나 놔 줘."

"그냥은 못 놓는다, 이렇게 해 주지."

귀를 움켜 쥔 채 한 바퀴 뺑 돌려 발 밖으로 내던지려고 하자, 조타로는 소리를 지르면서 주저앉았다.

"아이구, 아야 아야!"

그러더니 목검을 뽑아 밑에서 젊은 친구의 턱을 후려쳤다.

"아, 이 새끼가!"

앞니가 부러져 빨갛게 물든 턱을 움켜잡은 채 발 밖까지 쫓아 나가자 당황한 조타로는 한길을 향해 이렇게 큰소리로 위급을 호소했다.

"누구 좀 와 줘요! 이 아저씨가 나빠요!"

그와 동시에 조타로는 그 비명과는 반대로 언젠가 야규 성에서 맹견 다로를 때려 죽인 힘을 다시 내어, 돌아서자마자 가지고 있는 목검으로 '쾅' 하고 사나이의 정수리를 내리쳤다.

지렁이 울음 소리 같은 가느다란 신음 소리를 내면서 코피를 흘리는 젊은

이는 버드나무 밑에 비틀비틀 쓰러졌다.

그 순간 건너편 문 앞에서 보고 있던 하녀가 처마 밑을 향해 외쳐댔다.

"어머나, 저런! 저 목검을 가진 아이가 오기야의 젊은이를 때려죽이고 도망간다!"

그러자 한밤중처럼 잠잠하던 길거리로 사람들이 우르르 몰려 나왔다.

"살인이다!"

"사람을 죽였다!"

외치는 소리가 피비린내 나는 저녁 바람을 타고 흘러 퍼져갔다.

2

싸움은 일년 내내 있는 일이라 피비린내 나는 것을 암암리에 재빨리 처리해 버리는 일에도 유곽 사람들은 익숙해 있었다.

"어디로 도망 갔나?"

"어떤 새끼야?"

인상이 사나운 사내들이 찾아다닌 것도 한 순간의 일이고, 잠시 후에 삿갓 차림, 한량 차림으로 불에 날아드는 나방처럼 줄줄 떼지어 들어오는 손님들은 벌써 홍등 아래서 그런 사건이 한 시간 전에 있었다는 소문조차도 모르는 것이었다.

세 갈래 길은 밤이 깊어 갈수록 혼잡해졌지만 뒤편의 캄캄한 골목길과 논둑 밭둑 길은 조용했다.

어디에 숨어 있었는지 조타로는 적당한 때를 기다렸다가 어두운 골목에서 강아지처럼 기어나왔다. 그러고서 어두운 길을 줄달음쳐 달리기 시작했다.

그는 단순하게 어둠이 이대로 밖으로 이어져 있는 줄로만 알았던 것이다. 조타로는 그만 한 길이나 되는 울타리에 부딪치고 말았다. 그 울타리는 이로쿠조 야나기 거리를 온통 성곽처럼 견고하게 둘러싸고 있었다. 끝을 뾰족하게 깎아 만든 통나무로 촘촘히 둘러쳐져 있어서 아무리 이를 따라 헤매어도 밖으로 나갈 수 있는 틈이 없었다.

조금 걷자니 밝은 거리가 나왔다. 조타로는 또다시 얼른 어두운 곳으로 되돌아왔다.

그러자 그의 거동을 살피면서 뒤따라 오던 여인이 하얀 손으로 손짓을 했다.

"애야……애."

처음에 조타로는 의심스러운 눈을 번뜩이며 잠시 동안 어둠 속에 우뚝 서 있었으나 곧 느릿느릿 돌아와서 물었다.

"나 말이야?"

여인의 하얀 얼굴에 악의가 없는 것을 확인하자 그는 다시 한 걸음 가까이 다가갔다.

"뭐야?"

여인은 상냥하게 말한다.

"너니, 저녁 때 오기야 입구에 와서 무사시님을 만나게 해 달라고 말했던 아이가?"

"아, 그래요."

"조타로라고 했지?"

"응."

"그럼 살짝 무사시님을 만나게 해 줄 테니 이리로 와요."

"어, 어딘데?"

이번에는 조타로가 슬슬 꽁무니를 빼기 시작했다.

그래서 여인은 그가 안심할 수 있을 만큼 설명을 해 주었다.

"그럼, 아주머님은 요시노라는 분의 심부름꾼군인가요?"

조타로는 지옥에서 부처님이라도 만난 것 같은 얼굴이 되며 비로소 마음을 놓고 뒤를 따랐다.

그 하녀의 말에 의하면, 저녁 무렵 요시노는 소동 이야기를 전해 듣고 몹시 걱정을 하며 만일 잡히거든 자기가 말해서 구해 줄 테니 곧 알리라고 하고서, 또한 혹시 어딘가 숨어 있는 걸 발견하게 되면 살그머니 뒤뜰 사립문으로 해서 예의 그 방으로 데리고 가서 무사시님을 만나게 해 주라는 분부를 해서 이렇게 찾아왔다는 것이었다.

"이젠 걱정하지 마. 요시노님이 말씀만 해 주신다면 이 유곽 안에서는 안 통하는 일이 없으니까."

"아주머니, 우리 스승님은 정말 있겠지요?"

"없는 걸 무엇 때문에 너를 찾아 이런 델 왔겠니."

"대체 이런 데서 무얼 하고 있는 것일까?"

"뭘 하고 계시는지 ……그건 저기 보이는 저 집 안에 계시니까 문 틈으로 들여다보렴. ……그럼, 난 저쪽 손님방 일이 바빠서."

하녀는 건너편 뜨락의 나무들 사이로 조용히 모습을 감추었다.

3

정말일까?

정말 있을까.

조타로에게는 아무래도 믿어지지 않는 모양이었다.

그렇게도 찾고 또 찾아 헤맨 스승인 무사시가 지금 자기가 서 있는 바로 눈 앞의 집 안에 있다. 그것이 어쩐지 그로서는 너무나 뜻밖의 일이어서 좀처럼 곧이들리지 않았다.

그렇다고 해서 단념을 하고 돌아갈 것인가. 그러나 그것도 아니었다. 조타로는 집 주위를 돌면서 열심히 안을 들여다볼 창문을 찾고 있었다.

집 옆으로 창은 있었다. 그러나 높이가 그의 키에 비해 좀 높았다. 조타로는 정원에서 돌을 굴려다가 놓고 그 위에 올라서 봤다. 창살에 간신히 코가 닿는다.

"……아, 스승님이다!"

　몰래 들여다보는 죄로 그는 목소리를 삼켜 버렸으나 마침내 이곳에서 손을 뻗치고 싶은 그리운 사람의 모습을 오랫만에 본 것이다.

　무사시는 화롯가에서 팔베개를 하고서 잠들어 있었다.

　"태평이로구나."

　기가 막힌다는 듯 둥그레진 눈은 그대로 창문의 대나무 창살에 쏠려 있었다.

　기분 좋게 낮잠을 자고 있는 무사시의 몸에는 누가 살며시 덮어 주고 갔는지 수놓은 비단 겉옷이 덮여 있었다. 또 그가 몸에 걸치고 있는 옷도 여느때의 거칠거칠한 무명옷이 아니라 멋쟁이가 즐겨 입을 듯 싶은 큼직한 무늬가 있는 옷이었다.

　조금 떨어진 곳에 빨간 양탄자가 깔려 있고 그 위에 화필이며 벼루, 종이 따위가 흩어져 있었다. 그 종이에는 가지와 닭 등의 그림이 연습한 것처럼 그려져 있었다.

　"이곳에서 그림을 그리고 있었구나. 오쓰우님이 병이 난 줄도 모르고서."

　조타로는 문득 속이 상했다. 무사시의 몸에 덮여 있는 여자의 겉옷이 마음에 거슬렸던 것이다. 또 무사시가 걸치고 있는 사치스러운 옷에 구역질이 치밀어 올랐다. 조타로도 그곳에서 풍기고 있는 여자의 육감적 냄새를 느낄 수 있었던 것이다.

지난 정월, 고조의 큰 다리에서 무사시를 보았을 때도 그는 젊은 처녀에게 붙잡혀 한길 한복판에서 훌쩍훌쩍 우는 것을 달래고 있었다. 지금 보니 또 이 꼴 아닌가.

'어떻게 된 게 아닐까, 요즘의 스승님은?'

어른의 한탄 같은 실망감이 조타로의 어린 마음에 치밀어 올라 견딜 수가 없었다.

'좋아, 놀라게 해 주어야지.'

문득 못마땅한 심정에서 장난기가 일었다. 그래서 살며시 돌 위에서 발을 내려놓으려고 할 때——

"조타로, 누구하고 왔느냐?"

무사시의 목소리였다.

"예?"

다시 방 안을 들여다보았더니 잠자는 줄 알았던 무사시가 실눈을 뜨고 웃고 있었다.

"……"

대답보다도 먼저 조타로는 대문 쪽으로 뛰어가 문을 열고 들어가자마자 무사시의 어깨에 와락 덮쳤다.

"스승님!"

"오……왔느냐!"

무사시는 누운 채 팔을 뻗쳐 거의 더부룩해진 머리를 가슴에 끌어안는다.

"어떻게 알았니? …… 다쿠안 스님에게 듣고 왔느냐. 오래간만이로구나."

무사시는 조타로의 목을 끌어안은 채 벌떡 몸을 일으켰다. 오랫동안 잊고 있었던 따뜻한 품, 조타로는 강아지가 재롱피우듯 언제까지나 머리를 무사시의 몸에서 떼려고 하지 않았다.

4

지금 오쓰우님은 병석에 누워 있어요. 오쓰우님은 얼마나 스승님을 만나고 싶어하는지 모릅니다.

가엾어요!

　오쓰우님은 스승님을 한 번 만나 보기만 하면 그것으로 족하다는 거예요. 그것뿐이야.

　지난 정월 초하룻날, 고조의 큰 다리에서 먼 빛으로 바라본 것이지만, 스승님은 울며불며 하는 이상한 여자와 다정하게 말을 주고받았지요. 오쓰우님은 화가 잔뜩 나서 뚜껑을 닫아버린 달팽이처럼 아무리 손을 잡아끌어도 함께 와 주지를 않는답니다.

　무리도 아니지요.

　나도 그때는 왜 그런지 속이 뒤집혀서 화가 났는걸 뭐.

　하지만 그런 것은 아무래도 좋으니까 지금 곧 가라스마루의 대감님 댁까지 가 주세요. 그리고 오쓰우님에게 왔다고 말해 주세요. 그것만으로도 오쓰우님의 병은 틀림없이 나을 테니까요.

　──이상이 조타로가 서투른 말씨이지만 열심히 늘어놓으며 무사시에게 호소한 이야기의 줄거리였다.

　"……알았다……알았다."

　무사시는 몇 번이고 고개를 끄덕인다.

　"그러냐……그랬었나."

무사시는 거듭 고개를 끄덕였다.

그리고 진짜 중요한……그럼 오쓰우를 만나야지, 하는 말은 어째서인지 끝끝내 하지 않는 것이었다.

아무리 부탁을 하고 애원을 해도 무사시는 바위처럼 꿈쩍도 하지 않았으므로 조타로는 더 이상 할 말이 없었다. 어쩐지 무사시라는 사람이, 그렇게도 좋았던 스승님이 별안간 얄밉게 보인다.

'한바탕 해버릴까.'

조타로는 마음 속으로 이렇게 생각했을 정도였다.

그러나 어지간한 조타로도 무사시에게는 욕설을 퍼부을 수가 없었다. 그는 얼굴빛으로 무사시의 반성을 구하고 있을 뿐이었다. 벌레를 씹은 표정으로 언제까지나 있었다.

조타로가 입을 다물자 무사시는 화첩을 들여다보면서 그리다 만 그림을 다시 그리기 시작했다.

조타로는 그가 그리고 있는 가지 그림을 흘겨보았다.

'흥, 서투른 솜씨 가지고…….'

마음 속으로 비웃었다.

얼마만에 그림에도 싫증이 난 듯 무사시는 붓을 씻기 시작했다. 이때를 틈타서 다시 한 번 부탁해 볼까 하고 조타로가 입술을 핥으며 무언가 말을 하려고 하는데, 갑자기 징검돌을 밟고 오는 나막신 소리가 났다.

"무사시님, 세탁물이 말랐기에 갖고 왔습니다."

조금 전의 그 여자가 차곡차곡 개킨 겹옷과 두루마기 한 벌을 안고 와서 무사시의 앞에 놓았다.

"고맙소."

무사시는 빨아온 의복 소매며 옷자락을 꼼꼼하게 살핀다.

"깨끗이 지워졌군요."

"사람의 피라는 것은 빨아도 빨아도 좀처럼 지워지지 않는 것이더군요."

"이 정도면 됐습니다. ……그런데 요시노님은 안 오나요?"

"오늘 저녁에도 손님들의 좌석이 여기저기 벌어져서 조금도 틈이 나지 않는군요."

"뜻하지 않게 신세를 졌소만, 이렇게 있으면 요시노님에게 신세를 질 뿐만 아니라 오기야의 여러분에게도 폐만 끼칠 뿐. ……그러니 오늘 저녁 밤이 이슥하기를 기다려 살며시 이곳을 떠나겠으니 부디 그렇게 전해 주십시오. 거듭거듭 고맙다는 인사와 함께."

조타로는 얼굴 표정을 고치고 역시 스승님은 좋은 사람이라고 생각했다. 마음 속으로는 오쓰우님한테 가 주어야겠다고 벌써부터 작정하고 있었을 것이 틀림없다.

그렇게 지레짐작하고 혼자 싱글벙글하고 있으려니, 무사시는 여자가 사라지자 가져다 준 옷 한 벌을 조타로 앞에 내놓으며 말했다.

"오늘 마침 잘 와 주었다. 이 옷은 언젠가 이 유곽에 올 때, 혼아미님의 노모님이 나에게 내준 의복, 말하자면 빌린 옷이지. 이것을 냉큼 고에쓰님의 집에 갖다 드리고 내 옷을 가져오지 않겠느냐. 조타로는 착한 아이이니 한달음에 얼른 다녀올 거야."

5

"예, 갔다오겠어요."

조타로는 공손하게 대답을 한다.

이 심부름만 끝내면 무사시가 이곳을 나와 오쓰우한테로 갈 것으로 믿는다.

"그럼, 갔다오겠어요."

의복을 보자기에 싸들고 따로 고에쓰에게로 보내는 편지 한 통을 그 속에 끼운 다음 등에 둘러메었다. 그때 마침 아까 그 여자가 저녁밥을 들고 왔다.

"어머, 어디 가려고?"

그러더니 눈을 동그랗게 뜨고서 무사시에게서 그 까닭을 듣고 나자 굳이 가지 못하게 말린다.

"어머, 당치도 않은 말씀."

왜냐하면——

그 여자는 무사시에게 말했다.

이 아이는 저녁 때 오기야의 가게 앞에서 가게의 젊은이를 아이답지 않게 목검으로 후려 갈겼다. 그런데 어디를 어떻게 잘못 맞았는지 그 사나이는 자리에 누워 끙끙 앓고 있다.

유곽의 싸움인지라 소동은 그것으로 끝나고 요시노님이 주인 집에도 젊은이들에게도 말썽이 나지 않도록 손을 써 놓았다. 그렇지만 이 아이가 함부로

미야모토 무사시의 제자라고 뽐냈기 때문에 무사시가 아직도 오기야의 안채에 숨어 있다는 소문이 초저녁부터 퍼지게 되었다. 그 소문이 유곽의 큰 대문 밖에 앞서부터 대기하고 있는 요시오카 도장의 패거리들에게도 들어간 모양이다.

"……아하."

무사시는 그제야 사건을 짐작하고 조타로의 모습을 다시 바라보았다.

조타로는 면목없다는 듯이 머리를 긁적이며 점점 구석으로 물러났다.

"그런 판에 지금 어정어정 그런 물건을 등에 둘러메고 큰대문 밖으로 나가 봐요. 어떻게 되겠나?"

여자는 다시 외부의 사정을 무사시에게 말하는 것이었다.

"아무튼 엊그제부터 어제 오늘 사흘에 걸쳐 요시오카 도장 문하생들이 무사시님을 노려 미행하고 있으니, 요시노님이나 주인께서는 그걸 걱정하고 계시죠. 고에쓰님도 엊그제 밤 여기서 돌아가실 때 거듭거듭 부탁하고 가셨거니와, 오기야로서도 그러한 위험에 놓인 당신을 내몰다시피 해서 보낼 수는 없으며 특히 요시노님은 세심한 염려를 하며 당신의 몸을 걱정하고 있지요."

……그러나 난처한 것은 요시오카 도장의 문하생들이 이 유곽의 출입구에

감시인을 두고 있는 일로서, 가게에도 어제부터 몇 번이고 요시오카 도장 문하생이라는 자가 무사시를 숨기고 있지, 하고 귀찮게 탐지하러 오기 때문에, 그것을 보기 좋게 쫓아보내고는 있지만 상대편의 의심이 좀처럼 풀릴 리는 없을 테니 그 때를 손에 침을 바르며 기다리고 있을 것은 뻔한 일.

'오기야에서 나오기만 해 봐라.'

잘은 모르지만 무사시 한 사람을 죽이기 위해서 요시오카 도장에서는 마치 전쟁이라도 하는 듯이 어마어마한 준비를 갖추고 이중 삼중으로 감시인을 배치하여 어떤 일이 있더라도 이번에는 꼭 죽여 버리겠다고 한다라고 여자는 말하였다.

"그러므로 앞으로 4, 5일 이곳에 더 숨어 계시는 게 좋을 것이라고 요시노님도 주인님도 말씀하셨어요. 그러는 사이 요시오카의 사람들도 지쳐서 감시인을 철수시킬 것이고……."

그 여자는 무사시와 조타로의 저녁 식사 시중을 들면서 이것저것 친절하게 말해 주었으나, 무사시는 그 호의에는 감사하지만——

"생각한 바도 있으므로."

오늘밤 이곳을 떠날 의사를 바꾸지 않았다.

그러나 고에쓰의 집에 보내는 심부름꾼만은 그 여자의 충고를 받아들여, 오기야의 젊은이를 대신 보내기로 했다.

6

심부름꾼은 곧 돌아왔다.

고에쓰로부터의 답장은 이러했다.

기회가 있다면 또 만나 보고 싶소. 길고도 짧은 것이 인생, 부탁드릴 것은 몸조심하시라는 것뿐, 남몰래나마 기도드리겠소이다.

　　　　　　　　　　월　　　　일　　　　고에쓰

　무사시님에게

짧은 글이긴 하나 고에쓰의 마음을 잘 알 수 있었다. 또한 무사시가 자기 때문에 그 평화스러운 모자의 생활에 누를 끼칠까 봐 일부러 그의 집에 들르지 않는 심정도 충분히 이해하고 있는 것 같았다.

"그리고 이것은 얼마 전에 무사시님께서 고에쓰님의 집에 벗어 놓으신 의복이라고 하시더군요."

심부름꾼 사나이는 이쪽에서 보내준 의복과 교환해서 무사시가 전부터 입고 있던 헌옷을 가지고 돌아와서 내놓았다.

"혼아미의 노모님께서 거듭거듭 안부 전해 달라는 말씀이시었습니다."

심부름꾼 사나이는 인삿말을 전하고 오기야의 안채로 물러갔다.

보퉁이를 풀고 이전의 헌옷을 보니 무사시는 반가운 생각이 들었다. 그 착한 마음씨의 묘슈가 입혀 준 깨끗하게 손질된 옷보다도, 이 오기야에서 빌려 입고 있는 사치스러운 겹옷보다도 비바람에 바랜 한 벌의 무명옷이야말로 그로선 자기 몸에 꼭 맞는 것처럼 생각되었다. 이것이야말로 수행승의 법의 (法衣)라고 생각하며, 이 이상의 필요성은 조금도 느끼지 않는 것이었다.

떨어지기도 했으려니와 비바람과 땀에 바래고 더럽혀져 보나마나 고약한 냄새가 나리라 생각하며 소매를 꿰고 허리띠를 매고 보니, 뜻밖에도 그것은 줄이 반듯하게 서 있으며 걸레나 다름 없던 헌옷이 새 것처럼 뜯어 고쳐져 있었다.

'……어머니란 좋은 거야, 나에게도 어머니가 계셨으면.'

무사시는 문득 고독감에 사로잡혀 이제부터 살아나가려는 인생을 마음 속으로 아득히 그려 보았다.

부모님은 이미 안 계시다. 자기를 받아 주지 않는 쓸쓸한 고향에는 누님만 계실 뿐이다.

그는 잠시 동안 침울하게 등잔불을 응시했다. 이곳도 사흘 동안의 임시 거처였다.

"자, 일어날까."

늘 지니고 다니는 칼을 단단히 죄어맨 허리띠와 늑골 사이에 꽂고 나자, 그가 문득 느낀 쓸쓸함은 벌써 강한 의지의 밖으로 저만큼 튕겨져 나가 있었다. 그 칼이야말로 부모이며 아내이며 형제라고, 이렇게 늘 마음에 맹세하고 있던 곳으로 그의 마음은 되돌아가 있었다.

"가는 거예요, 스승님?"

조타로는 한발 앞서 그곳에서 나와 기쁜 듯이 밤하늘의 별을 쳐다보았다.

'이제부터 가라스마루님 저택까지 가려면 꽤 늦어지겠지만, 아무리 밤이 깊더라도 오쓰우님은 틀림없이 자지 않고 기다리고 있을 거야. 얼마나 놀랄까, 아마 너무도 기뻐서 또 울어 버릴 테지.'

눈이 내리던 밤 이후 계속 밤하늘은 아름다웠다. 조타로는 이제부터 무사시를 데리고 가서 오쓰우를 기쁘게 해 주는 것만 공상하고 있었다. 별을 우러러보니 그 별의 반짝임마저 자기와 함께 기뻐해 주는 것처럼 생각되었다.

"조타로, 너는 뒷문으로 들어왔느냐?"

"예, 뒷문인지 앞문인지 모르지만 아까 그 여자와 함께 그 문으로."

"그럼, 먼저 나가서 기다리고 있거라."

"스승님은?"

"잠깐, 요시노님에게 인사를 하고 올 테니까."

"그럼, 밖에 나가서 기다리겠어요."

이렇게 잠시 동안이라도 그의 곁을 떠나는 것은 불안스러운 일이었다. 그러나 오늘밤의 조타로는 무슨 일을 시켜도 매우 순순히 따랐다.

7

지난 사흘 동안 무사시는 이 은신처에서 스스로 생각해 보아도 바보처럼 되어 맘껏 잘 놀았다고 생각된다.

　예를 들어 말하면 오늘날까지 그의 마음과 육체는 마치 잔뜩 얼어붙은 두꺼운 얼음과도 같은 것이었다.

　달을 보고도 못본 척, 꽃을 보고도 못본 척, 태양을 보고도 가슴을 열지 않고 외면만 해 왔던 무사시였다. 다만 차갑게 굳어 있던 자기 모습이 돌이켜져 떠올랐다.

　그러한 외골수로 정진하는 자기의 모습을 그는 올바르다고 믿고 있지만, 동시에 편협하고 조그마한 한낱 고집쟁이에 지나지 않는 자신이 되는 것 또한 그는 두려워하기 시작했다.

　"네 칼솜씨는 짐승의 힘이나 다름 없어."

　다쿠안에게서 오래 전에 이렇게 지적되었다.

　"좀 더 약해져라."

　또 오장원의 닛칸(日觀)에게서도 이렇게 충고받은 것을 돌이켜 보니, 무사시는 앞으로도 이처럼 한가한 날을 갖는 것이 자기로서는 중요하다고 생각했다. 그러한 의미로 볼 때 지금 이 오기야의 모란밭을 떠나면서 그는 쓸데없이 날을 보냈다고는 조금도 생각지 않았다. 오히려 너무 팽팽하기만한 생명에 활달하면서도 자유로운 방종(放從)을 주어서, 술도 마시고 낮잠도 자고 글도 읽고 그림을 그리고 하품도 하며 마음껏 보낸 날들이 다시 얻기 어려운 귀중한 것으로 여겨지는 것이었다.

"그 고마움을 요시노님에게 한 마디 표시하고 싶은데."

그는 오기야의 뜰을 서성거리면서 맞은편의 화려한 등불 그림자를 보고 있었다. 그렇지만 깊숙이 들어앉은 객실에서는 '오입쟁이'들의 난잡한 노랫소리와 가야금 소리가 여전히 흘러나오고 있어 요시노와 살짝 만나고 갈 수도 없었다.

'그럼 여기서.'

무사시는 마음 속으로 작별을 고하면서 또한 사흘에 걸친 그녀의 호의에 진심으로 감사를 하며 그곳을 떠났다.

뒷문을 통해 밖으로 나가 기다리게 한 조타로의 그림자를 향해 손을 들어 보였다.

"자, 가자."

그 소리를 듣고 그 뒤에서 조타로와는 달리 종종걸음으로 쫓아오는 자가 있었다.

아기 기녀 린야였다.

린야는 무사시의 손에 무언가 건네 주고는 곧 문 안으로 뛰어들어갔다.

"이것을 요시노님이……."

조그맣게 접은 한 장의 종이쪽지였다. 그것은 색종이 같은 휴지였다. 펼쳐서 읽기 전에 먼저 훈훈한 침향의 향냄새가 코를 찔렀다.

──인연을 맺고 흩어지는 밤마다의 숱한 꽃보다도 나무 사이로 스치고 지나가는 달그림자야말로 잊기 어려워라.

새삼 이야기할 틈도 없이 구름에 가려진 작별, 남의 술잔에 한탄한다고 사람들이 웃으련만, 다만 몇 자 올리나이다.

요시노

"스승님, 그거 누구에게서 온 편지예요?"

"아무것도 아니야."

"여자?"

"모른다."

"뭐라고 씌어 있는데요?"

"그런 건 묻지 않아도 좋아."

무사시가 쪽지를 다시 접자 조타로는 발돋음을 하고 기웃거리며 말한다.

"좋은 냄새가 나는데. 침향 같은 냄새야."

침향의 냄새를 조타로도 아는가 보다.

문

1

오기야에서 나오긴 했으나 아직 유곽 안이었다. 어떻게 하면 이 울타리 안에서 무사히 밖으로 나갈 수 있을까.

조타로는 걱정이 되었다.

"스승님, 그쪽으로 가면 대문 쪽으로 나가게 돼요. 대문 앞에는 요시오카 놈들이 지키고 있으니까 위험하다고 오기야 사람들이 말해 줬어요."

"음."

"그러니 딴 데로 나가요."

"밤이면 대문 하나만 남겨놓고 출입구는 모두 닫아 버린다지 않느냐."

"울타리를 넘어서 도망하면……."

"도망쳤다는 말을 듣는 것은 무사로서는 최대의 수치이다. 수치와 체면을 생각지 않고 도망치자면 이까짓 곳에서 빠져 나가기란 조금도 어려울 것 없지. 그런 짓을 나는 할 수 없으니까 조용히 기회를 기다린 것이다. 역시 대문으로 떳떳하게 나가자."

"글쎄요."

조타로는 약간 불안스러운 표정이었다. 그러나 수치를 중히 여기지 않는 자는 비록 살아 있더라도 무가치한 인간으로서 취급되는 무사사회의 철칙만은 조타로도 잘 알고 있었으므로 무사시의 결정에 반대할 수는 없었다.

"그러나 조타로."

"예, 왜요?"

"너는 어린애니까 구태여 나처럼 행동할 필요는 없어. 나는 대문으로 해서 나간다만 너는 먼저 유곽 밖으로 나가서 적당한 곳에 몸을 숨기고서 나를 기다리도록 해라."

"스승님은 떳떳하게 대문으로 나간다면서 나 혼자 어디로 해서 나가라는 거예요?"

"저 울타리를 넘어."

"나만?"

"음."

"싫어."

"왜?"

"왜냐고요? 바로 지금 스승님이 말해 놓구서 비겁한 놈이란 말을 들을 게 아녜요?"

"네게는 아무도 그런 말을 하지 않는다. 요시오카 쪽에서 상대를 하는 것은 이 무사시 하나이지, 너 같은 것은 치지도 않아."

"그럼 어디서 기다리면 되지요?"

"야나기의 말터 근처에서."

"꼭 오지요?"

"음, 꼭 간다."

"또 나 몰래 어디론지 가버리지 않지요?"

무사시는 얼굴을 옆으로 흔들었다.

"네게 거짓말은 가르치지 않아. 자, 지나가는 사람이 없을 때 빨리 넘어가라."

조타로는 주위를 살펴보고 어두운 울타리 밑으로 달려갔다. 그러나 통나무 울타리는 그의 키보다 세 배나 높았다.

'틀렸어. 내 힘으론 넘어갈 자신이 없는 걸.'

조타로는 자신 없는 눈으로 높은 울타리를 올려다보았다. 그때 무사시가 어디선지 한 섬들이 숯섬 하나를 들고 와서 울타리 밑에 놓았다.

그것을 발판삼아도 어림도 없다는 듯이 조타로는 무사시가 하는 거동을 지켜보고 있었다. 무사시는 울타리 사이로 바깥을 엿보더니 잠시 무언가 생각에 잠겼다.

"……."

"스승님, 울타리 밖에 누가 있나요?"

"울타리 밖에는 갈대가 무성하게 자라 있다. 갈대밭이니까 물 웅덩이가 있을지도 모르니 조심해서 뛰어내려라."

"물 같은 건 있어도 상관 없지만 너무 높아서 꼭대기까지 손이 닿질 않아요."

"대문뿐 아니라 울타리 밖의 여기저기 요시오카의 파수꾼들이 서 있을지도 모른다. 밖이 어두우니 그걸 조심해서 뛰어내리지 않으면 어둠 속에서 언제 누가 느닷없이 칼을 휘둘러 올지 모른다. 내가 떠받들어 줄 테니 울타리 위에서 일단 몸을 멈추고 아래를 잘 살펴본 뒤에 뛰어내리도록 해라."

"예."

"내가 이쪽에서 숯섬을 밖으로 던질 테니 그래도 아무 이상이 없으면 그때 뛰어내리도록 해."

조타로의 몸뚱이를 어깨 위에 올려놓고 우뚝 섰다.

2

"닿았나, 조타로?"

"조금만, 조금만 더……."

"그럼 내 두 어깨를 밟고 일어나 보라."

"짚신을 신은 채로?"

"상관 없다. 신은 채로 밟아라."

어깨 위의 조타로는 무사시가 시키는 대로 두 어깨를 밟고 섰다.

"이번에는 닿았겠지?"

"아직도야."

"둔한 놈이구나. 뛰어서 매달려 봐."

"안 돼요."

"하는 수 없군. 그렇다면 내 두 손바닥에 발을 얹어라."

"괜찮아요?"

"다섯이나 열 사람쯤 올라타도 끄떡없어. 자, 어서."

조타로의 두 발바닥을 자기의 손바닥에 얹어놓은 무사시는 물건을 쳐들어 올리듯 자기의 머리보다도 높게 조타로의 몸을 올렸다.

"아, 닿았다, 닿았어."

조타로는 울타리 꼭대기를 잡았다. 무사시는 아까의 숯섬을 한 손으로 들어 울타리 밖 어둠 속으로 던졌다.

숯섬은 갈대 속에 털썩 떨어졌다. 아무런 이상이 없었는지 조타로는 곧 뒤따라 뛰어내렸다.

"쳇, 물 웅덩이가 있긴 뭐가 있어. 스승님, 여긴 편편한 풀밭이야."

"조심해서 가거라."

"그럼, 야나기의 말터로 꼭 와요."

조타로의 발자국 소리는 어둠 속 멀리로 사라져 갔다.

그 발소리가 들리지 않을 때까지 무사시는 울타리 틈새에 얼굴을 대고 지그시 서 있었다.

그리하여 조타로가 무사히 사라진 것을 알자 무사시는 비로소 홀가분한 발걸음으로 빠르게 걸어갔다. 어둠침침한 유곽 뒷길을 벗어나 세 갈래 길 중에서도 가장 번화한 큰 대문 쪽 한길로 나섰다. 그 길에서 어정거리고 있는 많은 사람들 틈바구니 속으로 그도 한 방탕아인 양 끼어들었다.

삿갓도 쓰지 않은 본래의 옷차림으로 대문 밖으로 한 걸음 내딛으려는데

"아, 무사시!"

근처에 숨어 있던 무수한 눈초리들이 오히려 뜻밖인 듯 그의 모습을 향해 일제히 빛을 냈다.

대문 양쪽에는 거적대기를 둘러친 가마꾼들의 대기소가 있었다. 거기에서도 두세 명의 무사가 모닥불 곁에 서서 불을 쬐면서 대문의 출입을 노려보고 있었다.

그밖에 망갓을 겸해서 파는 찻집에도, 건너편 음식점에도 감시자들이 떼지어 있었으며, 그 중에서 너덧 사람씩 교대로 대문 앞에 버티고 서서 유곽 안에서 나오는 사람들의 두건 속이며 망갓 속의 얼굴을 거리낌없이 들여다보았다. 그러다가 휘장이 드리워진 가마가 나오면 가마를 세우고 휘장 안을 조사했다.

벌써 사흘 전부터 이렇게 하고 있는 것이다.

요시오카 사람들은 그 눈오는 날 밤 이후 무사시가 유곽 밖으로 나가지 않은 것을 환하게 탐지하고 있었다. 오기야에 가서 따지기도 하고 염탐도 해보았으나 오기야에서는 그런 손님은 없다고 우겨댔다.

요시노가 그를 숨겨 주고 있을 거라는 짐작도 안 한 것은 아니었다. 그러나 요즘 이 풍류의 별세계뿐만이 아니라 귀족 사회에서부터 서민 사회에 이르기까지 인기가 높은 요시노에게 무사들이 떼거리로 들이닥칠 수는 없는 노릇이었다.

그래서 지구책을 써서 무사시가 유곽에서 나오기만을 엄중히 감시하고 있었다. 무사시가 밖으로 나올 때는 반드시 변장을 하거나, 휘장을 드리운 가마 속에 숨거나, 아니면 울타리를 뛰어넘어 탈출할 것이라 짐작하고 그 대책에도 만전을 기하고 있었던 것이다.

그런데 본래의 옷차림 그대로를 불빛 속에 드러내고 너무나 태연스레 대문을 나왔으므로 그들 쪽이 오히려 크게 놀랐다. 당장은 그의 앞을 막아서는 자도 없었다.

3

가로막는 것이 없는 이상 무사시로서는 멈출 이유가 없었다.

성큼성큼 걷는 그의 발걸음이 벌써 찻집을 지나 백 보나 걸어갔다. 그때서야 요시오카 사람들 중에서 한 사람이 외친 것 같았다.

"놓치지 마라!"

그러자 저마다

"놓치지 마라!"

"놓치면 안 돼!"

같은 말을 던지면서 우르르 그의 뒤편에서 앞쪽으로 8, 9명의 그림자가 달려왔다.

"무사시, 기다려라!"

비로소 정면에서 격돌해 왔다.

그러자 무사시는

"뭐냐?"

상대방의 귀에 의외로 느껴질 만큼 강한 어조로 대답하고, 그 대답과 동시에 몸을 옆으로 바람같이 피하여 길가의 오두막집을 등지고 우뚝 섰다.

오두막집 옆에 큰 재목이 놓여 있고 근처에 대패밥이 쌓여 있는 것으로 보아 이 집은 목수의 집인 것 같았다.

"싸움이 났나."

떠들썩한 소리에 안에서 문을 열던 사나이는 바깥 광경을 흘끗 보더니 소리쳤다.

"으악."

그는 황급히 문을 도로 닫고 안에서 빗장을 지른 다음 이불을 뒤집어 쓰고 말았는지 곧 잠잠해졌다. 안에서는 사람이 있는 기척조차 나지 않았다.

요시오카 패거리들은 들개가 들개들을 불러모으듯 휘파람을 불든가 호각을 불든가 하여 순식간에 그곳에 너도나도 모여들었다. 이러한 때의 인원은 스무 명이 마흔 명으로도, 마흔 명이 여든 명으로도 보이는 법이지만, 정확히 세어 보더라도 서른 명 이하는 아니었다.

새까맣게 모여들어 무사시를 둘러쌌다.

아니, 그 무사시가 등을 목수 집에 붙이고 있었기 때문에 그 오두막집 전체를 둘러싼 형세였다.

"……."

무사시는 삼면을 둘러싼 적의 머릿수를 찬찬히 눈으로 헤아리면서 이 상태가 어떻게 변화되어 덤벼올 것인가, 그것을 지그시 점쳐 보는 듯한 눈빛이었다.

서른 명의 인간이 뭉치면, 그것은 서른 명의 심리가 아니다. 한 덩어리는 역시 한 사람의 심리이다. 그 한 덩어리의 미묘한 심리적 움직임의 기선을 판단하기란 그렇게 어려운 일이 아니었다.

아니나다를까, 다짜고짜 단독으로 무사시에게 덤벼드는 자는 없다. 집합체의 당연한 자세로서 다수가 하나의 개성으로 굳어질 때까지의 잠시 동안은, 다만 와자지껄 떠들기만 하며 무사시를 멀리 둘러싼 채 저마다 욕설을 퍼부었으며, 개중에는 거리의 건달패처럼 구는 자도 있었다.

"……이 새끼."

또는 단순히

"애숭이 놈 같으니."

이렇게 지껄여대며 자기들 개개의 약함을 함부로 나타내는데 지나지 않는 허세를 부리며, 얼마 동안은 삥 둘러서서 그냥 무사시를 포위하고만 있었다.

처음부터 하나의 의사와 행동만 갖고 있는 무사시 쪽은 그동안 잠시나마 그들보다는 충분한 여유를 지닐 수 있었다. 많은 얼굴들 중에서 어느 누가 강해 보이는가, 어느 부분이 약한가, 번뜩이는 눈초리로 훑어보며 대략 마음에 대비해 두는 여유마저 있었다.

"나에게 기다리라고 소리 친 사람이 누구요? 이 사람이 무사시임에 틀림없소만."

무사시가 둘러보고 말하자 그들이 대답한다.

"우리들이다. 여기에 있는 모두가 부른 거야."

"그럼, 요시오카의 사람들이오?"

"말할 필요도 없겠지."

"볼일은?"

"그것도 새삼 여기서 말할 필요가 없다고 생각한다. 무사시, 준비는 되었느냐?"

4

"준비?"

희미하게 입술이 일그러진다.

철통같이 그를 에워싸고 있는 살기띤 자들은, 문득 무사시의 하얀 이빨 사이에서 새어 나오는 냉소에 소름이 오싹 끼친 모양이다.

무사시는 목소리를 높여 뒤를 이었다.

"무사의 마음가짐은 잠자는 동안에도 풀리지 않는 법, 언제든지 덤비시오. 이유 없는 시비에 인간다운 말대꾸나 무사다운 검의 예법을 차린다는 것은 좀 우습군. 하지만 잠깐, 한 마디 들어두고 싶소. 여러분은 이 무사시를 암살하고 싶소, 아니면 정당하게 승패를 겨루고 싶소?"

"……"

"원한이나 감정을 가지고 나한테 온 것인지, 아니면 시합의 복수로 온 것인지, 그것을 먼저 들읍시다."

"……"

말을 하는 동안에도 물론 무사시의 눈 또는 그 몸에 쳐들어갈 수 있는 헛점이 발견된다면 주위의 칼날은 구멍에서 물이 쏟아지듯이 그의 헛점을 향해서 쳐들어왔을 테지만, 그러한 자 하나 없이 묵묵히 침묵에 잠겨 있는 여

러 사람 가운데서 누군가가 무사시의 말에 대꾸한 자가 있다.

"말하나마나 뻔한 일!"

번쩍 무사시는 그 얼굴에 눈빛을 쏘아 보냈다, 나이와 태도로 봐서 요시오카 편의 이름 있는 자인 듯 싶었다.

그것은 고제(高弟) 중의 하나인 미이케 주로자에몬(御池十郎左衞門)이었다. 주로자에몬은 자기가 먼저 첫 공격을 시도하려는 듯 서서히 몸을 앞으로 전진시킨다.

"스승인 세이주로님은 패하고 덴시치로님도 비명에 돌아가셨는데 어떻게 우리들 요시오카 도장의 제자들이 너를 무사히 살려 두겠느냐. 불행히도 너 때문에 요시오카 도장의 이름은 짓밟히고 말았지만, 은혜를 입은 제자 수백 명이 맹세코 스승의 설욕을 하지 않을 수 없다. 스승의 억울함을 설욕코자 하는 제자들의 복수전이다. 무사시, 가엾지만 네 목은 우리들이 베겠다."

"오, 무사다운 인사를 들었소. 그러한 취지라면 무사시의 한 목숨을 못 드릴 것도 없소. 그러나 사제간의 정리를 입에 올리면서 무사도의 설욕을 하겠다면 어째서 덴시치로님처럼, 또는 세이주로님처럼 당당히 이 무사시에게 도전해 오지 않소."

"닥쳐라! 너야말로 오늘까지 거처를 숨기고 우리들의 눈을 피해 딴 곳으로 달아나려 하던 주제에."

"비겁자는 남의 마음까지 비열하게 그릇 추측하는군. 무사시는 이처럼 달아나지 않았다."

"들켰기 때문이겠지."

"무슨 소리, 종적을 감출 생각이라면 얼마든지 달아났을 거다."

"그렇다면 요시오카 문하생들이 너를 무사히 보내줄 줄 알았느냐?"

"어차피 여러분들의 인사가 있으리라곤 생각하고 있었소. 그러나 이와 같은 번화한 거리에서 사람들을 놀라게 하고 야수나 망나니들처럼 도리에 벗어나는 싸움을 벌인다면, 우리들 개인의 이름뿐만 아니라 무사 전체의 수치. 여러분들이 말하는 사제의 명분도 오히려 세상 사람의 웃음거리가 되지 않을까. 스승에 대해서도 거듭 창피를 주는 꼴이 되지 않을까. 그렇기는 하나 스승의 가문은 멸망하고 요시오카 도장은 문을 닫게 되었으니, 이 이상 체면이고 수치이고 있을 게 뭐냐 하고 무사도를 버릴 속셈이라면 할 말이 없소. 이 무사시, 몸과 두 칼이 있는 한 상대를 해 주겠소. 시체산을 쌓아 보이겠오."

"무엇이?"

주로자에몬이 아니다. 주로자에몬의 옆에서 한 사람이 이렇게 부르짖자, 어딘가에서 고함을 친 자가 있다.

"이타쿠라(板倉)가 온다."

5

그 무렵, 이타쿠라라고 하면 무서운 관리의 대명사처럼 되어 있었다.

　　큰길을 가는 것은
　　누구의 밤색 말인가.
　　이가(伊賀)의 이타쿠라냐.
　　모두들 도망치네.

또는

이타쿠라님은 대체
천수관음이냐, 천리안이냐.
눈길도 무섭고
힘도 장사라네.

아이들까지 노래 부르고 있는 것은 모두 그 이타쿠라 가쓰시게(板倉勝重)
를 두고 하는 노래였다.

바야흐로 교토는 특수한 번창과 변칙적인 호경기로 들뜨고 있었다. 그것
은 이 도성이 정치적으로도, 전략적으로도 일본의 장래에 크나큰 영향을 끼
칠 중요한 작용을 하고 있기 때문이었다.

그러므로 이곳은 전국에서 문화의 발달이 가장 뛰어나기도 했으나 사상적
으로 보면 시정(市政)이 가장 골치 아픈 고장이기도 했다.

무로마치 시대 초기부터의 토착 시민 거의가 무가(武家)에서 벗어나 상인
이 되었으며, 그리고 그저 보수적이었다. 지금은 도쿠가와 아니면 도요토미
의 색채를 지닌 무사가 서로 이 분수령을 발판 삼아 다음 시대를 호시탐탐
엿보고 있는 것이다.

게다가 근본도 알 수 없고 또 무엇으로 생계를 유지해 나가는지 알 길이 없는 무사가 무수한 무리와 일문을 거느리고 자못 세력을 뻗치고 있다.

그리고 도쿠가와, 도요토미의 두 세력이 가까운 시일 내에 틀림없이 무언가 시작할 테니, 그 북새통에 한몫 단단히 해 보려는 실직무사들이 개미떼처럼 우글거리고 있다. 그 실직무사와 한패가 되어 도박, 공갈, 사기, 유괴 등을 직업으로 먹고 살려는 부랑배도 날이 갈수록 늘어나고, 음식점과 창녀도 그들을 대상으로 등불을 밝힌다. 어느 시대에나 허다한 탐닉주의자나 찰나주의적인 인간들이, 노부나가가 노래한 저 '인생유전 50년, 돌고 도는 무한에 비한다면——'을 단 하나의 진리로 받들고 술과 계집과 찰나적인 쾌락에 외골수로 빠져들어 죽음을 채찍질하고 있다.

그것만이라면 또 좋다. 그러한 허무적인 인간이 제법 정치관과 사회관을 외쳐대며, 그때 그때의 세태에 따라 적당히 맞추어서, 교활하게 놀아나며 좋은 줄이라도 있으면 붙잡으려 하는 것이니 여간한 관리로서는 이곳의 시정을 다스리지 못한다.

그래서 도쿠가와 이에야스가 교토 행정관으로 직접 선발해 보낸 사람이 바로 이타쿠라 가쓰시케였다. 게이초(慶長) 6년 이래 포교(捕校) 30기(騎), 포교보(捕校補) 100명을 배속받고 이 교토를 호령하는 중임을 받았을 때의 가쓰시게에겐 재미있는 이야기가 있었다.

이에야스로부터 임명사령을 받은 가쓰시게는 즉석에서 승낙을 하지 않았다.

"집에 돌아가서 아내와 잘 상의한 뒤에 대답 올리겠습니다."

집으로 돌아간 가쓰시게는 아내를 보고 이렇게 말했다.

"예부터 영광스러운 직책에 발탁되었기 때문에 오히려 패가망신한 사람이 많소. 그 까닭을 생각건대 모두가 문벌과 내실(內室)에서 오는 분규가 원인이오. 때문에 누구보다도 당신과 의논하려는 거요. 내가 행정관이 된 후, 당신이 관리로서의 나에게 일체 간섭하지 않겠다고 맹세한다면 임무를 맡을 생각인데, 어떻소?"

그러자 아내가 엄숙히 맹세했다.

"어찌 부녀자가 그런 간섭을 하겠습니까."

이튿날 아침 등성(登城)하려고 가쓰시게가 옷을 입을 때 속옷의 옷깃이 접혀 있었다. 아내가 그걸 보고 바로잡아 주려고 하였다.

"당신은 벌써 맹세를 잊어 버렸구려."

이렇게 꾸짖고 다시 아내로부터 굳은 서약을 받은 뒤에야 비로소 이에야스의 명을 수락했다는 것이다. 이런 각오로 취임한 가쓰시게이니만치 그의 태도는 공명정대했다. 동시에 준엄하기도 했다. 무서운 관리를 모신다는 것은 누구나 싫어할 것 같지만 사실 그 후 서민들은 그를 부모처럼 존경하고 집안에 아버지가 있는 것처럼 안심했다.

"이타쿠라가 온다."

이야기가 빗나갔지만 지금 이렇게 뒤에서 외친 사람은 누구였을까. 물론 요시오카 사람들은 모두가 무사시한테 와서 있으므로 그런 말을 함부로 외칠 리가 없다.

6

——이타쿠라가 온다.

이것은 당연히

——이타쿠라의 부하가 온다.

이런 의미로도 해석된다.

관리가 참견을 한다면 골머리 아픈 판국이 된다. 하지만 이런 홍등가에는 반드시 순찰원들이 있는 법이다. 사고가 난 것으로 보고 그들이 달려왔는지도 모른다.

그건 그렇고 지금 소리 친 사람은 누구일까. 이쪽 사람이 아니라면 지나가던 사람이 주의를 준 것일까?

그래서 미이케 주로자에몬을 비롯한 요시오카 문하생들의 눈길이 불현듯 소리난 쪽으로 돌려졌다.

"아, 잠깐, 잠깐."

사람들을 헤치고 무사시와 요시오카 문하생들 사이로 끼어든 멋진 차림의 젊은 무사가 하나 있다.

"어?"

"그대는?"

뜻밖이라는 듯이 자기에게 집중되는 요시오카 문하생들의 많은 눈길과 무사시에게로 그 앞머리를 내린 무사는 눈을 돌리며

'나야! 이 얼굴엔 모두들 전부터 안면이 있을 거다!'

　사사키 고지로(佐佐木小次郞)는 이처럼 오만하게 자기를 과시하면서 말하는 것이었다.

　"지금 대문 앞에서 가마를 내리다 칼싸움이 벌어졌다고 모두들 떠들어대기에 혹시나 하고 달려와 보니 역시 이런 사건이 벌어지지 않을까 하고 근심했던 당신들이 아닌가. 나는 요시오카 편도 아니고 더더구나 무사시 편도 아니다. 그러나 무사이고 검객인 이상은 무인 가문을 위해 무사 전체를 위해 그대들에게 감히 말할 자격이 있다."

　앞머리를 내린 풍채에 어울리지 않는 웅변이었다. 그리고 그 말투며 사람을 노려보는 눈초리는 어디까지나 교만스러웠다.

　"그래서 쌍방에게 묻겠는데, 만일 이곳에 이타쿠라님의 부하라도 와서 시중을 어지럽히는 무법의 폭행이라고 인정되어 시말서라도 쓰게 된다면, 쌍방 모두 꼴좋은 수치가 아니겠나. 관리들의 손을 빌리게 되면 이 꼴은 단순한 싸움으로만 취급되지 않으리다, 장소도 나쁘고, 또 시간도 좋지 않다. 무사인 여러분이 사회의 질서를 어지럽히는 짓을 한다면 무사 전체의 수치가 된다. 나는 무사를 대표해서 쌍방에게 말하리다. 중지해라, 여기선 중지해라. 검에 있어서의 시비는 검의 예법을 좇아 새로이 시간과 장소를 선택해서 해야 될 것이 아니겠는가."

그의 구변에 압도되어 요시오카 도장의 문하생들은 모두 입을 다물어 버렸다. 미이케 주로자에몬은 고지로가 말하고 나자, 그 뒤를 이어 곧 힘차게 말했다.

"좋아."

"과연 이치는 옳소. 하지만 고지로, 반드시 그날까지 무사시가 달아나지 않는다는 보증을 귀하는 하겠는가?"

"해도 되겠지만."

"모호하다면 승낙 못하겠소."

"하지만 무사시도 살아 있는 자이니까."

"달아나게 할 셈이로구나."

"바보 같은 소리."

고지로는 꾸짖고

"그러한 불공평한 일을 하면 그대들의 원한이 나에게 쏠릴 것이 아닌가. 그렇게까지 이 사나이를 두둔해 줄 우정도 이유도 나에겐 없다. ……하지만 무사시인들 이렇게 된 바에는 설마 달아나지는 않을 것이다. 만일 교토에서 모습을 감춘다면 온 교토에 팻말을 세워 비겁한 행동을 광고하면 될 게 아닌가."

"아니, 그것만으로는 승낙 못 하겠소. 반드시 다음의 결투 날까지 그대가 무사시에 대해 보증을 하겠다면 일단 오늘밤은 그대로 헤어져도 좋지만."

"잠깐, 무사시의 생각을 물어볼 테니."

고지로는 홱 돌아섰다. 아까부터 자기의 등을 쏘는 듯이 보고 있는 무사시의 눈빛을 정면으로 노려보면서, 고지로는 자기 자신을 과시하듯이 가슴을 쑥 내밀었다.

7

"……."

"……."

입을 열기 전에 둘은 먼저 매서운 눈초리를 교환했다. 맹수를 보았을 때 같은 침묵이었다. 이 두 사람은 선천적으로 맞지 않는 성격의 소유자인 것 같다. 서로가 인정하고 있는 것을 서로가 두려워하고 있었다. 젊은 자부심과

자부심이 스치기만 하면 곧 마찰을 일으키려 하는 것이었다.

그런데, 그것은 고조의 큰 다리에서와 마찬가지로 지금도 똑같은 심리가 서로를 움츠러들게 했다. 말을 주고받기 전에 눈동자와 눈동자가 벌써 고지로의 감정과 동시에 무사시의 감정을 남김없이 다 나타내게 되어 무언의 의사가 싸우고 있는 것이다.

그렇지만 할말이 한 마디는 있었다.

이윽고 고지로 쪽에서 말을 했다.

"무사시, 어떠냐?"

"어떻다니?"

"지금 요시오카 쪽에 내가 제의한 것과 같은 조건으로."

"알았다."

"괜찮겠지?"

"단, 귀하의 조건에는 이의가 있다."

"이 고지로에게 몸을 맡긴다는 게 불만인가?"

"세이주로님 및 덴시치로님과의 두 번 대결에서 이 무사시에게는 털끝만큼도 비겁한 짓이란 없었다. 어찌 나머지 제자들에게 이러한 도전을 받고 비겁하게 도망을 치겠느냐."

"음, 당당하군. 그 큰소리를 똑똑히 들어 둬야겠다. 그렇다면 무사시, 희망하는 날짜는?"

"날짜나 장소도 상대편의 희망에 일임하겠다."

"그것도 시원시원하군. 헌데 오늘부터 임자는 어디에 거처를 정하겠는가?"

"일정한 거처가 없다."

"거처를 모른다면 결투장을 보낼 수가 없다."

"여기서 정해 준다면 어김없이 그 시각에 나가마."

"으흠."

고지로는 끄덕이고 뒤로 물러났다. 그리고 미이케 주로자에몬과 문하생들과 잠시 의논하고 나더니 다시 혼자 무사시에게로 와서 알렸다.

"상대편은 모래 아침, 여섯 시라고 하는데."

"알았다."

"장소는 히에이산(叡山)으로 올라가는 길, 일승사(一乘寺) 아래 있는 야부노고(藪之鄕) 솔밭, 그 솔밭을 결투 장소로 하겠다."

"일승사 마을의 솔밭이라, 좋다, 알았다."

"요시오카 측 대표는 세이주로, 덴시치로 두 사람의 숙부가 되는 미부 겐자에몬의 아들, 겐지로(源次郎)를 세우겠다고 한다. 겐지로는 요시오카 가문의 상속인이므로 그 자를 세우겠는데, 아직 나이 어린 소년이라 제자 몇 사람을 수행인으로 내보낸다고 한다. ……그 점도 다짐삼아 일러두겠다."

상호간의 약속을 정하고 나자 고지로는 그곳 목수의 집 문을 두들겨 안으로 들어가 떨고 있는 두 사람의 목수에게 명했다.

"어디 못쓰는 판자라도 없나? 팻말을 세울 거야. 적당히 잘라서 여섯 자 가량의 말뚝에 못질해 주게."

목수가 판자를 잘라 주자 고지로는 요시오카의 사람을 보내어 어디선가 붓과 벼루를 가져오게 하더니, 달필로 그 판자에 결투의 취지를 썼다.

서로 맹세를 하는 것보다 이것을 한길에 세우는 것이, 절대적인 약속을 천하에 공약하는 셈이 된다.

요시오카 사람의 손으로, 그것이 가장 사람 눈에 띄기 쉬운 네거리에 세워지는 것을 확인하고 나자, 무사시는 남의 일처럼 야나기의 말터를 향해 빠른 걸음으로 가버렸다.

8

우두커니 야나기 말터에서 무사시가 오기를 기다리고 있던 조타로는 몇 번이고 한숨을 쉬며 어둠 속을 둘러보고 있었다.

"늦는걸."

가마의 등불이 달려간다.

주정꾼이 비틀거리며 노래를 부르며 지나간다.

"정말, 너무 늦는걸."

'어쩌면?'

불안이 그에게 없는 것도 아니었다. 조타로는 별안간 야나기 거리 쪽으로 뛰기 시작했다.

그러자 맞은편에서 오고 있던 무사시가 물었다.

"이봐, 어딜 가느냐?"

"아, 스승님, 너무 늦어서 가 보려는 길이에요."

"그런가, 하마터면 엇갈릴 뻔했구나."

"큰대문 밖엔 요시오카 패들이 많이 있었지요?"

"있었지."

"가만히들 있었어요?"

"응, 가만히 있었어."

"스승님을 붙잡으려고 하지 않았어요?"

"응, 그러지 않았어."

"그랬을까?"

조타로는 그 얼굴빛을 살피듯이 무사시의 얼굴을 쳐다보며 또 물었다.

"그럼, 아무 일도 없었군요."

"응."

"스승님, 그 쪽이 아니에요. 가라스마루님 댁으로 가는 길은 이쪽으로 꼬부라져요."

"아, 그러냐?"

"스승님도 빨리 오쓰우님을 만나고 싶으시죠?"

"만나고 싶지."

"오쓰우님은 틀림없이 깜짝 놀랄 거야."

"조타로."

"예?"

"너와 내가 처음 만난 싸구려 하숙집 말이다, 그것이 어디 있었더라?"

"기다노(北野) 말인가요?"

"그래 그래, 기다노의 뒷골목이었지."

"가라스마루님의 집은 참 좋아요. 그런 하숙집 같지 않아요."

"하하하, 하숙집과는 비교가 안 되겠지."

"벌써 대문은 닫혀 있겠지만 뒷문을 두들기면 열어줄 거예요. 스승님을 데리고 왔다고 하면 미쓰히로(光廣)님도 나올지 몰라. 그리고 말이죠, 스승님. 저 다쿠안 스님 있지요, 그 중놈은 어찌나 짓궂은지 몰라요. 나는 화가 났어요. 글쎄, 스승님 같은 자는 내버려 둬도 좋다는 거예요. 그리고 스승님이 있는 곳을 알고 있으면서도 좀처럼 가르쳐 주지 않잖아요."

무사시가 말이 적다는 것을 잘 알고 있으므로 아무리 무사시가 잠자코 있어도 조타로는 혼자서 멋대로 입을 놀려댄다.

"스승님, 저기예요."

이윽고 가라스마루 저택의 뒷문이 보이자 손가락질하고 나서 문득 발걸음을 멈춘 무사시에게 가르쳐 주듯 설명한다.

"저 담 위에 불빛이 훤하게 비치지요? 저기가 행랑채로 오쓰우님이 누워 있는 방은 저 근처예요. ……저 불빛은 오쓰우님이 일어나서 기다리고 있는 불빛인지도 몰라."

"……"

"자, 스승님, 빨리 들어가요. 지금 내가 문을 두들겨 문지기를 깨울 테니."

그곳을 향해서 뛰어가려 할 때 무사시는 조타로의 손목을 꽉 잡는다.

"아직 일러."

"어째서이죠, 스승님?"

"나는 집안에 들어가지 않는다. 오쓰우님에겐 네가 잘 말해 다오."

"예? 뭐라고요? ……그럼, 스승님은 뭣하러 여기까지 왔어요?"

"너를 데려다 주러 왔지."

9

은근히 만일의 변화를 두려워하여 민감해져 있던 동심에, 그 두려워하던 예감이 갑자기 사실로서 크게 비쳤던 것이리라.

"안 돼요, 안 돼요."

조타로는 돌연 절규에 가까운 목소리를 내며 소리쳤다.

"안 돼요, 스승님. 들어가지 않으면 안 돼요."

무사시의 팔을 힘껏 끌며 바로 눈 앞의 문 안에 있는 오쓰우의 베개맡까지 무슨 일이 있어도 데리고 가려고 한다.

"떠들지 마라."

무사시는 조용한 밤 고요하기만 한 가라스마루 집안의 저택 안을 꺼려 하며 말한다.

"글쎄, 내 말을 들어라."

"안 들어요, 안 들어……스승님은 아까 나와 함께 간다고 하지 않았어요?"

"그러니까 여기까지 너와 함께 오지 않았느냐?"

"문 앞까지라고 하지 않았어요. 나는 오쓰우님과 만난다고 했어요. 스승님이 제자에게 거짓말을 가르쳐도 좋아요?"

"조타로, 그렇게 성만 내지 말고 글쎄, 내 말을 차근차근히 들어 보아라. 이 무사시에겐 또 머지않아 생사를 알 수 없는 날이 기다리고 있단다."

"무사는 언제나 아침에 태어나 저녁에 죽을 각오로 공부하고 있는 것이라고 스승님이 입버릇처럼 말하지 않았어요? 그렇다면 그런 일이 오늘 처음 생긴 것도 아니잖아요."

"그렇지, 내 자신이 늘 입버릇처럼 한 말도 이렇게 네 입으로부터 듣고 보니 오히려 너한테서 배우는 것 같구나. 이번이야말로 무사시도 각오한 바이지만 십중팔구 살아나기란 힘들 거야. 그러므로 오쓰우님은 만나지 않는 게 좋아."

"어째서, 어째서인가요, 스승님?"

"그건 너에게 말해도 모른다. 너도 이제 크면 알게 돼."

"정말⋯⋯정말 스승님은 머지않아 죽게 될 일이 있어요?"

"오쓰우님에겐 말하지 마라. ⋯⋯병중이라는데 몸조리를 잘 하고 장차 좋은 길을 걷도록 부탁한다고⋯⋯그렇지, 조타로⋯⋯이렇게만 말하고 지금의 말은 하지 않는 게 좋을 거야."

"싫어, 싫어. 나는 말하겠어! 그런 말을 오쓰우님에게 하지 않을 수 없어요. ……아무튼 좋으니 스승님, 들어갔다 가요."

"참 답답한 놈이로군!"

"하지만……스승님."

무사시가 뿌리치자 조타로는 울음을 터뜨린다.

"하지만……하지만……그럼, 오쓰우님이 너무 가엾어……오쓰우님에게…… 오늘의 이야기를 한다면 오쓰우님은 병이 더 악화될 것이 틀림없어."

"그러니까 이렇게 말해다오. 어차피 무예를 닦을 동안에는 만나더라도 서로가 이롭지 못한 일. 갖은 고생을 이겨내고 어려움을 스스로 구하여 자신을 백 가지 고난의 골짜기에 떨어뜨려 보지 않고는 그 수업에 광명은 따라오지 않는 것이다. ……그렇지, 조타로? 너도 또한 그 길을 밟아 나가지 않으면 한 사람의 뛰어난 병법자가 될 수 없는 거야."

"……."

훌쩍이고 있는 조타로의 모습을 보니 무사시는 다시 가련하게 여겨져 그 머리를 품 안에 끌어안는다.

"언제 죽을지 모르는 것이 병법자의 운명, 너도 내가 죽거든 좋은 스승을 찾아라. 오쓰우님에게도 이대로 만나지 않는 편이 앞으로 그 사람의 행복이 되고 무사시의 심정도 그때가 되면 잘 알게 될 거다. ……오, 저 담 안에 불빛이 비치는 곳이 오쓰우님이 있는 방이냐? ……오쓰우님도 쓸쓸하겠지. 자, 빨리 너도 돌아가 자도록 해라."

10

떼를 쓰긴 했으나 조타로도 무사시의 쓰라린 심정을 반쯤은 알고 있는 것 같았다. 훌쩍거리면서도 심통을 부리며 돌아서 있는 것은, 전보다는 다소 철이 들었다는 증거로서 오쓰우를 생각하면 딱하고 스승님에게도 이 이상의 떼를 쓸 수가 없고, 그래서 버티고 서서 흐느끼고 있는 동심이 심통 부리는 것처럼 보이는 것이었다.

"그럼, 스승님."

엉엉 울던 얼굴을 별안간 무사시에게 돌리더니 마지막 한 가닥 희망에 매달리듯이 물었다.

"수업이 끝나면 그때는 오쓰우님과 정답게 만나 주겠어요? 예, 스승님의 수업이 이제는 됐다고 할 때가 온다면?"

"그야 그렇게만 된다면야……."

"그건 언제죠?"

"언제라고 말할 수는 없다."

"……"

"3년?"

"수업의 길에는 끝이 없어."

"그럼 일생 동안 오쓰우님과 만나지 않을 작정이에요?"

"나에게 타고난 기품이 있다면 도를 깨칠 날도 있겠지만, 나에게 소질이 없다면 평생토록 지금 이대로의 인간으로 있을지도 모른다. 그리고 무엇보다도 눈앞에 죽음을 걸고 있는 일이 있다. 죽어가는 인간이 어찌 이제부터 꽃도 피고 열매도 맺을 젊은 여인과 장래의 약속 따위를 맹세할 수 있겠느냐."

무사시가 저도 모르게 거기까지 입을 놀리자 조타로로서는 그 말이 아직도 이해하기 어려웠던 모양으로 약간 의아스럽다는 듯이 말한다.

"그러니까……스승님, 그런 약속 같은 건 하지 않기로 하고 오쓰우님을 만나면 되잖아요."

그럴듯한 말이었다.

무사시는 조타로와 말을 하면 할수록 자신 속에 모순과 미망이 느껴져 괴로웠다.

"그렇게는 할 수 없다. 오쓰우님은 젊은 여자, 무사시도 젊은 사나이. 게다가 너에게 말하는 것은 부끄럽지만, 만나면 나는 오쓰우님의 눈물에 지고 말 거야. 틀림없이 오쓰우님의 눈물에 지금의 굳은 결심이 무너지고 말 거란 말이야……."

야규의 마을에서 오쓰우의 모습을 보자 달아난 그때의 회피와, 오늘밤의 그의 심정이 같은 형태로 나타났다고는 하지만, 무사시의 마음 내면에서는 커다란 차이를 자각하고 있었다.

하나다 다리에서도 야규의 마을에서도——전에는 다만 청운에 용솟음 치는 포부와 패기——또한 절벽 비슷한 가닥 곧은 수도심의 불이 물길을 튕겨내듯이 여성의 정을 반발한 데 지나지 않았지만, 지금의 무사시로서는 원래의 야성이 차츰 지적으로 성장됨에 따라 거기에 일면의 약함도 당연히 느껴지게 되었다.

두 번 다시 태어날 수 없는 세상에 태어난 생명의 존귀함을 안 것만 하더라도 그만큼 두려움을 깨닫게 된 것이다. 검에 사는 인간 말고도 여러 가지로 삶의 길을 걷고 있는 인생의 시야를 알게 된 것만 해도 그만큼 자기 혼자 잘났다는 자부심을 깎이고 있는 것이다.

무사시는 여자라는 것에 대해 그 매력을 요시노에게서도 느꼈고, 자기라는 실체 속에서도 다분히 여자에게 갖는 인간의 온갖 애정을 알기 시작하고 있다. 하지만 지금의 무사시는 그 대상을 무서워하기보다는 자기와의 싸움을 무서워하는 것이다. 특히 그 대상이 오쓰우일 경우, 그로선 그것을 이길 자신이 없었고, 또한 그녀의 일생이라는 것을 생각지 않고 그녀를 생각할 수도 없었다.

"알았느냐……?"

훌쩍훌쩍 울고 있는 조타로에게 무사시의 말이 귓가에 들리고 있었으므로 조타로는 손등으로 얼굴을 가리고 있다가 문득 그 울던 얼굴을 들고 보니 벌써 그의 앞에는 어둠밖에 보이지 않았다.

"아, 스승님!"

헐레벌떡 조타로는 긴 담 모퉁이까지 뛰어갔다.

11

큰소리로 조타로는 외치려 했지만 외쳐 보았자 헛일이라는 것을 알고 있기 때문에 그는 '와아' 하고 울면서 담에 얼굴을 밀어붙였다.

"……"

어린 마음으로서 좋은 일이라 믿고 한 일이 어른의 생각에 의해서 반대가 되면, 그것에 복종을 하더라도, 이치는 알더라도 분해서 분해서 견딜 수가 없는 모양이다.

울 만큼 울어 목이 쉬어 버렸는데도 어깨를 들먹거리며 여전히 느껴 울고 있었다.

저택의 하녀인지, 이때 어디선가 돌아와 뒷문 앞에 멈춘 사람이 있었다. 문득 어둠 속의 흐느낌이 귀에 들렸던 것이리라. 쓰개치마를 쓴 얼굴을 들고 조심 조심 다가오면서 의심쩍은 듯이 불렀다.

"……조타로?"

"……조타로가 아니에요?"

두 번째 묻는 말에 조타로는 움찔해서 얼굴을 돌렸다.

"아, 오쓰우 누나?"

"어머, 왜 울고 있지? 그런 곳에서."

"오쓰우님이야말로 병자가 어째서 밖으로 나왔어?"

"어째서라니, 너처럼 사람을 걱정시키는 사람이 어디 있어요? 나에게도 저택 사람에게도 아무 말 않고 대체 지금까지 어디를 돌아다녔어요……. 어두워져도 돌아오질 않지, 문이 닫히고 나서도 오질 않지, 얼마나 걱정했는지 몰라요."

"그럼, 나를 찾으러 나왔어?"

"혹시 무슨 일이 생기지나 않았을까 하고 생각하니 누워 있을래야 누워 있을 수가 있어야지."

"바보로군, 병자이면서도. 또 나중에 열이 오르면 어떻게 해. 빨리 가서 누워요."

"그것보다 어째서 조타로는 울고 있었지?"

"나중에 말할게."

"아네요, 보통 일이 아닌 것 같아. 자, 말해 봐요."

"자고 나서 이야기할게. 오쓰우님이야말로 빨리 자요. 내일 또 끙끙 앓으면 난 몰라."

"그럼 들어가 잘 테니 조금만 이야기해 줘. ……조타로는 다쿠안님의 뒤를 쫓아갔었지."

"응……."

"그 다쿠안님에게 무사시님이 계신 곳을 물어 보았니?"

"그따위 인정머리 없는 중은 난 싫어."

"그럼, 무사시님의 거처를 끝내 알아내지 못했구나?"

"아니야."

"알았니?"

"그런 건 아무래도 좋으니 자요, 어서 자요……나중에 이야기할 테니!"

"왜, 나에게 감출까. 그렇게 심술궂은 소리만 하면 나는 잠자지 않고 여기 있을 테야."

"……쳇!"

조타로는 또 다시 울듯이 이맛살을 찌푸리면서 오쓰우의 손을 잡아끌었다.

"이 병자도, 그 스승님도 어째서 나를 이토록 애먹일까…… 오쓰우님의 이마에 또 물수건을 얹어놓기 전에는 말 못할 이야기예요. 어서 들어가 요! 들어가지 않으면 내가 떠메고 들어가 이불 속에 넣을 테야."

한 손으로 오쓰우의 손을 움켜잡고 한 손으로 뒷문을 쾅쾅 울리면서 홧김 에 조타로는 소리 질렀다.

"문지기 아저씨! 문지기 아저씨! 병자가 밖에 나와 있잖아요. 열어 줘요. 빨리 열지 않으면 병자가 얼어죽어요!"

명일대주(明日待酒)

1

이마에 땀을 흘리며 약간 술에 취한 듯한 얼굴빛으로 혼이덴 마타하치는 고조에서 삼년 고개까지 곁눈도 팔지 않고 달려왔다.

예의 여인숙이다. 자갈이 많은 언덕 중턱에서부터 너저분한 판자집을 지나 밭모퉁이에 있는 별채까지 오자 방안을 들여다보고 불렀다.

"어머니."

"뭐야, 또 낮잠이야."

혀를 차고 중얼댔다.

우물가에서 숨을 돌리고서 그김에 손발도 씻고 올라왔지만 노모는 아직 눈을 뜨지 않고 어디가 코인지 입인지 모를 만큼 팔베개에 얼굴을 밀어대고 코를 골고 있었다.

"……쳇, 마치 도둑고양이처럼 짬만 있으면 잠을 자고 있어."

깊이 잠들어 있는 줄 알았던 노모는 그 소리에 실눈을 떴다.

"뭐야?"

일어났다.

"저런, 깨어 있었나?"

"어미를 두고 무슨 소리야. 이렇게 자는 것이 내 보약이다."

"보약도 좋지만 내가 좀 쉬기나 하면 젊은 주제에 원기가 없다느니, 그러는 틈에 일거리나 알아보라는 둥 마구 꾸짖어대면서 자기만 낮잠을 자는 건 아무리 부모라지만 너무 지나치지 않아?"

"그건 용서해라. 하기야 기분만은 튼튼한 몸 같지만 몸은 나이에 이기지 못하는 모양이다. 거기다 언젠가 밤에 너와 둘이서 오쓰우를 죽이려다 실패한 뒤로는 몹시 실망을 해서 말이야. 그날 밤 다쿠안 중놈에게 짓눌린 이 팔꿈치가 여태껏 아파서 못견디겠단 말이야."

"내가 튼튼해진다 싶으니 어머니가 죽는 소릴 하지, 어머니가 실해진다 싶으면 내가 끈기가 없어지니 이게 대체 어찌된 일인가."

"그래, 오늘은 피로를 푸느라고 하루 누워 있긴 했지만 아직 네게 죽는 소릴 할 만큼 늙지는 않았다. 그런데 마타하치, 오쓰우의 행방이라든가, 무사시의 형편이라든가 요즘 소식은 못 들었나?"

"아니, 듣지 않으려 해도 벌써 굉장한 소문이 떠돌아요. 모르고 있는 건 낮잠 자고 있는 어머니뿐일 거야."

"뭐, 굉장한 소문이라니?"

오스기 노파는 무릎을 바싹 가까이 다가대고서 묻는다.

"뭐야, 마타하치?"

"무사시가 또 요시오카 편과 세 번째 시합을 한다는 거야."

"호오, 어디서 언제 말이냐?"

"유곽 대문 앞에 그 팻말이 세워져 있었는데 장소는 다만 일승사라고만 해놓고 자세히 씌어 있진 않았어. 날짜는 내일 아침 날이 샐 무렵이라고 씌어 있더군."

"……마타하치."

"뭐요?"

"넌 그 팻말을 유곽 대문 옆에서 봤단 말이지?"

"음, 사람들이 굉장히 많이 모여서 말이야."

"그렇다면 대낮부터 그런 데서 건들건들 놀고 있었구면."

"치, 천만에."

당황해서 손을 흔들어 댔다.

"그렇진 않아. 때때로 술이야 조금씩 마시지만, 나는 다시 태어난 것처럼 그때부터 무사시와 오쓰우의 소식을 알아보려 다니고 있지 않나. 그렇게 어머니가 오해를 하게 되면 한심한데."

문득 오스기 노파는 아들이 측은해졌다.

"마타하치, 마음을 돌려라. 지금 말한 건 늙은이의 농담이다. 네가 결심을 하고 옛날처럼 불칙한 짓을 하지 않는다는 건 이 늙은 어미도 잘 알고 있지 않나. 하지만 글쎄, 무사시와 요시오카 애들의 전투가 내일 새벽이라니 급하게 됐군 그래."

"새벽 다섯 시라고 하니 새벽이라도 아직 컴컴할 때이지."

"너 요시오카 문하생 가운데 아는 사람이 있다고 했지?"

"없진 않지만……그렇다고 해서 별로 좋은 일로 알고 있는 건 아니거든. 무슨 일인데?"

"나를 시조의 요시오카 도장인가 하는 데로 안내해 다오. 당장이다. 너도 준비를 해라."

2

늙은이란 언제나 자기 멋대로 서둘러댄다. 천하태평으로 여지껏 낮잠을 자고 있던 자기 행위는 잊어버리고서 태연하게 있는 아들의 태도에 이맛살을 찌푸리고 심하게 닦아세운다.

"마타하치, 빨리 하지 못해."

마타하치는 준비도 하지 않고 시치미를 뗀다.

"뭐요, 덤비긴. 집에 불이라도 붙었나. 첫째 요시오카 도장에 가서 대체 어떻게 하겠다는 거야, 어머니 생각은?"

"뻔하지 않나, 모자가 함께 가서 부탁해 보는 거야."

"무얼……?"

"내일 새벽에 요시오카 패가 무사시를 친다고 하지 않았나. 그 가운데 우리 모자도 끼어 달라고 해서 미급하지만 힘을 모아 무사시 놈에게 한 칼이라도 한을 풀어야 되지 않나."

"아하하하하……웃지 말아요, 어머니."

"왜 웃나?"

"너무나 태평스런 소릴 하니까 그렇지."

"그건 내가 할 말이다."

"내가 태평스러운지 어머니가 그런지 우선 거리에 나가 세상 소문이나 들어 보슈. 요시오카 편은 먼저 세이주로가 당했고 이어서 덴시치로가 당해서 이번이 마지막 복수전이라지 않아요. 그래서 자포자기하는 생각도 좀 들고 그래서 격분한 패들이 이젠 멸망한 거나 다름없는 시조 도장에서 머리를 맞대고 이렇게 된 이상에는 다소 좋지 않는 소문이 나더라도 어떻게 해서든 무사시를 쳐 죽여라, 스승의 원수를 제자들이 갚는 데야 굳이 수단이나 예법에 구애받을 필요가 뭐 있느냐, 이번에는 많은 사람들이 달려들어서라도 공공연히 무사시를 죽이겠다고 한다는 거야."

"호오……그래?"

듣기만 해도 유쾌한 듯이 오스기 노파는 실눈을 지었다.

"그렇게 된다면야 아무리 날쌘 무사시 놈이라도 이번엔 목이 떨어지고 말겠군."

"아니, 그건 어떻게 될지 몰라요. 아마 무사시 쪽에서도 도와 줄 사람들을 불러 모아 요시오카 편의 수가 많다면 그도 수로 대항할 것이고 글쎄, 그렇게 된다면 싸움은 정말 전쟁 같은 소동이 되지 않을까 하고 오늘 교토에선 그 소문으로 떠들썩한 판이야. 이런 북새통에 늙어빠진 어머니가 도와

드리려고 왔습니다 하고 가 본들 누가 상대를 해 주겠어."

"음……그야 그렇겠지만, 그렇다고 해서 우리 모자가 여지껏 노려온 무사시가 남의 손에 죽는 걸 보고만 있을 수야 있나."

"그러니까 난 이런 생각이야. 내일 아침까지 일승사 마을로 가 있느라면 결투가 있는 장소나 그 형편도 알 수 있을 테니, 거기서 무사시가 요시오카 사람들에게 당할 때 그 자리에 가서 모자가 두 손을 짚고서 무사시와 우리들의 내력을 자세히 말하고 시체에라도 한 칼씩 한을 풀도록 부탁하는 거요. 그리고 무사시의 머리털이나 옷소매 자락이라도 얻어서 이렇게 무사시를 죽였다고 고향 사람들에게 말하면 우리 체면도 서지 않겠어요."

"딴은……네 생각도 잔꾀 같긴 하지만 그럴듯하다."

앉음새를 가다듬고 오스기 노파는 또 말했다.

"그렇다, 그렇게 해도 고향땅에 면목은 서겠다. ……나머지는 오쓰우 하나뿐. 무사시만 없다면 오쓰우야 나무에서 떨어진 원숭이나 진배 없으니 찾기만 하면 처치하는 건 문제도 없지."

혼잣말을 하고 끄덕인다. 간신히 늙은이의 성급함도 그쯤에서 누그러진 모양이다.

마타하치는 깬 술생각이 다시 나는지 말했다.

"자, 그렇게 정한다면 오늘밤은 새벽 세 시까지 몸을 푹 쉬어 둬야지. ……어머니, 좀 이르긴 하지만 저녁 반주로 한 병 지금부터 마셔둘까."

"술? 음, 도가에 갔다 오렴. 먼저 드는 축배로 나도 조금 마실 테니."

"가 볼까……."

귀찮은 듯이 무릎을 짚고 일어서려다가 마타하치는 무엇을 봤는지 '앗' 하고 옆의 작은 창문 쪽을 향해 눈이 휘둥그레졌다.

3

하얀 얼굴이 창 밖에 파뜩 보였던 것이다. 마타하치가 감짝 놀란 것은 단순히 그것이 젊은 여자라는 것만이 아니었다.

"아, 아케미 아냐?"

그는 창가로 뛰어갔다.

도망가다 길이 막힌 고양이 새끼처럼 아케미는 나무 그늘에 움츠리고 서 있었다.

"……어머나, 마타하치님이셨군요."

그녀도 놀란 듯한 얼굴로 사방을 두리번거리는 것이었다.

그리고 이부키 시절부터 지금껏 허리띠엔가 옷소매엔가에 달고 다니는 방울이 바르르 떠는 것같이 그녀의 몸과 함께 소리를 낸다.

"어떻게 된 거야. 어떻게 돼서 갑작스레 이런 델 다 왔지?"

"……저는 이 여인숙에 전부터 계속 있었는걸요."

"흐음……그걸 몰랐었구나. 그럼, 오코하고 함께 말이야?"

"아아니."

"혼자서?"

"네."

"오코와는 이젠 함께 있지 않아?"

"기온 도지님을 아시지요."

"음."

"도지님과 둘이서 지난 겨울 짐을 꾸려가지고 다른 곳으로 도망가 버렸어요. 전 그러기 전부터 어머니와 헤어져서……."

방울 소리가 가냘프게 울린다. 보니까 옷소매에 얼굴을 대고 아케미는 어느새 울고 있는 것이었다. 나무 그늘의 푸른 광선 탓인지 목덜미와 야윈 손이 마타하치의 기억 속에 있는 아케미와는 몹시 달라진 것 같았다. 이부키 산(伊吹山) 집이나 요모기 술집에서 아침 저녁 보아온 처녀의 싱싱한 모습은 어디에서도 찾아 볼 수가 없었다.

"누구냐, 마타하치?"

뒤에서 오스기 노파가 의아한 듯이 물었다.

마타하치는 뒤돌아보고 말했다.

"어머니에겐 언젠가 말한 적이 있지. 저어……오코의 양녀야."

"그 양녀가 어째서 우리 얘길 창 밖에서 엿듣고 있었단 말이냐?"

"뭘 그렇게 나쁘게 생각할 건 없어요. 이 여인숙에 마침 함께 묵고 있었던 모양으로, 아무 생각 없이 지나쳤겠지, 뭘…… 그렇지, 아케미?"

"네, 그래요. 설마 여기에 마타하치님이 있을 줄은 꿈에도 몰랐어요. ……언젠가 길을 헤매다 여기로 왔을 때 오쓰우라는 사람은 봤지만."

"오쓰우는 이제 없어. 아케미, 오쓰우와 무슨 이야기라도 해 보았나."

"아무것도 깊은 이야기는 하지 않았지만 뒤에야 생각이 났어요. 그 분이 마타하치님을 고향에서 기다리고 있다던 약혼자인 오쓰우님이지요?"

"……음, 글쎄 이전에는 그렇기도 했지만."

"마타하치님도 어머니를 위해서……."

"너는 그러고서 아직 혼자냐? 꽤나 모습이 변했는데."

"저도 그 어머니 때문에 몹시 괴로웠어요. 그렇지만 참았지요. 길러 주신 은혜가 있어 참아 왔으나 지난 겨울 도저히 참을 수 없는 일이 있어서 스미요시(住吉)에 놀러 갔던 길에서 혼자 도망쳐 버렸어요."

"그 오코에게는 나나 너나 창창한 앞날을 엉망으로 짓밟힌 격이 됐지 뭐야…… 개 같은 것들, 그 대신 두고 보라지. 제 명에 죽진 못 할 테니까."

"……그렇지만 지금부터 전 어떻게 했으면 좋을지?"

"나 역시 앞날이 캄캄해……. 그놈에게 큰소리친 체면도 있으니 어떻게 해서든지 복수를 해 줘야겠는데……아아, 마음뿐이야."

창 너머로 같은 신세타령을 하고 있는데 오스기 노파는 아까부터 혼자서 짐꾸러미를 챙기고 있다가 혀를 차며 말한다.

"마타하치, 마타하치, 할일 없는 사람과 뭘 쓸데없는 이야기를 지껄이고 있니. 오늘 밤을 마지막으로 이 여인숙을 떠나야 하지 않나. 너도 좀 거들어 준비를 해야지."

4

"그럼 마타하치님, 뒤에 다시."

아케미는 무언가 더 이야기하고 싶은 것 같았으나 오스기 노파에게 미안해하며 이렇게 말하고는 힘없이 사라졌다.

얼마 후, 이 별채에 등불이 켜졌다.

저녁상에는 준비한 술이 나오고 잔을 주고받는 모자 사이에 계산서가 쟁반 위에 놓여 있다. 그리고 여인숙 지배인이니 주인이니 번갈아 송별 인사를 하러 왔다.

"드디어 오늘 저녁에 떠나신다지요. 오랫동안 계셨는데도 아무런 대접도 못해 드리고……아무쪼록 잊지 마시고 다음에 또 교토에 오시거든 꼭."

"예, 예, 또 폐를 끼치게 될지도 모르겠군요. 지난 해 저물 무렵부터 초봄을 지냈으니 어느 새 석 달이나 보냈군요."

"어쩐지 몹시 섭섭합니다."

"주인, 이별이오. 한 잔 드시지."

"죄송합니다. ……그러면 할머니께선 지금부터 고향으로 돌아가실 겁니까?"

"아니, 아직 고향 땅엔 언제나 가게 될지."

"밤중에 떠나신다고 들었습니다만 어째서 또 그렇게 늦게."

"갑자기 중요한 일이 생겨서.……그렇군, 집에 일승사 마을의 지도가 없을까."

"일승사 마을이라면, 시라카와에서 한참 떨어진 히에이 산에 가까운 쓸쓸한 산 마을인데, 그런데를 새벽에 가서서 무얼 하시려고……."

주인의 말을 가로막고 마타하치가 옆에서 말했다.

"어떻든 좋으니 그 일승사 마을로 가는 길목을 종이 쪽지에라도 그려 주십시오."

"알겠습니다. 마침 일승사 마을에서 와 있는 하인이 한 사람 있으니까 그에게 물어서 찾기 쉬운 약도를 만들어 오지요. 하지만 일승사 마을이라고 해도 꽤나 넓은데요."

마타하치는 얼굴이 취해 있었다. 몹시도 점잖은 척하는 주인 말이 귀찮은

듯 말했다.

　"행선지 같은 건 뭘 그다지 걱정할 것 없소. 길이나 가르쳐 주시오."

　"죄송합니다. 그럼, 천천히 준비하시기를."

　손을 비비면서 주인은 마루로 나갔다.

　그때 '후닥닥' 하고 큰채에서 별채 둘레를 여인숙 하인들이 서너 명 뛰어왔다. 주인의 모습을 그곳에서 보자 한 하인이 황급히 물었다.

　"어른, 이 근처로 도망오지 않았어요."

　"뭐야……뭣이?"

　"저어……요 전날부터 안방에 혼자서 묵고 있던 처녀 말입니다."

　"뭐, 도망갔다고?"

　"저녁 때까지 분명히 보였는데……어쩐지 방안 모양이."

　"없단 말이야?"

　"예."

　"바보놈들."

　끓는 물을 마신 것같이 주인의 얼굴빛이 변했다. 손님방 문턱에서 두 손을 비비던 때와는 아주 다른 사람이 된 것처럼 입정사납게 말한다.

"도망갔다고 떠들어 봤자 소잃고 외양간 고치는 격이 아니냐. 그 처녀의 몰골로 봐서 처음부터 무언가 내력이 있는 것 같았어. 그걸 일여드레나 재워 주고나서야 네놈들은 비로소 무일푼인 걸 알았겠지. 그래 가지고야 어떻게 여인숙을 해먹겠나."

"면목없습니다. 그만 순진한 처녀인 줄만 알고서 홀딱 속았습니다."

"지불하거나 숙박비 못 받은 건 할 수 없지만 뭔가 함께 동숙한 손님들의 물건이라도 분실되지 않았는지 그걸 먼저 조사해 봐. 에잇, 패씸한 것."

혀를 차면서 주인도 바깥 어둠 속을 쏘아본다.

5

한밤중을 기다리면서 모자는 술병을 몇 병이나 비웠다.

오스기 노파는 먼저 밥공기를 들며 말한다.

"마타하치, 이제 술은 어지간히 마셔 둬."

"요것만."

마타하치는 손수 따르면서 말했다.

"밥은 안 먹겠어."

"말아서라도 먹어 두지 안 먹으면 몸에 해롭다."

앞 밭과 골목 어귀 쪽을 하인들의 호롱불이 연신 들랑거리고 있었다. 오스기 노파는 그것을 내다보며 중얼거렸다.

"아직 잡히지 않은 모양이로군."

그리고 말을 이었다.

"상관하다간 실없어질까 해서 주인 앞에선 아무 말도 하지 않았지만, 숙박비를 주지 않고 도망간 처녀란 낮에 너하고 창구에서 말하고 있던 그 아케미가 아니냐?"

"그럴지도 모르지."

"오코가 키운 딸이니 똑똑한 인간일 턱이 없지. 그런 것과는 만나더라도 요다음부터는 말을 하지 마라."

"……하지만 그 여자도 생각하면 불쌍한 아이야."

"남을 동정하는 것도 좋지만 숙박비 뒤치닥거리 같은 걸 맡았다간 야단이지. 이곳을 떠날 때까진 가만히 있어요."

"……."

마타하치는 별다른 생각도 없는 듯이 머리채를 거머쥐고 옆으로 누웠다.

"괘씸한 년이야. 생각만 해도 그년의 상판이 천정에 떠올라 보이는 것 같군. ……나를 이렇게 만든 철천지 원수는 무사시도 아니고 오쓰우도 아니고 바로 그 오코야."

오스기는 그 말이 못마땅한 듯 말했다.

"무슨 소리야. 오코 따위의 여자를 죽여 봤자 고향 사람들이 칭찬할 것도 아니고 가문의 체면이 서는 것도 아니지 않나."

"아……아아, 세상이 귀찮아졌어."

여관집 주인이 그때 마루 끝에서 초롱불과 얼굴을 드러내며 말했다.

"할머니, 새벽 두 시가 됐는데요."

"그럼……일어날까."

"벌써 나가?"

마타하치는 기지개를 켜고서 또 말한다.

"주인, 아까 도망갔다던 처녀는 잡혔나?"

"아니, 그만입니다. 얼굴이 예쁘기 때문에 혹시 숙박비를 못받더라도 일할 만한 구멍이 있으려니 하고 안심하고 있었더니 선수를 치고 도망쳐 버렸습니다요."

마루 끝에 나와 짚신 끈을 매면서 마타하치는 뒤돌아봤다.

"봐요. 어머니, 뭘 하고 있소? ……나를 재촉해 놓고서 언제나 어머니는 꾸물댄단 말이야."

"기다려, 서둘지 않을 테니. ……이봐, 마타하치, 그건 네가 맡았었지."

"뭘?"

"이 보따리 옆에 두었던 지갑 말이야. 숙박비는 허리에 찬 것으로 지불하고 당장 쓸 노자를 그 지갑에 넣어 두었는데."

"그런 거 난 모르겠는데."

"아니, 마타하치. 이 보따리에 '마타하치님' 하고 쓴 뭔가 쪽지가 매달려 있는데. ……뭐라고? 이런 뻔뻔스럽게! 옛날 인연을 생각해서 빌려가는 죄를 용서해 달라고 써 놓았잖나."

"흠……그럼, 아케미가 훔쳐 갔겠지."

"훔쳐 놓고 죄를 용서하고 뭐고가 있나. 이봐 주인, 손님의 도난은 주인도 책임을 져야지. 어떻게 해 주겠소?"

"예……그럼 할머니, 그 도망간 처녀를 전부터 알고 계셨습니까? 그렇다면 저희들이 못 받은 숙박비와 꿔 준 돈을 어떻게 먼저 갚아 주셔야겠는데요."

주인이 그런 말을 하자 오스기 노파는 눈을 껌벅거리면서 황급히 고개를 저었다.

"무, 무슨 소리, 그 도둑년을 알 턱이 없지. 자아 자, 마타하치, 우물쭈물하다간 닭이 울겠다. 가자, 빨리 가자."

필살(必殺)의 땅

1

아직 달이 있다.

아침이라곤 하지만 꼭두새벽이다. 자기 그림자가 하얀 길 위에 시꺼멓게 움직이는 것이 어쩐지 이상하게 보인다.

"뜻밖인걸."

"음, 보이지 않는 얼굴이 꽤 많군. 1백 4, 50명은 모일 줄 알았는데."

"이렇게 되면 반쯤이나 될까."

"곧 뒤따라 오실 미부(壬生)의 겐자에몬님과 아드님, 그리고 친척들을 합하면 그럭저럭 60명은 되겠군."

"요시오카 가문도 망했어. 역시 세이주로님, 덴시치로님의 두 기둥이 쑥 빠져 버렸으니. 큰 집이 무너진다는 건 이런 것을 두고 하는 말인가."

그림자 한 떼가 모여서 수군거리고 있는데, 저편 무너진 돌담에 걸터앉아 있던 한 패가 고함치듯이 이쪽을 향해서 말했다.

"기 죽는 소리 하지 마. 흥망성쇠는 이 세상에 흔히 있는 일이야."

또 다른 한 패들이 말했다.

"오지 않는 놈은 그대로 내버려 두면 되지 않나. 도장 문을 닫았으니 저마다 제 갈길을 궁리하는 놈들도 있을 테지. 장래의 타산을 생각하는 놈도 있겠고. 당연한 일이지. 그 중에서 어디까지나 고집과 의기에 살겠다고 하는 남은 제자들만이 자연히 모여들게 마련이야."

"100이니 200이니 하는 사람수는 오히려 방해가 돼. 죽여야 할 상대는 단 한 사람뿐이 아닌가."

"하하……또 어떤 녀석이 큰소릴 치는군. 연화왕원(蓮華王院) 때는 또 어쨌었나. 거기 있는 패들은 그때 지켜보고 있으면서도 멀쩡하게 무사시를 놓치지 않았나."

히에이산(叡山), 일승사산(一乘寺山), 뇨이산(如衣岳) 등 바로 등 뒤에 솟아 있는 산들은 아직 움직이지 않는 구름 속에서 깊은 잠에 빠져 있다.

여기는 속칭 야부 마을(藪鄕) 늙은 소나무가 있는, 일승사 옛터의 시골길과 산길의 갈라지는 곳으로 길은 세 가닥으로 나뉘어 있다.

새벽달을 가로지르듯이 키 큰 소나무가 하나 우산 모양으로 가지를 펼치고 서 있다. 일승사산의 산기슭이라고도 할 수 있는 산 바로 밑이어서 길은 모두 울퉁불퉁한 돌멩이가 많고 비가 내릴 때는 개울이 되어버리는 물 없는 시내터인 듯 물줄기 자국이 드러나 보였다.

늙은 소나무를 중심으로 요시오카 도장의 사람들은 달밤의 게처럼 아까부터 그 근처를 점령하고 있다.

"이 대로가 세 가닥으로 나뉘어 있으니 무사시가 어느 길로 오는지 생각해 둬야 할 문제야. 전원을 세 패로 나누어서 도중에 매복시키고, 늙은 소나무에는 명목인(名目人)인 겐지로님에다 미부의 겐자에몬님, 그밖에 직할 무사로써 미이케 주로자에몬, 우에다 료헤이 등 고참 분들이 10여 명쯤 대기하고 계시는 게 좋을 거야."

지형을 염려하여 말하는 자가 있는가 하면 또 한 사람은 이렇게 말한다.

"아니, 이곳은 장소가 좁으니 너무 한 곳에만 인원수를 집결시킨다면 오히려 불리할걸. 그보다도 좀 더 거리를 두고 무사시가 통과하는 길 옆에 숨어서 일단 무사시를 통과시켜 놓고 나서 앞 뒤에서 한꺼번에 일어나 포위를 한다면 만일의 경우에도 놓치지 않을 거야."

사람 수가 많아 절로 솟아오르는 사기는 하늘을 찌를 것만 같았다. 흩어졌다 모였다 하는 사람들은 저마다 칼이나 창을 든 그림자를 드리우고 있었다.

그 가운데는 단 한 사람의 비겁한 자도 없는 듯했다.

"왔다, 왔어."

아직 약속 시간까지는 충분한 시간이 남은 줄 알면서도 저쪽에서 한 사람이 외치면서 들어서자, 오싹 소름이 끼치는 듯 그림자들은 일제히 물을 끼얹은 듯이 조용해졌다.

"겐지로님이야."

"가마를 타고 오시는군."

"뭐니 뭐니해도 아직 어리니까."

사람들의 시선이 향한 쪽에서……멀리 초롱불이 서너 개……그 초롱불보다 밝은 달빛 아래로 히에이산에서 내려부는 바람에 흔들거리며 희끗희끗 가까이 오는 것이 보였다.

2

"야, 모였구나, 모두."

가마에서 내린 것은 노인이었다. 그 다음 가마에서는 아직 열서넛밖에 안 된 소년이 내렸다.

소년도 노인도 흰머리띠를 동여매고 무릎을 걷어붙이고 있다. 미부의 겐자에몬 부자였다.

"이봐, 겐지로!"

노인은 아들에게 타일렀다.

"너는 이 소나무 아래 서 있으면 돼. 소나무 밑에서 절대 움직여선 안 돼."

겐지로는 가만히 끄덕였다.

그 머리를 쓰다듬으면서 노인이 말했다.

"오늘 결투는 네가 대표로 되어 있지만 싸움은 다른 제자들이 한다. 너는 아직 어리니까 가만히 지켜보고만 있으면 되는 거야."

겐지로는 머리를 끄덕이고서 곧장 소나무 아래로 가서 단오날 인형처럼 늠름하게 섰다.

"아직 괜찮아, 아직은 조금 일러. 날이 밝을 때까지는 아직 시간이 있으니 말이야."

노인은 허리춤을 더듬어 꼭지가 달린 긴 담뱃대를 뽑아 들었다.

"불 없나?"

우선 자기 편에게 여유를 보일 셈으로 휘둘러본다.

"미부 영감님, 부싯돌은 얼마든지 있지만 그 전에 인원을 배치해 두는 게 어떨까요?"

미이케 주로자에몬이 앞으로 나오며 말한다.

"그것도 일리가 있는 말이야."

비록 친척 간이라고는 하나, 어린 자식을 결투장의 대표로 제공하고도 아까워하지 않을 정도의 호인이다. 두말 없이 상대의 의견을 좇는다.

"그럼, 곧 대비를 해 놓고 적을 기다리자. 그러나 이 인원을 어떻게 나누겠다는 거야."

"이 소나무를 중심으로 해서 세 가닥 길목에 각각 약 20칸 가량의 거리를 두고 길 양편에 숨어 있기로 하지요."

"그리고 여기는?"

"겐지로님 곁에는 제가, 그리고 영감님, 그밖의 약 10명 가량이 함께 지킬 뿐만 아니라 세 가닥 길목 어느 곳에서든지 무사시가 왔다는 신호가 있기만 하면 곧 그리로 합류해서 일거에 그를 두들겨 눕히는 것이지요."

"잠깐."

노인답게 지그시 생각에 잠기더니 이윽고 말한다.

"몇 군데로 나누어 버리면 무사시가 어느 길목으로 올는지는 모르나 맨먼저 그와 부닥칠 인원수는 약 20명밖에 안 되지 않나."

"우리들이 일제히 둘러싸고 있는 동안에는."

"아니, 그렇지 않아. 무사시에게도 몇 명인가 원군이 있을 게 분명해. 뿐만 아니라 언젠가 눈내리던 밤 덴시치로와의 결투 끝에 연화왕원에서 물러가는 걸 보니까 무사시라는 놈은 칼솜씨도 날카로웠지만 후퇴법도 뛰어났었어. 소위 후퇴 전법이라는 병법을 아는 자야. 그러니 방비가 약한 곳을 골라 대뜸 날쌔게 서너 명을 두들겨 놓고서 성큼 후퇴하여 뒷날 일승사 터에서도 요시오카의 남은 제자들 70여 명을 상대로 나 혼자서 이겨 냈다고 소문을 퍼뜨릴는지 모르지 않나."

"아니, 그렇게는 못합니다."

"하지만 일이 끝나 버리면 그만이야. 무사시 편에 몇 명인가 원군이 있더라도 세상에서는 그의 이름 하나만 들춘단 말이야. 그 한 사람과 수많은 사람이라면 세상에서는 틀림없이 수많은 편을 미워하게 마련이야."

"알았소. 결국 이번만큼은 결단코 무사시를 살려서 보내지 않겠다는 뜻이지요."

"그렇지."

"말씀하실 것도 없이 만의 하나라도 또 다시 무사시를 놓치는 실책이 있다면 뒷날에 아무리 변명을 해도 우리의 오명은 씻을 길이 없을 겁니다. 그러니까 오늘 새벽에는 단 한 가지 그놈을 죽이는 것만을 목표로, 그러기 위해서는 수단을 가리지 않을 작정입니다. 죽은 자는 입이 없어요. 죽여버리기만 한다면 세상에서는 우리가 하는 말을 믿고 들을 수밖에 없을 테니까."

미이케 주로자에몬은 그런 말을 하고서 주변에 떼지어 있는 자들을 둘러보며 너덧 명의 이름을 불렀다.

3

"부르셨습니까?"

활을 옆에 낀 문하생이 세 명, 총을 가진 문하생이 한 사람 나서면서 묻는다.

"응."

미이케 주로자에몬은 고개를 끄덕이기만 할 뿐 겐자에몬 노인을 향해 말한다.

"노인장, 실은 이런 준비까지 해 왔소. 이젠 염려하지 마십시오."

"이런, 활에다 총이라."

"어디든지 좀 높은 곳이나 나무 위에다 숨겨 두었다가."

"치사한 방법이라고 세상 소문이 시끄럽지 않을까?"

"세상의 평판보다도 무사시를 쓰러뜨리는 것이 첫째 문제입니다. 이기기만 한다면 세상 소문도 만들 수가 있으니까요. 그러나 지면 진실을 말해도 세상은 핑계라고밖에 듣지 않습니다."

"좋아, 그렇게까지 뱃심이 있다면 이의는 없네. 설사 무사시에게 대여섯 명이 가세하더라도 이 무기만 있다면 설마 놓치게 되진 않겠지. ……그럼, 의논하느라고 시간을 보내다가 기습이라도 당하면 곤란해. 지휘는 일임하겠네. 곧 대비를 하게, 대비를."

노인이 승낙했다.

"그럼, 숨어라."

그들 머리 위로 주로자에몬의 명령이 떨어졌다.

세 갈래 길에는 적의 첫공격을 꺾고 동시에 전후 협력한다는 전법으로, 전위 부대를 숨겨 놓았으며 굽은 소나무는 본진이라는 격으로 여기에는 10명 가량의 중견 간부들이 남는다.

갈대밭의 기러기처럼 검은 그림자들은 헤어져서 풀덤불로 재빨리 들어가고 나무 그늘로 숨고 논두렁에 납작하게 엎드렸다.

또는 그 근처의 지형을 살핀 다음, 높은 나무에 활을 메고 기어올라간 그림자도 있다. 총을 가진 사나이는 굽은 소나무 가지로 기어올라가서는 달빛에 신경을 쓰면서 그림자를 감추느라고 애를 쓰고 있었다.

마른 솔잎이 후두둑 떨어졌다. 나무 아래에 인형처럼 서 있던 겐지로 소년은 목덜미로 손을 가져가면서 부르르 떨었다.

겐자에몬 노인이 소년을 보면서 말한다.

"뭐야, 떠는구나. 겁장이 놈이!"

"등으로 솔잎이 들어갔어요. 조금도 무섭지 않습니다."

"그렇다면 모르지만 너에게도 좋은 경험이야. 곧 칼싸움이 시작될 테니 잘 봐 두어라."

그러자 세 갈래 길 가운데서 제일 동쪽인 슈가쿠인(修學院) 길목 쪽에서 갑자기 큰소리가 났다.

"바보 놈!"

곧이어 '와' 하고 그 근처 풀숲이 울렸다.

숨어 있는 사람의 움직임이 여러 곳에 있다는 것을 알 수 있었다.

"무서워!"

장식 인형 같은 겐지로가 외마디 소리를 지르며 겐자에몬 노인의 허리에 매달렸다.

"왔구나!"

미이케 주로자에몬은 대뜸 기척이 있는 쪽으로 달려갔다. 달려가는 동안에 이상하다는 느낌이 들었다.

그것은 기다리던 적이 아니었다. 언젠가 로쿠조 야나기 거리(六條柳町) 대문 앞에서, 쌍방 사이에 뛰어들어 중재를 하던 동자 머리를 한 청년 사사키 고지로(佐佐木小次郎)가 거기 버티고 서서 외쳤다.

"눈이 없소? 싸우기도 전에 눈이 보이지 않는 모양이로군. 나를 무사시로 잘못 보고 달려드는 정도라니, 형편 없는데. 난 오늘 아침의 시합을 확인하기 위해서 왔소. 입회인에게 갑작스레 창을 내지르는 바보가 어디 있나."

예의 어른스러운 거만한 얼굴로 근처의 요시오카 도장 문하생들을 꾸짖었다.

4

그러나 이편도 흥분하고 있던 참인지라 고지로의 그러한 태도를 미씸쩍게 생각하는 자가 있었다.

'이 녀석 수상하다.'

'무사시에게서 원조 요청을 받고 먼저 살피러 왔는지도 모른다.'

요시오카 편 사람들은 속삭이며 공격은 일단 중지했지만 그를 둘러싼 포위망은 풀려고 하지 않았다.

이때 그곳에 주로자에몬이 달려왔기 때문에 고지로의 눈길은 즉시 이들을 외면하고 뛰어든 주로자에몬에게 향해 따진다.

"입회인으로 오늘 새벽 여기까지 왔는데 문하생들은 나까지도 적으로 보고 달려 들었소. 이것도 처음부터 귀하의 지시인가. 그렇다면 불초 사사키 고지로도 오랫동안 바지랑대에 피맛을 보여 주지 못했던 터라, 뜻하지 않은 행운으로 알겠소. 무사시를 도울 만한 연고는 물론 없지만 나의 체면상 상대를 해도 상관 없겠는데 대답을 듣고 싶소!"

기세가 등등한 사자후(獅子吼)였다.

이러한 오만불손한 태도는 툭하면 쓰는 고지로의 상투적 태도였지만, 그 모습과 상냥한 차림새만을 보고 있던 자들은 순간 간담이 서늘해지는 것이었다.

하지만 미이케 주로자에몬은 그 수에 넘어가지 않는다는 듯한 얼굴로 말한다.

"하하……대단히 화가 나셨군. 그러나 오늘 새벽 시합에 귀하를 입회인으로 누가 부탁을 했단 말이오. 우리 요시오카 문중 사람으로선 부탁한 기억이 없는데, 그렇다면 무사시의 부탁을 받고 오셨소?"

"닥치시오. 로쿠조 거리에 팻말을 써 붙일 때 내가 분명히 쌍방에서 말했지 않소."

"과연, 그때 귀공이 말했지. ……자기가 입회인으로 선다던가……하지만

그때 무사시도 귀공에게 청을 하는 것을 보지 못했고 우리 편에서도 부탁
한다는 말을 한 기억이 없소. 요컨대 귀공 한 사람의 취미로 올 필요도 없
는 막간에 독불장군 역을 하러 왔겠지요. 그런 귀찮은 수고를 하는 자가
세상에 많긴 하지."

"뭐라고?"

고지로의 분노는 이젠 허풍이 아니었다.

"돌아가!"

주로자에몬은 다시 호되게 침이라도 뱉을 듯이 못마땅한 표정을 지었다.

"구경이 아니야."

"……음."

숨이 끊어질 것 같은 새파란 얼굴로 끄덕이고 나서 고지로는 곧 몸을 홱
돌렸다.

"두고 봐라, 이놈들!"

그가 오던 길을 되돌아가려고 하자 마침 그때 주로자에몬보다 한 걸음 뒤
져서 오던 미부의 겐자에몬 노인이 황급히 뒤에서 불러 세웠다.

"젊은 친구, 고지로라고 했던가, 잠깐!"

"내게 볼일은 없겠지? 지금 한 말, 뒤에 맛을 보여 줄 테니까 잊지 마라."

"뭘, 그러지 말고, 잠깐 잠깐."

노인은 그렇게 말하고 거칠게 숨을 몰아쉬면서 떠나려고 하는 고지로의 앞으로 나서며 말한다.

"나는 세이주로의 숙부 뻘이 되는 자요. 귀하에 대해서는 평소 세이주로에게서도 믿음직한 분이라고 듣고 있었소. 어떻게 될 영문인지 모르나 제자들의 소홀한 점은 이 노인을 보아 용서하시기를."

"그런 겸사의 말씀을 하시면 오히려 황송합니다. 시조 도장에는 옛날 세이주로님과의 정분도 있어서, 도와 드리지는 못하지만 충분한 호의를 가지고 있는 터인데……너무나도 무례한 소리를 하기 때문에."

"당연하지요. 화나신 건 당연하지. 하지만 지금 그 일은 그냥 귓가로 흘리시고 아무쪼록 세이주로, 덴시치로 두 사람을 보아서라도 가담해 주셨으면 좋겠습니다."

꾸밈없이 겐자에몬 노인은 이 날카롭고 교만한 청년의 기분을 달랬다.

5

이만한 방비가 있는 이상 군이 고지로의 원조 같은 것을 청할 필요는 없었다. 그러나 이 젊은 친구의 입에서 자기들의 비겁한 전법이 새어나가는 것을 겐자에몬 노인은 두려워한 것이리라.

"부디 용서하시고."

간절한 사과를 하자, 고지로는 앞서 노여움을 터뜨리던 때와는 전혀 달리 말한다.

"아니, 영감님. 이렇게 연세 많으신 영감님께서 몇 번이나 머리를 숙이시니 젊은 고지로는 몸둘 바를 모르겠습니다. 이제 그만하시기를."

뜻밖에도 순순히 마음을 고쳐먹고……그와 동시에 요시오카 편 사람들에게 예의 유창한 변설로 격려의 말과 함께 무사시를 극구 욕하기 시작했다.

"저는 원래부터 세이주로님과 친했지 무사시와는 아까도 말씀 드린 바와 같이 아무런 인연도 없는 사람입니다. 그렇다면 인정상 모르는 무사시보다는 연고가 있는 요시오카 편을 이기게 하고 싶은 것이 당연하지 않겠습니까. 그런데 뭡니까? 두 번이나 지다니. 시조 도장은 흩어지고 요시오카 가문은 지리멸렬. ……아아, 도무지 눈뜨고 볼 수가 없습니다. 옛날부터

시합이 많았지만 이렇게 비참한 일은 보지도 못하고 듣지도 못했습니다.
아시카가 장군 가문의 사범이라는 큰 가문이 이름조차 없는 일개 시골 무
사에게 이렇듯 슬픈 일을 당하다니.”

고지로는 귀밑까지 붉게 물들이면서 연설을 늘어놓는 것이었다. 겐자에몬
노인을 비롯하여 모두가 그의 열띤 웅변에 빠져들어 조용해져 버렸다. 그리
고 이렇게 호의를 가지고 있는 사사키 고지로에 대하여 어째서 그런 폭언을
퍼부었는가 싶어 주로자에몬 등은 분명 후회하는 눈치였다.

그러한 공기를 눈치채자 고지로는 자기 독무대이기나 한 것처럼 더욱 열
을 내어 말했다.

“나도 장래 병법으로서 일가를 이루려고 하는 자이기 때문에 단순한 호기
심에서가 아니라 애써 시합, 결투 따위가 있을 때마다 구경꾼 사이에 끼어
구경합니다. 그러나 오늘날까지 당신들과 무사시와의 시합만큼 곁에서 볼
때에 답답함을 느낀 적은 없었소. 연화왕원 때에도 또는 연대사 들판에서
도 동행자가 있었을 터인데도 어째서 무사시를 놓쳤는지, 스승을 죽게 해
놓고서도 무사시로 하여금 교토 성안을 유유히 다니도록 가만히 놔두는
여러분의 뜻을 저는 모르겠습니다.”

메마른 입술에 침을 바르면서 또 다시 말을 이었다.

"과연 나그네 병법자로서 무사시는 분명히 강하고 놀라울 만큼 무서운 사나이입니다. 그것은 이 고지로도 한두 번 만나서 잘 알고 있습니다. 그래서 실은 실없는 일이긴 합니다만 도대체 어떻게 된 자인가 하고 그의 신분이나 출신을 오래 전부터 조사를 해 봤습니다. 물론 그것은 그를 열일곱 살 때부터 알고 있던 어떤 노파를 만난 것이 계기가 됐습니다만."

그러고는 아케미의 이름은 밝히지 않고 말을 계속했다.

"그 노파에게서 듣고 또한 그밖의 사람에게서 여러가지 알아본 결과, 그 놈의 사쿠슈(作州)의 향사(鄕士) 아들로 세키가하라 싸움에서 고향으로 돌아간 후 마을에서 난폭한 짓을 하여 고향을 쫓겨나 타향을 떠돌아다니는 아주 하찮은 인물입니다. 그러나 그의 검술은 천성이라고나 할까, 야수 같은 솜씨라고나 할까, 목숨을 아끼지 않는 자인지라 폭력에는 도리도 진다는 속담처럼 도리어 바른 검법이 지기 쉽다고 나는 생각합니다. 그렇기 때문에, 무사시를 치는 데는 예사 방법으로는 질 수밖에 없지요. 맹수는 함정에 빠뜨려야만 잡을 수 있듯이 묘책을 강구하지 않으면 안됩니다. 그런 사정을 충분히 살피고서 적을 칠 방도를 강구하고 계신지요?"

겐자에몬 노인이 그 후의에 감사하며, 그런 일에 이르기까지 빠짐없이 준비되었다는 설명을 하자 고지로는 고개를 끄덕이며 덧붙여 말했다.

"그런 데까지 대비가 다 되어 있다니 만의 하나라도 놓칠 리는 없겠지만 다짐을 위해서 조금 더 알뜰한 방책이 있다면 더욱 좋겠지요."

6

"방책?"

겐자에몬 노인은 고지로의 똑똑한 척하는 얼굴을 쏘아보며 말했다.

"뭘, 이 이상의 방책이나 방비는 필요 없을 거요, 호의는 감사하나."

그래도 고지로는 꽤나 짓궂게도

"아니, 그렇지 않습니다, 노인. 무사시가 성큼성큼 여기까지 고지식하게 온다면야 여러분들의 꾀에 넘어간 것이나 마찬가지. 이미 도망칠 술책은 없겠지만 만일에 이곳에 그러한 대비책이 있다는 것을 사전에 알고서 길을 달리해 버린다면 허사가 아니겠습니까."

"그렇게 되면 조롱해 줄 뿐. 교토 골목마다 무사시가 도망갔다고 팻말을

걸어 천하의 웃음거리로 만들지요."

"여러분들의 명분은 과연 그것으로 절반은 서겠지만 무사시 역시 세상에 여러분의 비열함을 과장해서 호소하겠지요. 그렇게 된다면 그것만으로는 스승의 원한을 풀어 드린 것이 되지 못합니다. 꼭 이 자리에서 무사시를 죽여 버리지 않고서는 의미가 없지요. 그 무사시를 꼭 죽여 버리기 위해서는 이 필살의 땅으로 그놈이 오도록 유인하는 방법이 필요하리라고 나는 생각하는데요."

"글쎄, 그런 술책이 있을까?"

"있지요."

고지로는 말했다.

아주 자신만만한 말투로 다시 말한다.

"있소, 술책은 얼마든지……."

목소리를 떨구더니 문득 여느 때의 거만한 얼굴에서는 볼 수 없던 친숙한 눈빛으로 겐자에몬의 귓가로 입을 가져간다.

"……알았지요. ……어때요?"

"……흠, 흠, 과연."

노인은 연신 끄덕이더니 이번에는 미이케 주로자에몬의 귀에다 대고 계획을 말했다.

그저께 한밤중 이곳 싸구려 여인숙 문을 두들겨 오랫만에 찾아와 주인 영감을 놀라게 한 미야모토 무사시는 하룻밤을 지내자 안마사(鞍馬寺)에 다녀오겠다고 하고서 나간 후 어제 온종일 보이지 않았다.

'밤에는.'

영감은 찌개를 데워 놓고 기다렸으나 밤에도 돌아오지 않고 다음날 해질녘에야 돌아와서 보자기에 싼 고구마를 영감에게 주었다.

"안마사 선물이오."

그러고서 또 한 가지는 가까운 상점에서 사온 듯한 나라(奈良) 무명을 한 필 내놓으면서 이것으로 속옷과 배에 감을 띠와 각반을 만들어 달라고 청했다.

여인숙 영감은 곧장 그것을 들고 나가 바느질하는 이웃집 처녀에게 맡기고 돌아오는 길에 술집에 들러 술을 받아와 참마즙을 안주 삼아 저녁 시간을 뜬 세상 이야기로 보내고 있는데, 마침 부탁해 두었던 속옷과 띠가 왔다.

그것을 베개맡에 놓고 무사시는 잠이 들었다. 영감이 한밤중에 문득 눈을 떠보니 집 뒤꼍 우물가에서 누군가가 한창 물을 뒤집어쓰고 있는 소리가 났다. 슬그머니 내다보니 어느새 무사시가 잠자리에서 빠져나가 달빛 아래서 목욕을 끝내고 저녁에 만들어 놓은 하얀 무명 속옷을 입고 배에 띠를 매고 그 위에다 늘 입던 옷을 걸치고 있는 것이었다.

아직 달도 서쪽으로 기울지 않았다. 새벽부터 저렇게 준비를 하고 어디를 가려고? 영감이 의아스러워서 묻자, 뭘요, 며칠 전부터 교토 시내는 구경을 다했고 어제는 구라마 산에도 올라가 보았으니 이제는 교토에도 싫증이 난 것 같아서 지금부터 새벽길을 걸어 달밝은 히에이 산에 올라가 시가(志賀) 호수에서 해뜨는 것을 보고 그길로 에도 땅으로 내려가 볼까 생각했소. 그렇게 생각하니 잠이 오질 않아 당신을 깨우기도 미안하고 해서 여관비와 술값을 베개맡에 싸 두었소. 적지만 그걸 받아 주오. 또 3, 4년 지나 교토에 나오면 당신 집에 들르겠소.

"영감, 뒷문을 잘 닫으시오."

무사시는 그렇게 말하고서……성큼성큼 집 옆에 있는 밭길을 돌아 쇠똥이 많은 기다노 거리로 나가는 것이었다.

　영감이 섭섭한 듯이 조그만 창으로 내다보니 무사시는 열 발자국쯤 걸어
가다가 천조각으로 땋은 짚신 끈을 다시 고쳐매고 있었다.

달 하나

1

잠시 동안이었으나 실컷 잔 것 같았다. 머리속은 오늘 밤의 하늘처럼 맑게 개고, 갠 그 하늘과 온몸이 마치 하나로 여겨질 만큼 한걸음 한걸음 내디딜 때마다 어느 곳으론가 녹아드는 것처럼 여겨진다.

"천천히 걷자."

무사시는 의식적으로 천천히 걸으며 중얼거렸다.

"……아, 인간 세상을 바라보는 것도 오늘 밤뿐이로구나."

아무런 슬픔도 없다. 비탄도 없다. 그러므로 애절한 감개는 더더구나 없었다. 그것은 아무 허식도 없는 마음 깊은 데서 문득 떠오르는 중얼거림이었다.

아직도 일승사 절터 늙은 소나무까지는 꽤 거리가 남았고, 시간도 한밤중을 지났을 뿐이라 죽음이란 것이 눈 앞까지 절실히 느끼지 못하기 때문일까.

어제 하루, 구라마 산의 절에 가서 솔바람 소리 속에 조용히 앉아 있다가 내려왔지만 무상무신(無相無身)의 경지가 되어 보려고 노력한 시간에도 어쩐 일인지 죽음이라는 것이 뇌리에서 떠나지를 않아 결국 무엇 때문에 좌선을 하러 산에 올랐는지 자신이 한심스러워지기도 했다.

그에 비해서 오늘 밤의 맑은 기분은 어째서일까 하고 그는 자신이 의심스럽기도 했다. 초저녁에 여인숙 영감과 조금 마신 술이 적당히 취해 올라 깊은 잠을 자고 일어난 몸에 우물물을 끼얹고, 새 무명 속옷으로 감싼 이 몸뚱이가 아무리 생각해도 아직은 죽을 것 같지 않았다.

"그렇다, 곪은 발을 질질 끌고 이세(伊勢) 신궁 뒷산에 올라갔을 때, 그날 밤도 별이 맑게 빛났었지. 그땐 몹시 추운 겨울이었지만 지금은 고드름이 달리던 나무에 벌써 벚꽃 봉오리가 부풀어 가고 있다."

생각하려고도 하지 않았던 그런 일까지도 뇌리를 스쳐가고 생각하려고 하는 앞길의 필살(必殺)의 문제에는 아무 생각이 미치지 않는다.

너무나 지나치게 각오해 버린 그 죽음에 대해서 그의 지성은 이미 아무런 소용도 없는……죽음의 뜻, 죽음의 고통, 죽음 너머에 있는 것들……백 살까지 살아도 해결될 것 같지 않은 그런 문제에 새삼스럽게 초조해하던 미련이 가셨는지도 모를 일이다.

이처럼 깊은 밤인데도 길 어느 편에선지 모르나 생황에 맞춰 부는 퉁소 소리가 차디차게 흘러왔다.

부근 골목의 공경(公卿) 저택에서인 듯하다. 부는 음률이 엄숙한 가운데도 애조가 깃든 것으로 미루어 보아 주흥에 밤을 지새우고 있는 공경들의 심심풀이 같진 않았다. 관(棺)을 둘러앉아 날 새기를 기다리는 밤샘하는 사람들과 신전 앞에 하얗게 켜진 불빛이 문득 무사시의 눈에 떠오른다.

"나보다 한 걸음 먼저 죽은 사람이 있다."

내일은 저승길에서 그 사람과도 친구가 될 것 같은 느낌이 들며 미소가 떠올랐다.

밤을 지새우는 퉁소 소리는 걷고 있는 동안 아까부터 귓가에 들려왔는지 모른다. 그 소리에서 이세 신궁의 아이들 집이 생각나고 곪은 발을 끌고 올라갔던 취령의 고드름 달린 나무들이 떠올랐던 것이리라.

그렇다면? 무사시는 자신의 맑은 머리를 그 자리에서 의심하지 않을 수 없었다. 이 산뜻한 심정은 실로 한 걸음 한 걸음 사지(死地)로 발을 옮기고 있는 몸에서 우러나오고 있는, 자신마저도 의식할 수 없는 극도의 공포가 아닐까 하고.

그렇게 스스로에게 물어보며 문득 걸음을 멈추었을 때, 길은 벌써 상국사

(相國寺) 큰길 가에 나와 있었고, 반 마장쯤 앞에는 넓은 강물이 은빛 물결을 일으키며 강변 가까운 집의 돌담까지 그 밝은 빛을 반사하고 있었다.

그 순간, 그 돌담 한 모퉁이에서 사람 그림자가 하나 가만히 선 채 이쪽을 바라보고 있었다.

2

무사시는 발을 멈추었다.

그 그림자는 이쪽을 향해 걸어오기 시작했다. 그림자를 따라 또 하나의 그림자가 달빛 비치는 길을 굴러오고 있었다. 가까이 가서야 그것이 그 사나이가 데리고 온 개라는 것을 알았다.

"……."

손발 끝까지 뻗쳐 있던 어떤 기운을 갑자기 빼고서 무사시는 말없이 그냥 지나쳤다. 개를 데리고 가던 행인은 지나치고 나서야 갑자기 뒤돌아보며 말을 걸어왔다.

"무사님, 무사님."

"……나 말인가?"

"그렇습니다."

서너 칸쯤 떨어진 채 허리를 굽히는 것을 보니 평민이었다. 일꾼 차림에 모자를 쓰고 있었다.

"뭔가?"

"이상한 말씀을 묻습니다만, 이곳으로 오는 길에 불이 켜진 집이 없던가요?"

"글쎄, 무심코 왔는데 없었던 것 같아."

"그럼, 이 길이 아닌가?"

"뭘 찾고 있는가?"

"사람……죽은 집입니다."

"그런 곳 같으면 있었어."

"오, 보셨습니까?"

"한밤중에 퉁소 소리가 들렸으니 그곳이 아닌지, 반 마장쯤 떨어져 있소."

"틀림없습니다. 앞서 신관(神官)들이 밤샘을 하러 갔으니까요."

"밤샘을 하러 가나?"

"전 도리베산(鳥部山)의 장의사 사람입니다만, 미련하게도 요시다산(吉田山)의 마쓰오(松尾)님으로 잘못 알고 요시다산으로 찾아갔더니 벌써 두 달 전에 이사를 하셨다고 해서……그보다도 밤이 깊어서 어디 물어볼 수도 없고 이 근처는 정말 찾기가 힘들군요."

"요시다산의 마쓰오? 전에 요시다산에 살다가 이 근처로 옮겨온 집이라고 했지?"

"그런 줄을 모르고서 헛걸음을 했지요. 아니, 대단히 감사합니다."

"잠깐, 잠깐만."

무사시는 두세 걸음쯤 다가가서 물었다.

"고노에(近衞) 가문에서 일을 보던 마쓰오 가나메(松尾要人) 집으로 가는 길인가?"

"그 마쓰오님이 열흘 가량쯤 앓다가 돌아가셨지요."

"주인이?"

"예."

"……"

'그런가' 하고 신음하듯이 말하고서 무사시는 벌써 발걸음을 내딛고 있었다. 장의사 사람은 반대편으로 걸어갔다. 개가 황급히 굴러가듯이 뒤따른다.

"……죽었구나."

입 속에서 중얼거려 보았다.

그러나 무사시는 그 이상 아무런 감상도 일어나지 않았다.

'죽었구나' 다만 이렇게 되뇌어 볼 뿐이었다. 자신의 죽음마저 아무런 감상이 없는 무사시였던 것이다. 하물며 남의 일이 아닌가. 악착같이 돈을 모아가며 평생토록 고생스레 살다 죽어간 불행스런 이모부…….

그것보다도 무사시는, 우습게도 굶주림과 추위로 떨던 설날 아침, 가모강 (加茂川)의 얼어붙은 물가에서 구워먹은 떡냄새가 문득 떠올랐다.

'맛있었지…….'

남편과 헤어지고 혼자 살게 된 이모를 생각한다.

곧 그의 발은 가모강 상류 기슭을 딛고 서 있었다. 강을 사이에 두고 한눈에 삼십육봉(三十六峰)이 검실검실하게 하늘에서 육박해 온다.

그 산봉우리 하나 하나가 모두 무사시에 대하여 적의를 나타내 보이는 것 같았다.

"음."

지그시 그 자리에 한동안 서 있던 무사시는 혼자 머리를 끄덕였다.

강변을 향해 둑에서 내려갔다. 거기에 쇠사슬에 작은 배를 얽어 맨 배다리가 걸려 있었다.

3

윗 교토 방면에서 히에이산——시가산(志賀山) 너머로 가려면 아무래도 이 길로 접어들 수밖에 없다.

"어……이."

무사시의 그림자가 가모의 배다리 중간쯤 건너갔을 때, 이렇게 부르는 소리가 났다.

도도히 흐르는 강물 소리는 달밝은 천지를 한껏 차지하고 혼자 즐기고 있다. 상류에서 하류까지, 이곳은 단바(丹波)의 계곡 바람이 지나는 길목인 듯 밤기운이 차갑게 흐르고 있다.

누가 누구를 부르는 것인지, 소리의 주인공이 어디에 있는지, 갑자기 분별해 내기에는 너무나도 천지가 넓었다.

"어어이."

또 부르는 소리가 난다.

무사시는 두 번이나 발걸음을 멈추었으나 더이상 신경을 쓰지 않고서 한가운데 모래땅을 지나 건너편으로 뛰어 건넜다.

그러자 이치조 시라카와(一條白河) 쪽에서 강변을 따라 손을 흔들면서 뛰어오는 자가 있었다. 아는 사람 같다고 본 눈이 역시 틀림이 없었다. 사사키 고지로였다.

"이것 참."

가까이 오면서 친근한 듯이 고지로는 말을 걸어온다.

그리고 무사시의 모습을 쏘아보고 다시 배다리 쪽을 건너다보면서 묻는다.

"혼자시오?"

무사시는 끄덕였다.

"혼잡니다."

당연한 것처럼 말했다.

인사의 순서가 거꾸로 되었다. 그러고 나서 고지로는 다시 말했다.

"언젠가의 밤에는 실례했소. 부족한 성의를 받아 주어서 감사했소."

"아니, 그땐 대단히."

"그런데, 지금부터 약속한 장소로 가시는 길이신가."

"그렇소."

"혼자서?"

끈덕진 질문인 줄 알면서도 고지로는 또 물었다.

"혼잡니다."

무사시의 대답은 여전했다. 이상하게도 고지로의 귀에는 아까보다 더 또렷하게 들렸다.

"흠……그렇습니까? 그런데 무사시님, 귀하는 지난번 이 고지로가 써서 로쿠조에 세운 저 팻말을 혹시 잘못 읽으신 건 아니겠지요?"

"아니, 별로."

"그래도 그 팻말에다 전날 세이주로와 당신과의 시합 때처럼 일대 일로 한다고는 쓰지 않았는데."

"알고 있습니다."

"요시오카 편의 명목인(名目人)은 나이 어린 소년, 그저 이름 뿐인 것. 실은 가문의 남은 제자들이라고 했소. 남은 제자들이라 함은 10명도 제자, 100명도 제자, 1천 명도……그 점, 잘못 아셨군요."

"어째서입니까?"

"요시오카의 남은 제자 가운데서도 약한 자는 도망가기도 하고 오지 않은 자도 있겠지만, 지조가 있는 제자들은 송두리째 모여서 야부 마을 일대에 대비하여 늙은 소나무를 중심으로 귀하가 나타나기를 기다리고 있는 듯하오."

"고지로님은 벌써 거기까지 가 보셨습니까?"

"만일을 위해서. 그리고 지금 이런 상황은 상대인 무사시님으로서는 큰일이라 싶어 일승사 절터에서 서둘러 되돌아와, 아마 이 배다리가 귀하의 통로가 되지 않을까 하고 여기서 기다리고 있었지요. 팻말을 쓴 입회인의 임무이기도 하니까요."

"수고가 많으십니다."

"사정이 이런데 그래도 귀하는 혼자서 가시겠소? 아니면 달리 원군이 다른 길로 이미 갔는지."

"저 한 사람 외에 또 한 사람 함께 걸어왔습니다."

"예, 어디에?"

무사시는 땅 위의 자기 그림자를 가리킨다.

"여기에."

웃을 때 드러난 이빨이 달빛에 하얗게 보였다.

4

농담 같은 것은 할 것 같지도 않은 무사시가 싱긋 웃으며 난데없이 농담을 했으므로 고지로는 약간 어리둥절해졌다.

"아니, 농담이 아니오, 무사시님."

더욱 진지한 표정을 짓자

"나도 농담은 않습니다."

"그러나 그림자와 동행한다고 한 것은 사람을 깔본 말이 아니오?"

"그렇다면……."

무사시는 고지로 이상으로 엄숙하고 진지한 태도를 보인다.

"신란(神鸞) 선사가 하신 말씀 가운데 염불하는 자는 항상 동행이로다, 부처님과 동행이로다 하신 말씀이 있다고 생각되는데, 그것도 농담일까요?"

"……."

"아무튼 겉으로만 본다면 요시오카 패는 아마도 다수일 것이고 이 무사시는 보시다시피 단 혼자. 승부가 안 된다고 고지로님은 이 사람을 걱정해 주시는 것이겠지만, 원컨대 염려를 거두어 주십시오."

무사시의 신념은 말 속에도 뚜렷이 살아 움직이고 있었다.

"저편이 열 명의 수를 가졌다고 해서 우리도 열 명의 힘으로 대항하려 한다면 저편은 스무 명의 방비를 갖추고 공격해 올 것이 틀림없소. 저편이 스무 명일 때 우리 또한 스무 명의 힘으로 대항하려 한다면 저편은 다시 서른 명, 마흔 명을 불러 모으겠지요. 그렇다면 세상을 떠들썩하게 만들기 십상이고 많은 부상자를 내어 치안 질서를 문란케 할 뿐만 아니라, 그것이 검도에 유익한 점 또한 조금도 없습니다. 백해무익한 일이지요."

"딴은, 하지만 무사시님. 뻔히 질 줄 알면서도 싸운다는 것은 병법에 없다고 생각되는데."

"있을 경우도 있겠지요."

"없소! 그렇다면 병법이 아닌 무법이오, 자포자기요."

"그럼, 병법에는 없지만 내 경우에만 있다고 해 둡시다."

"빗나가고 있소."

"……하하하."

무사시는 대꾸를 않는다.

그러나 고지로는 그만두지를 않는다.

"그러한 병법을 벗어난 전법을 어째서 쓰시는 거요? 어째서 좀더 활로를 찾지 않는 거요?"

"활로는, 지금 걷고 있는 이 길이야말로 이 사람으로선 활로이지요."

"저승길이 아니면 좋겠는데……."

"어쩌면 지금 건너온 것이 지옥의 강이며, 지금 밟아가는 길이 염라청에 이르는 길이고, 건너편에 보이는 산이 바늘 산인지도 모르지요. 그러나 자기를 살리는 활로는 이 한 가닥 길밖에 없다고 생각합니다."

"귀신에 홀린 것만 같은 말씀을 하시는군."

"뭐라고 하시든 좋소. 살아 있으면서도 죽은 자가 있고, 죽으므로 사는 자도 있지요."

"딱하군……."

혼잣말처럼 고지로가 비웃자 무사시는 문득 발걸음을 멈춘다.

"고지로님, 이 길은 곧장 어디로 통하고 있습니까?"

"하나키 마을(花木村)에서 일승사 야부 마을……즉 당신의 죽을 장소인 늙은 소나무를 지나 그리고 히에이산의 기라라 고개(雲母坂)로 갈 수 있지요. 그러므로 기라라 고갯길이라고도 하는 뒷길입니다."

"늙은 소나무까지의 거리는?"

"여기서부터는 오 리 남짓, 천천히 걸어가더라도 시각의 여유는 충분할 거요."

"그럼 나중에 또."

무사시가 갑자기 샛길로 접어든다.

"아니, 길이 틀리오. 무사시님, 그쪽으로 가면 방향이 틀립니다."

당황해서 고지로는 주의를 주었다.

5

무사시는 끄덕였다. 고지로의 주의에 대해서 순순히 끄덕였다.

그러나 꼬부라진 길을 그대로 걸어갈 눈치였으므로, 고지로가 다시 한 번

"길이 틀립니다."

말을 던졌다.

"예."

그러나 알고 있다는 듯한 대답.

가로수 바로 뒤쪽, 움푹 팬 저지대의 경사면에 계단식으로 일구어 놓은 밭이 있다. 갈대로 엮은 지붕이 보였다. 그 낮은 곳으로 무사시는 내려가고 있는 것이다.

잡목 숲 사이로 뒷모습이 보인다.

"……뭐야, 오줌 누러 가는 거 아닌가."

고지로는 혼자 쓴웃음을 지으며 중얼거리고 그는 달을 우러러보았다.

"꽤, 서쪽으로 기울어졌군…… 이 달이 질 무렵에는 몇 사람인가 죽어 가겠지."

고지로의 호기심은 연신 여러가지 상상을 그려갔다.

무사시가 결국은 죽을 것이 확실하지만, 그만한 사나이이니 쓰러질 때까지 몇 명이나 적을 거꾸러뜨릴까?

"그것이 구경거리란 말이야."

고지로는 생각했다. 그리고 그것을 상상만 해도 벌써 오싹해져서 온몸의 솜털이 곤두서며 온몸의 피가 소용돌이친다.

"좀처럼 만날 수 없는 기회를 나는 가졌구나. 연대사 때도, 그 다음 때도 실지로 보지 못했던 것을 오늘 새벽에는 볼 수가 있다. ……그런데 무사시는 아직도 안 오나?"

흘깃 저 아래를 기웃거려 보았으나 아직도 돌아오는 그림자는 보이지 않았다. 고지로는 서 있기가 지루해져서 나무 등걸에 걸터앉았다.

그리고 다시 공상을 즐기고 있었다.

"그 침착한 모습으로 볼 때 죽음을 단단히 결심하고 있는 거야. 그러니 싸울 수 있을 때까지는 싸울 거야. 될 수 있는 대로 죽이고 죽여서 힘껏 싸워 주는 편이 볼만 할 테지……. 그런데 요시오카 편에는 총까지 준비했다고 했지……. 총으로 한 방 탕 하고 얻어맞는다면 끝장이 나고 말 거야. ……그러나 그렇게 되면 재미가 없지 않나. 그렇지, 그것만은 무사시에게 귀띔을 해 주어야겠구나."

오랫동안 기다렸다. 밤안개가 서늘하게 느껴진다.

고지로는 몸을 일으켰다.

"무사시님!"

불러 보았다.

이상하다? 이제 와서 생각해 보는 그 자체가 그 자신에게 순간적으로 불안과 초조감을 불러일으킨다.

'후닥닥' 고지로는 저지대로 내려갔다.

"무사시님!"

언덕 아래에 있는 농가는 캄캄한 대나무 숲에 둘러싸여 있고 어딘가에서 물레방아 소리가 났지만 그 시냇물조차 잘 보이지 않았다.

"아차!"

물을 건너뛰어 고지로는 맞은편 언덕 위로 나가 보았다. 사람 그림자 같은 것은 보이지 않는다. 시라카와(白河) 근처의 절 지붕, 숲, 잠자고 있는 다이몬지산(大文字山), 뇨이산(如意山), 일승사산(一乘寺山), 히에이 산……넓은 무밭.

그리고 달이 하나.

"아뿔사! 비겁한 놈."

고지로는 무사시가 달아났다고 직감했다. 그 침착했던 태도 역시 그런 까닭에서였구나 하고 이제 와서야 생각이 되었다. 어쩐지 말하는 것이 그럴듯하다고 생각했더니…….

"그렇다, 빨리."

고지로는 몸을 돌려 원래의 길로 나갔다. 그곳에도 무사시의 그림자는 없다. 그의 발은 허공을 날며 달리기 시작했다, 물론 일승사의 늙은 소나무를 향해서 곧장.

메아리

1

——까마득하게, 순식간에 달려가 점점 조그맣게 되어 가는 사사키 고지로의 모습을 바라보며 무사시는 자기도 모르게 히죽이 웃었다.

방금 그 고지로가 서 있던 곳에 무사시는 서 있는 것이다. 어째서 고지로가 그토록 찾았는 데도 눈에 띄지 않았느냐. 고지로는 장소를 바꾸어 딴 곳을 찾았지만 무사시는 오히려 그 고지로가 있던 바로 뒤의 나무 그늘에 와 있었다.

그러나 어쨌든 '우선은 이것으로서 잘 됐어' 하고 무사시는 생각했다.

남의 죽음에 흥미를 느끼고, 남이 피를 뿌리며 목숨을 걸고 싸워야 하는 어쩔 수 없는 크나큰 비원(悲願)을——검의 수업을 위해서이니 어쩌니 하면서——팔짱 낀 채 뻔뻔스런 방관자가 되어 쌍방에게 마치 은혜라도 베푸는 듯이 나서는 건방진 인간.

'그런 수단엔 넘어가지 않는다.'

무사시는 우습게 생각했다.

연신 적을 깔볼 수 없다고 말하면서 자기에게 조력하는 자가 있느냐 없느냐 물은 것은, 그렇게 말하면 무사시가 무릎을 꿇고 무사의 정으로 한 번 힘을 빌려 주시지 않겠소, 라고 할 줄 알았는지 모르지만 무사시는 그 말에도 넘어가지 않았다.

'살아나자, 이기자.'

이렇게 생각한다면 조력도 필요하게 될지 모르지만, 무사시는 이길 것 같지도 않고, 내일 이후까지 살아 있으리라고는 스스로도 생각되지 않는다. 아니, 있는 그대로 말한다면 그러한 자신은 없었다는 편이 옳을 것이다.

무사시가 이곳에 올 때까지 은밀히 탐지해낸 바에 의하면, 이날 새벽의 적은 백 수십 명에 이르는 모양이었다. 온갖 수법으로 자기를 없애지 않고는 두지 않을 상태에 있다는 것도 수긍이 갔던 것이다. 어떻게, 살아나기 위해 초조해할 여지가 있겠는가.

'참으로 목숨을 아끼는 자야말로 참다운 용사이다.'

무사시는 그런 상황 아래에서도 일찍이 다쿠안이 한 이 말을 결코 잊어버리지 않고 있다.

'이 목숨!'

그리고 또

'두 번 다시는 태어나기 어려운 이 인생!'

지금도 단단히 마음 속에 새기고 있는 것이었다.

하지만 '목숨을 아낀다'고 하는 것은, 단지 무위도식만을 일삼고 있다는 것과는 매우 의미가 다르다. 그저 오래 살기만 바라는 것은 더더구나 아니다. 어쩌면, 이 두 번 다시 없는 부득이한 목숨과의 작별에 그 목숨을 뜻 있게 할 수 있을 것이냐! 값어치 있게 할 수 있을 것이냐! 버리더라도 찬란하게 이 세상에 뜻 있는 생명의 광채를 남길 수 있을 것인가.

문제는 거기에 있다. 몇천 년 몇만 년이나 되는 유구한 세월 흐름 속에 인간 일생의 70년이나 80년은 한순간에 지나지 않는다. 설사 스무 살을 넘기지 않고 죽더라도 인류에게 유구한 빛을 남긴다면, 그 생명이야말로 정말 긴 것이라고 할 수 있으리라. 또한 정말로 생명을 아꼈다고 할 수 있으리라.

인간의 온갖 사업은 창업할 때가 중요하고 어렵다고들 하지만, 생명은 끝날 때, 버릴 때가 가장 어렵다. 그것으로 전 생애가 결정되며, 또한 물거품이 되느냐 영원한 광채가 되느냐 하는 생명의 길고 짧음도 정해지기 때문이다.

그런데 그와같은 생명을 아끼는 방법에도 평민에게는 절로 평민의 방법이 있고, 무사에게는 무사의 방법이 있게 된다. 무사시의 지금 경우에는 물론 무사의 입장에서 어떻게 하면 이 생명을 무사답게 버리느냐 하는데 있음은 말할 필요도 없다.

2

그런데 이제부터 일승사 마을 늙은 소나무가 있는 목적지까지 가려면 무사시의 앞에 세 갈래의 길이 있다.

그 하나는 방금 고지로가 달려간 사사라 고개를 넘어 히에이 산으로 가는 길.

이 길이 가장 가깝다.

그리고 일승사 마을까지는 길도 탄탄하므로 대로(大路)라고 해도 좋다.

조금 돌아가기는 하나 다나카(田中) 마을에서 꼬부라져 고야강(高野川)을 따라 오미야(大官) 오하라(大原) 길로 나가다가 슈가쿠인(修學院) 쪽으로 나가 늙은 소나무에 이르는——길이 그 둘째 번 길.

또 하나는 지금 그가 서 있는 곳에서 동쪽으로 곧장 시가산(志賀山) 고갯길을 넘어 시라카와 강의 상류에서 우류산(瓜生山)의 모퉁이를 돌아 약사당의 근처로 빠지는 길도 있다.

어느 길로 가든 늙은 소나무가 있는 오이와케(追分)는 마치 계곡물의 합류점 같은 장소여서 거리로 봐서도 큰 차이는 없다.

그러나 이것은……바로 이 순간부터 거기에 새까맣게 모여 있는 대군과 부딪치려 하는 소병력과도 같은 무사시의 입장에서는……병법으로 볼 때 큰 차이가 있다. 인생길로 봐서도 이곳의 첫 걸음에서부터 갈림길이 된다.

——길은 셋.

——어디로 갈까.

당연히 무사시는 거기서 신중히 생각해야 될 것 같았다. 그러나 이윽고 성큼 움직이기 시작한 그의 모습에서는 그러한 무겁고 괴로워 보이는 망설임의 빛은 전혀 찾아볼 수 없었다.

성큼……성큼……가쁜하게 나무 사이며 시냇물과 언덕과 밭을 뛰가로지르고, 달빛 아래 보일듯 말듯 날쌘 걸음으로 가고자 하는 쪽을 향해 걸어가고 있다.

그러면 세 길 중 어느 쪽을 택했느냐? 그의 발걸음은 일승사 방면과는 반대 방향으로 향하고 있다. 세 길 중에서 어느 쪽도 택하지 않았던 것이다. 그 근처는 아직도 마을 안이긴 했으나 좁은 사잇길을 지나기도 하고 밭을 가로 지르기도 하며, 대체 어디를 목표로 걸어가는지 도무지 종잡을 수 없었다.

무슨 까닭인지 일부러 가구라(神樂) 언덕을 넘어 고이치조(後一條) 천황의 능 뒤쪽으로 나갔는데, 그 근처는 울창한 대숲이었다. 대나무 숲을 빠져나가니 벌써 깊은 산 속임을 느끼게 하는 냇물이 달빛을 받으며 마을로 흐른다. 다이몬지 산(大文字山)의 북쪽 봉우리가 이미 그의 머리 위를 덮어씌울 듯이 가까웠다.

"……."

무사시는 묵묵히 산 중턱의 어둠을 향해서 올라갔다.

이제 지나온 오른편 숲 속에 보이던 담과 지붕이 히가시야마(東山)의 은각사(銀閣寺)인 모양이다. 문득 뒤돌아보니 그 절 안의 연못이 대추 모양의 거울처럼 눈 아래 보였다.

다시 한동안 산길을 올라가자 은각사의 연못은 너무 가까워져서 발치의 나무들에 가려 보이지 않고, 가모강의 흰 물굽이만 훨씬 눈 아래로 가까이 바라다보였다.

아래 교토에서 위 교토까지 두 팔을 벌리면 싸안을 수 있을 것 같은 조망이었다. 여기서부터는 아련하게······.

'일승사 늙은 소나무는 저 근처······.'

손가락질하여 대충 지적할 수 있었다.

다이몬지산, 시가산, 우류산, 이치조지산······등등 서른여섯 봉우리의 중턱을 가로질러 히에이산 쪽으로 나가면, 거기서 그다지 많은 시간을 허비하지 않고 목적지인 늙은 소나무의 바로 뒤편을, 산 위에서 바라볼 수 있는 곳으로 나갈 수 있었다.

무사시의 생각은, 그 병법은······이미 정해져 있었던 모양이다. 그는 오케 골짜기(桶狹間)의 노부나가를 생각하고 히요도리(鵯) 벼랑에서의 요시쓰네(義經)의 옛 전술을 흉내내어, 당연히 선택해야만 했던 세 길의 어느 곳도 아닌 전연 엉뚱한, 걷기에도 힘든 이 산의 중턱까지 올라온 것이 틀림없었다.

"······아니, 무사시님이."

이런 곳에서 사람의 목소리가 나다니 뜻밖이었다. 별안간 길 위에서 발자욱 소리가 나더니 그의 앞에 사냥복 차림의 공경 댁 고용인 비슷한 사나이가 손에 횃불을 들고 나타났다. 그는 무사시의 얼굴이 그을릴 정도로 가까이 횃불을 들이댔다.

·

3

그 공경 댁 무사의 얼굴은 자기가 들고 있는 횃불에 그을어 콧구멍까지 시꺼맸으며, 사냥복은 밤이슬과 흙으로 범벅이 되어 몹시 더럽혀져 있었다.

"아니?"

처음 마주쳤을 때 무언가 놀란 것 같은 소리를 냈기 때문에, 이상히 여기고 무사시가 지그시 그 얼굴을 응시하자 갑자기 겁을 먹은 것처럼 말했다.

"······저, 당신은."

꾸벅 고개를 숙이고 말을 이었다.

"혹시 미야모토 무사시님이 아니십니까?"

이렇게 묻는 것이었다.

　무사시의 눈이 번쩍 횃불의 불빛 속에서 빛났다. 당연한 경계였던 것은 말할 필요도 없다.

　"……미야모토님이시지요?"

　그 사나이는 거듭 묻기는 했으나 공포를 느낀 모양이었다. 무사시의 잠자코 있는 모습 속에, 보통 사람에게서는 좀처럼 볼 수 없는 것이 깃들어 있었기 때문에——그렇게 물으면서도 사나이의 몸은 기회를 보아 달아나려 했다.

　"누구시오, 당신은?"

　"예."

　"누구요?"

　"예……가라스마루님 댁에 있습니다만."

　"뭐, 가라스마루님의……나는 무사시이오만 가라스마루님의 가신이 이 시간에 이런 산중에 뭣하러?"

　"저……그러면 역시 미야모토님이시군요."

　그 사나이는 뒤도 돌아다보지 않고 산을 뛰어내려갔다. 횃불의 불꽃이 빨간 꼬리를 끌며 눈 깜짝할 사이에 산 아래로 사라지고 말았다.

무시시는 무언가 섬칫 깨달은 것처럼 발걸음을 재촉하여 산등성이로 시가 산 대로를 가로질러 연신 산중턱을 옆으로 옆으로 돌며 급히 걸었다.

──한편.

성급한 자의 횃불은 곧장 은각사 모퉁이까지 달려 내려왔다.

그리고 한 손을 입에 나팔 모양으로 대고 동료의 이름을 불렀다.

"여봐요, 구라(內藏)님, 구라님."

그 동료는 나타나지 않고 역시 가라스마루 댁의 신세를 지고 있는 조타로 소년의 대답이 두 마장이나 떨어진 서방사(西方寺) 문 근처에서 아득히 들려온다.

"왜 그래요, 아저씨?"

"조타로냐?"

"그래요."

"빨리 와!"

그러자 또 멀리서 들려온다.

"갈 수 없어요. ……오쓰우님이 여기까진 간신히 왔지만 이젠 더 걸을 수 없다고 이곳에 쓰러졌기 때문에 갈 수 없어요."

"쳇!"

가라스마루 집안의 하인은 혀를 찼으나 전보다도 큰소리로 불렀다.

"빨리 오지 않으면 무사시님이 멀리 가 버린다. 빨리 오너라, 방금 저기서 무사시님을 내가 보았어!"

"……."

그러자 이번에는 대답이 들려오지 않았다.

그러는 동안, 저편에서 두 그림자가 얼킨 듯 하나가 되어 급히 달려오는 것이 보였다. 병자인 오쓰우를 부축하고 오는 조타로였다.

"오!"

횃불을 흔들며 사나이는 몹시 서둘러댔다. 애처로워라, 그렇지 않아도 헐떡이며 달려오는 병자의 숨결은 멀리에서도 들릴 정도로 거칠었다.

가까워질수록 오쓰우의 얼굴은 달보다도 더 핏기가 없어 보였다. 여윌 대로 여원 몸에 나들이 차림을 하고 있는 것이 너무나도 딱해 보였다. 그러나 횃불 옆까지 달려오더니 그 볼은 갑자기 발그레 물들어가는 것이었다.

"저, 정말인가요……지금 말씀하신 것이."

"정말이고말고요, 지금 금방이었지요."

힘을 주며 말했다.

"빨리 쫓아가면 만날 수 있을 겁니다. 빨리, 빨리!"

조타로는 어쩔 줄 몰라하며 말했다.

"어느 쪽으로, 어느 쪽으로 말이에요. 빨리 가라고만 하면 모르잖아요?"

조타로는 병자와 허둥대는 자의 사이에 끼어 혼자서 짜증을 낸다.

4

오쓰우의 몸이 그런 일이 있은 후부터 갑자기 좋아졌을 리는 없으니 그녀가 여기까지 걸어왔다는 것은 어지간히 비장한 각오를 하지 않고는 불가능한 일이었다.

언젠가 그날 밤, 오쓰우는 자리에 눕고 나서 조타로에게서 자세한 이야기를 들었다.

"무사시님이 죽음을 결심하고 계시다면 나도 병치료를 하며 이렇게 오래 살아 있을 필요가 없다."

이 말을 꺼내면서부터 시작되다가 이윽고 또 병자는 소원했다.

"죽기 전에 한 번만이라도."

그래서 그제까지 물수건을 얹고 있던 머리를 곱게 빗질하고, 병석에 누워 있었던 비쩍 마른 발에 짚신을 단단히 비끌어매고, 누가 말려도 막무가내로 마침내 가라스마루 저택의 문을 비틀비틀 기어나온 것이 아닐까.

"버려둘 수는 없다."

그토록 굳은 마음을 보자 만류하던 가라스마루 저택의 사람들도 이렇게 생각하고 가능한 한 이 병자의, 어쩌면 이 세상의 마지막 소원이 될지도 모르는 소망을 이루게 해 주려고 모두들 걱정도 하고 소란도 피웠을 것이라고 상상할 수 있다.

혹시 미쓰히로님의 귀에도 들어가 이 덧없는 사랑의 말로에 대하여 은밀히 지시가 있었던 것인지도 모른다.

어쨌든 그녀의 연약한 발걸음으로 이 은각사 아래의 불안사(佛眼寺) 문 앞까지 오는 동안, 가라스마루 집안의 가신들은 팔방으로 손을 나누어 무사시가 갈 말한 곳을 찾고 있었던 모양이다.

시합 장소는 일승사라고만 알 뿐, 넓은 일승사 마을의 어느 근방인지 확실

히 알 수가 없다. 그리고 또 무사시가 시합 장소에 서고 난 뒤여서는 때가 늦으므로, 그들은 아마 일승사 방면으로 통하는 길에 모두 한두 사람씩 흩어져서 열심히 찾고 있었을 것이다.

그런데 그렇게 한 보람이 있어 무사시가 발견되었다고 하니, 나머지 일은 도와주는 자의 힘보다도 오쓰우의 결심 여하에 달렸다고 할 수밖에 없다.

지금 막 뇨이산 중턱에서 시가산 고개를 가로질러 기다노사와(北澤)로 내려갔다는 그 말만 들어도 그녀는 벌써 더이상 남의 힘을 의지하려 하지 않았다.

"괜찮아? 오쓰우님, 괜찮아?"

옆을 따라가며 불안스러워하는 조타로와도 말을 하지 않는다.

아니, 할 수가 없는 것이다.

죽음을 각오하고 억지로 끌다시피 하며 걸어가는 병든 몸이다. 입 안도 바짝 말라온다. 콧구멍으로는 연신 거친 숨결을 몰아쉬었다. 그리고 창백한 이마에는, 머리밑 뿌리에서 솟아나는 식은 땀이 흐르고 있었다.

"오쓰우님, 이 길이야. 이 길에서 옆으로 옆으로 산중턱을 타고 가면 곧장 히에이산 쪽으로 나가지. ……이제 올라가는 길은 없으니 편할 거야. 좀 쉬었다 가는 게 어때요?"

"……"

오쓰우는 말없이 고개를 저었다. 한 자루의 지팡이 양 끝을 두 사람이 서로 잡고서, 긴 인생의 고난을 이 한순간의 여행길에다 축소시킨 듯이 헐떡이면서 허덕허덕 거의 20마장 가량이나 산길을 걸었다.

"스승님, 무사시님——"

이따금 조타로가 있는 힘을 다해 앞쪽을 향해서 이렇게 부르는 것이 오쓰우로서는 무엇보다 힘이 되어 주는 것 같았다.

"조……조타로."

하지만 마침내 그 힘도 쇠진해 버렸는지 오쓰우는 무언가 말하려는가 싶더니 그가 끌고 있는 지팡이 끝을 놓치고 산 속 늪가의 자갈과 풀숲 사이로 소리도 없이 폭삭 엎으러지고 말았다.

대꼬챙이같이 가느다란 양손 손가락이 입과 코를 막고 어깨로 거친 숨을 쉬고 있으므로 조타로는 울음소리를 내면서 그녀의 앙상한 가슴을 안아일으켰다.

"아니! 피, 피라도 토한 것이 아니야? ……오쓰우님! ……오쓰우님!"

5

오쓰우는 힘없이 얼굴을 옆으로 저었다. 땅에 엎으러진 채였다.

"왜 그래, 왜 그래?"

어쩔 줄 모르고 조타로는 그녀의 등허리를 쓰다듬어 준다.

"괴로워?"

"……."

"그렇지, 물. 오쓰우님, 물이 먹고 싶어?"

"……."

오쓰우는 끄덕여 보였다.

"기다리고 있어!"

사방을 둘러보고 조타로는 우뚝 섰다. 이곳은 산과 산 사이의 완만한 늪가 길이다. 냇물소리는 군데군데의 풀과 나무 사이를 졸졸 흐르며 '여기 있다, 여기있다' 하고 그에게 가르쳐 주기나 하듯이 들린다.

그러나 그렇게 멀리 뛰어가지 않아도 바로 뒤쪽 풀과 바위 밑에서 솟아나는 샘이 있었다. 조타로는 웅크리고 앉아 두 손으로 물을 뜨려고 했다.

"……."

물이 어찌나 맑은지 물 속의 가제까지 보일 정도였다. 달은 벌써 기울어져 이 물에는 비치지 않았으나, 선명한 구름은 하늘을 직접 우러러보는 것보다도 물에 어려 있는 편이 한결 아름다워 보였다.

병자에게 가져가기보다도 조타로는 문득 자기가 먼저 마시고 싶어졌던 모양이다. 대여섯 발자국 위치를 옮겨 이번에는 물가에 무릎을 꿇고 집오리처럼 수면에 목을 늘였다.

"······아!"

조타로는 크게 외친 채, 그의 눈은 무엇인가에 빨려들어가 더벅머리의 머리카락을 곤두세우고 한동안 밤송이처럼 몸을 움츠렸다.

"······?"

물이 있는 맞은편 기슭에 대여섯 그루의 나무 그림자가 줄무늬처럼 드리워져 있었다. 그 나무 밑에서 사람 그림자가 보였던 것이다. 물에 드리워져 있는 무사시의 모습을 그는 보았던 것이다.

"······."

물론 깜짝 놀란 것은 틀림없지만, 수면에 드리워진 무사시의 그림자만을 보고 조타로가 사물의 현실에 대해 놀랐던 것은 아니었다.

갑자기 마음 속에 골똘히 생각하고 있는 무사시의 모습이 귀신으로 나타나 눈앞을 홱 스쳐간 것 같은 그런 놀라움이었던 것이다.

조심조심 그는 그 놀란 시선을 수면에서 건너편 나무그늘로 옮겼다. 그러자 이번에는 정말로 깜짝 놀라 자빠지고 말았다.

무사시가 그곳에 서 있었다.

"오, 스승님!"

잔잔하고 아름답게 구름이 어려 있던 수면은 순식간에 시커멓게 구정물이 되고 말았다.

물가를 돌아가도 될 것을, 조타로는 마구 물 속으로 뛰어들어가 첨벙첨벙 얼굴까지 물을 튀기면서 무사시에게로 곧장 달려갔던 것이다.

"여기 있어, 여기 있어!"

붙잡은 자를 끌고 가듯이 무사시의 손을 그는 정신 없이 잡아끌었다.

"잠깐."

무사시는 얼굴을 외면하고 문득 눈꺼풀에 손가락을 갖다 대면서 말했다.

"위험하다, 위험해. 좀 기다려, 조타로."

"싫어! 이젠 놓아 주지 않을 테야."

"안심해라, 네 목소리가 멀리서 들리기에 기다리고 있었던 거야. 나보다도 빨리 오쓰우님에게 물을 갖다 주어라."

"아, 물이 흙탕물이 되어 버렸어."

"저쪽에도 맑은 물이 흐르고 있지. 자, 이걸 갖고 가라."

허리춤의 대나무 통을 건네 주자, 조타로는 무엇을 생각했는지 손을 내밀다 말고 무사시의 얼굴을 말끄러미 쳐다보며 말했다.

"스승님……스승님이 떠다 드려요."

6

"……그래."

명령에 복종하듯이 무사시는 순순히 끄덕였다. 손수 대나무 통에 물을 떠서 오쓰우 옆으로 가져갔다.

그리고 그녀의 등을 안아 일으켜 손수 물을 먹여 주자, 조타로는 옆에서 다정하게 말한다.

"오쓰우님, 무사시님이에요. 무사시님이에요……알아요? 알겠어요?"

　오쓰우는 목구멍에 물을 떨구어 주자 다소 가슴이 편해졌는지 그제야 정신이 든 것처럼 숨을 내쉬었다. 그러나 오쓰우는 무사시의 팔에 안긴 채 황홀한 듯 눈동자는 아직도 먼 곳을 바라보고 있다.

　"조타로가 아니라니까. 오쓰우님, 오쓰우님을 안고 있는 것은 스승님이에요."

　조타로가 이렇게 말하자 오쓰우는 먼 곳을 보고 있는 눈동자에 뜨거운 눈물을 가득 담는다. 순식간에 그 눈은 흐린 유리알처럼 되더니 이윽고 볼을 타고 두 줄기의 흰 구슬이 굴러떨어진다.

　'……알고 있습니다.'

　오쓰우는 고개를 끄덕였다.

　"아, 살았다."

　조타로는 왜 그런지 모르게 기뻤다. 그는 까닭도 없이 만족해하며 말했다.

　"오쓰우님, 이제 됐지. 이젠 이걸로 마음이 풀렸지요. ……스승님, 오쓰우님은 말이에요. 그때부터 무슨 일이 있어도 다시 한 번 스승님을 만나야겠다고 하면서 아픈 데도 말을 듣지 않았어요. 이런 일이 자주 있으면 죽어버릴 것이 틀림없으니까 스승님이 잘 말해 줘요. 내 말 같은 것은 듣지도 않는 걸, 뭐."

"그래."

무사시는 그녀를 안은 채 말했다.

"모두 내가 나쁘기 때문이야. 나의 나쁜 점도 사과하고 또 오쓰우님의 나쁜 점도 잘 말해서 몸을 조심하라고 지금 말할 테니까……조타로."

"왜요?"

"너는 잠깐……잠시 동안 어딘가 떨어져 있어 주지 않겠니?"

"어째서?"

조타로는 그 말을 듣자 입을 삐죽 내밀며 말했다.

"어째서요. 어째서 내가 여기 있으면 안 되나요?"

불평인 것 같기도 하고 이상하게도 생각되는 모양으로 움직이려 하지 않는다.

무사시도 그것에 그만 난처해진 눈치였다. 그러자 오쓰우가 애원하듯이 말했다.

"조타로……그렇게 말하지 말고 잠깐 저쪽으로 가 줘……응, 부탁이니까."

무사시에게는 입을 삐죽 내밀며 말을 듣지 않던 조타로도 오쓰우에게서 그런 말을 듣자, 군소리 없이 대답했다.

"그럼……난 이 위에나 올라가 있기로 할까. 볼일이 끝나면 불러 줘요."

벼랑의 산길을 올려다보고 조타로는 부스럭부스럭 소리를 내며 기어올라 갔다.

그제야 좀 원기를 되찾은 듯 오쓰우는 일어나서 사슴처럼 올라가는 조타로의 뒷모습을 바라본다.

"조타로, 조타로, 그렇게 멀리 가지 않아도 돼요."

소리쳤지만 들렸는지 들리지 않았는지, 조타로는 대답도 않는다.

오쓰우 또한 지금 새삼스레 그런 마음에도 없는 말을 하며 무사시에게 등을 돌리고 있을 필요는 없을 텐데, 역시 조타로가 없어져 버리고 단둘이 되었다고 생각하자 갑자기 가슴이 벅차서 무슨 말부터 시작해야 좋을지 별안간 자기 자신을 주체하기 어려웠으리라.

수줍음은 건강한 몸일 때보다도 병을 앓고 있을 때가 오히려 생리적으로 더 심하게 나타나는지도 모른다.

아니, 수줍어하는 것은 오쓰우뿐만이 아니다. 무사시도 얼굴을 돌리고 있었다.

한편은 등을 돌리고 고개를 떨어뜨리고 한편은 얼굴을 돌려 하늘을 우러러본다. ……이것이 몇 년이고 몇 년이고 만나려 하면서도 만나기 어려웠던 두 사람에게 어쩌다가 허락된 순간의 만남이었다.

"……."

무어라고 말할까!

무사시로서도 말이 생각나지 않는다.

어떤 말로써 표현을 해도 자기 마음을 나타내기에는 부족하기 때문이었다.

바람 소리가 무섭게 윙윙거리는 천 년이나 묵은 듯 싶은 삼나무에 매달렸던 캄캄한 하룻밤, 그 새벽녘의 일을 무사시는 순간적으로 가슴에 떠올렸던 것이다. 눈으로 보아 오지는 못했지만 그로부터 5년 남짓한 동안 그녀가 걸어온 길을……또 한결같이 지켜온 청순한 순정을……무사시는 결코 받아들이지 않고 있는 것이 아니었다. 느끼지 못하는 게 아니었다.

여러 갈래로 복잡한 그녀의 생활과, 그러나 겉으로 나타내 보인 순애의 불길과, 벙어리처럼 무표정하게 재처럼 싸늘하게 남에게 보여왔던 자기의 묻힌 불같은 정열과 어느 편이 강하고 어느 편이 괴롭겠느냐고 한다면 무사시는 자기 혼자 마음 속으로 언제나 이렇게 생각한다.

'나야말로!'

지금 또한 그렇게 생각하는 것이었다.

그런데 그러한 자기 자신보다도 더욱더 이 오쓰우가 가련해 보이고 불쌍하게 생각되는 것은, 남자라도 짊어지기 너무 무거운 고뇌를, 여자의 몸으로 생활을 이겨 가면서 사랑 하나만을 생명 삼아 버티어 나온, 그 강함과 기특함이었다.

'이제……얼마 남지 않았다.'

무사시는 달의 위치를 보고 있다. 자기가 살아 있는 동안의 시간을 생각하지 않을 수 없었다. 달은 벌써 이지러져 있었다. 어느덧 훨씬 서쪽으로 기울어졌고 달빛이 새하얀 것을 보면 새벽이 멀지 않은 것 같다.

그 달과 더불어 죽음의 심연(深淵)으로 떨어져 가기 직전의 자기인 것이

다. 지금이야말로 오쓰우에게 단 한 마디라도 진실을 말하고 싶다. 또한 그것이 이 여인에게 대해서 갚을 수 있는 최대의 양심이기도 하다고 무사시는 생각한다.

진실.

그러나, 말을 할 수가 없었다.

가슴에 가득 차 있는 진실이, 그 진실을 말하고자 하면 할수록 입으로 말이 되어 나오지 않기 때문에 실없이 다만 하늘을 향해 엉뚱한 쪽을 보고 있을 뿐이다.

"……."

오쓰우 역시 다만 땅바닥만 내려다보며 눈물을 흘리고 있을 수밖에 없었다. 여기에 올 때까지는 그녀의 가슴에도 절의 일곱 가지 전각이라도 불태워 버릴 듯한, 사랑 말고는 진리도, 신불도, 이해도 없는, 남자들 세계에서 말하는 고집도 체면도 없는, 단지 사랑뿐인 열정이 있었던 것이다. 그 열정으로써 무사시를 움직이고 그 눈물로써 단둘이 뜬 세상 밖에서 살지 못할 것도 없으리라고 믿고 있었던 것이다.

그렇지만 만나고 보니 아무런 말도 나오지 않는 그녀였다. 그러한 불길 같은 소망은 고사하고 만나지 못했던 동안의 쓰라림, 나그네 길을 떠돌아 다니는 몸의 서글픔, 박정한 무사시의 마음. 그 무엇 하나도 끄집어내어 말하지 못하는 것이었다. 목구멍까지 치밀어 올라오는 그러한 감정을 마음을 가다듬고 말하려 하면 다소 입술이 와들와들 떨릴 뿐, 더욱더 가슴은 벅차오르고 눈물이 앞을 가려 만일 무사시가 없는 어스름한 달빛 아래라면 엉엉……소리내어 어린애처럼 울며 뒹굴고, 차라리 이 세상에 없는 어머니에게라도 응석을 부리는 심정으로 마음이 풀릴 때까지 울며 날을 밝히고 싶다고 생각할 정도였다.

"……."

어떻게 된 것일까. 오쓰우도 말이 없고 이렇게 하고 있는 동안 시간은 덧없이 흘러가고 말았다.

벌써 새벽이 가까운 탓인지, 느릿한 울음 소리를 떨구며 돌아가는 기러기 예닐곱 마리가 산등성이를 넘어갔다.

8

"기러기가……."

무사시는 중얼거렸다.

이런 경우에 어울리지 않는, 어색한 말이라는 것을 알면서도

"오쓰우님, 기러기가 울며 돌아가는군요."

이렇게 말했다.

그러자

"무사시님."

오쓰우도 말했다.

눈길과 눈길이 비로소 서로 마주쳤다. 가을과 봄이면 기러기가 지나가는 고향의 산천이 두 사람의 마음에 되살아났다.

그때엔 단순했었다.

오쓰우가 언제나 사이좋게 지내고 있던 것은 마타하치였고 무사시는 개구쟁이라 싫다고 했었다. 무사시가 놀려대면 오쓰우도 지지 않고 대들었다. 그러한 어렸을 무렵의 칠보사가 눈 앞에 선하다. 요시노강의 강둑이 떠오른다.

그러한 추억에 잠겨 있으면 두 번 다시 없을 이 세상에서의 귀중한 순간을 침묵 속에서 또 덧없이 보내고 말 것 같아서, 무사시는 이윽고 또 말했다.

"오쓰우님, 그대는 지금 몸이 건강치 못하다고 들었는데 몸은 어떻소?"

"아무렇지도 않아요."

"이제는 나았소?"

"그것보다도 무사시님은 이제부터 일승사 마을인가 하는 곳에서 죽을 각오시라지요?"

"……그렇소."

"당신이 싸우다 죽으면 나도 살아 있을 생각이 없습니다. 그 때문인지 아팠던 몸이 아무렇지도 않아요."

"……."

무사시는 그렇게 말하는 오쓰우의 티없는 얼굴을 보며 자기의 마음가짐이 아직도 이 한 여성에게조차 미치지 못한다고 생각하였다.

지금의 결심을 정하기까지는 여러가지로 생사문제에 대해 고민을 하고 또 평소의 수양과 무사로서의 단련을 쌓아 오는 가운데 가까스로 이만한 각오를 할 수 있게 되었다고 생각하는 것이다. 그런데도 여자는 그러한 단련도 고뇌도 겪지 않고 대뜸 아무런 주저도 없이 거침없이 말한다.

"나도 살아 있을 생각이 없습니다."

무사시는 지그시 그 눈을 보고 있는 동안, 그녀의 말이 결코 순간적인 흥분이나 거짓이 아니라는 것을 알 수 있었다. 오히려 기꺼이 자기의 죽음에 대해서 함께 죽으려 하고 있는 심정조차도 빛나고 있다. 아무리 각오가 굳은 무사시일지라도 미치지 못할 만큼 조용한 눈으로 죽음을 보고 있는 것이다.

무사시는 부끄러워하고 또 한편 의심했다.

'어떻게 여자는 이렇게 될 수 있는 것일까?'

무사시는 난처해짐과 동시에 그녀의 일생을 염려하는 나머지 마음이 어지러워졌다.

"바, 바보 같은 소리를!"

돌연 그는 자기 입에서 튀어나온 자기 목소리에 놀랄 만큼, 격한 감정에 자기 자신을 잊고 말했다.

"내 죽음에는 뜻이 있는 거요. 검에 사는 인간이 검에 죽는 것은 본디의 바람일 뿐만 아니라, 어지러운 무사도를 위해 자진해서 비겁한 적을 맞아 목숨을 바치겠다는 것이오. 그것을 뒤따라 그대가 함께 죽겠다니……그 심정은 가상하지만 그것이 무슨 소용이 있소? 벌레처럼 가엾게 살다가 벌레처럼 덧없이 죽어서 어쩌겠다는 거요?"

오쓰우는 또다시 땅 위에 엎드려 울고 있는 것 같았다. 무사시는 자기의 말이 너무 과격했다는 것을 깨닫고 무릎을 꿇고서 목소리를 낮추었다.

"하지만 오쓰우님, ……생각해 보니 나도 모르는 사이에 그대에게 거짓말을 해왔소. 천 년 묵은 삼나무 시절부터, 하나다 다리에서 만났을 때에도 속일 마음은 없었지만 결과적으로 그렇게 되고 말았소. 그리고 냉혹할 만큼 쌀쌀한 태도를 보여 왔소. 그러나 나는 이제 두 시간 후에는 죽을 몸이오. 오쓰우님, 지금 말하는 것은 거짓말이 아니오. 나는 그대가 좋소. 하루라도 잊은 적이 없을만큼 좋아했소. ……이것 저것 다 버리고 함께 살고 싶다고 얼마나 고민했는지 모르오. 그대 이상으로 좋은, 검이라는 것이 없었다면 말이오."

9

"오쓰우님!"

말을 멈추었다가 다시금 무사시는 힘을 주어 말했다.

언제나 말이 적고 무표정한 그가 신기할 정도로 감정에 빠져들었다.

"새도 죽으려 할 때는 거짓이 없는 법, 바야흐로 죽음을 눈 앞에 두고 있는 이 무사시요. 오쓰우님, 내가 지금 하는 말에는 털끝만치도 거짓이나 과장이 없다는 것을 믿어 주오. 수치도 체면도 버리고 나는 말하겠소. 오늘날까지 오쓰우님 생각을 할 때면 낮에도 꿈을 꾸는 듯했소. 밤에는 잠이 오지 않아 어지러운 꿈만 꾸게 되어 미칠 것 같은 밤이 많이 있었소. 절에서 자건 들에 눕건 오쓰우님의 꿈은 떠나질 않았고, 나중에는 엷은 짚이불이 마치 오쓰우님인 것처럼 끌어 안고 덜덜 이를 마주치며 밤을 밝힌 일조차 있었소. 그처럼 나는 오쓰우님에게 사로잡혀 있었소. 왜 그런지 모르게 오쓰우님이 그리웠소. 하지만, 하지만 그런 때도 남몰래 칼을 뽑아 보고 있느라면 미칠 듯 싶던 피가 물처럼 가라앉고 오쓰우님의 모습도 안개처럼 내 머리 속에서 사라져 버렸소……."

"……."

오쓰우는 무언가 말하려 했다. 덩굴풀의 하얀 꽃처럼 흐느끼고 있던 얼굴을 들었다. 그러나 무사시의 얼굴이 열정으로 굳어져 있는 것을 보자 숨이 콱 막혀 다시 땅으로 고개를 떨어뜨리고 말았다.

"그리고 다시 나는 검의 길로 몸과 마음을 기울여 갔던 거요. 오쓰우님,

이것이 무사시의 본심이오. 즉 사랑과 수업의 두 갈래 길에 발을 하나씩 딛고 망설이고 또 망설이고 괴로워하고 또 괴로워하면서 오늘날까지 그럭 저럭 검의 길로 몸을 채찍질해 온 무사시란 말이오. 그러므로 나는 누구보 다도 내 자신을 잘 알고 있소. 나는 뛰어난 사나이도 아니고 천재도 아니 오. 단지 오쓰우님보다 검을 조금 더 좋아할 뿐이오. 사랑을 위해선 죽지 못하지만 검을 위해서는 언제 죽어도 좋다는 심정이 드는 것뿐이오."

무엇이든 정직하게……한 줌의 거짓도 없이 무사시는 자기의 본심을…… 마음 속속들이 지금 이 순간 말해 버리려고 하는 것이었다. 그러나 부질없이 말의 수식과 감정의 떨림만이 앞서고 말아, 아직도 정직하게 털어놓지 못한 것이 가슴에 가득히 걸려 있는 것만 같았다.

"그러니까 남은 잘 모르지만 오쓰우님, 무사시란 그런 사나이라오. 좀더 솔직히 말하면 그대를 생각하고 불현듯 사로잡혀 있을 때는 몸과 마음이 다같이 불 속에 있는 듯한 느낌이 들지만, 검의 길에 눈을 돌리면 오쓰우 님의 일 같은 건 머리에서 사라지고 마오. 아니, 마음 어느 한구석에도 남 아 있지 않게 되오. 이 몸, 이 마음의 어디를 찾아보아도 오쓰우님의 존재 같은 것은 모래알만큼도 남지 않게 된단 말이오. 또한 그때가 무사시로서 는 가장 즐겁고 삶의 보람을 느끼고 있는 때라오. 알아듣겠소, 오쓰우님? 그러한 나를 보고서 오쓰우님은 마음과 몸을 모두 걸어놓고 오늘날까지 혼자 괴로워하고 있소. 미안하다고 마음으로 생각은 하지만 어쩔 수 없는 일이오. ……그것이 무사시라는 사람이니까."

그때 별안간 오쓰우의 가냘픈 손이 무사시의 우람한 손목을 움켜잡았다. 이미 눈은 울고 있지 않았다.

"……알고 있어요! 그, 그러한 일쯤은. 그러한 당신이라는 것쯤은……. 모, 모르고서……모르고서 사모하지는 않았어요."

"그렇다면 굳이 말할 것도 없이 이 무사시와 함께 죽겠다는 생각 따위는 하지 마시오. 부질없는 일이외다. 나라는 인간은 이러고 있는 짧은 동안에 는 아무런 생각도 없이 그대에게 몸과 마음을 주고 있지만, 한 발자국이라 도 그대의 곁에서 떠나면 머리카락 한 올만큼도 마음에 두고 있지 않은 인 간. 그러한 사나이에게 매달리고, 사나이의 죽음을 뒤쫓아 방울벌레처럼 죽는다면 그 죽음은 아무 뜻이 없소. 여자에게는 여자의 길이 있소. 여자 가 사는 보람은 달리 또 있을 거요. 오쓰우님, 이것이 나의 작별의 말이오. 그럼, 이제 시간도 없으니까……."

무사시는 그녀의 손을 살며시 풀고 일어났다.

10

풀린 손은 다시 그 소매를 붙잡는다.

"무사시님, 잠깐."

오쓰우는 무사시의 팔을 단단히 붙잡았다.

아까부터 그녀에게도 하고 싶은 말이 가슴 가득히 차 있었다.

무사시가 한 말…….

"벌레처럼 살고 벌레처럼 죽은 여자의 사랑에는 죽음의 의의가 없다."

"너에게서 한 발자국이라도 떨어지면 나는 너의 생각 같은 것은 머리 속에도 두지 않는 사나이다."

이런 말에도 오쓰우는 결코 그런 식으로 무사시에게 잘못된 사랑을 하고 있는 게 아니라고 하고 싶었지만 아무래도 '이젠 두 번 다시 만나지 못하게 된다'는 절박한 감정을 이길 수 없었다. 그밖에 아무 말도 하지 못했다는 것조차 냉정하게 생각할 수 없었다.

"……잠깐."

그런데 지금 소매를 붙잡기는 했으나, 역시 오쓰우도 불가항력적인 것이다. 다만 슬퍼 울 뿐인 여성으로밖에 자기 자신을 나타내지 못했던 것이다.

그러나 말하고 싶은 것을 말하지 못하는 약한 것의 아름다움과 단순한 복잡함에 대해 무사시도 어지러워지지 않을 수가 없었다. 그가 두려워하고 있는 자기 성격 중의 가장 커다란 약점이, 지금 폭풍우 속에서 뿌리 약한 나무처럼 흔들리고 있다. 자칫하면 여기까지 끌고 나온 '검도에 대한 절개'도 산사태 모양 그녀의 눈물 앞에서 그 눈물과 더불어 진흙이 되어 무너져버릴 것만 같은 심정이 든다. 그 심정이 그는 두려웠다.

"알았소?"

무사시는 다만 달래기 위해서 그렇게 말했다.

"알았어요."

오쓰우는 가냘프게 대답했다.

"하지만 저는 당신이 돌아가시면 뒤따라 죽겠어요. 남자인 당신이 기쁘게 죽는 이상으로 여자인 저도 죽음의 의미를 간직하고 죽을 수 있지요. 결코

벌레처럼, 또한 일시적 슬픔에 빠져 죽는 건 아닙니다. 그러니 그것만은 오쓰우의 마음에 맡겨 주세요."

거침없이 말했다.

그리고 다시 한 마디 덧붙였다.

"당신은 저를, 마음 속으로라도 아내로 받아 주시겠지요? 이제 그것만으로도 저는 모든 소원이 풀리고 만족스러워요. ……이 심정, 이 커다란 기쁨, 그건 저만이 간직할 수 있는 행복입니다. 당신은 저를 불행하게 하고 싶지 않기 때문이라고 말씀하셨지만, 저는 결코 불행해져서 죽는 것이 아닙니다. 저에 대해서 세상 사람들이 모두 불행하다고 말하더라도 저 자신은 조금도 불행하지 않아요. 오히려 아, 뭐라고 말하면 좋을까. 죽음의 새벽이 즐겁기만 하고 기다려져서, 아침의 새들 지저귐 속에서 죽어가는 몸이 새색시처럼 조마조마하게 기다려져 못견딜 지경이에요."

말을 길게 하여 숨이 찬 모양이리라. 그녀는 자기의 젖가슴을 끌어안고 꿈을 꾸는 듯 행복에 빛나는 눈을 들었다.

새벽 달은 아직도 희끄무레하게 남아 있고 나무들 사이로 조금씩 안개가 서리기 시작했다. 그러나 날이 새기에는 아직 시간이 있다.

그때였다.

"으악!"

문득 그녀가 눈길을 들어 올려다본 벼랑 위쪽에서 돌연 잠든 나무들을 깨우고 나는 괴조(怪鳥)처럼, 여자의 날카로운 외마디 비명 소리가 들려왔다.

분명히 여자의 절규였다.

얼마 전 조타로가 그 벼랑 위로 올라가긴 했으나, 결코 그 조타로의 목소리는 아니었다.

11

예삿일 같지 않았다.

누구의 비명일까. 아니, 무슨 일이 생겼을까?

누군가가 부르기라도 한 것처럼 오쓰우는 안개가 끼기 시작한 봉우리 위를 우러러보고 있었다. 무사시는 그 틈을 타서 성큼 그녀 옆을 떠났다.

'잘 있으시오.'

이런 말도 없이 죽을 곳을 향해 성큼성큼 커다랗게 발을 떼어 놓았다.

"아, 벌써……."

오쓰우가 열 발자국쯤 뒤쫓아가자 무사시도 열 발자국쯤 뛰어간 다음 뒤를 돌아보았다.

"오쓰우님, 잘 알았소. ……하지만 개죽음을 해서는 안 되오. 불행에 쫓기다가 죽음의 골짜기에 미끄러져 떨어지는 것 같은 못난 죽음을 해서는 안 되오. 그 몸을 건강하게 회복시켜 건강한 마음으로 다시 한 번 잘 생각하도록 하오. 나라고 해서 이제부터 쓸데없이 목숨을 버리려고 서두르는 것은 아니오. 영원한 생명을 얻기 위해서 일시적으로 죽음의 형식을 빌릴 뿐이오. 내 뒤를 따라 죽어 주는 것보다도 오쓰우님! 살아 남아 긴 안목으로 지켜 봐 주시오. 무사시의 몸은 비록 흙이 되더라도 무사시는 반드시 살아 있을 테니까!"

단숨에 숨도 돌리지 않고 여기까지 말한 무사시는 또 한마디 간절히 말한다.

"알겠소, 오쓰우님? 내 뒤를 따라올 작정으로 엉뚱한 곳으로 혼자 가버리면 안 되오. 나의 죽는 모습을 보고 무사시를 저승에서 찾더라도 무사시는 저승에 있지 않을 거요. 무사시가 있는 곳은 백 년 후라도 천 년 후라도 이 나라의 사람들 속에 있고, 이 나라의 검 속에 있소. 다른 데는 없소."

　말을 마치자 벌써 오쓰우의 다음 말이 들리지 않는 곳까지 무사시의 모습은 멀어져가고 있었다.

　"……."

　오쓰우는 멍하니 떨어져 있었다. 멀리 사라져가는 무사시의 뒷모습이 자기의 마음에서 빠져나간 자기 자신인 것 같은 심정이었다. 이별이라는 슬픔은 두 사람이 떨어지는 데서 생기는 감정인 것이다. 오쓰우의 지금 심정에는 이별의 슬픔이라는 별개의 의식에서 오는 슬픔은 없었다. 다만 커다란 생사의 패도에 휩쓸려 가려 하고 있는 그와 자기 자신의 영혼에 대해 문득 전율의 눈을 감을 뿐이었다.

　후두둑……

　그러자 그때 벼랑 위에서 흙덩어리가 그녀의 발 밑까지 무너져 내려왔다. 그러더니 그 흙이 무너져 내린 소리를 뒤쫓듯이 조타로가 나무며 풀을 헤치고 뛰어내려왔다.

　"얏."

　"어머나!"

　오쓰우는 흠칫 놀랐다.

조타로는 나라의 여인숙집 미망인에게서 얻은 귀녀(鬼女)의 가면을, 이번에는 가라스마루의 저택으로 다시 돌아가지 않을 것으로 생각하고 소중히 품 안에 간직하고 왔던 모양으로, 지금 그 가면을 얼굴에 쓰고 별안간 눈 앞에 우뚝서서 두 손을 들었기 때문이었다.

"놀랐지?"

"무슨 짓이에요, 조타로!"

오쓰우가 꾸짖듯이 말하였다.

"무엇인지 모르지만 오쓰우님에게도 들렸지? 비명을 지른 여자 목소리 말이야."

"조타로는 그걸 쓰고 거기 있었나요?"

"이 벼랑을 한참 올라갔더니 거기에도 이만한 길이 있는데 말이야, 그 길 훨씬 위쪽에 때마침 앉기가 좋은 평평한 큰 바위가 있기에 거기 걸터앉아 멍청히 달이 지는 것을 보고 있었어요."

"그걸 쓰고서?"

"응……왜냐하면 여기저기서 시끄럽게 여우가 울기도 하고 너구리인지 토끼 새끼인지 모르는 놈들이 부석부석 소리를 냈기 때문에, 가면을 쓰고 으시대고 있으면 감히 덤비지 못할 것 같아서 그랬어. 그랬더니 어딘가에서 별안간 기절초풍하는 비명 소리가 들리잖아. 그 비명 소리는 마치 지옥의 바늘산에서 온 귀신의 메아리 같은 소리였어."

외기러기

1

히가시야마(東山) 산에서 다이몬지(大文字) 산기슭까지는 분명히 방향을 잡았었는데 어느새 길을 잘못 들었는지 일승사 마을로 나가기에는 산길을 너무 들어간 것 같았다.

"이봐, 뭘 그리 성급하게 서두르는 거야. 기다려, 마타하치, 마타하치."

앞서가는 아들보다 조금만 뒤떨어져도 오스기 노파는 고집도 참을성도 없어진 듯이 뒤에서 헐떡이며 소리를 질렀다.

"뭐요, 큰소리만 치고서. 여인숙을 나올 때 뭐라고 야단을 쳤소?"

마타하치는 들으라는 듯이 혀를 차고 기다리지 않을 수 없어서 마타하치는 그때마다 발을 멈추고 기다리기는 하지만, 그럴 때마다 보라는 듯이 간신히 뒤쫓아오는 노모를 꼭대기서부터 나무랐다.

"뭘 그렇게 기분 나쁘게 나한테 해대는 거야! 너처럼 자기를 낳아 준 어머니가 하는 말을 일일이 캐내어 원망스럽게 따지고 드는 자식이 어디 있니?"

주름 사이로 배어나는 땀을 씻으며 숨을 돌리고 조금 쉬려 하면, 마타하치의 젊은 발걸음은 서 있는 것이 지겨운 듯이 또다시 앞서 옮겨지는 것이었다.

"이봐, 기다려라. 조금 쉬었다 가자."

"잘도 쉬는군. 그러다간 날이 새겠소."

"뭐, 날이 새려면 아직 멀었어. 여느때 같으면 이만한 산길이야 아무렇지도 않겠는데 이 2, 3일 동안은 감기가 있는지 몸이 나른해서 걷기만 하면 숨이 차서 못견디겠다. 하필 이런 때 걸릴 게 뭐람!"

"또 핑계로군. 그러니까 도중에서 선술집 주인을 깨워 일부러 쉬게 해 준대도 그런 땐 자기가 마시기 싫으니까 시간이 늦느니 빨리 서두르자느니 하며 마음놓고 마시기도 전에 일어나 버리잖았소? 아무리 부모라지만 어머니만큼 사귀기 힘든 사람도 없어요."

"아아, 그럼 그 선술집에서 네게 술을 못 마시게 했다고 해서 그걸 아직도 화내고 있는 거냐?"

"그만해, 이젠."

"고집도 어지간히 부리는구나. 큰일을 눈 앞에 두고 가는 길이야, 이 길은."

"그렇다고 해서 뭐 우리 모자가 칼 속에 뛰어드는 것도 아니고 승부가 끝난 뒤에 요시오카 사람들에게 부탁해서 무사시의 시체에다 한 칼 원한을 풀고 그 시체에서 머리털이나 잘라 고향에 선물로 가져가자는 정도가 아니오? 큰일이고 뭐고가 어디 있담!"

"알았다, 여기서 너하고 둘이 싸움을 해봐야 소용없는 일이니까."

걷기 시작하자 마타하치는 혼잣말로 투덜투덜거린다.

"아아, 시시해라. 남이 죽인 시체에서 증거물을 얻어서 이로써 보기 좋게 소원을 이루었다고 고향에 돌아가 공개를 하겠다니. 고향 놈들은 어차피 산골 밖으론 나가 본 일도 없는 자들뿐이니 사실로 믿고 기뻐할 테지만, 정말……또 그 산골에 들어가 산다는 건 생각만 해도 지긋지긋해."

맛좋은 술이며 도시 여자며 마타하치가 알게 된 도시생활의 모든 것이 그에게 미련을 두도록 속삭여 마지 않았다. 더구나 마타하치에게는 아직 그 이상의 집착이 도시에 남아 있었다.

요행히 무사시가 걸어온 길 이외의 길을 찾아 벼락 출세를 하여 고생스럽던 몸을 만족시키며 다만 사람이 태어난 보람을 거기서 찾아 보려고 하는……그다운 희망을 아직 버리지 못하고 있는 것이었다.

'아아 싫다, 여기서 보아도 나는 도시가 그립다.'

어느새 또다시 오스기 노파는 꽤 뒤쳐져 있었다. 여인숙을 떠나기 전부터 몸이 나른하다고 연신 말하더니 정말로 몸이 불편한 것인지도 모른다.

노파는 드디어 고집을 버린 듯이 아들에게 말한다.

"마타하치, 조금 업어 주지 않겠니. 제발 좀 업고 가다오."

마타하치는 얼굴을 찌푸렸다.

시무룩한 채 대답도 않고 기다렸다. 그러자 오스기 노파는 깜짝 놀란 듯이 귀를 바싹 기울였다. 먼저 조타로도 놀라고, 오쓰우도 들은 적이 있는 그 바늘산의 비명에 가까운 외마디 소리를 이 모자도 들은 것이었다.

2

어디선지도 모르게 단 한 마디 비명 소리가 났다. 비명 소리가 다시 들린다면 어디서 나는 것인지 정확하게 알 수 있으리라. 그것을 기다리기나 하는 듯이 마타하치와 노파는 멍청한 얼굴로 의심에 싸인 채 서 있었다.

"……앗!"

갑자기 오스기 노파가 소리 지른 것은 그 이상한 비명 소리가 다시 들려왔기 때문이 아니라, 무엇을 생각했는지 마타하치가 불현듯 낭떠러지 한 모퉁이를 잡고 골짜기를 향해 내려가려 했기 때문이었다.

"어, 어딜 가는 거야?"

"이 아래 골짜기야."

당황해서 묻자 벌써 벼랑 밑 길로 내려가면서 마타하치는 말했다.

"어머니, 잠깐 거기서 기다려 줘요. 보고 올 테니까."

"바보 같은 녀석."

오스기 노파는 또다시 여느 때의 입버릇으로 말했다.

"뭘 찾으러 가니, 뭣을?"

"뭣이라니, 지금 들렸지 않아, 여자의 비명이."

"그런 걸 알아서 뭣할 참이야? 저런, 바보. 그만두라니까."

위에서 노파가 소리치는 동안, 마타하치는 들은 체도 않고 나무를 붙잡고 깊은 골짜기로 내려가 버렸다.

"바보 같은 녀석."

달을 보고 욕을 퍼붓고 있는 늙은 어머니의 모습을 마타하치는 깊은 골짜

기 바닥에서 나뭇가지 사이로 올려다보았다.

"기다려요, 거기서."

밑에서 소리쳤지만 그 소리가 오스기 노파에게는 들리지 않을 만큼 마타하치가 내려간 벼랑은 험하고 깊었다.

"어디일까?"

마타하치는 조금 후회했다. 분명 아까 그 비명이 난 곳은 이 골짜기 근처인 줄 알았는데, 혹시 그렇지 않다면 헛수고가 되는 것이다.

그러나 달빛도 비치지 않을 만큼 깊은 이 골짜기를 잘 살펴보니 사잇길이 나 있다. 산이라고는 해도 원래 이 근처 산은 그다지 깊지 않다. 게다가 교토에서 시가 땅 사모도나 오쓰로 통하는 지름길이기도 하므로 어느 쪽으로 내려가나 사람이 지나간 흔적이 반드시 있게 마련이었다.

졸졸 흐르는 여울과 폭포가 떨어지는 물을 따라 마타하치는 걸어갔다. 그러자 그 흐름을 가로질러 좌우의 산중턱으로 통하는 외줄기 길이 있었다.

그가 발견한 것은 마침 그 길목에 해당하는 시냇물 옆의 오두막이었다. 사람 하나가 간신히 드러누울 만한 자그마한 판자집이 거기 있었다.

그 판자집 뒤에 꿇어앉아 있는 하얀 얼굴과 손을 힐끔 본 것이다.

"……여자인데?"

마타하치는 바위 틈에 몸을 숨겼다. 아까 그 비명 소리의 주인공이 이 여자인 것 같았기 때문에 그는 엽기적인 흥분에 끌렸던 것이다. 남자 소리였다면 처음부터 이런 골짜기엔 내려오지도 않았을 것이다.

지금 그 정체를 살펴보니 분명히 여자이며 또한 젊은 여자였다.

무엇을 하고 있는 것일까?

처음에는 의심쩍었으나 가까이 다가가 보자 의심은 곧 풀렸다. 여자는 개울 가에서 하얀 손으로 물을 떠 마시고 있는 참이었다.

3

여자는 민감하게 뒤돌아보았다. 마타하치의 발소리를 벌레처럼 온몸으로 느끼고서 대뜸 일어서려는 눈치였다.

"아니?"

마타하치가 소리를 내자 여자도 똑같이 놀랐다.

"아!"

그러나 그건 공포심에서 구출된 것 같은 목소리였다.

"아케미가 아닌가?"

"……아, 아."

아까 마신 시냇물이 그제야 간신히 가슴을 흘러내려간 것처럼 아케미는 커다랗게 한숨을 몰아쉬었다.

그러나 아직도 어딘지 겁을 집어먹고 있는 것 같은 어깨를 붙잡고 물었다.

"어떻게 된 거야, 아케미?"

마타하치는 그녀의 발 끝에서부터 얼굴까지 훑어보며 말했다.

"너는 여행하는 사람 차림이로구나. 그렇기로서니 이런 데를 이런 때 왜 돌아다니지?"

"마타하치님, 당신의 어머니는?"

"어머니, 어머니는 저 골짜기 위에서 기다리게 했지."

"화내셨지요?"

"아, 그 노잣돈 때문에 말이야?"

"급히 떠나야만 했기 때문이었어요. 하지만 숙박비도 못 물고 노잣돈도 없었기 때문에 나쁜 일인 줄 알면서도 할머니 짐 속에 있던 지갑을 순간 말

없이 가져 버렸어요. ……마타하치님, 용서해 주어요. 그리고 저를 한 번
만 봐주세요. 훗날 꼭 갚을 테니까요."
아케미가 울음 섞인 소리로 비는 것이 마타하치에게는 오히려 뜻밖인 듯
했다.
"이봐, 이봐. 무얼 그렇게 빌고 야단이야. ……아, 알았어. 내가 어머니
와 둘이 너를 잡기 위해서 여기까지 뒤쫓아온 줄 아나? 잘못 생각하고 있
는 거야?"
"그렇지만 저는 순간의 잘못이긴 하지만 남의 돈을 훔쳤으니 잡히면 도둑
이란 말을 들어도 할 수 없지 않아요?"
"그야 우리 어머니가 할 말이지. 나로서야 그 정도의 돈쯤, 사실 네가 곤
란하다면야 내가 주고 싶을 정도야. 아무렇게도 생각지 않으니까 그렇게
염려할 필요는 없어. 그보다도 무엇 때문에 갑자기 여행 준비를 서둘러서
이런 시간에 이런 곳을 돌아다니는 거야."
"여관집 별채에서 당신이 어머니와 둘이서 얘기하고 있는 걸 문득 들었기
때문에."
"흠, 그렇다면 무사시와 요시오카 패들의 오늘 결투에 대해서 말인가?"

"……네."

"그래서 갑자기 일승사 마을로 갈 작정으로 왔단 말이지?"

"……"

아케미는 대답이 없었다.

한집에서 살고 있을 때부터 아케미가 가슴에 감추고 있는 것이 무엇인가는 마타하치도 잘 알고 있었다. 그래서 그는 더 이상 묻지 않았다.

"그래 그래."

마타하치는 갑자기 말을 바꾸었다.

"조금 전에 꽥 하는 비명이 들렸는데 그거 혹시 네가 아니었니?"

이 골짜기로 내려온 목적으로 되돌아가 그렇게 묻자 아케미는 끄덕였다.

"네, 저였어요."

그리고 아직 뭔가 두려운 꿈이라도 꾸는 듯 골짜기의 우묵한 곳에서 겁에 질린 눈으로 하늘에 검은 그림자를 그리고 있는 산등성이를 바라보았다.

4

그 사실에 대해서 아케미 자신이 말한 바에 의하면 이러했다.

바로 조금 전의 일이었다.

아케미가 이 골짜기 시냇물을 건너 여기서도 바라보이는 눈 앞의 툭 불거진 돌산 중턱까지 이르자, 바로 그 산허리쯤 되는 바위 위에 세상에도 무서운 요물이 걸터앉아 달을 쳐다보고 있더라는 것이었다.

곧이들을 수 없는 이야기 같지만 아케미는 정색을 하고 말했다.

"멀리서 보니까 몸은 난장이처럼 작은데 얼굴은 어른만큼 큰 여자였어요. 그리고 얼굴은 희다고 하기보다 뭐라고 말할 수 없는 빛깔을 띠고 입은 귀 밑까지 찢어져 있는데 나를 보더니 히죽 웃는 것 같았어요. 저도 모르게 그때 꽥 하고 소리를 질러 버린 것 같아요. 제정신이 아니었어요. 정신을 차리고 보니 이 골짜기로 굴러떨어져 있었어요."

무척 무서웠던 듯이 아케미가 말을 하기 때문에 마타하치는 웃지 않으려고 참다가 그만 웃음을 터뜨렸다.

"하하……뭔가 했더니."

그리고 놀리면서 말을 이었다.

"이부키산 기슭에서 자란 네가 무섭다고 하니 귀신이 오히려 질려 버렸겠

다. 불꽃이 이글이글 타는 싸움터를 쏘다니며 시체의 칼이나 갑옷을 벗긴 일도 있지 않나?"

"그렇지만 그때는 무서운 것을 모르던 아이 때였지요."

"전혀 아이라고만도 할 수 없지. 그 무렵의 일을 지금까지도 잊지 않고 그리워하고 있는 걸 보면."

"그야 그건 처음 알게 된 사랑이었어요. ……그렇지만 저는 그분을 단념하고 있어요."

"그럼 왜 일승사 마을까지 가는 거지?"

"그 기분은 저도 잘 모르겠어요. 어쩌면 무사시님을 만나 볼 수 있지 않을까 싶어서."

"실없는 짓이야."

이렇게 한 마디 내뱉고 마타하치는 만의 하나도 이길 승산이 없는 무사시의 입장과 상대방의 형편을 열심히 들려 주었다.

이미 세이주로로부터 고지로……몇 사람인가의 남성을 거쳐, 처녀였던 어제의 자신은 이미 한 가닥 추억이 되어 버린 그녀로서는 무사시를 생각하거나 그리워하기는 해도 이제는 이미 처녀였을 무렵처럼 미래의 꽃을 꿈꾸지는 못하게 되어 버렸다. 육체적으로 그 자격을 잃은 자신을 냉정하게 체념하고 죽지도 못하고 살지도 못하면서 다음 살길을 찾아 헤매는 길잃은 기러기한 마리와도 비슷했다.

그렇기 때문에 그녀는 마타하치로부터 무사시가 시시각각 죽음의 위기로다가가고 있다는 것을 실감나게 들어도 울먹일 것 같은 감정은 솟아나지 않았다.

그렇다면 어째서 연연히 이런 데까지 찾아 헤매는가고 묻는다면 그 자체의 모순도 설명할 수 없는 그녀였다.

"……."

초점 없는 눈동자로 아케미는 마타하치의 말을 꿈결에서 듣는다. 마타하치는 그 옆 얼굴을 가만히 지켜보았다. 무언가 그녀가 방황하고 있는 것과자신이 망설이고 있는 일이 비슷한 것처럼 여겨지는 것이었다.

'이 여인은 동행할 사람을 찾고 있구나.'

그렇게 보이는 하얀 얼굴이었다.

마타하치는 갑자기 아케미의 어깨를 붙들었다. 그리고 얼굴을 갖다 대면서 은근히 속삭였다.

"아케미, 에도로 도망가지 않겠니……?"

5

아케미는 침을 삼켰다.

의아스러운 듯이 마타하치의 눈을 지그시 쏘아본다.

"네……에도로?"

문득 정신을 차리고 현실을 새삼 살피기라도 하는 듯이 반문했다.

마타하치는 그녀의 어깨 너머로 돌린 손에 살며시 힘을 주며 말했다.

"굳이 에도 시라고 할 것까진 없지만 사람들 소문에 의하면 간토의 에도가앞으로는 일본의 서울이 될 것이라는 이야기야. 지금까지의 오사카나 교토는 이미 옛날의 도성이 되어 버리고 새 막부의 에도성(江戶城)을 둘러싸고 새로운 시가가 날로 늘어나리라는 거야. 그런 땅에 가서 끼어들면뭔가 좋은 일거리가 있을 거야. 너나 나나 말하자면 인간 무리에서 뒤처진기러기야……. 안 가겠나? ……가 보지 않겠나? ……응, 아케미?"

속삭임을 듣고 있는 그녀의 얼굴이 차츰 열을 띠어 왔다.

마타하치는 세상이 넓다는 것과 자기들의 젊은 청춘을 더없이 찬양하고 나서

"재미있게 사는 거야. 하고 싶은 걸 하고 사는 거야. 그렇지 않으면 태어난 보람이 없어. 우리는 좀더 크게 뱃심을 가져야 해. 선이 굵은 세상살이를 하지 않으면 안 돼. 엉거주춤한 채로 정직하고 선량하게 살려고 애쓸수록 오히려 운명이란 놈은 사람을 희롱하거나 조소하거나 해서 울 일만 생기도록 되어 있어. 제대로 길이 열리지 않지. 아케미, 너야말로 그렇지 않았나? 오코라는 여자나 세이주로라는 사내나 그런 자들의 미끼가 되어 먹혀 버렸지 않으냐 말야. 그래서 좋지 않았던 거야. 집어먹는 사람이 되지 않고서는 이놈의 세상은 살 수가 없단 말이야."

"……."

아케미는 마음이 움직였다. 요모기 술집인 집에서 서로 헤어져서 세상으로 뛰쳐나간 뒤로, 자기는 그 세상에서 학대만 받아 왔으나 과연 마타하치는 사내이니만큼 이전보다도 어딘가 믿음직스러운 인간이 되어 있는 것 같았다.

그렇지만 아케미의 뇌리 한 구석에는 무언지 아직 버리기 아쉬운 환영이 아른거리고 있었다. 그것은 무사시의 그림자였다. 타버린 집터에 가서 잿더미를 바라보고 싶어하는, 미련스러운 집착과도 같은 것이었다.

"싫은가?"

"……."

아케미는 조용히 고개를 끄덕였다.

"그럼, 가자. 싫지 않으면……."

"그렇지만 마타하치님, 어머니는 어떻게 하지요?"

"아, 어머니 말이야?"

마타하치는 저편으로 시선을 던지며 말한다.

"어머니는 무사시의 유물만 가지면 혼자서 고향으로 돌아간다. 그대로 버림을 받았다는 것을 나중에 알면 한때는 몹시 화를 내기도 하겠지만 머지 않아 내가 출세만 하면 그것으로 해결은 되니까. 그러니, 자 어서 서두르자."

신바람이 나서 먼저 일어나 가자 아케미는 아직도 무언가 주저되는 듯이

"마타하치님, 다른 길로 가요, 그 길은."

말하고 나서 버린다.

"왜?"

"하지만 그 길로 올라가면 또 저 산등성이에."

"하하……입이 귀 밑까지 찢어진 난쟁이 말이지. 내가 있으니 괜찮아. ……아, 안 되겠다. 어머니가 저쪽에서 부르고 있어. 난쟁이 괴물보다 어머니가 훨씬 더 무서워. 아케미, 들키면 큰일이야. 빨리 와."

달려 올라가는 두 그림자가 바윗산 중턱 깊이 사라졌을 때 기다리다 지친 오스기 노파가 골짜기 위에서 부르는 소리가 공허하게 메아리치고 있었다.

"애야……. 마타하치야."

생사일로(生死一路)

1

쩍쩍 쩍 쩍쩍……

논둑 길가의 큰 숲에 바람이 일고 있었다. 바람을 따라 참새들이 날아다닌다. 그러나 아직도 그 새가 보이지 않을 만큼 새벽은 어두웠다.

"나요, 입회인인 사사키 고지로요."

조금 전에 혼이 났기 때문에 사사키 고지로는 이렇게 외치면서 헐레벌떡 먼 길을 단숨에 달려가 이윽고 늙은 소나무 거리에 다다랐다.

"아아, 고지로님이오!"

발소리를 듣자 사방에 숨어 있던 요시오카 패들은 완전히 지친 얼굴로 그를 새까맣게 둘러쌌다.

"아직 보이지 않습니까, 무사시 놈은?"

미부의 겐자에몬 노인이 물었다.

"아니, 만났소."

고지로는 말끝을 높이며 그 말에 놀라 순간 자기 주위로 몰려드는 수많은 시선들의 광채를 냉정하게 휘둘러본다.

"무사시 놈을 만나긴 만났는데 놈은 무엇을 생각했는지 다카노강(高野川)에서 대여섯 마장쯤 떨어진 곳을 걷고 있는 동안 갑자기 사라져 버렸소."

"그럼, 도망갔구나."

말이 끝나기도 전에 미이케 주로자에몬이 외쳤다.

"아니!"

그를 눌러 놓고 고지로는 다시 말을 이어갔다.

"아직 침착했던 그의 모습과, 나와 이야기한 내용 등 그밖의 여러 가지를 생각해 보건대 사라지기는 했으나 어쩐지 그대로 도망친 것으로는 생각되지 않습니다. 짐작건대 이 고지로에게 알려져선 곤란한 그 어떤 묘책을 쓰기 위해서 나를 피해 버린 것 같소. 절대로 마음을 놓을 수가 없습니다."

"묘책이라, 묘책이라니?"

수많은 얼굴들이 그를 둘러싸고 그의 일언반구도 놓치지 않으려는 듯이 웅성거렸다.

"아마 무사시의 원군이 어딘가 숨어 있다가 그와 합세하여 이리로 공격해 올 셈이 아닌가 싶소."

"음……그건 있을 법한 일이야."

겐자에몬 노인이 신음 소리를 냈다.

"그렇다면 이곳으로 오는 것도 얼마 남지 않았군."

주로자에몬은 그렇게 말하자 자기 위치를 떠나거나 나무에서 내려와 있는 자기 편에게 명령했다.

"되돌아가, 되돌아가라. 대비를 소홀히 하고 있을 때, 무사시 편에서 허를 찔러 기습을 해 온다. 얼마나 많은 원군이 올는지 모르지만 뻔한 것, 실수 없이 잡아 죽여 버려라."

"그렇다. 각각 정신을 차려야 한다."

"지루해서 마음의 긴장이 풀릴 때가 난처한 거야."

"맡은 자리로 가자."

"오오, 실수 마라."

서로 말을 주고받으며 흩어져 다시 덤불 속이며 나무 그늘로, 또 활과 총을 가진 자는 나무 위 가지 사이로 몸을 감추었다.

고지로는 문득 늙은 소나무 아래에 허수아비처럼 서 있는 겐지로 소년을 보자 물었다.

"졸리나?"

"아아니."

겐지로는 힘차게 고개를 저어 보였다.

그 머리를 어루만져 주면서 고지로는 이렇게 내뱉고는 그 자리를 떠났다.

"그럼 추운가? 입술이 새파랗군. 그대는 요시오카 편의 대표로서, 말하자면 오늘 결투의 총대장이야. 정신을 바짝 차리고 있어야 해. 조금만 더 참아. 조금만 지나면 재미있는 것을 볼 수 있으니까 말이야. ……자, 나도 어딘가 지세가 좋은 곳에서."

2

한편 바로 그 시간.

시가산과 우류산(瓜生山) 사이 골짜기에서 오쓰우와 헤어진 무사시는 그 지체한 시간을 메꾸려고 갑자기 걸음을 서둘렀다.

'조금 늦었구나!'

늙은 소나무 밑에서 오전 다섯 시 반에 만나기로 약속이 되어 있다. 해가 뜨는 시각은 여섯 시 이후이므로 약속 무렵은 아직 어두운 시간이다. 장소가 히에이산 길 중에서 세 갈래 길목의 교차점인지라, 날이 훤히 샌다면 당연히 왕래하는 사람도 있을 것이다. 그런 점이 시간을 정하는 데 고려되어 있는 것도 무리가 아니었다.

'오, 기다야마(北山) 별장의 지붕이로군.'

무사시는 발걸음을 멈추었다. 그리고 자신이 지금 걷고 있는 산길 바로 밑에 보이는 건물들을 내려다보며 속으로 중얼거렸다.

'가깝구나!'

그곳으로부터 늙은 소나무까지의 거리는 불과 일여덟 마장밖에 되지 않는다. 기다노 뒷거리에서 걷기 시작한 거리가 드디어 여기까지 좁아 들었다. 그동안 달도 그와 함께 걷고 있었다. 그러나 삼십육 봉우리 품 속에서 축 처져 잠들어 있던 흰 구름떼가 갑자기 뭉게뭉게 움직이기 시작하여 하늘로 떠올라가는 것만 보아도 천지는 고요한 새벽 어둠 속에서 깨어나 벌써 '위대한 일과'를 시작한 것을 알 수 있었다.

그 위대한 일과 첫머리에, 앞으로 몇 번인가를 숨쉬는 동안에 자기의 죽음이 한 조각 구름처럼 가볍게 그 기상 속으로 사라져 갈 것인가 하고 무사시

는 구름을 바라보고 생각했다.

구름이 품고 있는 커다란 만상(萬象) 위에서 본다면 한 마리 나비의 죽음
이나 일개 인간의 죽음이나 아무런 차이가 없는 것이다. 그러나 인류가 가진
세계에서 본다면 하나의 죽음은 인류 전체의 생명과 관계되는 것이다. 인류
의 영원한 생에 대하여 좋은 암시인가 불길한 암시인가를 지상에 그려 놓고
가게 되는 것이다.

'멋있게 죽자!'

무사시는 여기까지 왔다.

'어떻게 해야 멋있게 죽는가?'

여기에 그의 최대의 목적이 있는 것이었다.

문득 물소리가 들린다.

단숨에 여기까지 달려왔기 때문에 그는 목이 탔다. 바위 밑으로 몸을 굽혀
물을 마셨다. 물맛이 혀끝에 스민다.

'내 정신은 흔들리지 않고 있다.'

그는 스스로 이런 사실을 그것으로도 알 수 있었다. 그리고 바로 그 앞에
서 죽음 그 자체에 대하여 조금도 비굴감을 느끼지 않고 있는 자신이 상쾌하
게 여겨졌다. 지금이야말로 자기의 담력이 침착해져 있다는 느낌이었다.

그런데 발을 멈추고 숨을 돌리자 뭔가 뒤에서 자기를 부르는 것이 있었다. 오쓰우의 목소리였다. 또 조타로의 목소리였다.

'모든 것이 마음 먹기에 달려 있다.'

무사시는 그렇게 믿고 있다.

'마음이 흔들려 뒤를 쫓아오는 따위의 여자는 아니다. 지나칠 만큼 자기 마음을 알아주는 여자이니까.'

그것도 그는 잘 알고 있다.

그러나 오쓰우가 뒤에서 쥐어짜는 소리를 지를 것 같은 망상을 아무리 해도 뇌리에서 지워 버릴 수가 없었다.

여기까지 달려오는 동안, 자기도 여러번 모르게 뒤돌아보았다. 지금도 발길을 멈추자마자 의식 속에서 귀의 신경은 그곳으로 쏠려 버린다.

'혹시?'

시간에 늦는다는 것은 약속을 위반한다는 것일 뿐만 아니라 그로서도 싸우는 데 불리하다. 무수한 적 속으로 혼자서 쳐들어가는 데는 때마침 달도 지고 날도 아직 채 밝지 않은 새벽 어두움의 한순간이야말로 그에게 가장 유리한 시간이다. 물론 무사시도 그렇게 생각하고 서둘러 왔던 것이다. 그러나 다만 한 가지는 뒷머리를 당기듯 하는 오쓰우의 목소리와 모습을 마음 속에서 떨쳐 버리기 위해서도 여기까지 눈을 감다시피 하여 달려온 것이리라.

3

바깥의 적은 물리치기 쉬우나 마음의 적은 물리칠 길이 없다. 무사시는 문득 이 말이 생각났다.

'에잇, 이따위 일로.'

그는 마음에 채찍질을 가하며 오쓰우에 대한 일 같은 건 티끌만큼도 가슴에 남겨두지 않으려 했다.

'사내답지 못하게스리!'

아까 옷소매를 뿌리칠 때 그 오쓰우에게도 말을 하지 않았느냐고 스스로 부끄러워했다.

'사나이가 사나이의 사명을 향하여 몸을 내던질 땐 사랑 따위 추호도 생각지 않는 법이다.'

그렇게는 말하지만 과연 지금 자신의 머리 속에서 오쓰우의 일을 끊어 버

리고 있는 것일까?

　'뭘, 이따위 일로 미련을 갖나!'

　마음속으로 오쓰우의 환영을 지워버리고 그것으로부터 도망치듯이 그는 줄곧 앞을 향해 달려왔던 것이다.

　순간 눈 앞의 큰 대나무 숲으로부터 저 멀리 산기슭까지 펼쳐져 있는 나무 숲과 밭이랑 사잇길을 누비고 한 가닥 하얀 길이 보였다.

　"어!"

　이미 눈 앞이다. 일승사 늙은 소나무 거리는 가까웠다. 그 한 가닥 길로 시선을 보내자 두어 마장 가량 저편에서 다른 두 갈래 길이 합쳐져 있다. 젖빛 안개의 작은 물방울이 고요히 춤추고 있는 하늘에 우산 모양으로 넓게 가지를 펼친 목표물 소나무가 무사시의 시야에 들어오는 것이었다.

　깜짝 놀라 그는 땅바닥에 무릎을 꿇었다. 등 뒤에도 앞에도 아니, 이 산의 수많은 나무까지도 모두 적인 것처럼 그의 온 신경은 투지의 덩어리가 되었다.

　바위 그늘, 나무 그늘로 도마뱀처럼 신속히 몸을 옮기면서 늙은 소나무 바로 위에 있는 언덕까지 갔다.

　'음, 있구나!'

거기서부터 더욱 가까이 길목에 모여 있는 사람의 그림자까지 희미하게 보인다. 바로 소나무를 중심으로 열 사람 가량의 무리가 안개 속으로 조용히 창 끝을 세우고 있다.

'휙──' 하고 산정에서 내리불어오는 어두운 새벽 공기가 무사시의 몸에 비처럼 물방울을 떨어뜨리고 소나무 가지와 우거진 대나무 숲을 물결 소리를 내면서 산기슭으로 휘몰아 간다.

안개 낀 늙은 소나무는 그 우산 모양의 가지를 흔들거리며 무언가에 대한 예감을 세상을 향해 고하고 있는 것 같았다.

눈에 보이는 적의 수는 얼마 되지 않았지만 무사시에게는 온 산 온 들이 모두 적의 진지로 여겨졌다. 이미 죽음의 세계 속으로 들어와 있는 것 같은 피부의 느낌이었다. 손등에까지 소름이 끼쳤다. 호흡은 무섭도록 깊고 고요했으며, 발톱까지도 벌써 전투를 개시하고 있는 것이다.

지그시 한 걸음 한 걸음 나아가는 발가락이 손가락에 못지않은 힘으로 바위 사이를 기어오르고 있다.

바로 눈 앞에 옛 성터 같은 돌담이 있었다. 그는 바위산 허리를 돌아 그 작은 언덕 같은 곳으로 나갔다.

눈여겨보니 산기슭의 늙은 소나무를 향한 신사(神社)의 돌문이 있었다. 그 주위는 큰키나무들과 방풍림으로 둘러싸여 있었다.

"오……신사로군."

그는 신전 앞으로 달려나가자마자 대뜸 거기에 무릎을 꿇었다. 무슨 신사인지는 몰랐으나 자기도 모르는 사이 무의식적으로 납작하게 엎드려 두 손을 짚었다. 때가 때이니만큼 마음의 흥분을 그 역시 금할 수 없었던 것이다.

캄캄한 신전 안에는 한 자루의 촛불이 꺼지지 않고 바람 속에서 일렁였다.

"하치다이 신사(八大神社)."

무사시는 신전 현판을 바라보고 큰 힘을 얻은 것 같았다.

"그렇다!"

지금부터 바로 눈 아래 있는 적을 위에서 내리치려는 자기 배후에는 신이 계시다는 든든한 느낌……신만은 언제나 올바른 자를 편들어 준다는 확고한 마음……옛날 노부나가(信長)가 오케(桶) 골짜기로 달려가는 도중에서도 아쓰다(熱田) 신궁에 참배하였다는 일들이 생각나서 웬지 모르게 기쁘게 느껴진다!

무사시는 신사 우물로 입을 씻었다. 그리고 또 한 모금 입에 품어 칼을 맨 끈에다 뿜고 짚신 끈에도 뿜었다.

느슨해진 옷을 가죽 줄로 재빨리 동여매고 머리에 무명띠를 둘렀다. 그리고 힘차게 발을 내디디며 신전으로 되돌아와 배전(拜殿)의 큰 방울에 손을 내밀었다.

4

'아니, 잠깐.'

손을 내밀다가 무사시는 손을 멈추었다.

꼬여 있는 붉고 흰 빛깔이 바래고 낡은 무명줄……방울에서 늘어뜨린 한 가닥의 줄.

'의지하라, 이것을 의지하라.'

이러는 것 같았다.

그러나 무사시는 자기 마음 속으로 물었다.

"나는 지금 여기에서 무엇을 빌려고 하는 것일까?"

그리고 나서 깜짝 놀라 손을 놓아 버렸던 것이다.

'이미 우주와 한마음 한몸이 되어 있어야 할 자기 자신이 아니던가!'

무사시는 이렇게 생각했다.

'이곳에 오기까지……아니, 평소부터 아침에 태어나 저녁에 죽는 몸이라고 배워온 몸이 아닌가.'

스스로를 꾸짖는다.

그것이 지금 뜻밖에도 평소의 단련을 마지막으로 발휘할 순간을 앞두고, 한 자루의 촛불을 보자 뭔가 어두운 밤중에 불빛을 발견한 것처럼 마음이 기쁨으로 흔들리고, 손은 정신 없이 이 방울을 흔들려고 한다.

무사시의 편은 다른 힘이 아니었다. 죽음만이 언제나 같이 있는 자기 편의 힘이었다. 언제나 시원스럽게, 언제나 깨끗이 죽을 수 있다는 훈련은 아무리 배우고 또 배워도 쉽사리 배워지지 않는 것이지만, 지난 밤부터 이 아침 시간까지 줄곧 걸어온 자기 몸이야말로 그것을 체득해낸 것이라고 마음 속으로 남몰래 자랑하고 있었는데, 하고 무사시는 바위처럼 신전 앞에 우뚝 선 채 지그시 후회하는 듯 고개를 숙이고 눈물이 볼을 타고 흐르는 것도 모르는 듯했다.

'잘못했다.'

그는 마음 속으로 뉘우침을 되새기며 생각했다.

'자기딴엔 맑은 몸이 다 된 것처럼 생각하고 있어도 아직 몸 한구석 어느 곳엔가에는 살고 싶어하는 피가 들끓고 있었던 것이 틀림없다. 오쓰우에게나 고향에 있는 누님에게나……그리고 지푸라기라도 잡고 싶은 의지심이……아아, 분하다! 자기도 모르는 사이에 방울줄에 손을 내밀었던 것이다. 이 싯점에 와서 신의 힘을 의지하려 하다니.'

오쓰우 앞에서는 흘리지 않았던 눈물을 무사시는 두 볼에 주르르 흘리며 스스로에게, 그리고 자기 마음과 자기 수양에 한없는 울분을 갖는 것이었다.

'무의식이었어. 의지하려는 기분도 기원하려는 말도 생각하지 않고 문득 방울줄을 흔들려고 했다. 하지만 무의식이기 때문에 더욱 좋지 않은 것이다!'

꾸짖어도 꾸짖어도 못다 꾸짖을 부끄러움이었다. 스스로가 분했다. 이렇게 얕은 단련을 해온 오늘날까지의 나날이었던가 하는 생각을 했다.

'미련한 놈.'

무사시는 딱한 자기의 소질을 돌이켜 생각할 수밖에 없었다. 모든 것이 헛일. 무엇을 의지하고 무엇을 빌 것이 있겠는가. 싸우기 전에 마음 한구석에서부터 이미 지기 시작한 것이다. 이래 가지고서야 무엇이 무사다운 생애의 완성인가.

하지만 무사시는 또 다시 갑자기 이렇게도 생각했다.

"고맙다."

진실하게 신(神)을 느꼈다. 아직 다행히도 싸움은 시작하지 않았다. 일보 전이다. 뉘우침은 동시에 고칠 수 있는 것이기도 했다. 그것을 알려 주신 것이 신이라고 생각한다.

그는 신을 믿는다. 그러나 '무사도'에는 의지하는 신이란 것은 없다. 신마저도 초월한 절대의 길이라고 생각한다. 무사가 믿는 신이란, 신을 의지하는 것이 아니며 또한 인간을 자랑하는 것도 아니다. 신이 없다고는 할 수 없으나 의지할 것은 못된다고 생각하며 자기라는 인간을 아주 약하고 조그만 불쌍한 존재라고 보는 것이 딱할 따름이다.

"……."

무사시는 한 걸음 물러나서 두 손을 모았다. 그러나 그 손은 큰방울 줄에 내밀었던 손과는 다른 것이었다.

그리고 바로 하치다이 신사(八大神社)의 경내에서 좁고 가파른 언덕길을 내려갔다. 언덕을 다 내려간 산기슭, 경사진 곳에 늙은 소나무가 서 있는 길이 있었다.

5

무사시가 단숨에 달려내려가자 돌멩이와 흙먼지가 그의 발꿈치를 뒤따라 정적을 깨뜨렸다.

"아!"

무언가 눈에 띈 것이리라. 무사시는 돌연히 몸을 공처럼 움츠리고 풀밭 속으로 굴러갔다.

풀잎은 아직 한 방울의 이슬도 떨어뜨리지 않고 있었다. 무릎과 허리가 함께 물에 흠씬 젖었다. 몸을 도사린 산토끼처럼 무사시의 눈은 늙은 소나무 가지를 지그시 노려보았다.

발걸음으로 계산해도 거기까지는 몇십 걸음이라고 눈으로 잴 수가 있을 것이다. 그리고 늙은 소나무가 있는 거리의 위치는 이 언덕길보다도 다소 낮

은 지대이기 때문에 그 나뭇가지도 비교적 낮게 내려다보인다.

　무사시는 보았다.

　나무 위에 숨어 있는 사람을.

　더구나 그 사나이는 활이 아닌 총을 가진 모양이었다.

　'비겁하게스리!'

　무사시는 분노를 느끼며 다시 가련하게도 생각되었다.

　'한 사람의 적을 가지고.'

　그렇다고 해서 아주 예기치 않았던 일도 아니었다. 이 정도의 준비는 당연히 있을 것으로 마음의 준비를 해 두었던 것이다. 요시오카 편에서도 설마 자기가 단지 혼자 이 자리에 오리라고는 생각지 않고 있을 것이다. 그렇다면 총 준비도 해두는 것이 오히려 현명할 것이며 그것도 한두 자루가 아니라고 보아야만 한다.

　하지만 그의 위치에서는 늙은 소나뭇가지밖에 발견할 수가 없었다. 총을 가진 자가 모두 나무 위에만 숨어 있다는 견해를 가지는 것도 서투른 판단이며 위험한 생각이다. 활이라면 바위 그늘이나 낮은 곳에도 숨어 있을 것이고 총이라면 이 산 허리에서 쏘아도 맞을 것이다.

그러나 단 한 가지 무사시에게 유리한 것은 나무 위의 사나이도 나무 아래에 있는 한패들도 모두 이쪽을 향해 등을 돌리고 있는 것이었다. 길이 세 가닥으로 갈라져 있느니만큼 그들은 배후의 산에 대해서는 잊고 있었던 것이다.

기어가듯이 무사시는 서서히 몸을 앞으로 움직였다. 칼집 끝보다도 머리를 낮게 가누고 나아갔다. 그리고 갑자기 빠른 걸음으로 후닥닥——큰 소나무 기둥으로 접근해 가자 스무 걸음 정도 앞에서 소리쳤다.

"앗!"

그는 나무 위의 사나이가 그 그림자를 발견하고 크게 외쳤다.

"무사시다!"

하늘에서 그런 소리가 들렸음에도 불구하고 무사시는 아직도 똑같은 자세로 열 발자욱 정도 분명히 달렸다.

그는 그 순간만은 결코 총알이 날아오지 않으리라는 속셈을 하고 있었다. 왜냐하면 나무 위에 있던 사람은 나뭇가지에 걸터앉은 채 세 갈래 길목으로 총구를 겨냥하고서 감시하고 있었기 때문이다. 나무 위이기 때문에 몸의 위치도 바꾸어야만 한다. 또한 작은 가지에 방해되어 총신도 금새 돌릴 수는 없을 것이다.

이렇게 계산하고서 그 순간만은 안전하다고 생각했다.

"뭣?"

"어디야!"

이것은 늙은 소나무 아래를 본진으로 삼아 모여 있던 열 명 가량의 이구동성이었다.

다음 순간에 또다시 허공에 있는 사나이가 말했다.

"뒤쪽이다!"

목구멍이 찢어질 듯한 소리로 외쳤다. 그때 벌써 나뭇가지 위에서 황급히 고쳐 잡은 총구가 무사시의 머리를 향해 정확한 조준을 하고 있었다.

소나무 가지 사이로 화승총의 불이 번쩍 흘렀다. 무사시의 팔뚝이 큰 원을 그린 것은 바로 그 순간이었다. 손에 쥐어진 돌이 '윙' 하고 소리내며 만수향불처럼 보이는 화승총의 불빛 쪽으로 날아갔다.

'와직끈' 하고 나뭇가지 부러지는 소리와 '악' 하고 거기서 일어나는 외마디 비명 소리가 하나로 어울려 안개 위에서 땅으로 한덩어리가 되어 힘껏 내던져졌다. 물론 그것은 사람이었다.

6

"야아!"

"무사시!"

"무사시다!"

등에 눈을 가지지 않은 인간인 이상 이러한 놀라움은 당연한 것이었다.

세 갈래 길에다가 각각 물샐틈 없이 방비를 튼튼히 해 놓았으니만큼 아무 예고도 없이 그 중앙에 불현듯 무사시의 모습이 나타나리라고는 꿈에도 생각지 못했던 요시오카 편이 당황하는 것도 무리가 아니었다.

불과 열 명도 안 되는 사람이 그곳에 있었지만 갑자기 땅이 뒤흔들린 것처럼 자기편끼리 허리의 칼집과 칼집이 부딪치고 또한 다시 거머쥐는 어떤 자는 필요도 없이 옆으로 불쑥 뛰어나가 서로 부딪치면서 그래도 아직 놀라움이 부족한 양 동료의 이름을 실없이 큰소리로 서로 불러댄다.

"고, 고바시!"

"미이케!"

"조심해라!"

"뭐, 뭐야!"

"에잇……!"

자기 결심도 서지 않은 터에 남에게 주의를 주는가 하면 말이 되지도 않는 외마디 소리를 부르짖으며 간신히 뽑아든 칼과 창 몇 자루가 무사시를 향해 겨눈다.

당사자인 무사시는 늠름히 이렇게 말했다.

"약속에 따라 고향 땅 미마사카(美作)의 향사(鄕士) 미야모토 무니사이(宮本無二齋)의 장남 무사시가 시합차 나왔소. 대표 겐지로님은 어디 계신가. 지난 번의 세이주로님이나 덴시치로님처럼 실수하지 마오. 어린 분이라고 하니 원군은 몇십 명이든지 상관 없이 인정한다. 단 무사시는 이렇게 단지 혼자 시합장으로 나왔다. 한 사람 한 사람씩 대들든지 모두가 한꺼번에 달려들든지 그것은 그대들 마음대로. 자아!"

예절 있는 인사말을 들은 것도 그들로서는 뜻밖인 모양이었다. 예절바른 말에 대하여 예절바른 답을 하지 못하는 부끄러움도 느낀 모양이었으나, 평

소와 달라 이런 경우에 있어서는 충분한 여유가 없으므로 예절이란 생겨나
지 않는다. 순간 입 안의 침까지 말라버린 혓바닥으로서는 이 정도의 말밖에
나오지 않았다.

"늦었구나, 무사시."

"겁이 났느냐!"

그런데도 불구하고 무사시의 단 한 사람만 왔다는 말에, 그렇군 상대는 한
사람뿐이구나 하고 갑자기 힘이 솟아오르는 것 같기도 했다. 그러나 노련한
겐자에몬 노인이나 미이케 주로자에몬은 그렇게 말하는 이면을 생각하여,
그것을 오히려 무사시의 기묘한 술책으로 알고 필경 무사시의 원군이 어디
엔가 숨어 있으리라 짐작하고 의심스런 눈초리로 두리번거렸다.

"휘융!"

어디선가 활시위 소리가 났다. 그의 얼굴을 향해 날아온 한 개의 화살은
무사시가 뽑아 든 칼바람 소리에 두 동강이 되어 어깨 뒤와 칼끝에 탁 떨어
졌다.

그 순간, 시선을 그곳에 멈춘 채 무사시는 갈기를 곤두세운 사자처럼 소나
무 뒤에 숨어 있는 자를 향해 훌쩍 덤벼들었다.

"으악, 무서워!"

서 있으라는 말대로 처음부터 그곳에 서 있던 겐지로 소년은 비명을 지르며 소나무에 찰싹 달라붙었다.

그 외침 소리를 듣고 아버지인 겐자에몬이 자기가 두 동강으로 베어진 듯 '악' 소리를 지르며 저편에서 뛰어오른 순간, 무사시가 휘두른 칼은 어떻게 후려쳐졌는지 소나무 껍질을 두자 가량이나 얇은 판자처럼 깎아 내리면서, 그 껍질과 함께 앞머리를 내린 어린 목을 흩어지는 핏줄기 아래 뎅겅 베고 있었다.

안개 바람

1

마치 귀신과도 같았다.

처음부터 중대시하고 있던 목적물인 양 무사시는 만사를 제쳐놓고 맨먼저 겐지로 소년을 베어 버렸던 것이다.

처참하다고 할까, 잔인하기 짝이 없다. 적이라고는 하나 아무것도 모르는 소년이 아닌가.

그것을 쓰러뜨렸다고 해서 적의 세력이 추호라도 꺾이는 것은 아니다. 아니, 오히려 요시오카 도장의 문하생들을 더욱 분노케 하고 전체의 전투력을 광란의 도가니로 몰아넣는 효과 이외에 무슨 보탬이 되랴.

더구나 겐자에몬은 울부짖는 모습이 되었다.

"야아, 잘도!"

온 얼굴을 일그러뜨려 고함을 지르며 늙은 몸으로는 겨운 듯이 보이는 큰 칼을 머리 위로 치켜들고 겨냥한 채 무사시의 몸에 부딪치듯이 달려들었다.

한 자 가량……무사시의 오른쪽 발이 뒤로 물러났다 싶더니 그 발을 따라 몸도 두 손도 오른편으로 비스듬히 돌아서 방금 겐지로 소년의 목을 벤 칼끝이 바로 옆으로……윙──소리를 내며, 내리치려는 겐자에몬 노인의 팔뚝과 얼굴을 아래에서 위로 밀어올렸다.

"얏!"

"으윽!"

누구의 신음 소리인지 알 수가 없다.

왜냐하면 무사시 뒤에서 창을 들이민 자가 동시에 앞으로 거꾸러지는 바람에 겐자에몬 노인과 포개어져 붉은 피를 내뿜었다. 또한 시선을 옮길 틈도 없이 무사시의 정면으로 또다시 이어 달려든 네 번째 사람이──이 자는 마침 무사시의 중심점으로 나왔던 모양으로, 늑골까지 잘려 목과 두 손을 늘어뜨린 채 두서너 걸음 목도 없는 몸뚱이를 끌고 나아갔다.

"덤벼라!"

"여기다!"

뒤의 예닐곱 명은 이따금 목청껏 절규를 하며 자기 편에게 위급을 알렸다. 그러나 어찌하랴. 세 갈래 길목으로 나뉘어 있는 편들은 모두 본진과는 상당한 거리를 두고 잠복하고 있었기 때문에 순간에 지나지 않는 이 이변을 알지도 못했으며, 또한 그들의 필사적인 외침도 솔바람과 대밭 사이를 스치는 바람 소리에 묻혀서 공허하게 사라질 뿐이었다.

호겐(保元), 헤이지(平治) 때 헤이케의 낙오병들이 오미(近江) 고개를 넘기 위해 헤매던 옛날부터……또한 신란(親鸞)이나 히에이산 무리들이 교토로 내왕하던 옛날부터 몇 백년이라는 기간 동안, 이 갈림길에 뿌리를 박고 있던 늙은 소나무는 지금 뜻밖에 인간의 피를 빨아들이며 기뻐하고 있는지, 또한 나무의 마음도 슬퍼서 울고 있는지 키 큰 나무 전체를 떨며, 연기 같은 안개 바람을 불러들일 때마다 우산 모양의 가지 밑에 있는 칼과 사람 그림자에게 차디찬 물방울을 후두둑 뿌린다.

하나의 시체와 세 명의 부상자는 숨 한 번 쉬는 사이에 이 긴장된 범위 안에서 무시되고 말았던 것이다. 서로가 호흡을 다시 가다듬는 순간, 무사시는 자기 등을 소나무 기둥에다 바싹 갖다 붙였다. 두 아름이나 되는 소나무 등걸은 등을 보호하는 데는 안성맞춤이었다. 그러나 무사시는 거기에 오래 붙어 있는 것을 오히려 불리한 것으로 생각한 모양이다. 눈초리는 험상궂게 칼 등 너머로 일곱 명 적의 얼굴을 노려보며 다음의 유리한 지형을 찾고 있었다.

나뭇가지 소리……구름 소리……숲 소리……풀 소리……모든 것이 전율

하고 있는 바람 속에서 그때 누군가 저 멀리서 쉰소리로 외쳐대고 있었다.

"늙은 소나무 밑으로 가라!"

가까운 언덕 위였다. 알맞은 곳을 골라 그 바위에 걸터앉아 있던 사사키 고지로가 어느 사이엔가 바위 위에 올라서서 세 갈래 길목의 숲과 나무 그늘에 숨어 있는 요시오카 편을 향해서 소리쳤다.

"야, 앗──늙은 소나무 밑이다, 늙은 소나무 밑으로 가라!"

2

총소리가 났다. 그때 사람들은 엄청난 소리에 순간 귀가 먹먹해졌다.

한편 고지로의 목소리도 수많은 사람들 가운데 누군가에게는 들렸을 것이다.

이때다!

흔들린 대숲이나 나무 그늘, 그리고 바위 그늘, 모든 그늘에서 모기떼가 일 듯이 뛰쳐나온, 세 갈래 길목에 매복되어 있던 자들이 세 갈래 길목에서 저마다 20명 이상의 사람들이 세차게 쏟아지는 성난 물결처럼 마구 달려나오기 시작했다.

"야, 얏!"

"벌써!"

"추격, 추격!"

"우리보다 앞섰구나."

무사시는 총소리의 굉음과 동시에 늙은 소나무 둥치를 등으로 비비듯이 하며 홱 돌았다. 총알은 그의 얼굴에서 조금 빗나가 나무 둥치에 푹 하고 박혔다. 그리고 그 앞에 창과 칼이 섞인 일곱 자루의 칼끝을 가지런히 겨냥한 채 대치하고 있던 일곱 명도 모두 서서히 그의 움직임에 따라 나무 둥치를 돌아갔다.

순간, 갑자기 무사시는 일곱 사람 가운데 왼쪽 끝에 있던 사나이에게 정면으로 칼을 겨냥하고 확 달려들었다. 그 사나이는 요시오카 십검(十劍) 가운데 한 사람인 구바야시 구란도였으나 너무나도 빠르고 무서운 그의 기세에

"아!"

들뜬 소리를 내면서 자기도 모르게 몸을 뒤틀자 무사시는 공간을 찌르면서 그대로 후닥닥 끝없이 달려간다.

"놓치지 마라!"

무사시의 등을 보고 뒤쫓아 달려들어 일제히 칼을 내리치려고 하는 찰나 그들의 결합은 산산이 흩어지고 저마다의 태세도 엉망으로 풀어졌다.

무사시의 몸은 저울추처럼 튕겨 돌아오자 맨먼저 뒤쫓아온 미이케 주로자에몬을 옆으로 후려쳤다.

'그의 궤책(詭策)이다.'

주로자에몬은 직감으로 이렇게 느끼고 뒷발에 힘을 주어 피했기 때문에 무사시의 칼은 그의 뒤로 젖혀진 가슴께를 가로 스쳤을 뿐이었다.

그러나 무사시의 칼은 세상의 여느 검술가가 내리치듯이 일진일도(一振一刀)——즉 잘못 후려친 칼을 다시 거두어 새로이 겨냥을 하여 후려치는 따위의——그렇게 속도가 느린 것이 아니었다.

그는 스승없이 익히는 검술이라 그 수양을 하는데 애도 먹고 고생도 했지만 스승을 가지지 않기 때문에 이로운 점도 있었다.

그것은 기성 유파의 형틀에 갇히지 않았다는 데 있다. 따라서 그의 검법에는 형도 약속도 오묘한 기술도 아무것도 없었다. 우주 공간에 그가 그려낸 상상력과 실천력이 결합되어 생긴 이름도 격식도 없는 검법인 것이다.

가령 이런 경우——그가 늙은 소나무 밑에서 벌인 결투에서 미이케 주로자에몬을 베었을 때의 검법이 바로 그러한 것이었다. 주로자에몬은 과연 요시오카의 수제자답게 무사시가 도망가는 척하고 되돌아서 친 칼을 분명히 받아냈던 것이다.

그것이 교토류이든 신카지류이든 무슨 식이든 간에 오늘날까지의 기성 검법이라면 그것으로 충분히 막아낼 수 있었다고 할 수 있다.

그런데 무사시의 독자적 검법은 그렇지가 않았다. 그의 검법에는 반드시 되돌아 후려치는 법이 있었다. 오른편으로 나가는 칼날은 동시에 바로 왼편으로 되돌아 후려치는 원동력을 가지고 있었던 것이다. 따라서 그의 칼이 공간에서 그리는 광채를 잘 살펴보면 반드시 그 빠른 빛은 솔잎처럼 일근이침(一根二針)의 줄을 긋고 달리다가는 곧 되돌아와 적을 베어버리는 것이었다.

악……하고 소리치는 사이에 그 제비 꼬리처럼 날카롭게 날아온 칼날에 맞아 미이케 주로자에몬의 얼굴은 터진 꽈리알처럼 물들었다.

3

교토류 요시오카의 전통을 이어갈 십검 가운데서 고바시 구란도(小橋藏人)가 먼저 쓰러지고, 이번에 또다시 미이케 주로자에몬쯤 되는 자가 연이어 땅에 쓰러져 버렸다.

인원수에 넣을 수는 없지만 그들의 대표라고도 할 수 있는 겐지로를 합치면 이미 여기 있던 사람의 반수는 무사시의 칼을 맞아 첫 싸움에서 희생이 되어 참담한 피를 사면에 뿌리고 말았다.

이때 주로자에몬을 잘라버린 칼날이 그 여세를 몰아 그들의 혼란해진 허를 찔러 들어갔더라면 무사시는 몇 개의 목을 더 날려 이곳에서의 대세를 결정지었음이 분명했다.

그러나 그는 무엇을 생각했는지 곧장 세 갈래 길 가운데의 한 길을 택해 달리기 시작했다.

도망가는가 싶으면 되돌아오고, 되돌아오는가 싶어 칼을 다시 겨냥하면 땅에 배를 대고 기듯이 하여 제비처럼 무사시의 그림자는 눈 앞에서 홀연히 사라지곤 했다.

"이놈이."

남은 반수는 이를 갈았다.

"무사시."

"치사하다."

"비겁하다."

"승부는 아직 멀었다."

소리치면서 뒤를 쫓았다.

그들의 눈알은 모두 얼굴에서 튀어나올 듯이 이글거렸다. 많은 피를 보고 피냄새를 맡아 그들은 술광에 든 사람처럼 피에 취해 있었다. 피 속에 서 있게 되면 용기 있는 사람은 냉정하게 되고 겁많은 자들은 그 반대가 되는 법.

무사시의 등을 향해 뒤쫓아가는 격분한 무리들의 안색은 그야말로 피의 못에 빠져 있는 귀신 같았다.

"도망갔다!"

"놓치지 마라!"

그런 외침 소리를 들어넘기면서 무사시는 최초 싸움을 시작한 고무래 정 (丁)자 모양의 거리를 버리고 세 가닥 길 가운데서도 길폭이 가장 좁은 슈가쿠인 쪽을 향해 달려갔다.

당연히 그쪽에는 지금 늙은 소나무 밑에서 일어난 사건 소식을 듣고 허겁

지접 달려온 요시오카 편의 한패가 있었다. 불과 스무 걸음도 달리기 전에 무사시는 그 선두에 맞부딪쳐서 뒤쫓는 자들과의 사이에 끼어버리게 되었다.

두 개의 흥분한 세력은 그 숲길에서 마주쳤다. 같은 패끼리 용감무쌍한 모습을 서로 발견했을 뿐이었다.

"이런, 무사시는?"

"안 왔어?"

"아니, 그럴 리가 없는데."

"그러나……."

"여기다!"

실랑이를 벌이고 있는 사이에 무사시가 외쳤다.

길 옆 바위 그늘에서 달려나와 무사시는 그들이 지나쳐 온 길 한복판에 우뚝 서 있었다.

덤벼라! 하는 듯이 무사시의 몸은 이미 제2의 준비가 돼 있었다. 깜짝 놀라 그를 향해 움직이려던 요시오카 편은 길폭이 좁아 처음부터 전체의 힘에 집중력을 잃고 있었다.

사람의 몸을 중심으로 하여 팔길이와 칼길이를 보태서 원을 그리게 된다면 그 좁은 길폭으로는 두 사람이 나란히 서는 것도 위험할 정도였다. 뿐만 아니라 무사시 앞에 섰던 자는 후닥닥 발꿈치를 울리며 뒤로 물러났으며, 뒤에 있던 자는 앞으로 밀어닥치기 때문에 수가 많다는 것 자체가 순간의 혼잡을 빚어 오히려 자기 편에게 방해가 될 뿐이었다.

4

그러나 다수의 힘이라는 것은 원래부터 그렇게 허무한 것은 아니다.

한 번은 무사시의 민첩함과 그의 노출된 기운에 압도되어 소리쳤다.

"무, 물러서지 마라!"

그 소리에 모두들 도망칠 것 같아 보였다.

"뭐 하나쯤이야."

그러나 수를 믿고 선두의 두세 사람이 몸을 날려 나가자 뒤에 있던 자들도 그것을 가만히 보고만 있지 않았다. '악' 하는 함성만 해도 혼자인 무사시보다는 훨씬 강했다.

"이 놈이."

"내가 죽여 버릴 테다!"

거센 파도를 향해 헤엄쳐 나가듯이 무사시는 싸우면서도 뒤로 뒤로 밀릴 뿐 적을 베기보다는 자신을 지키는 데 급급했다.

바싹 뛰어들어 베려면 벨 수 있는 적마저도 놓치고 자꾸만 밀려간다.

이런 경우엔 두세 사람의 적을 베더라도 총체의 힘으로 보면 상대는 아무런 타격도 느끼지 않을 뿐 아니라 자칫 잘못하면 창이 뻗쳐오기 때문이다. 칼이라면 대개 한 발은 여유가 있지만 수많은 무리 속에서 닥쳐오는 창은 그 길이를 살필 여유가 없다.

요시오카 편은 기세가 등등했다.

후닥닥하고 무사시의 발꿈치는 뒷걸음질을 칠 뿐이라 그들은 됐다 하고 어디까지나 밀고 나갔다. 무사시의 얼굴은 이미 창백해졌다. 아무리 보아도 숨을 쉬고 있는 얼굴 같지가 않았다. 나무뿌리에 채든가 한 가닥 새끼줄에 발이 걸려도 넘어질 것은 틀림없다. 그러나 죽을 상이 되어 있는 사람 앞으로 뛰어들어 죽어간다는 것은 누구나 싫었다. 그런 까닭에 '와와' 고함을 지르며 칼과 창으로 밀어가긴 했으나 수많은 무기들이 모두 무사시의 가슴, 팔, 다리에서 두세 치를 남겨놓은 채 더 쳐들어가지를 못했다.

"앗?"

갑자기 또 그들은 눈 앞에 있던 무사시를 놓쳤다. 그 좁은 길에서 단 한 사람을 상대하기에는 너무나 많은 인원들이 서로 어쩔 줄 몰라 쩔쩔매면서 저희들끼리 북새통을 이루었다.

그러나 무사시는 바람을 타고 날아간 것도 아니고 나무 위에 뛰어오른 것도 아니었다. 단지 그는 훌쩍 뛰어 그 길목에서 숲으로 몸을 피했을 뿐이었다.

흙이 폭신한 죽순과 대나무 밀림이었다. 푸른 대나무 사이를 누비며 나는 새그림자 같은 무사시의 모습이 번쩍하고 금빛으로 빛났다. 아침 태양이 어느새 히에이산 연봉 사이로 새빨간 얼굴을 드러내고 있다.

"멈춰라, 무사시."

"비겁한 놈!"

"등을 보이는 법이 어디 있나?"

그들은 저마다 대밭 사이로 달렸다. 무사시는 벌써 숲을 빠져 나가 시냇물을 뛰어건너고 있다. 그리고 한길이나 되는 벼랑을 뛰어올라 두세 번 거기서 호흡을 가다듬고 있는 모양이었다.

언덕 위는 평평한 경사를 이룬 산기슭이었다. 그는 한눈에 동이 트는 것을 보았다. 늙은 소나무가 있는 길은 바로 눈 아래 있고, 그 길에는 요시오카 패 중에서도 뛰어난 무사들이 4, 50명이나 몰려 있다가 지금 조금 높은 곳에 우뚝 선 그의 모습을 발견하자마자 일제히 와 하고 몰려왔다.

잠시 전의 인원수보다 세 배로 불어난 무리가 까맣게 이 산기슭 들판에 모여들었다. 요시오카 편의 모든 세력이었다. 하나하나가 손을 이어간다면 커다란 칼의 원으로 이 들판을 둘러싸 버릴 수도 있을 만한 인원이었다. 단지 혼자, 한 자루의 칼을 바늘처럼 조그맣게 반짝이며 지그시 청안(靑眼)의 태세를 갖춘 채 무사시는 멀리 서서 기다리고 있었다.

5

어디서인지 말 울음소리가 들려왔다. 마을에서도 산에서도 이미 길목에는 사람이 나다닐 시간이 되었다.

더욱이 이 근처는 아침 일찍 일어나는 승려들이 히에이산에서 내려오기도 하고 오르기도 하여 날이 밝기만 하면 나막신을 신고 어깨를 으쓱거리며 지

나가는 승려의 모습을 안 보는 날이 없다. 그런 승려인 듯한 사람들과 나뭇꾼, 농사꾼들이 모두들 떠들어대기 시작하자 마을의 닭이나 말까지 소란을 피웠다.

"칼싸움이다!"

"어디서?"

"어디야?"

하치다이 신사(八大神社) 위에서도 한 패가 모여 구경을 한다. 끊임없이 흐르고 있는 안개는 산과 함께 이 구경꾼들의 그림자를 하얗게 지워 버리는 듯하다가는 또다시 바로 시야를 활짝 열어주기도 했다.

그 한순간 무사시의 모습은 볼품도 없이 변해 있었다. 머리를 동여매고 있던 이마의 띠는 땀과 피에 붉은 빛으로 물들었다. 머리는 풀어헤쳐져서 그 피와 땀에 달라붙은 듯이 보였다. 따라서 그의 형상은 그러지 않아도 무서운 판국인데 염라대왕을 그린 것같이 세상에 다시 없이 무서운 것으로 보이는 것이었다.

"……."

과연 숨도 온몸으로 쉬기 시작했다. 검은 가죽으로 된 허리 갑옷 같은 늑골이 큼직하게 물결을 친다. 아래 옷은 찢어지고 무릎 관절은 칼을 맞아 상처를 입었다. 그 상처에서 석류알 같은 것이 허옇게 내다보였다. 갈라진 살점 밑에서 뼈가 드러난 것이다.

팔목에도 한 군데 가벼운 상처를 입었다. 대단한 상처는 아니었으나 떨어지는 핏방울이 가슴에서 허리까지 시뻘겋게 물들였으므로 마치 온몸이 홀치기 염색을 한 것같이 되어 무덤 속에서 나온 사람 같아 보는 자의 눈을 가리게 했다.

아니, 그것보다도 더욱 처참한 것은 그의 칼을 맞아 군데군데서 신음하거나 엉금엉금 기고 있는 부상자들과 죽은 자의 모습이었다. 와 하고 그들에게로 밀려갔다 하면 그 순간 너덧 명이나 쓰러지곤 했다.

요시오카 편의 부상자가 쓰러져 있는 위치는 결코 한 군데가 아니었다. 여기 하나 저기 하나 쓰러져 있다. 그것을 보아도 무사시의 위치가 줄곧 움직여 이 넓은 들 전체를 발판으로 삼아, 수많은 적으로 하여금 그 힘을 집결시킬 틈을 주지 않도록 하면서 싸우고 있다는 사실을 알 수 있다.

그러나 무사시의 행동에는 언제나 일정한 원칙이 있었다.

그것은 적의 대열을 옆으로 맞지 않는 것이었다. 적이 전개해 오는 횡대의 정면을 피하고 그 무리의 끝으로 돌아가 돌개바람처럼 후려친다. 말단의 모퉁이를 벤다.

그렇기 때문에 무사시의 위치에서 볼 때는 적은 언제나 조금 전에 좁은 길을 밀고 온 것처럼 종대의 끝에서 보고 있는 셈이었다.

그러므로 70명이건 100명이건 그의 전법에서 본다면 불과 말단의 두세 명만이 당면한 상대일 뿐이다.

그러나 아무리 나는 새처럼 민첩하다 하더라도 그에게도 때때로 파탄이 생기는 법이고, 적도 언제나 그의 수에 말려 들기만 하는 것은 아니다. 와 하고 무수한 숫자가 한꺼번에 앞뒤에서 달려드는 때도 있다.

그런 때는 무사시의 위기였다.

또한 무사시의 전능력이 자기를 완전히 잊어버리는 순간이 드높은 열과 힘을 맘껏 발휘하는 시간이었다.

그의 손에는 어느 사이엔지 두 개의 칼이 쥐어졌다. 오른손에 든 칼은 피에 젖어 칼자루에도 주먹에도 엉긴 피로 빨갛게 물들었으며, 왼손의 작은 칼은 칼끝이 기름기로 다소 흐릿할 뿐 아직 몇 명인가의 사람뼈를 베어낼 만한 빛을 발했다.

그러나 무사시는 두 개의 칼을 들고 적과 싸우면서도 아직 두 칼을 쓰고 있다는 의식은 전혀 없었다.

6

물결과 제비와 같은 것이다.

물결은 제비를 치고 제비는 물결을 차며 곧 다른 데로 날아가 버린다.

한순간도 정지란 없었으나 쌍방의 칼 아래 쓰러져 땅 위에서 몸부림치는 사람들 모습이 눈에 비칠 때마다 요시오카 편 수많은 사람들은…….

"아!"

숨소리를 멈추거나

"으음!"

신음 소리를 함께 내거나, 현기증이 일어날 것 같은 정신을 서로 일깨워 주려는 듯이 다만 흙에다 질질 짚신 끄는 소리를 내면서 무사시를 포위하려고 했다.

"……."

순간 무사시는 잠시 그 사이에 숨을 내쉬었다.

왼쪽 칼은 언제나 앞으로 겨누어 적의 눈동자를 노리고, 오른손의 큰칼은 옆으로 벌려 어깨에서 팔——칼끝까지 평평하게 수평으로 쥔 채——이것은 적의 눈길에서 벗어나게 해 두는 형태였다.

크고 작은 두 자루의 칼과 두 팔을 잔뜩 펴든 길이를 합하면 그의 번뜩이는 두 눈동자를 중심으로 꽤 넓은 폭이 된다.

적이 정면을 꺼려 오른편을 노려오면 곧 몸전체로 오른편으로 다가서서 그 적을 견제한다.

'왼편!'이라고 직감하게 되면 대뜸 왼쪽 칼이 홱 뻗어나가 그 자를 두 칼 사이에 끌어넣어 버린다.

무사시가 이렇게 하여 앞으로 내지르고 있는 짧은 왼편 칼에는 자석과 같은 마력이 숨어 있었다. 그 앞으로 걸려든 적은 마치 끈끈이 장대에 앉은 잠자리처럼 옴짝달싹 못하는 것이었다. '앗' 하는 동안에 긴 오른편 칼이 울며 한 칼에 사람 하나를 뎅강 베어 피로 물들이고 만다.

훗날, 훨씬 후세의 일이다. 무사시의 이러한 전법을 '이도류(二刀流)의 다수 대항법'이라고 사람들은 불렀다. 그러나 지금 이 경우의 무사시는 전혀 자각이 없이 하는 짓이었다. 자기를 잊고 온갖 상념을 버린 가운데 전능의

인간력이 그 어떤 필요성에 쫓긴 결과, 평소에는 습관으로 잊고 있던 왼팔의 능력을 자기도 모르게 극도로 유용하게 움직여야 한다는 것이 필연적으로 깨우쳐진 데 지나지 않는다.

그러나 검법가로서의 그는 아직 지극히 유치하다고 해도 과언이 아니다. 무슨 유(流)이니 무슨 식이니 해서 이론을 붙이거나 체계를 세울 만한 여유가 오늘날까지 있었을 리가 없다. 그의 운이기도 했지만 그가 믿어 의심치 않고 지나온 길은 무엇이든 실천뿐이었다. 실제로 부딪쳐 보고야 아는 것이었다.

이론은 그런 연후에 잠을 자면서도 생각할 수 있는 일이라고 생각해 왔다.

그것과는 반대로 요시오카 편의 자들은 십검을 비롯하여 말단의 소인배에 이르기까지 모두 교토류의 이론을 머리에 집어넣고 있었다. 따라서 이론으로서는 그럴듯한 풍을 갖춘 자도 적지 않다. 그러나 의지하는 스승도 없었고, 게다가 산과 들의 위험과 생사 사이를 수양의 터전으로 삼고 어렴풋이나마 칼이 무엇인가를 알고 도를 배우기 위해 애써온 무사시와는 근본적으로 그 마음가짐이나 단련법이 달랐다.

그러한 요시오카 편 사람들의 상식으로는, 벌써 호흡도 거칠고 얼굴색도 창백하며 전신을 피로 물들이면서도 아직 두 자루의 칼을 거머 쥐고 닿기만 하면 한 줄기 피안개로 만들 것 같은 무사시의 아수라 귀신 그대로인 모습은 어쩐지 불가사의한 것으로 보이는 것이었다. 정신이 아찔하고 눈은 땀으로 흐려지며 자기 편의 당황이 심해지면 심해질수록 무사시의 모습은 더욱더 잡기 어렵게 될 뿐 아니라, 끝내는 무언가 붉은 요물과 싸우고 있는 것 같은 피로와 초조가 모두들의 얼굴에 나타나는 것이었다.

7

——달아나라!

——혼자 대항하는 양반…….

——달아나라, 달아나 버려!

산이 말한다.

들판의 나무들이 말한다.

또한 흰 구름이 말한다.

발걸음을 멈춘 나그네며 부근의 농부들이, 멀리 겹겹으로 포위된 무사시를 보고서 그 위태로움을 걱정한 나머지 어디서든 할 것 없이 자기 자신을 잃고 소리 높이 외친 목소리였다.

땅이 갈라지고 하늘이 뒤집힐 만큼 무서운 천둥 소리가 난다 하더라도 무사시의 귀에 그러한 소리가 들릴 까닭이 없다.

그의 몸은 그의 심력(心力)만으로 움직이고 있다. 눈에 보이는 그의 몸은 일시적인 모습에 지나지 않는다.

무서운 심력은 몸도 기백도 불덩어리로 만들었다. 무사시는 이제 육체가 아니라 활활 타오르는 생명의 불길이었다.

——그러자 돌연!

'우와!' 하고 서른여섯 봉우리가 한꺼번에 메아리쳤다. 산이 무너지는 듯한 함성이었다. 그건 멀리 떨어져서 구경하고 있던 사람들과, 무사시 앞에서 우물거리고 있던 요시오카 패들이 다같이 대지에서 뛰어오르면서 저도 모르게 부르짖은 소리였다.

쿵 쿵 쿵쿵…….

무사시가 별안간 산기슭에서 마을을 향해 산돼지처럼 달리기 시작했기 때문이었다.

물론.

70명이나 되는 요시오카 패들이 그것을 잠자코 보고만 있을 리가 없다.

"쫓아라!"

새까맣게 한덩어리가 되어 무사시를 뒤쫓는다.

"엿!"

"이제 와서!"

육박하듯이 부딪쳐 가자, 무사시는 몸을 구부린다.

"얏!"

오른손 칼로 그들의 정강이를 후려쳤다.

"이따위 녀석!"

그리고 적의 한 명이 위에서 내려오는 창을 쩽그렁, 허공으로 튕겨 보냄과 동시에 흩으러진 머리카락 하나 하나가 모두 적을 향해서 싸우는 듯이 곤두 선다.

"쩽그렁! 쩽!"

양손에 든 칼이 교차되며, 그것이 번갈아 불꽃처럼 물결처럼 휘둘러져 악 물고 있는 무사시의 이빨까지 입에서 튀어나와 물어뜯을 것만 같았다.

와, 달아났다!

먼 곳의 함성은 동시에 요시오카 편의 당황을 비웃는 것처럼 울렸다. 무사 시의 그림자는 순간 벌써 들판의 서쪽 가에서 새파란 보리밭으로 뛰어내리 고 있었다.

"돌아서라!"

"게 있거라."

곧 뒤따르며 우르르 뒤이어 인원의 일부가 그곳에 뛰어내렸다. 그 순간 그곳에서 또 저도 모르게 귀를 막고 싶은 비명이 두 마디쯤 들렸다. 벼랑 밑에 몸을 감추고 있었던 무사시가 자기를 흉내내어 겁없이 뛰어내린 자를 밑에서 기다리고나 있었던 것처럼 베어 버린 것이다.

——씨잉!

——푹!

보리밭 한복판으로 두 자루의 창이 날아와 흙에 깊숙이 꽂혔다. 요시오카 문하생이 위에서 던진 창이다. 그러나 무사시의 모습은 진흙 덩어리처럼 산밭을 뛰어 눈깜짝할 사이에 그들과는 약 50미터나 거리를 내게 하고 말았다.

"마을 쪽이다."

"한길 쪽으로 달아났다."

소리치는 목소리가 부산하게 났지만 무사시는 산밭의 고랑을 기어가면서, 무리들이 허둥대는 꼴을 이따금 산 쪽에서 돌아보았다.

그 무렵에야 비로소 아침해가 여느 때나 다름없이 풀뿌리까지 환히 비추기 시작했다.

보리일도(菩提一刀)

1

　　다이시메이산(大四明山) 봉우리의 남쪽 등성이에 높이 위치하고 있으므로
동쪽 탑 서쪽 탑은 말할 것도 없고 요코가와(橫川), 이이무로(飯室)의 골짜
기들도 환히 내려다보인다. 속세의 영화(榮華)나 티끌의 큰 강도 멀리 아지
랑이 밑으로 바라보이며 에이산(叡山) 절간의 새들도 아직 지저귀지 않는
싸늘한 이른 봄날――이곳 무동사(無動寺)의 숲과 샘물은 적막하게 딴 세상
처럼 흘러가는 구름 위에 있었다.

　　　　……부처님과 더불어 인과가 있으며(與佛有因)
　　　　……부처님과 더불어 인연이 있다(與佛有緣)
　　　　……불법승은 모두 인연이라(佛法僧緣)
　　　　　　모든 즐거움이 나와 함께 있구나(常樂我常)
　　　　……아침에 관음보살을 염불하고(朝念觀世音)
　　　　……저녁에 관음보살을 염불하니(暮念觀世音)
　　　　……염불을 하니 대자대비의 마음이 생긴다(念念從心起)

……염불을 하니 더욱더 부처의 마음을 떠날 수 없노라(念念不離心)

누구일까?

무동사의 깊숙한 방에서 은은히 들려오는 〈십구관음경(十句觀音經)〉을 외는 음성이——음성이라기보다는 절로 나오는 중얼거림처럼 새어 나오고 있다.

그 중얼거림은 어느덧 자기 자신을 잊은 것처럼 높아졌다가는 또 낮아졌다.

먹을 쏟아부은 듯한 큰 마루의 회랑(廻廊)을 흰옷을 입은 아기중이 검소한 마짓밥이 놓인 상을 눈높이로 받쳐들고 그 경문 소리가 들리는 안채 삼나무 문 안으로 들어갔다.

"손님."

아기중은 상을 구석에 놓았다.

그리고 다시

"……손님."

무릎을 꿇고 불렀다. 그러나 부름을 받은 자는 등을 보이고 그대로 앉아 있다. 그가 들어온 것도 깨닫지 못하는 눈치였다.

십여 일 전 아침——초라한 피투성이 모습으로 검을 지팡이 삼아 이곳에 나타난 한 수도자(修道者).

이미 짐작이 가리라.

이 남쪽 등성이에서 동쪽으로 내려가면 아나후토 마을(穴太村) 백조 고개 (白鳥坂)로 나갈 수 있고, 서쪽으로 내려가면 곧장 슈가쿠인 시라카와 마을 ——저 기라라 고개(雲母坂)나 늙은 소나무의 네거리로 이어진다.

"……점심을 갖고 왔습니다. 손님, 이곳에 상을 놓겠습니다."

그제야 깨달은 듯이——

"오오."

무사시는 허리를 펴고 밥상과 아기중의 모습을 돌아다본다.

"죄송합니다."

고쳐앉으며 절을 했다.

그 무릎에는 하얀 나무 부스러기가 흩어져 있었다. 나무 부스러기는 다다미와 마루에도 흩어져 있다. 전단인지 무슨 향나무인 듯 은은하게 향내가 풍기는 것 같다.

"곧 잡수시겠습니까."

"예, 먹겠습니다."

"그럼, 시중을 들겠습니다."

"폐가 많군요."

밥공기를 받아 무사시는 식사를 시작한다. 아기중은 그동안 무사시의 뒤에 있는 번쩍번쩍 빛나는 작은 칼과 그가 방금 무릎 위에서 내려놓은 다섯 치 가량의 나무 토막을 지그시 바라보고 있다가 말한다.

"손님, 무엇을 만들고 계신가요?"

"부처님입니다."

"아미타님인가요?"

"아니, 관음보살님을 조각하려고요. 하지만 끌의 솜씨가 없어서 좀체 잘되질 않습니다. 이렇게 손가락만 다칩니다그려."

손가락의 상처를 보이자 아기중은 그 손가락보다도 무사시의 소매 사이로 보이는 팔꿈치의 흰 붕대에 미간을 찌푸렸다.

"다리와 팔의 상처는 어떻습니까?"

"……아, 그것도 덕분에 많이 나았습니다. 주지 스님에게도 아무쪼록 감사 말씀을 전해 주십시오."

"관음보살님의 조각이라면 중당(中堂)에 가시면 누구인지 명인(名人)이 만들었다는 훌륭한 관음보살 상이 있지요. 식사가 끝나시면 구경하러 가시겠습니까."

"꼭 보고 싶습니다. 중당은 얼마나 떨어져 있습니까."

2

아기중이 대답했다.

"예, 여기서 중당까지는 겨우 10마장밖에 안됩니다."

"그렇게 가까운가요?"

그래서 무사시는 식사가 끝나자 그 아기중의 안내를 받으며 동쪽 탑의 중당까지 가 볼 작정으로 열 며칠 만에 밖으로 나와 대지를 밟았다.

이미 완쾌된 것 같았으나 흙을 밟고 걸어 보니 왼발의 상처가 아직도 아프다. 팔의 상처에도 산바람이 스며드는 듯한 느낌이었다.

하지만 나뭇가지를 스쳐가는 바람결에 벌써 벚꽃은 흰 눈처럼 흩날리고, 하늘은 머지않아 닥쳐올 여름빛을 간직하고 있다. 무사시는 돋아나는 식물의 본능처럼 몸 속에서 밖을 향해 나타나려는 것에 대해 갑자기 근육이 욱신거림을 느꼈다.

"손님."

아기중은 그 얼굴을 올려다보며 말한다.

"손님은 병법의 수도자이시지요?"

"그렇습니다."

"그런데 어째서 관음보살님을 조각하시나요."

"……."

"불상을 조각하는 걸 배우시느니보다 그 틈에 검의 수업을 더 하시는 게 낫지 않은가요?"

동심(童心)의 질문은 때로 폐부를 찌른다.

무사시는 발과 팔에 남아 있는 칼 상처보다도 아기중의 말에 철렁하니 가슴이 더 아팠다. 그렇게 묻는 아기중의 나이는 겨우 열서너 살밖에 안 되어 보인다.

늙은 소나무 밑에서 결투에 들어가자마자 맨먼저 거꾸러뜨린 그 겐지로 소년과는——마침 연령도 몸집도 비슷해 보였다.

그 날.

몇 사람의 부상자와 몇 사람의 사망자를 냈을까.

무사시는 지금도 생각해낼 수가 없다. 어떻게 베었는지, 어떻게 그 사지를 탈출했는지, 그것도 토막 토막으로밖에 기억이 없다.

다만 그러고 나서부터 잠자리에 들어가도 눈에 알찐거리는 것은——늙은 소나무 밑에서 적편의 명목상의 대표격인 겐지로 소년이

"——무서워!"

소리치던 외마디 부르짖음과 소나무 껍질과 함께 베어져 땅 위에 뒹군 그 애처롭고 가련한 시체였다.

'가차 없이 베어 버리자!'

이런 신념이 있었기에 무사시는 단호하게 맨 먼저 겐지로 소년을 베어 버렸던 것이지만——베고 나서 이렇듯 살아 있는 그 뒤의 무사시 자신은

'어째서 베었느냐.'

자꾸만 뉘우쳐지고

'그렇게까지 하지 않더라도.'

자신의 가혹한 행동이 스스로 밉기만 했다.

내 스스로의 행동에 후회를 않노라.

여행 일기장 한쪽 끝에 그는 일찍이 스스로 이렇게 적어넣고 마음으로 맹세하고 있었다. 하지만 겐지로 소년의 일만은 아무리 그때의 신념을 되살려 마음에 물어 보아도 씁쓸하고 서글프고 마음이 아파 견딜 수 없었다. 검이라는 것의 절대성(絶對性)이——그리고 수행(修行)이라는 가시밭길에서는 이러한 것도 밟고 넘어서지 않으면 안 되는가 싶으니, 자기의 앞길이 너무나도 쓸쓸하다. 비인도적(非人道的)이기도 하다.

'차라리 검을 꺾을까.'

이런 생각조차 들었다.

특히 이 불법의 산을 찾아와서 며칠 동안, 가릉빈가(迦陵頻伽 : 극락에 있다는 상상적인 새)의 영롱한 울음 소리와도 같은 독경 소리에 마음의 귀를 기울이며 피비린내 나는 흥분에서 깨어나 제정신으로 돌아와 보니, 그의 가슴에 보리심(菩提心)이 생겨나지 않을 수가 없었다.

손발의 상처가 낫는 것을 기다리는 여가를 메꾸기 위하여 문득 관음보살의 불상을 파기 시작해 보았던 것도, 겐지로 소년의 명복을 빌겠다는 것보다 그 자신이 자신의 영혼에 대한 참회의 보리심에서였다.

3

"동자 스님."

무사시는 가까스로 대답할 말을 찾아내어 입을 열었다.

"그럼, 겐신 소즈(源信僧都)의 작품이라든가 고보(弘法) 대사의 조각 등이 산에도 성인들이 새긴 불상이 많은데, 그것은 어떻게 된 것일까요?"

"참, 그렇군요."

아기중은 고개를 갸웃거리며 말한다.

"그러고 보니 스님도 그림을 그리든가 조각을 하든가 하기도 하는군요."

아기중은 납득되지 않는 듯한 표정을 지으면서도 끄덕이고 만다.

"그러므로 검객이 조각을 하는 것은 검의 마음을 연마하기 위해서인 것이며, 스님이 칼을 가지고 불상을 조각하는 것은 역시 무아(無我)의 경지에서 부처님의 마음에 가까워지려고 하는 것에 지나지 않는 것이지요. 그림을 그리는 것도 그렇고 글씨를 배우는 것도 마찬가지, 저마다 바라보는 달은 하나이지만, 높은 산에 올라가는 길은 여러 갈래로 잘못 찾아들기도 하고 다른 길로 가보는 것과 마찬가지로 그것이 모두 다 원만한 자기를 완성시키기 위해 취하는 하나의 수단이지요."

"……."

이해가 되기 시작하자 아기중은 흥미가 없어진 모양으로 잰걸음으로 먼저 뛰어가 풀숲 속의 돌비석 하나를 손가락질하며 말한다.

"손님, 여기 있는 비석의 글은 지친(慈鎭) 스님이란 분이 썼나 봐요."

안내인 노릇을 한다.

가까이 가서 이끼 낀 글자를 읽어 보았다.

불법이 얕아져 가니
말세를
생각하면 한심하구나
히에이(比叡)의 산바람이여.

　무사시는 꼼짝 않고 그 앞에 서 있었다. 그 이끼 낀 돌이 마치 위대한 예
언자처럼 보였다. 노부나가(信長)라는 무섭게 파괴적이고 또한 건설적인 자
가 나타나 이 히에이 산에도 호된 벼락을 내렸기 때문에, 그 이후의 다섯 명
산(名山)은 정치나 특권에서 추방되어 지금은 조용히 원래의 불법의 산으로
돌아가려 하고 있다. 그러나 지금도 아직 법사(法師)들 중에는 계도(戒刀)
를 차고 다니는 풍습이 남아 있으며 주지의 자리를 놓고 음모나 다툼이 그치
지 않는다고 들은 바 있다.
　속세를 구원하기 위해서 있는 명산(名山)이 사람을 구원하기는커녕 오히
려 속세 사람들에게 의지되어 고작해야 시주돈으로 유지되어 가고 있는 현
재의 실정을 생각할 때——무사시는 말없는 비석 앞에 서서 말 없는 예언을
듣는 것만 같았다.
　"자, 가십시다."
　앞을 재촉하며 아기중이 걸음을 내디디려 하자 뒤에서 손짓을 하며 부르
는 자가 있었다.
　무동사(無動寺)의 머슴이었다.
　그 머슴은 뒤돌아보는 두 사람 앞으로 뛰어와서 먼저 아기중을 보고 말했다.

"이것 봐, 세이넨(淸然). 너는 손님을 모시고 어디로 가는 거야?"

"중당까지 가려고."

"뭣하러?"

"손님은 매일 관음보살님을 조각하고 계시거든요. 그런데 잘 되지 않는다고 말씀하시기에, 그렇다면 중당에 옛날의 이름난 조각가가 만들었다는 관음보살 상이 있으니 그걸 보러 가자고 제가 말씀드렸지요."

"그럼, 오늘이 아니더라도 괜찮겠군."

"글쎄, 그건 모르지만……."

무사시를 꺼려 하며 모호하게 말하자 무사시는 그 말을 받아 절머슴에게 사과했다.

"할일도 있을 텐데 허락 없이 동자 스님을 데리고 나와 미안합니다. 물론 오늘이 아니더라도 좋으니 아무쪼록 데리고 돌아가십시오."

"아닙니다. 부르러 온 것은 이 아기중이 아니라 손님에게 만일 지장이 없으시다면 와 주십소사 하고."

"예, 나더러?"

"예, 모처럼 볼일이 계신데 죄송합니다만."

"누군가 나를 찾아온 사람이라도 있습니까."

"일단은 부재중이라고 말했습니다만, 아니 지금 막 저곳에서 보았다, 꼭 만나야만 하겠으니 불러 달라고 하며 꼼짝을 안 합니다."

이상하다, 누구일까? 무사시는 고개를 갸웃거렸으나 아무튼 뒤따라 걷기 시작했다.

4

승병(僧兵)의 횡포는 정권이나 무사 사회로부터 완전히 추방되어 있었지만, 그래서 그 세력이 한풀 꺾였다고는 하나 아직 승병 그 자체의 온상(溫床)은 이 산에 남아 있었다.

세 살 때 버릇 여든까지 간다는 속담처럼 아직도 옛버릇을 버리지 못하고 높은 나막신에 긴 칼을 찬 자가 있는가 하면, 자루 긴 칼을 옆구리에 끼고 있는 자도 있다.

그런 자들이 한 때는, 줄잡아 열 명 가량 무동사의 절문 앞에 서서 기다리기도 했다.

"……온다."

"저놈인가?"

귓속말을 주고 받으며 누런 두건을 쓰고 검은 옷을 입은 자들이 벌써 그곳 가까이 다가오는——무사시와 아기중, 그리고 그 두 사람을 부르러 갔던 절 머슴의 모습에 지그시 시선을 모았다.

'무슨 일일까?'

부르러 온 자가 모르는 것이니 무사시가 알 턱이 없다.

단지 동쪽 탑 산왕원(山王院)의 승병이라는 것만은 도중에서 들었다. 그러나 그 승병 가운데 한 사람도 안면이 있는 자라곤 있는 것 같지 않았다.

"수고했다. 너희들에겐 용건이 없어. 문 안으로 썩 꺼져버려!"

체격이 우람한 승병 한 사람이 긴 칼자루 끝으로 심부름을 보낸 절머슴과 아기중을 쫓아 버렸다.

그리고 무사시를 보면서

"당신이 미야모토 무사시요?"

물었다.

상대편이 예의를 차리지 않으므로 무사시도 꼿꼿이 선 채

"그렇소만."

끄덕여 보였다.

그랬더니 그 뒤에서 성큼 한 발 나선 늙은 승병이

"중당 연력사(延曆寺)의 중판(衆判)에 의해 고한다."

마치 판결문이라도 낭독하는 듯한 어조로 입을 열었다.

"에이산은 성스러운 영지이다. 따라서 원한을 사고 도피하는 자를 감추는 곳은 더욱 아니다. 하물며 도의에 어긋나는 불량한 자는 더욱 용서하지 못한다. 따라서 무동사 주지에게도 선고했지만 그대에게 당장 이 자리에서 떠나기를 명한다. 만약 순종하지 않는다면 산문의 법칙에 의해서 단호하게 벌을 줄 것이다. 알았느냐!"

"……?"

무사시는 어안이 벙벙하여 위세당당한 그들을 바라보았다.

무슨 까닭일까. 이상한 일이라고 생각된다. 처음에 이곳 무동사에 와서 몸을 의탁했을 때 무동사에서는 만일을 위해 중당 관리실에 신고를 하여

'무방하다.'

허가를 받은 다음 자기의 체재를 허락해 주었던 것이다.

그랬던 자들이 갑자기 죄인 취급을 하며 몰아내겠다니, 여기에는 필경 무슨 곡절이 있을 것이다.

"말씀의 뜻은 알겠습니다. 그러나 오늘은 이제 한나절도 지났으며 떠날 채비도 해야 하니 내일 아침 떠나겠습니다. 여유를 주십시오."

무사시는 되도록 온순하게 양해를 구하고는

"그런데 한 가지 덧붙여 알고 싶은 것은 이 명령은 사직에서 명한 것입니까, 아니면 이 절의 명이십니까? 저는 사전 양해를 구한 사람이기 때문에 갑작스러운 퇴거 명령에는 납득이 가지 않습니다."

이렇게 캐어묻자

"그렇게 알고 싶으면 일러 주겠다. 이 산의 사람들은 한때 그대가 늙은 소나무 거리에서 요시오카의 패거리를 홀몸으로 상대한 무사시라고 하여 많은 호감을 가졌지만, 그 후에 알고 보니 여러가지 좋지 못한 풍문이 떠돌므로 그대를 여기에다 감추어 둘 수 없다는 중론을 따르게 된 것이야."

"……좋지 못한 풍문?"

무사시는 그럴 수도 있을 것이라고 끄덕였다. 요시오카 도장의 문하생들

이 그 후 자기에 대해 어떤 소문을 내고 있는지——상상하기는 어렵지 않기 때문이었다.

여기서 그런 소문을 들은 사람들과 무엇을 시비할 것인가.

무사시는 냉랭하게 다시 한 번

"알았습니다. 싫다고 할 수 없는 일이니 내일 아침에는 틀림없이 떠나겠습니다."

대답을 남기고 문 안으로 들어가려고 하는데, 그 등에다 대고 침을 뱉듯이 다른 중들이 한 마디씩 욕지거리를 퍼부었다.

"망나니 녀석 같으니라고."

"악귀 놈!"

"바보 같은 놈."

5

"뭐라구?"

울컥 치민 것이리라. 무사시는 발걸음을 멈추고 자기에게 조소를 던지는 자들을 노려보았다.

"들렸느냐?"

이렇게 말한 것은 금방 무사시의 등 뒤에서 망나니라고 고함친 자였다. 무사시는 뜻밖이란 듯이

"절의 명령이라기에 공손히 그 뜻을 따르겠다고 했는데 욕지거리를 하다니 도대체 알 수가 없소. 일부러 나에게 시비라도 걸 참이오?"

"부처님을 모시는 우리들이니 시비 따위 걸 생각은 털끝만큼도 없으나, 저절로 입에서 그런 말이 나와 버렸으니 어쩔 수 없지 않소."

그러자 다른 중들도

"하늘의 소리야."

"부처님이 우리들로 하여금 그렇게 말하게 만든 거야."

일제히 거들 듯이 고함을 쳤다.

멸시의 눈초리와——조소의 침이 무사시의 몸에 집중되었다. 무사시는 참을 수 없는 모욕감을 느꼈다. 그러나 무사시는 그들의 도전적 태도에 굳게 자기를 억제하며 입을 굳게 다물었다.

이 산의 중들은 옛날부터 말이 많기로 유명하다. 당중(堂衆)이란 소위 승

려학교 학생들이다. 한창 으스댈 나이, 지식을 자랑하고 싶어하는 혈기 팔팔한 자들이 모여 있는 것이다.

"뭐야. 마을의 소문이 어마어마해서 그럴듯한 무사인 줄 알았는데, 지금 보니 시시한 놈이로군. 화를 내기는커녕 제대로 말도 못하지 않나."

잠자코 있으면 좋으련만 더욱 독설을 퍼붓는지라 무사시는 약간 노기를 띠었다.

"부처님의 말씀이라고? 하늘의 소리라고 했소?"

"그렇지."

오만하게 지지 않고 뻗대어 온다.

"그것은 무슨 뜻이오?"

"모르겠느냐? 우리들이 이렇게 말하는 데도 아직 깨닫지 못하느냐?"

"……모른다."

"그래? 아냐, 네놈의 신경(神經)이라면 그럴 법도 해. 가엾은 자란 너를 두고 하는 말이지——머지않아 앙화를 받게 될 거야."

"……."

"무사시……그대의 평판은 몹시 나쁘다. 그러니 산을 내려가더라도 조심해라."

"세상 소문이란 제멋대로 떠드는 것……상관 않고 실컷 지껄이도록 내버려 두면 된다."

"흥, 그래도 제가 잘하는 것처럼."

"잘 했지! 나는 손톱만큼도 그 대결에서 비겁한 짓을 하지 않았다. …… 하늘을 두고 맹세컨대 한 점 부끄러운 것이 없다."

"닥쳐, 듣기 싫다!"

"어디에 무사시의 비굴함이 있었단 말이냐. 비겁하고 무사답지 못한 짓이 어디 있었느냐 말이야. 내 검을 두고서 맹세한다. 그 싸움에 털끝만큼도 부정이란 없었다."

"흥, 혼자 잘난 척하고 큰소리 땅땅 치는군!"

"다른 것이라면 들어넘길 수도 있겠지만, 나의 검에 대해서 터무니없는 중상모략을 한다면 용서치 않겠다!"

"그렇다면 말해 줄까? 이 물음에 대해서 똑똑히 대답할 수 있다면 대답해 봐라. 딴은 요시오카 편은 엄청나게 큰 숫자였다. 용감하게 혼자서 대항하며 싸워 버틴 그대의 용기라고 할까, 폭용(暴勇)이라고 할까, 목숨을 돌보지 않은 그 투지만은 칭찬해 주마. 훌륭했다고 해도 좋다. 그러나 무슨 억하심정으로 아직 열서너 살밖에 안 된 어린 소년까지 베었느냐. 그 겐지로라고 부르는 소년을 무참하게도 죽였지 않느냐?"

"……."

무사시의 낯빛은 물을 뒤집어 쓴 것처럼 기가 꺾이어 핏기를 잃었다.

"2대째의 세이주로는 병신이 되어 가문을 버렸고, 동생 덴시치로도 네 손에 목숨을 잃었으며 뒤에 남은 핏줄이란……그 어린아이 겐지로밖에 없었단 말이다. 겐지로를 벤 것은 요시오카 가문의 혈통을 끊어지게 한 것과 마찬가지인 거야……. 아무리 무사의 결투라 하지만 그것은 피도 눈물도 없는 짓이 아니냐! 망나니 악귀라고 부르더라도 속이 풀리지 않을 정도야! 그래도 너는 사람이냐, 아니 당당한 이 나라의 무사라고 할 수 있단 말이냐."

6

꼼짝 않고 고개를 숙이고 서 있다. 침묵을 지키고 있는 무사시에게——

"우리들의 그대에 대한 미움도 그 내막을 알게 되면서부터 갖게 된 거야. 다른 어떠한 사정을 참작하더라도 그렇게 어린 소년을 적으로 간주하고 베어버린 무사시의 행위는 용서할 수가 없다. 이 나라의 무사란 그런 것이 아니야. 좀더 강하면 강할수록, 뛰어나면 뛰어날수록 착한 것, 마음이 부드러운 것, 또한 인정 사정을 갖춘 것이어야 하는 법. 에이산은 너를 추방한다! 한시라도 빨리 이 산에서 없어져버리라!"

승병들은 그에게 온갖 조소, 온갖 욕설——무사시의 가슴에는 적어도 그렇게 느껴졌다——을 퍼붓고는 우르르 돌아갔다.

"……"

무사시는 그 채찍을 맞으며 끝내 입을 열지 않았다.

그러나 그것에 대해서 전혀 대답이 없었던 것은 아니다.

'나는 옳았다! 나의 신념은 틀리지 않았다! 그때의 나로서는 그렇게 하는 길만이 나의 신념을 살리는 방법이었던 것이다.'

그가 마음 속으로 외치는 이 말은 변명이 아니다. 지금도 이 신념만은 어쩔 수 없는 것이었다.

그럼, 왜 겐지로 소년을 죽였는가? 여기에 대해서도 그는 자기만의 명백한 대답을 지니고 있었다.

　'적이 내세운 명목인(名目人)이라면 그것은 바로 적의 대장이다. 말하자면 삼군의 군기와도 같은 것이다.'

　그 적장을 죽이는 것이 왜 나쁘단 말인가? 또 한 가지 이유는 이런 것이다.

　'적은 적어도 70명을 넘는 수였다. 아무리 내가 분전 분투한다 하더라도 그 중의 열 명을 넘어뜨리기 힘든 일이다. 가령 스무 명을 쳐 넘길 만큼 내가 잘 싸왔다손 치더라도 궁극에 가서는 나머지 50명이 개가를 올리게 된다. 그렇기 때문에 내가 만약 진심으로 승리를 획득하려면 누구보다도 먼저 적의 대장부터 죽여야만 하는 것이다. 적군이 호위하고 있는 중심적인 적장을 나의 일격으로써 쓰러뜨린다면 비록 내가 나중에 죽는 한이 있더라도 나는 이겼다는 증거를 내세울 수 있는 것이다.'

　그의 입을 빌려 좀더 말을 하게 한다면, 검의 절대적인 법칙과 그 성질상으로라도 다른 몇 가지 이유는 얼마든지 댈 수가 있었다.

　하지만 무사시는 당중들의 욕설 앞에서는 끝내 한 마디의 항변도 하지 않았다.

　왜냐하면 내 자신은 그만한 이유를 굳게 믿더라도 남이 아닌 바로 그 자신의 가슴 속 한편에 뭐라 말할 수 없는 뒤끝이 개운치 않은——아픔이라 할까, 참회라 할까——그들 이상으로 생생하게 가슴을 저며 오는 아픔이 있기 때문이었다.

　"……아, 수도 따위도 이제 그만둘까?"

　공허한 눈빛으로 무사시는 아직도 문 앞에 우뚝 못박힌 듯 서 있었다.

　저물어가는 저녁 바람 저녁 하늘 속에서 흰 산벚꽃 꽃잎이 져서 흩날리고 있다. 오늘까지의 피어린 수업도 그 꽃잎처럼 우수수 떨어져 허공에 떠도는 듯한 심정이 든다.

　"……그리고 오쓰우와."

　무사시는 문득 평민들의 안락한 생활을 떠올렸다. 고에쓰와 쇼유가 살고 있는 세계를 생각했다.

　'아냐!'

　큰 걸음을 떼어 그는 무동사 안으로 모습을 감추었다.

　방에는 벌써 불이 켜져 있었다. 여기도 오늘 밤만 지나면 떠나야 한다.

'능숙하고 서투르고를 가릴 계제가 아니다. 명복을 비는 정성만 있으면 되는 것이다. 오늘밤 안으로 완성시켜 이 절에 남기고 가자.'

무사시는 등잔불 아래 앉았다.

그리고 깎다 만 관음보살 상을 무릎 사이에 끼고 작은 칼을 열심히 놀리며 새로운 나무 부스러기를 어질러 놓기 시작했다.

그때 문을 잠그지 않은 무동사의 큰 복도로 살며시 기어 올라와 게으름쟁이 고양이처럼 방 밖에 웅크리고 있는 자가 있었다.

7

등잔불이 가물거린다…….

심지를 자른다.

다시 무사시는 허리를 꾸부리고 작은 칼을 잡았다.

초저녁인 데도 벌써 절 안은 깊은 정적에 싸여 있었다. 날카로운 칼날 끝으로 사각사각 나무를 다듬어 가는 소리가 사뿐사뿐 눈이 내려쌓이는 소리처럼 들린다.

무사시는 칼 끝에 거의 온 신경을 몰두시키고 있었다. 그의 성품은 무슨 일이든 간에 한 번 그것을 대하면 즉시 그것에 몰두하고 만다. 지금——칼을 잡고 관음보살 불상을 조각하는 것을 보더라도 온몸이 기진맥진해지지나 않을까 싶을 정열을 기울이고 있다.

"……."

입 속으로 외우고 있던 〈관음경〉의 목소리가 자신도 모르게 차츰 큰소리로 바뀌어 갔다. 그러다가 문득 깨닫고선 목소리를 떨구었다. 다시 등잔의 심지를 잘라내고 열심히 손을 움직였다.

"……으음, 대충은."

허리를 폈을 때는 동쪽 탑의 큰 인경이 이경(二更 : ^밤_{열시})을 알리고 있었다.

"그렇지, 인사도 해 두어야 하고 이 불상도 오늘 밤 안으로 주지 스님에게 부탁드려야겠구나."

거칠게 깎아진 불상이었다. 그렇지만 무사시로서는 자기의 영혼을 새겨 넣고 참회의 눈물로 죽은 한 소년의 명복을 빌면서 깎아 만든 것이었다. 그것을 절에 남겨두어 오래오래 자기 자신의 우수(憂愁)와 더불어 겐지로의 명복을 빌어 달래기 위한 것이었다.

　그래서, 그는 깎아 놓은 불상을 들고 이윽고 방을 나갔다.

　무사시가 나가자 곧 엇갈리다시피 아기중이 들어와 방안의 쓰레기를 비로 쓸어냈다. 그리고 이부자리를 편 다음 비를 둘러메고 본당 쪽으로 돌아갔다.

　그러자 아무도 없을 터인 그 방의 장지문이 스르르 열렸다가 다시 닫혔다.

　얼마 후——

　무사시는 아무 것도 모르고 방으로 돌아왔다. 주지 스님에게서 작별의 선물로 받은 듯 싶은 삿갓, 짚신 등 필요한 여장(旅裝)을 머리맡에 놓고 등잔불을 끄고서 자리에 누웠다.

　덧문을 닫지 않았기 때문에 바람이 장지문에 바로 와 닿는다. 바깥의 별빛으로 장지문은 희끄무레 밝았고 나무들의 그림자가 거친 바다를 연상케 했다.

　……조그맣게 코 고는 소리로 바뀌어 갔다. 무사시는 잠이 든 모양이다.

　잠이 깊이 들수록 숨소리도 길어졌다. 그러자——한 구석의 작은 병풍이 소리도 없이 조금 움직이더니 사르르……고양이처럼 등이 꼬부라진 사람 그림자가 무릎으로 까까이 기어왔다.

　문득 무사시의 잠자는 숨소리가 멎자 그 사람 그림자는 이불보다도 납작하게 착 엎디어 잠자는 숨소리의 깊이를 재면서 끈기 있게 조심에 조심을 하며 기회를 노린다.

돌연! 폭신하게 풀솜이라도 내리덮이듯 무사시의 몸 위에 그 사람 그림자가 시꺼멓게 덮쳤다——고 보이는 순간

"이, 이놈! 맛좀 봐라!"

느닷없이 단검 칼끝이 내밀어졌다. 칼끝은 잠든 목을 향해 힘껏 내리꽂혔다.

그러자 그 칼끝도 보이지 않을 만큼——콰——하고 옆쪽의 장지문으로 그 인간 그림자가 날았다.

무거운 보퉁이처럼 내던져진 사람은 '윽' 한 마디 신음만 냈을 뿐 장지문째 밖의 어둠 속으로 굴러떨어졌다.

내던지는 순간, 무사시는 그 괴한의 몸무게가 뜻밖에 가벼운데 섬칫함을 느꼈다. 고양이 무게쯤밖에 안 되는 괴한이었다. 그리고 헝겊으로 얼굴을 가리고는 있었으나 머리카락도 새하얗다…….

그러나 그는 그런 것은 거들떠보지도 않고 곧 머리맡의 큰칼을 잡고

"기다려라!"

마루를 뛰어내려가

"모처럼의 방문이니 인사라도 있겠지. 기다리시오."

말하면서 큰 걸음으로 달려 어둠 속의 발소리를 뒤쫓아갔다.

그러나 진심으로 쫓아갈 생각은 없는 듯, 허둥지둥 흩어져 달아나는 흰 칼날과 중들의 모습을 비웃으면서 곧 되돌아왔다.

8

내던져지는 바람에 몹시 허리를 다쳤는지, 오스기 노파는 땅바닥에서 신음하고 있었다. 무사시가 되돌아온 줄은 알았지만 도망가자니 일어날 수도 없었다.

"……아, 할멈이 아니오?"

무사시는 안아일으켰다.

자기의 잠자는 목을 자르러 온 주모자가 요시오카의 제자도 아니고 이 절의 중들도 아닌 늙어빠진 한 고향 친구의 어머니였다는 것은 그로서도 뜻밖이었다.

"음……이제 알겠소. 당중에 호소하여 내 신분이며 나에 대해서 갖은 욕설로 고자질한 사람은 할멈이었군. 불쌍한 노파의 말이니 당중들은 곧이곧대로 믿었을 것이 틀림없어. 또는 동정도 했을 거야. ……그 결과 나를 산에서 쫓아내기로 결정하고 밤을 틈타서 할멈을 선두로 하여 이곳에 몰려왔던 것이로군……."

"……아이구 허리야, 무사시. 이렇게 된 이상 할 수 없다. 혼이덴 가문의 무운이 없는 거야. 이 할미의 목을 베라!"

괴로워하면서도 오스기 노파는 가까스로 그 말만은 했다.

한사코 버둥거렸지만 무사시의 힘을 당해낼 만한 힘은 없었다. 내동댕이쳐진 아픔도 있었지만, 이미 삼년 고개의 주막집을 떠날 무렵부터 오스기 노파는 감기가 도졌는지 미열이 있어 다리와 허리가 나른하며 어쨌든 건강이 시원치 않았다.

게다가 늙은 소나무 거리로 가는 도중 마타하치에게서 버림을 받은 것이 늙은 노파의 마음에 더욱 큰 상처가 되어 몸에도 지장을 주었으리라.

"죽여라, 이렇게 된 바에는 할멈의 목을 베라."

지금 노파가 버둥거리며 말하는 것도 그러한 심리나 육체의 쇠약을 생각

해 볼때, 반드시 약자가 부르짖는 자포자기한 말만이 아니라 진심으로 일이
이쯤 되었으니 이제는 마지막이다, 하는 체념 아래 차라리 빨리 죽여 주었으
면 하는 생각에서 솔직하게 고함치는 것인지도 모른다.

하지만 무사시는

"할머니, 아프오? ……어디가 아프지요? ……내가 있으니 걱정 마시오."

두 팔로 가쁜하게 노파의 몸을 안아서 자기 잠자리에 옮겨 눕히고는, 그
머리맡에 앉아서 날이 샐 때까지 간호했다.

날이 훤해지자 부탁해 둔 도시락을 곧 아기중이 싸다 주었다──그리고
본당에서는

"재촉을 하는 것 같습니다만, 어제 중당으로부터 잔소리를 많이 들었으니
오늘 아침엔 잠시라도 빨리 산을 내려가 주셨으면 합니다."

재촉을 한다.

물론 무사시도 그럴 작정이었다. 곧 준비를 갖추고 떠나려 했으나, 막상
떠나려고 하니 병자인 노파의 처리가 난처했다.

이 문제를 의논했으나 절에서도 그런 사람을 남기고 가는 것은 곤란하다
는 듯이

"그럼, 이렇게 하시는 것이 어떻겠습니까?"

그러고는 편의를 봐 주었다.

오쓰의 장사꾼이 짐을 싣고 온 암소가 있었다. 그 장사꾼은 암소를 절에다
맡기고 단바(丹波) 지방으로 일을 보러 갔으니 그 소에다 병자를 태우고 오
쓰로 내려가는 것이 좋으리라. 그리고 소는 오쓰의 나룻터나 그 근처의 가게
에 맡겨 두면 된다는 것이었다.

지은이
요시카와 에이지(吉川英治)

그린이
야노 교손(矢野橋村)
이시이 쓰루조(石井鶴三)

옮긴이
박재희 창춘사도대학일문학전공 김문운 니혼대학일문학전공
김영수 와세다대학일문학전공 문호 게이오대학일문학전공
유정 조지대학일문학전공 추영현 서울대학교사회학전공
허문순 경남대학불교학전공 김인영 숙명여대미술학전공

대망 19 무사시 2
지은이 요시카와 에이지/책임편집 박재희 추영현 김인영
1판 1쇄/1979. 12. 1
2판 1쇄/2005. 8. 8
2판 12쇄/2020. 7. 6
발행인 고정일/발행처 동서문화사
창업 1956. 12. 12. 등록 16-3799
서울 중구 마른내로 144(쌍림동)
☎ 546-0331~6 (FAX) 545-0331
www.dongsuhbook.com

사업자등록번호 211-87-75330
ISBN 978-89-497-0358-9 04830
ISBN 978-89-497-0351-0 (2세트)